本刊承蒙北京大學人文學部資助出版,特別致謝!

北京大學中國語言文學系

中國古典學

The Journal of Chinese Classical Studies

第四卷

杜曉勤 主編／葉曄 本卷執行主編

李成晴 本卷主編助理

古代文本文獻形態研究專號

北京大學出版社
PEKING UNIVERSITY PRESS

圖書在版編目(CIP)數據

中國古典學. 第四卷/杜曉勤主編. —北京：北京大學出版社，2023.12
ISBN 978-7-301-34692-1

Ⅰ.①中⋯ Ⅱ.①杜⋯ Ⅲ.①中國文學－古典文學研究 Ⅳ.①I206.2

中國國家版本館CIP數據核字（2023）第231665號

書　　　　名	中國古典學（第四卷）
	ZHONGGUO GUDIANXUE（DI-SIJUAN）
著作責任者	杜曉勤　主編
責 任 編 輯	王　應
標 準 書 號	ISBN 978-7-301-34692-1
出 版 發 行	北京大學出版社
地　　　　址	北京市海淀區成府路205號　100871
網　　　　址	http://www.pup.cn　新浪微博:@北京大學出版社
電 子 郵 箱	編輯部 dj@pup.cn　總編室 zpup@pup.cn
電　　　　話	郵購部 010-62752015　發行部 010-62750672　編輯部 010-62756449
印 　刷 　者	天津中印聯印務有限公司
經 　銷 　者	新華書店
	730毫米×980毫米　16開本　32.75印張　510千字
	2023年12月第1版　2023年12月第1次印刷
定　　　　價	128.00元

未經許可，不得以任何方式複製或抄襲本書之部分或全部内容。
版權所有，侵權必究
舉報電話：010-62752024　電子郵箱：fd@pup.cn
圖書如有印裝質量問題，請與出版部聯繫，電話：010-62756370

《中國古典學》編輯委員會

主　編：杜曉勤

本卷執行主編：葉曄

本卷主編助理：李成晴

委　員：(按姓氏拼音排序，帶*號者爲本卷常務編委)

陳　捷（日本東京大學）	程蘇東*（北京大學）
程章燦（南京大學）	大西克也（日本東京大學）
丁　莉（北京大學）	杜曉勤*（北京大學）
杜澤遜（山東大學）	傅　剛*（北京大學）
河野貴美子（日本早稻田大學）	胡敕瑞*（北京大學）
華學誠（北京語言大學）	黄德寬（清華大學）
静永健（日本九州大學）	柯馬丁（美國普林斯頓大學）
李集雅（意大利威尼斯大學）	李　山（北京師範大學）
李宗焜（北京大學）	廖可斌（北京大學）
劉玉才*（北京大學）	劉　釗（復旦大學）
羅伯特·恰德（英國牛津大學）	潘建國*（北京大學）
彭小瑜（北京大學）	錢志熙（北京大學）
商　偉（美國哥倫比亞大學）	孫玉文*（北京大學）
徐正英（中國人民大學）	吴光興（中國社會科學院）
張　健（香港中文大學）	張涌泉（浙江大學）
趙敏俐（首都師範大學）	趙　彤*（北京大學）

目　錄

浪漫主義的基因：淺談文學史研究與古典學之關係　　徐建委/1

數字古文獻學的理論意義
　　——中國古典文獻學的內部視角　　李林芳/23

明集整理的一種前景："細讀""遠讀"轉換及其潛能　　葉　曄/39

作爲事件和辭例的"作"篇
　　——《史記》所見《書序》考　　程蘇東/59

天皇・遣唐使・在唐僧：《白氏文集》東傳日本政教
　　背景新證　　陳　翀/81

寫卷・題板・刊石・墨紙：一部宋代"寄題"詩集的
　　生成　　李成晴/105

翁方綱舊藏《王荆文公詩注》二帙考　　董岑仕/145

宋詞換頭短韻的"游弋現象"及其音樂解釋　　馬里揚/173

稼軒詞題序異文分析
　　——以四卷本系統爲中心　　汪　超/185

吳昌綬詞籍目錄之學論略　　楊傳慶/203

以"法"爲法：晚近詞法著述與詞學研究之路徑　　　　　龔宗傑/217

凝而未定：明代古典詩歌總集的經典焦慮與文本動態　　許建業/241
《赤牘清裁》《尺牘清裁》版本考　　　　　　　　　　湯志波/269
考古之鈐鍵：《困學紀聞》與清中後期考據學的
　　普及閱讀　　　　　　　　　　　　　　　　　　　胡　琦/299
朝鮮時期所編唐詩選本研究　　　　　　　　　　　　　琴知雅/333
傳統"圈點"與近代新媒介
　　——兼論明治日本出版物的接引作用　　　　　　　陸　胤/371

"葉子"及其形制新考　　　　　　　　　　　　　　　　張學謙/401
依形辨體、因體分型
　　——關於古籍版刻字體研究的幾點思考　　　　　　韋胤宗/435
論《西湖遊覽志》《志餘》范鳴謙本和季東魯本　　　　李開升/447
從抄本到刻本：祁寯藻刻本《説文解字繫傳》篆形改動考
　　——兼論《韻譜》十卷本的校勘價值及《説文》篆形的
　　　版本譜系　　　　　　　　　　　　　　　　　　董婧宸/459
北京魯迅博物館藏《幽明録》輯校初期手稿的離析復原
　　——兼論《古小説鈎沉》輯録的早期階段　　　　　石　祥/489

編後記　　　　　　　　　　　　　　　　　　　　　　葉　曄/515
徵稿啓事　　　　　　　　　　　　　　　　　　　　　　　/519

浪漫主義的基因：
淺談文學史研究與古典學之關係

徐建委

提　要：詩歌的突出地位、歌謠和民間文學的側重以及情感、自我、想象力和創造力等文學史研究的核心觀念，均可溯源至 18 世紀晚期的德國浪漫主義運動。浪漫主義決定了我們今天如何來理解文學這一概念。文學史研究和新古典學都屬浪漫主義運動，或是一組與浪漫主義相似類型的思想轉型運動中的一支。在精神實質上，它們都是對拉丁傳統和古典主義的反動。溫克爾曼和沃爾夫重新喚起的古典學是向古代，特別是文化的起源——希臘探尋人文主義精神，而赫爾德所主張的文學史寫作則是向民間、向最接近於自然的人群探尋人類文化的原初活力和民族精神。二者同屬一個思想範型。我們需要參考它們的研究范式，以傳統中國的學術資源爲基礎重鑄"文學"概念，回歸傳統理解，拓展研究範圍，爲全新的理論話語的出現探索更多的可能。

關鍵詞：浪漫主義　文學史　古典學

20 世紀初，"文學"這個語詞破門而入，並在 20 年代迅速成爲共識性的概念。在這一概念的籠罩之下，有一些文獻或史料會隱没不彰，而有一些則會在這一單色的光中凸顯出來，讓我們有機會重新認識《詩經》《楚辭》《史記》和《文選》以來的傳統，並以之爲基礎建構龐大的中國文學研究體系。從一百年後的今天回看，我們已經將這個外來的概念內置到我們理解古代詩文的意識中了。一套以"文學"爲史料選擇標準的歷史和歷史觀念，成爲理所當然的存在。從事古代文學研究的人，總會背負着無論如何應該在研究中涉及"文學"的責任感。這個責任感無疑就是"文學"內在化的表徵。它就像一個無形的鬼魅，寄居於我們的腦中，讓我們無意識地在用它的標準或視野選擇和解釋材料，提出或解決問題。比如爲什麼在中國古典文學的研究中詩歌占有如此突出的地位，爲什麼民間視野或雅俗問題會成爲解釋文學興起或變化的重要取徑，爲什麼個體的表達成爲分析文本的主要工具，爲什麼我們會以有機體來隱喻文學的發展變化，爲什麼抒情性、創造力和想象力會成爲我們判斷作品優劣的標尺，爲什麼材料與問題都與中國古典相近的西方古典學對我們幾乎沒有任何影響，爲什麼文獻考據不是"文學"，而抒情、想象、修辭和技巧才是"文學"……這些疑問本是理所當然的存在，是學科的底色。但是當我們以考據學的方式追問這些最爲原始且基礎的研究目光的來源時，就會突然發現它們似乎不是來自傳統，而是域外，更準確的説，是來自18世紀下半葉的德國。這種思考框架決定了我們的觀察方式和理解方式，決定了在我們的知識世界中，什麼是"文學"，什麼不是"文學"。若要想從根底上弄明白20世紀以來中國文學研究的特質，就需要認真追溯此種觀念的源起。當然追溯今日文學研究範式的源起，並非要否定其有效性或正當性，而是從底層建築的核驗開始，反躬自省，知其所以然。只有把我們從這一概念的籠罩中解放出來，才能重訪中國自身的歷史和文學。

下文將主要分析兩個問題，一是同屬浪漫主義運動的文學史研究和古典語文學的伴生關係，二是中國文學史研究中習焉不察的問題視野是如何形成的。筆者並非歐洲文化或思想研究的學者，甚至是一個完全不合格的讀者，文中的知識主要來自二手文獻，而非原始材料。之所以要談論自己完全不熟悉的領域，乃是基於對古典文學研究的問題方式的疑惑，故這篇文字不是論文，而是讀書筆記。涉及浪漫主義與古典學的地方，儘可能使用專業研究文獻，從而造成引文繁多，還請讀者見諒。

一

20世紀初傳入中國並一直延續到今天的文學史研究，源起於德國浪漫主義運動。浪漫主義是18世紀中後期至19世紀上半葉席捲歐洲的一場文化運動，想要具體地描述它並不容易。這場運動首先是一場文學革命，同時也給思想、宗教、藝術乃至科學等領域帶來了深刻的變革。邁克爾·費伯對它的界定非常全面，足資參考：

> 浪漫主義是一場歐洲文化運動或是一組相似運動的集合體。它在象徵性和內在化的浪漫情境中發現了一種探索自我、自我與他人及自我與自然之間關係的工具；認爲想象作爲一種能力比理性更爲高級且更具包容性。浪漫主義主張在自然世界中尋求慰藉或與之建立和諧的關係；認爲上帝或神明內在於自然或靈魂之中，否定了宗教的超自然性，並用隱喻和情感取代了神學教義。它將詩歌和一切藝術視爲人類至高無上的創造；反對新古典主義美學的成規，反對貴族和資產階級的社會及政治規範，更强調個人、內心和情感的價值。①

象徵性、內在化、自我、自然、隱喻、情感、詩歌和主體性這些概念，在今天的文學史研究中極爲常見。但是對於18世紀的詩人或學者來說，將它們作爲核心概念來塑造新文化，却是一種革命性的大動作。這種變化開始於17、18世紀之間。當時整個歐洲在文化和思想領域正在發生一些根本性的轉變，浪漫主義是這一轉型後出現的最顯眼的浪潮。保羅·阿扎爾在《歐洲思想的危機（1680—1715）》中敏鋭地捕捉到了17、18世紀之交觀念領域的深刻變革："等級制度，清規戒律，權威維護下的秩序，牢牢束約生活的教理：這是生活在17

---

① ［美］邁克爾·費伯（Michael Ferber）《浪漫主義》（*Romanticism*），翟紅梅譯，南京：譯林出版社，2019年，第12頁。韋勒克總結浪漫主義作家的特徵有三，就詩歌觀來說是想象，就世界觀來說是自然，就詩體風格來說是象徵與神話。

世紀的人所喜愛的。然而,束縛、權威、教條,這些正是緊隨其後、生活在18世紀的人所厭惡的。"① 他說前一代人是基督徒,後一代人向基督教發出挑戰;前一代人信奉神法,後一代人篤信自然法;前一代人能在一個分化成不同階級的不平等社會裏生活得安然自得,而後一代人唯一的夢想就是平等。從觀念層面看,這分明是一場革命。這一觀念的革命,最終帶來了法國大革命,霍布斯鮑姆稱法國大革命、英國工業革命爲歐洲的雙元革命,其實浪漫主義運動亦可稱爲一場文化或觀念的革命。

浪漫主義最先出現於德國,後來迅速在英國、法國、意大利等歐洲國家蔓延開來。德國浪漫主義的早期人物中,赫爾德（Johann Gottfried Herder, 1744—1803）舉足輕重。他對民謠、語言和文學研究有着重要的影響。語言和文學在民族－國家的建構中曾發揮過重要功能,19世紀甚至出現了民族文學史書寫的熱潮。這一潮流的開端就是赫爾德。不過對於語言,特別是地方語言的重視,很早就開始了。

自文藝復興時代開始,拉丁文的獨尊地位受到了挑戰,歐洲地方語言的地位得到了提高,"對地方語言的贊頌幾乎變成了文藝復興時期的一種文體,就像稱贊人類的尊嚴和高尚的演説和論著成了一類文體一樣"②,1529年,但丁出版了《論俗語》一書,産生了很大的影響,此後一百多年裏有十幾種推崇地方語言的著作問世。但在18世紀中期以前,語言與民族之間的關係是疏離的,語言和國家之間的聯繫要比語言與民族之間的聯繫更爲緊密。歐洲各國對地方語言的重視,往往是國家統治的需求。但"從18世紀中葉開始,語言與民族的關係變得越來越緊。……歐洲的語言史證實了德國歷史學家賴因哈德·科澤勒克（Reinhart Koselleck）所提出的18世紀末是歐洲思想史的轉折點或

---

① ［法］保羅·阿扎爾（Paul Hazard）《歐洲思想的危機（1680—1715）》（*La Crise de la conscience européenne*），方頌華譯,北京:商務印書館,2019年,第1頁。
② ［英］彼得·伯克（Peter Burke）《語言的文化史:近代早期歐洲的語言和共同體》（*Languages and Communities in Early Modern Europe*）,李霄翔、李魯、楊豫譯,北京:北京大學出版社,2020年,第115頁。

轉折時期（Sattelzeit）的觀點。如果我們把注意力集中在語言的統一性，將它與'民族的發現'或與某些學者喜歡說的'民族的創造'聯繫在一起，而不是像 16 世紀和 17 世紀那樣僅關注語言的多樣性，我們甚至可以這樣說，這是第二次'語言的發現'"①。從 1789 年開始，歐洲各國和其他地區的政府越來越關注普通百姓日常使用的語言，對民間語言與民間文學的發現，就自然而然地出現了。其中對德國浪漫主義的興起影響最大的是英國人對古代民間詩歌的搜集與整理。

邁克爾·費伯認爲英國民間詩歌的搜集與整理與 1740 年前後英國文化中"情感主義"的盛行有關。② 如果我們將視野置於文藝復興以來地方語言愈見重要的背景上，就會知道，"情感主義"的流行或許只是一種催化劑，深層的變化其實早已經開始。如受到但丁的影響，1615 年理查德·卡魯就寫作了《論英語之優點》（On the Bscellency of the English Tongue）。在這樣一種重視地方語言特質的趨勢下，詹姆斯·麥克弗森（James Macpherson，1736—1796）搜集、翻譯、編纂了古代詩人莪相（Ossian，又作 Oisin）創作的蘇格蘭高地蓋爾語詩歌，1760 年在愛丁堡印行，題爲《古詩拾零》。這部小册子是浪漫主義的火種。1765 年，托馬斯·珀西（Thomas Percy，1729—1811）編纂完成了《英詩輯古》。該詩集主要由叙事民謠組成，此書在英國和歐洲大陸的影響同樣不可忽視。"很快，莪相、芬戈爾、奥斯卡、塞爾瑪、庫丘林、奥賽娜這些人名對讀者來說變得和阿喀琉斯、阿伽門農一樣大名鼎鼎，莪相甚至被譽爲'北方的荷馬'。"③麥克弗森整理和翻譯的莪相詩歌，讓赫爾德認識到了民間文學的力量，一種類似於荷馬史詩的力量。

18 世紀中期的德國，拉丁文學和法語文學占據着統治地位，隨着

---

① [英]彼得·伯克《語言的文化史：近代早期歐洲的語言和共同體》，第 299—300 頁。
② [美]邁克爾·費伯《浪漫主義》："在整個情感主義時代，無論是在文學作品還是現實生活中，無論是男性還是女性，充盈的泪水總會劃過他們的臉頰。自發性本身是一種美德，可以在純樸的鄉村居民身上找到它，他們居住得比城市中產階級和上流階層更加接近自然；或者可以在古老的文本中找到它，……在這種精神的影響下，興起了一股收集民間故事和民謠的潮流。"見第 19—20 頁。
③ [美]邁克爾·費伯《浪漫主義》，第 25—26 頁。

德意志民族的崛起，日耳曼民族亟需擺脱拉丁文和法語傳統。在這樣的背景中，赫爾德提出應該深入日耳曼民族的民間，去發現藴藏日耳曼民族精神和文化特徵的語言和文學。他努力提倡德意志文化復興，"敦促讀者'吐出塞納河的河水'，改説德語並學習德意志民族的歷史和風俗。他不是在敦促組建一個新的政治實體，而是要組建一種新的文化實體；他確實認爲每個人都應該探祖尋根，保護正在消失的民間風俗"①。

赫爾德改説德語並學習德意志民族的歷史和風俗的主張，自然就產生了采集民間詩歌、編纂民族文學史的想法。雷納·韋勒克説："《關於現代德國文學的斷想》，是他的第一部重要出版物，其中的全部論點，旨在反對模仿，尤其是反對模仿法國和拉丁文學。他也是第一次在這部著作中，公開指出了民間詩歌的再生能力，主張進行采集，不僅在德國，而且在'塞西亞人、斯拉夫人、文德人和波西米亞人，俄羅斯人、瑞典人和波蘭人中間'采集。這樣一來，文學的發展就可能發生一種轉變，如果我們回歸往昔的時代和往日的人性，而這種人性就存在於我們周圍，存在於民間詩歌，歌謡，傳説，神話，甚至存在於迷信和語言特徵之中。"② 赫爾德的所謂"文學史"，本質上是民族文學史。在他的觀念裏，民間詩歌、傳説、神話是最能體現民族性的形式，也是他藉以重塑德意志民族文化的重要工具和載體。

因此，韋勒克認爲赫爾德也是文學史這一學術類型的開創者：

> 赫爾德是第一位近代的文學史家，具有歷史意識的第一人，在我看來，這種説法未免言過其實。不過他肯定是世界文學史方面，最明顯可見的源頭活水。激發大家對民間詩歌的興趣，確立民間詩歌爲詩歌理想，毫無疑問，在這方面，他也一直是最具影響的力量，儘管他本人自然也受到半心半意的珀西，還有態度比

---

① ［美］邁克爾·費伯《浪漫主義》，第118頁。
② ［美］雷納·韋勒克（René Wellek）《近代文學批評史（修訂版）1》（*A History of Modern Criticism*），楊自伍譯，上海：上海譯文出版社，2020年，第261頁。

較熱切的蘇格蘭原始派的激勵。在全面復興民間詩歌的過程中，赫爾德的影響——從采集到模仿，從解釋到評價——無可估量，尤其是斯拉夫和斯堪的納維亞等國家民間詩歌。①

我們會發現，赫爾德所構想的文學史寫作，其主要對象是歐洲各民族的民間詩歌。詩歌在浪漫主義時期獲得了突出的地位，也是文化影響最大的文體形式。托馬斯·珀西收集的民謠《威廉甜美的靈魂》激發了德國詩人戈特弗里德·奧古斯特·畢爾格（Gottfried August Bürger）創作了極負盛名的叙事詩《萊諾勒》（1774），這一哥特式風格的謡曲"幾乎獨自掀起了一股席捲歐洲的浪漫主義浪潮，與其說它促進了民謡的收集潮，不如說它激發了新民謡的創作熱潮"②。

詩歌在這一潮流中，被賦予了創造性的力量。雪萊在《爲詩辯護》中說："詩證實了塔索那句大膽而真實的話：Non Mertia nome di creatore, se non Iddio ed il Poeta（没有人配受創造者的稱號，唯有上帝和詩人）。"③ 柏拉圖和亞里士多德以來的傳統，是將詩看作模仿，因此理想的、深邃的哲學性是詩的特徵，如亞里士多德在《詩藝》中說："詩是一種比歷史更富哲學性、更嚴肅的藝術，因爲詩傾向於表現普遍性的事，而歷史却傾向於記載具體事件。"④ 詩是模仿和再現的觀念，直到文藝復興時期仍占主導地位。只有意大利詩人托爾夸托·塔索（Torquato Tasso）將自然視爲上帝的創造，而藝術是人的創

---

① ［美］雷納·韋勒克《近代文學批評史（修訂版）1》，第 252 頁。
② ［美］邁克爾·費伯《浪漫主義》，第 25—26 頁。彼得·伯克在《語言的文化史：近代早期歐洲的語言和共同體》中說："在 19 世紀的歐洲涌現出了很多勢頭強勁的語言净化運動，而且都與民族主義有關。正如我們所看到的，近代早期歐洲經常就語言的純潔和標準化的問題進行的討論所涉及的其實只是上層社會使用的語言。而到這時，這些爭辯已經把範圍擴大了，所涉及的爭論已經把普通民衆使用的語言包含進來了。此外，農民的語言往往被當作衡量語言純潔的標準，而選擇這個標準的理由是因爲農民接觸外國人的機會比較少，因此農村語言受到外來詞匯的'污染'也比較少。早在 16 世紀就有人提出了這樣的看法。然而，農民以及他們的語言在 19 世紀經常被理想化成代表民族價值觀的象徵。19 世紀初歐洲的民俗學家和其他領域的知識分子發起了'發現人民'及其文化的活動，語言學家也加入這些活動。"我想這進一步推動了對民間文學的重視。
③ 劉若端編《十九世紀英國詩人論詩》，北京：人民文學出版社，1984 年，第 120 頁。
④ ［希臘］亞里士多德《詩藝》，陳中梅譯，北京：商務印書館，1996 年，第 81 頁。

造,雪萊就引述了他的名言。這一説法直到浪漫主義時期,才成爲一種主導性的觀念。

詩人的地位隨之而尊隆。費伯在《浪漫主義》中説:

> 没有什麽比浪漫主義賦予詩人聲望乃至榮耀更能凸顯其自身的特性了。詩人不但享有先知、神父和傳教士的名望,還被稱作英雄、立法者乃至造物主,幾乎和神明無異。①

浪漫主義對觀念領域的改變也是革命性的,尤其是在精神領域,它將上帝從天堂拉回了人間。浪漫主義認爲上帝無處不在,他存在於自然和我們體内,是人類的感情和思想讓上帝完整存在。大多數浪漫主義者認爲想象力是人類至高的能力,優於思維能力或理解力;人類充分運用想象力後,將獲得上帝般的洞察力和創造力。在18世紀以前,上帝—自然—靈魂三者構成了一個三角形,而上帝處於最頂端,浪漫主義者改變了這一穩定的三角結構,將三角形變成了一條直綫。"上帝由原先三角關係中的頂點降至與靈魂、自然齊平的位置。……浪漫主義者不再將自己的狂熱崇拜之情垂直地指向超驗的上帝,而是通常會作水平方向的轉移——向外指向自然深處,向内指向靈魂深處。"②

我們可以向每個人的靈魂中去探索超驗的上帝,因此每個人的靈魂就都可以迸發出上帝般的創造力。在這一維度上,浪漫主義讓創造力成爲一種普遍性的能力和渴望。"儘管浪漫主義塑造的神聖且具有創造性的藝術家形象極其罕見,但它也意在讓創新精神大衆化。它給人以錯覺,似乎只要打破慣性思維、重新唤醒理想、找回逝去的童年並放飛想象力,任何人均可成爲詩人。"③ 這一觀念改變也進入了《聖經》的閲讀領域。《聖經》開始被當做文學。德國哲學家格奧爾格·哈曼(Johann Georg Hamann)認爲《聖經》本質上是詩性的,

---

① [美]邁克爾·費伯《浪漫主義》,第37頁。
② [美]邁克爾·費伯《浪漫主義》,第77頁。
③ [美]邁克爾·費伯《浪漫主義》,第62頁。

並認爲上帝是"最初的詩人",經典的"文學化"成爲一種新的閱讀方式。

至此,我們可以知道,文學史的寫作、詩歌的突出地位、歌謠和民間文學的側重,以及情感、自我、想象力和創造力等文學史研究的核心觀念,均源起於浪漫主義運動之中①。

二

與文學史研究的興起大約同時,古典語文學也出現了。一般認爲古典語文學興起的標志是弗萊德里希·奧古斯特·沃爾夫(Friedrich August Wolf)的入學注冊,約翰·埃德溫·桑茲(John Edwin Sandys)《西方古典學術史》(*A History of Classical Scholarship*)第三卷中記載了這個有傳奇色彩的故事:

> 1777年4月8日,他在入學登記簿上將自己的名字注冊爲stadiosus philologiae(語文學學生)。副校長是一位醫學教授,對此聲明:"語文學並不是四大學科之一;如果他想成爲一名學校的教師,他應該注冊爲'神學學生'。"沃爾夫堅持說,他計劃研究的不是神學,而是語文學。他的觀點得到認可,於是成爲以

---

① 浪漫主義詩學也隨之成熟。這一詩學是和古典主義相區別的理論。它在赫爾德的論著中已經初具規模,"在他的論著中,我們看到了新古典主義詩學的衰亡:他本人開始按照一種注重感覺,比喻,想象力,自發性的自然詩歌的概念,以此創立一種新穎的浪漫主義詩學,判斷的標準,是基於歷史相對主義,還有對陳述性,說理性或者沉思性詩歌,抱有意在言外的厭惡。"而他的象徵性詩歌理論經歌德的發展,遂成一大宗。施萊格爾兄弟主筆的刊物《雅典娜神殿》(1798—1800)成爲這一理論的重要策源地,華茲華斯爲他和柯勒律治創作的《抒情歌謠集》所寫的理論性《序言》(1800)則爲英國浪漫主義的發展確定了方向。這一詩學範式是對拉丁傳統和新古典主義的和諧、中庸和模仿論的反叛,並圍繞情感、創造力和想象創建理論。斯塔爾夫人在《論德國》中區分了古典主義和浪漫主義這一對相互對立的詩學範疇,這是有關浪漫主義觀念最早的理論性表述。

探究詩歌起源的動機,很可能觸發了赫爾德文學史的構想。韋勒克說"赫爾德的重要性,並不僅僅在於他的新詩歌概念,甚至並不在於他探究詩歌起源的大體構想。從許多方面來看,他還是第一位現代文學史家:他已經清楚地構思出全球文學史的理想,勾勒出研究方法,寫出了全球文學史發展的綱要,……提出了文學史方面的許許多多問題,文學史應該有何作爲,應該解答哪些問題,他都有所提示"。

如此方式注册這所大學的第一位學生。他的入學登記日從此被視爲日耳曼教育史上的一個新紀元，這也是學術史上的一個新紀元。①

這個故事往往被當作語文學成立的標志。如門馬晴子在《語文學在何處？》一文中説：

> 人們普遍認爲，下述將自己識别爲語文學家的言外行爲（illocutionary speech act）是現代德國語文學的開端：1777年——準確地説是1777年4月8日——儘管代理校長②提出反對，認爲"語文學並不是哥廷根大學的四大學科之一，弗萊德里希·沃爾夫（Friedrich August Wolf）如果想成爲教師應當作爲'神學學生'入學"，而年輕的沃爾夫仍然將自己的名字作爲"語文學學生"（stadiosus philologiae）寫進該校的入學登記簿。③

這篇文章是門馬晴子2013年出版著作的導論，顯然她僅僅將其作爲一則軼事，而非史實。魯道夫·普法伊費爾（Rudolph Pfeiffer）在其兩卷本《古典學術史》中説道："沃爾夫於1777年進入哥廷根大學學習，於是就産生了有關他注册的一些傳聞。而實情看上去很簡單，雖然他堅持注册爲'古典語文學的學生'（stadiosus philologiae）④，但他並不是第一個這麽做的人，更不是有意識去開闢一個古典學的新領域。"⑤然而，沃爾夫因其在古典學領域的卓越成就和深廣的影響力，將其入學注册時的倔强選擇作爲古典語文學誕生的標志事件，不論是從叙事的技術還是其標志意義看，都是一個理想的起點。

---

① [英]約翰·埃德温·桑兹《西方古典學術史》（第三卷）（*A History of Classical Scholarship*），張治譯，上海：上海人民出版社，2022年，第82頁。
② 此處翻譯有誤，應該是副校長。
③ [日]門馬晴子《語文學在何處？》，劉雨桐譯，收入沈衛榮、姚霜編《何謂語文學：現代人文科學的方法和實踐》，上海：上海古籍出版社，2012年，第92頁。
④ 不同翻譯者的用語略有不同，各從其所譯。
⑤ [德]魯道夫·普法伊費爾《古典學術史（下卷）：1300—1850年》，張弢譯，北京：北京大學出版社，2015年，第227頁。

18世紀中期以後的古典學可以稱之爲新古典學，相較此前有兩個新的特點：一是古希臘經典成爲研究重心，大家對拉丁文獻的研究熱情下降，在校勘學的推動下，新的以文本校勘爲核心的方法論形成；二是歷史比較語言學的成熟，並以此奠定了古典語文學的基礎。

很多古希臘文經典文獻曾長時間被西方世界所遺忘，普法伊費爾的《古典學術史》分作兩卷，第一卷結束於希臘化時代（公元前1世紀），第二卷則始自1300年。相較桑茲的《西方古典學術史》，有一千多年的空白期。其間主要是拉丁語的時代。到了羅馬帝國晚期，只有少數學者能夠閱讀希臘文獻。而大量的古希臘文獻被譯爲古阿拉伯文而保存於穆斯林世界。這一局面在12世紀開始有所改變，這時歐洲經濟和社會的發展促生了"12世紀文藝復興"，穆斯林世界的古希臘文化被注意到，數十位翻譯家奔赴阿拉伯世界，將數百部著作譯成了拉丁文。其中就包括歐幾里得的幾何學、托勒密的天文學和亞里士多德的幾乎全部著作。這是中世紀留下的一份巨大的文化遺產①。15世紀的文藝復興是對羅馬文化的重新恢復，其中也伴隨着希臘語研究的復興。1400年希臘外交官和教士代表團來到意大利，其中一位外交官克利索羅拉斯留了下來，教授希臘語。後來很多人文主義學者都是他的學生。意大利人對希臘文獻的渴望被激發出來，大批學者赴君士坦丁堡搜尋希臘文獻手稿。此後普勒托亦到佛羅倫薩教希臘語，使西方世界重新注意到了柏拉圖的著作。

文藝復興時期對希臘文獻的研究，無疑爲新古典學的出現奠定了基礎。除了文藝復興，1450年左右古騰堡印刷術在歐洲的發明、航海大發現，以及16至17世紀間的科學革命，促使人們的視野逐漸打開。此後18世紀迎來了觀念上的根本性變革。爲這次變革帶來思想和文獻資源的，正是古希臘文本。普法伊費爾說："如果可以將17世紀稱爲科學革命的時代，那麼18世紀或許可以被描繪爲人文主義革

---

① ［美］查爾斯·霍默·哈斯金斯（Charles Homer Haskins）《12世紀文藝復興》（*The Renaissance of the Twelfth Century*），夏繼果譯，上海：上海人民出版社，2022年，第251—271頁。

命的時代。古典文學的經典再次喚起了精神領域裏奇迹般的活力,如同彼特拉克所處的時代一樣;然而現在,靈感的源泉不是維吉爾或者西塞羅,也並非羅馬式的雋秀柔美或者音韻鏗鏘,而是來自荷馬、索福克勒斯、希羅多德和柏拉圖。引用温克爾曼的名言來說,就是'高貴樸素和沉着偉大'的古希臘人。"① 如同文學領域一樣,在古典學領域,拉丁傳統也遭到了冷落。

使新人文主義或新古典學得以成立的學者是温克爾曼(Johann Joachim Winckelmann)。"羅馬文化顯露出它只不過是通向希臘文化的路徑。於是人們便與人文主義中的拉丁傳統決裂,而一種全新的人文主義,一個純正的、新興的希臘精神誕生了。温克爾曼就是它的開創者,歌德是它的集大成者,威廉·馮·洪堡在其語言學、歷史學和教育學著述中,顯示出自己是新希臘精神的理論家。最終,洪堡的理念產生了現實的影響力:他成爲普魯士的教育大臣,創建了新型的柏林大學以及新人文主義式的中學。"② 所謂古典學,首先是古代文學的研究。温克爾曼所開創的古典學首先也是古希臘文學的研究,這是歌德成爲新人文主義方法的集大成者的原因。"新人文主義的方法先是受到古希臘詩歌研究的啟發,然後被應用到了藝術方面,又在文學領域碩果累累。這體現在萊辛、赫爾德、弗雷德里希·施萊格爾的著作以及歐洲其他國家大量的文學作品當中。只有在德意志,而並非其他任何地方,孕育了一種受基督教新教影響的人文主義,它在幾代人當中既被熱情地支持又受到猛烈地抨擊。這是一場由温克爾曼引導的強有力的運動,其歷史地位堪比從康德到黑格爾這些走在前列的哲學家們所開創的思想體系,正是這股力量在德意志重新喚起了古典學。"③ 我們會看到温克爾曼喚起的新古典學或新人文主義直接影響到了萊辛、赫爾德和施萊格爾的文學和藝術的研究。

---

① [德]魯道夫·普法伊費爾《古典學術史(下卷):1300—1850年》,第219頁。
② [德]魯道夫·普法伊費爾《古典學術史(下卷):1300—1850年》,第222—223頁。
③ [德]魯道夫·普法伊費爾《古典學術史(下卷):1300—1850年》,第224頁。

温克爾曼之後，有轉折意義的古典學家是弗萊德里希·沃爾夫。他最宏偉的計劃是爲荷馬和柏拉圖編輯新的校勘本①，但是他產生巨大影響的却是《荷馬史詩緒論》，這是他爲荷馬史詩的選本而作的一篇序言。在這本小册子裏，他提出了著名的"荷馬問題"，並一直影響到今天。桑兹的學術史抄錄有對這本書内容的簡明概括，轉引於下：

  《荷馬史詩緒論》成書過程頗爲倉促，刊印爲一部280頁狹小的八開本。作者……努力證明以下四點：
  "(1) 荷馬詩章是在毫無書寫手段輔助下完成的，書寫在西元前950年要麽對希臘人來説是完全陌生的，要麽尚未被他們用於文學表達的目的。詩章以口頭誦讀的方式傳承下來。在這個過程中遭受了吟咏歌手們許多蓄意或是偶發的更改。(2) 在大約西元前550年這些詩章被書寫記録下來後，它們仍然遭到了進一步的更改。這些更改出自'修訂者'之手，或是來自博學的考證家們，後者試圖修飾這部著作，並使之與某種形式的成語或藝術規則達成和諧關係。(3)《伊利亞特》具有藝術技巧的統一性，而《奥德賽》具有更高程度的統一性。但是這種統一性，主要並不源自原初的詩章；它更多是在後世經由藝術加工添補而成的。(4) 我們手中《伊利亞特》與《奥德賽》所匯集起來的那些原初詩章，並非全由同一個作者完成。"②

這本書1795年出版後響滿全球，該書第一次對一部古代文獻的歷史作出了有系統方法和堅實論據的考察。沃爾夫意圖通過一部荷馬史詩的傳抄史，爲評判各種抄本的價值打下基礎，也爲他計劃出版的勘本的文本組成奠定基礎③。可以説這是一部奠定古典學文獻整理方法論基礎的著作。沃爾夫發現將文本復原成作者剛剛寫成時的樣子是

---

① ［德］魯道夫·普法伊費爾《古典學術史（下卷）：1300—1850年》，第228頁。
② ［英］約翰·埃德温·桑兹《西方古典學術史》，第887—888頁。
③ ［德］魯道夫·普法伊費爾《古典學術史（下卷）：1300—1850年》，第228頁。

不可能的事情；但是，人們可以努力復原"亞歷山大里亞時代"的文本①。這自然會讓我們想起劉向校書前後的文本問題。當我們在20世紀開始關注經典文本的變遷問題時，"荷馬問題"應成爲比較視野中的重要存在。

荷馬問題對文學史研究的影響也是深遠的。普法伊費爾説：

> 《荷馬研究緒論》所引起的轟動超出了學術界的範圍，因爲它的出版時機恰到好處。當時，人人都在談論原創的、民衆的、自然的、直白的詩歌，而荷馬是大家談論最多的詩人。羅伯特·伍德那篇討論荷馬的原創天賦的論文受到了熱烈的歡迎，特別是在德意志受到歌德等人的贊譽。赫爾德則將麥克弗森（Macpherson）在《莪相集》（Ossian）裏以及珀西（Percy）在《古代英語詩歌的遺存》（Relics of Ancient English Poetry）中的主張加以普遍化和通俗化，還將它們運用到了古希臘史詩上面。而另一方面，也有很多人宣稱《荷馬研究緒論》"褻瀆"了文學。但是，最重要的反饋則是來自弗雷德里希·施萊格爾，德意志浪漫主義作家中最具洞察力的批評家，他在該書出版後不久便發表了充分肯定的書評。他稱《荷馬研究緒論》這部著作甚於"萊辛式的機敏"（Lessingschen Scharfsinn），還將書中的原則普遍運用到了文學史當中。②

"荷馬問題"啟發了文學史模式的詩歌研究，這一研究方法反過來也被應用於古希臘史詩，將其作爲研究對象。古典學研究與文學史研究呈現出相互交叉的並生關係。

赫爾德也是推動古典語文學發展的重要人物。前文説過，歷史比較語言學的建立是18世紀新古典學的另一個突出特徵。這一時期人類語言的起源問題頗受關注。1770年，赫爾德完成了《論語言的起

---

① ［德］魯道夫·普法伊費爾《古典學術史（下卷）：1300—1850年》，第228頁。
② ［德］魯道夫·普法伊費爾《古典學術史（下卷）：1300—1850年》，第229—230頁。

源》，1786年2月2日，威廉·瓊斯（Sir William Jones）在亞洲學會發表一段著名的演講，他提出梵文、希臘文和拉丁文三者在動詞詞根和語法形式方面有很多相似性，它們應該同出一源，同時凱爾特語、哥特語（日耳曼語）和波斯語也應該屬於這一語言體系，這就是著名的印歐語系的構想，語言學史上的最重要假說之一，奠定了歷史比較語言學的基礎。"他的這一洞見和赫爾德的推動適時地發起了歷史語言學研究。大量的早期工作是由德國人完成的，特別是格林兄弟，他們不僅收集了婦孺皆知的民間故事，而且按照歷史原則編纂了第一部偉大的德語詞典。雅各布·格林發現了'定律'，即語音演變規律，將古典語言與日耳曼語系聯繫在一起。"① 古典語文學的理論與方法至此開始逐漸成熟。

除了赫爾德和施萊格爾，浪漫主義的先驅或主將均熱衷於古希臘文學或藝術的研究，如萊辛、歌德和席勒。故文學史研究和新古典學都屬浪漫主義運動，或是一組與浪漫主義相似類型的思想轉型運動中的一支。在精神實質上，它們都是對拉丁傳統和古典主義的反動。溫克爾曼和沃爾夫重新喚起的古典學是向古代，特別是文化的起源——希臘探尋人文主義精神，而赫爾德所主張的文學史寫作則是向民間、向最接近於自然的人群探尋人類文化的原初活力和民族精神。二者同屬於一個思想範型。

三

浪漫主義還塑造了我們今天理解文學的方式。特里·伊格爾頓（Terry Eagleton）在《英國文學的興起》中說："我們自己的文學定義是與我們如今所謂的'浪漫主義時代'一道開始發展的。'文學'（literature）一詞的現代意義直到19世紀才真正出現。這種意義上的文學是晚近的歷史現象：它是大約18世紀末的發明，因此喬叟甚至

---

① ［美］邁克爾·費伯《浪漫主義》，第118—119頁。

蒲伯都一定還會覺得它極其陌生。"①情感、理想、靈感、自然、童年、靈魂、象徵、詩人、想象力、創造力等等，這些詞彙所包含的一切，構成了我們閱讀"文學"前的理解。同時美或美感也成爲文學藝術的終極標準之一，伊格爾頓説：

> 現代"美學"或藝術哲學在我們目前討論的這一時期之內興起絕非偶然。主要是從這一時代中，從康德（Kant）、黑格爾（Hegel）、席勒（Schiller）、柯勒律治（Coleridge）和其他人的著作中，我們繼承了"象徵"（symbol）與"審美經驗"（aesthetic experience）、"美感和諧"（aesthetic harmony）與藝術品的獨特性這些當代概念。以前，一些人出於各種各樣的目的寫詩、演戲、作畫，另一些人以各種各樣的方式讀詩、觀劇、賞畫。現在，這些具體的、隨歷史而變的實踐正在被歸結爲某種特殊的、神秘的能力，即所謂"美感"，而一種新型的美學家則在力圖揭示其內在的結構。這些問題以前並非從未被人提起，但現在却開始具有一種新的重要意味。假定存在着所謂"藝術"這樣一種不變的客體，或所謂"美"（beauty）或"美感"（aesthetic）這樣一種可以孤立出來的經驗，這主要是我們已經論及的藝術與社會生活相離異的產物。②

以賽亞·柏林（Isaiah Berlin）認爲當代的文化觀念大多可以追溯到浪漫主義運動。正是在1760年至1830年之間，浪漫派將原創性、獨特性、熱情乃至爲真理和藝術獻身的殉道精神等要素引入了文學和藝術領域，直到19世紀初期，創新本身才被視爲作品最具價值的特性③。因此韋勒克特別強調："德國1770年左右，發生了感受力

---

① ［英］特里·伊格爾頓《英國文學的興起》，收入氏著《二十世紀西方文學理論》（*Literary Theory: An Introduction*），伍曉明譯，北京：北京大學出版社，2018年，第18頁。
② ［英］特里·伊格爾頓《英國文學的興起》，《二十世紀西方文學理論》，第21頁。
③ ［英］以賽亞·柏林《浪漫主義的根源》（*Roots of romanticism*），吕梁、張箭飛等譯，南京：譯林出版社，2019年，第1—26頁。

的轉變：轉向個性，特性，抒情化和通俗化。"① 這些因素，成爲了今天文化觀念的核心部分。

這一時期理解文學的另一種模式，對今天也影響甚深，這就是用生物學的模式來類比文學。浪漫主義思想的一個典型叙事結構就是以有機體，尤其是植物的生長，來比喻社會、歷史和藝術的變遷②。韋勒克在描述弗雷德里希·施萊格爾的工作時，説他依據了生物演化的類比來解釋文學的發展軌迹。浪漫主義的這種思考方法明顯是受到了達爾文進化論的影響。③ 進化論在很大程度上也是我們的文學史研究的元方法之一。

如前文所言，浪漫主義文學的另一面是民族主義。"從 1789 年開始，歐洲各國和其他地區的政府越來越關注普通百姓日常使用的語言。這裏要討論的關鍵問題是語言既表達了一個民族共同體的建立，也有助於推動民族共同體的形成。所以我們可以這樣説，語言在這個時期被'民族化'了，或者説，語言正在成爲'民族崇拜'的工具"④。西方世界將"Volk"當作獲得國家獨立的獨自"民族共同體"認識而加以定義的人，始於赫爾德。赫爾德主張的"Volk"概念的核心是將"民族"視爲一個擁有共同語言、歷史、文化的民族共同體⑤。在赫爾德那裏，以民族語言寫出的民間文學，是一個民族最重要的文化特徵。韋勒克甚至認爲"在赫爾德身上，納粹看到了德意志民族主義，民族性文學觀念，以及'獻血於土地'意識的一個來源"⑥。歐洲 19 世紀各國文學史的寫作，大多也都參與了各自民族國家的建構過程。辛亥革命之後，受到外來影響，中國知識分子也開始了現代國家的建構和想象。在這一大的歷史過程中，衆流並進，文學史的寫作也

---

① 雷納·韋勒克《近代文學批評史（修訂版）1》，第 274 頁。
② [美] 邁克爾·費伯《浪漫主義》，第 18 頁。
③ [美] 雷納·韋勒克《近代文學批評史（修訂版）2》，楊自伍譯，上海：上海譯文出版社，2020 年，第 3 頁。
④ 彼得·伯克在《語言的文化史：近代早期歐洲的語言和共同體》，第 293 頁。
⑤ 黄現璠：《試論西方"民族"術語的起源、演變和異同》，《廣西社會科學》2008 年第 3 期。
⑥ [美] 雷納·韋勒克：《近代文學批評史（修訂版）1》，第 252 頁。

是其中的一支重要力量。20世紀以來的中國文學史研究中，民間文學受到特別的重視，其根源就在這裏。

19世紀以後，古典學帶來的新人文主義融入文學史研究中，同時伴隨着文獻學和歷史比較語言學理論與方法的成熟，古典學逐漸以古典語文學爲主流。這種以文本校勘和審音勘同爲基本方法的整理和研究古代文獻和語言的方法，相對於文學史研究，是更加專深而冷靜的領域。這或許是古典語文學至今沒有和中國古典文獻研究產生有效互動的主要原因。

從最爲基礎的方法角度看，古典學的研究對象是希臘羅馬經典，文學史研究面對的則是西方各民族自身的文學，或者説文學史處理的對象是希臘、拉丁傳統之外的歐洲文學，特別是民間文學。當我們用文學史的模式來研究《詩經》《左傳》《論語》《老子》《史記》《漢書》、李白、杜甫時，就好比西方學者放棄古典語文學的方法，去研究希臘和羅馬經典。這似乎是將"文學"的帽子強加到了古典經典的頭上。"在學術機構中，許多被作爲文學加以研究的作品就是爲了要被讀作文學而被'構造'出來的，但却也有很多作品並不是這樣。……有些文本的文學性是天生的，有些是獲得的，還有一些是被強加的。……問題也不在於你自何而來，而在於人們怎樣對待你。如果他們決定你是文學，那麽你似乎就是文學，不管你自己覺得你是什麽。"①伊格爾頓提出的問題雖未必公允，但却很值得我們反思。

古代中國的經典傳統和古希臘的經典傳統非常相似，18世紀時形成的文獻考據學也與古典語文學非常接近，二者都是穿過文本的表層，探尋古代語言與意義的真相，因此對於中國古典研究而言，文獻考據學才是最佳的打開經典大門的方式，並很需要將西方的古典語文學納入比較視野，相互啓發。

---

① ［英］特里·伊格爾頓《英國文學的興起》，《二十世紀西方文學理論》，第9頁。

四

那麼,是否需要重新思考"什麼是文學","什麼是文學研究"?西方學術話語體系中,文學是一個逐漸變化的概念。據艾布拉姆斯(M. H. Abrams)、哈珀姆(Geoffrey Galt Harpham)《文學術語詞典(第10版)》,英語中的 literature 源自拉丁文 litteraturae,意義本爲"著作"(writings),即一切文字作品皆可稱爲文學。自18世紀以來,文學一詞開始等同於法語中的 belles lettres(美文),用來指代虛構和想象的著作:詩歌、散文體小説和戲劇①。這與雷蒙·威廉斯(Raymond Henry Williams)《關鍵詞》一書中,對文學這一概念含義變化的梳理大體一致②。這當然是浪漫主義的産物。在20世紀二三十年代的中國文學史著作(講義)中,歐洲的"文學"概念一般被稱爲"狹義的文學"或"純文學"。隨後,它成爲我國學者篩選古典作品、重建民族文學傳統的主要工具。中國歷史中的抒情和想象力寫作傳統因此得以清晰的呈現。但同時建立起來的中國文學史,也不可避免地成爲了被篩選和剥離出來的歷史。一百多年過去了,我國學術話語體系中的這個"文學"一直沒有遭遇到太多的挑戰,大家還是不假思索地在使用它。但是20世紀60年代開始,英語世界中,Literature 的意義就一直受到"書寫"(writing)、"傳播"(communication)和文本(text)等概念的挑戰。如何使用這一概念,已經是一個有爭議的問題。

京師大學堂成立初期,張之洞等擬定大學堂章程,在"中國文學史"這門課程中,即以經傳、周秦諸子和前四史作爲文學典範,並特

---

① [美]M. H. 艾布拉姆斯、杰弗里·高爾特·哈珀姆《文學術語詞典(第10版)》,吳松江等編譯,北京:北京大學出版社,2014年,第39頁。
② [英]雷蒙·威廉斯《關鍵詞:文化與社會的詞彙》(Keywords: Avocabulary of Culture and Society),劉建基譯,北京:生活·讀書·新知三聯書店,2005年,第268—274頁。

別強調文字、音韻和訓詁是文學之基礎①。所以，中國古代關於文的理解，並不僅僅局限於集部，而是兼涉四部的。這恰與拉丁文 litteraturae 的意義比較接近。

文學的意義限定了中國古典文學研究的對象，外來概念施之於本土傳統，固然可以發古人之未發，獨獲新見。但也無法避免以下問題：

其一，概念意義的混淆。文學、作者乃至詩、文、小說、戲曲等都是有着特定含義的漢語詞彙，這些詞彙與西方的概念未必完全等同。但因爲使用了這些漢語詞彙來翻譯，中國古典文學研究的基礎概念體系就非常容易造成詞彙意義的中西混淆。

其二，與傳統文化生態之間的斷裂。以西方的概念重新編織中國的材料和傳統，必然經過篩選過程。當我們把符合西方文學概念要求的文類和傳統挑選出來之後，這種研究與傳統文化生態的割裂就已經發生了。我們看到的問題和處理這些問題所使用的方法，實質上也只能是外來的。

其三，學術缺乏生長性。本土內生的問題很容易形成學術鏈條，在這一鏈條上展開的研究，往往同時兼具回顧性與前瞻性，這是富有持續創造力的學術。由漢至清的經史傳統就是如此。但是從傳統背景中剥離出來的中國古典文學研究，往往難以接續問題鏈。其中一個可能的原因是：文學（literature）這個概念的意義是平面的和固定的，我們的研究也只能圍繞這幾個平面的要素展開，很難避免模式化和單面化。這恐怕也是 20 世紀 80 年代以來，學術界反復涌現重寫文學史這一話題的原因。學者們普遍對古典文學研究的自身局限有所認知。

那麼，我們是否要放棄這些外來的概念呢？在目前的學科制度之下，這幾乎沒有可能。但是，我們確實需要一些方法和觀念上的改變，並提倡用本土的傳統和意義來改造外來的概念，使之可以和中國古典傳統相融合，特別是重啟中國古典學術的視野，以古典學的方式

---

① 舒新城編《中國近代教育史資料》，北京：人民教育出版社，1981 年，中冊，第 572—624 頁。

來研究古代經典。只有這樣才能擴展研究對象和更新研究模式。有鑒於此，我們完全可以將"文學"的含義回溯和重鑄，即回到中國古典意義的"文學"上去，以古典學的方法爲起點，慢讀、深讀古代經典，並重新規劃"文學"研究版圖。

基礎概念是話語體系的靈魂，重鑄概念就近乎體系的重生。文學研究從最根本的意義上説，其對象應該是人類以語言文字爲工具的表達。凡是表達，均有目的，也就自然具有意義。此外，還有一些純粹的以文字爲工具的非表達書寫，比如日曆和菜譜，它們當然不能作爲書寫表達的研究對象。涉及文字和語言的"有目的"的表達，就都會涉及意圖、語言能力、書寫策略、完成度、結構、功能、接受和影響等諸多方面，這才是真正的文學研究，而不僅僅是服務於鑒賞或評價的"文學"研究。傳世的古代文獻，是經過時代汰選而保存下來的部分，不是沒有邊界的泛化書寫，所以將文學的含義回溯，並不會使古代文學的研究失去邊界和意義。

重鑄"文學"概念的意義在於回歸傳統理解，拓展研究範圍，並爲全新的理論話語的出現提供更多的可能。這裏面最重要的就是史部文獻的重新發現。在中國古典學術體系中，史傳的書寫一直是古代文人"文學"才能的主要標尺之一，其地位甚至比詩賦還要高。史傳文獻也是中國古代文獻存量最大的種類之一，然而絕大多數史傳文獻在"文學"研究領地中幾乎是沒有位置的。在《春秋》傳統中，史傳的撰寫目的、價值觀和修辭策略等都會使文本具備鮮明的文學性。一定程度而言，"秉筆直書"只是一種史傳書寫的理想追求，在現實層面，史實是居於史文之後的。如果沒有文獻和文學的研究，史傳中的記載和史實之間的關係並不總是確然無疑的。就重要程度來説，史傳才是中國古代最爲重要的叙事文學，也是最具中國特色的叙事文學。但是如果使用19世紀的文學（literature）概念，就會自然地把絕大多數的史傳排除在外，這是多大的損失！如果史傳的文獻和文學研究得以全面拓展，那麼因其龐大而系統的存世量，在文學理論話語和文獻理論話語方面，史傳文獻都會生長出難以估量的理論問題。文學與國家、地域、自然、歷史、家族、個體、文化之間的關係，都有可能獲得原創的理論模型，豐富整個中國古代文學話語體系，乃至爲世界文學研究提供新的理論話語或原創性啓發。而以本土傳統重鑄文學概念，史傳進入文學研究的範圍就是非常自然的選擇。

文學概念的重鑄本質上是研究的視野下沉，即從篩選出來的"文學性的作品"下沉到普通意義上的書寫文本。在另一個維度上，這又是文學研究意義的上浮，即從服務於鑒賞的研究提升至理解人類語言表達的研究。在這樣的沉浮之間，不僅知識資源、理論形態和語詞概念得以豐富，也會促使其話語體系發生系統性的蛻變。

［作者單位］徐建委：中國人民大學文學院

數字古文獻學的理論意義*
——中國古典文獻學的内部視角

李林芳

提　要：隨着數字技術的不斷發展及與古文獻相結合的實踐和研究的不斷增多，很有必要在數字視角下對古文獻學的自身體系進行深入的梳理與剖析，從而完善學科建設、推動學科發展。數字與古文獻學的關係體現爲兩條脈絡，並由此構成了兩條綫索：一者由古籍數字化而來，内含着將古籍等紙本文獻轉變爲數字形態文獻的專門需求；另一者由數字人文所致，更爲突出把數字形態文獻視爲順文獻形態變化源流而來的新形態文獻的普遍意義。數字古文獻學的理論意義可從古典文獻學内部的各項分支學科展開分析。在目録學上，主要體現爲數字古典目録的分類，及對既有目録學重要理念和實踐的拓展；在版本學上，主要體現爲對數字形態的古文獻的版本學考察；在校勘學上，主要體現爲對數字古文獻的校勘理論和實踐方式的更新。

關鍵詞：數字古文獻學　中國古典文獻學　古籍數字化　數字人文

　　隨着計算機科學技術的發展及數字與人文研究的不斷深入，數字技術與人文學科的交融愈發加深，這已成爲諸多人文學科未來發展的重要方向之一。與此同時，在古文獻學内部也有着數字化的傳統，最主要體現在古籍數字化方面。相關領域自從幾十年前開展以來，已蓬勃發展至今，出現了許多重要的實踐成果，如古籍類數據庫、研究平臺等。而在去年（2022），中共中央辦公廳、國務院辦公廳印發了

---

*　本文獲教育部人文社會科學重點研究基地項目"《詩經》文本的數字化整理及相關問題研究"（項目號：22JJD750006）資助。

《關於推進新時代古籍工作的意見》,指明了新時代古籍事業的發展方向。其中提到"推進古籍學科專業建設""强化人才隊伍建設"和"推進古籍數字化",這便更加要求我們將數字技術與古典文獻學結合起來,以促進學科的發展,推動研究和實踐的不斷進步。

與此同時,相關方面的理論研究也一直在進行。部分研究的時代較早,並總體呈現出相對不平衡的態勢,如目錄學的討論較爲充分,版本學就數量較少,校勘學則更側重於應用與技術層面。近些年來,隨着大數據概念的提出,數字人文研究與古籍領域結合得愈加緊密,又出現了一些新的重要成果。總之,鑒於科技的迅猛發展及有關實踐、研究的不斷增多,我們認爲,目前很有必要在數字視角下對古文獻學的自身體系進行深入的梳理與剖析,從而完善學科建設、推動學科發展。本文將從古典文獻學内部着手,就各分支學科及其理論體系展開討論,以展現當今時代數字古文獻學對於古典文獻學發展的意義和價值。

一、數字與古文獻學

數字與古文獻學之間早已有非常密切的聯繫,最早體現在古籍數字化的話題下。從 20 世紀 70 年代末起發展至今,中國的古籍數字化經歷了起步、探索、初步發展、快速發展等諸多階段,產生了許多重要的建設成果,如各類古籍數據庫、研究平臺等,同時也有諸多理論方面的研究[1]。關於這些理論探究,除了純技術層面的討論外,由於古籍數字化原即爲古籍整理的重要方式[2],故在部分思考中可見關係

---

[1] 詳細梳理參見耿元驪《三十年來中國古籍數字化研究綜述 1979—2009》,尹小林主編《第二届中國古籍數字化國際學術研討會論文集》,北京:五洲傳播出版社,2011 年,第 12—28 頁;徐清《2001—2005 年我國中文古籍數字化研究綜述》,《圖書情報工作》2006 年第 8 期,第 139—143 頁;李明杰、張繊柯、陳夢石《古籍數字化研究進展述評(2009—2019)》,《圖書情報工作》2020 年第 6 期,第 130—137 頁等。

[2] 參見毛建軍《關於古籍數字化理論建構的思考》,《高校社科動態》2006 年第 4 期,第 40—43 頁。又見許逸民《古籍整理釋例》對於"古籍整理目前通常採用的方式"的闡述,第 8 點即爲"古籍數字化"。(許逸民《古籍整理釋例》,北京:中華書局,2011 年,第 21 頁)

古文獻學的方面，特別是數據庫的書目建設涉及目錄學、版本學，全文建設涉及校勘學等。有關內容一般都是古文獻學的學科知識在數據庫建設時的延展與具體應用，也有直接針對領域本身展開討論者，但總體數量較爲有限。

而隨着數字技術的發展，特別是"數字人文"概念的提出及相關實踐和研究的廣泛開展，人們更爲重視對古籍進行深度的加工與利用①。由此數字形態的文獻不僅是古籍整理的方式或目的之一，而且還是可以進一步於其上開展各種研究與利用的對象。從此視野來看，數字古文獻無非是古文獻形態的進一步演變；繼甲骨、金石、簡帛、紙張之後，其載體如今變成了磁帶、硬盤、光盤、網絡等，樣式成爲了數字形式，並利用計算機和網絡等進行存取②。由於文獻形態的變化，在邏輯上便會理所當然地要求采用與原先不同的方式加以處理和研究，故而會帶來傳統文獻學在多方面的新變，包括目錄、版本、典藏、校勘等實踐路徑，以及研究的整體性、實證性、新範式等③。

以上便是數字技術與古文獻學産生關係的最爲重要的兩條脈絡④，而其中也蕴含着"數字古文獻學"這一提法的内在意義，即在計算機科學技術飛速發展的當下，隨着數字形式的古籍整理的廣泛開展、數字化的古籍文獻的不斷增多、相應地對其研究的産生與發展，其中的諸多實踐與討論都與古文獻學息息相關。所以，面對這一"大變局"，古文獻學如何納入數字技術引發的相關内容，並進一步拓展自身的理論體系，且爲未來的實踐提供相應的理論指導，便具有了相當的必要性。早先毛建軍先生提出過"古籍電子文獻學"⑤，主要關注的是古籍

---

① 參見趙薇《數字時代人文研究的變革與超越——數字人文在中國》，《探索與爭鳴》2021年第6期，第191—206頁。
② 參見劉石、李飛躍《大數據技術與傳統文獻學的現代轉型》，《中國社會科學》2021年第2期，第63—81頁。指出："在甲骨、金石、簡帛、紙張之後，文獻進入了數字化時代。"（第63頁）
③ 參見劉石、李飛躍《大數據技術與傳統文獻學的現代轉型》，《中國社會科學》2021年第2期，第63—81頁；劉石《文獻學的數字化轉向》，《文學遺産》2022年第6期，第10—13頁。
④ 關於此兩條脈絡，特別感謝北京大學中文系吳國武先生的提示與指教！
⑤ 毛建軍《論古籍電子文獻學研究範疇的確立》，《圖書館理論與實踐》2010年第9期，第46—48頁、第88頁。

數字化的一面。近些年又有學者提出"數字文獻學"①，我們與之最大的差異乃是從"古典文獻學"學科本位的視角出發，討論古典文獻學學科内的相關問題，而非將之引入信息管理學或更爲交叉的範疇。

由以上梳理還可以注意到，"數字古文獻學"這一話題其實蘊含了兩條綫索。一條綫索從古籍數字化而來，内含着將古籍等紙本文獻變爲數字形態文獻的專門需求；另一條綫索則由數字人文所致，更爲突出把數字形態文獻視爲順文獻形態變化源流而來的新形態文獻的普遍意義。這兩者之間的聯繫是很明顯的，即兩者都利用到了數字技術，都强調對數字古文獻的重視，且經由前者所形成的數字形態的古文獻正是後者加以深度利用的基礎。然而，在古文獻學的體系中，二者却也存在明顯的區别。前者更多强調古籍在數字化時，如何遵循既有的古文獻學的理論、方法、規範，或在此基礎上結合數字化的需求進一步延伸拓展。至於後者，則爲一全新的天地；亦即當文獻形態發生如此大的改變後，古文獻學——作爲直接關注古文獻本身的學問——其既有的概念、理論、方法是否還可以適用於"新型古文獻"上。從現狀來看，在某種程度上，數字形態的古文獻還只是甲骨、金石、簡帛、紙本等物質形態之古文獻的數字"複本"，似乎還只是主副的關係。然而，隨着時代的推移，物質形態的文獻總難免毁損散佚，這時其數字形態便一躍而爲正主。因此，數字古文獻學中的兩條綫索其實都具有相當的重要性，並不能僅簡單地看爲兩種事物，二者間既有聯繫又有區别。一者誕生了變化之因，一者照應着變化之果；一者仍較遵循既有的框架，一者改易了框架的内核；一者聯繫過去與現在，一者指向現在與未來。

本文接下來將具體闡述"數字古文獻學"對於古典文獻學的理論

---

① 如楊清虎《數字文獻學的概念與問題》，《黑龍江史志》2013 年第 13 期，第 203 頁；鄭永曉《傳承與超越：數字文獻學的未來發展芻議——兼論日本文獻數字化對我國之啓示》，《中國比較文學》2019 年第 4 期，第 2—13 頁。

意義，特別是如何在理論層面對古典文獻學學科本身加以推進。關於古文獻學的學科建設，杜澤遜先生曾指出"各分支學科的科學建構也就是文獻學學科建設的基本内容"①，這也是本文所謂"内部視角"的緣由，即展開討論的對象都是古典文獻學"内部"的各項分支學科；由對各分支學科的理論探索聚而形成對古典文獻學的理論開拓。至於具體討論的對象，本文將以目録學、版本學和校勘學爲主要着眼之處，一者由於此三方面爲古文獻學的"核心内容"②，另一者乃因這三方面在既有的古籍數字化和數字人文的討論中較爲豐富，具有典型性和代表性。

二、目録學

從前述兩條脈絡上來看，在目録學方面，與數字技術相關的一者是古典目録的數字化，另一者是對數字古典目録的深度開發與利用，以及數字古文獻的目録編製。

關於數字化的古典目録，首先面臨的即是分類問題。在考察古典目録時，一般都會從藏書來源、是否史志、内容、性質等方面加以分類。對於數字化的古典目録，當然也可以據該目録本身的情況歸入上述幾種類型之中，但如此則無法體現"數字化"本身的特性所在。若從數字化的形式和程度等方面加以衡量，可以將之區分爲"全文目録"和"專門目録"。兩者之間的主要區别在於數字化時，是否針對"目録"這樣一種特殊的文獻進行了專門的處理與加工，以體現其文本特徵、獨特功能等。前者如"中國基本古籍庫""中華經典古籍庫"的相應内容③，主要是將紙面的目録文字直接轉換爲數字的形式，没有或較少做文本的結構化處理，基本没有體現目録類文獻的結構特徵，也没有提供與目録直接相關聯的功能。這一類目録基本都包含在

---

① 杜澤遜《談談文獻學的方法、理論和學科建設》，《文獻》2018年第1期，第3—13頁。
② 杜澤遜《談談文獻學的方法、理論和學科建設》，《文獻》2018年第1期，第13頁。
③ 在"中國基本古籍庫"中，相關文獻見於"綜合庫—目録類—經籍目"之下（8.0版）。在"中華經典古籍庫"中，相關文獻見於"史部—目録類"之下。

古籍全文數據庫中，數量較多。後者如"中文古籍聯合目錄及循證平臺"的古籍目錄部分、"中華古籍書目數據庫"的古籍目錄部分及"'中央研究院'歷史語言研究所古典目錄導航系統"等，其中都針對目錄文獻的文本特徵進行了專門的處理與呈現，並提供了具有針對性的功能。如對類別、大小序、書籍題名、敘錄等不同內容采用了不同的呈現方式，並可有針對性地進行檢索；此外還能展現某部書在不同目錄中的分類情況，某一類在不同目錄中的源流變化情況。總之，這些數據庫是專門針對古籍目錄而建設的數字化產品，在數字化方式、功能、目的等方面都充分考慮了古籍目錄的使用需求，從而與一般的數據庫有着明顯的不同。這一類目錄的數量尚不算多。

其實上述專門數據庫已涉及對目錄類文獻的進一步開發與利用了。特別是"'中央研究院'歷史語言研究所古典目錄導航系統"，其中已不見任一古典目錄的原樣全文，而是經結構化、標準化、關係化處理後的數據，且主要以表格的形式呈現出來；其所體現的近乎純粹是古典目錄的功能層面，如閲覽查檢，"辨章學術、考鏡源流"等。其實，閲覽查檢也是一般數據庫的常見功能，但"辨章學術、考鏡源流"則是古典目錄的獨特功用，在實現時需要有針對性地進行專門的設計；於該系統中主要是在所錄數據的基礎上，以表格形式呈現類目的自身變化、古籍在諸目錄及諸類目間的流轉等。而李文琦、王鳳翔等則通過可視化方式，探索了一種更爲全面、清晰、直觀的呈現方案①。此外，目錄學上的其他重要理念與實踐也在爲數字手段所進一步拓展和增强，如"互著"和"別裁"。此二概念源於章學誠《校讎通義》，前者指書因"理有互通""書有兩用"而在不同的類別中重複著錄，後者指把一書中的某些"別有本旨""不知所出""自爲一類"等的篇章裁出而著錄於相應的類別中②。這兩種理念在傳統目錄編纂

---

① 李文琦、王鳳翔、孫顯斌等《歷代史志目錄的數據集成與可視化》，《中國圖書館學報》2023年第1期，第82—98頁。
② 〔清〕章學誠撰，葉瑛校注，靳斯點校《校讎通義》，北京：中華書局，1985年，第966頁、第972頁。

中被廣泛采用並付諸實踐，不過目前的做法在客觀性、準確性與效率上尚存在一定的不足。張力元、王軍探索了一種基於機器學習的古籍目錄互著與別裁的方法，將互著與別裁映射爲文本挖掘中的文本分類問題，並使用機器學習來實現①。此項研究也展現了數字技術對於目錄學理念和實踐的增益作用。

至於爲數字化的古典文獻編製目錄，這已涉及現代目錄學的範疇，本文這裏並不擬作討論，不過尚有一點賸義可爲説明。關於現代目錄學相較於古代目錄學之問題，姚名達先生曾指出前者删去叙錄等導致原優點失去，同時新分類亦有不足②。在某種意義上，分類與叙錄是古典目錄中最爲核心的方面，也是構成目錄文獻的主要內容。而這兩方面其實也可以結合現有的技術手段實現更爲豐富的拓展，如藉助數字古文獻之文本已數字化的便利，可以使用主題建模技術爲文本生成主題詞，乃至生成多種主題詞並按相關性排布，以爲分類的依據或成爲分類本身；以及使用文本摘要技術爲所錄文獻生成摘要，以爲叙錄之書籍內容的部分。運用上述辦法，就能方便地彌補姚名達先生所言之不足，以使"目錄之內容"與"分類之綱領"上，皆能"適合書籍之需要"③。

總結前文，在目錄學上，數字技術體現在以下方面：古典目錄的數字化產品的分類，以及數字技術對於既有目錄學重要理念和實踐的拓展，包括類別，叙錄，"辨章學術、考鏡源流"，互著，別裁等。

三、版本學

在版本學上，與數字技術相關者也體現在兩個層面④：一者爲古

---

① 張力元、王軍《基於機器學習的古籍目錄互著與別裁探析》，《中國圖書館學報》2022年第2期，第47—61頁。
② 姚名達《中國目錄學史》，上海：上海古籍出版社，2005年，第308頁。
③ 姚名達《中國目錄學史》，第308頁。
④ 此前已有學者提到"數字版本學"，見鞠明庫《古籍數字化與傳統文獻學》，《清華大學學報（哲學社會科學版）》2011年第5期，第154—158頁。

籍數字化時對於古籍版本的重視與選取，及編製目錄時對於版本相關項的更爲細緻的著錄，乃至於建設專門的藏書印、書籍版式、題跋批校數據庫等。此方面所涉及的版本學理論並無明顯的變化更替，本文不再贅述。

另一者則是對已數字化的古文獻之版本的研究，該方面所涉及的問題則與傳統版本學有了明顯的差異。由於面對的是數字形態的"古籍"，故而相較於傳統的物質形態的版本，其所涉的概念和實踐皆要做出相應的更易。首先即是古籍版本變化發展的情況，即從鈔本、印本再到數字版本，該源流脈絡及相互關係等皆值得做深入的梳理與考察。

其次爲版本學中的多項重要概念。如版本的類別，從不同角度看又可進行不同的分類。從文件格式上看有圖片格式、文本格式，而後者又可進一步分爲 PDF、Word（某類 XML）等標記文本格式，以及純文本格式。此外，對於 OCR 後的 PDF 文本，可以看作圖片與文本俱存的格式。從數字化結果的類型看，則有古籍原樣與整理本形式，前者可以類比爲"影印本"，即古籍直接的圖片拍照；後者則是由圖片轉換成的文本格式。此二形式也可對應至文件格式上的圖片與文本這兩類格式。而從地區角度，同樣可進行分類。其實對數字古文獻而言，由於當下已爲互聯互通的時代，此時如傳統版本學一般以具體的刻印地來區分的必要性並不大；但從較大的地區着眼還是有意義的，因爲不同地區所完成的數字化成果可能意味着關注不同的文獻、採用不同的技術方案、使用不同的編碼、形成不同的成果樣式等。如中國大陸、中國港澳臺地區，日本、韓國、美國、歐洲及其他區域，各地區所製作形成的數字古文獻在上述方面都有其特點和差異，亦可爲不同數字版本的特徵與標志。從製作主體上看，則可大致分出公家、企業與私人製作。公家爲政府部門、高校、圖書館、科研機構等單位牽頭製作形成的數字古文獻，企業則是由企業負責製作的數字古文獻，私人則是完全由個人發起製作並完成的數字古文獻——由於計算機技術、網絡的發達，以及"共享""開源"等互聯網精神的影響，個人製作的數字化古籍資源的數量也頗爲可觀，而且往往能夠免費使用，故而也具有相當的影響力。從製作技術方案與成果樣式上看，則有數據庫、研究平臺、軟件、單份文件等。除了上述諸角度，還能從編碼情况、開放程度、使用渠道等多方面進行分類。總之，相較於傳統版本學從時間、地區、出版者、形式特徵、内容特徵等所分出的類别，數字古文獻之版本也可以分出多類；這些類别不僅能涵蓋傳統古文獻學所分出的類型，還能根據自身特徵，區别出更多種類。其實這並非爲分類而分類；與傳統版本學相同，這些所區分的類别對於判斷某版本的來源、性質、優良與否等都起到至關重要的作用。

版本學中的另一項重要概念是"善本"，那麽數字古文獻是否也存在善本呢？我們認爲是肯定的。所謂善本，其實也就是指較好的本子；而數字古文獻肯定也有製作良好者、有問題較多者。在傳統版本學中，善本一般指具有"歷史文物性""學術資料性"和"藝術代表性"的版本，當然每一性中都可做出更爲細緻的界定①。而數字古文獻之版本，當然可以從以上三性來判斷——但如此所辨别的只是該數字古文獻所從出的古籍版本的性質，並非數字古文獻本身的特徵。所以，若從數字古文獻自身特性上着眼，並參考傳統版本學中的定義，我們認爲數字古文獻之善本或可從以下幾方面着眼：

1. 相似性。由於數字古文獻之來源必爲物質形態的文獻，所以首先的要求便是儘量與原文獻"相似"。儘管由於形態轉換的原因，要求做到100％相同必然是不可能的，但肯定是越相似越好。如此，可進一步細化分析：若是文本格式，則要求文本一致；特别是原文中的特殊字符，也能以一定方式區别並呈現出來，而非任意認同。若是圖片格式，則要求圖片一致，清晰完整、分辨率高，没有涂污錯亂。特别是原書中若有夾籤等處，也都能拍照入内，而非截取删省。

2. 獨特性。即該數字古文獻之來源文獻的難以獲取程度。若所

---

① 參見中國古籍善本書目編輯委員會編《中國古籍善本書目（經部）》"前言"，上海：上海古籍出版社，1989年，第2頁。

來源之文獻非常難以獲取，則其數字版本就具有更强的獨特性。特別的，若該來源文獻已然佚亡，則其數字版本在某種意義上就成爲了該文獻的"正本"，而脱離了附屬屬性，如此其獨特性自然最强，也具有了超越他本的價值。

3. 可利用性。即該數字古文獻的可利用程度。由於文獻本身即是要爲人所利用的，特別是數字文獻的利用程度與方式相較於非數字文獻有着明顯的不同，故而這也是非常重要的衡量標準。若細加分析，内裏又可分爲多個層次，包括是否可獲取、閲讀、檢索，是否可利用計算機進一步處理等。而這每一層次中又可細分出多個程度，如獲取之難易，閲讀之可閲數量、便捷性、其他功能，檢索之方式、程度，利用計算機進一步處理之開放程度等。

最後，對版本學而言，版本鑒定也是很重要的方面。至於數字古文獻，就根本上來説，對其進行版本鑒定其實是對其所來源文獻版本的鑒定，對數字古文獻本身鑒定的意義並不大。但是，有時也會遇到需要對數字古文獻本身加以甄別的情況，以保證利用時的準確性。特別是由於數字資源流通便利，許多直接獲取於網絡者並未注明出處，此時判别其所來源之物質文獻、來源之成果、製作地區、製作者等，就顯得尤爲重要乃至必要了。此外，已注明出處的文獻，也常會出現一些問題，以下爲常見情形：（1）文獻内容不全，包括文字不全、圖片不全等；（2）文獻内容來源不一，包括文字從多途徑而來，圖片拼補等；（3）文獻宣稱所用版本與實際所用無法對應；（4）圖文對照之文獻，其圖與文實無法對應；（5）文字或其他方面訛錯嚴重，無法與所宣稱之來源文獻形成有效對應。總之，由於數字古文獻都誕生自物質形態的文獻，所以對數字古文獻本身的版本鑒定主要集中於其來源、製作方，及其内容上的缺漏、訛誤、對應情況等方面。

總結上文，關於數字技術與版本學的結合，一方面體現在古籍數字化中對於古籍版本的重視、選取與著録，以及版本有關數據庫的建設。然而，更爲重要的是數字形態的古文獻的版本學考察，相關内容基本涵蓋了傳統版本學所關注的諸方面，包括版本形態變化、版本類型、善本概念、版本鑒定等，可形成新的系統全面的理論。

四、校勘學

在校勘學方面，由於其本身具有明顯的實踐性，既是古籍數字化中可爲"自動化"的重要一環，而相關的"自動化"方法作爲數字手段處理文本材料的方式也是數字人文所關心的研究對象，且在校勘時，所面對的亦是已數字化的文獻；故而在校勘之問題上，其實表現出了前述兩條綫索的綜合。所以在這一部分中，我們對兩條綫索不再區分討論。

校勘學兼具理論性和實踐性，數字手段在這兩方面都會產生影響。首先是對校勘方法的推進。校勘的四種方法爲對校、本校、他校、理校。在與數字手段結合方面，對校已非常成熟；而本校、他校和理校由於涉及本書及更廣泛的他書内的材料，且需要進行細緻考證與邏輯判斷，故目前還少有深入探究者。而隨着人工智能的不斷進步，在這方面或許也能有所突破。其次是對致誤原因與校勘通例的擴充。隨着文獻記録方式的變化與數字文獻的增多，造成訛誤的方式也不斷更新，如輸入法、字符編碼、OCR 轉換、網絡傳輸、文件損壞、文本來源錯綜等，這些都會導致文獻中的誤字、脱文、衍文、倒文、錯簡等現象，並可據而歸納爲新的校勘通例[1]。

而在校勘實踐上，重點在於對校勘的方法步驟、出校方式等加以設計，使之更符合校勘學的要求，並與數字手段全面結合。關於具體的方法步驟，在技術層面，目前已有諸多的輔助方案，能夠實現圖片文本轉換、自動對校、自動斷句、命名實體識别等功能。而這些功能

---

[1] 漆永祥《當前古籍整理諸問題芻議——兼談對〈文獻〉雜志的小小建議》，《文獻》2019 年第 5 期，第 44—53 頁。該文第三節"重視探索古籍整理中的新問題與新方法"即總結了 11 條與電子有關的錯訛通例（第 47—48 頁）。

有機組合在一起，就能從整體上實現"自動化"的效果①。藉助這些技術手段，原先需由人力來做的大量基礎、重複、較少創新性的工作就可以交由計算機辦理，而學者則可以集中精力處理更爲複雜的問題，以實現專家做專家之事的成效。對於大部頭的古籍文獻來說，校勘往往需要集合多人組成團隊來完成。在工程管理方面，藉助於網絡，一些與校勘有關的平臺也集成了"衆包"功能，從而能使參與者不再被時地所拘牽。平臺能合理地分配任務、收集勞動成果，以達到廣泛參與、充分合作、提升效率的效果。

至於校記，則是校勘成果的重要展現形式。在出校時，一般都有相應的要求，特別是文字形式上的規範，這些較爲固定的要求都可以通過自動化的方式來生成。而對於何者出校，何者不出校，亦即出校的"原則"，也可以形成固定的規則，由計算機據之自動選擇去取。而與校記密切關聯的工作，便是對文本的校改。在這一方面，古今有不同的觀點和做法，一般區分爲"活校"和"死校"。這兩種做法各有其利弊，而不同學者也有不同的提倡。今天一般的實踐方式包括"照録底本，注記正誤"，"擇善而從，無本不改"，"改正底本，注存異文"，"改正底本，並見異文"等②。然而結合可視化手段——由於其脱離了紙本的只能顯示一種樣態的局限，且可據需要動態展示不同的樣貌——在校記與校改方面可以做出一些新變化。考慮到"死校"與"活校"各有其特點與不足，故我們或許可以考慮一種兼收并蓄的方案，將多種版本與校勘意見在計算機内存儲後依據研究者需要而呈現；即讀者在使用時，可以從底本、異文、校勘意見諸者間選取自己所要觀察的方面，並自行決定是否要將異文及意見疊加到底本之上，

---

① 較早的討論參見常娥《古籍自動校勘和編纂研究》，蕪湖：安徽師範大學出版社，2012 年；常娥《古籍計算機自動校勘、自動編纂與自動注釋研究》，蕪湖：安徽師範大學出版社，2013 年。而今天隨着相關技術的不斷發展，在校勘的"自動化"方面又有更多的推進，特別是在圖像識別、自動標點、命名實體識別等方面涌現了大量的研究成果。公開的工具與平臺即有"籍合網——古籍智能整理平臺""吾與點古籍自動整理系統""古籍酷""如是古籍數字化工具平臺""學衡數據——古籍文本對勘、古籍標點過録""智慧古籍平臺"等。
② 倪其心《校勘學大綱》，北京：北京大學出版社，1987 年，第 269—273 頁。

而計算機可以依據所需靈活展示，從而達到"活校"與"死校"兼顧的效果。不僅如此，類似做法還可以有以下幾方面的優點：首先，可以在此基礎上匯總更多家的校勘意見，並供讀者方便地閱讀、比對、研究。其次，能夠全面呈現既有文本的樣貌，並能呈現構擬的文本——即據某些校勘意見轉換形成的（可能從未存在過的）文本，並供讀者直觀地閱讀、比對、研究。第三，可以更好地應對複雜的古籍文本，釐析其間層次，從而使針對不同文本層次的校勘能夠相互區分。從上述構想看，未來的古籍整理本可能未必與今天的樣貌完全一致；其可以是一個文本庫、資料庫，內裏還包含了多種可視化工具，讀者可以很方便地根據自身需要查看某一層面的文本樣態，從而能夠充分發揮數字之長，彌補今日古籍整理本中某些具有局限的方面。

總結上文，數字技術對於校勘學的影響同樣是非常巨大的。由於此時校勘所面對的文獻已是數字化後的文獻，所以校勘學理論所考慮的便是數字古文獻的自身情況及如何利用數字手段來處理這些文獻，而校勘學實踐便是具體的處理方式。

五、結語

以上我們從目錄學、版本學、校勘學這三個古文獻學中最主要分支學科的角度，說明了數字古文獻學的理論意義。總結來看，數字古文獻學其實是把當下的數字技術和相關理念引入傳統古文獻學的各個方面之中，在材料、理論、方法上都促進了傳統古文獻學的拓展和更新。在前文的梳理中，我們已提及數字古文獻的兩條來源：古籍數字化和數字人文。而這兩條來源也導致了數字古文獻學的兩條綫索，即古籍由物質形態轉爲數字形態所涉的理論、方法、實踐，及面對數字形態的古文獻對其深度利用所涉的理論、方法、實踐。這兩方面既有聯繫，也有明顯的區別，前文俱已進行了論述。而從各分支學科的角度看，由於關注側重、所處理材料、研究實踐方式等本身的差異，則亦有不同的體現：目錄學更多體現的是前者，版本學更多體現的是後者，而校勘學則是兩者的綜合。

相較於傳統古文獻學，數字古文獻學的一個顯著特點是引入了大量的數字技術，而這些技術方法許多都來自計算機科學、自然語言處理、信息管理等相關學科，也使其體現出了相當的"理科"性質，而與傳統文獻學的"文科"屬性具有了較爲明顯的區別。關於這一點，我們認爲可以從兩方面來看待。一方面，文獻的處理、分析、利用方式與文獻形態的關係是非常密切的；隨着文獻的數字化，自然要求使用數字手段對其加以處理（包括用數字手段使之數字化），這是"理所當然"的行爲。在這一情況下，引入諸多"理科"的技術、方法是必要的，也是很容易理解的。對於人文學科的相關研究者來說，知曉在計算機科學等學科內有哪些技術方法和成果可爲使用或許也是重要的事情。另一方面，目前數字古文獻學其實是從屬於古典文獻學的，而非一門全新的學問。故而相關理論及其研究和實踐都是爲解決古文獻學領域內的問題服務的，包括解決既有問題、拓展新問題等。從這一點上看，數字古文獻學其實與傳統古文獻學並無根本差異，其理論框架的搭建方式是共通的，這從本文的論述中也可以看出。

最後簡單討論一下古典文獻和古典文獻學的未來發展問題。如前文所述，目前學界逐漸認爲，數字形態的古文獻也是從傳統文獻發展而來的一種新樣態，依循着甲骨、金石、簡帛、紙張的脈絡而形成。不過，其中還是有比較明顯的區別，即前幾項都還是可觸摸的實在"物質"，而數字則已是虛擬之物了；前幾項可認爲是文獻信息的載體，而"數字"則構成了文獻信息本身，而另有不同的載體。從數字形態的古文獻與傳統古文獻的關係上來看，如前文所述，目前前者更像是後者的複本——在某些情況下替代物質形態的古籍，服務於古籍保護、閱讀、研究、利用等諸目的。但是，從根本上來說，前者似不可能完全替代後者，因爲"數字"所記錄的往往只是古籍的圖像和文本信息，然而其他對於古籍而言同樣重要的内容——如紙張材質、藏書印質地、所用藥水等這些更爲"物質"的方面——則會隨着數字化而消散（當然可以分條逐一記錄，但也無法完全窮盡）。因此，相較於物質文獻，數字文獻所含信息必然是更少的。不過，亦如前文所言，從長遠來看，物質形態的古文獻終將殘損、消逝，而其數字形態則能長期存在，並在此種情況下躍居主體的地位。而古文獻學的發展問題亦與之相類。在目前"數字古文獻學"的框架內，之所以會存在兩條綫索脈絡，其實也與上述情況相關聯：一者體現的是數字形態的古文獻是如何來的；一者關注的爲當古文獻變爲數字形態後，古文獻學應如何面對它們。在此種情況下，數字古文獻學與傳統古文獻學其實是密不可分的，或者說前者只是後者的另一"分支"而已：文獻層面上的附屬關係，研究層面上的類似或共同的問題關注。然而，當數字古文獻完全據有主體地位後，數字古文獻學與傳統古文獻學的關係又當如何，其是否會從傳統古文獻學中獨立出來而發展爲新的領域，這也是值得思考的問題。總之，儘管古籍數字化已發展了近四十年，數字人文也已發展了十餘年，但古籍在各領域的大量數字化是在21世紀後發展蓬勃，而數字人文在古籍領域的廣泛拓展則更爲晚近許多。從古文獻流傳千年的生命歷程看，我們現在還只是處在新歷史的初期；隨着數字古文獻的逐漸增多，對其研究和利用的愈加深入和廣泛，相信對上述問題能夠有更加完善的思考和解決。

[作者單位] 李林芳：北京大學中國古文獻研究中心、北京大學中國語言文學系

明集整理的一種前景：
"細讀""遠讀"轉換及其潛能

葉　曄

提　要：明集的規範化點校和深度整理，擁有基於唐宋別集整理經驗的"細讀"，及基於數字人文理念的"遠讀"兩條路徑。一方面，充分借鑒唐宋別集深度整理的優秀成果，結合明代文學精細化研究的迫切需求，可以有效地提高明代詩文精讀及經典化的力度；另一方面，只有自覺地認識明集有別於唐集、宋集、元集的文獻新特點，對明集整理的思考纔能進入方法論的範疇：如充分發揮明代文學在集前文獻、早期鈔本文獻上的數量優勢，對古籍整理的序次校勘進行有益的探索；充分認識存世明集在窮盡閱讀上的難度，以及對數字人文技術的路徑依賴，通過"細讀""遠讀"的轉換與結合，開掘出明代文學知識生產的更大潛能。

關鍵詞：明集整理　集前文獻　序次校勘　精細化研究　數字人文

有關明人別集的存世情況，尚没有一個精確的數字。據《中國古籍總目》的統計，現存的明人別集至少有7175種。但存世情況不等於整理情況，對專業研究者來説，傳統的古籍整理可分爲影印整理、標點整理兩種類型，據湯志波、李嘉穎編《明別集整理總目》的統計，自1912年至2022年，已標點的明人別集有1542種，涉及作者780人；已影印的明人別集（合并重複版本）有6000餘種，涉及作者2800餘人[①]。明代文學的常規研究，就建立在這些相對易見的明集文

[①] 湯志波、李嘉穎編《明別集整理總目》"前言"，上海：中西書局，2022年，第1頁。

獻的基礎之上。而隨着數字技術的發展，古籍高清影像的在綫公布成爲明集走近普通讀者、借現代科技手段"活"起來的一種新方式，中國國家圖書館、美國哈佛燕京圖書館、日本早稻田大學圖書館等機構，都公布了大量的館藏古籍全本書影，其中不乏稀見的明集文獻。遺憾的是，這方面的情況，至今沒有一個清晰的統計數據。

面對浩如煙海的明集文獻，我們在使用材料時不再捉襟見肘，這足以振奮人心。但典籍文獻的大量開掘，也造成傳統的基於個人能力的窮盡式閱讀難以爲繼。面對可調用文獻的量級變化及其對原有文學史觀點的一些修正，新時代的研究者有必要調整自己的史料觀與方法路徑。對起步較晚的明代集部文獻整理來說，剛進入高速發展期就面臨這樣的技術革命和時代變局，該如何應對？如何借力將劣勢轉化爲優勢，拉平不同時代別集在基礎整理上的差距，拉近明清別集在深度整理上與唐宋別集的距離，從而開闢出明代文學研究的新局面，是一個值得討論的問題。

一、基於"深度整理"和"精細化研究"的客觀需求

如果沒有數字人文技術降臨古籍整理這個行業領域，那麼，在傳統的古籍整理之路上，"深度整理"將是明集整理的下一步目標。21世紀以來人民文學出版社的《明清別集叢刊》，在這方面已有較好的實踐。何爲"深度整理"？按照周絢隆的説法，至少須具備四方面的工作：一，搜羅版本全面，選擇底本要精，校勘細緻簡要，輯佚全面準確。讓讀者藉助整理本，能清晰地看到各個版本的異同，進而探討其中包含的深層次的文學、歷史、文化等諸多方面的信息。二，書前須有相當研究深度的前言，介紹別集整理研究狀況、別集内容、作者生平經歷等，使讀者瞭解基本的情況。三，列出整理凡例，介紹整理所用底本、參校版本，以及對前賢校勘成果吸收的情況，説明標點符號的用法，繁簡字、通假字、避諱字的處理和校勘問題。四，書後附

錄別集作者的墓志、傳記、年譜、交遊唱和、歷代評論等重要資料。①二十年過去了,如果我們秉持明集整理應有一個從標點整理到深度整理的過程,那麽,作爲某位作家別集的第一個整理本,同時符合以上四個條件的話,算是具備了相當高的學術起點。另一方面,面對數字技術的日新月異,我們不能只站在整理者的立場上,想着如何藉助數字輔助工具實現更全面、更深刻的知識呈現,同樣還要換位至古籍讀者的立場,對圖書的使用效率和所提供知識的難易程度提出更高的要求。以上四方面工作,歷經了二十年的實踐檢驗,除了版本校勘、集外文輯佚尚有較好的競爭力外,另如別集内容、生平經歷、附錄材料等,不能説不重要,但對手握數字檢索工具的新時代學者來説,已是輕而易舉的事。這就涉及我們對深度整理的讀者定位問題,當古籍的讀者擁有比整理者同等甚至更便捷的數字工具、掌握更先進的數字技術的時候,我們應該如何調整深度整理各項工作的優先級。

明集的深度整理應走向何方,在很大程度上取決於明代文學研究的新動向,以及這種動向内在有别於其他斷代文學研究的特别之處。而在明代文學研究的發展前路中,近年來左東嶺先生提倡的"精細化研究",是一個重要的方向。作爲一種學術共性,"精細化"是任何研究領域走向成熟的必經之路,但對文獻進入不可控量級、又處在學科發展早期的明代文學研究來說,如何在海量文獻的情況下展開精細化研究,又不至於迷失於汪洋大海之中,其實没有太多可資借鑒的學科先例。嚴格來説,明集深度整理不等同於精細化研究,但二者之間確實存在可以相互融通、相互啓示的地方。古籍深度整理的"深度"二字,本就意味着讀者群的專業化傾向,如何滿足專業讀者的需求,提供他們通過電子工具無法簡易獲取的知識信息,是深度整理尤須考量的一個問題。從這個角度來説,明代文學的精細化研究,無疑代表着

---

① 見章紅雨《走差異化道路,推古籍整理精品》引周絢隆説,《中國新聞出版廣電報》2017 年 9 月 25 日第 3 版;周絢隆《扎實推進新時代古籍深度整理》,《中國社會科學報》2023 年 6 月 15 日第 6 版。

這一領域最前沿讀者群的態度和立場。那麼，精細化研究又如何展開呢？引入外來的新方法當然是一條重要的路徑，但如果我們立足於傳統的研究方法，仍有三個大的板塊可供拓展與深耕：一是古籍版本的精細化考辨，二是作家活動的精細化考證，三是文學作品的精細化解讀，這些都與傳統的古籍整理密切相關。這些工作一直有人在做，但過往的明清別集整理工作，有明顯的對唐宋別集整理優秀成果的學習印跡，步趨有餘，創新不足。隨着現階段古籍影印和高清數字書影的大量公布，以上三個板塊的研究有機會實現新的飛躍式發展。

首先，在古籍版本的精細化考辨方面，過往有關明集版本考辨的成果，大多基於某一位學者的專人研究或專書研究的立場，由此造成了版本考辨和重大學術問題之間存在一定的脱節。當某個宏觀研究的課題涉及具體的某一位作家時，研究者會根據自己的學術經驗選擇其人別集的某一善本，不再對版本作進一步的差異性細究。究其原因，整個課題所覆蓋的文獻量很大，如果長時間停留在某一部別集的版本問題上，將無法估算完成整個課題的所需時間，也容易在大量的細節中迷失處理重大問題的關捩點。因此，儘管大家知曉《中國古籍總目》中列出了明集的不同版本，也知道這些版本之間存在差異，但除非這些不同的版本已被影印出版或數字化公布，否則作爲處理宏觀命題的學者，既沒有精力也沒有文獻基礎去做更精細的工作，這是過往的常態。但現在的情況已經不一樣了，隨着稀見古籍的大量影印，包括高清圖像的綫上公布，即使是更擅長中觀或宏觀研究的明代文學研究者，也應該具備在有限的單位時間内有效地翻檢、梳理明集不同版本並捕捉其中差異的能力。只有在同一個話題的内部，將版本的精細化研究指向更重要的明代文學核心問題，而不是滿足於不同話題之間的"拿來主義"，我們的論證纔擁有更内在的邏輯關聯，結論也會更加扎實。後面提到的對作家活動的精細化考證，對文學作品的精細化解讀等，如果失去了對古籍版本的精細化考辨，都存在某種被釜底抽薪的危險。

其次，對作家活動的實證研究，以前固有徐朔方先生《晚明曲家年譜》那樣的體大考精之作，近年來，王世貞、胡應麟等重要作家的年譜長編陸續出版，楊維禎、李夢陽等作家文集的深度整理亦令人讚嘆，可謂成績喜人。但客觀地說，由於研究生培養的特點，及現有的學術考評機制，從事實證研究的學者群體在逐漸萎縮，是明代文學研究界的一個事實。現階段的實證成果數量，在絕對值上固然日趨豐實，但遠無法滿足明代文學精細化研究的需求。而且，實證研究易流於碎片化，可能會在學術發表上碰到一些阻力，這也在很大程度上打擊了青年學人投身其中的積極性。但不可否認的是，這一研究板塊還有很大的推進空間，而這些工作會給長遠的明代文學研究帶來很多實質性的惠益。這就涉及我們的研究生培養問題，數字化工具的使用已經成爲現在學術研究的常態，這種訓練模式對於年輕人的成長來說是利大還是弊多，我們可以再討論，但數字化工具對作家實證研究的巨大助力作用，是顯而易見的。如何有分寸地調用現在較大數量的研究生群體的積極性，既推動作家的實證研究，又訓練學生的實證能力，並爲他們提供成長、亮相的機會，是可以做一些探索的。

至於對明代詩文作品的細讀，相較於前兩個板塊而言，所遇阻力更大些。由於作品的細讀涉及文學的經典化問題，如果年輕學人投入了很多精力去細讀明代詩文，最後卻沒有一份來自學術共同體的認同，這種堅持很容易被動搖。所幸近年來，一些學者對此作了積極的探索，如《〈方國珍神道碑銘〉的敘事策略與宋濂明初的文章觀》《〈贈梁建中序〉與宋濂元明之際文學觀念的變遷》《歌謠體詩的新境界：以楊慎〈送余學官歸羅江〉爲中心的考察》《朱應登與正德後期的文學復古——以〈口占五絶句〉爲核心的考察》等論文[1]，皆針對明人的某一篇尚未經典化的作品，進行了細緻地論證與闡釋，且在文

---

[1] 左東嶺《〈方國珍神道碑銘〉的敘事策略與宋濂明初的文章觀》，《首都師範大學學報（社會科學版）》2013 年第 6 期；左東嶺《〈贈梁建中序〉與宋濂元明之際文學觀念的變遷》，《求是學刊》2020 年第 3 期；雷磊、王耿《歌謠體詩的新境界：以楊慎〈送余學官歸羅江〉爲中心的考察》，《復旦學報（社會科學版）》2020 年第 3 期；孫學堂《朱應登與正德後期的文學復古——以〈口占五絶句〉爲核心的考察》，《傳統文化研究》2023 年第 3 期。

學史意義上作出新的觀照。如果有年輕學人願意投入這一類工作，學界應給予更多的鼓勵與支持。而且，經典化只是第一步，後續的文學普及也好，文學教育也好，都是文學運作中的重要環節之一。我們作爲學者，當然要固守自己的立場，不應過多地介入社會化的活動，但至少要把經典化的這一步做好。只有更好地分析文本，論證這篇作品的豐富内涵，纔能放心地把接下來的工作交給後面的人去做。

以上是明代文學精細化研究足以展開的幾個面向，雖未必都能在明集的深度整理中找到對應的落脚點，但作爲一名古籍的深度整理者，提前調查專業讀者的需求，儘可能地在深度整理的著述形式（校勘、箋證、注釋、彙評等）中予以呈現，甚至基於新的讀者動向而對古籍體例作出調整，也是新時代古籍整理的應有之義。其他領域在古籍整理上的先行經驗，自然需要參考學習，但如果追問明集較之更早的唐集、宋集、元集有什麽較大的差别，我想有兩點是應該考慮到的：一是明代作家有較多的早期文獻存世，足以支撑"集前文獻""集前形態"等話題的充分展開；二是存世的明集總量遠大於明以前所有别集數量之和，而且溢出了單個學者有生之年的閱讀能力，這讓傳統意義上的窮盡性閱讀已不可能，那就意味着"遠讀"方法及其理念進入明代文學研究具有某種必要性。以下將結合這兩點，提出一些不甚成熟的想法。

二、"集前文獻"與明集序次校勘之實踐

在漫長的歷史中，文學作品最穩定的存録形態是作家的别集形態，因此，常規的古籍整理行爲，皆以别集作爲底本選擇的基本單元。但由於古代書籍在流通、複製中的諸多局限，别集並不是文學作品在作家生前的主要實物形態。有鑒於此，我們將實物時間早於首次編集時間，或實物時間雖無法判斷甚至略晚、但其文本形態比首次編集時更反映原始創作情境的文獻，稱爲"集前文獻"。據此，我們可將文學作品的早期形態，由後至前分爲三種情况：一是以書籍形式呈

現出來的結集形態（結集態），二是首次結集之前的散篇形態（集前態），三是作家創作之後、落諸物質媒介之前的生成形態（原生態）。之所以對後兩種情況作出區別，是因為我們沒有證據可以斷言，我們看到的早於書籍形態的那些集前文獻，一定與作家創作的原始文本一致。事實上，存世可見的集前文獻，它被保存下來具有一定的偶然性，只是這些作品從作家創作至被結集的數十甚至數百年間所呈現的某一種形態而已。儘管有某種或然性及碎片化的缺憾，但其作為早期實物的稀見性甚至唯一性，依然具有其他後出文獻無法比擬的學術價值。這些實物文獻所指向的集前形態，不僅關係到作品在結集（或現存最早版本）之前的較原始樣貌，涉及早期讀者的閱讀體驗、知識獲取等可與作者形成互動的話題，還是探究作品在非書籍流通模式下如何進行早期傳播的重要例證之一。不僅具有傳統文獻學、書籍文化史的價值，還有早期閱讀史、知識史方面的意義。

　　近年來，學界一直關注宋代在中國文學"鈔印轉換"中的關鍵意義。但嚴格來說，現有的有關宋代書籍的描述性史料和實物案例，不足以支撐我們去還原"鈔印轉換"發生於"宋"的完整面貌。某些缺失的部分，仍需通過各種吉光片羽來進行合理的拼接與構想。從這個角度來說，作為"鈔印轉換"歷史呈現的宋代，與作為"鈔印轉換"實物呈現的集前文獻，二者存在一定的時間錯位。故在遺憾之餘，也提供了某種"以後證前"的可能，即足以支撐起學理論證的集前文獻雖集中在更晚的明清時期，卻可以為文獻不足徵的宋代"鈔印轉換"提供某些細節上的佐證與補充。

　　在現有的明集整理中，有些工作介於標點整理與集校、箋注等深度整理之間，如對集外作品的輯佚、辨偽等。與唐宋別集的集外作品大多見於後出的編纂類文獻不同，明清別集的集外作品有相當一部分見於書畫、碑刻、信札等實物文獻，無論在文物時間上，還是文本形態上，都屬於比結集形態更優先的集前文獻。由於明人別集動輒數十甚至上百卷，豐富的集內作品讓我們無暇他顧，這些意外的作品主要被賦予了多多益善的補闕意義。事實上，如果我們對這些作品的集前態與結集態進行對讀,可以發現很多有意思的問題,這是宋以前文學因文獻不足徵而無力深拓的一個領域。從這個角度來説,明集整理中的輯佚工作,不能僅停留在傳統文獻學意義上的對集外作品的搜集,同樣應重視集內作品在其他早期物質載體上的形制及其中差異。這方面的價值考掘,以往可能因傳統的古籍整理多以結集態文獻爲底本的工作思路而有所忽略,其實通過對勘細讀,可以發掘出明代文學文獻的一些獨有特質。如明人書信實物中的正、副啓信息,明代石刻、明集序跋中的作者題款信息,明人自書詩卷中的作品序次信息等,指向了很多非實物材料無法解决的古代文學的物質性問題,只有當文本細讀與"物理細讀"結合在一起的時候,很多新的問題纔會浮現出來。

嚴格意義上的"集前形態",應是首次結集之前的散篇形態,但在近世"鈔印轉换"的時代洪流中,"篇"和"集"的關係相當複雜。首先,詩歌的散篇形態未必就是單篇,同樣可能以多首連綴的形式見於卷軸、册頁、書畫等媒介,只要同一載體上有多首作品,那就存在篇與篇之間的序次關係,構成了一種特殊形式的"集"。其次,由於明正德以後出版業的持續繁榮,即刊型小集成爲明集當代流通的重要方式之一,但無論是當時的鈔印數量,還是其書籍性質在後世典藏中的受重視程度,這部分文獻的留存情况都不及全集本那麽理想。嚴格來説,編集成帙的作品群不屬於物理意義上的集前形態,但如果這些小集已無實物存世,僅有碎片信息殘留於其他文獻中,那麽,以存世别集的結集時間作爲參照的話,這些已佚的小集就構成了另一種性質的"集前形態"。

就此而言,在明集的早期版本及保留了早期版本若干信息、然鈔寫年代難考的鈔本的範圍內,如果兩個以上版本出現了作品序次上的明顯差異,即使其文本內容完全一致,也應引起我們的重視。但另一方面,較之傳統古籍整理中文本校勘記的體例成熟,序次校勘的成果應以什麽樣的方式呈現出來,在有限的紙本空間中如何容納足够多的序次差異信息(較之"異文",筆者將"序次差異"簡稱爲"異次"),在相對寬鬆的電子空間中又可以作哪些新的調整和設計,學界的考量遠未周全。限於篇幅，這裏只討論在數字理念的啓示與引導下，傳統古籍整理在序次校勘上的可開掘限度。

基於早期中國文獻不足徵的學術魅力，對別集不同版本中的作品序次差異，及其中所關聯的已佚版本問題的思考，一直是唐集研究中的重要命題。站在中國文化"鈔印轉換"的歷史節點上看，有若干日本古鈔本（或鈔録了古鈔本內容的某部江户刻本）存世、又同時存留了"前集後集""前詩後筆"兩大版本系統的白居易文集，是一個典型的案例。但白氏文集的情況，有域外漢籍助力的某種偶然性，並不是所有作家都有如白居易詩名的廣域流通性，因此，那些藉助中國本土的館藏情況即可作出複雜考察的作家，或許更具有案例上的普遍性意義。從挖掘隱藏信息的角度來説，朱東潤先生對宋初梅堯臣詩集的"揭樹皮"之法[①]，是相當成功的一次實踐。但這種"以實證虚"的推演，終將遇到實物闕如的文獻邊界，而實物時間更靠後的明集研究，則可以在一定程度上彌補這方面的缺憾。筆者目力所及，在明集整理中，至少有兩種序次校勘的方法得到了較成功的實踐。

在此，我們要對已故著名漢學家白潤德（Daniel Bryant）先生致以崇高的敬意。他的《何景明叢考》，是一部被低估的海外漢學專著，至今仍是何景明研究領域最權威的學術成果。此書是白潤德用漢文寫成的，體現了西方老一輩漢學家深厚的語文學素養，後來未推出英文版，也説明從一開始定位的對話者就是漢語學界的學人，並不考慮英語世界的讀者及市場。全書分爲《何景明詩文繫年考》《人物考》《何景明集版本考》《編次考》四章，是典型的文學文獻學研究路徑，雖然未採用古籍整理的著述樣態，卻具備了古籍深度整理的思想精神，在明集序次校勘及研究上進行了非常有益的探索。

此書的獨特之處，在於製造了一套編碼系統。將何景明全部詩文編以總號，總號有前、後之分，中有冒號相間。各文總號前著一字以

---

① 〔北宋〕梅堯臣撰，朱東潤校注《梅堯臣集編年校注》，上海：上海古籍出版社，1980年，第34—35頁。

明類別，如"賦""記""銘"等。詩之總號前半爲三位數字，第一位數指其集別（1，使集；2，家集；3，京集；4，秦集），第二位數指其句法（4，四言；5，五言；6，六言；7，七言），第三位數指其詩體（1，古詩；2，律詩；3，排律；4，絕句）。詩、文總號後半指其編次，申本所載各作之總號依申本編次，由 100 始（稱"共次"）；申本未載諸作之總號後半則依袁、足二本之編次（二本編次不同時，則以袁本爲準，輔以足本），由 501 始（稱"獨次"）。有例外者，則用 601、701、801 等號。[1]

在這套編碼系統中，每個編號都是獨一無二的，由反映文類信息、小集信息、句法信息、詩體信息、序次信息的五段數字或符號組成。通過這些數字符號，白潤德儘可能簡要地標識了每篇作品在文字文本之外的各種形態特徵（如文體形態、序次形態等）。由此，每一個編號對應的是體現其形態的"文本"，而非抽象的語言文字"作品"。當同一篇作品分見於不同文集版本的時候，即當視爲不同的文本，擁有不同的編號。即使文字完全一致，只要所在書籍的序次位置不同，文本信息即已發生變化。

這套編碼系統的優勢在於，只要有規範的體例說明，就可以根據作家文集的實際情況增設新的數字（符號）段。在《何景明叢考》中，將編碼的第一位數指其集別（1，使集；2，家集；3，京集；4，秦集），就屬於白潤德的量身定製。何景明詩並無小集存世，現存《何仲默集》十卷、《何氏集》二十六卷、《大復集》三十七卷等皆嘉靖刻本，在何景明去世後，所幸其中保留了早期小集的一些編纂痕跡。故《何景明叢考》對編碼第一位數的設計，反映了整理者的學術立場與判斷，是一位資深學者對作家別集中隱藏信息的一次挖掘。這樣的做法，尤其適合對那些在更完整的文集編纂中因編纂體例的調整

---

[1] 白潤德《何景明叢考》"凡例"第 8 條，臺北：臺灣學生書局，1997 年，第 2 頁。此處的申本、袁本、足本，分別指明嘉靖刻二十六卷本《何氏集》、三十七卷本《大復集》、三十八卷本《何大復先生集》。

而丟失（或隱藏）了舊本編次信息的作家的考察，處於明中葉出版業快速發展期的李夢陽、何景明、唐順之等名家，都屬於這種情況。

白潤德對何景明作品形態的精細化處理，總的來說基於西方校勘學的理論素養[①]，限於三十年前的古籍影印、流通條件，他很難對作爲整體的明集複雜性作出更全面的考量。而且在嚴格意義上，何景明詩歌並没有充裕的集前文獻（唯故宫博物院藏一行草自書詩册），主要還是藉助於存世《大復集》中的隱藏信息，在藉力路徑上，與朱東潤面對梅堯臣的"揭樹皮"之法並無二異。與之相比，近年來湯志波點校《沈周集》（附録目録四種）、《張羽集》（附録《静居集》目録）、《胡儼集》（附録目録三種）等一系列古籍整理成果，以"目録附録"的形式表達對明集序次校勘的關注，是他在明集版本飽和調查後深入思考的結果。

這裏所説的"目録附録"法，是指通過古籍整理的"附録"形式，存録與所選底本有較大差異的其他早期版本中的作品序次信息。這種做法在宋集整理中早有嘗試，如夏承燾《姜白石詞編年箋校》卷首附"陶宗儀鈔本目録"[②]，就是考慮到陶本在反映姜集早期面貌上的特殊價值。較之宋集，明集在早期形態的留存上有兩大優勢：一是數量充裕、實物時間更明確的集前文獻；二是鈔寫時間難考、但保留了某些早期形態的後世鈔本。就沈周集而言，大量沈周作品的書畫形態，國家圖書館藏《石田稿》稿本，新發現的《白石翁遺稿》清鈔本等，分别對應了單篇集前文獻、編次手稿集、後世鈔本三種不同的反應早期形態的情况。其中有關沈周作品的新發現和異文的新校勘固然重要，但不同版本的序次關係所隱含的沈周集早期佚本信息，對我們了解沈周作品的早期編纂史和閲讀史也有很大幫助。以湯志波整理的

[①] 事實上，朱東潤的"揭樹皮"之法，亦受西方學術思想的影響。陳尚君在《朱東潤先生的治學方法——以〈梅堯臣傳〉爲例》一文中，提到朱東潤晚年自述其爲梅堯臣詩編年，"更多地是受到西方學術影響，采取了先定點，由點連成綫，從若干塊面上決定後，逐次推衍，從而完成全集的編次"。氏著《轉益多師》，上海：上海辭書出版社，2015年，第17頁。

[②] 〔南宋〕姜夔撰，夏承燾箋校《姜白石詞編年箋校》卷首《白石詞編年目》附，上海：上海古籍出版社，1998年，第5頁。

《沈周集》爲例，此書選擇了存詩 1300 餘首的《石田稿》稿本作爲底本，而在附錄中保留了明弘治刻本《石田稿》、正德刻本《石田詩選》、萬曆刻本《石田先生集》、崇禎刻本《石田先生詩文鈔》的作品序次信息①，體現出相當自覺的序次校勘意識：即當我們無法判斷某些僅用作校本的鈔、刻本中序次信息的有效性時，用某種校勘記的形式予以謹慎著錄，是一種基本的尊重。至今爲止，通過"目錄附錄"法對不同版本序次差異進行最全面著錄的古籍整理，應是孫小力的《楊維楨全集校箋》。此書附錄五《部分底本原書篇目》用了 110 頁的篇幅，著錄了 19 種楊維楨詩文集的篇目序次，其初衷就是考慮到規範化的古籍整理讓原來"篇目有所删減，卷次或有合并，亦有拆分，其本來面貌無從體現"②。這也代表了明代文學研究界對明集原始文本形態的一種態度，那就是不希望因爲規範化的古籍整理而丟失明集中相當可觀的非文字類信息。

　　無論白潤德基於西方校勘學而作的"序次編碼"努力，還是本土學者相對穩健的"目錄附錄"做法，都希望在傳統的文獻考證和古籍整理的框架内，將早期文本形態的多樣性更完整地在規範化的明集整理中保留下來。從數字技術的角度來説，通過專業資料庫對不同版本的序次信息作出"超文本"形式的呈現，並非難事，而且會是以後發展的必然方向。但在當下深度整理與數字人文尚無法完全并軌的情況下，我們仍應將數字呈現和基於數字思考方式的傳統呈現區别開來。我們須認識到，超越於普通讀者的學術型閱讀，其"習得"不止於對文本内容的理解，還包括對文本形態的認知等，那麽，所謂"序次編碼""目錄附錄"諸法，皆可視爲基於"遠讀"思考方式的紙本化努力。較之編碼系統意在通過分類作品的形態要素而賦予每篇作品不同的特徵，對其他集本目錄的忠實"附錄"就略顯繁冗，一旦作家的存

---

① 〔明〕沈周撰，湯志波點校《沈周集》附錄，杭州：浙江人民美術出版社，2013 年，第 1495—1696 頁。
② 〔明〕楊維楨撰，孫小力校箋《楊維楨全集校箋》附錄五，上海：上海古籍出版社，2019 年，第 3967 頁。

世作品較多且版本複雜,很容易出現如《楊維楨全集校箋》有百餘頁用作"目錄附錄"的情況。這種做法固然避免了因類型分析的先入而導致其他信息丟失的可能,但在揭示明集潛在問題的能動性上亦有其缺憾。總的來說,現有嘗試的兩種方法固有較好的互補性,但確實無法做到兼美,如何探索出一套更簡要、準確且有信息包容力的序次校勘記的寫法,只有通過對更多作家之別集版本的飽和式考察,纔有真正的發言權。從這個角度來說,深度整理的意義不止在於對某位作家研究的實質性推動,還在於從複雜的現實情況中提煉出某種古籍整理的新思考、新方法,爲更多古籍深度整理的高效展開提供一條新的"快車道"。序次校勘只是其中的一種實踐,類似的工作還有很多可以去做。

三、"遠讀"回饋"細讀":工具輔助閱讀及其所習知識的利用

就文學文本的精細化研究而言,中國古典的箋注傳統和基於西方"新批評"理論的"細讀"(Closing Reading)理念,尤專注於挖掘文本内部的語言、結構與意義。前者是中國古典學術的基石之一,其重要性自不待言;後者作爲一種文論流派固已衰落,但所倡導的精細閱讀之精神,仍擁有旺盛的生命力。與之相比,基於數字人文方法的"遠讀"(Distant Reading)理念,是近二十年來由美國學者莫雷蒂(Franco Moretti)提出的一個概念,提倡通過大規模的文本挖掘,抽取出靠傳統的文學閱讀法無法發現的文本間性。對明代文學研究來說,除了常用的綜合性工具如愛如生中國基本古籍庫、鼎秀古籍全文檢索平臺、CBDB等外,臺灣漢學研究中心的"明人文集聯合目錄及篇目索引資料庫",愛如生"歷代詩文集總庫‧別集編‧明代",浙江大學徐永明教授主持的"明代文學智慧大數據平臺"等,都是很重要且專業的數字工具。在此基礎之上,基於人物傳記資料的社會網絡分析,基於文學作品的語言分析和文本聚類等"遠讀"模式,正在成爲

文學研究中新的學術增長點。

然而，如果我們不考慮文獻閱讀的量級及可控程度，那麼，在傳統的學術世界中，這種強調"飽讀詩書""涸澤而漁"的治學方式，作爲一種優秀的學者品質與學術傳統，代有傳承，一直得到充分的尊重。唯文獻的量級終將遇到個人能力的生理極限，一旦越過了這條界綫，"掛一漏萬"等缺憾就會被放大，學術論證的嚴密性將打上折扣。面對個人有生之年難以盡閱的中國古代晚期文獻，傳統的做法是抓大放小、整體把握，但有了各種數字工具的輔助，確實可以將個人能力所及的邊界拓寬至一個更大的範圍。從普泛性閱讀到工具性閱讀，二者較大的差別在於，讀者不再通過直接接觸文學文本來獲取知識與感受。

從現有（截至 2022 年）的 1542 部已標點整理的明集來看，帶有箋注、集校性質且被學界所廣泛使用的深度整理之作只占很小的比重，絕大多數止步於簡單的標點整理。考慮到人工智能對古籍整理的深度介入之勢，我們必須正視這部分明集整理的學術保鮮度。尤其是缺少版本系統梳理的簡易標點模式，在數量上仍是明清別集整理的最大宗，然其學術價值正在快速消退，成爲"遠讀""細讀"皆非必須的一種古籍整理模式。一方面，人工智能的 OCR 及自動標點、標注關聯等技術，讓"遠讀"可以輕而易舉地完成甚至跳過標點等基礎作業環節，直接進入海量文本整體閱讀的階段；另一方面，"細讀"工作雖然還無法被現階段的人工智能所取代，卻因爲明清詩文的弱經典化而在古籍的深度整理方面遇到諸多阻力，甚至有的學者使用數字工具對文學作品進行簡單的知識標注，製造出一系列的"偽注本"，極大地傷害了學人在明清別集深度整理上的熱情與信譽。

近年來，明清文獻整理得到了各級地方政府的大力支持，這是弘揚中華優秀傳統文化的積極之舉。一方面，數字技術不應滿足於成爲明清別集整理的"快車道"，或自得於雖高效率、實可用手工替代的知識標注功能，而應致力於更本質性的方法革命；另一方面，古代文學研究界對明清詩文的閱讀，也不能沿着唐宋文學經典的學術軌跡和閲讀路徑按部就班，無論是明清詩文自有的"體格性分"，還是新時代數字化浪潮下的思想革新，都要求我們作出及時的判斷、應對與選擇。"遠讀"固然是適合於明清文學作品數量級的文本進入方式，但"細讀"仍是我們推動明清詩文經典化、完善中國文學經典序列並引導其在文學研究、文學教育、文學普及三途中同步發展的重要方向。如果説前者還是一種學術的立場，那麽，後者就涉及如何發掘更多的優秀文學作品並將之推介給公衆，是象牙塔内的學者理應擔負起的社會文化責任。

新時期的明集整理與明代文學研究，理應兼顧"遠讀"和"細讀"，既重視傳統讀法留下來的成熟經驗，又發揮數字方法的時代優勢。私以爲，在常規的研究路徑之外，可以藉着當下明集整理的良好勢頭，在新、舊多種讀法的融合與轉換中，探索出適合明代文學研究的一些新路。

首先，隨着 OCR 及自動標點技術的成熟，不以現代標點出版物爲目的的古籍全本書影的在綫公布，是無論人工智能"遠讀"還是傳統學人"窮盡閲讀"都迫切期待的發展方向。明集的影印整理已有 6000 餘種，雖然這一數據包括了同一別集的不同版本，卻肉眼可見地在不斷接近《中國古籍總目》著録的明集總量。即使最傳統的學人，也無法否認在不遠的將來，對明集"涸澤而漁"的學術理想將成爲可以觸摸的現實。不管我們是否採用需要一定技術門檻的"遠讀"之法，資源的共享已成爲學術研究的必然趨勢。如學界常用的"明人文集聯合目録及篇目索引資料庫"，及即將問世的湯志波主編《明人碑傳索引》《明人別集序跋索引》等明代基礎文獻工具書，不同的學人正在用各自的路徑建構起可提供多種閲讀方式的文本網絡，而所有這些都有賴於明集文獻影像化工作的不斷完善，這是無問"遠讀""細讀"的明代文學研究的共同基石。

其次，應借鑒考古學、文獻學等學科的優勢，加强對文學作品的類型學研究。這既符合中國古代文學重文體、多類編的創作及批評傳統，又可以從元明詩話、詩法類著作中汲取相關的批評材料及觀點，還可以較大限度地發揮出數字技術下文本聚類（Text Clustering）方法的潛能。以往借力於全文檢索工具的關鍵詞分析，固然也有文學類型研究的一些特點，並在特定的學術發展階段爲集部研究打開生面，但固定詞彙不足以反映文學創作的靈活性和複雜性，文本的相似性關聯可以在一定程度上彌補這方面的缺憾。較之傳統的作家研究模式中的山水詩、邊塞詩、詠物詩、愛情詩等以主題定類，新的類型學考察須更重視通過對文本內部元素及形態的排比，探求其變化規律、邏輯發展序列及相互關係。文學固然是"人"的學問而非"物"的學問，基於考古、文獻的實物經驗未必具有普遍意義上的共通性，但只要文學的法度和理性精神在創作行爲中保持了足夠的參與度，那麼，對作品之"型"與"式"的歸納就是有意義的，也是我們更科學地在"不變"中把握明清文學新變的關鍵所在。如何將這一類"遠讀"後生成的新知識，轉化爲明集深度整理的有機組成部分，是應該深入思考的一件事。

第三，明清時期的詩文作品，因置身於更廣闊且緊密的文本網絡之中，不再是孤立的審美對象，在語言分析、美感體驗等傳統讀法之外，至少還存在前後文本、正副文本、自文本內部、他文本之間等多種對話關係可供開掘。這種基於源流關係的"文本群"研究，以及基於結構關係的"作品群"研究，我們應予更多的重視。對文學元素的拆解與照應，捕捉文本對話的多種可能，既是明清作品的一種"細讀"方式，又可以較好地發揮數字工具在文本關聯上的優勢。從這個角度來說，明代文學的更大價值，須置於唐宋元文學、清代文學前後兩個參照系中方可凸顯。在這個龐大的作品網絡中，文本對話的挖掘與賦義是一個重要的末端環節，而如何發現那些隱藏的對話，固然需要古典詩學的涵養，但若有數字人文的加持，亦可在細節之處發掘出另一種深刻。這種基於明清詩文特性的"細讀"，具有高度的知識性、技術性等特點，僅靠傳統"知人論世"的作品賞析之法，或基於"封閉文本"立場的新批評讀法，都不足以建立縱深的文本網絡關係，並在此基礎上給予作品更豐富的內涵解讀。另外，考慮到明代是一個文學復古的時代，面對大量在當時語境中被表彰與認可的擬古作品，如以李攀龍《擬古樂府》爲代表的對漢樂府舊題"胡寬營新豐"式的典範摹寫，我們尤須給出一個合乎歷史邏輯而非後見之明的解釋。在這方面，可資借鑒的前人經驗恐怕不多，不如摸着石頭過河，在"遠讀"與"細讀"的互鑒中探索新的讀法。

第四，在明集深度整理的過程中，若涉及作家的經、史、子部著作及周邊文獻，可以用跨部類的"對讀"助推對文學作品的"精讀"。"詩史互證"在明清詩文研究中的早期實踐，以陳寅恪的《柳如是別傳》爲代表，晚明清初詩歌也因此在明清詩文的"精讀困局"中率先突圍。"以史釋詩"肯定不能算"新批評"所提倡的封閉式閱讀，但就修辭所體現的隱微寫作來說，確實需要通過精細閱讀纔能究其中之奧義。以王世貞《樂府變》爲代表的晚明清初的新題樂府創作，是筆者近年來正在探索的一個領域。雖然前人已有豐富的本事考證成果，但通過"錙銖必較"的逐字箋注與釋義，包括與漢唐樂府"前文本"的對話，以及用明代史部、子部文獻釋讀詩義，仍可作出進一步的廓清與發覆。甚至以李東陽《西涯樂府》爲代表的詠史樂府創作，以往的研究重心都放在與"古史"的對話上，但清人已有"直刺時事"的說法，那麼，這組作品是否真有針對"今史"的隱微寫作意圖，相信也只有通過對作品的細讀及與明史文獻的對讀，纔能給出一個令人信服的答案。

餘　　論

現在已進入一個信息化、數字化的時代，這是人類文明的不可逆之勢，學術的發展亦不例外。明清文學文獻的龐大體量，非常適合數字人文的開展，這是肉眼可見的機遇。現在有關古典的研究中，歷史學領域與文學領域各有自己的數字人文關懷，就文學研究來說，主要有兩個模式。第一種模式所關注的對象，嚴格地説並非文學本身，名義上考察的是一個文學對象，實際上採用的卻是歷史學的路徑，包括各種作家的地理分布、人物行跡以及文人的社交網絡等，本質上分析的還是歷史人物，只不過這個歷史人物有一個文學家的身份而已。另一種模式，相對來説更多地關注文學作品本身，包括對古典詩詞聲律的精細分析，以及西方現在盛行的"遠讀"理論，倡導通過使用計算機的信息處理能力去閱讀人腦無法掌控的海量級文學文本，它固然有宏觀研究的某些特徵，但仍屬於文本分析的範疇。"遠讀"的視角可能與我們過往倡導的精細化閱讀之間存在某些相悖之處，但如果能對"遠讀"理論妥善運用，我覺得還是可以在一定程度上與精細化研究實現對接的。如文本聚類、相似性關聯等分析方法，涉及明代作家之間、或明代與唐宋作家之間的文本對話，這種對創作技巧及其背後的作者意圖的發覆，還是屬於對作品細部的向内研究。得出的觀點可能會有些偏頗，但學術研究本就是一個不斷討論、不斷完善的過程，不僅没有必要因噎廢食，反而應該繼續倡導，堅持向前推進。

不可否認，在 21 世紀的前二十年中，明集的整理工作取得了輝煌的成績。但古籍整理的目的是爲了更全面、更充分地使用古人留下的文化遺産，如何在古籍整理的方式及體例設置上呼應學術界及普通讀者的閱讀需求，在當下疊床架屋的明集整理事業中尤其需要有冷静的思考。明代集部文獻有自己的時代特點，明代文學研究的學術進程和觀念方法也不同於其他的研究方向，不考慮古籍讀者的"用户體驗"而一味向前，只會造成隱性的資源浪費。從這個角度來説，整理者需要把握明代文學及文獻研究的前沿脈動，切準每位作家之於文學史的意義所在，采用具有針對性的深度整理方式，這將是傳統的明集整理工作在數字時代葆有其創造力及不可替代性的一個重要發展方向。

總的來説，以精細化研究爲目的的"細讀"，本質上是向明代文學深處的一種開掘，提高明代文學世界的分辨率，無論對學術研究還是普及轉化來説，都是很有必要的；基於數字人文理念的"遠讀"，則是對明代文學世界的一種新的宏觀掌控方式，只要有機會發現或啓動一些新的重大問題，我們就應該鼓勵對某種可能性的探索與嘗試。

如何面對時代的機遇，更好地處理兩者之間的關係，或許需要我們用一個更開闊的視域去理解明代文學及其研究的特點。在這樣的大勢下，明集的"深度整理"，也理應被賦予新的内涵，而不再只是對二十年前"深度整理"觀念的簡單延續。就古籍整理的前一環節而言，古籍的數字影像工作早已"日月换新天"，全球範圍内的古籍綫上影像資源的潛能，應得到更充分地挖掘；就古籍整理的後一環節來説，認識並改進專業讀者的預期需求，以數字化的思考方式給出高質量的學術信息和更合理的紙本呈現，尤有必要。只有較平順地實現"細讀""遠讀"間的轉换，新的方法潛能纔會被不斷開掘出來。從這個角度來說，"讀"只是一種認知路徑，没有高下對錯之分，最後的目的都是爲了讓我們更廣闊、更深刻地去認識明代文學的世界。

［作者單位］葉曄：北京大學中國語言文學系

作爲事件和辭例的"作"篇
——《史記》所見《書序》考*

程蘇東

提　要：《史記》在撰述中大量援用《書序》，其所據本《書序》對於判定今文本《書序》的篇次具有重要意義。從體例上看，《書序》通過歷史時序的建構，賦予《尚書》篇次以合理性，其在敘述中強調三代歷史興衰的呈現；至於文本的撰作，一般被視爲歷史事件的自然產物。司馬遷則不同，他將文本撰作視爲相對獨立的文化事件，賦予其特定的意涵；而在自身的歷史書寫中，司馬遷又將是否書寫"作"篇發展爲一種特定的"辭例"，只有充分具備身份正當性的聖主明臣才得以書"作"。這樣，"書作"就成爲他"別嫌疑""賢賢賤不肖"的隱微表達方式。從孔子"述而不作"到孟子、荀子對"作"的正名，身處儒家書寫文化傳統的司馬遷通過對《書序》的采擇與改筆，再次賦予"作"特定的内涵與功能，豐富了我們對戰國秦漢書寫文化的認識，也成爲我們考察《史記》衍生型文本生成方式的又一切入點。

關鍵詞：《尚書》　《書序》　司馬遷　《史記》

司馬遷在有關三代史事的叙述中大量援據《尚書》及《書序》，然其所見《書序》的篇目、篇名、篇次以及本事與《古文尚書孔傳》及鄭注本所見《書序》存在若干差異，清儒對此已有深入討論，只是當時《古文尚書孔傳》真僞之争難以結案，故相關討論始終存在争

---

* 本文是國家社科基金重點項目"戰國秦漢衍生型文本的生成及其文學性研究"（項目號：22AZW005）的階段性成果。拙文在修改過程中蒙馬楠、趙培兩位老師指正，在此深表謝意！
① 〔清〕梁玉繩撰，賀次君點校《史記志疑》卷二《殷本紀第三》，北京：中華書局，1981年，第48頁。

議。清人梁玉繩《史記志疑》言："信《書序》，不得不議《史記》之疏；信《史記》，不得不疑《書序》之僞。"① 隨着清華簡《書》類文獻，尤其是《尹誥》的公布，《古文尚書孔傳》的僞書身份成爲定讞，《咸有一德》的面貌得以廓清，《史記》所見《書序》的價值再度引起學者的關注。不過，《史記》引述《書序》的體例看起來頗爲雜亂，或先録史事而並舉篇名，或化用其文而不言篇名，《周本紀》與《魯周公世家》述及同篇《書》文，或言"作"，或不言"作"，其所言本事亦有前後不合者。究竟《史記》引用《書序》有無體例，司馬遷有無微義存焉？考慮到《史記》"衍生型文本"的生成方式①，只有全面梳理《書序》自身體例和《史記》的引述方式，才有可能對這一問題做出判斷。

一、《書序》篇次考辨

關於百篇《尚書》的篇次，《尚書正義》卷二有明確描述：

> 其百篇次第，於《序》孔、鄭不同。孔以《湯誓》在《夏社》前，於百篇爲第二十六；鄭以爲在《臣扈》後，第二十九。孔以《咸有一德》次《太甲》後第四十，鄭以爲在《湯誥》後第三十二。孔以《蔡仲之命》次《君奭》後第八十三，鄭以爲在《費誓》前第九十六。孔以《周官》在《立政》後第八十八，鄭以爲在《立政》前第八十六。孔以《費誓》在《文侯之命》後第九十九，鄭以爲在《吕刑》前第九十七。不同者，孔依壁内篇次及《序》爲文，鄭依賈氏所奏《別録》爲次。孔未入學官，以此不同，考論次第，孔義是也。②

據《正義》所言，鄭注本與孔傳本《書序》篇次存在差異，由於孔傳

---

① 可參拙文《失控的文本與失語的文學批評——以〈史記〉及其研究史爲例》，《中國社會科學》2017年第1期，第164—184頁。
② 《尚書正義》卷二《堯典》，上海：上海古籍出版社，2007年，第28頁。

本係晚出僞書，故鄭注本《書序》自應更具可信性。不過，據《後漢書·儒林傳》所載，鄭注本出自賈逵、馬融所傳杜林本《古文尚書》，與官學所傳伏生本又有不同。如果將《史記》所引《書序》與鄭注本相比，會發現二者在篇題、篇次、用字方面同樣存在差異，考慮到司馬遷的時代和學術淵源，學者一般認爲其所據《書序》應爲三家博士所用"今文本"，故價值不容忽視。從經學史的角度看，這一判斷應無大謬。只是《史記》引用《書序》的方式並不固定，或明或暗，或整或缺，其體例與《書序》篇次之判定實有莫大關聯，故本文先對此加以梳理。

從結構上看，《書序》一般先介紹該篇撰作背景，也就是"本事"；繼而以"作某篇"引出篇名。從孔傳本《書序》來看，不言"作某篇"者僅三處，一是《禹貢》序："禹別九州，隨山濬川，任土作貢。"① 這裏"貢"應指各地呈奉中央的賦貢本身，故序文似未言及作篇之事。另外兩處是《仲虺之誥》和《微子》，都以"作誥""作誥父師少師"的形式言其作篇，未指出具體篇名，《正義》認爲，這些都是"理足而略之"②，並無特別深意。至於"作某篇"句，部分篇目有主語，如"誼伯、仲伯作《典寶》""伊尹作《伊訓》《肆命》《徂后》""伊尹作《太甲》三篇""伊尹作《咸有一德》""咎單作《明居》""太保作《旅獒》""芮伯作《旅巢命》""周公作《金滕》""周公作《無逸》""周公作《君奭》""周公作《立政》"；有的甚至交代授權人和具體撰作人，如"王俾榮伯作《賄肅慎之命》"。不過，在全部67條序文中，有52條完全沒有主語，只是逕言"作某篇"，如《堯典》序："昔在帝堯，聰明文思，光宅天下。將遜于位，讓于虞舜，作《堯典》。"《堯典》是對帝堯聖德偉業的記述，至於何人將其書寫下來，似乎不足爲意，故《太史公自序》言"尧舜之盛，《尚书》載

---

① 《尚書正義》卷六《禹貢》，第189頁。
② 《尚書正義》卷六《禹貢》，第190頁。

之"①,《尚書正義》則籠統以"史叙其事"解釋這些文本的形成。換言之,基於古老的史官傳統與記言制度,重要的歷史事件幾乎必然會伴生相應的歷史文獻,因此,《書序》的重點自然集中於對本事的揭示,而除了提示具體撰作者的篇目以外,高度程式化的"作某篇"實際上只起到標示篇目的功能。

至於《史記》,在引述《尚書》及《書序》時表現爲兩種類型,一種是用其所載史事,不言作篇之事,如《五帝本紀》擇用《堯典》,《夏本紀》擇用《禹貢》《皋陶謨》,《殷本紀》擇用《仲虺之誥》《仲丁》《河亶甲》《祖乙》序,《周本紀》擇用《西伯戡黎》《吕刑》,《魯周公世家》擇用《金縢》,《宋微子世家》擇用《微子》《洪範》,司馬遷幾乎完整譯寫了相關篇目,但並未提及其撰作,此時《尚書》與《左傳》《國語》《孟子》等儒家文獻一樣,是一種具有權威性的史料,徹底被司馬遷融入其歷史叙事之中;但另一種情況則不同,司馬遷一方面采擇《尚書》史事,但同時又特言"作某篇",如《夏本紀》述及夏啟將伐有扈氏:"大戰於甘。將戰,作《甘誓》,乃召六卿申之。"② 其後引用《甘誓》所載夏啟之言。若從《史記》文意來看,似是夏啟先作成《甘誓》篇,再用其申命六卿,這與《甘誓》開篇"大戰於甘,乃召六卿。王曰:……"的記述略有不同③。至《殷本紀》擇用《湯征》則又不同,先據《書序》及經文叙述史事,繼而特言"作《湯征》";與此類似,在商湯伐桀部分,雖然没有引用《書序》,但在完整載録《湯誓》之後亦言:"以告令師,作《湯誓》。"④ 似乎是在戰事之後又特爲撰作二篇。至《周本紀》擇用《太誓》與《牧誓》,《史記》又采用不同的處理方式,對於《太誓》,先言"武王乃作《太誓》,告於衆庶",繼而引用誓詞;至於《牧誓》,則先言"武王朝至於

---

① 《史記》(點校本二十四史修訂本)卷一百三十《太史公自序》,北京:中華書局,2014年,第3977頁。
② 《史記》卷二《夏本紀》,第104頁。
③ 《尚書正義》卷七《甘誓》,第258頁。
④ 《史記》卷三《殷本紀》,第124頁。

商郊牧野，乃誓"，繼而引用誓詞，並不言作篇之事，反倒是《魯周公世家》開篇言："十一年，伐紂，至牧野，周公佐武王，作《牧誓》。"① 交代作篇之事。由此看來，誠如梁玉繩所言："百篇之名目有不盡錄者，未知其去取何在？"② 對於是否記載"作"篇，《史記》似乎並無定例，但也不是無關緊要、隨意處置。全面梳理《史記》所見《書序》，還是可以發現一些規律，有助於我們認識司馬遷的《書》學觀。

首先，《書序》每篇必言"作"，有意模仿《書序》的《太史公自序》也每篇言"作"，但《史記》在引《書序》時或不言"作篇"。如《殷本紀》："帝中丁遷于隞。河亶甲居相。祖乙遷于邢。"③ 這三條史料顯然來自《書序》，且司馬遷明言"《仲丁》書闕不具"，知其所見《書序》明載此篇，但司馬遷於此皆不言"作"篇事。

其次，在稱引"作"篇的情況下，司馬遷所列《書序》具有明確的先後次序；在特定情況下可能跳過部分篇目，但先後次序絕不顛倒。這一點最典型地體現於《周本紀》對周公攝政諸事的記述中，與《書序》對照可知，後者顯然是《史記》敘述的依據：

《史記·周本紀》	《書序》
管叔、蔡叔羣弟疑周公，與武庚作亂，畔周。周公奉成王命，伐誅武庚、管叔，放蔡叔。以微子開代殷後，國於宋。頗收殷餘民，以封武王少弟封爲衛康叔。晉唐叔得嘉穀，獻之成王，成王以歸周公于兵所。周公受禾東土，魯天子之命。初，管、蔡畔周，周公討之，三年而畢定，故初作《大誥》，次作《微子之命》，次《歸禾》，次《嘉禾》，次《康誥》《酒誥》《梓材》，其事在周公之篇。	武王崩，三監及淮夷叛；周公相成王，將黜殷，作《大誥》。成王既黜殷命，殺武庚；命微子啓代殷後，作《微子之命》。唐叔得禾，異畝同穎，獻諸天子。王命唐叔歸周公于東，作《歸禾》。周公既得命禾，旅天子之命，作《嘉禾》。成王既伐管叔、蔡叔，以殷餘民封康叔。作《康誥》《酒誥》《梓材》。

---

① 《史記》卷四《周本紀》，第157、158頁。
② 梁玉繩《史記志疑》卷二《殷本紀第三》，第48頁。
③ 《史記》卷三《殷本紀》，第130頁。

比對上表,自"管叔"至"放蔡叔"所言爲《大誥》事,自"以微子"至"國於宋"爲《微子之命》事,自"頗收"至"衛康叔"爲《康誥》等三篇事,自"晉唐叔"至"兵所"爲《歸禾》事,自"周公"至"天子之命"爲《嘉禾》事。《史記》的敘述不同程度地受到《書序》的影響,而司馬遷也在其後明確列出從《大誥》至《梓材》七篇,並提示在《魯周公世家》中還有進一步介紹。值得注意的是,司馬遷在行文中采用了兩種次序。在敘述史事時,儘管他明顯利用《書序》,但並未完全遵從後者的順序;而在敘述完史事之後,司馬遷又專門交代周公"作"篇之事,並嚴格據《書序》列出先後次序。由此看來,司馬遷可能會基於自身敘事的需要對《書序》篇次進行調整,但這種調整僅限於歷史敘述的部分,當司馬遷提及"作"篇時,他又會回到《書序》的篇次結構中。如果說歷史敘述遵循的是時間先後或敘事邏輯,則《書序》顯示的就是一種相對穩定的經典結構。對司馬遷來説,他不可能違背史實來遷就《書序》篇次,但出於對《尚書》及《書序》的尊信,他也不願意破壞《書序》的自身結構。因此,在這一部分,他通過兩種次序的並置解決了敘事時間與經典篇次之間的矛盾。

　　循此思路來看,司馬遷在敘述中不言"作"篇的篇目,往往呈現出敘事時間與《書序》篇次之間的衝突。例如,《周本紀》在論及武王伐紂時時,先後引用《武成》和《分殷之器物》序文:

《史記・周本紀》	《書序》
行狩,記政事,作《武成》。封諸侯,班賜宗彝,作《分殷之器物》……武王已克殷,後二年,問箕子殷所以亡。箕子不忍言殷惡,以存亡國宜告。武王亦醜,故問以天道。	武王伐殷,往伐,歸獸,識其政事,作《武成》。 武王勝殷,殺受,立武庚,以箕子歸,作《洪範》。 武王既勝殷,邦諸侯,班宗彝,作《分器》。

按照儒家的傳統說法,"武王克殷反商,未及下車而封黃帝之後於薊,封帝堯之後於祝",《逸周書·作洛》亦言:"武王克殷,乃立王子祿父,俾守商祀,建管叔于東,建蔡叔、霍叔于殷,俾監殷臣。"① 可見分封諸侯、班賜宗彝皆應發生於克商當年,而《洪範》開篇言:"惟十有三祀,王訪於箕子",可知武王問箕子事已在克商後二年。就歷史敘述的先後而言,應先言《武成》《分器》,再言《洪範》之事,但這與《書序》篇次存在衝突②,爲此,司馬遷在言及"作"篇時有意跳過《洪範》,而在述及武王問箕子天道之事時,則不言"作"篇。在尊重敘事次序的同時,也最大可能地照顧了《書序》篇次。

類似情況又見於《夏本紀》,司馬遷開篇即以《禹貢》記述大禹治水之事,繼而據《皋陶謨》言其與皋陶謀政之事。據《堯典》,舜在册命禹爲司空時言:"汝平水土,惟時懋哉!"③ 可見,大禹是以治水而得到舜及朝臣的肯定,此後才得以共商國是,司馬遷的敘述符合歷史的先後次序。不過,《書序》中《皋陶謨》和《禹貢》的篇次恰恰與之相反:

> 皋陶矢厥謨,禹成厥功,帝舜申之。作《大禹》《皋陶謨》《益稷》。

> 禹別九州,隨山濬川,任土作《貢》。

我們知道,相對與史實的先後,《書序》編撰者更看重其所據本《尚書》的編次順序,認爲後者出自聖人,不可更易。因此,當經本篇次與歷史次序發生衝突時,《書序》都會以經本之篇次爲先,而通過自身敘述加以彌縫。《禹貢》雖同爲帝舜時事,但爲了照顧既定篇次,《書序》於此便不再言及帝舜之命,而以堯、舜、禹三代次序顯示其篇次之合理性。對司馬遷來說,他在敘述歷史時須儘量遵循史事先後

---

① 黃懷信《逸周書校補注譯·作雒解》,西安:三秦出版社,2006年,第234頁。
② 此處孔、鄭《書序》篇次不存在差異,司馬遷所據本亦宜同。故《洪範》序棄其篇中所言"十有三祀"之年不言,轉言武王"殺受、立武庚"等篇中未言之事,實有意藉此顯示《洪範》居於《分器》之前的合理性,也顯示出《書序》有意論證《尚書》篇次之合理性的編纂意圖。
③ 《尚書正義》卷三《舜典》,第98頁。

順序，而爲了避免與《書序》篇次發生直接衝突，在這種情況下，他就僅用《尚書》史料，不言"作"篇之事。

由此看來，當司馬遷言及"作"篇時，其先後次序應當反映了《書序》的篇次；而當其不言"作"篇時，所涉《尚書》先後次序就未必能反映《書序》之篇次。基於這一體例，我們可以對司馬遷所據本《書序》的篇次作出判斷。在鄭注本、孔傳本《書序》存在差異的地方，司馬遷基本與鄭注本相同，如《殷本紀》於"作《湯誥》"之後言："伊尹作《咸有一德》，咎單作《明居》。"可證鄭注本此處不誤。《魯周公世家》言："成王在豐，天下已安，周之官政未次序，於是周公作《周官》，官別其宜，作《立政》，以便百姓。"可知鄭注本《周官》居《立政》之前不誤。至於《蔡仲之命》和《費誓》，由於司馬遷未言"作"篇，故難以判斷。至於《湯誓》《夏社》《典寶》三篇，司馬遷與鄭本、孔本均有不同。孔傳本以《湯誓》居前，繼之以《夏社》等三篇，再往後是《典寶》，而鄭注本次序爲《夏社》等三篇、《湯誓》，至於《典寶》，則在《咸有一德》之後、《伊訓》之前，估計很可能接在《明居》之後。至於《殷本紀》，則先引《湯誓》內容，並言"作《湯誓》"，繼而引用《典寶》和《夏社》等三篇書序：

> 夏師敗績，湯遂從之，遂伐三朡，俘厥寶玉，誼伯、仲伯作《典寶》。

> 湯既勝夏，欲遷其社，不可。作《夏社》《疑至》《臣扈》。

《尚書正義》已經指出，《夏社》序明言"湯既勝夏"，顯然應指伐桀之後，則鄭注本將其置於《湯誓》之前，從邏輯上完全無法理解。至於孔傳本將《典寶》置於《夏社》之後，《正義》也注意到存在問題，但它出於守注的立場，對其做出解釋："云'湯既勝夏'，下云'夏師敗績，湯遂從之'，是未及逐桀，已爲此謀。"① 現在看起來，這只是孔疏的彌縫之辭。《史記》所見者才是伏生本《書序》的最初篇次。

---

① 《尚書正義》卷八《湯誓》，第288頁。

司馬遷似乎認爲《書序》篇次反映了"作"篇的先後次序，故既然《書序》篇次與史事先後存在差異，也就意味着《書序》所言本事與"作"篇可以是相對獨立的兩個事件，這一點，構成我們理解司馬遷《書序》觀的重要基點。

二、《書序》體例及其編纂意圖

與《序卦》《毛詩序》一樣，《書序》最初是獨立流傳的單篇文獻。梅賾所造僞古文《尚書》將書序的功能理解爲"所以爲作者之意"，故仿今本《毛詩詁訓傳》，將《書序》按篇拆解，"引之各冠其篇首"[①]；部分不見於僞古文的《書序》則置於各篇之間。這種編纂方式更强調序文與經文之間的對應關係，但對於《書序》自身體例及其編纂主旨則多有遮蔽，《尚書正義》在這方面的認識顯然比僞孔傳更爲深切，故其雖然接受僞孔將《書序》按篇分解的編纂方式，但在疏解序言時，還是强調其"自顧爲文"，注意在《書序》自身上下文語境中探討其體例和旨意。事實上，上舉三篇經序的核心功能均在於揭示經本篇次的合理性，這一點在《序卦》中看得最爲明顯，不必多言；在《毛詩序》的國風和大、小雅部分，詩序也基於時間次序展現了晚周列國政治的興衰，這一點筆者另有專文論述。

《尚書正義》已經注意到，《書序》在揭示各篇本事時嚴格遵循時間先後次序，部分序言更通過"將""既"等時間副詞有意彰顯前後各篇之間的承接關係，如先有"周公相成王，將黜殷，作《大誥》"，繼有"成王既黜殷命，殺武庚；命微子啓代殷後，作《微子之命》"；先有"王命唐叔歸周公於東，作《歸禾》"，繼有"周公既得命禾，旅天子之命，作《嘉禾》"；先有"使召公先相宅。作《召誥》"，繼言"召公既相宅，周公往營成周，使來告卜。作《洛誥》"，復言"成周既成，遷殷頑民，周公以王命告，作《多士》"；先有"成王東伐淮

[①] 《尚書序》，《尚書正義》卷一，第21頁。

夷,遂踐奄,作《成王政》",繼言"成王既踐奄,將遷其君於蒲姑。周公告召公,作《將蒲姑》",復言"成王歸自奄,在宗周,誥庶邦。作《多方》",又言"成王既黜殷命,滅淮夷,還歸在豐,作《周官》"。成王功業之先後一目了然,各篇之間的承接關係也非常清晰。整體上看,對於《書序》來說,最關鍵的信息既不是作者,也不是某一篇具體的撰作背景,而是一條貫穿三代的歷史興衰起伏綫,這條時間綫是支撐《書序》的關鍵結構,其背後則是一部被嚴格限定次序的《書》本。《書序》的編纂反映了百篇《尚書》的篇次獲得了相對的穩定性,是《尚書》經典化過程中的關鍵步驟。這一點至少體現在以下三個方面:

首先,《書序》更加關注各篇在三代宏觀歷史背景中的時間定位。例如《西伯戡黎》經文自言其背景爲"西伯既戡黎",但《書序》言:"殷始咎周,周人乘黎。祖伊恐,奔告於受,作《西伯戡黎》"①,"殷始咎周"之事並不見於此篇,《書序》特別指出這一點,意在強調文王乘黎的行爲乃出於對紂王的反擊,具有充分的正當性。按照今本《尚書》篇次,《西伯戡黎》拉開了商周易代的大幕,意義重大,故序文於此特別強調"始咎周"。其後《微子》強調紂王時期混亂的時局,而《書序》明確稱"殷既錯天命",強調此時天命已然轉移,在賦予微子去國以合理性的同時,也爲下文"武王伐殷"做了充分鋪墊。至於前文所舉,《洪範》明確自陳其背景爲"十有三祀,王問於箕子",全篇核心人物是箕子,其要義在於"九疇",但《書序》言"武王勝殷殺受,立武庚,以箕子歸"②,將無關本篇的"殺受""立武庚"與"以箕子歸"並舉,在全面交代武王伐紂關鍵步驟的同時,也同時彰顯出武王誅惡、存亡繼絶和尚賢三種德行,以更宏觀的視角展現出商周鼎革的典範意義。從"殷始咎周"到"巢伯來朝",《書序》揭示了整個商周革命的歷史過程。從《左傳》《國語》《孟子》《墨子》等春

---

① 《尚書正義》卷九《西伯戡黎》,第381頁。
② 《尚書正義》卷十一《洪範》,第445頁。

秋、戰國前期文獻來看，《尚書》的意義原本集中於各篇内部的史事與警句，而《書序》通過這種歷時綫索的建構，爲《尚書》注入了超越篇目之上的整體性意義，反映出戰國秦漢《尚書》學新的發展方向。

其次，《書序》的撰作意圖可以通過其對於《太甲》《沃丁》《金縢》等追述型故事的不同定位得到認識。《太甲》序稱："太甲既立，不明；伊尹放諸桐。三年，復歸于亳，思庸。伊尹作《太甲》三篇。"① 可知《太甲》三篇所涉自太甲初立、被放、復位，前後凡數年，是伊尹追述故事而作。同樣，《沃丁》序稱："沃丁既葬伊尹于亳，咎單遂訓伊尹事，作《沃丁》。"② 强調該篇所言雖爲伊尹之事，但作篇已在伊尹去世之後，可見，《書序》編纂者已經意識到，《書》文所言史事與書於竹帛可以是相對獨立的兩件事。然而，對於同樣采用追述型敘述的《金縢》，《書序》卻采用不同的處理方式。洪邁已指出："惟《金縢》之篇，首尾皆敘事，而直以爲周公作。"③ 此篇先以"武王有疾"追述周公禱祝之事，在行文中才交代其實際撰作背景，至晚已是"周公居東二年"之後，也就是成王親政後。若準《沃丁》序例，《金縢》序也應對此事本末有所交代，但《書序》僅言"武王有疾，周公作《金縢》"，對成王之事絶口不提。僅從序文來看，《金縢》儼然作於武王時期。究其原因，顯然是該篇位居《大誥》之前，後者序言"武王崩"，則爲了維護《書序》自身的歷史先後次序，《金縢》序只能節言本事，將該篇定位爲武王晚年之事。換言之，從貼合《書》文的角度看，不僅《金縢》的創作不可能在武王時期，而且從全篇叙述口吻來看，作爲故事主人公的周公也未必是該篇的"作者"；但就如同《毛詩序》中時常出現與詩文情境不合的敘述一樣，對於《書序》來説，其核心功能並不止於揭示各《書》本事，而是通過歷

---

① 《尚書正義》卷八《太甲》，第308頁。
② 《尚書正義》卷八《咸有一德》，第326頁。
③ 〔宋〕洪邁撰，孔凡禮點校《容齋隨筆》卷一《四筆》，北京：中華書局，2005年，第631頁。

史框架的建構爲百篇《尚書》的篇次提供一個合理性依據。《書序》以《金縢》爲"武王有疾"之作，以其後《大誥》爲"武王崩，三監及淮夷叛"之作，這就揭示出武、成之際王朝政治危機的漸次發生。從《書序》的内在結構來說，《金縢》序又是合理的。

第三，《書序》對於篇次的關注還體現爲部分序文繁簡程度的差異。《尚書正義》注意到，《咸有一德》《明居》《無逸》《立政》等四篇僅言作者，與他篇均略言本事的體例不合。事實上，《無逸》稱成王爲"嗣王"，《立政》稱"告嗣天子王矣""嗚呼！孺子王矣！繼自今"，兩篇顯然都是成王甫即位時周公告誡之辭，《書序》作者完全可以據此略言其形成背景，但如果考慮到篇次的因素，我們就會注意，《無逸》篇位于《洛誥》《多士》之後，按照《書序》自身建構的歷史時序，此時周公已東居洛邑，成王已然親政，至於《立政》更居於《成王政》《蒲姑》《多方》之後，按照《書序》所述，成王先後東伐淮夷、踐奄，儼然長君，在這一歷史框架中，歸政成王的周公已無法對成王再加訓誥，因此，《書序》於此兩篇不言本事，避免對其自身系統性造成破壞。關於《咸有一德》，隨着清華簡《尹誥》的公布，一般認爲後者即爲古本《咸有一德》，就其內容來看，也是伊尹向商湯告誡夏所以亡、商所以興的歷史得失，篇中商湯請教"吾何祚於民，俾我衆勿違朕言？"伊尹則以夏亡爲鑒，告訴商湯應"䞈之，其有夏之金玉實邑，舍之吉言"①，可見，與《無逸》《立政》一樣，這也是一篇臣下告誡君主的文獻，而從篇次上看，《咸有一德》居於"湯既黜夏命"的《湯誥》之後，與"伊尹相湯伐桀"時期已相去有年，此時湯早已完成克商大業，天命所歸，似乎伊尹也無法再向這樣的聖王做出訓誥，《咸有一德》《明居》序不言本事，或許也與此有關。從這個角度看來，除了對歷時性的強調，《書序》還隱含着對君權的有意推崇與維護。對於《微子之命》《歸禾》《康誥》《召誥》等

---

① 清華大學出土文獻研究與保護中心編《清華大學藏戰國竹簡（壹）》，上海：中西書局，2010年，第133頁。

成王初期的篇目來說，當時的實際主政者應爲周公，故《康誥》篇中明言"周公咸勤，乃洪大誥治"①，但《書序》在敘述中均以"成王"爲主體，強調"成王既黜殷命，殺武庚""王命唐叔歸周公於東""成王既伐管叔蔡叔""成王在豐，欲宅洛邑"，將除三監之亂、遷洛等重大決策的主體都明確爲成王，這些敘述顯然未必符合史實，與晚周以來刻意塑造周公聖人形象的一般儒學文獻也有不同，代表着《書序》編纂者獨特的君主觀念。

總之，《書序》對於本事的關注服從於全序歷史綫索的梳理，其要旨不僅在於揭示各篇經文的創作背景，更要通過對各篇創作背景的勾連揭示三代治亂的歷史綫索。單篇經文的時間判定需要服務於整體歷史綫索的建構，"時間"在這裏不是個體的歷史信息，而具有結構性的意義。關於《書序》的編纂，林之奇認爲："歷代史官相傳以爲書之總目，吾夫子因而討論是正之。"② 強調其史官背景，這主要是就其史料來源推測序文出處；但如果從撰作方式的角度看，《書序》顯然是基於百篇《尚書》這一相對穩定的文本形態一次性撰作而成。《書序》寧可采用節言本事，甚至不言本事的方式來加以彌縫，也不對篇次直接加以調整，可見其編纂者對其所據本《尚書》的篇次已有相當之尊崇，不敢輕動，這透露出百篇《尚書》的編次者與《書序》編纂者蓋非一人。

三、《史記》采擇《書序》與作篇意識的自覺

《書序》歷時性地梳理了三代史事的盛衰變化，自然成爲司馬遷重要的編纂依據。在五帝、三代本紀中，不僅若干史事依據《書序》加以陳述，整個敘事結構、時間綫索也主要得益於《書序》的支撑。不過，對於司馬遷來說，《尚書》不僅是史料來源，更是重要的經學

---

① 《尚書正義》卷十三《康誥》，第530頁。
② 〔宋〕林之奇《尚書全解存》卷一四《湯誓》，清康熙19年《通志堂經解》本，第1a葉。

文獻,《太史公自序》言"堯舜之盛,《尚書》載之",又言:"夫《詩》《書》隱約者,欲遂其志之思也。"在司馬遷看來,《尚書》中既有對三代盛世的記載,又有聖賢之士的隱微之義,除了提供豐富的史料,《尚書》文本的出現本身就是書寫史上具有典範意義的重大事件。這一點可以從《史記》對部分《書序》的特別處理中得以窺見。

不妨以《周本紀》對成王時期《尚書》篇目的不同引述方式爲切入點。前文已言,《書序》將成王初期史事大多逕歸成王名下,顯示出一定的尊君傾向。司馬遷則不同,他明確指出:"成王少,周初定天下,周公恐諸侯畔周,公乃攝行政當國。"① 基於這一立場,《周本紀》雖然引述相關《書序》,但僅用其史料而已,在言及《尚書》各篇時,則將《大誥》至《梓材》七篇的制歸於周公:"初,管、蔡畔周,周公討之,三年而畢定,故初作《大誥》,次作《微子之命》,次《歸禾》,次《嘉禾》,次《康誥》《酒誥》《梓材》,其事在周公之篇。周公行政七年,成王長,周公反政成王,北面就群臣之位。"實際上,從經文本身的敘述方式來看,這些篇目均以"王若曰"引出訓命,《書序》之說似與經文更加貼合,但《史記》以周公"攝政"爲基本立場,自然需要強調周公對成王初期歷史的重要影響。我們知道,隨着孔子提出"述而不作","作"逐漸被視爲聖人之禁臠,儒者既以議論、著述爲業,又不敢自負"作"名,故《太史公自序》言:"余所謂述故事,整齊其世傳,非所謂作也。"② 足見司馬遷對於"作"背後隱藏的書寫合法性問題有着深刻自覺。這裏反復以"初作""次作"云云强調七篇《書》文的撰制,就是要將"作"篇作爲彰顯周公攝政正當性的標志。只是隨着周公還政成王,他也就隨之失去了以攝政之位訓誥嗣王、群臣的資格,必須像其他臣子一樣接受成王的誡命。因此,在《周本紀》中,從《召誥》開始,司馬遷回到《書序》的尊君立場,在敘述中始終强調成王的主導性。如《召誥》序言:"成王在

---

① 《史記》卷四《周本紀》,第169頁。
② 《史記》卷一百三十《太史公自序》,第3977頁。

豐，欲宅洛邑，使召公先相宅。作《召誥》。"《周本紀》則言："成王在豐，使召公復營洛邑，如武王之意……作《召誥》《洛誥》。"① 因襲《書序》而強調成王的痕跡非常明顯。至於《多士》以下各篇，《周本紀》更系統性地表現出對於《書序》的改造：

《書序》	《史記·周本紀》
成周既成，遷殷頑民，周公以王命告，作《多士》。	成王既遷殷遺民，周公以王命告，作《多士》《無佚》。
周公作《無逸》。	
召公爲保，周公爲師，相成王爲左右；召公不說，周公作《君奭》。	召公爲保，周公爲師，
成王東伐淮夷，遂踐奄，作《成王政》。	東伐淮夷，殘奄，
成王既踐奄，將遷其君于蒲姑。周公告召公，作《將蒲姑》。	遷其君薄姑。
成王歸自奄，在宗周，誥庶邦。作《多方》。	成王自奄歸，在宗周，作《多方》。
成王既黜殷命，滅淮夷，還歸在豐，作《周官》。	既絀殷命，襲淮夷，歸在豐，作《周官》。
周公作《立政》。	興正禮樂，度制於是改，
成王既伐東夷，肅慎來賀。王俾榮伯作《賄肅慎之命》。	成王既伐東夷，息慎來賀，王賜榮伯，作《賄息慎之命》。
周公在豐，將沒，欲葬成周。公薨，成王葬于畢，告周公，作《亳姑》。	
周公既沒，命君陳分正東郊成周，作《君陳》。	

《多士》《無逸》兩篇在《書序》中本各有其序，但司馬遷將二者合爲一體，均定爲周公以王命訓誥之作。從經文來看，《多士》開篇言："惟三月，周公初于新邑洛，用告商王士。"② 其下則以"王若曰"

---

① 《尚書正義》卷十四《召誥》，第573頁；《史記》卷四《周本紀》，第170頁。
② 《尚書正義》卷十五《多士》，第618頁。

引出其言，是周公攝政期間以王命訓誥的典型。至於《無逸》，其訓誥對象本身就是"繼自今嗣王"，因此，周公只能以自己的名義做出勸告，通篇皆言"周公曰"，完全未奉王命。《周本紀》將《無逸》之"作"與《多士》並言，既不合《書序》，也不符《無逸》本文。究其原因，正是司馬遷認爲還政之後的周公不再具有獨立"作"篇的權力，故將《無逸》之"作"附於《多士》，均定位爲"以王命告"。

從《君奭》到《賄肅慎之命》，所有在《書序》中被歸於"周公作"的篇目均盡據《書序》或經文言其史事，不言作篇；至於成王所"作"《多方》《周官》《賄息慎之命》等篇則並言史事與作篇，只有《成王政》一篇例外，或許是因爲該篇居於《君奭》與《將蒲姑》中間，司馬遷通言三篇所涉史事，既然前後兩篇均不言作篇，似乎也不便於此獨言"作"。如果再考慮到《亳姑》《君陳》等在史事層面涉及周公的篇目在《周本紀》被完全略去，至《顧命》以下才復言作篇之事，則司馬遷在這一部分的隱微用心也就看得非常清楚了。由於成王、周公之間的關係涉及君臣大防，是戰國以來士人普遍關注的問題，故司馬遷有意以是否"作"篇來彰顯君臣地位的不同。只有周公攝政當國時，他才具備"作"篇的權力；一旦北面稱臣，除非"奉王命"，他也就不再具備"作"篇的合法性。

不過，在晚周儒家建構的聖人譜系中，周公與文王、武王並爲聖人，本應擁有"作"篇之權，尤其在禮樂制作方面，周公更是獨當一面。《周本紀》爲了維護君臣大防，突出周公的人臣身份，多少削弱了其聖人的身份；因此，司馬遷在《魯周公世家》中巧妙運用"互見法"，着意強調周公的聖人地位，而其方法之一，就是對"作"篇的重新書寫。在《魯周公世家》中，不僅《周本紀》中確認爲周公之"作"的《大誥》《饋禾》《嘉禾》再次得以書"作"；而且書於周公還政之後的《無逸》《立政》也據《書序》而定爲周公之"作"[1]；甚至

---

[1] 《金縢》篇因爲事情涉及武王、成王時期，且按照司馬遷的理解，此篇實作於周公沒身之後，因此《魯周公世家》勢必無法言"周公作《金縢》"。

部分在《書序》中明確出自武王、成王的篇目，也被司馬遷歸於周公名下。例如，《書序》以《牧誓》爲武王之作："武王戎車三百兩、虎賁三百人，與受戰于牧野，作《牧誓》。"①《周本紀》在記述武王伐紂時先後言"武王乃作《太誓》"，繼而引用《牧誓》本文，但不書"作《牧誓》"，至《魯周公世家》則言："十一年，伐紂，至牧野，周公佐武王，作《牧誓》。"②將《牧誓》定爲武王、周公共同之作。《孟子·滕文公》在述及商周革命時說："及紂之身，天下又大亂。周公相武王，誅紂伐奄，三年討其君。"③可見這種說法淵源有自，顯示出儒家士人推尊周公的崇聖之意。

又如《多士》。前文已言，《書序》和《周本紀》均強調其"周公以王命告"的背景，後者更以《無佚》與其並言，淡化周公的獨斷色彩。至《魯周公世家》，司馬遷再次將此二篇並舉，但所言本事則完全不同：

> 周公歸，恐成王壯，治有所淫佚，乃作《多士》，作《毋逸》。《毋逸》稱："爲人父母，爲業至長久……"《多士》稱曰："自湯至于帝乙，無不率祀明德，帝無不配天者。在今後嗣王紂，誕淫厥佚，不顧天及民之從也。其民皆可誅。""文王日中昃不暇食，饗國五十年。"作此以誡成王。④

司馬遷指出，成王雖已年壯用事，但仍有淫佚之危，故周公特加誡勉。這與《無逸》篇告誡嗣王勤勞稼穡，不廢王事的主題非常切合，至於《多士》，儘管其文中確有如司馬遷所引與"淫佚"有關的論述，但它開篇自言"用告商王士"，且以"王若曰"陳言，將其列爲"誡成王"之作，實在不倫。司馬遷有意強調周公"作"篇之功，至有如此失實者。

---

① 《尚書正義》卷十《牧誓》，第 418 頁。
② 《史記》卷三十三《魯周公世家第三》，第 1825 頁。
③ 〔清〕焦循撰，沈文倬點校《孟子正義》卷十三《滕文公章句下》，北京：中華書局，1987 年，第 449 頁。
④ 《史記》卷三十三《魯周公世家第三》，第 1831 頁。

類似現象又見與《周官》。《書序》將該篇定爲"成王既黜殷命，滅淮夷，還歸在豐，作《周官》"，並未提及周公；但在晚周以來的儒學傳統中，周公制禮作樂、設官分職的形象已深入人心，因此，《魯周公世家》將該篇與《書序》中逕言"周公作"的《立政》相並舉，均定爲周公之"作"："成王在豐，天下已安，周之官政未次序，於是周公作《周官》，官別其宜；作《立政》，以便百姓。百姓説。"① 比較《周本紀》和《魯周公世家》，司馬遷在周公"作"篇問題上顯然采用不同的認定標準，背後反映出《史記》試圖分別彰顯"尊尊"與崇聖主旨的努力，更顯示出他對於"作"篇問題的自覺與關注。我們知道，在以公羊學爲代表的《春秋》學中，存在大量的"書例"，如在時間層面，有"書日"與"不書日"，"言朔"與"不言朔"；在空間層面，有"書地"與"不書地"；在人物層面，有"書爵"與"不書爵"；在史事層面，有"書即位"與"不書即位"，"書葬"與"不書葬"。歷史事件的發生不會必然轉變爲歷史書寫，公羊學認爲，聖人有意通過書寫的詳略來表達隱微之義。司馬遷對於"作"篇的書寫正具有這樣的色彩，在《書序》中當然發生的"作"篇在司馬遷筆下被賦予高度的標識性，成爲一種特定的"辭例"。

除了對"作"篇主體政治與儒學地位的考量，司馬遷對"作"篇時代的治亂興衰也有所關注，這主要體現在他對《盤庚》《高宗肜日》《高宗之訓》《囧命》諸篇序文的改寫中。《盤庚》序言："盤庚五遷，將治亳殷，民咨胥怨，作《盤庚》三篇。"② 換言之，《盤庚》之作正是爲了解決殷室反復遷都所造成的内部矛盾，是一篇基於現實政治危機而作的政治文書。不過，《史記·殷本紀》却提出異説，司馬遷先叙述盤庚遷殷的歷史背景，其中"乃五遷，無定處。殷民咨胥皆怨"的叙述明顯援據《書序》，繼而引用《盤庚》篇中盤庚勸勉臣民之辭，最後總結道："乃遂涉河南，治亳，行湯之政，然後百姓由寧，殷道

---

① 《史記》卷三十三《魯周公世家第三》，第 1833 頁。
② 《尚書正義》卷九《盤庚上》，第 335 頁。

復興。"盤庚遷殷之事至此告一段落,整個敘述完全不言"作"篇。此後,《殷本紀》言帝小辛嗣立,"殷復衰。百姓思盤庚,迺作《盤庚》三篇。"① 在司馬遷筆下,《盤庚》不再是史官對盤庚遷殷過程中君主訓誥的真實記錄,而是經歷了盤庚中興後再度遭遇衰世的臣民對那段美好歷史的回憶與重建,具有獨特的歷史意義。值得注意的是,遷都在《書序》中出現過三次,即"仲丁遷于囂,作《仲丁》。河亶甲居相,作《河亶甲》。祖乙圯于耿,作《祖乙》"②。《殷本紀》對這三條序文都有援用,但均不書"作"篇,而且司馬遷特別強調仲丁、河亶甲時期殷道之衰:"河亶甲時,殷復衰。""自中丁以來,廢適而更立諸弟子,弟子或争相代立,比九世亂,于是諸侯莫朝。"③ 看起來,司馬遷似乎認爲"作"篇帶有紀功性,故不僅衰亂之主不宜有"作",甚至如盤庚也不宜在困境中有所"作",只有當他成爲後世追憶的聖君明主時,才會以"作"篇爲之紀功。

　　類似處理方式也見於《高宗肜日》及《高宗之訓》兩篇。《書序》言:"高宗祭成湯,有飛雉升鼎耳而雊,祖己訓諸王,作《高宗肜日》《高宗之訓》。"④ 據此揣測,此時儘管高宗在傅説的輔佐下已經實現"殷國大治",但似乎仍存在一些問題,故祖己借雉雊對其加以誡勉,由此產生兩篇文獻。《殷本紀》在敘述史事時明顯援據《書序》"有飛雉升鼎耳而雊"之説,繼而全用《高宗肜日》本文,但此後不言作篇之事,也不再采用《書序》之説,而是提出:"武丁修政行德,天下咸驩,殷道復興。"武丁之事至此告終。到其子祖庚繼位後,"祖己嘉武丁之以祥雉爲德,立其廟爲高宗,遂作《高宗肜日》及《訓》"⑤。與《盤庚》一樣,《高宗肜日》二篇不再是祖己在勸諫高宗時自然形成的歷史文書,而是商人在經歷又一次"復興"後以文本撰作對高宗

---

① 《史記》卷三《殷本紀》,第132頁。
② 《尚書正義》卷八《咸有一德》,第328—29頁。
③ 《史記》卷三《殷本紀》,第130、131頁。
④ 《尚書正義》卷九《高宗肜日》,第377頁。
⑤ 《史記》卷三《殷本紀》,第133、134頁。

這一聖王的自覺追憶。司馬遷對《書序》的改筆可能是基於《高宗肜日》及《訓》篇題中的"高宗"二字，認爲這兩個字透露了其撰作應在武丁獲得廟號之後。也許正是基於這一認識，也才有了他將《盤庚》同樣定爲追記功德之作的想法。此外，《太甲》序雖然也透露該篇的撰作帶有一定的追述性質，但《書序》整體上還是將其視爲對太甲即位以來相關史事的自然記述；而在《殷本紀》中，司馬遷明顯強化了該篇撰作的紀念性："帝太甲修德，諸侯咸歸殷，百姓以寧。伊尹嘉之，迺作《太甲訓》三篇，褒帝太甲，稱太宗。"① 與高宗一樣，司馬遷將《太甲訓》的撰作與太甲獲稱"太宗"結合起來，無論伊尹是否在篇中明確稱太甲爲太宗，這種敘述方式都強化了《太甲》的紀功性質，"作"篇也由此成爲極具標志性的歷史事件。

與《盤庚》《高宗肜日》等相比，司馬遷對於《冏命》的處理略有不同。如前文所言，司馬遷對於衰世之主所作《書》顯然懷有某種特殊的態度，除上舉《仲丁》《河亶甲》《祖乙》不言"作"篇外，記述紂王時期商政之亂的《西伯戡黎》《微子》雖然分別爲《殷本紀》和《宋微子世家》擇用，但同樣不言"作"篇，唯一的例外是《夏本紀》對《五子之歌》的記述："帝太康失國，昆弟五人，須于洛汭，作《五子之歌》。"全采《書序》之說，但這裏"作"篇的主體並非國君，而是譏刺國政的"五子"。可以説，司馬遷將"作"篇的書寫與否視爲一種特定的辭例，只有明君賢臣才能得到"書作"的尊榮，而穆王三篇就在這一標準下被采取不同的處理方式。《書序》定於穆王時期的共有《君牙》《冏命》《呂刑》三篇，但只有《冏命》得以書"作"。該篇序言："穆王命伯冏爲周太僕正，作《冏命》。"② 經文被視爲穆王在冊命伯冏的過程中自然形成的文本，但《周本紀》言："穆王即位，春秋已五十矣。王道衰微，穆王閔文武之道缺，乃命伯冏申

---

① 《史記》卷三《殷本紀》，第 129 頁。
② 《尚書正義》卷十九《冏命》，第 764 頁。

誡太僕國之政，作《冏命》。復寧。"① 司馬遷再次將文本撰作與世道盛衰聯繫起來，只是與前舉頌聖之作不同，《冏命》之作被視爲衰世中的穆王有意追懷文武之道的一種政治宣示，也正是通過這一方式，周政迎來由衰"復寧"的轉變。在這一歷史情境中，"作"篇同樣被賦予獨特的歷史意義，這也許就可以幫助我們理解，在《書序》中與《冏命》的形成過程幾乎完全一致的《君牙》何以未能得到司馬遷的書寫——對於司馬遷來說，"作《冏命》"絕非一次簡單的人事冊命訓誥，而是帶來穆王"復寧"的歷史事件，這樣的標志性事件當然只能有一次。此後，司馬遷援據《國語·周語》中"祭公諫穆王征犬戎"的記述，講述了穆王在窮兵黷武後遭受的政治重創："自是荒服者不至。"② 此後穆王已淪爲衰世之君，也就無法再獲得"作"篇的尊榮。因此，《周本紀》雖然記述並大量抄錄《吕刑》之文，但僅言"命曰《甫刑》"，不言"作"。穆王三篇的不同呈現形式對我們理解司馬遷的書法具有重要的意義。

綜上所述，《書序》旨在將三代政治興衰與《尚書》篇次之間建立起對應關係，除了《沃丁》序將"作"篇視爲相對獨立的歷史事件以外，在大量缺乏主語的"作某篇"中，經文的撰作似乎是歷史事件的自然產物，文本撰作不具有獨立的歷史意義。這一切在司馬遷那裏發生根本性轉變。從《太史公自序》對於"述""作"的刻意區分可以看到，司馬遷對於孔、孟以來圍繞"作"的合法性展開的討論非常熟悉，在他看來，"作"是一種帶有高度典範性和紀念性的文化行爲，是獨立於歷史事件的又一文化事件，是對歷史事件和人物的重新檢視和塑造。正是通過《太甲》《盤庚》《高宗肜日》等一系列篇目的撰作，殷人才建立起自己的聖王譜系和歷史記憶。對司馬遷來説，書寫主體的政治身份、書寫時代的治亂興衰和《書序》的既定篇次是影響他是否書"作"的三個關鍵因素。首先，當《周本紀》有意强化君臣

---

① 《史記》卷四《周本紀》，第172頁。
② 《史記》卷四《周本紀》，第174頁。

之大防時，周公雖貴爲聖人，也不得不限制其"作"篇的權利；而在《魯周公世家》中，不僅《無逸》《立政》被確定爲周公之"作"，甚至《牧誓》《周官》等《書序》中武王、成王之作也被歸於周公名下。其次，衰亂之中的君主不得書"作"，而《太甲》《盤庚》《高宗肜日》《高宗之訓》則被定位爲後世臣民對偉大先王的追憶和紀念。最後，當歷史事件的自身次序與《書序》篇次發生衝突時，司馬遷往往通過不書"作"來避免對《書序》篇次的破壞，《大禹謨》《洪範》《金縢》等篇未得書"作"，很可能就是這一原因。可見，司馬遷對於《尚書》有着高度的尊崇，且將《書序》視爲孔子之作①，但又不同於拘守經本、師法的俗儒，《史記》對《書序》的引用過程實際上是對百篇《尚書》的重新檢核，也賦予《尚書》以新的文化意義。總之，對司馬遷而言，不僅"作"篇本身是一個相對獨立的歷史事件，是否書"作"也可以成爲其歷史書寫中的一種"辭例"，這是我們觀察司馬遷史學與經學思想的有效切入點。

[作者單位] 程蘇東：北京大學中國語言文學系

---

① 《史記·三代世表》："孔子因史文次《春秋》，紀元年，正時月日，蓋其詳哉。至於序《尚書》，則略無年月；或頗有，然多闕，不可彔。"《史記》卷十三，第617頁。

天皇・遣唐使・在唐僧：《白氏文集》東傳日本政教背景新證*

陳 翀

提 要：本文以筆者所收集到的古文獻記錄爲中心，從天皇、遣唐使、在唐僧三種視角出發，對諸如嵯峨天皇是通過什麽路徑獲取到白居易詩文、慧萼爲何又要冒着會昌毀佛之危險繞道至蘇州南禪院花費長達三個月的寶貴時間去抄寫《白氏文集》、與慧萼抄本幾乎同一時間被入唐僧圓仁所帶回來的《白家詩集》《杭越唱和集》等又爲何未見録於《日本國見在書目録》等問題予以考論，並對學界鮮有觸及的隋唐時期文人別集東傳之日本方面的政治、外交、文教背景等問題予以剖析，指出中晚唐乃至宋初，白詩席卷整個東亞，儼然成爲了包括渤海、朝鮮及日本之東亞漢文圈判斷詩作水平的不二標準，甚至演變成了東亞諸國外交上定位國格高低的一個重要指標。正是在這一大時代背景之下，《白氏文集》的東渡，成爲影響日本之後數百年國運横跨政教的一部至尊無上的寶典。

關鍵詞：天皇 承和遣唐使 在唐僧 慧萼 圓仁 白氏文集 江談抄

日本明治時期文部省各種官立高中（舊制高中）及師範院校的入學考試中，有一道題爲"針對平安時代文學興盛之狀況做一個概述"的常出問題，當時的考試參考書所提供的模範答案如下：

> 在漢文方面，六朝樣式的文章大爲流行，《白氏文集》尤爲注重。文以僧空海、小野篁、都良香、菅原道真、三善清行、橘

---

* 本文屬於JSPS科研費"慧萼鈔南禅院本《白氏文集（詩集）》の復元に關する文獻的研究"（項目號：21K00327）階段性研究成果。

廣相爲代表，編有《本朝文粹》《菅家文章》《性靈集》等文集。詩以小野篁、菅原道眞、紀長谷雄等爲名手，編有《凌雲集》《文華秀麗集》《經國集》等詩集。而參與修國史者，《六國史》中除《（日本）書紀》之外，均爲本朝俊彦所選，另編有《類聚國史》《古語拾遺》《新撰姓氏錄》等良史。國文方面，本朝初期雖未彰顯，但假名發明之後則得到了極大發展，以紀貫之《土佐日記》爲嚆矢，到一條天皇朝，涌現出了紫式部《源氏物語》、清少納言《枕草紙》等名著。此外，《大鏡》《榮華》《伊勢》《竹取》《蜻蛉》等各種物語也多形成於這一時期。和歌雖未達到全盛，但出現了諸如在原業平、僧遍昭、大友黑主、小野小町等歌仙，已成規模，迺至延曆年間，紀貫之、凡河內躬恒等奉勅命編纂《古今和歌集》，則是更趨繁榮。此後，屢次編集勅選歌集，尤其到一條天皇時期，更是出現了諸多才媛。①

　　明治時期的八所高等學校是升入帝國大學的唯一路徑，而國立師範則主要培養全國高中小教師，因此，參加這一入學考試的人，均爲明治時期的精英階層。要之，這則概述，可視爲明治知識階層對平安朝文學流變史的一則基本常識——作爲必答的唯一一部漢籍，即使是千年之後，《白氏文集》仍被認定爲奠定平安文學繁榮之最爲重要的基石。

　　那麼，《白氏文集》又究竟是何時傳入平安朝廷的呢？對於此，江戶初期的大儒松下見林（1637—1704，本姓橘，字諸生，號西峯山人）在其《異稱日本傳》中考云：

　　　　今按，《江談抄》曰嵯峨太上天皇得白居易《文集》珍之。又越後守平貞顯金澤文庫所藏《文集》卷第三十三後書曰："會昌四年五月二日夜，奉爲日本國僧惠萼上人寫此本。"西峯謂：

---

① 參見［日］吉留丑之助編《最近九年間文部省教員檢定官立諸學校入學試驗問題要解 高等日本史》，東京：寶文館，1908年，第74—75頁。

樂天所謂日本傳寫者，正謂是耶。惠萼本題曰"文集太原白居易"，乃此本流布於世，故我朝古之人引《白氏長慶集》惟稱"文集"，《源氏物語》《江吏部集》等俱曰"文集"是也。其後，中國印本《文集》渡於我朝，題曰"白氏文集"，爾來亦僉謂"白氏文集"，《詠歌大概》曰"白氏文集"是也。各知其有由矣。①

松下見林指出白居易文集東漸日本始於日本僧慧萼於唐會昌四年（844，日本承和十一年）所抄之南禪院本《白氏文集》，此集一經傳來便成白集之不二定本，影響之大，以至於此本之内題之"文集"演變成了這一系統本的專用名詞。而後之刻本白集傳來，則被稱爲"白氏文集"，用以區別於之前的慧萼抄系統本。

按，刻本傳入日本乃宋初之事，一條天皇（980—1011，第 66 代天皇，在位期間 986—1011）時期的攝政大臣藤原道長（966—1028）在其日記《御堂關白記》對此有所記載，其卷一"寬弘三年（1006，北宋景德三年）十月二十日"條記云："己丑，參内，着左丈座。唐人（曾）令文所及蘇木、茶埦等持來，《五臣注文選》《文集》等持來，冷泉院御方違小南"，又卷二"寬弘七年（1010，北宋大中祥符三年）十一月二十八日"記云："次御送物，摺本《注文選》、同《文集》，入蒔繪筥一雙，袋象眼包、五葉枝。"②考後一則記錄的是將裝幀好並配上華貴書盒與精美書袋的曾令文携來書籍正式奉入宮中之

---

① 參見［日］近藤瓶城編《改定史籍集覽》第 20 册《新加書 通紀類第 3》所收《異稱日本傳》卷上二，東京：近藤出版部，1901 年，第 60 頁。
② 參見東京大學史料編纂所編《大日本古記録 御堂關白記》第一册卷一"寬弘三年十月二十日"條、卷二"寬弘七年十一月二十八日"條，第 82—83 頁、196 頁，東京：岩波書店，1991 年。又，而後入宋僧寂照及天台山僧常智又相繼送來了刻本《白氏文集》，卷二"長和二年九月十四日"條云："唐寂昭〔照〕弟子念救入京後初來，志摺《文集》并《天台山圖》等，召前問案内，有所申事"，第 243 頁；第二册卷三"長和四年七月十五日"條云："唐僧念救歸朝，從天台山所求作料物送之。齊［濟］家朝臣母馬廿疋獻，（中略）又唐僧常智送《文集》一部，其返物貂裘一領送之。"第 18—20 頁。又，有關日本古代文獻對《白氏文集》之言及與解題，可參照拙稿《慧萼抄南禪院本〈白氏文集〉的卷數及其正統性》（任雅芳譯），《中外論壇》2021 年第 4 期，上海：上海古籍出版社，第 115—134 頁。

事，由此可知宋商曾令文所帶來的《五臣注文選》與《白氏文集》均爲"摺本"，也就是刻本。又由知至少在北宋景德初年，《文選》及《白氏文集》就已經被官刻出版。此本當就是松下見林所謂的後被平安朝文人稱之爲"白氏文集"的"印本白集"①。

不過，嵯峨天皇（786—842，第 52 代天皇，在位期間 809—823）卒於日本承和九年（842），也就是唐會昌二年，並沒有見到慧萼會昌四年於南禪院抄寫、於大中元年（847，日本承和十四年）才帶回日本的這套七十卷本《白氏文集》②。那麼，嵯峨天皇又是通過什麼路徑獲取到白居易詩文的呢？慧萼爲何又要冒着會昌毁佛之危險繞道至蘇州南禪院花費長達三個月的寶貴時間去抄寫《白氏文集》呢？而與慧萼抄本幾乎同一時間被入唐僧圓仁所帶回來的《白家詩集》《杭越唱和集》等又爲何未見錄於《日本國見在書目錄》呢？以下擬就筆者所收集到的古文獻記錄爲中心，從天皇、遣唐使、在唐僧之三種視角出發，對以上問題略作剖析，同時亦對學界鮮有觸及的隋唐時期文人別集東傳之日本方面的政治、外交、文教背景等提出一些淺見，以供學界參考。

一

松下見林云"《江談抄》曰嵯峨太上天皇得白居易《文集》珍

---

① 宋初刻本除了脱落與訛誤之外，其文本形態大致與南禪院系統本相同，只是對分帙作了一些調整。白居易自編本爲一帙十卷共七十卷，而宋初刻本則將其調整爲一帙七卷共十帙七十卷，今存朝鮮銅活字本及那波道圓活字本均保存了宋初刻本編次。相關考論可參照上引拙稿《慧萼抄南禪院本〈白氏文集〉的卷數及其正統性》。
② 慧萼抄《白氏文集》之經緯，可參照拙著《白居易の文學と白氏文集の成立》第六章《慧萼と蘇州南禪原本〈白氏文集〉の日本傳來—會昌四年識語を読み解く》，東京：勉誠出版，2011年，第 177—198 頁；拙稿《慧萼東傳〈白氏文集〉及普陀洛迦開山考》，《浙江大學學報（人文社會科學版）》2010 年第 5 期，第 44—54 頁。又，慧萼抄南禪院本《白氏文集》，以往學界多據《蘇州南禪院白氏文集記》誤爲六十七卷本，然諸如江户時期新間正路、市河寬齋、近藤正齋所考，此集當爲七十卷定本。其實，對於慧萼本之卷數爲七十卷本，今存金澤文庫本所見豐原奉重批語已有所言明，詳考參見拙稿《唐鈔與宋刻之融合：金澤文庫本〈白氏文集〉抄校經緯新證》，擬載下東波主編《域外漢籍研究集刊》第二十五輯，北京：中華書局，待刊。另外，慧萼資料，亦可參照〔日〕田中史生編《入唐僧惠萼と東アジア：附惠萼關連史料集》，東京：勉誠出版，2014 年。

之",考此事最早見載於平安後期大儒大江匡房(1041—1111)之言談録《江談抄》卷四,其原文如下:

> 閉閣唯聞朝暮鼓,登樓遥望往來船。(行幸河陽館,弘仁御製)
> 故賢相傳云,《白氏文集》一本渡來在御所,尤被秘藏。人敢無見此句在彼集。叡覽之後即行幸此觀,有此御製也。召小野篁令見,即奏曰:"以遥爲空最美者。"天皇大驚,勅曰:"此句樂天句也,試汝也。本空字,今汝詩情與樂天同也者。"文場故事,尤在此事,仍書之。

首先,如甲田利雄、川口久雄等所考,嵯峨天皇的這句"閉閣唯聞朝暮鼓,登樓遥望往來船",乃是襲用了白居易《春江》詩中一聯①。白居易詩現見收於卷十八,全詩如下:

> 炎涼昏曉苦推遷,不覺忠州已二年。閉閣只聽朝暮鼓,上樓空望往來船。鶯聲誘引來花下,草色勾留坐水邊。唯有春江看未厭,縈砂繞石渌潺湲。

朱金城繫此詩爲白居易元和十五年(820,日本弘仁十一年)忠州刺史時的作品,花房英樹與謝思煒亦同②。兩相對讀,可知嵯峨天皇所詠一聯,只是將白詩前句"只聽"改爲了"唯聞",後一句"上樓空望"改爲了"登樓遥望"。不過由此可推知,嵯峨天皇手中秘藏之白詩卷,至少涵蓋到了白居易忠州時期的作品。

《江談抄》著録此詩爲嵯峨天皇(弘仁爲其年號)行幸河陽館時所詠。"河陽"語出潘岳"即是河陽一縣花",此句深爲嵯峨天皇喜愛,因以此爲典故營造了一所河陽宮,退位之後在宮中園林頻開詩

---

① 參見[日]甲田利雄《校本江談抄とその研究》上卷,東京:續群書類從完成會,1987年,第353—355頁;[日]川口久雄、奈良正一校注《江談證注》,東京:勉誠社,1984年,第614—617頁。
② 參見朱金城《白居易集箋校》第二册,上海:上海古籍出版社,1988年,第1190—1191頁;謝思煒《白居易詩集校注》第三册,北京:中華書局,2006年,第1468頁;[日]花房英樹《白氏文集の批判的研究》,京都:中村印刷株式會社,1960年,第547頁。

宴，君臣參照六朝隋唐詩，以眼前景物來遙想唐土唐風，吟詠唱和，風靡一時，影響深遠①。嵯峨天皇所詠漢詩，考小野岑守（778—830）、菅原清公（770—842）等編《凌雲集》錄《河陽驛經宿有懷京邑》詩云："河陽亭子經數宿，月夜松風惱旅人。雖聽山猿助客叫，誰能不憶帝京春。"又錄《和左大將軍藤冬嗣河陽作》詩云："節序風光全就暖，河陽雨氣更生寒。千峰積翠籠山暗，萬里長江入海寬。曉猿悲吟誰斷得，朝花巧笑豈堪看。非唯物色催春興，別有泉聲落雲端。"②藤原冬嗣（775—826）、菅原清公等編《文華秀麗集》卷下則選錄了其《河陽十首 以三字爲題，以終字爲韻》中四首，詩如下：

河陽花：三春二月河陽縣，□□從來富於花。花落能紅復能白，山嵐頻下万條斜。

江上船：一道長江通千里，漫漫流水漾行船。風帆遠没虚無裏，疑氏仙查欲上天。

江邊草：春日江邊何所好，青青唯見王孫草。風光就暖芳氣新，如此年年觀者老。

山寺鐘：晚到江村高枕臥，夢中遥聽半夜鐘。山寺不知何處去，旅館之東第一峯。③

細細品味其詩，雖仍保留了濃厚的六朝遺風，但確實已隱約帶有了一抹元白氣象。尤其是《和左大將軍藤冬嗣河陽作》詩中"就暖"一詞，其作爲詩語唯見白居易有所使用，如《立春後五日》（卷八）

---

① 嵯峨天皇與衆臣河陽唱和詩，見《文華秀麗集》卷下《河陽十詠》。相關研究可參考［日］井實充史《河陽文學の初發—〈凌雲集〉河陽關連作品の考察》，《福島大學教育學部論集 人文科學部門》第71卷，第59—72頁，2001年12月；同《山崎驛·河陽宫と嵯峨朝漢詩文：旅情表現の形成とその背景》，《福島大學人間發達文化學類論集》第20卷，2014年12月。又，新間一美《嵯峨朝詩壇における中唐詩受容》，《アジア遊學 日本古代の'漢'と'和'：嵯峨朝の文學から考える》（第188號），第48—69頁，勉誠社，2015年9月。有關嵯峨文學對中唐文學的刻意模仿，亦可參照此號所載其他論考。
② 參見［日］塙保己一編《新校群書類從》第六册收《文筆部·凌雲集》，東京：名著普及會，1978年覆刻版，第115—116頁。
③ 參見［日］塙保己一編《新校群書類從》第六册收《文筆部·文華秀麗集》卷下，第135頁。

"迎芳後園立，就暖前簷坐"，《和自勸二首其一》（卷二十二）"就暖移盤簷下食，防寒擁被帷中宿"，《就暖偶酌戲諸詩酒舊侶》（卷三十五）更是逕以"就暖"爲詩題。朱金城、花房英樹繫《立春後五日》詩爲長慶三年（823，日本弘仁十四年）、《和自勸二首》詩爲大和三年（829，日本天長六年）、《就暖偶酌諸詩酒舊侶》爲開成四年（839，日本承和六年）①。從繫年來看，嵯峨天皇應該就是從《立春後五日》詩汲取到"就暖"這一詩語。如此考不誤，我們又可以將嵯峨天皇秘藏白詩抄卷之作品下限延後到長慶三年。也恰好是這一年，嵯峨天皇退位爲上皇，與橘嘉智子（786—850，史稱檀林皇后）皇后一起，開始精心營造位於洛外的離宮嵯峨院（之後的大覺寺），並以洞庭湖爲藍圖在

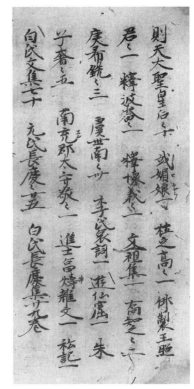

圖 1　室生寺本《日本國見在書目錄》書影

院中修建一所大澤池，完工之後就於天長十年（833）十月與橘太后一起離開京都搬入了此園。而上引的這些河陽館詩，也大多應該是嵯峨天皇退位搬至京都郊外之後與侍臣一起唱詠的作品。

由上考可知，嵯峨天皇使用過白居易長慶三年詩中的詩語，據此推測，其所藏"《白氏文集》一本"極有可能就是後來被著錄於《日本國見在書目錄》的"白氏長慶集二十九卷"。衆所周知，元稹於長

---

① 參見朱金城《白居易集箋校》第一册卷八，第435頁；第三册卷二十二，第1484—1484頁；第四册卷三十五，第2393頁；[日]花房英樹《白氏文集の批判的研究》第512、609、663頁。又，《和自勸二首》詩朱金城未繫年，此處從花房英樹。另外，"就暖"一詞，唐詩之中，白居易之外僅見韓愈《鳴雁》"去寒就暖識所依，天長第闊棲息稀"一聯。然《日本國見在書目錄》中未見著錄韓愈文集，彼時韓愈文集尚未傳入平安，因此可將典出韓詩之可能性排除於外。

慶四年（824，日本天長元年）爲白居易編撰了《白氏長慶集》五十卷，又爲自己編撰了《元氏長慶集》一百卷。如嵯峨天皇所獲真是《日本國見在書目録》中的《白氏長慶集》的話，那麼，其傳入日本之時間應該就是在日本的天長年間（824—833）①。也就是説，雖然不是足本，然《白氏長慶集》在編成不到十年的時間裏，其大部分詩卷就已經被抄寫傳入了隔海相望的平安朝廷，受到喜好漢文化之嵯峨上皇的鍾愛與秘藏。

毋庸置疑，嵯峨天皇在世之時，七十卷本《白氏文集》雖然尚未傳入日本，但可以肯定的是，白居易之文名早已在以嵯峨帝爲中心的漢文學圈子中有了一定的知名度。这亦可以《文德實録》中的記載爲證，《文德實録》"仁壽元年（851，唐大中五年）九月二十六日"條附《藤原岳守卒傳》中提到，藤原岳守（808—851）曾於承和五年（838，唐開成三年）被貶任太宰少貳時"因檢唐人貨物。適得《元白詩筆》，奏上，帝甚耽悦"②。藤原岳守在點檢貨物時注意到唐人私人物品中有一部《元白詩筆》，便將之截獲獻給了嵯峨上皇，可見藤原岳守對元白詩文亦不陌生，因此能夠當機立斷，將原屬於商人之私人物品的這部文集截留下來獻給朝廷，從而獲得了嵯峨上皇之歡心，順利返回京都朝廷任官③。

二

上引《江談抄》記載所提到的小野篁（802—853），乃嵯峨天皇親自栽培的俊彥。小野父子顯然也早就察覺到了上皇的最新愛好，對白居易詩文也有了一定的收集與學習——也正是這一時期，海東諸國

---

① 有關《日本國見在書目録》所録元白集之相關考證，可參照孫猛《日本國見在書目録詳考》，上海：上海古籍出版社，2015年，1985—1998頁。
② 参見[日]佐伯有義編《六國史》卷七收《文德實録》卷七，東京：朝日新聞社，1930年，第49—50頁。
③ 另外，在後文還要提到，小野篁於承和五年因擅自脱離遣唐使團而被剥奪官位流放到隱岐，因此基本可以排除白居易《春江》詩出自此書之可能性。

已經興起了一股追捧白詩的狂潮。對於此，元稹在長慶四年十二月所作的《白氏長慶集序》中寫道：

> 予始與樂天同校祕書之名，多以詩章相贈答。會予譴掾江陵，樂天猶在翰林，寄予百韻律詩及雜體，前後數十章。是後，各佐江、通，復相酬寄。巴蜀江楚間洎長安中少年，遞相倣效，競作新詞，自謂爲"元和詩"。而樂天《秦中吟》《賀雨》諷諭等篇，時人罕能知者。然而二十年間，禁省、觀寺、郵候牆壁之上無不書，王公妾婦、牛童馬走之口無不道。至於繕寫模勒，衒賣於市井，或持之以交酒茗者，處處皆是。其甚者，有至於盜竊名姓，苟求自售，雜亂間厠，無可奈何！予於平水市中，見村校諸童競習詩，召而問之，皆對曰："先生教我樂天、微之詩。"固亦不知予之爲微之也。又雞林賈人求市頗切，自云："本國宰相每以百金換一篇。其甚僞者，宰相輒能辯別之。"自篇章已來，未有如是流傳之廣者。①

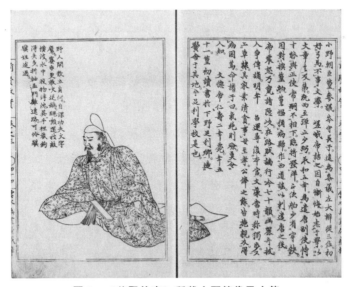

圖 2　《前賢故實》所載小野篁像及小傳

---

① 參見〔唐〕元稹撰，冀勤點校《元稹集》卷五十一《白氏長慶集序》，北京：中華書局，2010年，第 641—642 頁。

可知在江南士人的追捧之下，白居易的許多詩篇亦迅速傳播到以新羅爲中心的東亞諸國，而"其甚僞者，宰相輒能辯別之"一文，則説明這些異國的白詩愛好者已經對白居易許多詩歌諳熟於心，甚至具備了很高的鑑僞水準。而長期盤踞在平安文壇最中心、侍讀於天皇左右的小野岑守、小野篁父子，顯然對嵯峨上皇所密藏的白集也不會視而不見。前文提到，嵯峨上皇所作"閉閣唯聞朝暮鼓，登樓遥望往來船"句，乃是對白居易"閉閣只聽朝暮鼓，上樓空望往來船"句的襲用。小野篁並未指出此句乃白居易詩，只是委婉地指出"以遥爲空最美者"，既恰到好處又一鳴驚人，得到了上皇之"詩情與樂天同"的最高贊賞，奠定了其在平安文壇上的頂級地位。

小野篁，後人尊之爲"野相公"，是平安前期最頂尖的漢文學者，擅長漢詩文且精通和歌，《三代實録》譽其爲"詩家之宗匠"①。《文德實録》卷四"仁壽二年（八五二）十二月癸未"條録其《卒傳》云：

> 篁，參議正四位下岑守長子也。岑守，弘仁初爲陸奥守。篁隨父客遊，便於據鞍，後歸京師，不事學業。嵯峨天皇聞之，歎曰："既爲其人之子，何還爲弓馬之士乎？"篁由是慚悔，乃始志學。十三年春奉文章生試及第。天長元年拜巡察彈正，二年爲彈正少忠，五年遷爲大内記，七年爲式部少丞，九年授從五位下，拜大宰少貳，有詔不許之官。其夏喪父，哀毁過礼。十年爲東宫學士，俄拜彈正少弼。承和元年爲聘唐副使，明年春授從五位上，兼備前權守，數月拜刑部大輔。三年授正五位下。五年春，聘唐使等四舶，次第泛海。而大使參議從四位上藤原常嗣所駕第一舶，水漏穿缺。有詔以副使第二舶，改爲大使第一舶。篁抗論曰："朝議不定，再三其事。亦初定舶次第之日，擇取最者爲第一舶。分配之後，再經漂迴。今一朝改易，配當危器，以己福利，代他害損。論之人情，是爲逆施。既無面目，何以率下。篁

---

① 參見[日]佐伯有義編《六國史》卷九收《三代實録》卷三十八，東京：朝日新聞社，1930年，第213—214頁。

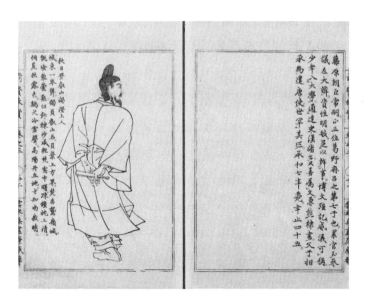

圖3　《前賢故實》所載藤原常嗣像及小傳

家貧親老，身亦尫瘵。是筐汲水採薪，當致匹夫之孝耳。"執論確乎，不復駕船。近者太宰鴻臚館有唐人沈道古者，聞篁有才思，數以詩賦唱之，每視其和，常美艷藻。六年春正月遂以捍詔，除名爲庶人，配流隱岐國。在路賦《謫行吟》七言十韻，文章奇麗，興味優遠。知文之輩，莫不吟誦。凡當時文章，天下無雙。草隸之工，古二王之倫。後生習之者，皆爲師摸。七年夏四月，有詔特徵。八年秋閏九月叙本位，十月任刑部大輔。九年夏六月爲陸奧太守，秋八月入拜東官學士，其月兼式部少輔。十二年春正月授從四位下。于時法隆寺僧善愷告少納言登美真人直名爲寺檀越枉法狀，訴之太政官。（中略）九月遷左中辨。十四年春正月爲參議，四月兼彈正大弼。十五年春正月轉左大辨兼信濃守，夏四月又兼勘解由長官。仁壽二年春正月轉右大辨，餘皆如故。明年春正月加從四位上，夏五月以病辭官歸家。嘉祥三年四月加正四位下。仁壽元年春正月遥授近江守。明年春病瘳，復爲左大辨，後又病發不朝。天皇深爲矜憐，數遣使者，趍視病根，賷賜錢穀。冬十二月就家，叙從三位，及困篤，命諸子曰："氣絶則殪。莫令人知。"薨時年五十一。篁身長六尺二寸，家素清貧，事母至孝，公俸所當，皆施親友。①

這篇《卒傳》中提到小野篁從小就受到了嵯峨帝的關愛，因此一直爲嵯峨朝的重要文臣，受前後三代天皇之垂愛，其唯一一次受貶是因爲承和五年擅自脱離遣唐使節團而導致嵯峨上皇之震怒。對於脱離遣唐使節團之緣由，《卒傳》雖然有些語焉不詳，然其被貶之勅書被保存在了《續日本後紀》卷七"承和五年十二月己亥"條中，由此可一窺其中經緯，其文云：

> 是日勅曰："小野篁，内含綸旨，出使外境，空稱病故，不遂國命。准據律條，可處絞刑。宜降死一等，處之遠流，仍配流隱岐國。"初造舶使造舶之日，先自定其次第名之，非古例也。使等任之，各駕而去，一漂迴後，大使上奏，更復卜定，换其次第。第二舶改爲第一，大使駕之。於是副使篁怨懟，陽（佯）病而留，遂懷幽憤，作《西道謡》以刺遣唐之役也。其詞率興多犯忌諱，嵯峨太上天皇覽之，大怒令論其罪，故有此竄謫。②

出使大唐乃平安朝廷之最重要的外交事務，抗命者依例當處以絞

---

① 參見［日］佐伯有義編《六國史》卷七收《文德實錄》卷七，第 67—71 頁。又，有關小野篁的生平事跡之考證，亦可參見岩井美奈《小野篁の研究》，フェリス女學院大學國文學會編《玉藻》第 52 號，2018 年，第 103—127 頁。又，中略部分爲："官加訊鞫，漸將讞斷，而世論敖敖，爲善愷成私曲。由此朝廷更論此事，延至分争。名例律私曲相須之二義，或以爲一，或以爲二，弁官上下，還罷其綱。遂令明法博士讚岐朝臣永直考之，考曰：'私曲兩字，混處一科，是相須之義也。當今之事，只有一犯，不足結罪。'事未斷畢。十三年五月爲權左中弁，新關其事，即據律文，以爲'私與曲明是二也，若私若曲，有一於此，未免其罪'。而連涉月日，不肯決斷，仍上請議定私曲律義之表，并所執狀以紀法家之不熟律義，明弁官之可處私罪。篁初恨此論之不平，作《傷時詩》卅韻寄參議滋野朝臣貞主。後重令諸儒傍議，其文曰：'被右大臣宣稱。奉勅據參議小野篁朝臣上表及所執律文，議定可考申，謹依旨。覆案律文，公罪謂緣公事致罪而無私曲者。疏云：私曲相須，公事與奪，情無私曲，雖違法式。是爲公坐（云云）。私罪條疏云：私罪謂不緣公事私自犯者。雖緣公事，意涉阿曲，亦同私罪者。由此案之，私者不緣公事，自犯之名。曲者雖緣公事，意涉阿曲之謂也。相須則私與曲，二事相待之理。然則無私無曲，可爲公罪，一私一曲，不免私罪。而永直等説云，私曲者謂私之曲相須者，合私曲兩字爲一義，以連讀之意云云者，文義相錯，公私不分。此説之迂。難可據信。篁朝臣所執。誠爲允愜。'"

② 參見［日］佐伯有義編《六國史》卷六收《續日本後記》卷七，第 130—131 頁。

刑。爲何小野篁敢違命擅自脫離使團呢？這是因爲，此次使節團與以往的遣唐使不一樣，除了上京謁見唐皇之外，還肩負着一個不同尋常的使命——拜見白居易，並策劃小野篁與白居易舉行一場詩宴。《江談抄》卷四記此事云①：

> 著野展鋪紅錦繡，當天遊織碧羅綾。（内宴春王，野相公）
> 洗開蟄户雪翻雨，投出蟠龍水破冰。
>
> 古老相傳，昔我朝傳聞唐有白樂天巧文，樂天又聞日本有小野篁能詩。待依常嗣來唐之日，所謂望樓爲篁所作也。篁副使入唐之時，與大使有論不進發。會昌五年冬樂天亡，而後年也《文集》渡來。中篁所作相同之句三矣："野草芳菲紅錦地，遊絲繚亂碧羅天""野蕨人拳手，江蘆錐脱囊""元和小臣白樂天，觀舞聞歌知樂意"等句也，天下珍重篁者也。

細讀此文，可知大江匡房的這段話中藴含了一段不爲人所知的信息，就是承和遣唐使節團派遣之初所設定的主要任務就是拜見白居易。且從其記載可知，當時傳聞白居易讀過小野篁的詩歌並予以過贊許。這或也正是承和五年小野篁敢於拒絶遣唐大使藤原常嗣（796—840）提出的換船要求並擅自離開船隊之底氣所在——他認爲如果此行没有他使節團絶不可能成行。而藤原常嗣乃出自藤原北家，家格本來就遠在小野家之上，且其本人亦是一代文宗，自小就將《文選》《史記》爛熟心中，並未將小野篁放在眼里，竟然命令船隊如期出發。於是在這個駛向大唐的使節團中，没有了本來應該成爲主人公的小野篁。

三

對於唐日歷史上的這一最後的遣唐使之承和使節團的遣唐活動，

---

① 參見［日］川口久雄、奈良正一校注《江談證注》卷四，第648—652頁。

江户中期儒學家安積澹泊（1656—1738）《大日本史贊藪》云："藤原常嗣奉使，則適會唐室不振，禮遇之詳，不可得而聞焉。"① 其實，之所以平安典籍中未對承和使節團之在唐活動予以記録，與其説是"唐室不振"，還不如説是因使節團之内部糾紛，尤其是藤原常嗣一怒之下置小野篁而去而導致的這出悲劇，以至於此後史籍對此事諱莫如深。

通過以上這則大江匡房的語録可知，藤原常嗣回國之後向朝廷報告其一行見到了白居易，且白居易在會談中再次贊許了小野篁並爲其創作了一首《望樓》詩。《古事談》中亦對此事有所記録，其文云："文書載，聞聽小野篁以遣唐使渡來，白居易大悦，構望海樓待之，然未見之。太政官符上記録：雖無霧明朗，然小野篁舟風帆未現。"② 由此可知，藤原常嗣對大唐也隱瞞了小野篁擅自下船的事實，而只是説承載小野的船只没能安全抵達大陸，以至於特意爲小野篁"構樓"而待的白居易扼腕長嘆，遺憾不已。

當然，這一切均只是藤原常嗣的謊言。這是因爲，開成以後白居易以太子賓客分司東都之身份一直住在洛陽，藤原常嗣一行在長安應該是無法見到這位名動天下的白傅。而所謂的《望樓》詩，當是今存白集卷十八的《寄題楊萬州四望樓》，其詩云："江上新樓名四望，東西南北水茫茫。無由得與君攜手，同憑欄干一望鄉。"朱金城考"楊萬州"爲"萬州刺史楊歸厚"，詩作於"元和十四年（819），四十八歲，忠州刺史，忠州"③，當然不會是寫給小野篁的。不過，當時《白氏文集》尚未普及於平安朝野，藤原常嗣的謊言也就不會被尋常官僚所揭穿。然藤原常嗣不知道的是，嵯峨上皇及小野篁等之前已經秘藏有《白氏長慶集》詩卷，此詩乃白居易忠州時作，自然也已收於集

---

① 參見［日］安積覺稿、賴山陽抄《大日本史贊藪》卷五《外國傳贊·外國隋唐宋元明傳贊》，平樂寺版，1869年。
② 參見［日］近藤瓶城編《改定史籍集覽》第十册收《古事談》卷六，原文如此："（文書）小野篁遣唐使ニ渡ㇳ聞テ，白樂天悦テ，搆望海樓待給ケルニ，ミエサリケレハ。太政官符露點雖明，小野篁舟風帆未見ㇳ被書ケリ。"東京：近藤出版部，1906年，第130頁。
③ 參照朱金城《白居易集箋校》第二册卷十八，第1186—1187頁。

中。其回奏所謂的白居易爲小野篁作詩贈答一事，又豈能騙過嵯峨上皇之法眼。嵯峨上皇之所以没有揭露其謊言，或是考慮到藤原常嗣入唐之辛勞及其家門之名譽，或更有另一層政治上的考慮——這一謊言又恰恰爲小野篁解了套，爲説服平安貴族赦免小野篁提供了一個絕佳的借口。因此，仁明天皇（810—850，第54代天皇，在位期間833—850，嵯峨天皇與橘皇后之第二皇子）也就隨水推舟，立即召回了流放還不到兩年時間的小野篁。小野篁於承和七年（840，唐開成五年）返回京都，且又度過了僅一年四個月不到的蟄居生活，便於承和八年（841，唐會昌元年）官復原位，高調出任橘嘉智子皇太后的皇后宫大夫及仁明天皇朝中參議（丞相）。如《三代實錄》所譽，小野篁可謂平安初期文壇最高手，然其恃才傲物，口無遮攔，又被時人稱爲"野狂"，雖因狂言獲罪，又終因文才免禍。然而，當初棄小野篁而不顧的藤原常嗣卻没有這麼幸運。千辛萬苦完成了遣唐偉業的他因爲心力交瘁，又恐謊言被揭露而犯下欺君之大罪，於翌年四月便一病不起，撒手人寰，終年僅四十五歲。或許當時誰也没料到，這一次的入唐朝貢，竟然成了歷史上最後一次成行的遣唐使，藤原常嗣本人，也就成了入唐朝貢最後一位時運不濟、命途多舛的大使①。

藤原常嗣對大唐及新羅隱瞞了小野篁脱離使節團一事，而是以小野篁所乘坐的遣唐船未能順利抵達大陸而予以搪塞。這就又導致了另一出悲劇——遣新羅使紀三津（生卒年不詳）事件。對於此，《續日本後記》卷五"承和三年十二月丁酉"條記云：

> 十二月乙未朔丁酉，遣新羅國使紀三津復命。三津自失使旨，被新羅誣劫歸來。何則所以遣三津於新羅者，遣唐四箇舶，今欲渡海，恐或風變漂着彼境。由是准之故實，先遣告喻，期其

---

① 根據《入唐求法行禮巡記》及《唐會要》等記載，藤原常嗣使節團是在開成四年（839，日本承和六年）正月十三日與南詔國使一起拜見了唐文宗，遞交國書，隨後就踏上了返程，由此可確證其一行未到洛陽。又，有關承和遣唐使的考證，可參照［日］佐伯有清《最後の遣唐使》，東京：講談社，2007年。

接授。而三津到彼,失本朝旨,稱專來通好,似畏怯媚託,私自設辭,執事省疑與太政官牒相違。再三詰問,三津逾增迷惑,不能分疏。是則三津不文,而其口亦訥之所致也。故執事省牒中云:"兩國相通,必無詭詐。使非專對,不足爲憑。"但其牒中亦云:"小野篁船帆飛已遠,未必重遣三津聘於唐國。"夫修聘大唐,既有使頭。篁其副介耳,何除其貴,輕舉其下。加以當爾之時,篁身在本朝,未及渡海。而謂帆飛已遠,斯並聞商帆浮説,安所言耳。荷校滅耳,蓋在茲歟。又三津一介綠衫,孤舟是駕,何擬爲入唐使哉。如此異論,近於誣罔。斯事若只存大略,不詳首尾,恐後之觀者莫辨得失,因全寫執事省牒附載之。

　　新羅國執事省牒:日本國太政官,紀三津詐稱朝聘兼有贄贐,及檢公牒,假僞非實者。牒得三津等狀稱:奉承王命,專來通好。及開函覽牒,但云修聘巨唐,脱有使船漂着彼界,則扶之送過,無俾滯遏者。主司再發星使,設問丁寧,口與牒乖,虚實莫辨。既非交隣之使,必匪由衷之賂。事無摭實,豈令虚受。且太政官印,篆跡分明。小野篁船帆飛已遠,未必重遣三津聘於唐國。不知嶋嶼之人,東西窺利,偷學官印,假造公牒,用備斥候之難,自逞白水之遊。然兩國相通,必無詭詐,使非專對,不足爲憑。所司再三請以政刑章,用阻姦類。主司務存大體,舍過責功,恕小人荒迫之罪,申大國寛弘之理。方今時屬大和,海不揚波,若求尋舊好,彼此何妨。況貞觀中,高表到彼之後,惟我是賴,唇齒相須,其來久矣。事須牒太政官并牒菁州量事,支給過海程粮,放還本國,請處分者,奉判准狀,牒太政官,請垂詳悉者。①

　　承和三年初,遣唐使出發之前,考慮到遣唐使船萬一漂流到朝鮮半島,平安政府按照慣例先派遣了紀三津出訪新羅以通聲氣。大使紀三津給新羅朝廷傳遞的信息是擔任此次遣唐大使爲小野篁,如其船不慎漂流

---

① 參見 [日] 佐伯有義編《六國史》卷六收《續日本後紀》卷五,第 95—97 頁。

到朝鮮本島依例請新羅政府提供襄助。由此可知，在紀三津出使新羅之際，極有可能是由小野篁來擔任遣唐大使。而紀三津在出使新羅之後，遣唐大使的職務才被調整爲家格更高的藤原常嗣。這就導致了新羅政府之後所掌握的情報——大使爲藤原常嗣且小野船已經快到大陸了——與大使紀三津所云不一。因此新羅政府勃然大怒，懷疑紀三津乃"詐稱朝聘"之偽使，竟將其逮捕押回日本要求平安朝廷予以嚴懲①。

另外，由於藤原常嗣並沒有見到白居易，當然也就無法順利帶回《白氏文集》。平安朝廷只能轉將希望寄託於在唐活動的慧萼。慧萼此前入唐前往江南的目的，本來是受橘嘉智子皇太后之命，招聘禪僧修煉禪學並將禪宗傳入日本。或正是接到了這一命令，會昌四年（844，日本承和十一年），慧萼帶着招聘到的禪僧義空一行，才冒着危險從天台山繞遠路到蘇州南禪院抄寫了院藏《白氏文集》。然而未料到會昌毀佛愈演愈烈，武宗發布海禁命令，無法回國，慧萼一行只能長期潛伏在楚州②。而此時經藤原常嗣允許留在大唐的請益僧圓仁也逃到了楚州，或許是爲了彌補藤原使節團的缺憾，在他的行囊之中，包裹着《攬樂天書》一卷、《杭越寄和詩集並序》一卷、《杭越唱和集》一卷、《任氏怨歌行》一卷、《白家詩集》六卷等與白居易有關的諸多詩文書卷。

大中元年，會昌毀佛運動落下了帷幕，圓仁與慧萼、義空等人也先後乘船回到了大宰府。與慧萼等人受到熱烈歡迎之不同，圓仁接到的竟然是不準其入京的詔命。在《入唐求法巡禮行記》的最後一章，圓仁提到其於九月十九日住進太宰府鴻臚館，十月十九日"太政官符來太宰府，圓仁五人，速令入京"，然風雲突變，二十六日又"不獲入京之狀，出於府衙"。圓仁當然知道這是出自對承和使節團怨嗟甚深的小野篁之阻礙，只得於二十五日拜託入京的太宰少貳小野恒河

---

① 紀三津事件之詳考，可參照〔日〕西別府元日《9世紀前半の日羅交易と紀三津"失使旨"事件》，〔日〕岸田裕之編《中國地域と對外關係》，東京：山川出版社，2003年，第3—28頁。另外，日本此時尚未獲得建造海船的技術，其遣唐使船的建造均由新羅政府負責，因此每次遣唐使的派遣及歸國均要與新羅政府商量。
② 慧萼生平事跡及其抄寫《白氏文集》的相關考證，可參照前引拙稿《慧萼東傳〈白氏文集〉及普陀洛迦開山考》及《慧萼抄南禪院本〈白氏文集〉的卷數及其正統性》（任雅芳譯）。

(807—860）帶去了給"小野宰相"等人的求情信，然終不得立即見諒。直到日記最末尾之十二月十四日，圓仁仍滯留在太宰府①。而此時的京都，已經沉浸在白居易手定大集七十卷本《文集》及禪宗首傳的洋洋喜慶之中。平安的貴族文人們，通過新傳來的"文集"確認小野篁的詩作竟與"文集"所載詩有三聯之多的"偶同"，這就凸顯了嵯峨上皇對小野篁"詩情與樂天同"的先見之明，也讓小野篁迎來了人生的最高光時刻。

而圓仁帶來的六卷本《白家詩集》，在慧萼抄寫的白居易手定南禪院七十卷本《文集》面前，顯然是那麼的微不足道。如果不是慧萼抄來了白居易手定大集，想必這本《白家詩集》一定會在平安貴族文化圈中引起巨大轟動。然而事實卻是如此殘酷，由於宰相小野篁的嫉恨，圓仁不但遲遲未能進京復命，甚至連其抄來的二十餘部外典，也未能按規矩納入大學寮予以"施行"——因此也就均未被收錄到之後藤原佐世所編的《日本國見在書目錄》中②。從後來編撰的《前唐院

---

① 參見白化文、李鼎霞、許德楠校注，周一良審閱《入唐求法巡禮行記校注》卷四，第520—526頁，石家莊：花山文藝出版社，1992年。又，小野勝年《入唐求法巡禮行記の研究》第四卷承和十四年條，第318—341頁，鈴木學術財團，1969年。
② 圓仁的幾種在唐送進書目，均已收入《大日本佛教全書》第二卷《佛教書籍目錄第二》（東京：佛書刊行會，1913年）及［日］高楠順次郎編《大正新修大藏經》第五十五卷（大正一切經刊行會，1928年）。除了上舉與白居易有關的五部書籍之外，其他的書籍依次爲"《開元詩格》一卷、《祇對義》一卷、《判一百條駱賓王撰》一卷、《祝元膺集》一卷、《詩集》五卷、《嗣安集》一卷、《百司舉要》一卷、《兩京新記》三卷、《皇帝拜南郊儀注》一卷、《丹鳳樓賦》一卷、《詩賦格》一卷、《進士章巘集》一卷、《仆郡集》一卷、《莊翱集》一卷、《李張集》一卷、《杜員外集》二卷、《臺山集》一卷、《雜詩》一卷"。又，《日本國見在書目錄》雖見錄有"《杭越寄詩》二十二卷""《兩京新記》四卷"，但與圓仁所抄卷數不一致，顯然不是圓仁將來書。其他考證參見孫猛《日本國見在書目錄詳考》，第904—907、2083—2087頁。另外，有關圓仁送進書目的研究，還可參照小南沙月的系列考證：《円仁將來目錄の研究：〈日本國承和五年入唐求法目錄〉と〈慈覺大師在唐送進録〉の成立過程》，《京都女子大學大學院文學研究科研究紀要・史學編》第14集，第27—47頁，2015年3月；《円仁將來目錄の研究：〈日本國承和五年入唐求法目錄〉と〈慈覺大師在唐送進録〉の諸本の分析》，《京都女子大學大學院文學研究科研究紀要・史學編》第15集，第1—47頁，2016年3月；《史料紹介：慈覺大師円仁〈入唐新求聖教目錄〉》，《史窗》第74集，第67—111頁，2017年2月；《慈覺大師円仁將來目錄の研究：〈入唐新求聖教目錄〉の概要》，《京都女子大學大學院文學研究科研究紀要・史學編》第16集，第1—34頁，2017年3月。又，小南妙覺《慈覺大師円仁將來目錄の研究：入唐求法の活動と成果》，京都女子大學2019年博士論文。

見在書目録》可知,在圓仁返回比叡山之後,這些外典就與其他佛典一起被直接搬回了比叡山,没有被裝幀整理就塵封到前唐院經廚子的葉子箱之中了①。

四

又,《江談抄》所録的《内宴春王》事,過去常因"野草芳菲紅錦地,遊絲繚亂碧羅天"乃劉禹錫詩而認定此事乃江家所杜撰,没有多少史料價值②。然事實並非如此,如細考其文,以此爲綫索,我們又可勾勒出慧萼抄寫南禪院本《白氏文集》尚未揭開面紗的另一些史實。

首先,關於《内宴春王》詩之寫作時間,現存《江談抄》諸箋注本均未有過考證。考"内宴"是指天皇在内廷所召開的私人宴集,"春王"典出《左傳》隱公即位始年之"元年春王正月",與第四句"投出蟠龍水破冰"相呼應。由知此詩當是小野篁在正月内宴爲慶祝新天皇即位筵席上所作之詩。淳和天皇(786—840,第 53 代天皇,在位期間 823—833,恒武天皇第三皇子)即位於弘仁十四年(823,唐長慶三年),翌年元月五日改元天長(824,唐長慶四年),彼時小

---

① 於此可參見[日]神田喜一郎《慈覺大師將來外典考證》及[日]佐藤哲英《前唐院見在書目録について—慈覺大師將來佛典は如何に傳侍されたか—》,均收於福井康順編《慈覺大師研究》,第 91—139 頁,京都:天台學會,1964 年。又,根據《前唐院見在書目録》記録這些外典書籍均爲放在"葉子箱"中,又可知這些書籍直到納入前唐院還是以散葉的形式存在,並没有被裝裱成卷軸。又,圓仁直到翌年改元,也就是嘉祥元年(848)三月才被允許率性海、惟正等人進京,隨即便返回比叡山巡禮,六月授傳燈大法師位,並允許其舉行灌頂儀式。參見[日]近藤瓶城編《改定史籍集覽》第十二册《别記第六十四·慈覺大師傳》,第 58—73 頁,東京:近藤出版部,1906 年。
② 參見[日]川口久雄、奈良正一校注《江談證注》卷四,第 648—652 頁。又,"野草芳菲紅錦地,遊絲繚亂碧羅天"現被認爲是禹錫詩。又,先行研究中一般認爲《白氏文集》傳入日本乃大中年之後,據此懷疑此乃江家吹捧小野篁所撰而成的一則軼事,如比較早期的研究可參照[日]齋藤惇《嵯峨天皇小野篁の詩材を試みたまひし事の真僞》(《國學院雜誌》第 15 卷第 5 號,第 52—63 頁,1909 年 5 月)。不過,如本文所考,慧萼抄本《白氏文集》在傳入日本之前,應該就有不少白居易詩卷乃至元積編《白氏長慶集》已經傳入日本,因此單據慧萼本白集傳入時間及劉禹錫詩事尚不足以否定這則軼事的真實性。

野篁二十出頭，剛被任命爲巡察彈正，尚未具備出席淳和天皇宫中内宴之資格。仁明天皇即位於天長九年（832，唐太和六年），翌年元月三日改元承和（833，唐太和七年），正是此年正月小野篁被任命爲參議及遣唐副使（如按紀三津所云極有可能爲正使），因此，此詩當就是小野篁於仁明天皇承和元年正月内宴之筵席上所作。

《内宴春王》文中所提到小野篁所作詩與慧萼傳來《文集》中詩有三聯相同："元和小臣白樂天，觀舞聞歌知樂意"出《新樂府·七德舞》（卷三）；"野蕨人拳手，江蘆錐脱囊"不見今存《白氏文集》，亦未見録於其他唐人文集①；"野草芳菲紅錦地，遊絲繚亂碧羅天"則爲劉禹錫《春日書懷寄東洛白二十二子楊八二庶子》，原詩云："曾向空門學坐禪，如今萬事盡忘筌。眼前名利同春夢，醉裏風情敵少年。野草芳菲紅錦地，遊絲撩亂碧羅天。心知洛下閑才子，不作詩魔即酒顛。"② 過去學者經常以此作爲這則軼事不實之證據，其實卻忽略了重要的一個細節——大江匡衡所云爲"會昌五年冬樂天亡，而後年也《文集》渡來。中篁所作相同之句三矣"，只是説明此三句均見於慧萼抄《文集》之中，並未説此三句均爲白居易本人所作。

慧萼抄《文集》中録有他人詩歌，這可以卷十一慧萼跋語爲證，其文云：

> 大唐吴郡蘇州南禪院，日本國裏頭僧（惠萼自寫）文集。時會昌四年三月十四日，日本承和十一年也。寒食三月八日斷火，居士惠萼九日遊吴王劍池、武丘山東寺，到天竺道生法師昔講《涅槃經》時五百阿羅漢化出現聽經座石上，分明今在。生公影堂裏影側牌詩：元稹，我有三寶一百僧，偉哉生公道業弘。金聲

---

① 《和漢朗詠集》卷上録小野篁詩爲"紫塵嫩蕨人拳手，碧玉寒蘆錐脱囊"，詩題"晴後"，《和漢朗詠集私注》注云："紫塵者，薄紫色也。嫩者，弱也。初生之蕨鈎而似人拳也。釋曰：賢者之居國如錐在囊中，是參議小野篁朝臣作也。"參見［日］山内潤三等編《和漢朗詠集私注》，東京：新典社，1982年，第127頁。
② 參見陶敏、陶紅雨校注《劉禹錫全集編年校注》卷六，長沙：岳麓書社，2003年，第357—358頁。又，陶敏繫其爲寶曆元年（825，日本天長二年）春和州所作。

玉振神跡遠，古窟靈龕天香縢。石龕中置影像。此一首不是集內數。

這是慧萼在遊蘇州虎丘寺時所錄的一首元稹佚詩，還要引起我們注意的是最末一句"此一首不是集內數"①。要之，慧萼在抄錄此詩時還對校了《元氏長慶集》，確認了元集未收此詩，因此將其抄錄於《白氏文集》卷十一之卷末。由此我們可以推知，南禪院不但奉納了《白氏文集》，還收藏了《元氏長慶集》。大江家因講釋慧萼抄《白氏文集》而世襲爲天皇侍讀，可謂對其所載每一個字都了然心中，所云自當可信②。而劉禹錫的這首詩恰恰就是寫給白居易的一首唱和詩，因此，極有可能是慧萼據《劉白唱和集》將此詩轉錄到其所抄《白氏文集》卷中或卷背之上。要之，《日本國見在書目錄》所錄之"《元氏長慶集》二十五卷""《杭越寄詩》二十二卷""《劉白唱和集》二卷"，有可能均是慧萼於南禪院抄寫後一同帶回到平安的。由此又可推測，"野蕨人拳手，江蘆錐脱囊"當就是載於慧萼抄本的一首白居易逸詩③，即非白詩，亦是與白居易有關係之唐人詩作，今後應將此句補入《全唐詩》。另外再附言一句，其實，慧萼一行不但在南禪院抄寫了以《白氏文集》爲主的別集，根據筆者最新的調查，其同時應該還抄寫了藏於南禪院的一批佛經，如《青蓮院門跡吉水藏聖教目錄》錄《深沙大聖傳》之跋語云："大唐會昌四年日本承和十一年仲夏之月，

---

① 有關元稹佚詩的相關考證，可參照拙稿《元稹佚詩〈題虎丘山生公講堂影牌〉》，《文獻》2010年第1期，第167頁。
② ［日］大江匡衡《近日蒙綸命，點文集七十卷。夫江家之爲江家，白樂天之恩也。故何者，延喜聖代千古維時父子共爲文集之侍讀，天曆聖代維時齊光父子共爲文集之侍讀，天禄御寓維齊光定基父子共爲文集之侍讀。爰當今盛興延喜天曆之故事，匡衡獨爲文集之侍讀，舉周末遇升。欲罷不能，以詩慰意》詩云："研朱仰鳳點文集，汗竹割雞居武城。若用父功應賞子，老榮欲擬昔桓榮。"參見［日］塙保己一編《群書類從》第六輯收《江吏部集》，東京：經濟雜誌社，1893年，第983頁。另外，大江家學統及世系，可參照［日］井上辰雄《平安儒者の家 大江家のひとびと》，東京：塙書房，2014年。又，《江談抄》所見其他全唐逸詩，可參照拙稿《日本古文獻〈江談抄〉所見全唐佚詩句輯考》，《中國典籍與文化》2013年第4期，第96—101頁。
③ 慧萼抄本卷十二原載有八十五首詩，宋本僅載二十七首，今存金澤本卷十二乃豐原奉重據宋本改裝，已非慧萼抄本之原貌。於此刻參照拙稿《新校〈白居易傳〉及〈白氏文集〉佚文彙考》，《文學遺產》2010年第6期，第9—19頁。

從蘇州白居易南禪院請來。"① 由此可知，慧萼在南禪院的抄書活動遠不止一部《白氏文集》，值得我們去做進一步的調查與研究。

此外，以嵯峨上皇爲首的平安朝廷之所以策劃派遣小野篁渡唐謁見白居易，極有可能還具有更深一層次的外交上的考量，即通過這一活動來提高日本於東亞諸國的地位。根據《入唐求法巡禮記》中的記載可知，日本遣唐使在唐活動均由新羅在山東設置的赤山法華院管理。當時東亞諸國唯新羅馬首是瞻。上引紀三津事件中所引新羅牒稱日本爲"小人"，呼本國爲"大國"，不問青紅皂白就將日本國使繫獄送還，亦可看出新羅政府處理東亞事務態度之跋扈。而紀三津返朝之後，因爲在對應新羅官吏詰難時沒有表現出凜然之態度有失國格而遭到嚴懲，又可看出平安朝廷不甘居於朝鮮之下、希望與新羅分庭抗禮的對決心態。

如何在大唐廣泛宣傳日本之美名，提高日本的知名度，彼時已經成爲平安朝野乃至遣唐使、在唐僧的一個悲願。這在慧萼傳抄《白氏文集》的跋語中亦有體現，其卷五十跋語云：

> 時會昌四載四月十六日，寫取勘畢。日本國遊五臺山送供居士空無，舊名惠萼。忽然偶着勅難，權時裹頭，暫住蘇州白舍人禪院，不得東西。畢達本性，隨方應物，萬法皆心性如是，空門之中何曾憂悶。若有澤潞等寧，國家無事，早入五臺，交關文殊之會，擬作山裏日本國院，遠流國芳名。空無有爲境中，雖傳癡狀，遥奉報國恩。世間之法，皆有相對，惡無者，何有善。

要之，《白氏文集》東傳日本，並不是一個偶然事件。而是平安朝野爲了提高本國的外交地位及文化水準，以舉國之力所精心策劃的一場寄託了日本國運的政教活動。承和遣唐使的派遣雖未達到這一效果，然其後在一衆蘇州僧侶的協助下，慧萼等人冒着會昌毀佛的危險，雖歷經千辛萬苦但終於成功地將《白氏文集》帶回了日本，並在

---

① 參見《青蓮院門跡吉水藏聖教目錄》，東京：汲古書院，1999年，第166頁。

日本完成了白居易晚年將《文集》視爲"轉法輪"的根本心願，賦予白居易爲文殊菩薩及觀音菩薩之化身的殊榮。而這部七十卷本《白氏文集》的入朝，不但迅速提高了平安貴族的文學水準，還通過對其的訓讀及和語化，催化了一批女流"才媛"作家的出現，從而開啓了日本和漢文化的雙雙繁榮。以至於時至千年之後，明治的學人仍將其作爲概述平安文學時必答的唯一漢籍。

而另一方面，大中年間，在唐僧慧萼於普陀山創建了"日本國院"之不肯去觀音院，取替了在會昌毀佛運動中遭到摧毀的赤山法華院，成爲晚唐執掌東亞諸國入唐事務之牛耳的重要外交與宗教設施[①]。而在日本本土，菅原道真（845—903）則在與渤海國大使裴頲的外交詩會中，因爲詠唱出了與白詩風格極爲相近的詩篇而被尊爲日本之白樂天，一舉奠定了日本與渤海國外交事務中的主導地位[②]。換句話說，中晚唐乃至宋初，白詩席卷整個東亞，儼然成爲包括渤海、朝鮮及日本之東亞漢文圈判斷詩作水平的不二標準，甚至演變成了東亞諸國外交上定位國格高低的一個重要指標。正是在這一大時代背景之下，《白氏文集》的東渡，成爲影響日本之後數百年國運橫跨政教的一部至尊無上的寶典。

[作者單位] 陳翀：日本國立法人廣島大學文學部中國文學語學研究室

---

① 相關考證可參照拙稿《中國の觀音靈場〈普陀山〉と日本僧慧萼》，東アジア地域間交流研究會編《から船往来—日本を育てたひと・ふね・まち・こころ》，福岡：中國書店，2009年，第171—185頁。
② 於此可參照《平安時代國際交流の一齣—菅原道真・島田忠臣と渤海使裴頲との贈答詩を読む》，《武庫川國文》第78集，2014年，第23—30頁。另可參照［日］川口久雄《平安朝日本漢文學史の研究》（東京：明治書院，1964年增訂版）、［日］金子彥二郎《平安時代文學と白氏文集》（全三卷，東京：講談社，1943、1948年）中的相關考證。

寫卷・題板・刊石・墨紙：一部宋代"寄題"詩集的生成[*]

李成晴

提　要：在宋代文學文獻領域，詩卷、詩刻等單體文獻已經得到有深度的探討，但有關這類文獻如何通過士人間求詩——寄題的信息溝通進入詩集，學界尚未有專題探討。杜甫創造性地用"寄題"二字標識遠距離的亭臺堂室、山川勝迹題詩，開啓了唐宋時期寄題詩創作的風尚，並逐漸催生了文本性與物質性交互的寫卷、題板、刊石、編集傳統。宋人以自作或他作詩、記文、畫軸爲觸媒，向遠近詩人徵集寄題詩，寄題詩會以詩卷、詩板、詩碑等"準詩集"式的物質性載體形式在景觀中呈現，但其不便通覽的閱讀缺陷以及容易亡佚的"孤本"屬性又在客觀上要求寄題詩集進行編次、刊刻與流布。體例的擘畫、集序的撰寫，是一部寄題詩集成立的標志；層累、續編與融入方志，則是寄題詩集作爲方域性文獻所獨有的特性。對宋代寄題詩集的生成過程展開探討，有助於突破作家別集的文本秩序，對宋詩之集群展開生成視角的觀察與思考。

關鍵詞：宋詩　寄題　詩卷　詩板　詩碑　詩集

一、問題的提出

宋張津《（乾道）四明圖經》卷八"律詩"類"衆樂亭二首_{有序}，錢公輔"後，分別載録司馬光、邵必、吴中復、陳汝義、張伯玉、陳舜俞、章望之、胡宗愈諸人之詩，皆無詩題，以"前題"二字

---

[*] 本文爲北京大學學科建設項目（2023）"宋詩的文本性與物質性研究"階段性成果。

標識①，是爲傳世文獻有關"衆樂亭詩刻"之最早著録（見圖1）。清阮元《兩浙金石志》著録"宋衆樂亭詩刻"，首爲錢公輔之序引，發揮《孟子》"衆樂"之旨，其後爲武進錢公輔、臨川王安石、涑水司馬光、安陸鄭獬、丹陽邵必、渤海吳中復、建安吳充（殘泐）之詩，儼然是一部刻在石頭上的宋詩小集（見圖2）。阮元跋語且曰：

> 右詩刻五列，俱正書。下二列剝蝕無存，在鄞縣賀秘監祠。按衆樂亭一名衆樂堂，在府治西南月湖中。……碑後剝落年月無考。公輔知明州在仁宗時，而鄭獬詩有"使君今作螭頭臣"，吳充詩有"使君新自四明歸，邀我同爲衆樂詩"，馬浩詩有"嘗聞衆樂亭，未見衆樂景"諸句，而安石令鄞，復不同時，是皆追和之作，而補刻不知何時也。②

此組詩刻又見於《（乾隆）鄞縣誌》，錢維喬謂詩刻"無年月，下截漫滅，在湖亭廟"③。今諸碑尚存，嵌於天一閣明州碑林（見圖3）。三處文獻皆努力忠實地存録宋代衆樂亭詩刻的本初體制和樣貌，互相比勘，便可發現宋人衆樂亭詩遠多於今日詩刻所見者，當是由於歷時日久，詩刻殘損遺落所致。但何以張津《（乾道）四明圖經》沒有著録王安石的詩作，仍當存疑待查。

尤應注意的是，阮元指出王安石之爲鄞縣令與錢公輔知明州並不同時，故而認爲王安石諸人的詩作"皆追和之作"；錢維喬則認爲"君倚作詩在知明州日，其後被召同知起居注，乃邀諸公同作，故鄭毅夫有'使君今作螭頭臣'之句"④。今考諸家本集，詩題分別爲司馬光《寄題錢君倚明州重修衆樂亭》、王安石《寄題衆樂亭》、鄭獬《寄

---

① 〔宋〕張津《（乾道）四明圖經》卷八，《中國方志叢書》"華中地方·第五七三號"，臺北：成文出版社有限公司，1983年，第4995頁。
② 〔清〕阮元《兩浙金石志》卷五，影印清道光四年（1824）廣東刊本，《歷代碑誌叢書》第十九册，南京：江蘇古籍出版社，1998年，第126頁。
③ 〔清〕錢維喬《（乾隆）鄞縣誌》卷二三，影印清乾隆五十三年（1788）刻本，《續修四庫全書》第706册，上海：上海古籍出版社，2002年，第511頁。
④ 〔清〕錢維喬《（乾隆）鄞縣誌》卷二三，第512頁。

題明州太守錢君倚衆樂亭》。諸作共有的一個顯著的文本特徵，便是詩題前有“寄題”二字。

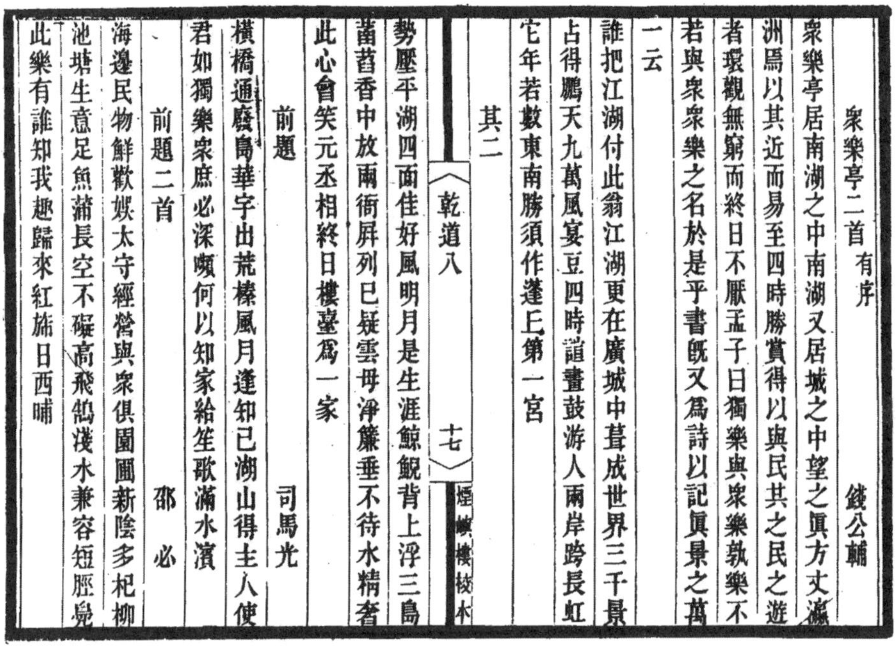
衆樂亭二首 有序　錢公輔
衆樂亭居南湖之中南湖又居城之中望之眞方丈瀛洲焉以其近而易至四時勝賞得以與民共之民之遊者環觀無窮而終日不厭孟子曰獨樂與衆樂孰樂不若與衆衆樂之名於是乎書既又爲詩以記眞景之萬一云
誰把江湖付此翁江湖更在廣城中葺成世界三千景占得鵬天九萬風宴豆四時諠畫鼓游人兩岸跨長虹它年若數東南勝須作蓬丘第一宮
其二
乾道八　七　煙嶼樓校本
勢壓平湖四面佳好風明月是生涯鯨鯢背上浮三島菡萏香中放兩衙屏列已疑雲母淨簾垂不待水精奢此心會笑元丞相終日樓臺爲一家
前題　司馬光
横橋通廢島華宇出荒榛風月逢知己湖山得主人使君如獨樂衆庶必深嚬何以知家給笙歌滿水濱
前題二首　邵必
海邊民物鮮歡娛太守經營與衆俱園圃新陰多杞柳池塘生意足魚蒲長空不礙高飛鵠淺水兼容短脛鳧此樂有誰知我趣歸來紅旆日西晡

圖 1　張津《(乾道)四明圖經》卷八，清咸豐四年（1854）刻本

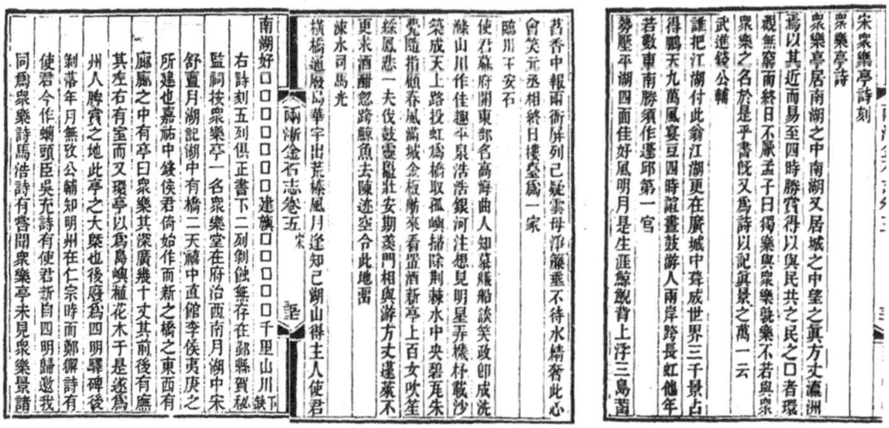
宋衆樂亭詩刻
衆樂亭詩
衆樂亭居南湖之中南湖又居城之中望之眞方丈瀛洲焉以其近而易至四時勝賞得以與民共之民之□者環觀無窮而終日不厭孟子曰獨樂與衆樂孰樂不若與衆衆樂之名於是乎書既又爲詩以記眞景之萬一云
武進錢公輔
誰把江湖付此翁江湖更在廣城中葺成世界三千景占得鵬天九萬風宴豆四時諠畫鼓游人兩岸跨長虹他年若數東南勝須作蓬邱第一宮
勢壓平湖四面佳好風明月是生涯鯨鯢背上浮三島菡萏香中報兩衙屏列已疑雲母淨簾垂不待水精奢此心會笑元丞相終日樓臺爲一家
臨川王安石
使君蘇府開東部名高海曲人知蘇艤船談笑政即成洗滌山川作佳趣平泉浩浩銀河注想見明星弄機杼截沙築成天上路投虹爲橋取孤嶼掃除荆棘水中央碧瓦朱甍隨指顧春風滿城金板舫來看蠶酒新亭上百女吹笙綵鳳悲一夫伐鼓靈鼉壯安期羨門相與游方丈蓬萊不更求酒酣忽跨鯨魚去陳迹空令此地留
涑水司馬光
横橋通廢島華宇出荒榛風月逢知己湖山得主人使君
兩浙金石志卷五　宋
南湖好□□□□□□□□建旗□□□□□□□千里山川缺下
右詩刻五列俱正書下二列剝蝕無存在鄞縣賀秘監祠按衆樂亭一名衆樂堂在府治西南月湖中宋舒亶月湖記湖中有橋二天禧中直館李侯夷庚之所建也嘉祐中錢侯君倚始作而新之橋之東西有廊廡之中有亭曰衆樂其深廣幾十丈其前後有廡其左右有室而又環亭以爲島嶼植花木于是遂爲州人勝賞之地此亭之大槩也後廢爲四明驛碑後剝落年月無攷公輔知明州在仁宗時而鄭獬詩有使君今作蝌頭臣吳充詩有使君新自四明歸邀我同爲衆樂詩馬浩詩有嘗聞衆樂亭未見衆樂景請

圖 2　阮元《兩浙金石志》卷五“宋衆樂亭詩刻”局部，清道光刻本

圖 3　《衆樂亭詩刻》拓片，天一閣明州碑林藏

除衆樂亭這類的亭臺堂室外，在宋代，山川勝迹亦多有詩人"寄題"詩。清王昶《金石萃編》著録"浯溪詩詞刻四段"，分別是《元顔二公中興頌碑》《經浯溪元次山舊隱》一石，《讀唐中興頌》一石，《寄題中興頌下》一石，《林草題滿江紅詞》一石。其中，《寄題中興頌下》的文本體制如下：

  寄題中興頌下
  鼎沸漁陽塞馬鳴，中興宏業幸天成。且爲萬世邦家計，寧問他時父子情。李郭功名無可憾，元顔文字有何評。若能銘刻燕然石，方許雌黄此頌聲。
  紹定癸巳元日郡守中吴衛樵書。①

衛樵詩刻至今猶存（見圖4），可惜每行上三字皆爲楊翰詩刻所鏟，賴有方志及金石文獻著録，猶可窺見其全貌。據王昶所載，此石"橫廣四尺三寸五分，高三尺三寸五分，十一行，行七字，正書"②。詩刻既然明確説是"衛樵書"，似乎在當時衛樵曾親至浯溪《中興頌》石刻下，留有親筆題詩；但根據詩題特地標識"寄題"，又可判斷此詩刻

---

① 〔清〕王昶《金石萃編》卷一三二，影印清嘉慶十年（1805）刻同治錢寶傳等補修本，《續修四庫全書》第890册，上海：上海古籍出版社，2002年，第314頁。
② 〔清〕王昶《金石萃編》卷一三二，第314頁。

實際是據衛樵寄來的題詩紙本上石。

圖4　衛樵《寄題中興頌下》詩刻，湖南浯溪浯臺北崖區61號①

由上二例，可能會催生出一系列問題：何謂"寄題"？在宋代，士人寄題詩究竟是如何萃集於衆樂亭、浯溪而刻石的呢？諸詩作在作爲景觀現場的衆樂亭、浯溪究竟有着怎樣的空間呈現？這類寄題詩文本又將如何與物質性載體相結合成爲獨立的文獻實物，進而脱離景觀、流播他壤？要解答此類問題，便需要考察有宋一代亭臺堂室寄題詩的文本生成機制，進而對寄題類文學文獻的獨特性有所稔知。

二、唐宋時期的"寄題"傳統

唐宋時期，士人階層形成了影響深遠的題詩贈詩傳統②。凡有題

---

① 浯溪文物管理處《湖湘碑刻·二·浯溪卷》，長沙：湖南美術出版社，2009年，第137頁。
② 唐宋時期，凡士大夫辭官歸里，朝臣名士賦詩贈别以寵行，久爲傳統，並且也已有製作詩刻的先例，比較典型的便是會稽賀知章歸鄉詩刻。朱熹曾提到："越州有石刻唐朝臣送賀知章詩，亦只有明皇一首好，有曰：'豈不惜賢達，其如高尚何！'"（[南宋]黎靖德編，王星賢點校《朱子語類》卷一四〇，北京：中華書局，1986年，第3325頁）這樣的傳統在宋代士人間仍有留存，據李綱《毘陵張氏重修養素亭記》，故天章閣待制張公"一旦引年謝事而歸故鄉，在朝諸鉅公賦詩以寵其歸者三十餘人。公即所居之西偏建亭，榜之曰'養素'，盡以詩刻石，置之亭上"。（[宋]李綱《梁溪集》卷一三三，曾棗莊、劉琳《全宋文》卷三七六一，第172册，上海：上海辭書出版社；合肥：安徽教育出版社，2006年，第220頁）可以推想，在刻石之前，三十餘人的詩一定會在卷軸中裝録。就文本的物質性載體看，無論是卷軸還是石刻，承載的都是一卷詩歌小集的文本體量。又據樓鑰《〈見一堂集〉序》所述，《見一堂集》之編撰，蓋由於赤城鹿公致仕，"天子既寵褒之，朝之名卿大夫、學校之士争爲歌詩，以餞其行。郡太守侈其事，裒以爲《見一堂集》傳於世"。可知《見一堂集》也是寵行性質的贈别詩集。

贈，並不是虛應故事，而是實實在在地題寫，最後作爲一種文字景觀呈現在某一空間現場。詩人到現場作詩且書寫，自然符應"題詩""留題"之義；倘不至現場，而於亭臺堂室、山川勝迹有所題詠，因人轉致或詩筒寄達，是爲"寄題"——"寄題"之作以詩爲主，偶亦有文章、詞作之例①。核諸史料，可知唐宋人之題詩，身臨現場的題寫實際占很少數，士大夫的題詩往還，大都通過書劄"寄題"的形式。與唐人相比較，宋人"寄題"風氣尤盛，檢閲兩宋名家文集，多有寄題之作，其中尤以楊萬里的《誠齋集》最爲典型，詩題中含"寄題"字樣的多達 61 例。由前引衛樵《寄題中興頌下》"紹定癸巳元日郡守中吴衛樵書"，可推知係據衛樵所"寄"來之題詩紙本手迹摹勒上石；而衆樂亭詩刻之撰作時間差互，也説明諸人大抵未曾親臨明州衆樂亭現場題詩留墨，而是將詩作交（寄）給錢公輔而後由錢氏於衆樂亭中刻碑呈現。

1. 唐詩中的"寄題"

夷考"寄題"詩之濫觴，我們可以回溯到杜甫的時代。在二王本《杜工部集》中，可以看到嚴武有《寄題杜二錦江野亭》，杜甫遂答《奉酬嚴公寄題野亭之作》②。就杜甫本人而言，他既有《秋日寄題鄭監湖上亭三首》這類交遊寄題之作③，也有很個人化的"寄題"行爲：在梓州時，杜甫回憶起成都的草堂，遂作《寄題江外草堂》，在詩末叮囑鄰居"尚念四小松，蔓草易拘纏。霜骨不堪長，永爲鄰里憐"④。

---

① 在唐代有祠廟以文寄題之例，唐李德裕《李文饒集》卷七載《祭唐叔文》一篇，猶存碑刻制度。祭文之後有跋語曰："余元和中，掌記戎幕。時因晉祠止雨，太保高平公命余爲此文。嘗對諸從事稱賞，以爲徵唐叔故事，迨無遺漏。今遇尚書博陵公移鎮北都，輒敢寄題廟宇。會昌四年三月十五日，司徒兼門下侍郎平章事李德裕。"（〔清〕董誥《全唐文》卷七一一，北京：中華書局，1983 年，第 7303 頁）據跋語可推斷，此祭文當是實刻於晉祠之中。宋詞方面，元刻辛棄疾《稼軒長短句》有寄題詞五闋，周密《絶妙好詞箋》卷六著録有《高陽臺·寄題蓀壁山房》《木蘭花慢·寄題蓀壁山房》，是宋人亦有以詞寄題者，然不多見。
② 〔清〕浦起龍《讀杜心解》卷四，北京：中華書局，1961 年，第 625 頁。
③ 〔清〕浦起龍《讀杜心解》卷三，第 541 頁。
④ 〔清〕浦起龍《讀杜心解》卷一，第 105 頁。

其他如岑參《岑嘉州集》有《冀州客舍酒酣貽王綺寄題南樓（題注：時王子應制舉欲西上）》①，白居易《白氏文集》亦有《宣州崔大夫閣老忽以近詩數十首見示吟諷之下竊有所喜因成長句寄題郡齋》："謝玄暉歿吟聲寢，郡閣寥寥筆硯閑。無復新詩題壁上，虛教遠岫列窗間。"② 就現存明確標識"寄題"字樣的60餘首唐人寄題詩來看，有一個突出的特點便是寄題寺觀詩占比很高，接近三十首。並且，由白居易"新詩題壁上"一語，我們也可明瞭，通常所説的唐人"題壁"詩，並不一定是詩人親臨現場的題寫，還可以是"寄題"。

唐人之"寄題"並非虛飾語，這類詩作最後確實是題寫在了某某堂室之中——一個較有代表性的特點便是詩題會點出寄題堂室的具體位置，如杜牧《寄題甘露寺北軒》、李德裕《寄題惠林李侍郎舊館》、齊己《荊門寄題禪月大師影堂》、皎然《七言寄題雲門寺梵月無側房》等。白居易《寄題餘杭郡樓兼呈裴使君》尾聯曰："憑君吟此句，題向望濤樓。"③ 亦對寄題詩的文本呈現空間有着明確的期待。

"寄題"傳統濫觴於唐代，其文本製作、流通也成熟於唐代。唐人寄題詩很重要的物質性載體有三種，那便是詩卷、詩板與詩碑④。不無遺憾的是，製作於唐代的寄題詩板，很可能没有哪怕一件留存到現在，而寄題詩卷、詩碑在崇尚書法、金石學的傳統中屢被著録，孑遺至今者尚多可資考證。由於文獻不甚足徵，我們今天已難以對唐代一樁樁"寄題"事件的歷史情境進行基於文獻學視角的"深描"⑤。不過，到了宋代，"寄題"傳統蔚為大觀的同時，"寄題"事件也有了足用的文獻材料可供搜討。以下擬詳檢宋人文集、筆記等文獻，排纘宋

---

① 〔唐〕岑參撰，廖立箋注《岑嘉州詩箋注》卷一，北京：中華書局，2004年，第132頁。
② 〔唐〕白居易撰，謝思煒校注《白居易詩集校注》卷三五，北京：中華書局，2006年，第2666頁。
③ 〔唐〕白居易撰，謝思煒校注《白居易詩集校注》卷三六，第2762頁。
④ 侯倩、李成晴《唐宋詩板考——以〈岳陽樓記〉"刻唐賢今人詩賦於其上"新證為中心》，《江海學刊》2020年第2期，第219—226頁。
⑤ "深描"（thick description）是人類學家克利福德·格爾兹（Clifford Geertz, 1926—2006）倡導的文化分析方法，這一概念最早源於英國哲學家吉爾伯特·賴爾（Gilbert Ryle, 1900—1976）。有關內容參見格爾兹《深描：邁向文化的闡釋理論》一文。〔美〕克利福德·格爾兹《文化的解釋》，納日碧力戈、郭於華、李彬等譯，王銘銘校，上海：上海人民出版社，1999年，第3—37頁。

人詩題、詩句與夫題序、自注等文本，對宋人寄題詩的緣起、交互、製作、流通等問題進行考察，以期從觀風察俗的視角勾勒一部寄題詩集的生成脈絡。

2. 宋代的求"寄題"詩風尚

嚴耕望曾論曰："唐代詩學發達，文人對於一切事物喜歡以詩篇發之，朋友通訊，更是經常以詩代文。"① 其實在這一點上，宋人更是未遑多讓。宋人凡有築造，例皆喜歡向人求齋名、求題榜、求繪圖，尤其喜歡求詩求文②。

宋人求詩有多重緣起，比如求題畫詩③、求贈別詩等等；另有一類，也就是本文擬專門討論的以堂室亭臺爲對象的"求寄題詩"。宋人用來求詩的建築，有公有私，如亭、臺、樓、閣、軒、室、齋、堂等等，皆是求人題詩的"觸媒"。甚至鄉曲之間，築一橋一堰，也有求詩之風，如游九言《藍橋記》："藍氏子元頻過余不倦，以橋成丐詩。余老病不能詩，出鉅編相示，其佳作固多矣。"④ 爲藍橋求詩，所獲竟已有"鉅編"的規模，一管窺豹，亦可見宋代求詩風氣之盛。如果詳細比勘宋人寄題詩的題目，可發現在詩題末以"求詩"結穴者，幾乎成爲一種制題傳統⑤，並且士人也喜歡在詩句、詩序中交代主人求詩的緣起，比如王安石之所以賦《寄題睡軒》，詩中已言"疏軒以睡名，從我遠求詩"⑥；蘇軾《遺直坊·并叙》且曰："富公之客李君

---

① 嚴耕望《治史三書》，上海：上海人民出版社，2011年，第135頁。
② 曾幾《李商叟秀才求齋名于王元渤以養源名之求詩》可證李商叟便分別求齋名、題詩，見曾幾《茶山集》卷七，清武英殿聚珍版叢書本。
③ 宋人求題畫詩如戴復古《昭武劉圻甫以嶙簹隱居圖求詩》、趙汝績《雁山章君以江山無盡圖求詩》、周必大《劉訥畫廬陵三老圖求詩》等。書畫題詠亦可寄題，例如米芾有《寄題薛紹彭新收錢氏子敬帖》，楊萬里有《寄題太和宰趙嘉言勤民二圖》，分別是《題通濟渡船圖》《題停罷坊場圖》。
④〔宋〕游九言《默齋遺稿》卷下，曾棗莊、劉琳《全宋文》卷六三一一，第278冊，第368頁。
⑤ 例如汪藻《翁養源因先塚瑞松作亭求詩》、陸游《杜敬叔寓僧舍開軒松下以虛瀨名之來求詩》、周必大《安福宗子師共兄弟第五人作慈順堂養母求詩》、程洵《楊日新辟書室以月壺榜之求詩》、包恢《臨江閤皂李仲章以省軒求詩》、劉克莊《綿亭林逸人扁所居曰藏暉求詩》等。
⑥〔宋〕王安石《臨川先生文集》卷五，上海：中華書局上海編輯所，1959年，第119頁。

諱常，登人也，故太守李公諱師中，榜其間曰'遺直'，而其子大方，求詩於軾，爲賦一首。"①

如果按時間綫上溯的話，在堂室築成求詩之前，主人往往會先行請人題榜（或稱題匾），所題即堂室之名。陳淳《和陳侍郎韻寄題林尉肯堂》，首句曰"肯堂題扁自名公"②，可證林尉建造肯堂後，先請"名公"題匾額，然後再求詩於諸家。范成大《寄題贛江亭》題注謂："陳季陵贛州書云：新作此亭泉，使李正之題其榜，要予詩。"③ 在流程上也具有同構性。當然，求題匾與求寄題詩未必完全地先後不紊、涇渭分明，據許綸《雅師求閣名既爲作扁榜仍賦娛客雜句》《王宣甫求崇齋扁榜仍索詩轉庵之作先成即次韻爲寄》兩詩，則可知宋代堂室主人在求人題寫匾榜的同時，往往也求堂室寄題詩——"次韻爲寄"四字明示此詩乃寄題之作。蔡襄《題福州釋迦院幽幽亭有序》曰："並臺作亭，以除風雨，子山至其下，又名之曰'幽幽亭'，邀予題牓以揭之。遂作詩以賦山川之美，而序以紀其始焉。"④ 儘管僅是受邀題寫"幽幽亭"的匾額，蔡襄也因應當時的寄題風氣，作詩寄題，且撰序紀事。吉祥寺長老璋公曾葺小室，求室名於王之道，王"因誦退之'筍添南階竹，日日成清閟'之語，取'清閟'二字以名之"。五年之後，璋公專程過訪索詩，王之道遂又作《題璋老清閟軒》⑤，最終仍是擔任了題匾、寄題詩的雙重作者角色。

爲什麽堂室一定要有題詩呢？魏野《鉅鹿東觀集》卷八有長詩題曰：

---

① 〔宋〕蘇軾撰，〔清〕王文誥輯注，孔凡禮點校《蘇軾詩集》卷二六，北京：中華書局，1982年，第1383頁。
② 〔宋〕陳淳《北溪先生大全文集》卷四，影印明抄本，《宋集珍本叢刊》第70冊，北京：綫裝書局，2004年，第29頁。
③ 〔宋〕范成大《范石湖集·詩集》卷十五，上海：上海古籍出版社，1981年，第198頁。
④ 〔宋〕蔡襄《莆陽居士蔡公文集》卷五，蔣維錟《蔡襄年譜》，廈門：廈門大學出版社，2000年，第36頁。
⑤ 〔宋〕王之道《相山集》卷二，影印清乾隆翰林院鈔本，《宋集珍本叢刊》第40冊，北京：綫裝書局，2004年，第327頁。

> 吾友山陽寒子韞，嘗遊潁上，言彼之居人有許氏者，富不因貧，學非求進，於郡之西手植衆木，鬱然成林，林下構亭，壯而不麗。郡倅黄公（宗旦），皇宋有名之士也，常造焉。上闕歌詩以旌其美，故俾予請詩於子。吾以子韞之請詩於予，八十言以寄題。①

詩題稱"上闕歌詩以旌其美"，精煉地道出了寄題詩的文本生成動因：詩歌得江山之助，同時也旌堂室之美，倘若亭臺堂室、山川勝迹中没有名士的題詠，反而會被認爲是一種遺憾和缺失，也就是魏野所説的"闕"。梅堯臣《寄題沈比部江州齊雲樓》"風雅未盡留人題"②，王之道《和子厚弟九日登魏文振亭園七首》"寄題端欲爲增光"③，"未盡""增光"二語，皆可見對於景觀而言，寄題詩具有添續文脈的功能。非但寄題詩如此，文章亦同。滕宗諒《與范經略求記書》曰：

> 天下郡國，非有山水瑰異者不爲勝，山水非有樓觀登覽者不爲顯，樓觀非有文字稱記者不爲久，文字非出於雄才巨卿者不成著。④

便是對這一文本生成動因的精準提煉。從詩人自身的角度來看，正如范成大"我記斯亭且不朽，千載當與文俱鳴"⑤兩句所揭示的，他們之所以欣然寄題，一方面是出於社交應酬的需要，另一方面也有着通過景觀空間傳名的心理預期。

回歸到古人的歷史情境之中可以理解，遊山坐亭之人，文思未必敏捷到在現場就能從容題詩；等他們離開後，題詠作成，便只能通過寄題的方式將詩作寄過來。祝穆《方輿勝覽》載録朱熹《寄題九日山豁然亭》詩"昨遊九日山，散髮岩上石"云云⑥，便説明他没能在九

---

① 〔宋〕魏野《鉅鹿東觀集》卷八，影印清抄本，《宋集珍本叢刊》第 2 册，北京：綫裝書局，2004 年，第 81 頁。
② 〔宋〕梅堯臣《宛陵先生集》卷五三，《四部叢刊》景明萬曆梅氏祠堂本。
③ 〔宋〕王之道《相山集》卷十三，第 413 頁。
④ 黄仁生、羅建倫《唐宋人寓湘詩文集》卷二一，長沙：嶽麓書社，2013 年，第 968 頁。
⑤ 〔宋〕范成大《寄題贛江亭》，見范成大《范石湖集·詩集》卷十四，第 177 頁。
⑥ 〔宋〕祝穆撰，〔宋〕祝洙增訂，施和金點校《方輿勝覽》卷十二，北京：中華書局，2003 年，第 208 頁。

日山現場賦詩，而是到第二天"追補"了寄題詩。更多的情況則是，詩人並未親至某處名勝或堂室，東道主便以求詩（宋人也稱徵詩、索詩、要詩、乞詩、丐詩）的方式，請詩人撰寫寄題之作，這無疑極大擴張了士人間的交遊網絡以及詩詞文賦的創作空間。

由前揭滕宗諒《與范經略求記書》我們也可聯類發現，宋人在徵求寄題詩時，書劄是一種很重要的溝通媒介，既説明意旨，也將堂室的築造、周邊風物環境等加以介紹，方便詩人下筆。實際上，宋人之題詩撰文，確實喜好根據來書加以熔鑄剪裁①，賀鑄《寄題狄丘李偉官舍東齋》詩序曰："李字子微，新葺東齋成，有書求詩，因次書中語以題之。乙丑七月彭城賦。"② 所賦之詩，便是比次"書中語"以推衍。宋人寄題詩的題目常見"書來索詩"等字樣③，詩人在寄送題詩時，自然也有答書，儘管如今宋人集中書劄保存頗少，但孫覿《與莫删定》第一通後即附《寄題莫謙仲西樓詩》（"越國逝去泛小舟"）④，尚可見宋人"書劄＋寄題詩"同函的文本傳統（見圖5）。又孫覿《與張右丞》曰：

> 臨川山水佳絕，別墅又領其要。高情超然，獨擅一壑，每讀九章，想見其處而以不得從杖屨一快洞心駭目之觀，以爲恨也。索詩輒牽課，上呈，幸一讀置之。⑤

儘管書劄後本應附載的寄題之詩已闕失，但根據文意，我們尚能從孫覿《鴻慶居士集》中考知寄題之作即是《右丞相張公達明營別墅於汝川記可遊者九處繪而爲圖貽書屬晉陵孫某賦之》九首⑥。

---

① 記文撰作也有相似規律，筆者曾考范仲淹《岳陽樓記》多本於滕宗諒《與范經略求記書》（《唐宋詩板考——以〈岳陽樓記〉"刻唐賢今人詩賦於其上"新證爲中心》），可以參看。
② 〔宋〕賀鑄《慶湖遺老詩集》卷六，《宋人集》乙編，民國宜秋館刻本。
③ 如韓淲有詩題《元默書來作溪翁亭成且索詩因寄四章》，〔宋〕韓淲《澗泉集》卷六，影印清乾隆翰林院鈔本，《宋集珍本叢刊》第70册，北京：綫裝書局，2004年，第372頁。
④ 〔宋〕李祖堯《新刊李學士新注孫尚書内簡尺牘》卷八，中國國家圖書館藏元刻本。
⑤ 〔宋〕李祖堯《新刊李學士新注孫尚書内簡尺牘》卷八。
⑥ 〔宋〕孫覿《鴻慶居士集》卷四"詩"，《影印文淵閣四庫全書》第1135册，臺北：臺灣商務印書館，1986年，第44頁。

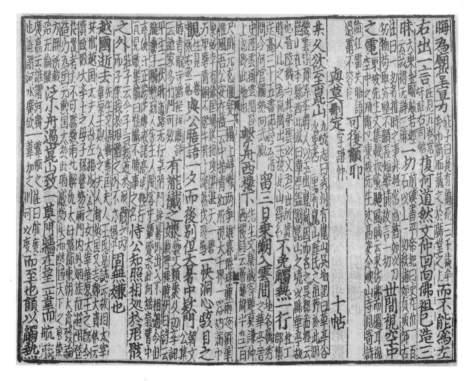

圖 5　李祖堯《新刊李學士新注孫尚書内簡尺牘》卷八，中國國家圖書館藏元刻本

主人在向詩人求詩之時，也是展示已經彙集到的寄題詩的好時機。餘干李尉在向梅堯臣徵求寄題詩時，所附詩卷還抄録有唐人所作的于越亭詩①，近似於滕宗諒那樣的"唐賢今人詩賦"彙聚一編的做法。洪邁《容齋三筆》"題詠絶唱"條曰：

> 錢伸仲大夫於錫山所居漆塘村作四亭，自其先人已有卜築之意，而不克就，故名曰"遂初"；先壟在其上，名曰"望雲"；種桃數百千株，名曰"芳美"；鑿地涌泉，或以爲與惠山泉同味，名曰"通惠"。求詩於一時名流，自葛魯卿、汪彦章、孫仲益既各極其妙，而母舅蔡載天任四絶獨擅場。……四篇既出，諸公皆

---

① 〔宋〕梅堯臣《得餘干李尉書録示唐人于越亭詩因以寄題》，〔宋〕梅堯臣《宛陵先生集》卷三七，《四部叢刊》景明萬曆梅氏祠堂本。

自以爲弗及也。①

由此可以看出，寄題詩完成後，會進入文本"環流"：詩人題詩之前，可以通覽其他人的寄題詩；題詩寄出之後，更能得到世評的反饋，進而徵集到更多的步韻唱和之作。吕本中《謙上人清湍亭》："再三伸紙誦清詩，已勝開尊飲醇酎。"自注曰："上人録寄彦禮、彦沖、原仲諸公題詩。"② 馮山《寄題宇文之邵南止亭》曰："亭不妄作名何爲，群公賦詠得深趣。"③ 説明在撰作寄題詩前，馮山已經悉數閲讀了其他"群公"的寄題之作。僧人有則向王之道求詩，則"袖攜諸公詩，丏我踵後塵"④。王之道在題詩前，於情於理，皆會通覽"諸公"之詩。

徵詩之人往往也能詩，因此，他和身在遠方的詩人，也會圍繞堂室寄題詩有往復的和答酬唱。例如，司馬光築獨樂園，王尚恭有詩寄題，司馬光亦作《和王安之題獨樂園》⑤ 以酬唱；王尚恭的兒子在河陽官舍築造了蛙樂軒，王尚恭有詩詠之，且將此詩寄給司馬光求寄題詩，司馬光遂作《安之令子河陽官舍作蛙樂軒安之有詩寄題輒敢繼和》⑥。蘇軾建超然臺，自撰《超然臺記》刻石，然後寄給友朋徵集寄題之作。文彦博於是作《寄題密州超然臺》，尾二句曰"欲識超然意，鴒原賦擲金"。蘇軾收到寄題詩後，作《和潞公超然臺次韻》以答之，且曰"但恐酒錢盡，煩公揮橐金"⑦，頗有雅謔。孔平仲建成小庵後，蘇轍先有寄題詩，蘇軾繼作《和子由寄題孔平仲草庵次韻》，孔平仲見二蘇之詩後，先後作了兩首同韻和詩《蘇子由寄題小庵詩用元韻

---

① 〔宋〕洪邁撰，孔凡禮點校《容齋隨筆·三筆》卷二，北京：中華書局，2005年，第448—449頁。
② 〔宋〕吕本中撰，韓西山校注《吕本中詩集校注·東萊詩集校注》卷十九，北京：中華書局，2017年，第1405頁。
③ 〔宋〕陳思《兩宋名賢小集》卷七五《安岳吟稿》，《影印文淵閣四庫全書》第1362册，臺北：臺灣商務印書館，1986年，第784頁。
④ 〔宋〕王之道《贈浮屠有則》，見王之道《相山集》卷三，第337頁。
⑤ 〔宋〕司馬光著，李之亮箋注《司馬温公集編年箋注》卷十四，成都：巴蜀書社，2009年，第432頁。
⑥ 〔宋〕司馬光著，李之亮箋注《司馬温公集編年箋注》卷十四，第467頁。
⑦ 〔宋〕蘇軾撰，〔清〕王文誥輯注，孔凡禮點校《蘇軾詩集》卷十四，第681—682頁。

和》《子瞻子由各有寄題小庵詩却用元韻和呈》①，所謂"二公俊軌皆千里，兩首新詩寄一庵"，尤見寄題詩突破"千里"阻隔的交遊功能②。

堂室落成而自作新詩，也是宋人的一個傳統；他們在徵求寄題詩時，會將自作詩附上。被求詩之人，往往也會感受到來自堂室主人的重視，這從文彥博《某伏蒙宮師相公杜寄示新居詩齋沐捧讀不勝銘歎某謹成拙詩一章上紀盛德粗伸謝意》的詩題便可見一斑。實際上，這個詩題有着很突出的讀者意識，並且通過詩題來存留本事。面對這樣的求詩之舉，詩人往往也會選擇步和主人原韻的方式來寄題，例如林上舍建真意堂，堂名用陶詩"此中有真意，欲辨已忘言"典，且作和淵明詩以寄諸公，意在徵求寄題之作；戴栩於是也和淵明韻以贈《寄題林上舍真意堂用其元和淵明韻二首》③。他如王之望《寄題謝景思藥寮仍用其韻》、劉一止《寄題李德修通判宣城隱舍二首仍次其韻》、馮山《寄題希元承詔堂希元惠詩因次其韻》，皆同其例。

堂室求詩，通常發生於落成之初④。求詩的途徑，或親自登門求贈，或託熟人順路代求，或通過郵筒致函。親自登門求詩，頗能見出堂室主人的敬重，因此詩人也有知己之感，往往會在詩題、詩序中記下一筆，以存緣起。蘇舜欽乙酉歲曾游水月禪院，兩年之後，寺僧惠源"造予乞文，識其居之廢興"，蘇乃作《水月禪院記》，另附《寄題水月》兩首⑤。唐德明一介寒士，"有竹齋，訪余丐詩"，王阮恐其

---

① 〔宋〕孔平仲著，孫永選校點《清江三孔集·孔平仲集》，濟南：齊魯書社，2002年，第418、421頁。
② 蘇軾《次韻黃魯直寄題郭明父府推潁州西齋二首》、葛勝仲《近闕祿隱軒建瓢飲亭季父以詩寄題和韻》亦屬此例。
③ 〔宋〕戴栩《浣川集》卷一，民國《敬鄉樓叢書》本。
④ 宋人多言及於此，如李光有詩題《題將領占勝亭亭據雙泉之上盡見城東南風物之勝落成之初屢來乞詩爲賦長句云》，見李光《莊簡集》卷五，影印清乾隆翰林院鈔本，《宋集珍本叢刊》第33冊，北京：綫裝書局，2004年，第744—745頁。又按，準唐宋詩製題體例，"亭據雙泉之上盡見城東南風物之勝落成之初屢來乞詩爲賦長句云"當爲題注屢入詩題耳。
⑤ 〔宋〕鄭虎臣《吳都文粹》卷八，曾棗莊、劉琳《全宋文》卷八七八，第41冊，第85—86頁。

"移於貧",乃作《竹齋二首》以堅之①。尤其有意思的是,穎川有一位陳生,建成九華閣之後,長時間在外,游於公侯之門,一一請賦寄題詩,"得詩乃言還",郭祥正於是在詩中誇讚其"穎川有佳士,放懷慕清閑"云云②。另有幾類求詩,並非專程登門相求,而是旅途相逢,或離筵臨別,遂以題詩相請。澄上人偶遇王之道,第一事便是請王之道爲住持之頤庵題詩:"偶逢頤庵人,強丐頤庵詩。"③賀鑄作《寄題潯陽周氏濂溪草堂》,是出於周敦頤長子周壽(字元翁)所請:"余樣舟漢陽,始與元翁相際,求余賦此詩。"④臨別求詩,如韓駒《申應時卜居京口名之曰雲棲又曰小築乞詩送行》便是爲此而作⑤,他在詩中說到"他年寄我新詩句,即是雲棲小築圖",顯然是對申應時"雲棲""小築"題詠、畫圖在主人與詩人間的"回環"往復有所期待。當然,臨別求詩,在很多情況下更是求得一個寄題詩的許諾。據秦觀《艇齋·并序》,少游與友人丁彥良臨別時,丁氏請賦艇齋詩,別後,秦觀詩成,乃"爲寄題一首"⑥,以踐夙諾。可見,"求詩"行爲本身將現實的離別置於更爲長遠的時空中,等相隔異地各自安好後,答覆臨別所求,如此,在不同的時空中又重新以詩爲介,維繫一份情義。托熟人代求者,賀鑄《寄題栗亭縣名嘉亭》詩序曰:"邑令趙洋更此新亭,名取杜甫同谷紀行詩'栗亭名更嘉'之句,因其親能希邈求吾詩。癸酉九月,將扶疾東下,感而爲賦。"⑦他如馮時行《江月亭》詩序謂"朱幾聖來爲張氏求江月亭詩"⑧;李廌《經史閣》詩序曰:"方城范覬,富而善教子,作經史閣以藏書,諸子皆有時名,屬友人曾緯

---

① 〔宋〕王阮《義豐文集》卷一,中國國家圖書館藏宋淳祐三年(1243)王旦刻本。
② 〔宋〕郭祥正《青山集》卷十一,中國國家圖書館藏宋刻本。
③ 〔宋〕王之道《題澄上人頤庵》,王之道《相山集》卷三,第337頁。
④ 〔宋〕賀鑄《慶湖遺老詩集》卷四,《宋人集》乙編,民國宜秋館刻本。
⑤ 〔清〕吳之振、呂留良等《宋詩鈔·宋詩鈔初集》,北京:中華書局,1986年,第1097頁。
⑥ 〔宋〕秦觀《艇齋·并序》:"予以典校史領倅錢塘,邂逅得友丁君彥良於陳留官舍。丁君彥良年少氣雋,誦詩文亹亹不休,動有過人語。深恨得之晚也。臨分,以《艇齋》詩速予賦,爲寄題一首。"徐培均《秦少游年譜長編》卷六,北京:中華書局,2002年,第524頁。
⑦ 〔宋〕賀鑄《慶湖遺老詩集》卷四,《宋人集》乙編,民國宜秋館刻本。
⑧ 〔宋〕馮時行《縉雲先生文集》卷一,中國國家圖書館藏清趙氏小山堂鈔本。

彥文求詩，爲作此篇。"① 皆屬於請熟人間接代爲求詩。至於郵筒致函之舉則更多，本文隨宜徵引即有多處，此不贅。當然，宋代典籍更多時候只是記載主人求詩的大概，比如陸游《寄題儒榮堂》題注曰："朝散大夫徐夢莘著《北盟錄》，上之，除直秘閣，訓辭有'儒榮'之語，因以名堂，來求賦詩。"② 並没有點出具體的求詩方式。但大致途徑，不出以上所舉三類。

在求詩的時候，主人往往也贈物以作潤筆，儲泳《胡定齋惠墨求詩》③ 即是其例。賀鑄曾作《臨淮賦》，不慎遺失，後來再次路過臨淮時，杜子師出示賀鑄《臨淮賦》手墨，賀鑄於是在賦卷的尾紙上書寫《寄題盱眙杜子師東山草堂》以相贈④。由周必大《徐商老夢莘參議直閣進書登瀛創儒榮堂來索鄙句許示奏議寄題》⑤ 則可以看出，徐夢莘是爲了求詩而許諾以奏議相示，其實也是存有禮尚往來之意。

主人的求詩只是一方面，從另一方面看，如果某一亭臺堂室、山川勝迹的題詠在當時引起士林的關注，自然也會有"附庸風雅"的詩人不請自來。莊綽《雞肋編》卷下曰："吕丞相元直以使相領宫祠，卜居天台，作堂名退老，每誦少陵'窮老真無事，江山已定居'之句以自況。時賦詩者百數。李伯紀職大觀文、官銀青、帥福唐，亦寄題二篇，其末章云：'片帆雲海無多地，歎息何由厠末賓？'"⑥ 参寥子《寄題南陽劉氏松堂》中描述了松堂建成之後"西州騷人競與賦，盛事相詫無賢愚"的場景⑦，儘管我們可以說詩句會有誇辭，但堂室建

---

① 〔宋〕李廌《濟南集》卷三，影印清鈔本，《宋集珍本叢刊》第 30 册，北京：綫裝書局，2004 年，第 669 頁。
② 〔清〕吴之振、吕留良等《宋詩鈔·宋詩鈔初集》，第 1940 頁。
③ 〔宋〕陳起《江湖後集》卷十一，《影印文淵閣四庫全書》第 1357 册，臺北：商務印書館，1986 年，第 853 頁。
④ 〔宋〕賀鑄《寄題盱眙杜子師東山草堂》題注曰："丙子二月，《臨淮賦》偶亡之；庚辰十月，再道臨淮，復得於子師，因附卷末。"見賀鑄《慶湖遺老詩集》卷五，《宋人集》乙編，民國宜秋館刻本。
⑤ 龔延明、祖慧《宋代登科總錄》卷十，桂林：廣西師範大學出版社，2014 年，第 3036 頁。
⑥ 〔宋〕莊綽撰，蕭魯陽點校《雞肋編》卷下，北京：中華書局，1983 年，第 100—101 頁。
⑦ 〔宋〕釋道潛《參寥子詩集》卷十一，《四部叢刊三編》景宋本。

成之後當地詩人主動題詩"預流"應當也是頗易理解的風氣。

3. 記文與畫軸

對於亭臺堂室而言，記文是整個壁榜空間所呈現各體文本的重中之重，也是進一步徵集寄題詩的"觸媒"。記文作成，然後便可攜之以出，廣求題詩，大有"譬如北辰，居其所而衆星共之"① 之象。歐陽脩在滁州撰《醉翁亭記》之後，刻石製成拓本，遍寄士林而徵集寄題之作，文獻可考者，富弼、王令等皆有《寄題醉翁亭》，梅堯臣則有《寄題滁州醉翁亭》；韓琦修建閱古堂後，作《閱古堂記》，且向士林徵詩，王令雖處"遠定五千里"外的揚州，也寄來了《寄題韓丞相定州閱古堂》；蘇軾作快哉亭，命其弟蘇轍撰《黃州快哉亭記》，題詩則有蘇轍《寄題密州新作快哉亭二首》、文同《寄題密州蘇學士快哉亭》②。姜特立《梅山續稿》卷七附載陸游《寄題繭庵》詩，詩後跋曰：

> 放翁此詩用事精切③，足以發明吾意，誠可仰也。以書來曰："《繭庵記》及《初營》《落成》二詩，大手老筆，超然絕俗，明公富貴壽考，皆未易測，於此可卜。"豈戲我乎？并記之。④

顯見姜特立向陸游徵寄題詩時，曾隨函寄上自撰《繭庵記》及《初營》《落成》二詩，以供陸游參考。由於堂室之記往往會專門請名士來撰寫，因此許多詩人在撰作寄題詩時，不忘在詩題、詩序、詩句或詩注中專門提及作記之人：上引梅堯臣在《寄題滁州醉翁亭》中特意提到"借問鐫者何？使君自爲《記》"⑤；蘇舜欽有詩題《丹陽子高得

---

① 〔清〕劉寶楠撰，高流水點校《論語正義》卷二，北京：中華書局，1990年，第37頁。
② 〔宋〕文同《丹淵集》卷十五，《四部叢刊》影印明汲古閣刊本。又按文同詩題原作《寄題密州蘇學士快哉亭太史云此城之西北送客處也》，準寫本時代唐及北宋詩題義例，"太史云此城之西北送客處也"當爲題注。
③ 按，底本四庫本《梅山續稿》"事"字不闕，點校本誤脫。
④ 〔宋〕姜特立著，錢之江整理《姜特立集》之《梅山續稿》卷七，杭州：浙江古籍出版社，2016年，第90頁。
⑤ 〔宋〕梅堯臣《宛陵先生集》卷三一，《四部叢刊》景明萬曆梅氏祠堂本。

逸少瘞鶴銘於焦山之下及梁唐諸賢四石刻共作一亭以寶墨名之集賢伯鎮爲之作記遠來求詩因作長句以寄》①；陳師道《寄題披雲樓》題注謂"披雲在曹州，後山婦翁郭槩爲郡時所作，後山爲之《記》"②；劉克莊《寄題建陽宋景高友于堂》題注曰："蔡久軒作《記》。"並在首聯稱讚《友于堂記》"樞相落成文甚古，府君卜築墨猶新"③；陳文蔚《寄題吳子似所居二首》，其二爲《題經德堂》，自注曰："陸象山作《記》。"④劉子翬《寄題清軒二首》詩末注："喬年作軒記。"⑤ 諸例都有着共通的行文理路，可見堂室之記在士人撰寫寄題詩的時候所具有的"話頭"屬性。

另有多篇寄題之作，詩人會在詩句中明確提及記文對於詩意的引導或激發，例如，郭祥正《寄題蘄州涵渾閣呈太守章子平集賢》："讀君《涵渾記》，恍若登蓬萊。"⑥ 又郭祥正《寄題德興余氏聚遠亭》："感君寄我群公篇，覽《記》方驚子先作。"⑦ 皆是其證。唐氏在請楊時作環翠樓寄題詩時，附有《環翠樓記》，而楊時也正是通過此《記》，才了解到唐氏築造此樓之目的是養親，遂在《寄題環翠樓》詩中寫道"喜君妙齡謝世喧，萱堂慈顔白盈顛"，且於詩題下特意注出："《記》云唐君作此樓以奉親。"⑧

宋人在求寄題詩時，往往還會寄上畫圖卷軸，以方便詩人發揮聯想。正如前揭所論，寄題之人，大都不能親至現場，在這樣的情況下，畫圖卷軸確實會幫助作者直觀感受某一景觀所處的自然環境，從而輔助構思，正如滕宗諒《與范經略求記書》函末所言"謹以《洞庭

---

① 〔宋〕蘇舜欽《蘇學士文集》卷八，〔清〕吳之振、呂留良等《宋詩鈔·宋詩鈔初集》，第 168 頁。
② 〔宋〕陳師道《後山詩注》卷九，《四部叢刊》景高麗活字本。
③ 〔宋〕劉克莊著，辛更儒箋校《劉克莊集箋校》卷二二，北京：中華書局，2011 年，第 1252 頁。
④ 〔宋〕陳文蔚《克齋集》卷十四，《影印文淵閣四庫全書》第 1171 册，臺北：商務印書館，1986 年，第 105 頁。
⑤ 〔宋〕劉子翬《屏山集》卷十九，中國國家圖書館藏明正德刻本。
⑥ 〔宋〕郭祥正《青山集》卷一，中國國家圖書館藏宋刻本。
⑦ 〔宋〕郭祥正《青山集》卷一，中國國家圖書館藏宋刻本。
⑧ 〔宋〕楊時《龜山先生全集》卷三九，影印明萬曆林熙春刻本，《宋集珍本叢刊》第 29 册，北京：綫裝書局，2004 年，第 588 頁。

晚秋圖》一本，隨書贄獻，涉毫之際或有所助"①。在寄題詩的徵集方面，孫莘老曾"圖傳粉墨"，請當時名士寄題衆樂亭，王令感慨"千里寄我何以酬"，欣然寄去了《寄題宣州太平縣衆樂亭（爲孫莘老作）》七古一首②。錢氏築吸光亭，請人繪《吸光亭圖》以徵詩，陳傳良便在《吸光亭圖》畫軸後題寫了一首絕句③。賀鑄《寄題泉南陳氏步雲亭》序曰："永城主簿陳淋字伯雋，居泉南之東山，有亭名'步雲'，出圖求詩於余。"④ 戴昺《夏曼卿作新樓扁曰瀟湘片景來求拙畫且索詩》的詩題，則呈現了當日求畫兼求詩的情實。於此可知，畫軸也是寄題詩之文本生成的一個重要的物質性參與因素。備好記文、畫圖以求寄題詩，在宋人那裏是如此地深入人心，以至於韓元吉在《凌風亭事狀》中說："以其工築之小，不足記，且不可以圖畫傳也，因書其狀，用求詩於好事者。"⑤ 察韓元吉《事狀》的隱含意，可知當時築作亭臺堂室，通行風尚大約都會撰記、畫圖，然後請"好事者"題詩。

三、詩卷、詩板、詩碑：寄題詩的"準詩集"狀態

當堂室主人徵集到了士人的寄題詩後，接下來將如何安頓呢？孔延之《會稽掇英總集序》曰：

> 鏤之板，屋室有時而變；勒之石，岸谷有時而易。……若元微之、白居易之吟詠撰述，汪洋富博，可謂才亢力敵矣，而今完缺不同者，白能自爲之集，舉而置之二林之藏，元則悠然不知所以爲計也。故題之板不如刊之石，刊之石不如墨諸紙。苟欲誦前

---

① 黃仁生、羅建倫《唐宋人寓湖湘詩文集》卷二一，第968頁。
② 王令《寄題宣州太平縣衆樂亭（爲孫莘老作）》曰："圖傳粉墨固未好，願假壯筆一攬收。果逢來篇騁雄勝，若執造化窮凋鎪。一時文工豈不偉，千里寄我何以酬？耳昏俗語久欲洗，爲我一謝山前流。"〔宋〕王令《廣陵集》卷五，民國《嘉業堂叢書》本。
③ 〔宋〕陳傳良《題錢宰吸光亭圖》，見陳傳良《止齋先生文集》卷八，《四部叢刊》景明弘治本。
④ 〔宋〕賀鑄《慶湖遺老詩集》卷六，《宋人集》乙編，民國宜秋館刻本。
⑤ 曾棗莊、劉琳主編《全宋文》卷四七九九，第216冊，第222頁。

人之清芬，搜斯文之放逸，而傳之久遠者，則紙本尚矣。①

雅潔透徹地概括了當時景觀寄題詩的三種物質性載體，那便是詩板、詩碑和雕版墨印的詩集。其實，在此之前，還有一個先行的文本載體，那就是手寫詩卷（宋人亦稱曰詩軸）。無論對於詩人別集而言，抑或對於寄題詩總集而言，詩卷、詩板、詩碑所承載的詩歌文本皆屬於"集前形態"②，而經過編次、雕版、墨印的詩集，則規定了文本的秩序，同時也成爲了一種具有穩定性、可複製性的"書籍"。

堂室主人在徵集寄題詩之初，有一種做法是準備好用於題詩的卷軸寄給詩人，收回後再轉寄他人；倘在此期間收到了隨書劄寄來的詩箋，則會在卷軸中接裱。宋人爲存録寄題詩所準備的卷子，頗爲精美，蕭立之《黄景純社倉求詩》所謂"題詩往往來達官，錦標玉軸烏絲欄"③，頗能窺見一斑。另外，李之儀《春日同梁十四宴李公昭朝霞閣侍兒舞梁州曲徹客有以潤羅爲贈公昭命玉杯滿酌酬之又以金鍾邀兒相屬既醻出烏絲欄索詩》的詩題，也能反映出宋人寄題詩以"烏絲欄"卷軸爲通行載體。由於寄題詩卷皆是諸家詩人的手墨原迹，本身具有重要的書法價值，在宋代的很多堂室建築中，也會將詩人的題詩寫卷妥善藏弆，傳諸久遠。王象之《輿地紀勝》卷三二"韜光禪師"條曰："樂天手書《寄題天竺寺》詩云……"④ 特地點出天竺寺在宋時仍留存白居易的"手書"寄題詩墨迹。

上節已考，宋人在徵求寄題之詩時，往往會附上景觀之畫圖，以供詩人望圖興懷。實際上，宋人的寄題詩，也往往是踵繼卷子裏的畫

---

① 〔宋〕孔延之《會稽掇英總集序》，《會稽掇英總集》，清道光元年（1821）杜氏浣花宗塾刻本。又釋元淨《題東坡題名記後》曰："題名留於版、壁，非久固爾，乃刻於石以永蘭若，爲不朽之寶矣。"亦可看出宋人對文獻傳承的久遠性認識方面，認爲刻石要比詩板、題壁更能傳諸久遠。

② 有關文集"集前形態"的討論，參見葉曄《〈盛明百家詩〉與明別集的早期佚本及形態》，《傳統文化研究》第1卷第1期（創刊號），北京：北京大學出版社，2023年，第28—47頁。

③ 〔宋〕蕭立之《蕭冰崖詩集拾遺》卷上，影印明弘治蕭敏刻本，《續修四庫全書》第1321册，上海：上海古籍出版社，2002年，第16頁。

④ 〔宋〕王象之《輿地紀勝》卷三二，清影宋鈔本，《續修四庫全書》第584册，上海：上海古籍出版社，2002年，第365頁。按中華書局影印清道光刻本"寄題天竺寺"作"日題天竺寺"，蓋清人不明"寄題"之義而校改。

圖之後，各擅墨妙。魏了翁《寄題雅州胥園》詩云：

> 胥君頎然來，錦囊背奚奴。探囊發詩卷，一一卿大夫。未識胥園面，詩卷自畫圖。掃石卧石影，長鎒鏟芋區。胥君於此時，林泉傲金朱。①

這類詩卷中的"一一卿大夫"的人數會有多少呢？考方回《寄題陳公輔聽雨軒》詩序曰："公輔聽雨軒，題者軸將牛腰。紫陽山人方回贅以一絕。"②"軸將牛腰"儘管可能不無誇張，但足可見出其文本體量的可觀。周紫芝《孫仲益尚書詩贈吳益先吳出巨軸索詩》以及游九言《藍橋記》序"藍氏子元頻過余不倦，以橋成丐詩。余老病不能詩，出鉅編相示，其佳作固多矣"③，也實錄般地記載了題詩卷軸的"巨軸""巨編"特徵。衆所周知，卷軸裝的一個好處，便是可以卷尾添綴，而這樣的"巨軸""巨編"，實際上即是一部可以隨時增益的寫本狀態的寄題詩集④。

另有一種寄題詩卷，引首爲一二名家之作，而後之寄題者，則一律踵和前韻，與之"互動"。吉水縣北玄潭觀有雪浪閣，姚勉《跋雪浪閣詩》曰："右《雪浪閣詩》一集，道士劉應時所裒也。卷首誠齋、東山二先生詩在焉，晰倡參和，與此閣俱千古矣。"誠齋之詩，即《題玄潭觀雪浪閣》⑤。由"右"字可知姚勉之跋係書寫於詩卷之末，而該詩卷的編次體例是以名公（楊萬里、楊長孺）之作壓卷，後人則"晰倡參和"。范成大有詩題曰《浙東參政寄示會稽蓬萊閣詩軸次韻寄題二首》⑥《寄題商華叔心遠堂用卷中韻（示我新詩卷）》⑦，由二例可

---

① 〔宋〕魏了翁《重校鶴山先生大全文集》卷一，《四部叢刊》景宋本。
② 〔元〕方回《桐江續集》卷二七，楊鐮《全元詩·方回》，北京：中華書局，2013年，第527頁。
③ 曾棗莊、劉琳主編《全宋文》卷六三——，第278册，第368頁。
④ 其實不僅是寄題詩集的卷軸擴充，宋人的別集詩卷，也往往徵求名士的寄題贈詩，陳造的《寄題高賓王詩後卷》便是爲此而作。張毅、于廣傑《宋元論書詩全編》，天津：南開大學出版社，2017年，第150頁。
⑤ 林日波《〈宋人總集敘錄〉續補（一）》，《聊城大學學報（社會科學版）》2009年第4期，第17頁。
⑥ 〔宋〕范成大《范石湖集·詩集》卷五，第56頁。
⑦ 〔宋〕范成大《范石湖集·詩集》卷十四，第177頁。

看出，范成大在收到詩卷後，新作之寄題詩採取了步次詩卷前韻的形式，這樣的存詩卷軸，會隨着寄題作品的增益而不斷延展。遺憾的是，這類存留詩人手墨的寄題詩卷未能流傳至今，很大原因是其唯有一件的"孤本"屬性，萬一遭逢水火蟲囓，便損毀不可復原。這也就從客觀上要求，最好能夠刻石傳拓，或雕版墨印，從而化身百千，流布遐邇。

揆諸情理，寄題詩作集聚之後，徵詩主人自然希望能將諸家寄題詩在景觀空間中予以呈現。循此問題意識，我們便可注意到大量寄題詩作中皆不約而同地提到了一個方位——"壁"。王安石《寄題程公闢物華樓》頸聯曰："想有新詩傳素壁。"① 蘇軾《司命宫楊道士息軒》曰："家山歸未能，題詩寄屋壁。"② 周必大《寄題新居羅長卿觀瀾閣蘭臺二首》曰："醉留惡語涴君壁，有客如此君勿嗔。"③ 陸游也有長詩題曰：

  姚將軍靖康初以戰敗亡命，建炎中下詔求之不可得。後五十年，乃從吕洞賓、劉高尚往來名山，有見之者。予感其事，作詩寄題青城山上清宫壁間，將軍儻見之乎？④

乍一看來，諸人所指，似乎皆是題詩於牆壁。那麼，是不是宋人的寄題詩會被直接書寫在堂室的粉白牆壁上呢？

實際上，在唐宋時期，倘不是出於一時興起，凡是正式一點的"題壁"，並非直接題寫在牆壁上，而是題於牆壁、棟樑所懸掛的詩板上⑤。詩板也稱詩版、詩牌、詩榜、詩匾，是唐宋間一種比較習見的留題形式。趙蕃《寄題分宜簿舍懷古閣爲劉公度賦》曰："因榜白雲

---

① 〔宋〕王安石《臨川先生文集》卷十八，第232頁。
② 〔宋〕蘇軾撰，〔清〕王文誥輯注，孔凡禮點校《蘇軾詩集》卷四十三，第2352頁。
③ 〔宋〕周必大《廬陵周益國文忠公集》卷二，影印清歐陽棨刻本，《宋集珍本叢刊》第51册，北京：綫裝書局，2004年，第157頁。
④ 〔宋〕陸游撰，錢仲聯校注《劍南詩稿校注》卷七，上海：上海古籍出版社，1985年，第585頁。
⑤ 侯倩、李成晴《唐宋詩板考——以〈岳陽樓記〉"刻唐賢今人詩賦於其上"新證爲中心》，《江海學刊》2020年第2期，第219—226頁。

句，遂追千古還。"①鄭獬《寄題明州太守錢君倚衆樂亭》曰："空餘華榜照湖水，更作佳篇誇北人。"②陳宓詩題《謝鄭夾際子惠詩索草堂扁榜》③，皆指明了當時陳列寄題詩的景觀制度，那便是詩板。宋代景觀建築懸掛詩板的繁盛，由西湖白蓮堂一例更可見一斑。據《杭州西湖昭慶寺結蓮社集》④，可知白蓮堂是寺方爲結社所建，也是蓮社活動的主要場所。《集》中所錄諸人之寄題詩，多留意於壁上詩板的景觀書寫，如《入社詩》所收"浄行弟子給事中知杭州軍府事張去華"詩云："朝客趨隅皆悟道，詩牌盈壁盡名賢。"丁遜詩亦云："篆名待刊名士記，粉牌多掛達官詩。"此集之外，他人別集中也多言及白蓮堂詩板的盛況，如許景衡《乙巳五月十八日沈元鼎招飯昭慶登白蓮望湖樓泛舟過靈芝少憩孤山下七絶句》其一云："蓮社群公迹已陳，壁間詩句尚清新。湖山俯仰成今古，更好留題遺後人。"⑤由張去華"詩牌盈壁"、丁遜"粉牌多掛"之語，我們可以推證許景衡所謂"壁間詩句"，實際也是牆壁上懸掛的詩板。

宋人對寄題詩在景觀空間中的安頓頗有共識，因爲在他們題詩之前，此堂室中可能已經有了前人的詩板，程公許《六和塔寺館三宿和秀江亭詩牌韻》⑥、劉辰翁《官梅動詩興》"歲月題梁在，風霜牧笛知"⑦，皆屬於這種情況。正是在這樣一種文化風習之中，詩人儘管可能不在景觀現場，也會默認自己的詩作最終會被懸掛爲詩板，比如晁説之《寄題鎮江寶墨堂》："只尋舊墨題新榜，念爾邦人肯擾之。"金

---

① 〔宋〕趙蕃《寄題分宜簿舍懷古閣爲劉公度賦》，見趙蕃《淳熙稿》卷九，《叢書集成初編》第2258册，北京：中華書局，1985年，第179頁。
② 〔宋〕鄭獬《郧溪集》卷二五，中國國家圖書館藏清乾隆間抄本；另見章國慶《天一閣明州碑林集録》，上海：上海古籍出版社，2008年，第10頁。
③ 〔宋〕陳宓《復齋先生龍圖陳公文集》卷五，影印清鈔本，《宋集珍本叢刊》第73册，北京：綫裝書局，2004年，第412頁。
④ 可參陳斐《北宋西湖蓮社社集編纂考》，《文獻》2021年第2期，第7—23頁。
⑤ 〔宋〕許景衡《橫塘集》卷六，影印清抄本，《宋集珍本叢刊》第32册，北京：綫裝書局，2004年，第232頁。
⑥ 北京大學古文獻研究所《全宋詩》卷二九八九，第57册，北京：北京大學出版社，1998年，第35546頁。
⑦ 〔宋〕劉辰翁《須溪四景詩集》卷三"秋景"，《宋人集》丁編，民國宜秋館刻本。

君卿《寄題三靈山程先生瑞墨閣》"揭版新詩半碧紗"下注曰："聞卿相新詩甚多。"① 李彌遜《寄題涇川劉子先逸軒》："會看迎鶴版，不獨愛吾廬。"② 由此可見，宋人在談及寄題詩之"題壁"時，他們的心理預期應當是壁上詩板。

寄題詩板的閱讀視角及觀瞻體驗是怎樣的呢？樓鑰《跋雲丘草堂慧舉詩集》曰：

> 余頃歲遊雲岩，有詩牌掛壁上，拂塵讀之，云："朝見雲從岩上飛，暮見雲歸岩下宿。朝朝暮暮雲來去，屋老僧移幾翻覆。夕陽流水空亂山，岩前芳草年年緑。"愛其清甚，視其名則僧舉也。③

這則材料，從讀者視角爲我們還原了一位士人進入景觀空間後閱讀詩板的流程。陸游《寄題太和陳誠之秀才遠明樓》詩自注曰："樓有榜，廷秀大蓬所作《記》，及周丞相以下諸公題詠。"④ 儼然是一組大型的詩榜陳列於立體空間，也可以説是一部以《記》文爲序引、以詩板爲物質性載體的"詩集"。林希逸《寄題名登樓》描摹名登樓上陳列諸家寄題詩的盛況曰："驚人姓字層層見，作聖功夫級級高。"⑤ 也着重寫出隨着空間的上行，一層一層地登樓，能夠不斷地看到名家的寄題詩板。

至於宋代詩板的製作、題寫流程，文獻並不足徵，然日本細川十洲《梧園詩話》"詩板"條曰："黑板書詩，鐫畢填粉，上施鐵鉤，掛諸楣間，稱曰詩板。"⑥ 頗見中土詩板制度之遺存。除了刻製詩板外，

---

① 〔宋〕金君卿《金氏文集》卷上，《宋人集》甲編，民國宜秋館刻本。
② 北京大學古文獻研究所《全宋詩》卷一七一一，第30册，第19270頁。
③ 〔宋〕樓鑰《攻媿集》卷七三，曾棗莊《宋代序跋全編》卷一五九，濟南：齊魯書社，2015年，第4541頁。
④ 〔宋〕陸游撰，錢仲聯校注《劍南詩稿校注》卷五一，第3026頁。
⑤ 〔宋〕林希逸《竹溪鬳齋十一稿續集》卷五，《宋集珍本叢刊》第83册，北京：綫裝書局，2004年，第414頁。
⑥ 〔日〕細川十洲《梧園詩話》卷下，《日本漢詩話集成》第11册，北京：中華書局，2019年，第4981頁。

詩人也可以直接在詩板上以墨筆書寫（見圖6），蘇軾《率子廉傳》曰："一日晝寢，夢子廉來索詩，乃作二絶句，書板置閣上。"[①] 便是如此。詩板的陳列，有兩處約定俗成的空間，一爲棟樑之間，一爲牆壁之上。蘇軾《緑筠亭》"愛竹能延客，求詩剩掛牆"[②]，是詩板懸掛之例；晁補之《有竹堂記》，濟南李文叔名其堂曰"有竹"，"牓諸棟間，又爲之記於壁"[③]，是詩板"牓諸棟間"之例。

圖6　河北正定隆興寺3號柱元代詩板[④]

---

① 〔宋〕蘇軾撰，〔明〕茅維編，孔凡禮點校《蘇軾文集》卷十三，北京：中華書局，1986年，第421頁。
② 〔宋〕蘇軾撰，〔清〕王文誥輯注，孔凡禮點校《蘇軾詩集》卷六，第247頁。
③ 曾棗莊、劉琳《全宋文》卷二七三八，第127册，第15頁。
④ 丁垚、房樹輝、顧心怡《正定隆興寺轉輪經藏的元代題記》，《中國文物報》2022年10月14日第4版。

詩板之外，宋人也往往將寄題詩以詩碑的形式成規模地製作出來，這一點可以説是宋承唐風。宋陳思《寶刻叢編》卷十五著録唐李德裕《遥傷孫尊師詩》曰：

> 唐李德裕《遥傷孫尊師》詩三首，《寄題黄先生舊館詩》一首，後附秘書省校書郎裴方質八分，德裕時爲司空平章事，以會昌三年刻在茅山（《集古録目》）。①

時至今日，存世仍有約 200 例唐人石刻唐詩可供探賾②，其中多有寄題詩碑。至於宋人的寄題詩刻，則文獻著録和實物留存者更多。清陸耀遹纂《金石續編》著録有《蘇子瞻詩賦并帖》，其中有《與可學士洋州園池三十首》，前標"寄題"二字，可推證石刻原式作：

> 寄題
> 與可學士洋州園池三十首
> 從表弟蘇軾上

在清人的金石著録中，尚有頗多像蘇軾詩這樣的宋人寄題詩碑的留存。蘇軾在將此詩收入詩集時，顯然對詩題等副文本進行過修改。同樣，歐陽脩《居士集》卷三載《滄浪亭》詩題，《四部叢刊》景元本題下注曰："一本上云'寄題子美'。"③ 知歐陽脩初稿詩題原作《寄題子美滄浪亭》。歐陽脩《居士集》卷五《永州萬石亭》，據元刻本題下注知歐陽脩初稿詩題作《寄題永州萬石亭（柳子厚亭）》④。

　　就已經掌握的史料來看，宋人的堂室之記，除了製成大牌匾外，一般會刻於石碑。據晁補之《金鄉張氏重修園亭記》，張氏重葺園亭，分别命名爲"先春""樂意""生香"，"又礱三石來言曰：其一求文以

---

① 傅璇琮《李德裕年譜》"會昌二年壬戌"，北京：中華書局，2013年，第357頁。
② 黄舒婷《唐詩石刻研究》，浙江大學碩士學位論文，2022年，第2頁。
③ 〔宋〕歐陽脩《歐陽文忠公集·居士集》卷三，《四部叢刊》景元本。
④ 〔宋〕歐陽脩《歐陽文忠公集·居士集》卷五，《四部叢刊》景元本。

記其事，其二請書兩公詩，與《記》俱傳也"①。兩公詩指的是張安道、石曼卿的題詩。周必大詩題《致政楊圖南（扶）僉判惠園亭石刻來索惡詩寄題四首》②，也明確寫出了他在撰作此詩時，有寄來"園亭石刻"可資參考。

與詩板近似的，這一部分寄題詩，詩人似乎預先也明確自己的詩作會被刻爲詩碑（詩刻）。前引歐陽脩《永州萬石亭》末二句曰"作詩示同好，爲我銘山隈"③，是默認此詩寄到之後會被刻爲詩碑。黃庭堅初有《寄題榮州祖元大師此君軒》之作，《山谷別集詩注》卷下載黃庭堅《戲用題元上人此君軒詩韻奉答周彥起予之作病眼空花句不及律書不成字》，注曰："詩後題云：'此詩如元公欲刻之，此君軒可聽渠摹本也。'"④ 類似的例證在宋人詩中頗爲常見，比如劉子翬《寄題清軒二首》"一尺翠琈揮染罷，冰輪夜轉屋山頭"⑤，"翠琈"即石碑之別稱。慈雲懺主遵式《念佛三昧詩并序》曰："擬晉賢作詩，寄題於石，垂於後世也。"⑥ 前引魏野《吾友山陽蹇子韞……》詩末兩句曰："遥題應未的，莫把刻貞琈。"⑦ 姚勉《寄題武安節推同年萬君定翁露香堂露香取趙清獻公夜則以日所爲告之天也是官也蓋清獻初仕云》曰："盡將心事寫成碑。"⑧ 皆可置於寄題詩刻碑的傳統下加以理解。歐陽脩《石篆詩（并序）》曰："予嘗愛其文而不及者，梅聖俞、蘇子美也。因爲詩一首，并封題墨本以寄二君，乞詩，刻于石。"⑨ 則在徵集寄題詩時已經明確了刻石的意圖。

---

① 〔宋〕晁補之《濟北晁先生雞肋集》卷三十，見曾棗莊、劉琳主編《全宋文》卷二七三九，第127册，第24頁。
② 〔宋〕周必大《廬陵周益國文忠公集》卷四，第157頁。
③ 〔宋〕歐陽脩著、李逸安點校《歐陽脩全集》卷四，北京：中華書局，2001年，第75頁。
④ 〔宋〕黃庭堅撰，〔宋〕任淵、史容、史秀溫注，劉尚榮點校《黃庭堅詩集注》之《山谷別集詩注》卷下，北京：中華書局，2017年，第1473頁。
⑤ 〔宋〕劉子翬《屏山集》卷十九，中國國家圖書館藏明正德刻本。
⑥ 〔宋〕釋宗曉《樂邦文類》卷五，大正新修《大藏經》本。
⑦ 〔宋〕魏野《鉅鹿東觀集》卷九，第81頁。
⑧ 〔宋〕姚勉《雪坡舍人集》卷十五，影印民國《豫章叢書》本，《宋集珍本叢刊》第86册，北京：綫裝書局，2004年，第317頁。
⑨ 〔宋〕歐陽脩著，李逸安點校《歐陽脩全集》卷五三，第756頁。

那麽，這些詩刻是如何保存的呢？孫覿於詩題中記載"紹興壬子，某南遷過疏山，上一覽亭，見擬東坡《煨芋》詩刻，龕之壁間"①可證，有時詩刻會被鑲嵌於牆壁之間。也就是説，前文所釋"題壁"意涵，除了壁掛詩板外，也可能是壁龕詩刻。如果這樣的詩刻規模壯大了，就形成了近似詩刻碑林的景觀。黃裳《佚老堂十景記》縷述魏氏求詩之情實：

> 壬戌之冬，魏子爲佚老堂，即乞詩於延平。予方治行而東，未暇作也。挈舟相隨，泝流而上，凡月餘日，然後得予詩於建溪。後年刻詩於石，走僕數千里，獻予於都下，復求予言《十景》。②

魏氏求詩之殷切，於中可見，也正因如此，他家中才"南北其筒，賡和盈軸"③。魏氏曾建"吟廊"，係專門陳列詩刻之地。我們也可推想，魏氏將黃裳的詩作"刻詩於石"，很可能也是"龕"於吟廊之壁的。

黃裳"刻詩於石，走僕數千里獻予於都下"二語也提示，當寄題詩刻碑之後，主人往往會再予詩人以回饋，那就是墨拓以贈。韓琦作閲古堂，自撰《定州閲古堂記》《閲古堂八詠》，"時諸名流如范仲淹、富弼、歐陽脩等皆有作，而所作嘗上石，韓琦有《次韻答侍讀張龍圖索閲古堂詩石本》（《安陽集》卷六），又有《答定帥仲儀龍圖寄示閲古堂詩刻》"④。可以推想，韓琦詩題所謂"閲古堂詩石本"，即是閲古堂寄題群詩的拓片。又范成大的詩題《去年過弋陽訪趙恂道通判話西湖舊遊因題小詩近忽刻石寄來漫錄》⑤，也反映了墨拓付郵的情況——趙恂道"刻石寄來"的自然不可能是詩碑，實是詩碑拓片。

黃裳《佚老堂十景》同時也是頗具代表性的組詩文本。古代景觀，非止具體一個景點，且亭臺樓閣多有佳名。故而，在徵求名士寄

---

① 〔清〕吳之振、呂留良等《宋詩鈔·宋詩鈔初集》，第1460頁。
② 〔宋〕黃裳《佚老堂十景記》，《全宋文》卷二二六四，第103册，第332頁。
③ 〔宋〕黃裳《佚老堂十景記》，《全宋文》卷二二六四，第103册，第332頁。
④ 祝尚書《宋人總集敘録》（增訂本），北京：中華書局，2019年，第599頁。
⑤ 〔宋〕范成大《范石湖集·詩集》卷十四，第175頁。

題之作時，往往會呈現出組詩的規模，例如歐陽脩《酬答安陽韓侍中五詠》分別爲《寄題相州榮歸堂》《晝錦堂》《觀魚軒》《狎鷗亭》《休逸臺》》①，十首以上如楊萬里《寄題俞叔奇國博郎中園亭二十六詠》②，這樣的規模，在宋人集中並不少見。與之相應的，宋代寄題詩碑還有一個突出的現象是以組詩刻石。組詩有的是圍繞一處建築景觀而集聚多篇作品，形成詩刻群；有的就一處堂室內的不同景致分別詠誦，形成一組規模宏大的詩刻，多者可達上百首，"組詩一般以詠物繪景見稱，與立石環境內外呼應、融爲一體，內容上互有關聯的若干篇幅，構成主題鮮明、規模可觀的詩刻群，是山水名勝或亭園臺榭刻詩的基本特徵"③。組詩或刻於亭苑或刻於寺宇，在空間上形成聚群效應，在視覺上則成爲景觀內部新增的獨特文化景觀。

考釋道潛《寄題解頤堂》詩縷述了堂主徵詩（"尺書三遣要我賦"）、陳列題詩（"堂成往往獻佳句，羅列四壁皆瑰奇"）的情景④。揆諸情實，將諸家寄題詩墨迹裱爲一個卷軸，尚具有整體性，但製作成的詩板、詩碑，在景觀空間中星羅棋布，實際很難給人以整體性通觀的閱讀體驗。同時，解頤堂四壁的寄題詩，在進入文集之前，即便有詩卷、詩板傳抄以及詩碑傳拓，仍屬於少量複製，這樣一種傳本珍稀甚且具有"孤本"性的留存方式，很可能無法抗拒時間的磨蝕和意外的毀損，年湮世遠，這些寄題詩碑逐漸剝落遺失，終將無復最初盛況。例如袁州宜春臺最初詩刻頗多，到了劉嗣隆撰《宜春臺記》時，"廊廡之間，惟相國王欽若寄題詩一首在焉"⑤。又據趙與旹《賓退錄》所載，"九江琵琶亭壁間題詠甚多，嘉泰初撤而新之，俱不復存"⑥。葛勝仲《寄題海會晚實軒》"舊時書兩廟，感事涕

---

① 〔宋〕歐陽脩著，李逸安點校《歐陽脩全集》卷十四，北京：中華書局，2001年，第248頁。
② 〔宋〕楊萬里撰，辛更儒箋校《楊萬里集箋校》卷二一，北京：中華書局，2007年，第1063頁。
③ 左福生、陳忻《宋代石刻詩的文化透視》，《浙江學刊》，2015年第2期，第117頁。
④ 〔宋〕釋道潛《參寥子詩集》卷六，《四部叢刊三編》景宋本。
⑤ 曾棗莊、劉琳《全宋文》卷三二〇，第十五册，第426頁。
⑥ 〔宋〕趙與旹《賓退錄》卷四，上海：上海古籍出版社，1983年，第39頁。

沾濡"後自注曰:"元豐中先祖、先人各嘗賦其詩壁間,歲久不存。"①宋人實際一直在直面這一問題,並且通過詩板新製、詩碑重刻來對抗時間的剝蝕。王之望《鄖守喬民瞻寄襄陽雪中三絶因追述前過石城杯酒登臨之勝爲和》詩注曰:"僕舊游白雪樓,見張休詩石刻,尾章云:'美人莫唱陽春曲,白盡湖南太守頭。'今石已亡。民瞻詢於老吏,遂得其全篇,云將復刻諸石。"② 即便如此,我們也很容易理解,宋人對寄題群詩補刻石碑的做法,仍没有從根本上解決散佚的危險,寄題詩碑依舊不具備通觀的整體性。宋代聲名頗著的墨妙亭,"蘇子瞻爲作記,而蔣燦書之。一時詩人,寄題踵至",前人書迹,時人題詩,皆有刻石,蔚爲大觀。但迭經易代,漸次殘滅,到了清初,"今其遺石,以府治卑濕,用填淤泥"③。令人欷歔。因此,在客觀上確實需要一種相較於詩卷、詩板、詩碑更能傳之久遠的物質性載體,那便是版刻墨印的詩集。寄題詩集的編撰、刊刻,有個很重要的功能便是使之在時間、空間兩個維度上流傳久遠,這也是古人爲什麽會説"壽諸梨棗"。唐齊己《送泰禪師歸南岳》尾聯曰:"有興寄題紅葉上,不妨收拾別爲編。"④ 正體現了一種"寄題編集"的文化心理——從集部文獻的系統性獨立與内藴自足來看,"别爲編"具有某種必要性和必然性。

四、寄題詩集的誕生

如前文所論及的,寫本詩卷具有"準詩集"或者説"前詩集"的性質——倘好事者依據寫本詩卷直接刻版⑤,未嘗不可以認定其就是一部定型的寄題詩集。但對大多數寄題詩卷而言,之所以需要"進

---

① 北京大學古文獻研究所《全宋詩》卷一三六五,第 24 册,第 15637 頁。
② 〔宋〕王之望《漢濱集》卷二,《影印文淵閣四庫全書》第 1139 册,臺北:臺灣商務印書館,1986 年,第 691 頁。
③ 〔清〕朱彝尊《顏魯公石柱記釋序》,朱彝尊《曝書亭集》卷三五,《四部叢刊》景清康熙本。
④ 〔清〕彭定求等編《全唐詩》卷八四四,北京:中華書局,1960 年,第 9537 頁。
⑤ 據楊時《王卿送行詩序》,在宋代,送行詩卷就往往會"鏤板以傳"。見祝尚書《宋人總集敘録》(增訂本),第 593 頁。

化"爲雕版寄題詩集，是因爲寄題詩卷缺失了基於體制、義例所擘畫的文本秩序（比如宋代通行的寄題詩編集體例便是以寄題詩人官階的高低爲順序）。許棐《寄題東洋》詩在夸讚東洋"占得江山勝"之後，特地寫出友人用於徵集贈詩的詩軸："長箋短幅真行字，舊軸新編倡和詩。"① 這類"長箋短幅""舊軸新編"保存了各家寄題詩的原初文本載體之狀貌。峽州楚塞樓本爲黃庭堅所命名，毀於兵燹。秦德久加以修復之後，"群賢争出，佳製爛然成編。德久不鄙，示予且索鄙句"②，王之道遂作《寄題峽州楚塞樓》。所謂"佳製爛然成編"，可以與"長箋短幅"對讀，應當也是對諸家寄題手墨的裝裱。歐陽守道在《跋玉笥山名賢題詠》中稱，"里人劉君虚舟往爲道士，集録山房諸名賢遺墨，而平園、誠齋、東山諸老之帖俱多。……近年，黃廬東、李三溪、羅澗谷、胡古潭、徐西麓諸人賦詠，又班班焉"③。可證《玉笥山名賢題詠》之母本係諸名賢的手墨法帖，但經過"集録"這一環節，很可能會有書手統一謄録，此時，這種統一字體、統一體例的寫本詩卷，已經接近於一部未刊詩集了。

當然，有的寄題詩集未必會經過手墨詩卷階段，而是直接經由詩板/石刻轉換爲雕版墨印的詩集。宋代里安縣舊有觀潮閣，人事代謝，僅存遺址。到趙與諤的時候④，乃重加修葺。葉適《觀潮閣詩序》稱："趙君既成觀潮閣，遍索閣上舊詩刻之，恨其遺落不盡存也。"⑤ 可見《觀潮閣詩》的編集付梓，跳過了詩卷詩軸的文本載體階段，而是直接將觀潮閣裹存有的詩板、詩碑衷集成帙然後刊刻。又程建用《求蘇東坡山亭記書》曰：

　　亭前兩株桐，挺直無節目，高二丈餘，枝葉扶疏。亭後礜石

---

① 〔宋〕許棐《梅屋集》卷三《梅屋第三稿》，上海圖書館藏明汲古閣景鈔《南宋六十家小集》本。
② 〔宋〕王之道《相山集》卷九，第374頁。
③ 曾棗莊主編《宋代序跋全編》卷一九三，濟南：齊魯書社，2015年，第5496頁。
④ 林日波《〈宋人總集敘録〉續補（一）》，《聊城大學學報（社會科學版）》2009年第4期，第16頁。
⑤ 〔宋〕葉適著，劉公純、王孝魚、李哲夫點校《葉適集》卷一二，北京：中華書局，2010年，第212頁。

> 爲山，傍植紅蕉。三面控掩以牆，牆間列詩碑，皆薛公與其子球任本路憲日并歷政諸公之所作也。袤一百有五十丈，曰"養閒亭"……願明公命一名撰一記，以寓仇池之思，使不才之人得以附諸末，幸也。①

牆間所列詩碑，竟然"袤一百有五十丈"，足見繁夥。不無遺憾的是，蘇軾拒絕了撰作亭記的請求。祝尚書認爲《宋史·藝文志》所著錄之《養閒亭詩》當即錄"詩碑之詩以成集也"②。前文曾引孔延之《會稽掇英總集序》"鏤之板，屋室有時而變；勒之石，岸谷有時而易""題之板不如刊之石，刊之石不如墨諸紙"二語③，說明在宋人那裏，自然預見到了詩板、詩碑在未來將會遇到的時間摧蝕，他們也在尋找更佳的文獻傳續之法，那就是編次詩集，雕版而後"墨諸紙"。

將寄題詩編集，可以將容易朽壞的詩板、詩刻"化身百千"，易於傳寫，也易於翻刻，對於浸潤於題詩文化中的宋人而言，他們自然明白此理。洪适在《〈天台山石橋詩集〉序》中曾道出詩板、詩碑不如雕版詩集的兩重緣由：

> 詞伯才子，削方留壁，差然如鱗，雜然如蝟。閱時綿永，黝至漫漶，讀者有軒首伸目之病，而奇藻逸韻，弗遑研諦也。乃鳩剟聯次，自李謫仙以下得若干篇，披爲三卷，且將鋟刻騰布，使它壤名流轍迹所未暇者，曲肱几席，遂得石橋勝概。④

"削方"者，"刊削方木"也。洪适記《益州太守高联修周公禮殿記》稱"又東即周公禮殿，規模古質，井斗異制，柱皆削方，上狹下廣，此記刻於東南之一柱，亦木爾"⑤，可以互證。從情實來看，無論詩板、詩碑，"差然如鱗，雜然如蝟"的狀態缺乏一種秩序感和整體性，

---

① 《全宋文》卷一八二七，第 84 册，第 129—131 頁。按"願明公"，《全宋文》錄作"願仇池"，誤。
② 祝尚書《宋人總集敘錄》（增訂本），第 584 頁。
③ 〔宋〕釋延海《東坡題名記跋》曰："題名留於版、壁，非久固爾，乃刻於石以永蘭若，爲不朽之寶矣。"亦可看出宋人對文獻傳承的久遠性認識方面，認爲刻石要比刻詩板更能傳諸久遠。
④ 曾棗莊《宋代序跋全編》卷三〇，第 799 頁。
⑤ 〔宋〕洪适《隸釋》卷一，《四部叢刊三編》景明萬曆刻本。

並且詩刻如不加塗堊，遠觀很難辨識。但當編爲詩集、版刻墨印後，則眉目清爽，部次秩然，且能流布"它壤"。

由洪适《〈天台山石橋詩集〉序》所謂"鳩剟聯次"，我們也可推證，寄題詩集的編撰，會循着一定的體例，不過由於傳世微茫，我們現在對於絕大多數的宋人寄題詩集的體例，只能作一懸想了。首先，正式雕版墨印的寄題詩集一定會有像《〈天台山石橋詩集〉序》這樣的集序，也就是説，集序是一部寄題詩集生成的文本標志。徽宗朝於開封龍景山側築土山，以象餘杭鳳凰山，名曰艮嶽。陳振孫《直齋書録解題》著録："《艮嶽集》一卷，不知集者。其首則（徽宗）御製序文也。"祝尚書認爲"是集蓋裒輯一時詠頌艮嶽之作"①。陳振孫之書齋能入藏《艮嶽集》，證明此集在當時已經編定且傳世，陳氏在敘録時首先關注到的便是卷數、作者和集序。對於士林而言，凡一集編定，循例會請名士撰寫集序。楊億《諸公寄題建州浦城縣清河張君所居池亭詩序》曰：

> （清河張君）且以鄙夫昔留池閣二詠及群公佳章，俾之示朝右之賢，庶乎知隱居之志。安定大諫、趙郡閣老及上邽、富春晁陳諸紫微，暨秘閣潘公，咸樂善無厭，慕義不足，競抒秘思，發爲雅篇。千里寄題，豈人邈而室邇；七閩傳誦，蓋玉振以金相。誠足爲吾黨之美談，寧獨光幽人之肥遯。予與君先疇接畛，雞犬相聞，奕世聯姻，絲蘿有素。早親長者之論，備知高世之行。因敘始末，用冠篇首云耳。②

明白記述了張君池亭詩集的形成過程。又如臨川志軒，在撫州通判廳，係至和元年通判林愷所立。當時徵集寄題詩頗多，比較著名者有王安石《寄題思軒》；編成詩集後，又請曾鞏作詩序③。又據方回《寄

---

① 祝尚書《宋人總集敘録》（增訂本），第619頁。
② 〔宋〕楊億《武夷新集》卷七，見楊億、楊載《武夷新集・楊仲弘集》，福州：福建人民出版社，2007年，第125頁。
③ 〔宋〕王安石《寄題思軒》詩題下李壁注，見王安石《臨川先生文集》卷二〇，第255頁。

題雲屋趙資敬啓蒙亭風雩亭二首彌忠并序》所述，趙資敬築有雲屋亭、省心亭、翠侍亭、問道亭、有有堂，方回爲題五首絶句，且作《問道亭記》《有有堂記》兩篇文章。趙資敬把徵集到的名家寄題詩彙成一集，名《翠侍題詠》，又請方回撰序，然後"梓行"①。

在寄題詩集這一文本集群中，記文其實也能承擔起集序的功能。方回《寄題桐君祠》之詩序曰：

> 余守桐江七年，解官留居五年，凡一紀而後去，猶數往來桐君祠下，然未嘗一登所謂小金山致瓣香焉。蓋缺典也。邑人盤峰居士孫君潼發……會梓桐君山題詠，冠以攻媿樓公鑰記文，將刻梓傳永久。謂予以"桐江"名詩文之集，而於桐君忘其所自，可乎？予於是亦題詩焉。……壬辰歲十二月，前郡守紫陽方回。
>
> 問姓云何但指桐，桐孫終古與無窮。遥知學出神農氏，獨欠書傳太史公。可用有名留世上，定應不死在山中。休官老守慚高致，政恐猶難立下風。②

桐君山題詠未必皆是寄題之作，但其編集的内在理路與寄題詩總集是一致的。郢州白雪樓夙號名勝，自唐至宋各家之作多有寄題，甚至還催生出了劉寶《郢州白雪樓》那樣類似於孟浩然使舉座攔筆的掌故③。就載籍可考者而言，在元祐時，白雪樓題詠就可能已有成軸的詩卷，王象之《輿地紀勝》卷八四引"元祐中知郡李某白雪樓題跋"曰："波光野色，極目千里。雲煙風物，朝昏萬狀。足爲騷人詩客擴發情

---

① 〔元〕方回《寄題雲屋趙資敬啓蒙亭風雩亭二首彌忠并序》曰："回爲作《翠侍題詠序》矣，又爲題《雲屋》《省心亭》《翠侍亭》《問道亭》《有有堂》五絶矣，又爲作《問道》《有有》二記矣，詩文凡八首。"楊鐮主編《全元詩·方回》，第430—431頁。
② 〔元〕方回《桐江續集》卷一八，載《全元詩·方回》，第327頁。
③ 江少虞《新雕皇朝類苑》曰："郢州白雪樓素多題詠，一日守倅燕集是樓，方命坐客賦詩。時劉太傳寶以羑罹置是郡，不得預會，遂使人持詩以獻。才致蕭散，一坐爲之閣筆。"〔宋〕江少虞《新雕皇朝類苑》卷三八，日本元和七年（1621）活字印本。關於白雪樓的寄題詩，存世文集中尚多有留存，如王安石《寄題郢州白雪樓》（《臨川先生文集》卷一一）、梅堯臣《寄題郢州白雪樓》（《宛陵先生集》卷五十）、張漱《題白雪樓》（《輿地紀勝》卷八五）、范成大《寄題祝郢州白雪樓》（《石湖居士詩集》卷二三）等。我們可以看到，從北宋而南宋，寄題白雪樓的活動始終未曾中輟。

性之資。"① 當是跋於詩卷之後。《宋史・藝文志》著錄:"《郢州白雪樓詩》一卷(蕭德藻序)。"祝尚書謂:"是集蓋輯錄歌詠江陵(郢州)白雪樓之詩。"② 可推斷大約在南宋蕭德藻的時代(約 1160 年前後),《郢州白雪樓詩》便已正式編次成集。又祝穆《方輿勝覽》卷三三《郢州》引"謝諤《重建樓記》曰:'楚地諸州皆有樓觀收攬奇秀,而郢之白雪尤雄勝。'"③ 綜上則知《郢州白雪樓詩》卷前有集序,也很可能有《白雪樓記》,然後才按一定的文本秩序載錄群詩。

如前文所述及的,集序、記文之外,寄題詩集也有卷首圖繪之例。《宋史・藝文志》著錄:"洪适《荊門惠泉詩集》二卷。"洪适《荊門集序》曰:"舊曰蒙泉,今曰惠泉……前題後詠,碑板相照……有唐人詩,鋟木於崇寧,刻石於政和,辭未滿百。兵革跆藉,木石俱焚,冥搜殘編,厪有存者。因摩拂斷裂,芟剪輔益。地無藏書家,哀粹不能備具。圖泉石之狀於卷端,使屐齒未及者,可以想見梗概。銘記數十篇,得諸煨燼之末,棄之固可惜。至於故將官諱,寖以埃滅,併贅左方,以備荊門故事。"④ 於此又可見寄題詩集對寄題詩卷的沿承。

另由洪适《〈天台山石橋詩集〉序》"自李謫仙以下得若干篇"一語,我們又可注意到,寄題詩集的諸家寄題詩,需要有一定的排布次第,例如,韓元吉《〈極目亭詩集〉序》稱韓氏"再爲婺之明年",辟極目亭而新之,"於是來登者酒酣歡甚,往往賦詩或歌詞,自見一時巨公長者,及鄉評之彥與經從賢士大夫也"⑤。韓元吉的編集方式是"因類而鋟諸木",但其所謂"類"究竟體例如何,是否即是以詩體分類?惜詩集亡佚,皆不可考。當然,也偶有史料明確提示了文集體例。如果説古人可以像"自李謫仙以下得若干篇"這樣以生卒年爲序

---

① 〔宋〕王象之《輿地紀勝》卷八四,清影宋鈔本,第 680 頁。
② 祝尚書《散佚宋人總集考》,見祝尚書《宋人總集敘錄(增訂本)》附錄一,第 631 頁。
③ 〔宋〕祝穆撰,祝洙增訂,施和金點校《方輿勝覽》卷三三,京西路,第 590 頁。
④ 曾棗莊主編《宋代序跋全編》卷三〇,第 800 頁。
⑤ 曾棗莊主編《宋代序跋全編》卷三〇,第 809 頁。

的話，那麼同時代諸人又是怎樣的排序體例呢？在宋代，通常是以官秩高低爲序。《宋史·藝文志》著錄"《華林義門書堂詩集》一卷（王欽若、錢惟演等作）"①。考王禹偁《諸朝賢寄題洪州義門胡氏華林書齋序》曰：

> 今歲壽寧節，胡氏子有獻華封之祝者，上益嘉之，制授試秘書省校書郎，面賜袍笏，勞而遣焉，且頒御書，以光私第。由有其位於朝、有名于時者，校書皆刺謁之，且盛言其別業有華林山齋，聚書萬卷，大設廚廩，以延生徒，樹石林泉，豫章之甲也，願得詩什，夸大其事。自舊相司空而下，作者三十有幾人，詮次官紀，爛然成編，再拜授予，懇請爲序。②

王禹偁明言，《華林書堂詩》編輯的體例是"詮次官紀"，這與唐宋諸多社集、送別集的編次體例是一致的。再如《宋史·藝文志》著錄"程邁《止戈堂詩》一卷"③，祝尚書引《淳熙三山志》卷七《府治》載"有秦檜、李綱、孫近、汪藻、許份、張致遠、李彌遜、辛炳、張嵲、洪炎、鄧肅、李芘、朱松等詩，詠程公之功，今爲《止戈堂集》"④，亦遵"詮次官紀"之例。明瞭此例，我們再看《宋史·藝文志》著錄"晏殊、張士遜《笑臺詩》一卷"⑤，便可推斷《笑臺詩》很可能是以晏殊、張士遜之作起首。至於詩集之末，通常是堂室主人的傳狀碑銘之類，樓鑰《見一堂集序》曾提到，鹿伯可之孫纂集《見一

---

① 鄭樵《通志》亦著錄"《華林書堂詩》一卷。"〔宋〕鄭樵撰，王樹民點校《通志二十略·藝文略第八》，北京：中華書局，1995年，第1782頁。
② 〔宋〕王禹偁《小畜集》卷一九，《四部叢刊》景宋本配吕無黨鈔本。詳檢《小畜集》，可發現在卷十還載有《寄題義門胡氏華林書院》一詩，當與此序爲同時之作。所云"作者三十有幾人"，《全宋詩》據《甘竹胡氏十修族譜》輯得宋真宗、王欽若等詩若干首，而錢惟演之詩已佚。詩人本集中可考者尚有魏野《寄題洪州華林胡氏書齋》（《東觀集》卷四）等詩。
③ 〔元〕脱脱《宋史》卷二〇九，北京：中華書局，1985年，第5407頁。
④ 祝尚書且謂"程邁乃歌頌對象，當非是書編者，今改署'佚名'"。（祝尚書《宋人總集敘錄》（增訂本），第618頁）考蘇籀《程帥新作止戈堂索詩謹賦三首》，知群公寄題，正是由於"程帥"索詩。也就是説，程邁建好止戈堂後，向諸公索詩，諸公寄題，自然會出於禮儀而"詠程公之功"。實際的編集者，自應署程邁，《宋史·藝文志》不誤。
⑤ 〔元〕脱脱《宋史》卷二〇九，第5403頁。

堂集》十卷，便將鹿伯可之志銘"繫之卷末"①。值得注意的是，有的寄題詩集會附主人別集以行世，比如寇準《巴東集》"集後有范忠文（鎮）諸公題秋風亭詩"②。但這畢竟屬於個例，寄題詩集在宋代主要是以別裁單行的形式傳世的。

寄題詩集編成後，會被用於一些特殊場合。《宋史·藝文志》著錄："廖剛《世綵集》三卷。"馬端臨《文獻通考》卷二四九著錄《世綵集》三卷，且引《中興藝文志》曰："政和中，廖剛曾祖母與祖母享年最高，皆及見五世孫，剛作堂名'世綵'以奉之，士大夫爲作詩。"③ 據祝尚書考證，張栻《工部尚書廖公墓志》記編集事："公之曾大母享年九十有三，大父享年八十有八，皆及見耳孫，餘亦多壽考，累世以華髮奉養。公舊嘗名堂曰'世綵'，諫議陳公播之聲歌，士大夫從而爲詩者甚衆，緝之盈編。……宰相忠簡趙公（鼎）方務推廣上孝愛之志，遂以《世綵集》進奏。"又趙鼎有《進廖剛世綵堂集劄》，傳世有呂本中《廖用中世綵堂》、李光《世綵堂》等詩④，顯然是將廖家《世綵集》當作敦倫節孝的印迹。

需要注意的是，寄題詩集並非編定之後便自此恒定。在之後的時間裏，隨着後來人的不斷題詩，詩集的規模實際是不斷層累的。基於這一認識，我們又可以注意到，宋代寄題詩集在生成之後的繼續增殖，一個明顯的證據便是各家在寄題時會明確指出已有詩集的存在。據樓鑰《見一堂集序》，赤城鹿伯可見一堂所存寵行、寄題之作，先由縣太守裒爲《見一堂集》傳於世。經過將近三十年，鹿氏子龍泉大夫"又輯一時諸公寄贈若《山園留題》等，益之爲十卷。所以顯揚先君子之清風峻節，歆動中外"⑤，遂請樓鑰撰集序。又徐鹿卿《寄題胡叔軫香山樓詩并引》曾提到，徐氏分教橫浦時，曾獲讀胡銓"詩文而

---

① 〔宋〕樓鑰《攻媿集》卷五二，曾棗莊、劉琳主編《全宋文》卷五九四九，第264冊，第117頁。
② 祝尚書《宋人別集敘錄》卷一，北京：中華書局，1999年，第42頁。
③ 〔元〕馬端臨《文獻通考》卷二四九，北京：中華書局，2011年，第6707頁。
④ 祝尚書《宋人總集敘錄》（增訂本），第619頁。
⑤ 〔宋〕樓鑰《攻媿集》卷五二，曾棗莊、劉琳主編《全宋文》卷五九四九，第264冊，第117頁。

觀其遺墨",後來胡銓後人出示《香山樓詩》徵詩,徐鹿卿乃"賦唐律一章"寄題。由此可推,在徐鹿卿寄題之前,《香山樓詩》已有成編。歐陽守道《題慈順堂集》稱:"寓安成慈順堂,趙氏奉親事長,合門春和。自前輩謝良齋(諤)、周益公(必大)諸賢每詠歎之,以至於今又三四世矣。堂中收拾諸賢詩文重刊,以詔久遠矣。"① 由"重刊"一語,更可以推知《慈順堂集》不止一刻,而是隨着寄題詩的增多而"重刊"。建陽馬氏有亦樂園之構,名士寄題者如楊萬里《次韻寄題馬少張致政亦樂園》、朱熹《和亦樂園韻》、周必大《次韻馬惟良亦樂園》、劉克莊《次韻寄題建陽馬氏亦樂園》等。等到宋末林希逸續作《次韻題馬氏〈亦樂園集〉》時,他所看到的亦樂園寄題詩已然成爲獨立的詩集,且有了標準的集名《亦樂園集》:"佳客酒中吟李白,主人林下見韋丹。事隨鴻去今如夢,却有賡酬集可觀。"②

宋代所編刻的寄題詩集,當不在少數,僅《宋史·藝文志》著録且可判斷爲寄題詩集者,便至少有如下 17 種(見表 1):

表 1 《宋史·藝文志》著録寄題詩集表③

《華林義門書堂詩集》一卷(王欽若、錢惟演等作)	《潯陽庾樓題詠》一卷
滕宗諒《岳陽樓詩》二卷	《滕王閣詩》一卷
韓琦《閱古堂詩》一卷	《君山寺留題詩集》一卷
晏殊、張士遜《笑臺詩》一卷	元積中《江湖堂詩集》一卷
史正心《清暉閣詩》一卷	陸經《静照堂詩》一卷
莫琮《椿桂堂詩》一卷	彈粹《鵝城豐湖亭詩》一卷
《郢州白雪樓詩》一卷(蕭德藻序)	程邁《止戈堂詩》一卷
《留題落星寺詩》一卷	廖剛《世綵集》三卷
《潯陽琵琶亭紀詠》三卷	

---

① 周必大詩即《安福宗子師共兄弟五人作慈順堂養母求詩》,此外陸游《寄題趙寬之主簿慈順堂》、楊萬里《題安城趙寬之慈順堂》、彭龜年《慈順堂》或亦在集中。參見林日波《〈宋人總集敘録〉續補(一)》,第 16 頁。
② 林日波《〈宋人總集敘録〉續補(一)》,第 16 頁。
③ 〔元〕脱脱《宋史》卷二〇九,第 5402—5408 頁。

寄題詩集天然地具有方域屬性，葉適《觀潮閣詩序》曾予以概括曰："至於閱世次，敘廢興，驗物情，懷土俗，必待衆作粲然並著而後可以考見。"[①] 也正是由於這一屬性，寄題詩集在歷史上並未得到足夠的重視，隨編隨佚，獨立流傳於後世者罕覯；偶有留存者，往往也是附方志等文獻以傳，《（至元）嘉禾志》卷二七"題詠"類將陸經《静照堂詩》一卷整體收錄[②]，即是一例。不過，方志在收錄題詠類專題文獻時，一方面會根據方志體例對寄題詩集進行剪裁，另一方面也會删落一些寄題詩集中存留歷史情境的副文本。因此可以説，跨部類的文獻存錄，鑄造出來的，很可能只是一面"模糊的銅鏡"[③]。

五、餘論

回歸文學文獻的歷史場域和情境，運用觀瀾索源的方法去觀察一部宋代"寄題"詩集的生成，可以對詩集編纂"凝定"[④]之前的"準詩集"的文本性與物質性投予更多的關注。在文本性層面，我們會注意到單篇寄題詩往往具有更多樣也更豐富的副文本，並且宋代的堂室之記文與寄題詩很可能具有多重互文性。譬如歐陽脩有《醉翁亭記》《豐樂亭記》，當我們讀到富弼《寄題醉翁亭》、梅堯臣《寄題滁州醉翁亭》、張方平《酬歐陽舍人寄題醉翁亭詩》、丁臣《題醉翁亭》以及

---

① 〔宋〕葉適著，劉公純、王孝魚、李哲夫點校《葉適集》卷一二，第 212 頁。
② 《宋史・藝文志》著錄"陸經《静照堂詩》"一卷，據祝尚書考證，元徐碩《（至元）嘉禾志》卷一〇"寺院"條："招提院，在郡治西二里。……寺有静照堂，今廢。"又《（至元）嘉禾志》卷一八載"元祐間，名公巨卿如荆國王公、内翰蘇公更唱迭和，寄題静照，篇什盈軸。静照即院之一室也。"同書卷二七"題詠"收有蘇軾、王安石等三十餘人所作《題招提院静照堂》詩，祝尚書認爲"疑即有錄自《静照堂詩》者"（祝尚書《宋人總集敍錄》[增訂本]，第 592 頁）。中古時期，方志體式爲圖經，到了宋代，才"增以人物，又偶及藝文"（永瑢等《四庫全書總目》卷六八，第 594 頁），但方志畢竟不可能全錄地方藝文，於是便催生了地方詩文總集的編撰。總集編撰，體例大致有二，或以人繫詩文，或以體繫詩文，但寄題詩集的排布卻另有其自具之規律。同時，與通常選本總集的"固文章之衡鑒"不同，寄題詩集着意點不在藝文品鑒，而在存留文獻史料，存真求全。
③ 錢鍾書《香港版〈宋詩選註〉前言》援引聖保羅格言曰："鏡子裏看到的影像是昏暗的。"錢鍾書《宋詩選註》附錄，北京：生活・讀書・新知三聯書店，2002 年，第 477 頁。
④ 葉曄《明代：古典文學的文本凝定及其意義》，《中國社會科學》2020 年第 2 期，第 157—178 頁。

蘇舜欽《寄題豐樂亭》、梅堯臣《寄題滁州豐樂亭》、蔡襄《寄題滁州豐樂亭》時，便可進而考察諸家寄題詩與記文的內在交互。在物質性層面，我們可以關注文本體制、義例流變過程中的物質性影響因素，也可以探討文本載體轉換、書籍生成過程中的物質性因素。

　　寄題詩在宋代是如此地普遍，而流傳至今的宋人寄題詩集又是如此罕覯，不能不說是一種遺憾。儘管因爲時過境遷，當年的亭臺堂室如今大都不存，但當年曾在各個亭臺堂室中陳列的詩篇，散佚之餘，仍有不少賴詩人別集、地方總集、方志、族譜等文獻得到保存，流傳至今。如果以時間爲經，以山川勝迹、亭臺堂室爲緯（岳陽樓、醉翁亭、衆樂亭、畫錦堂、濟源草堂等），是否能把那些散落各處的寄題詩進行重組呢？收攏一處，或可發現同主題的寄題詩實際存在着或隱或現的對話，從而在傳統的詩歌校箋之外，別下按斷。這其實是突破詩人別集的藩籬，對宋詩文本秩序的另一種復原，也是宋詩的另一種讀法。姑附識於此，以爲翌日之券。

［作者單位］李成晴：北京大學中國古文獻研究中心、北京大學中國語言文學系

翁方綱舊藏《王荆文公詩注》二帙考[*]

董岑仕

提　要：翁方綱曾藏有二帙《王荆文公詩注》，其一爲乾隆二十四年（1759）海鹽朱佩蓮所贈清綺齋初印本《王荆文公詩注》；其二爲乾隆四十一年（1776）盧文弨手録自李壁注宋本十七卷殘本的抄本，乾隆四十七年（1782）春寄至翁方綱處。通過梳理翁方綱訪求和收藏李壁注的始末，辨析翁方綱與盧文弨往來交流的經過，可知翁方綱曾孜孜探求李壁注宋刻原貌，並對宋刻殘本中"庚寅增注"的撰人問題提出過自己的見解，也對盧文弨在抄校過程中變動版式、合併補注和增注的抄法提出了異議。考察翁方綱舊藏二帙《王荆文公詩注》的面貌與遞藏源流，亦可由此管窺清代中葉李壁注的遞藏與傳録情況。

關鍵詞：王荆文公詩注　李壁　宋詩宋注　翁方綱　盧文弨

　　翁方綱（1733—1818）是乾嘉時期著名學者，學問該洽，又勤於著述，富於收藏。作爲"肌理説"的主張者，在詩學上注重宗宋，亦刻意收集宋人別集。蘇齋插架，除了著名的宋刻施顧注蘇詩外，翁方綱還先後收藏過兩帙王安石詩李壁注本，並詳爲校勘且作跋藏弆。其一爲乾隆初印行的清綺齋本早印本五十卷；其二爲盧文弨據李壁注宋刻殘本抄録之抄本十七卷。盧文弨抄本之底本，即後歸嘉業堂、今藏臺北故宫的宋撫州刻本（殘本，爲有修版、補版的印本，共六册，包括目録、卷一至卷三、卷十五至卷十八、卷二三至卷二九、卷四五至

---

[*]　本文寫作過程中，蒙董婧宸、瞿艷丹等師友的幫助，也得到了中國國家圖書館、上海圖書館、天理大學附屬天理圖書館、臺北"故宫博物院"等藏書機構的幫助，謹致謝忱。

卷四七之正文十七卷)①。翁方綱得到盧文弨抄本後，喜其底本注釋未經刪削，然又對盧文弨在抄錄時合併補注、庚寅增注的做法提出了疑惑。翁方綱身後藏書漸散，二帙《王荆文公詩注》亦各自流散。光緒十八年（1892）時，長州彭碩丞曾得此二帙翁方綱校理過之李壁注本，什襲珍藏，隨後，此二帙入盛宣懷篋中，復又離散。今稽考翁方綱舊藏二帙《王荆文公詩注》的始末經過及其遞藏軌迹，借以管窺其背後的書籍史和學術史。

一、從朱佩蓮到翁方綱：上海圖書館藏清綺齋本《王荆文公詩注》

上海圖書館藏清綺齋本《王荆文公詩注》（索書號：線善 856421—30）十册，爲翁方綱舊藏。今每册有後加的書衣，而翁方綱裝池的書衣現變爲各册副葉，其上貼有翁方綱隸書手書書籤，標識各册内容起訖，如第一册題"荆公詩李注張刻本（凡十册/一册序目）"（見圖 1），第二册題"荆公詩李注張刻本（二册/弓一之三）"等，至第十册則題"荆公詩李注張刻本（十册/弓四十八之五十）"，書籤下各鈐"文淵閣

---

① 關於李壁注本的版本源流，參見王水照《記日本蓬左文庫所藏〈王荆文公詩李壁注〉》，《文獻》，1992 年第 1 期，又 2010 年《補記》，收入高克勤點校《王荆文公詩箋注》，上海：上海古籍出版社，2010 年；周焕卿《〈王荆文公詩注〉版本源流考》，《古籍研究》，2006 年卷上；鞏本棟《論〈王荆文公詩李壁注〉——從宋本到朝鮮活字本》，收入鞏本棟《宋集傳播考論》，北京：中華書局，2009 年，第 118—141 頁。卞東波《朝鮮活字本李壁注〈王荆文公詩〉之文獻研究》，收入張伯偉編《風起雲揚——首届南京大學域外漢籍研究國際學術研討會論文集》，北京：中華書局，2009 年，又收入卞東波《域外漢籍與宋代文學研究》，北京：中華書局，2017 年。關於臺北故宮藏宋本，參昌彼得《連城實笈蝕無嫌——談宋版李壁注王荆公詩》，《故宮文物月刊》1992 年第 11 期；許媛婷《人生樂在相知心——談李壁注〈王荆詩〉》，《故宮文物月刊》2006 年第 10 期；董岑仕《張元濟刊石印本〈王荆文公詩箋注〉始末考》，《中國典籍與文化論叢》第二十輯，南京：鳳凰出版社，2018 年；董岑仕《王安石詩李壁注版本源流考》，收入〔宋〕王安石著，〔宋〕李壁箋注，〔宋〕劉辰翁評點，董岑仕點校《王安石詩箋注》，北京：中華書局，2021 年，第 2023—2077 頁。

/校理翁/方綱藏"朱方印①。

圖1　翁方綱手書書籤（上圖藏清綺齋本）

書中張宗松序之 b 面，貼有朱佩蓮手書籤條"王荆公箋注（八本）"一紙，下有翁氏乾隆四十三年手題（見圖2）：

> 此刻本是朱東江前輩所贈，此其手書籤，謹粘此以識不忘。戊戌六月。（去先生見贈時一十九年矣。）

朱佩蓮，字玉階，一字東江，浙江海鹽人，乾隆七年（1742）進士，

---

① 翁方綱改裝後，除首冊"序目"外，分別包括弓一之三、弓四之十四、弓十五之十八、弓十九之廿二、弓廿三之廿九、弓卅之卅七、弓卅八之四十四、弓四十五之四十七、弓四十八之五十。又，據翁方綱《家事略記》，乾隆四十一年（1776）"十月十二日引見，以原銜充文淵閣校理，又充武英殿繕寫四庫分校官"。翁氏相關仕履，可參〔清〕翁方綱《家事略記》，收入《蘇齋遺稿》（國圖12973）；〔清〕翁方綱撰，英和校訂《翁氏家事略記》，清道光刻本；沈津《翁方綱年譜》，臺北："中央研究院"中國文哲研究所，2002年。

乾隆二十四年（1759）將此本贈予翁方綱。由此可知，此本舊爲八册，與清綺齋本原裝八册情況相合①，並有朱佩蓮手書之籤條。乾隆四十三年（1778），翁方綱將之改裝爲十册並調整分册，故並未保留清綺齋本原裝書衣上的書籤，而另外題寫手書書籤並加蓋鈐印。

據翁方綱詩文可知，在獲得贈書後，翁方綱便時常研讀，也對清綺齋本中的刻字訛誤提出批評，如作於乾隆三十年（1765）的《韶州試院同鈍夫讀〈蘇詩補注〉》中，言及"王詩已獲誦李壁，黃集孰爲傳任淵。（自注：近海鹽張氏新雕李雁湖注《王荆文公集》，亦尚多訛字未校。又聞江西人家有欲刻任天社注《精華録》者。）後山任注黃史注，一一雕購思無緣。"②指出張宗松本有"尚多訛字未校"的遺憾。

清綺齋早印本中，並無魏了翁序③，張宗松刊行時深以爲憾，言"惟卷端失去魏鶴山序一篇，第三十卷、第五十卷失去兩末頁，訪求數年，無從鈔録……俟訪得之，當即補入"④。此本張宗松序後、張宗松《重刊王荆文公詩箋注略例》前翁方綱所增入的稿紙三葉，反映出翁方綱乾隆四十三年六月自張燕昌（芑堂）處抄補魏了翁序跋，並在隨後對原本分册加以改裝的始末。

其中，無格稿紙二葉，上有翁方綱乾隆四十三年六月手録魏了翁序（見圖2、圖3），並翁方綱識語：

> 乾隆四十三年歲次戊戌夏六月二十一日，從海鹽張明經燕昌借此序，手録於刻本卷前。

---

① 按，清綺齋本原裝八册，各册皆有書籤，題"王荆公詩箋注"，下分別有小字，第一册爲"序、略例/本傳、目録"，其後七册，內容分別爲卷一之八、卷九之十六、卷十七之二十四、卷二十五之三十一、卷三十二之三十八、卷三十九之四十四、卷四五之五十。
② 〔清〕翁方綱《復初齋外集》卷三，嘉業堂叢書本。
③ 根據調查，張宗松清綺齋本有乾隆六年初印本和第一次補葉本、第二次補葉本兩種晚印本，第一次補葉本的增補，當刊於張宗松生前，於卷二七、二八、三五、三六、四六、四七這六卷後插補增葉；第二次補葉當在張宗松去世後，約於乾隆四十一年增刻印行，此時於卷首補刻魏了翁序和張宗松弟張載華及張燕昌的識語。相關印次問題，參見董岑仕《王安石詩李壁注版本源流考》。
④ 〔清〕張宗松《重刊王荆文公詩箋注略例》，〔宋〕王安石著，〔宋〕李壁注《王荆文公詩箋注》清乾隆清綺齋刻本，卷首第3b—4a葉。

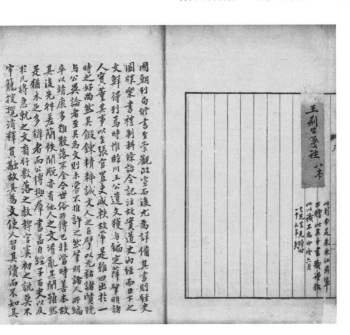

圖 2　朱佩蓮手書籤條及翁方綱手錄魏了翁序（上圖藏清綺齋本）

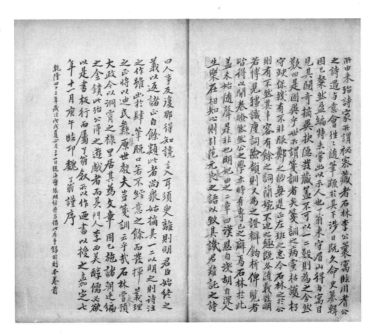

圖 3　翁方綱手錄魏了翁序（上圖藏清綺齋本）

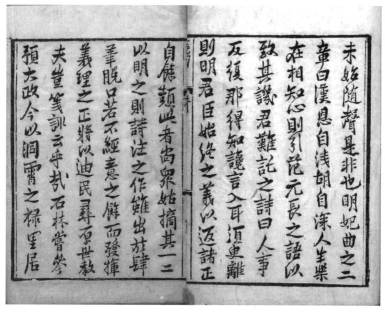

圖4　魏了翁序（臺北"故宫博物院"藏宋撫州刻李壁注本）

清綺齋本的第二次補葉晚印本中，實有補刻的魏了翁序、張載華識語與張燕昌識語，其中張燕昌識語明言"乾隆乙未冬十一月廿又三日，余於杭城好友鮑以文知不足齋鐙下，得觀李雁湖注《王荆文公詩》宋槧不全本"，表明張燕昌乾隆四十年（1775）於杭州鮑廷博（以文）知不足齋中得見宋刻殘本十七卷，並録出了此前張宗松刊行時所缺的魏了翁序言。後張宗松族弟張載華將魏了翁序、張燕昌識語及張載華作於乾隆四十一年的識語補刻入清綺齋本。不過，乾隆四十三年時，翁方綱並非根據有張燕昌識語的清綺齋晚印本抄補序言，而是直接自時在北京的張燕昌處借録序言，故翁氏並不知曉此帙宋本藏於鮑廷博處。及至乾隆四十七年翁方綱跋盧文弨抄本時，翁方綱仍不知清綺齋本有增刻原序及識語一事（詳下）。翁方綱所録的魏了翁序上，有翁方綱朱筆校勘四處，其中改"范元良"爲"范元長"，改"原世教"爲"厚世教"二處，爲校正形近之訛，今清綺齋晚印本中張燕昌録出之序，此二處亦誤，而翁方綱之校改，與殘宋本文字相合，可見翁方綱學識深厚、校勘細緻。又改"簡佚間脱"爲"簡帙間脱"，校補

"石林嘗參預大政"之"參"字,清綺齋晚印本此二處不誤,疑爲翁方綱初次過錄時筆誤,後重據張燕昌之錄文校改。

此後,又爲有格稿紙一葉(見圖5),稿紙半葉八行(小字十六行)、行十六字。先爲頂格,翁方綱手書識語一則,云:

> 宋本王荊公詩李雁湖注,序目卷一之三,/十五之十八,二十三之二十六,二十七之/二十九,四十五之四十七①,每卷後有庚寅/增注。

其後空一行,低一格,爲翁方綱乾隆四十三年八月手書識語二則:

> 此張芑堂明經所記,未知何日有緣得/見此宋槧本也,乾隆四十三年戊戌八/月十九日,方綱記。

> 庚寅是宋理宗紹定三年庚寅乎?則雁/湖之卒,已在其前八年(李雁湖卒於寧/宗嘉定十五年//壬午。)是則增注非出雁湖手矣。若是孝宗/乾道六年庚寅,則又太早,此須考。

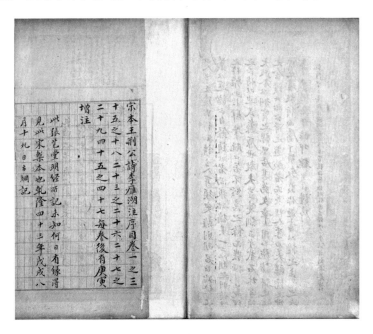

圖 5-1

---

① 按,在清綺齋本補版晚印本中,張燕昌識語中記錄卷帙,其中,"卷四十五之四十七",在刊印時誤脱"五"字,亦證翁方綱錄張燕昌所記,當直接得自張燕昌,而非清綺齋本晚印本。

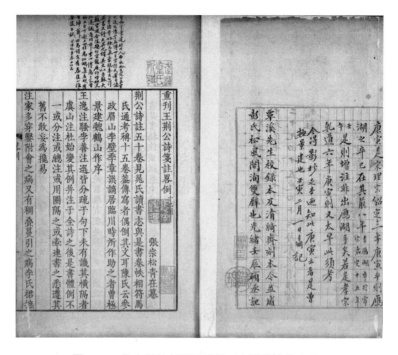

圖 5-2　翁方綱及彭碩丞識語（上圖藏清綺齋本）

此二則識語，雖結字出鋒時或逾出字格，各字皆依格紙行款。案，乾隆四十三年八月十九日，翁方綱還敷衍相關材料，另作《書魏鶴山〈荆公詩集注序〉後》（見圖6）①，又作《從芑堂借抄得魏鶴山〈荆公詩注序〉志喜二首》②，欣喜之情，躍然紙上。細繹《書魏鶴山〈荆公詩集注序〉後》的文意、落款，可知實敷衍此葉前三則記錄而論，且翁方綱詩集中，有《跋李雁湖注王半山詩二首》，追憶乾隆四十三年秋，張燕昌"語予，曾於杭州見宋槧李雁湖注王半山詩……每卷有庚寅增注，又注中每有較近日刻本多出數條者，并以篋中所鈔魏鶴山序

---

① 〔清〕翁方綱《書魏鶴山〈荆公詩集注序〉後》，見《復初齋文集》（手稿影印本）第三册，臺北：文海出版社，1974年，第671頁；整理見〔宋〕王安石著，〔宋〕李壁箋注，〔宋〕劉辰翁評點，董岑仕點校《王安石詩箋注》，北京：中華書局，2021年，第1988頁。按，此文實即敷衍清綺齋本書前有格稿紙之議論而成文。
② 《從芑堂借抄得魏鶴山〈荆公詩注序〉志喜二首》，收入翁方綱《復初齋詩集》卷十七《秘閣集三》，此卷所收詩爲乾隆四十三年戊戌五月至十月之作。

見示"① 一事，可與此本上的題識相互映證。綜上來看，翁方綱此葉上述三則識語作於同時。乾隆四十三年夏六月二十一日，翁方綱先自張燕昌處過錄魏了翁序言，其後又在此年秋八月十九日，另紙補記張燕昌所述宋本的存卷情況及宋本有庚寅增注的面貌，由此補充識語，作《書魏鶴山〈荊公詩集注序〉後》，對"庚寅增注"的"庚寅"年份，作了初步的推排。次年乾隆四十四年春二月二十日，門人李君赴補入都，携張宗松刊本，翁方綱又爲書魏了翁序，並迻錄《書魏鶴山〈荊公詩集注序〉後》而作補題②。

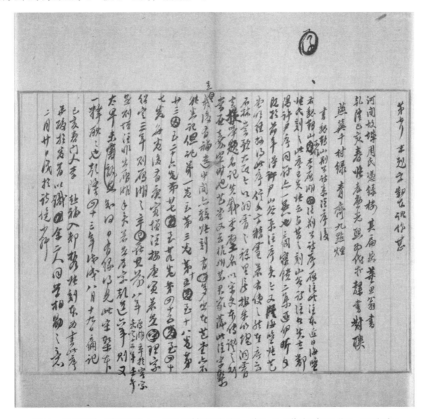

圖6　翁方綱《書魏鶴山〈荊公詩集注序〉後》（《復初齋文集》手稿本）

---

① 〔清〕翁方綱《復初齋文集》李彥章校刻本卷十八，第8葉。
② 〔清〕翁方綱《書魏鶴山〈荊公詩集注序〉後》之補題，見《復初齋文集》（手稿影印本）第三册，第672頁；整理見《王安石詩箋注》，第1989頁。

在前述三則題識後，又低二格，另有翁方綱乾隆四十七年（1782）題識一則，共二行：

> 今得影抄本足本，廼知此庚寅云者，是曾/極景建也。壬寅二月一日方綱記。

這則題識，文字不全依格紙行款。蓋因乾隆四十七年翁方綱另外獲見了盧文弨的"影抄足本"（詳下），確信庚寅增注出自曾極（字景建）。

在此帙清綺齋本中，有翁方綱自獲贈此本以來的批校、圈點甚夥。如《略例》中引及陳振孫《直齋書錄解題》中"助之者曾極景建"時，在天頭引《宋詩紀事》，參《西江志》，考索曾極始末，《略例》末則迻錄《宋史·李壁傳》等李壁生平資料多條；詩文圈點批抹，兼及注釋、詩學品騭等。

此本的裝幀中，末冊清綺齋本《王詩補遺》後，有清綺齋本第二次補葉晚印本較初印本所增之葉，紙色與原書不同，包括魏了翁序和張宗松弟張載華及張燕昌的識語共三葉，及卷二七、二八、三五、三六、四六、四七共六卷之補注、增注等葉。魏了翁序鈐"修竹吾廬"之朱圓長印，而無翁方綱批校（見圖7）。從全書之情形來看，這些書葉，當爲翁方綱之後的收藏者將清綺齋晚印本所增書葉配補裝入書末。

關於此本的遞藏，第一冊書前後加襯葉上，有光緒十八年彭碩丞題識（見圖8）：

> 王荊公詩李雁湖箋注　　凡十冊
> 清綺齋刻本 光緒十八年長州彭碩/丞得于金陵并識。

下鈐"實臣"朱方印、"識碧"朱圓印。又前述翁方綱有格稿紙插葉之末（見圖5-2），亦有光緒十八年彭碩丞題識及"實臣""識碧"二印：

> 覃溪先生校錄本及清綺齋刻本今并藏/彭氏松風閣，洵雙璧也。光緒壬辰碩丞記。

這兩則題識表明，彭碩丞於光緒十八年獲得此帙清綺齋刻本，並與翁方綱校錄本一併收藏。

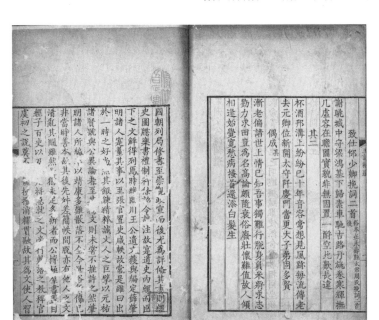

圖7 卷末配補魏了翁序等清綺齋本晚印本增刻書葉（上圖藏清綺齋本）

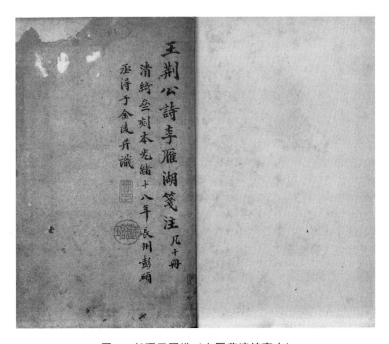

圖8 彭碩丞題識（上圖藏清綺齋本）

另外，彭碩丞題識葉，右下又有"丙辰年查過"朱文楷書印章，係1916年籌備愚齋圖書館時爲清點而鈐蓋的戳記。書中張宗松序葉，鈐有"愚齋圖書館藏"大朱文方印及"愚齋審定善本"朱文方印；《略例》第一葉有"武進盛氏所藏"朱方及"愚齋鑑藏"白方等，知後歸盛宣懷愚齋圖書館，繼而入藏上海圖書館。

二、從盧文弨到翁方綱：天理圖書館藏
盧文弨抄本《王荆文公詩注》

自張燕昌處得知宋本"每卷有庚寅增注，又注中每有較近日刻本多出數條者"之後，翁方綱又開始了尋訪宋本、覓求借錄的下一段探書之旅。乾隆四十五年（1780）八月，盧文弨至京，告訴翁方綱曾獲閱並影寫十七卷宋刻本事，翁方綱斷定盧文弨所閱與張燕昌所閱爲同帙，並向盧文弨商借，其後，乾隆四十七年（1782）春，盧文弨從晉陽馳書至杭，取抄本十七卷寄至翁方綱處。此抄本實抄成於此前的乾隆四十一年六月，時盧文弨在江寧紫陽書院，抄成後復又校勘一過。盧文弨抄錄時，將庚寅增注、卷末補注抄入正文，形成過錄抄本，而非影寫本。不過，張燕昌、盧文弨均僅告訴翁方綱此書在杭，故未見原書、亦未見清綺齋晚印本中張燕昌叙述的翁方綱，復感歎"宋槧本之今在誰氏家，亦莫可考也"①。翁方綱稱之爲"影抄足本"，其"足"之含義，在於未經劉辰翁删削，内容完足，而"全""殘"則爲翁方綱稱呼卷帙全否之詞。該抄本在翁方綱身後，曾歸丁氏善本書室，後復又散出，與前述翁方綱批校清綺齋本一併歸彭碩丞，復入盛宣懷愚齋圖書館，在盛宣懷去世後，藏書流散，傅增湘1931年經眼，今輾轉歸藏天理大學附屬天理圖書館。該本抄於竹紙之上，筆者雖曾向天理圖書館申請閱覽、攝影複製，然因竹紙保存狀況不佳，原書無法出

---

① 〔清〕翁方綱《跋李雁湖注王半山詩二首》，《復初齋文集》卷十八。按，此語實從翁方綱跋盧文弨抄本修改而出，盧文弨抄本上翁方綱跋此句作："而此宋槧殘本，今藏誰氏，亦莫可考也。"

庫閱覽，只能通過勾稽目錄著錄、結合相關史料，對該本面貌和流傳情況略作探討。

丁丙《善本書室藏書志》著錄"《王荆文公詩》五十卷"①，版本記"元刊本，沈椒園、盧抱經藏書"，實分兩套，其一爲沈廷芳（椒園）舊藏毋逢辰本的殘卷，存卷一至十、十九至二十二、二十九至三十四、三十九至四十四、四十八至五十，共二十九卷。卷一鈐"南陽講習堂""紅椒庭院""沈廷芳印""椒園""泉唐嘉惠堂丁氏收藏善本書圖書記""江蘇第一圖書館善本書之印記"印；其二爲盧文弨（抱經）據殘宋本十七卷抄的過錄本，有翁方綱校。丁氏所得的毋逢辰本，實即張宗松清綺齋本的刊行底本，曾爲邵懿辰（字位西，1810—1861）收藏，邵懿辰購得時，尚爲目錄與正文五十卷俱全之本，邵懿辰咸豐十一年於太平天國亂中去世，藏書散出，毋逢辰本亦分散，丁氏購得殘本二十九卷；該本的目錄一冊，有邵懿辰手跋，傳至邵懿辰孫邵章處②。至於丁氏著錄的盧文弨抄本，丁氏記："而以別藏盧抱經精鈔翁覃谿手校殘本，配其所闕，仍闕十一至十四，三十五至三十八，凡八卷。其前之魏了翁序，目錄三卷，則盧鈔所有也。有'抱經堂寫校本''抱經堂藏''盧文弨印'。然一刊一寫合配成書，洵足稱珠聯璧合矣。"盧文弨抄、翁方綱校十七卷抄本，並未隨丁氏的大部分藏書一併入藏江南圖書館，至遲在光緒十八年，已與翁方綱手校清綺齋本一併歸長州彭碩丞篋藏。

1931年，傅增湘經眼此抄本，《藏園群書經眼錄》中著錄③：

《王荆文公詩注》五十卷　（李壁注　存卷一至三，十五至十八，二十三至二十九，四十五至四十七，共十八卷④。）

---

① 丁丙《善本書室藏書志》光緒刻本，卷二七"集部六·別集類五"，第14—15葉。
② 相關版本遞藏源流之考述，參見董岑仕《張元濟刊石印本〈王荆文公詩箋注〉始末考》。
③ 傅增湘著，傅熹年整理《藏園群書經眼錄》卷十三"集部二·北宋別集類"，北京：中華書局，2009年，第968—970頁。此則見於傅增湘《藏園群書經眼錄》手稿本第十九冊《藏園瞥記》（辛未至壬申），第29a—31b葉，影印收入傅增湘《藏園老人手稿》第八冊，北京：中華書局，2020年，第479頁。據傅增湘手稿比次，知傅氏經眼，當在辛未（1931）。
④ "十八"，按，計數有誤，當作"十七"，手稿已誤。

舊寫本，九行二十一字。前有魏了翁序，次目錄，全。卷首有翁覃谿（方綱）跋語并詩，錄如下①：

乾隆戊戌秋，海鹽張明經芑堂（燕昌）語余：曾于杭州見宋槧李雁湖注王半山詩卷一之三、卷十五之十八、卷廿三之廿九、卷四十五之四十七。每卷有庚寅增注，又注中每有較近日刻本多出數條者，并以篋中所鈔魏鶴山序見示。後二年庚子秋，同年盧抱經學士來都，談及是書，則抱經影寫一本，（今審是過錄，非影也。）因乞抱經寄其本來假鈔之。又後二年壬寅春，抱經自山右馳書至杭，取其寫本至京，余得借錄，正十七卷②。檢杭董浦詩集有《集奚氏翠玲瓏館適有以宋槧李雁湖〈王荆公詩注〉殘本求售》者云云，乃知此是足本之殘者。然董浦、抱經、芑堂皆不著其鋟板之式及開雕之郡邑歲月，而此宋槧殘本今藏誰氏，亦莫可考也。予昔年得宋槧施注蘇詩，今得借鈔李注王詩，皆原本之未經後人刪亂者，而又皆是殘本，事之相合，固有如此者哉？既命小史審錄而精校之，爰與張刻本同裝於篋。乾隆四十七年歲次壬寅五月廿七日，是日小暑，文淵閣校理司經局洗馬北平翁方綱識。

陳直齋《書錄解題》云："《注荆公集》五十卷，參政眉山李璧季章撰。謫居臨川時所爲也。助之者曾極景建。魏鶴山爲作序。"庚寅是紹定三年，雁湖以前八年卒，則增注者，其即景建歟？鶴山序稱："石林嘗參預大政，今以洞霄之祿里居。"此序在嘉定七年，則雁湖居臨川，亦不甚久，其酬景建詩云"新有千絲明曉鏡，舊無一畫贊宵衣"，蓋居臨川時所作也。

《從芑堂借抄得魏鶴山〈荆公詩注序〉志喜二首》③：

奇哉許魏序，失得恰同之。（刻山谷詩注者，以不見鄱陽許

---

① 按，次二段，即後來收入翁方綱《復初齋文集》卷十八《跋李雁湖注王半山詩二首》之底稿。
② "正"，《復初齋文集》作"此"，是。
③ 按，二詩見翁方綱《復初齋詩集》卷十七《秘閣集三》，題同。

尹序爲憾，刻荆公詩注者，不見此序，今予皆得之。）更補丹陵傳，曾充大滌祠。低佪元祐事，惻愴中興時。朱十題名石，追鑱亦未遲。（序云："石林嘗預大政，今以洞霄之祿里居。"按朱竹垞《洞霄宫提舉題名記》失載李壁名①，以《宋史》本傳證之，當在嘉定時也。）

山谷任天社，荆公李雁湖。逞時諧謔語②，今竟補遺乎？寶氣吾齋聚，精靈異代俱。東街報錢子③，未可衒書廚。（覃石前年題余所藏宋本施注蘇詩云"借瓿還瓿子與吾，吾齋敝篋不曾無④。攜將山谷任天社⑤，伴以荆公李雁湖"云云。覃石所抄任注及所購李注皆有闕者，今故調之。）

右二詩丁酉五月薰⑥，今得抄足本，補錄其詩于此。

《借抄宋本李雁湖注〈王荆文公詩〉足本喜而有賦六首》⑦：

青松夾路碧嶙峋，曾話三生捨宅因。對鏡千絲搔白髮，重教補注記庚寅。

北使歸來老眼空，墨煤臨汝弔春風。峨峰萬卷凭高閣，忽落浮嵐暖翠中。

眉山老守臨邛客，編輯初推薛肇明；笑共鄱陽許尹例，吾齋雙璧抵連城。（任注山谷詩，舊時抄本刻本皆無許鄱陽序⑧，予年前始抄得之⑨。）

---

① "垞"，原作"望"，據傅增湘手稿及翁方綱《復初齋詩集》卷十七改。
② "逞"，原作"逞"，翁方綱《復初齋詩集》卷十七作"往"，疑"逞"爲形訛，據改。
③ 此句翁方綱《復初齋詩集》卷十七作"街東報錢七"。
④ "齋"，傅增湘手稿同；翁方綱《復初齋詩集》自注及錢載《籜石齋詩集》卷三四作"家"。
⑤ "將"，原作"得"，據傅增湘手稿、翁方綱《復初齋詩集》自注、錢載《籜石齋詩集》改。
⑥ 丁酉爲乾隆四十二年，按，此處記憶誤，翁方綱於乾隆四十三年戊戌得張燕昌過錄之序。
⑦ 按，六詩見翁方綱《復初齋詩集》卷二四《枝軒集》，清刻本，第20b—21a葉，題作《借鈔宋本李雁湖注荆公詩足本束抱經六首》。又，翁方綱自注，與《復初齋詩集》多有異文，無關大意者，不詳爲出校。
⑧ "刻本"二字原脱，據傅增湘手稿、翁方綱《復初齋詩集》自注補。
⑨ "年前"，《復初齋詩集》作"前年"。

楚騷杜句發揮多①，新本刪來可奈何。大滌題名論舊事，城東尚恐失搜羅。（雁湖注中附詩，屬樊榭《宋詩記事》頗有失採者②。）

蘇齋日日篆煙香，任史籤同弄注黃。擬並君家《說文》序，重開小楷仿歐陽。（世所行《說文五音》本，即雁湖之父巽巖所編者③，今刻本皆刪去其序。予以"寶蘇"自名其室，室中藏宋槧施注蘇詩并抄足本黃山谷詩任淵注《內集》、史容注《外集》、史季溫注《別集》。其宋槧施注，則吳興傳穤漢孺仿歐陽率更楷書也④。）

故人手札廿三年，師友勤劬感後先。（予所藏李注張刻初印本是己卯春朱東江前輩所贈，其手題之字尚在卷前。）今日杭湖數耆宿，遺文道古儻同編⑤。（予初見杭董浦《道古堂詩集》，始知此宋槧本在杭，因訪求數年，今始得之。）

右六詩今年二月稿，即以東抱經學士者，今將抱經答書草稿原迹粘附于後。蓋每卷後庚寅補注，抱經過錄時已併歸入前注矣，予因致抱經書言及之也。（予所抄任注黃詩後亦有補出之注，予刻不敢併也。）

奪于紛冗，久未作書候/安爲歉⑥！承/詢李雁湖注荊公詩，弟所見十七卷即張芑堂所見是已，卷後元有"庚寅增注"，計葉數不過一兩紙，不足別見，故抄時各按次第即補入卷中，彼時未必取《宋史》校勘。今得/兄指示，始知補注非出雁湖手明甚，

---

① "楚"，原作"禁"，據傅增湘手稿及《復初齋詩集》改。
② "失採"，傅增湘手稿作"失□"，空一字，《復初齋詩集》作"未採"，據補"採"字。又，詩句"大滌"之"大"字，傅增湘手稿亦圈出，意謂原書文字漫漶。
③ "巖"，原作"崖"，據《復初齋詩集》改。李燾號巽巖。
④ 按，"予以寶蘇"以下自注，《復初齋詩集》無。"孺"，原作"儒"，據傅增湘手稿改。傅穤，字漢孺。
⑤ "文"，《復初齋詩集》作"聞"。
⑥ "候"，原作"侯"，據傅增湘手稿改。又，傅增湘手稿迻錄原札提行等，今據以錄補入"/"以示換行。

惟記注中記考試一條並見，稍不熨貼，餘者無不安也，且有複出者，亦省去矣。尚有目錄一册，與張本同，惟後"哀挽"卷中有一詩，目中却不載入，不知何故。張本係由元人劉須溪本出而去其評耳。雁湖名壁，下從土，其兄弟皆然，以五行相生之序，其父從火，其子則從土，俗間書作"圭璧"之"璧"，誤也！前月弟懇借《太玄》首本，幸留意。並候/近安不一。/覃溪大兄同年侍史，（年愚弟）文弨頓首。（四月十一日。）

傅增湘除記錄所存卷帙並行款外，詳細逐錄了書前的翁方綱跋語、題詩，並指出此帙中夾有盧文弨致翁方綱一札。

天理圖書館著錄《王荊文公詩》寫本（即抄本），云①：

《王荊文公詩》　寫　一二六〇

五十卷，存十七卷〔王安石（宋）〕撰，李壁（宋）注。〔乾隆期〕盧文弨（清）筆②，五册。

卷端題"王荊文公詩卷第一（一—三、十五—十八、二十三—二十九、四十五—四十七）/眉山李壁注"，目錄題"王荊文公詩目錄上（下）"。（貼附於前副葉③）題籤，在左上，四周雙邊（刷印），"荊公詩李注鈔足本〔凡五册/一册序目〕（一〔五册/写四十五之四十七〕）（鈐印，'詩境''寶蘇室〔陰刻〕'）"

題跋：

（目錄末）"乾隆丙申六月依舊本寫，東里盧檠齋校。"

（卷一末）"乾隆四十年六月五日鈔成此卷④，予因原刻本參錯，爲整齊之，並補注亦改入各/條下，此非寫手所能辦也，故先寫一二字爲標記，使就範焉，然亦時有誤算處。/東里子盧文

---

① 《天理圖書館稀書目錄・和漢書之部・第五》（天理圖書館叢書第四十六輯），天理圖書館，2010年，第410—411頁。按，原文爲日文，由筆者翻譯。
② "盧"，按，原文誤作"廬"，今逕改。下同。
③ 原文："前遊紙貼付。"
④ 按，前文言"乾隆丙申六月依舊本寫"，在乾隆四十一年，此處言"乾隆四十年"，疑錄文脫漏"一"字。

弨書於鍾山書院。"

（卷二末）"七月初二日早起閱，時久旱而天氣甚清凉。"

（卷三末）"七月四日閱，時將以清江楊勤愨公入名宦，欲余爲文以上請。"（卷十五末）"六月十四日閱，時患小瘡，瘍適當坐處。"

（卷十六末）"七月二十一日閱，時苦旱，江陰傳米斗三百。"

（卷十七末）"七月二十六日閱，數月來無日不風，而雨不可得，西成奚望。"

（卷十八末）"七月廿七日，陶太守新擢惠潮觀察來晤，言蘇州以南有雨。"

（卷二十三末）"七夕，秦秋田來坻①，莫去。"

（卷二十四末）"七月十二日閱，貴池縣竹生米，有持以見示者，如小麥而小，其中堅。"

（卷二十五末）"七月二十三日閱，溧水楊生崇德至。"

（卷二十六末）"今日學者張均載酒肴餉我，殊慚子雲。八月四日記。"

（卷二十七末）"六月九日，回看白參將雲上秦觀察承恩，歸閱此。"

（卷二十八末）"七月三十日閱，是日接江陰書。"

（卷二十九末）"八月十三日閱，夜來得小雨，不足以起枯木，猶足以濡菜圃，但辰巳後又晴矣。"

（卷四十五末）"七月十五日閱，時有三童生來受業。"

（卷四十六末）"八月七日，大兒從吳門遣急足至，云貴人有推轂者招余入京，余雖無行意，但一旦/有召②，亦不能違，恐又不能享閒静之樂矣。弓父。"

---

① "坻"，原作"抵"，逕改。
② "旦"，原作"且"，逕改。

（第四十七）① "八月二日閲，時刻書院諸生課文卒，卒無少暇。"

綫裝②，改裝之後補白色封面，用紙四周雙邊（一八·九釐×一二·二釐），有欄綫，十一行（刷印）格紙，竹紙，十一行小字雙行。

五十卷，存十七卷（卷一至三、十五至十八、二十三至二十九、四十五至四十七），五册

〈一〉（裝入別紙五枚）識語等，五葉；"魏了翁"序，二葉；目録上，十九葉；目録中，二十八葉；目録下，二十二葉。

〈二〉卷一，十六葉；卷二，十六葉；卷三，十二葉。

〈三〉卷十五，十六葉；卷十六，十三葉；卷十七，十三葉；卷十八，八葉。

〈四〉卷二十三，十葉；卷二十四，十一葉；卷二十五，十五葉；卷二十六，十三葉；卷二十七，十三葉；卷二十八，十三葉；卷二十九，十六葉。

〈五〉卷四十五，十六葉；卷四十六，十七葉；卷四十七，十七葉。

清鈔本，缺卷四至十四、十九至二十二、三十至四十四、四十八至五十。嘉定七年十一月庚午臨邛魏了翁序。

各册皆在前副葉第一紙左上貼附後補題籖。

第一册封面有"《王荆公詩李雁湖注》（凡五册）/翁覃溪先生校本 光緒十八年長州/彭碩丞得於金陵并識（印'實臣''識碧'③）"；封面反面貼附別紙，別紙上書："清綺齋刻本《荆公詩李注》五十卷，注文經/後人竄改處甚多，玉蘭家居無俚，取覃

---

① 按，原文如此，疑當作"卷四十七末"。
② 原文："袋綴。"
③ "識"，原作"懺"，據上圖翁方綱舊藏本鈐印改。

溪學/士校録宋槧殘本讀之，始知清綺本大失/廬山面目，然張刻近日流傳⒡稀①，大足寶也。/二書距庋寶蘇室迄今已百廿稔②，居然合併，/十五册宛然如新，未散，殆有神物護持歟。光/緒丁酉歲東吳彭清華〔"清華"上有"實臣"印〕碩丞記于玉蘭吟廡。"

其後同册最前綴入別紙，有識語、書簡、圖版五葉。

（第一葉）翁方綱識語，文末有"乾隆四十七年歲次壬寅夏五月廿七日，是日小暑，/文淵閣校理司經局洗馬北平翁方綱"之語。

（第二、三葉）魏鶴山（了翁）作詩二首、翁方綱作賦六首。③

（第四葉）貼附盧文弨寄給覃溪（翁方綱）之書簡。

（第五葉）正面爲王安石肖像畫（錢秀士繪），背面爲翁方綱題詩。

各卷末盧文弨跋之後，有翁方綱親筆識語（朱筆）。

識語，翁方綱朱筆：

（目録末）"乾隆壬寅三月廿九日/文淵閣直廬，歸校此。"

（卷一末）"壬寅四月/四月④校。"

（卷二末）"壬寅四月五日齋宿，歸校此卷。"

（卷三末）"四月七日校此卷訖。載軒編脩來⑤論詩。"

（卷十五末）"四月十一日天神壇祈雨，歸校此卷。"

（卷十六末）"四月十三日晨起校，是日爲祖父母迎/誥軸，行焚黃禮，夜來微雨，亭午始晴。"

---

① 按，原作"⒡"，疑爲"甚"字或"亦"字。
② "今"，原作"令"，逕改。
③ 按，當即傅增湘所記翁方綱所作《從芑堂借抄得魏鶴山〈荆公詩注序〉志喜二首》《借抄宋本李雁湖注〈王荆文公詩〉足本喜而有賦六首》，著録爲"魏鶴山作詩"蓋有誤讀。
④ "四月"二字旁，有日文注"ママ"，意謂"原文如此"，蓋整理者以爲疑當做"四月四日"。
⑤ "來"，原作"未"，據文意逕改。載軒，即周厚轅。

（卷十七末）"四月十五日挍。"
（卷十八末）"四月望日挍此二卷。"
（卷二十三末）"四月望日挍。"
（第二十四末）①"四月十七日晨起校。"
（卷二十五末）"四月廿二日晨起挍。"
（卷二十六末）"四月廿三日早飯罷挍此卷。"
（卷二十七末）"四月廿二日御前挍此卷。"
（卷二十八末）"四月廿二日午挍。"
（卷二十九末）"四月廿二日午挍。"
（卷四十五末）"四月廿二日午校。"
（卷四十六末）"四月廿二日午後挍。"
（卷四十七末）"壬寅四月廿二日午挍訖②。"

第一册封面綫裝部分有朱色"丙辰年查過"印，"秘閣校理""詩境""蘇米齋〔陰刻〕""寶蘇室〔陰刻〕""文淵閣校理翁方綱藏""愚齋圖書館藏""愚齋審定善本"等。

九二一·二一イ七三

案，相關題識中，目錄末有翁方綱"乾隆壬寅三月廿九日文淵閣直廬，歸挍此"之識語，知在乾隆四十七年。又傅增湘《藏園群書經眼錄》所錄卷首翁方綱跋語并詩，實即天理著錄卷首裝入別紙五葉之内容，傅增湘轉錄翁方綱識語"乾隆四十七年歲次壬寅五月廿七日，是日小暑，文淵閣校理司經局洗馬北平翁方綱識"，與天理著錄之文末翁方綱識幾同，唯天理作"夏五月"，多一"夏"字，而省去最末"識"字。據翁方綱《家事略記》，翁方綱乾隆四十六年"閏五月二日，奉旨補司經局洗馬"，"十一月十七日，奉旨充文淵閣校理"，乾隆四十七年"三月初一日起，入直文淵閣"，與上述乾隆四十七年的翁氏仕履相合。

---

① 按，原文如此，疑當作"卷二十四末"。
② "訖"，原作"記"，逕改。

傅增湘《藏園群書經眼錄》中著錄的"舊寫本"爲九行二十一字之本，而《天理圖書館稀書目錄》著錄爲半葉十一行，兩者似有出入，然從所叙内容來看，傅增湘經眼之書與天理藏本爲同書，今未見原書，難以完全定奪，疑著錄行款之差異，或所叙一爲序跋目録之行款，一爲正文之行款。傅增湘所記之翁方綱《從芑堂借抄得魏鶴山〈荊公詩注序〉志喜二首》《借抄宋本李雁湖注〈王荊文公詩〉足本喜而有賦六首》，即天理所著錄之"魏鶴山（了翁）作詩二首、翁方綱作賦六首"二葉，而著錄爲"魏鶴山"作詩，蓋對詩題有誤讀；傅增湘全文引録之盧文弨致翁方綱書札，亦即天理所著錄之"貼附盧文弨寄給覃溪（翁方綱）之書簡"。至於天理著錄貼附之第五葉，"正面爲王安石肖像畫（錢秀士繪），背面爲翁方綱題詩"，考翁方綱《復初齋詩集》卷二四《枝軒集》有《得李雁湖注荊公詩足本因屬錢君摹荊公像于卷前題此》一詩[1]，詩言：

> 渺然驢背秋毫頰，神出鍾山古石頭。黯黮空濛不傳意，緑窗明月倩誰收。

翁方綱《復初齋詩集》卷二四所收爲乾隆四十六年辛丑閏五月至四十七年壬寅三月之詩，與翁方綱獲見盧文弨抄本並於乾隆四十七年三月廿九日校目録等時間相合，兩相印證，所屬錢君摹荊公像，當即此葉正面之繪，唯錢君生平履歷等，暫不得考；至於背面題詩，當即《復初齋詩集》卷二四《枝軒集》此詩。

綜考相關著錄來看，盧文弨於乾隆四十一年六月在江寧以宋本殘本爲底本，改易行款並合併補注、庚寅增注，抄錄成此本，並在隨後的六月至八月間，通閱一過。從各卷末的跋語來看，盧氏之翻覽，似不依卷帙次第。

陳振孫《直齋書錄解題》中，曾著錄"《注荊公集》五十卷"，言：

---

[1] 〔清〕翁方綱《復初齋詩集》卷二四《枝軒集》，清刻本，第21b—22a葉。

參政眉山李壁季章撰。謫居臨川時所爲也。助之者曾極景
　　　建。魏鶴山爲作序。①

盧文弨曾於乾隆四十二年、四十三年據所得抄本校閲武英殿本《直齋書録解題》，重新釐爲五十六卷，今存殘本於上海圖書館，在"《注荆公集》"條天頭，則有批校："今不全。刻本係刪本。"② 所述之意，便是盧氏曾經眼鮑廷博舊藏宋刻本而該本不全，兼述清綺齋本刻本係刪節後之本。

　　在翁方綱的借録懇求下，乾隆四十七年，時在晉陽的盧文弨馳書至杭，取此抄本寄給時在北京的翁方綱。至遲在二月初一，翁方綱已收到此抄本，並在二月作《借抄宋本李雁湖注〈王荆文公詩〉足本喜而有賦六首》。約在二、三月間，翁方綱請錢氏繪荆公像於卷前，隨後，三月底至四月廿二日，翁方綱從目録起，逐卷校畢此本，並在五月廿七日作跋，言及將此抄本"與張刻本同裝於篋"，並迻録昔年詩作二首、今年新作六首。約在校勘的過程中，翁方綱致信盧文弨，對盧文弨在抄録過程中合併庚寅增注等提出了異議，而在收到盧文弨的答書之後，翁方綱將書札亦粘於書前。盧文弨抄、翁方綱校跋本書前之翁方綱跋文，經整理修改後，收入翁方綱《復初齋文集》李彦章校刻本卷十八，題作"跋李雁湖注王半山詩二首"。抄本上有盧、翁二人逐卷題識，其年月記録，與盧文弨、翁方綱的經歷相合③，然而，現有的盧文弨、翁方綱年譜及相關研究著作，均未述及此抄本上的校跋，其文獻價值尚有待挖掘。

　　翁方綱在《借抄宋本李雁湖注〈王荆文公詩〉足本喜而有賦六首》其六的詩歌自注中言及，"予初見杭堇浦《道古堂詩集》，始知此宋槧本在杭，因訪求數年，今始得之"，在題跋中亦云"檢杭堇浦詩

---

① 〔宋〕陳振孫《直齋書録解題》，武英殿刊《永樂大典》輯本卷二十"詩集類下"，第5b葉。
② 盧文弨校本《直齋書録解題》五十六卷本（今藏上海圖書館，索書號：T6694—709），卷五十三"詩集下"，第5a—6b葉。
③ 如翁方綱乾隆四十七年四月十三日恭請封誥軸，行焚黃禮，見《復初齋文集》（手稿影印本）第五册，第1222頁；參見沈津《翁方綱年譜》，第178頁。

集有《集奚氏翠玲瓏館適有以宋槧李雁湖〈王荆公詩注〉殘本求售》者云云，乃知此是足本之殘者"①。翁方綱推測此本或與杭世駿（菫浦）有關聯。事實上，杭世駿經眼的，確爲此十七卷殘本，後歸鮑廷博②。盧文弨在乾隆四十一年前後，與鮑廷博亦多有交遊，如乾隆四十年爲鮑氏"知不足齋叢書"作序，至乾隆四十六年，作《七經孟子考文補遺題辭》，言"此書余從友人鮑以文借得之"等，故得以借抄過錄。翁方綱言，"菫浦、抱經、芑堂皆不著其鋟板之式及開雕之郡邑歲月"，正是對版本學上"著錄行款"之風尚未興起的遺憾，而翁方綱則得風氣之先，關注版式等物質層面中蘊含的文獻價值。

　　盧文弨自言"予因原刻本參錯，爲整齊之，並補注亦改入各條下，此非寫手所能辦也，故先寫一二字爲標記，使就範焉，然亦時有誤算處"，強調了謄抄之難，並言及改換行款，將補注、增注一併納入原注之下，由此，翁方綱也更正了自己對於該抄本爲"影寫"的最初印象，提出"今審是過錄，非影也"。

　　從書前題跋與粘附的盧文弨回信來看，翁方綱的去信中除錄六詩並作寒暄外，當與盧文弨切磋研討了抄本抄錄中的行款問題——盧文弨抄錄時，已將補注、庚寅增注混入原詩之下，並合併注文。由於翁方綱從未經眼宋撫州本原書，對於宋刻撫州本中題下、詩末、卷末等的補注與每卷末另葉的庚寅增注等情況不甚了解，又無法從抄本中了

---

① 參見傅增湘所引書前題跋及翁方綱《復初齋文集》李彥章校刻本卷十八《跋李雁湖注王半山詩二首》。

② 杭世駿《道古堂詩集》卷二六《送老集》下，有《閏月初伏喜江立自韓江至集奚氏翠玲瓏館適有以宋槧李雁湖〈王荆公詩注〉殘本求售即效王體用其集中〈贈彭器資〉韻》《翌日復集用王集〈同杜使君飲城南〉韻》《六月朔鮑廷博載酒過翠玲瓏館用王集〈到郡與同官會飲〉韻》《立秋後一日汪徵君載酒過翠玲瓏館奉餞江立用王集〈飲裴侯家〉韻》《龔斌招集半翁居道暑同汪沆江立用王集〈秋熱〉韻》《伏後一日重過翠玲瓏館送江立用王集〈飲裴家〉韻同魏之琇》，連續用王安石詩韻酬唱，而杭世駿卒於乾隆三十八年（1773），以"閏月初伏"爲綫索，可知爲乾隆三十五年閏五月初五庚戌日（1770年6月27日），是時，杭世駿、鮑廷博同居杭州，是年五月朔，杭世駿爲鮑廷博刻知不足齋本《明醫類案》十二卷本作序，其後又與鮑廷博相與往還；杭世駿去世後，道古堂藏書不少流入鮑廷博處。杭世駿酬唱諸詩，見於李壁注卷三、卷五、卷十六、卷十七、卷十八諸卷，其中，應時令所和《秋熱》詩見於李壁注卷五，其他各詩，均見於後鮑廷博所藏之十七卷本中，故可知，"以宋槧李雁湖《王荆公詩注》殘本求售"之帙，當即流傳至今的經鮑廷博遞藏的十七卷本殘卷。

解其原貌，故翁方綱的討論中，並未嚴格區別宋本中的"補注"和
"庚寅增注"，偶有混用，如以"補注"指代"庚寅增注"等。在此前
的乾隆四十三年，翁方綱從張燕昌處得知宋本有"庚寅增注"後，便
已推排庚寅之年份與李壁去世之年份，以爲"庚寅若是理宗紹定三
年，則雁湖之卒在其前八年（雁湖卒於寧宗嘉定十五年壬午）。是則
增注非出雁湖手矣。若是孝宗乾道六年，則又太早，未知何日有緣得
見此宋槧本，一釋耿耿也？"① 至此時，翁方綱得到盧文弨抄本，確定
庚寅之年在李壁去世之後，故翁方綱疑補注、增注者，爲《直齋書錄
解題》著錄時提及的襄助李壁注詩的曾極，並於己藏清綺齋本上追題
"廼知此庚寅云者，是曾極景建也"，陳述了自己的判斷。盧文弨在覆
函中簡要叙述了每卷末的"庚寅增注"，"計葉數不過一兩紙，不足別
見，故抄時各按次第即補入卷中"，同時，"庚寅增注"等與原注"有
複出者"，與今存的十七卷殘宋本面貌相合。嘉慶元年（1796）二月
四日，翁方綱作《書盧抱經刻〈顏氏家訓〉注本後》，又重提舊事，
對盧文弨鈔書、刻書時改換行款、合併或離散内容提出批評，強調
"古書當仍其舊式"，"今校閲此書，故縷縷及之，以爲古書刊式不可
更動之戒"，並舉例言：

> 昔弓父校李雁湖《王荆公詩注》，將其卷尾所謂補注者皆移
> 置於本詩之下，及予考其補注，乃別是臨川曾景建所爲，非出雁
> 湖之手，以語弓父，弓父始追悔，而已無及矣。②

乾隆六十年（1795），盧文弨已去世，而此時的翁方綱，仍爲盧文弨
合併卷尾"庚寅補注"而感到遺憾。今人根據注語內容、徵引文獻和
版刻面貌、刻印過程等綫索，已經推翻了翁方綱等清代學人的推測，
添入補注、庚寅增注時，李壁雖已去世，然宋刻本中的補注、庚寅增
注的撰人，仍是李壁。這些增補的注釋，當經李壁門人弟子或書吏整

---

① 〔清〕翁方綱《書魏鶴山〈荆公詩集注序〉》後，本於翁方綱自藏清綺齋本題跋。
② 〔清〕翁方綱《復初齋文集》李彥章校刻本卷十六，第 18b—20a 葉。

理哀輯後，通過對撫州本的舊版進行修版與補版的方式，修改入撫州本中①。然而，毋庸置疑的是，翁方綱關注版刻面貌，注意釐析版刻的層次，這一點仍是值得肯定的。

在得到盧文弨抄本後，翁方綱仍盼得到餘下各卷足本李壁注，乾隆五十一年（1786）汪如藻出守撫州時，翁方綱作詩送行，希望汪如藻關注臨川人曾極、崇仁人虞集之著作，詩曰：

> 記共編摩十四春，發揮經術到臨民。瀛洲亭上聲名久，衮杅樓中祜澤新。鍾阜舊聞留景建，道園遺墨在崇仁。因君儻獲搜羅出，許我西江一問津。（李雁湖注王半山詩，是臨川曾景建增補，今海鹽刻本所未足者，予已抄補十之三四，恐臨川或尚有之。虞道園詩文，自《學古錄》外，予於《類藁》《遺藁》，皆已抄補，惟《翰林珠玉》一編未見也，故以此二事奉託云。）②

"鍾阜舊聞留景建"，正是再舉曾極（字景建）爲說，並以自注詳陳囑託，蓋翁氏認定曾極增補李壁注，而海鹽清綺齋本注釋業經刪削；翁方綱所得的十七卷宋本的過錄本，視爲"抄補十之三四"，而翁氏作詩，盼望去撫州任官的汪如藻再加尋訪。

結　語

翁方綱之後，其舊藏清綺齋本十册遞藏軌迹甚爲不顯，盧文弨抄本五册曾入丁氏善本書室，而在光緒十八年時，彭碩丞於南京購得此二帙，題跋並鈐"實臣""識碧"諸印。彭碩丞其人不顯，今僅能從其鈐印與落款中，略窺其爲蘇州人，有書齋名松風閣、玉蘭吟廡。至光緒二十三年丁酉，彭碩丞尚言"十五册宛然如新"，知清綺齋本十

---

① 清代學人曾因庚寅晚於李壁去世，而推測補注、庚寅增注出自曾極，或魏了翁序中提及的襄助刊刻眉州本的門人李西美，然而這些推測，並不成立。關於補注、庚寅增注的著者問題，可參鞏本棟、王水照、董岑仕等學者的討論。
② 〔清〕翁方綱《復初齋詩集》卷三二《晉觀稿五·送汪鹿園秘校出守撫州》，清刻本，第14a葉。

册與盧文弨抄本五册二帙當仍珍藏篋中，後或一併歸於盛宣懷愚齋，隨後清綺齋本入藏上海圖書館，而盧文弨抄本傅增湘經眼後，入藏天理圖書館。

考察兩帙《王荆文公詩注》的來龍去脉，亦有書籍史、版本史的意義。

就書籍史而言，翁方綱舊藏的這兩部《王荆文公詩注》，透露出清代中葉李壁注及魏了翁序的遞藏傳錄情況。殘宋本目錄及十七卷正文一帙，先後經杭世駿、鮑廷博遞藏，而張燕昌、盧文弨於鮑廷博書齋得窺，或抄錄序言，或借錄整帙。同時，翁方綱舊藏的這兩部《王荆文公詩注》，也透露出翁方綱與前輩、友人、同年之間的深厚交誼，反映出京師與江南間的書籍流傳與互動。翁方綱乾隆二十四年自海鹽前輩朱佩蓮處獲贈海鹽張宗松刊清綺齋本後，時加批閱。翁方綱與張燕昌有共同的金石愛好，乾隆四十三年翁氏自張燕昌處抄錄魏了翁序，並獲知殘宋本的存卷情況，對清綺齋本重加裝池，手書書籤。翁方綱與盧文弨爲同年，乾隆四十七年，翁方綱自盧文弨處獲得據殘宋本抄錄的抄本，兩人書札往還，討論校勘。在翁方綱、盧文弨的書信中，還曾就汪啓淑刻本《説文解字繫傳》、盧文弨刻《顔氏家訓》等書的校勘原則做過討論，反映出他們各自的校勘原則、校勘理念[1]。另外，翁方綱對《王荆文公詩注》的閱讀，既與翁方綱重視宋人注宋詩關係密切，又和他重視宋詩的詩學旨趣密不可分。在蘇齋詩文中，翁方綱時常將荆公詩注與山谷注、東坡詩注相提並論，而翁方綱在清綺齋本上的批校，也透露出他對王安石詩法、李壁詩注、劉辰翁評點的獨到見解。

就版本史而言，翁方綱在張宗松清綺齋本上所作校勘，以及所獲"足本之殘本"的盧文弨抄本《王荆文公詩》，實源出今存的撫州本十七卷殘本，且盧文弨抄本在抄錄時改變行款，合併原注、補注和庚寅增注，無法體現李壁作注時精益求精、不斷修訂補充的面貌。因底本

---

[1] 董婧宸《汪啓淑刻本〈説文解字繫傳〉刊刻考》，《經學文獻研究集刊》2019年第二輯。

仍在,故此二帙並非今日訪書時不可或缺之本。另一方面,回到乾隆年間的歷史背景下,版本學已初步發展、考據學蔚爲壯觀,翁方綱與盧文弨的往來書札中,也透露出當時抄錄與刊刻古書時的不同選擇:盧文弨傳錄宋本時,變動舊式並改易行款,這在同時期的學者中也並非孤例。翁方綱注重"古書刊式不可更動",更希望依照底本的行款傳錄古書,保存舊貌,其中自有真知灼見。

[作者單位] 董岑仕:人民文學出版社

宋詞換頭短韻的"游弋現象"及其音樂解釋*

馬里揚

提　要：宋詞文本換頭處出現的短韻，是閱讀與校訂宋詞文本比較常見與接受的詞體格式。清代學者試圖從文義上將它"定格"在換頭位置，但從宋人詞集的版本校勘上看則是一種發生在文本上的"游弋現象"。《事林廣記》唱賺譜"巾斗"爲這一文本現象提供了解決的綫索。"巾斗"指向的反覆類型之一，即換頭之前曲（譜）上出現的"巾斗"，亦即旋律的反覆，是宋詞文本上下片之間短韻"游弋"的音樂成因，也是《詞源》所謂"疊頭曲"的"艷拍"。宋詞文本流傳過程中、同時也是校勘學層面上出現的短韻的"游弋現象"，又與宋詞從"曲（音譜）"到"詞（文本）"的轉寫問題有關。

關鍵詞：宋詞　換頭短韻　游弋現象　音樂解釋

　　宋詞換頭處的短韻，一般是二字，是今天我們閱讀與校訂宋詞文本比較常見與接受的詞體格式①。其最顯著的例子，是如秦少游《滿

---

* 本文係上海市教委 2018 年度曙光計劃項目、國家哲社一般項目"唐宋詞樂研究"階段性成果。
① 按，這一詞體格式，宋人稱之爲"句中韻"。夏承燾先生總結説："慢詞過處第二字，《樂府指迷》謂之'句中韻'。按照文義，有不可斷句者，姜詞中如此調（《翠樓吟》）'此地宜有詞仙'。《角招》'猶有畫船障袖'。《徵招》'迤邐剡中山'。《眉嫵》'無限風流瀟灑'。是。有不可不斷者，如《霓裳中序第一》'幽約，亂蛩吟壁'。《月下笛》'凝佇，曾游處'。《喜遷鶯慢》'居士，閒記取'。是。有可斷可不斷者，如《長亭怨慢》'日暮，望高城不見'。《念奴嬌》'日暮，青蓋亭亭'。《暗香》'江國，正寂寂'。是。此詞及《角招》《徵招》，按文義雖不可斷，而旁譜各有拍號，知歌時分句。沈義父所謂'不惟讀之可聽，而歌時最要葉韻應拍'。吳梅謂南詞中遇此等處，皆慢板唱。亦足證也。"（見夏承燾《白石道人歌曲校律》，《月輪山詞論集》，北京：中華書局，1979 年，第 74 頁。）是明確參合旁譜對換頭短韻作出説明者，但仍須作進一步的補充説明。另外，換頭短韻，也有作三字者，如周邦彥詞《隔浦蓮近拍》"水亭小"、《法曲獻仙音》"耿無語"；姜白石《淡黃柳》"正岑寂"。參證姜詞的旁譜，"正岑寂"三字對應的是𠀋ㄥ𠀋，即"正"字的音譜是"寂"的反覆（"四"下有"大住"的底拍符號），而"岑寂"的音譜又是上片結尾二字"相識"的反覆，因此它實際上還是二字短韻的另一種拓展形式。因此，本文不將三字短韻專門提出，作爲另一種區別於二字短韻的討論對象。

庭芳》詞的換頭"銷魂"二字短韻。然而，宋詞中的這個換頭短韻，從傳世的詞調格式與版本校勘來看，也有綴屬上片之尾的形態。至於《滿庭芳》的換頭短韻，則由於有入韻的，也有不入韻的，實際上並不能成爲範例①。逐言之，所謂的換頭短韻不在換頭而在上片之尾的詞體，可能是宋詞諸般詞調中一個並不罕見的現象。

　　清代學者萬樹似乎並不能接受這種短韻綴屬上片之尾的詞體，他在《詞律》的《發凡》中，專列出了"分段之誤"一條爲"例"，認爲將換頭短韻綴屬前段，是分段的錯謬，哪怕沒有版本上的依據，也需要訂正，而他舉的詞例，即柳永的《笛家》。關於萬樹對《笛家》分片的校訂問題，筆者曾以"柳詞校考之一"的副標題寫過一篇論文《〈笛家〉分片考論》，提交 2016 年在河北大學舉辦的詞學研討會。拙文主要討論了萬樹的校訂是否可能存在一個版本上的依據。但結果是令人遺憾的，即像萬樹作爲一條鐵律將二字短韻規定在換頭的柳詞《笛家》，目前是得不到版本上的支撑的；但同時，從萬樹同時代的詞人創作中間發現，這個換頭短韻的位置也並不固定，由此推論，當時見到更多宋詞善本的詞人如朱彝尊可能依據了符合萬樹之"律"的文本。

　　拙文最後說："自從有了萬樹《詞律》這部書，即立足於文獻流傳層面上以文字載體而非以口頭與樂器載體出現的宋詞，它所具備有的內在規律得到深入的開掘。這對於宋詞文本形態的研究，是一個高起點。但我們同時也要看到，這樣一種研究方式存在的缺陷，即有可能將宋詞文本形態的豐富性複雜性靜止化與簡約化。"② 曾經對萬樹的讚美也好，批評也罷，於筆者而言總之還是希望從擴展文獻來源的角度，修正萬樹那些貌似不能移動的"律"；但近些年來，筆者愈加感受到，如果不討論"以口頭與樂器載體出現的宋詞"，可能不足以徹底解決類似換頭短韻這樣的詞體與詞律的問題。

---

① 汲古閣本《淮海詞》中《滿庭芳》"北苑研膏"一首（一作黃山谷詞），換頭"相如方病酒"，"如"字即不入韻。見〔明〕毛晉輯《宋名家詞》，上海：上海古籍出版社，2014 年，第 192 頁。
② 馬里揚《内美的鑱邊：宋詞的文本形態與歷史考證》，上海：上海古籍出版社，2018 年，第 161 頁。

一、換頭短韻的游弋現象

柳詞《笛家》的分片，即二字短韻"別久"在上片之尾抑或在下片起首，要說沒有版本上的證據，好像也不全是。清代學者杜文瀾《詞律校勘記》引"宋本"、張文虎校《樂章集》引"宋本"，並置此二字在換頭之首。然而，檢核汲古閣主人毛扆的校本（《中華再造善本》影印汲古閣家塾刊本《宋名家詞》毛校），則未於上片之尾的"別久"二字特別標志以歸下片，勞權的抄校本《樂章集》於此處亦無任何標志與校注，是可知杜文瀾、張文虎二氏當未見"宋本"原貌，蓋所見為傳抄本而已；他們將"別久"置於換頭位置，是所見傳抄本已經信從萬樹《詞律》之說而有所改置。

如前所論，我們不能因為沒有版本上的依據，就無視萬樹所提出的分片問題。儘管沒有誰會否認，萬樹對這個問題的疾聲厲色的爭辯，顯然是於校柳之外，將矛頭指向了"時人"，即吳綺的《選聲集》以及陸進的創作；但他所歸納並堅守的詞律，"凡兩字句多用於換頭之首，或用於一段之中；未有前半已完，而贅加兩字者"[①]，則不能因傳世柳詞版本不能提供佐證，就認為不為"例"也不成"律"。

從宋詞版本與校勘的角度說，可以將宋詞換頭短韻位置不確定的狀態，稱之為上下片之間的位置游弋現象——它首先是一個文本層面實際存在的現象，並不單是萬樹所揣想造就的；茲就《樂章集》《片玉集》《淮海居士長短句》《白石道人歌曲》各舉一例：

《樂章集》卷下《玉蝴蝶》（其一）二字短韻"難忘"，汲古閣刊本在下片之首，而毛扆校宋本在上片之尾。

《片玉集》卷二《浪淘沙》二字短韻"情切"，宋刊本《詳注周美成詞片玉集》即"陳注本"在下片之首，汲古閣本注："時刻在情切分段。"按，此所謂"時刻"之本是以"情切"屬上片之尾。

---

① 〔清〕萬樹《詞律》卷二〇，上海：上海古籍出版社，2009年，第440頁。

《淮海居士長短句》卷上《夢揚州》換頭二字"長記"（不入韻），宋乾道刊本在上片之尾，明代以來的抄本與刊本《淮海詞》皆置於下片之首，以致葉恭綽、吳梅、吳湖帆等近世詞學名家，也都一致認爲是宋刊之誤①。

《白石道人歌曲》卷五《長亭怨慢》二字短韻"日暮"，清代張奕樞刊本在下片之首，鮑廷博校云："底本日暮斷。"② 按，鮑氏所據"底本"以"日暮"在上片之尾（圖1）。

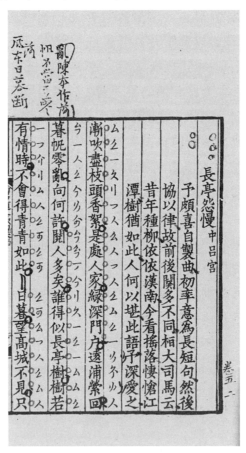

圖1　張奕樞刊，鮑廷博校《白石道人歌曲》

---

① 葉恭綽《宋本兩種合印淮海長短句》，1931年，上海圖書館藏本（吳庠舊藏，徐益藩批校）。
② 〔宋〕姜夔《白石道人歌曲》，影印鮑廷博手校本，成都：四川人民出版社，1987年。

由於姜白石詞旁譜的存在，因此可以發現這二字短韻的音聲特點，即往往是對其前之一句最末兩字所對應音譜的反復：《長亭怨慢》"日暮"前之一句"不會得青青如此"，"如此"對應的音譜是"上（ㄠ）""高五（ㄢ）"，而"日暮"亦然。

夏承燾、胡忌、劉崇德等先生都指出這是與《事林廣記》所載錄的《願成雙・賺》中所標記出的"巾斗"爲同一現象，即"反復前句之尾（音聲譜字）成後句之首，首尾翻復成跟頭之勢"[①]。這一牽引而來的樂譜文獻是重要的，他們的解釋也是具有啓示性的。

然而，問題到此遠沒有結束。首先，所謂"巾斗"作爲音譜記録的術語，其出現不會早於 12 世紀，可能與清真詞同時或稍晚，但絕對不早於柳詞産生與傳播的時代。誠然，學者可以認爲今天傳世的柳詞已經在 12 世紀的南宋時代被歌者改動過，但現在來看這樣的説法只是一種没有根據的推測。其次，《賺》曲中"巾斗"究竟是音譜符號還是歌法標志，也存在疑問。一般認爲，《賺》曲譜所示"巾斗"是標明前後譜字出現了反復現象；試想，如果"巾斗"只是爲了説明譜字即譜字代表的樂曲旋律，甚至如于韻菲所説，也代表與之配合的文辭、節拍[②]，那麼顯然就没有必要在音譜記録上將譜字作重複記録。

基於上述兩點疑問，如果對"巾斗"的理解不能有所修正，則目前的理解顯然不足以解釋宋詞在上下片之間出現的二字短韻的游弋現象，換言之，目前"巾斗"的證據只能説明音譜反復現象是造成二字短韻形成的原因之一，對於解釋二字短韻出現在樂曲一段之中，可能還是適用的；但如果拿它來進一步爲二字短韻在樂曲結構中的具體位置提供判斷，則並不够；甚至在此，我們要問：二字短韻在上片之尾抑或下片之首的依據是否已經傳遞給歌詞作者，即完全是由文辭的意

[①] 參見夏承燾《詞例》（手稿本），杭州：浙江古籍出版社，2018 年，第 172 頁。又，《換頭舉例》，載《詞學》第一輯，第 122 頁，最近的研究，見劉崇德《燕樂新説・詞樂探微》第三章，合肥：黄山書社，2003 年，第 258 頁。又見 Yang Yuanzheng, Jindou: A Musical Form Found in Southern Lyric Songs, *T'oung Pao*, 101—1—3 (2015), pp. 98—129.

[②] 于韻菲《〈願成雙・賺〉譜研究》第五章，上海：上海音樂學院出版社，2021 年，第 97 頁。

義——如萬樹所云:"未有前半已完,而贅加兩字者。況上説離人對景而感舊矣,又加別久二字,真爲蛇足。"——來決定它在上下片之間的位置?

二、"巾斗"的兩種類型

據《遏雲要訣》記載賺曲的曲式,包括引子、序、賺及尾聲。《事林廣記》中"正宮·願成雙"之下,則包括《願成雙令》《願成雙慢》(注:已上係官拍)、《獅子序》《本宮破子》《賺》《雙勝子急》《三句兒》(圖2)。

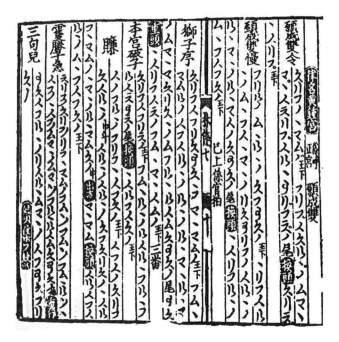

圖2 元至順本《事林廣記》

"官拍"的令曲、慢曲,是屬於宋詞的音譜,而《獅子序》以下五曲,是唱賺的音譜——這裏呈現的是12世紀以來宋詞進入民間曲藝的表演記錄。這兩種音譜,從减字譜形態的譜字符號上看,没有什麼差別；但用漢字標記的符號，則有不同①：

  令、慢曲：王下、尾、換頭；

  序、破子：王下、尾、重頭/換頭、三番；（按，除了《序》有"三番"外，它們與令、慢曲没有區別。）

  賺：王下、巾斗、中、出聲、換頭；（按，也就是没有了"尾"，説明賺曲不是分爲頭段與尾段，亦即宋詞中的上下片，有學者認爲它分爲四片，不是没有原因的。）

  急：尾，重行；

  尾（三句兒）：〔無漢字符號〕

如上所示，如果"巾斗"是賺曲所特有的音樂符號，那麽，顯然不能直接用它來解釋宋詞音譜及其所對應的文辭格式。

但實際情況並不如此。《遏雲要訣》記録賺曲整套之中各曲的節拍與文辭間的配合，並提示出各曲中的要點；因對這段話的標點與解釋分歧很大，我們這裏據原文，嘗試標點並校補如下：

  三拍起引子，唱頭一句，又三拍；至兩片結尾，三拍煞。（按，以上引曲）

  入序，〔三拍，唱頭一句，又三拍；至兩片結〕尾，三拍、巾斗煞。（按，以上序曲）

  入賺，頭一字當一拍，第一（片）〔句〕三拍，後仿此；出賺，三拍、出聲、巾斗，又三拍煞。（按，以上賺曲）

  尾聲總十二拍，第一句四拍，第二句五拍，第三句三拍煞。

《引子》爲頭段與尾段的兩片構成；於起句前後各打三拍，這種唱法在全曲並非特例，但相對於宋詞的歌法而言，則是比較繁複的節拍，整支曲子當中並無這樣的要求，直到《引子》的結束處，即"至兩片結尾"，才又出現打三拍的繁複節拍。《序》與《引子》在曲體上相似，即同樣爲頭段與尾段的兩片構成，因此，我們懷疑它的起處也

---

① 中央音樂學院中國音樂研究所編《中國古代音樂史料輯要》（第一輯），北京：中華書局，1962年，第703頁。

與《引子》相當，因此做了增補；而它的結尾，也同樣是打三拍；不同的是，在三拍後更添以"巾斗"，即如果認爲"巾斗"是旋律或者節拍反復，那麼"巾斗煞"指向的就應該是"三拍"的反復——這將在節拍層面顯得又爲繁複了。

《願成雙》套曲中的《獅子序》在煞尾處有"三番"的漢字標志，且是作大字，因此，它指向的不會只是就煞尾處的三拍的三度反復，而是整支《序》。不論如何變化，不難發現，《序》較之《引子》，其"拍子"已經比較繁碎了；而更加繁碎的，是在《賺》中，它也是集中的發生在結尾的部分。

《賺》起頭，即"入賺"部分，較之《引子》與《序》又有不同，即第一字第一拍，第一句又打三拍——原文作"第一片三拍"，一片僅三拍，是難以通解的，參照《尾聲》三句每句少不過三拍的分布，則這裏的"第一片"應改作"第一句"。但在"出賺"部分，不僅打三拍，更添以"出聲"。

在《願成雙》套曲的《賺》中，"出聲"在音譜的記錄中，其標記的地位是與"重頭""換頭""重行"相當的，即同爲黑底陰文的特別突出的位置。那麼，"出聲"以下的部分雖然只有四個譜字（其中還包括節拍符號"、"），但這一小段在樂曲中的地位則與"換頭"以下相當。

《賺》從起頭至"出聲"前的小字"中"，相當於第一片，以打三拍結束，自此"出賺"，更打三拍；此後的"出聲"以下的一小段，其實是"出聲"前的一段旋律"マ、ノ♭マム"略去了一些節拍符號的反復，即"マ、マム"——儘管對"♭"究竟是音譜符號還是節拍符號，還可以做一些討論。但音樂史家吳釗懷疑"出聲"前的小字"中"，"乃巾之訛。巾即巾斗之略，正好是兩句旋律尾部的延伸擴展或反復再現處，其作用在加強樂曲暫時終止或完全終止的效果"①，據

---

① 吳釗《宋代古譜"願成雙"初探》，原刊《音樂藝術》1983年第3期，引見洛秦、于韻菲編《宋代音樂研究文論集》十"音樂符號與表述"，上海：上海音樂學院出版社，2016年，第111頁。

此來看不是沒有理由的。"換頭"以下重又"入賺",自"王下"至"中",接續它又是一次"出聲"。《賺》是在"出聲"部分結束全曲的,與《引子》和《序》同樣是打三拍結束之前,更添入"巾斗",這顯然不是節拍的反復,而是"出聲"前這一小段旋律的反復。

綜上,所謂"巾斗",應有兩種反復類型:

(一)如果它出現在一曲之中,即《賺》譜字第二行出現的小字"巾斗",其前後譜字與節拍符號相同,應該是節拍的反復,近似於敦煌琵琶譜《傾盃樂》當中的"火"即上下譜字出現反復:

丨ㅁ 之 ㇉ ㇞ て 又 ㇅ 火 ㇅ ㇉ 七 匕 之 ㇞ 八 丨 七 之 匕 七 て

在兩個拍號"ㅁ"之間,本來是八個譜字,但因爲"火"字上下的譜字反復,則增加爲十個譜字,但從節拍上看,"火"上下的四個譜字仍舊相當於兩個小拍子。《賺》曲譜中間出現的"巾斗",可以與之類比。

(二)《賺》換頭之前即"出聲"一小段後的"巾斗",則是旋律的反復,即增加了一小段旋律。

三、從"曲"到"詞"的轉寫

當我們將"巾斗"區分爲旋律與節拍兩種不同類型的反復後,就會明瞭《白石道人歌曲》中的二字短韻對應譜字的反復,從它在曲體結構中的位置即兩片之間,是可以對應《賺》曲中的"出聲巾斗";也可以認爲,《賺》曲的"出聲巾斗"是從宋詞二字短韻的形式發展過來的。

宋詞由於較爲固定的是分爲上下兩片的形式,如果兩片之間加入一小段旋律,那麼這一小段旋律必然要與上片之尾存在反復的關係;而我們看《賺》曲中這一小段已經完全獨立出來,成爲了與"換頭""重頭"並列的"出聲",但在宋詞中的二字短韻顯然夠不上獨立成段,它必然要選擇是綴附在上片之尾,或者疊加在"重頭"或者"換頭"之前。

《詞源·謳曲旨要》説："大頭花拍居第五，疊頭艷拍在前存。"又同書卷下"拍眼"條云："慢曲有大頭曲、疊頭曲。"① 對此的解釋，自來分歧就很大。但現在我們看，所謂"大頭""疊頭"都是據"重頭""換頭"而衍生出來的樂譜術語，亦即它們實際上是針對"換頭"或者"重頭"而言的特殊形態，而非可以等同替代的概念。"大頭曲"，應是在"換頭"或"重頭"的樂句均拍之中的第五個譜字後添入了節拍，即"花拍"，近於西方音樂的"melismatic"；"疊頭曲"，則是在"換頭"或"重頭"之前添入了"艷拍"，而這一"艷拍"又是此前即上片之尾的音譜的反復，所以説是"在前存"即前此存在的旋律。如此來看，"花拍"是節拍的增加，而"艷拍"則是旋律的添入。

宋詞文本中常見的在上下片之間的二字短韻，它在音樂層面實際上就是"疊頭曲"的"艷拍"。而造成宋詞文本流傳過程中亦即校勘學層面上出現的二字短韻的游弋現象，更是與宋詞從"曲"到"詞"的轉寫問題有關。

宋詞的原生狀態，是當作歌曲來記錄的，那麼無論它的文辭如何，它都會遵循音譜書寫的規則，即除了減字譜符號之外，還有分成不同級別的漢字符號："花拍"，將以次一級的文字如《願成雙》中的"巾斗"來標志；"艷拍"，因爲旋律的反復，會在"換頭""重頭"標識之前出現反復的譜字。

《賺》曲的例證外，可以認爲最爲接近宋詞音譜形態的，是《願成雙》套曲中的《獅子序》。《獅子序》的"尾"字之前的音譜爲"高五丆""六（久）"及"拽（丿）"，其後的音譜仍爲"高五（丆）""六（久）"（拽號爲節拍符號，不再重複），緊接以"重頭"；顯然，這個"尾"與"重頭"之間的兩個譜字所構成的旋律，即宋詞慢曲中的"艷拍"，它們對應的歌詞文本即"二字短韻"。由於秉持着唐宋樂曲是由八拍子爲一個樂句構成的齊等樂曲形態，英國的唐樂研究專家畢

---

① 〔宋〕張炎《詞源》卷上，揚州古椿閣影印清娛園刊本，2016年，第13頁B。

鏗（Laurence Picken）完全不能接受"重頭"之前出現的兩個譜字，認爲"插入尾與重頭之間的兩個音符，將會令整個樂曲的節奏被摧毀"。又由於《獅子序》的"重頭"之後出現了一段新的樂譜旋律，即實際上等同於"換頭"，因此畢鏗進而懷疑"重頭"應作"換頭"，而此前的兩個譜字的位置，則應作"重頭"，即《獅子序》的"尾ヲ久重頭"在畢鏗看來，應是"尾 重頭 換頭"；而"重頭"之前的兩個譜字，則是書板刻工（blockmaker）"可能因爲書葉這一欄的底部沒有了空餘位置而造成的，它們的位置像是應刻在下一欄的起首"[①]。無疑的，這一看法忽視了"艷拍"在唐宋音樂發展過程中的逐步增強的獨特地位。

宋詞音譜中，由於"艷拍"的書寫位置恰處在兩個漢字符號"尾"與"重頭"之間，在由音譜文本轉寫爲文辭文本之後，即刪去了"尾""重頭"這樣的漢字符號，因此也就導致"艷拍"位置不夠清楚。宋詞文本的《白石道人歌曲》即沒有漢字符號，而《片玉集》《樂章集》連同譜字也不再存留，這都會導致換頭短韻出現文本層面上的游弋現象。但我們也看到，保留了宋本面目的詞集，大都是將換頭短韻綴屬上片之尾，其依據應是宋詞音譜的"艷拍在前存"；而作爲換頭處的二字短韻，則符合宋詞音譜"艷拍""疊頭"的真實形態。

［作者單位］馬里揚：上海師範大學人文學院

[①] L. E. R. Picken: Music for a Lion Dance of the Song 宋 Dynasty, *Musica Asiatica* 4, Oxford University Press, 1984, pp. 200-212; p. 208. 又，李惠求對《獅子序》的"重頭"實際上等同於"換頭"的現象給出了一個解釋，即認爲由於《獅子序》是演奏三遍（"三番"），第二遍是重頭，第三遍是換頭。見李惠求《越殿樂の拍子數とその反復方法》，原刊《雅樂界》第54號（1978），引見李惠求《韓國音樂論集》，世光音樂出版社，1985年，第302頁。

稼軒詞題序異文分析
——以四卷本系統爲中心

汪 超

提 要： 四卷本《稼軒詞》由范開始編甲集，各集編成獨立傳播一段時間後，由稼軒親自補充題序，合併刊印。獨立傳播的各本形成了《百家詞》本所據鈔的底本，該本最接近稼軒詞題序原貌。毛氏汲古閣影鈔宋刊本所據底本則當是經過整理的重刊本。這一編刊過程，體現了稼軒詞凝定的重要節點。四卷本《稼軒詞》題序的異文説明整理本必然帶來文本的遮蔽，據整理本展開研究存在部分風險。

關鍵詞： 稼軒詞　題序　異文　版本

宋刊《稼軒詞》今有傳本者即四卷本《稼軒詞》和十二卷本《稼軒長短句》。其版本源流明確，遞藏情況清晰。然校書如掃塵，旋掃旋生，宋刊經過遞鈔、影刊而成的後出諸本，其文本差異均俯拾皆是。即便是同書，前後集亦有差別，梁啓超《跋四卷本稼軒詞》道："惟四集中丙丁集所甄採，似不如甲乙集之精嚴，其字句間與信州本有異同者，甲乙集多佳勝，丙丁集時或劣誤。"[1] 該意見是針對詞作正文而言，其文本字句佳勝劣誤是讀者的主觀意見。但詞的題序這一類"副文本"異文仍應注意。詞最初由詞調、正文組成，詞調規定詞的音樂特性以及字、句、音韻情況[2]。宋人認爲詞調也承擔題目功能，

---

[1] 〔宋〕辛棄疾撰，鄧廣銘箋注《稼軒詞編年箋注（定本）》，上海：上海古籍出版社，2007年，第634頁。
[2] 田玉琪《詞調史研究》，北京：人民出版社，2012年，第21頁。

部分早期詞的確存在內容與詞調名契合的現象。然今見敦煌寫卷便有小字寫詞題於詞牌之後者，又有詞題書於詞牌之前者①。詞題拓展而成詞序，二者很難截然區分。近二十餘年來，學者們對詞的題序頗為關注，但大多藉經過整理的文本討論其敘事功能、發展過程等，其中常涉及稼軒詞題序的討論。經過整理的詞籍時常會改變詞作的文本面貌，影響我們的認識。

四卷本《稼軒詞》甲集卷前有稼軒門人范開淳熙十五年戊申（1188）所作序文。"分甲乙丙丁四集。辛棄疾晚年帥浙東、鎮京口時所作詞什，俱未收錄，則各集之刊成皆當在寧宗嘉泰三年（1203）以前。其時辛棄疾尚在世"②。該本最接近稼軒生活時代，其題序不僅與別本異文頗多，且在四卷本系統內部不同的後出鈔本、刻本中仍有差異③。本文擬圍繞四卷本《稼軒詞》詞題序異文略作討論。

一、四卷本《稼軒詞》詞題序與別本的異文類型

鄧廣銘《稼軒詞編年箋注》錄存稼軒詞 629 首，其中有 91 首，四卷本、十二卷本系統的各鈔本、刊本並無題序；又有 217 首的題序諸本相同，無異文。其餘詞題序有異文的諸闋，異文大致因校勘時產生的常見問題，如有無詞題序，以及詞題序敘事繁簡、言說方式等產生。

---

① 見李成晴《論紀事性詞題的體制變遷》（《文學遺產》2022 年第 5 期，第 119 頁）所舉傅惜華《敦煌唐人寫本曲子記》釋讀日本橘川時雄所藏敦煌卷子中的無名氏詞二首，其題序分別作《魚歌子月》《南歌子月》。此外，Pel. chin. 3137 中《南歌子》的 "'獎美人' 三字實際即是小字紀事題"，以及 "S. 4578V 徑抄詞作四首，而於卷後題《詠月婆羅門曲子四首》；Pel. chin. 3360 首行作《大唐五台曲子五首寄在蘇幕遮》"。

② 王兆鵬《詞學史料學》，北京：中華書局，2004 年，第 208 頁。

③ 本文《百家詞》本用天津古籍出版社 1989 年影印明紅絲欄鈔本；紫芝漫鈔本用《中華再造善本》影刊明鈔本；毛晉汲古閣本用華東師範大學 2014 年影刊《稼軒詞》；吳昌綬、陶湘編《影刊宋金元明本詞》用中國書店 1981 年影刊本；王鵬運輯《四印齋所刻詞》用上海古籍出版社 2012 年影刊本；廣信書院本用國家圖書館出版社 2022 年影刊《元本稼軒長短句》。文章中所涉稼軒詞文本，若無注釋均出上述諸本。

第一種是源於校勘時產生的常見問題。這類相對較爲簡單，其誤例如下：

其一，地名、人名、職官等的顯誤。有涉形而誤者，如《蝶戀花·月下醉書雨岩石浪》之"雨岩"，四卷本甲集作"兩岩"。《鵲橋仙·壽余伯熙察院》之"余"，明人王詔刊李濂批點本及王鵬運《四印齋所刻詞》本作"徐"。《好事近·中秋席上和王路鈐》"路鈐"二字，元大德廣信書院本、毛氏汲古閣本、辛啓泰刊本均誤作"路鈴"。有音近而誤者，如《水龍吟·過南劍雙溪樓》及《瑞鶴仙·南劍雙溪樓》之"南劍"，王詔刊本及四印齋本均誤作"南澗"。諸如此類，只需對相關知識有所了解便見而可知。

其二，文字倒置的錯誤。《最高樓·用韻答趙晉臣敷文》之"用韻答"，毛氏汲古閣本、辛啓泰刊本誤倒爲"用答韻"。

其三，脫字、衍字致誤。《水調歌頭》（君莫賦《幽憤》），諸本題作"再用韻李子永提幹"，語有未通。而四卷本甲集正作"再用韻答李子永"。《喜遷鶯》（暑風涼月）一闋，大德廣信書院本題名"謝趙晉臣敷文賦芙蓉詞見壽，用韻爲謝"，前一"謝"乃衍字。

其四，由錯簡造成的錯誤。這種情況，在辛詞諸本中較少，且前人多有發現。唐圭璋先生在《讀詞續記》的《稼軒詞題錯簡》篇中指出《漢宮春》（秦望山頭）與《漢宮春》（亭上秋風）兩首"詞題'觀雨'與'懷古'前後顛倒，當係錯簡。此爲鍾麟所告余，可訂正辛詞之誤"①。後來鄧廣銘、鄭騫、吳企明等先生均曾指出。《漢宮春》（秦望山頭）鄧廣銘《稼軒詞編年箋注》擬題"會稽蓬萊閣觀雨"，並出校記云：

> 廣信書院本《漢宮春》（亭上秋風闋）原題作"會稽秋風亭觀雨"，而並無觀雨之意境，此闋原題作"會稽蓬萊閣懷古"，卻有"亂雲急雨"句，寫雨天景色。因逕將兩詞題中之"觀雨"與

---

① 唐圭璋《詞學論叢》，上海：上海古籍出版社，1986年，第670頁。

"懷古"二語詞互換。又《陽春白雪》二引此詞，作"秋風亭"。①鄭騫《稼軒詞校注附詩文年譜》擬題作"會稽蓬萊閣觀雨"，校記云："《陽春》作'秋風亭'。"②《漢宫春》（亭上秋風）一闋，鄧氏擬題"會稽秋風亭懷古"，並説："'懷古'原作'觀雨'，今與前首題中末二字互換。"③鄭騫依底本"會稽蓬萊閣觀雨"，校勘記説："上一首前半是觀雨，此首通篇與觀雨無涉，兩題恐是誤倒；諸本悉同，未能校改。"④吴企明《辛棄疾詞校箋》從鄧廣銘所擬二題。雖無版本依據，但以理推之，兩闋詞題當是相互誤植。

其五，詞題序與詞的内容不同。四卷本系統内部也有誤例，《浣溪沙》（百世孤芳肯自媒）在《百家詞》鈔本中題名"種蘭菊"，然詞中無涉蘭事者，顯誤；《稼軒詞》的毛氏汲古閣本、《景刊宋金元明本詞》本中題名均作"種梅菊"，《四印齋所刻詞》本《稼軒長短句》中該闋題名"種菊梅"。按詞内容，先説菊，後言梅，題當作"種菊梅"。其實，前文兩闋《漢宫春》錯簡被發現，就是因爲其詞題序與詞的内容不同。

上述諸例皆古籍校勘中常見的錯誤，而由此導致詞題序異文的產生是稼軒詞題序異文生成的第一種原因。四卷本地名的兩處顯誤或許值得我們注意，即前述甲集"雨岩"誤作"兩岩"，以及甲集《山鬼謠》（問何年此山來此）中的"雨岩"再次誤作"兩岩"。雨岩今不知其址，乃稼軒命名之所。作爲稼軒詞中常見地點，編者范開當曾從遊，不應致誤，或乃刻工誤之。

第二種異文情況是詞作有無題序的差異。四卷本有題，而別本脱落題序的如：《霜天曉角》（吴頭楚尾）甲集題名"旅興"，辛啓泰本、

---

① 〔宋〕辛棄疾撰，鄧廣銘箋注：《稼軒詞編年箋注（定本）》，第560頁。"（亭上秋風闋）"，當作"（亭上秋風）闋"。
② 鄭騫校注、林玫儀整理《稼軒詞校注附詩文年譜》，臺北：臺灣大學出版中心，2013年，第465頁。
③ 〔宋〕辛棄疾撰，鄧廣銘箋注《稼軒詞編年箋注（定本）》，第562頁。
④ 鄭騫校注、林玫儀整理《稼軒詞校註附詩文年譜》，第467頁。

四印齋本均如是，而元大德廣信書院本則無題。《鷓鴣天》（唱徹《陽關》）甲集題名"送人"，而廣信書院本、四印齋本無題。至少有六闋是四卷本甲集有題，而廣信書院本或別本無題的。

又有四卷本無題，而別本另爲擬題的。如《滿庭芳》（柳外尋春），四卷本甲集無題，而諸本作"游豫章東湖再用韻"。《永樂大典》卷二二六六湖字韻引作"游東湖"，或從別本省之。但這類四卷本無題、別本有題的情況，其詞題由何而來，無從稽考。蓋以四卷本曾經過至少兩次刊行、添補。此外，四卷本諸集無題、別本有題的情況尚有十數例。之所以如此，或係後人校勘時擇既有詞題添補。

少部分詞題異文來自宋人詞選隨意更改或誤引，並述於此。如《念奴嬌·書東流村壁》，四卷本甲集如此，而《花庵詞選》爲改題"春恨"，《陽春白雪》引之刪題。《陽春白雪》所收稼軒詞題序常簡於詞集本，而《花庵詞選》自擬題者遠非止此例。王國維對此也甚爲不滿，道："自《花庵》《草堂》每調立題，并古人無題之詞亦爲之作題。"①

第三種情況是詞題序基本內容相似，但具體文字參差。傳鈔、刊刻過程中出現的文字訛誤，後世增刪詞題的行爲是造成稼軒詞題異文產生的兩個因素。但這並非稼軒詞題序異文產生的主要原因。四卷本、大德本較他本早出，其本詞題序內容相似而文字參差的異文情形又復有如下不同：

其一，題序所涉人名稱謂繁簡差異。如《念奴嬌》（君詩好處）四卷本題名"用韻答傅先之"，廣信書院本題名"用韻答傅先之提舉"，增補職官名。《念奴嬌》（兔園舊賞）四卷本題名"和南澗載酒見過雪樓觀雪"，廣信書院本題名"和韓南澗載酒見過雪樓觀雪"，增補姓氏。《滿庭芳》（急管哀弦）四卷本題名"和洪丞相韻，呈景廬舍人"，廣信書院本題名"和洪丞相景伯韻，呈景廬內翰"，增補"洪丞相"洪适的字，並修改"景廬"洪邁的職銜。蓋此闋作時洪邁尚未簡

---

① 彭玉平《人間詞話疏證》，北京：中華書局，2011年，第201頁。

任爲翰林學士，廣信書院本編者從後來者視角修改。鄧廣銘認爲"十二卷本之題語及詞中字句，多經後來改定之處，改動後之字句大都較勝於四卷本，則當是稼軒晚歲所手訂者"①。或許未必如此。否則，《滿江紅》（天與文章）題名"席間和洪舍人，兼簡司馬漢章"，廣信書院本題名"席間和洪景廬舍人，兼簡司馬漢章大監"，卻又未爲洪邁修改銜稱。

其二，題序所涉人物名字差異。如《滿江紅》（笑拍洪崖）廣信書院本題作"游南岩，和范先之韻"，四卷本甲集題作"游南岩，和范廓之韻"。再如《念奴嬌》（對花何似）、《烏夜啼》（江頭醉倒山公），丁集《醉翁操》等詞題皆有"范廓之"，而廣信書院本均作"范先之"。想來范開不會誤署自己的字，鄧廣銘考證，認爲"先之"是避宋寧宗諱②。又如《玉蝴蝶》（古道行人來去）一闋，四卷本題作"追別杜叔高"，廣信書院本題作"追別杜仲高"，則稼軒究竟與"金華五高"的哪一位惜別，後人亦難以知曉。類此者不一一枚舉。

其三，題序所涉人物名銜次序差異。如《木蘭花慢》（路人怪問），四卷本題名"題廣文克明菊隱"，大德廣信書院本題名"寄題吳克明廣文菊隱"。

第四種情況是詞題序敘述事件詳略差異。如《阮郎歸》（山前燈火欲黃昏），四卷本題名"耒陽道中"，廣信書院本題名"耒陽道中爲張處父推官賦"，點明該詞受贈者。《念奴嬌》（少年橫槊），四卷本題名"雙陸，和坐客韻"，廣信書院本題名"雙陸，和陳仁和韻"，詳敘原唱者。《減字木蘭花》（盈盈淚眼），四卷本題名"記壁間題"，廣信書院本題名"長沙道中，壁上有婦人題字，若有恨者，用其意爲賦"，詳述事由。《鷓鴣天》（欹枕婆娑兩鬢霜），四卷本題名"送元省幹"，廣信書院本題名"送元濟之歸豫章"，省其職銜而詳其字，又述其事由。

總體而言，四卷本詞題序較別本多更簡單。如涉及人物稱謂時，

---

① 鄧廣銘《書諸家跋四卷本稼軒詞後》，《稼軒詞編年箋注（定本）》，第645頁。
② 〔宋〕辛棄疾撰，鄧廣銘箋注《稼軒詞編年箋注（定本）》，第273頁。

多省去姓氏、職銜。別本可見的諸多背景性内容，在四卷本中也從簡。四卷本系統内部亦非全同，明鈔《百家詞》本詞題缺失、詞作順序與別本不同等現象均有所見。

二、四卷本系統詞題序的内部差異

四卷本系統至少有五種版本傳世，即汲古閣影宋精鈔本（據宋本影鈔）、《景刊宋金元明本詞》本（存甲乙丙三卷），此二者行款甚至異體字字形都幾近全同；明吳訥《唐宋名賢百家詞》本，該本從宋本鈔出；以及明紫芝漫鈔《宋元名家詞》本，該本僅存丙集；又有趙萬里《校輯宋金元人詞》本，該本乃從《景刊宋金元明本詞》與明吳訥《唐宋名賢百家詞》者出。今據四卷本諸本比勘其内部差異。

從詞的題序而言，汲古閣影宋精鈔本甲乙丙三集與《景刊宋金元明本詞》本所存三卷並無文字差異。趙萬里《校輯宋金元人詞》本源出後者的校勘本，亦可置之不論。先看汲古閣影宋精鈔本與《百家詞》本詞題序的異文情況。

首先，《百家詞》本無題序而汲古閣本有題序。此種情況甲集有23首，乙集有24首，丙集有8首。丁集的文本面貌有別於前三卷。汲古閣本前二卷詞題序均在詞牌或相當於詞牌的"又"字之後，以大字換行而刊。丁集則有大字換行者，亦有以小字雙行並書於詞牌或"又"字之下者。但《百家詞》本反是，其前三卷詞題序均小字雙行並書於詞牌或"又"字之下，丁集卻是大字換行而鈔之。《百家詞》本丁集無汲古閣本大字詞題者3首，無汲古閣本小字雙行文字者4首。筆者以爲汲古閣本詞牌下的小字，乃注文。其與丙集《菩薩蠻》（旌旗依舊長亭路）闋末小字尾注"時籍中有放自便者"的性質相似，否則何以在同卷中出現兩種題序書寫方式？而這種小字題注，或曾廣泛見於諸闋，不過傳鈔過程中羼入題序中。

上述情況中，有兩處尤其值得注意。《百家詞》本中《御街行》（闌干四面山無數）、《杏花天》（病來自是於春懶）無題序，而汲古閣本詞題作"無題"。所謂"無題",正是詞作無題序的事實敘述,或爲後人批注羼入。有個旁證是四印齋本除這兩闋外,本無詞題的《南鄉子》(隔户語春鶯)亦爲補題"無題"。

其次,《百家詞》本有題序而汲古閣本無題序。此種情況僅見乙集《好事近》(和淚唱陽關)一例。該闋《百家詞》本作"和李後州",汲古閣本無題。"李後州"或係"李復州"之誤,廣信書院本《稼軒長短句》中該闋題作"送李復州致一席上和韻"。

再次,《百家詞》本題序簡於汲古閣本。如《聲聲慢》(開元盛日)一闋,《百家詞》本詞題"賦紅木犀",汲古閣本"賦紅木犀"下空一格注云:"余兒時嘗入京師禁中凝碧池因書當時所見。"又如《菩薩蠻》(阮琴斜挂香羅綬)的詞題,《百家詞》本作"雙韻",汲古閣本則作"雙韻賦摘阮"。再如《水調歌頭》(我飲不須勸),該闋《百家詞》本詞題作"用前韻",然其前闋與之韻部不同,汲古閣本則有60字序文。《臨江仙》(老去惜花心已懶)一闋,《百家詞》本詞題"醉宿崇福寺寄祐之弟祐之以僕醉先歸",汲古閣本於"醉宿崇福寺寄祐之"下空一格注云:"以僕醉先歸。"

最後,《百家詞》本題序異於汲古閣本。此類多爲《百家詞》本傳鈔之誤,其誤鈔處多致文意不通者。如《賀新郎》(把酒長亭説)題序中有"又五日"三字,《百家詞》本即抄作"又吾",後又以小字正之。《水龍吟》(補陀大士)題序中"岩類今所畫觀音補陀",《百家詞》本抄作"岩類今所西觀音補陀"。諸如此類者觸目多是,這或許也是鄧廣銘稱該本"爲極拙劣之抄本,錯訛極多,不能卒讀"[1]的原因。但無論如何,其終究是汲古閣本之前最完整的四卷本。

以上是《百家詞》本與汲古閣本的比勘情況。汲古閣本的詞題序與《景刊宋金元明本詞》本所存三卷並無文字差異,以下我們再看《百家詞》本丙集與明紫芝漫鈔《宋元名家詞》本丙集的情況。其一,汲古閣本丙集有題序,而紫芝漫鈔本無詞題序者8首,與《百家詞》

---

[1] 〔宋〕辛棄疾撰,鄧廣銘箋注《稼軒詞編年箋注(定本)》,第645頁。

本丙集一致。其二，詞題中，汲古閣本誤，《百家詞》本不誤者，紫芝漫鈔本亦不誤。如《西江月》（人道偏宜歌舞），汲古閣本"題可卿影像"，誤"阿卿"爲"可卿"，紫芝漫鈔本與《百家詞》本均不誤。其三，《百家詞》本異於汲古閣本的詞題序文，有見諸紫芝漫鈔本者。如《水調歌頭》（我亦卜居者）詞序末句，汲古閣本作"末（空格）及之"，空格處《百家詞》本、紫芝漫鈔本均作"章"。《沁園春》（杯汝知乎）詞序有"余不得以止酒爲解"句，"余"，《百家詞》本、紫芝漫鈔本均作"予"。當然，紫芝漫鈔本與《百家詞》本的詞題各有部分校勘層面的筆誤，其中有部分筆誤二者相同。如《木蘭花慢·題廣文克明菊隱》之"廣文"乃儒生別稱，紫芝漫鈔本誤作"唐文"，《百家詞》本誤作"唐女"。汲古閣本《賀新郎》（甚矣吾衰矣）詞序中"意溪山欲援例者"，"援例"，紫芝漫鈔本、《百家詞》本皆作"接例"。《永遇樂》（投勞空山）詞序中"時欲作親舊報書"，"親舊"，《百家詞》本、紫芝漫鈔本均作"新舊"。

另外，《百家詞》本丙集、紫芝漫鈔本所存丙集所收諸首次序相同，又均有《蝶戀花·元日立春》這首重出詞。且其詞題序除不同的筆誤外，更爲接近。

夏敬觀《跋毛鈔本稼軒詞》云："右毛鈔《稼軒詞》甲乙丙丁集四卷，明吳文恪公訥曾輯入《四朝名賢詞》，當與此同出一源。"[1] 但從上述四卷本詞題序的梳理，可知四卷本系統內部，紫芝漫鈔本僅存的丙集與《百家詞》本丙集更爲接近，而汲古閣本、《景刊宋金元明本詞》本前三卷同源。筆者更傾向於汲古閣本與《百家詞》本來自兩個並不完全相同的宋本。

三、今傳四卷本系統出自兩個不同的宋本

汲古閣本、《景刊宋金元明本詞》本的文本面貌幾近一致，其係

---

[1] 〔宋〕辛棄疾撰，鄧廣銘箋注《稼軒詞編年箋注（定本）》，第640頁。

出同源，殆無疑慮。而《百家詞》本則來自一個並非工筆楷書寫出的鈔本。從筆跡上看，《百家詞》本《稼軒詞》的鈔寫者應有三人，甲集、乙集由同一鈔胥鈔出，丙集、丁集鈔手不同。從《百家詞》本詞題序誤鈔情況看，其所鈔並非刊本。其理由如下：

其一，詞題序中有別本未曾出現的文本現象。《滿江紅》（曲几蒲團）一首，諸本題作"病中俞山甫教授訪別病起寄之"。該題句子結構完整，敘述清晰。但《百家詞》本"教授"下有一個手繪方框，或所見版本有一不可識別的文字。《洞仙歌》（江頭父老），四卷本題爲"爲葉丞相作"，獨《百家詞》本"葉"字空闕，或鈔胥一時不能辨識。

其二，詞題序中涉形而誤。一般而言，刊本字形清晰，即便不認識也可依樣描出。但《百家詞》本的部分誤書顯見是誤辨字形所致。《滿江紅》（君莫賦《幽憤》）一首，詞題中有"李子永"，《百家詞》本鈔作"李工汞"，大約鈔胥所見之"永"字起筆點畫過平所致。《最高樓》（西園買誰載萬金），四卷本詞題作"楊民瞻席上用前韻賦牡丹"，"楊民"二字在《百家詞》本中鈔作"湯氏"。《木蘭花慢》（漢中開漢業），四卷本題作"席上呈張仲固帥興元"，《百家詞》本將"元"誤作"無"，鈔者將"元"誤識爲"無"字的簡體"无"。

我們認爲汲古閣本所影鈔者以及《景刊宋金元明本詞》本所影刊者，乃後出、經過整理、添加題序或題注的宋刊本，理由如下：

其一，《百家詞》本、紫芝漫鈔本的詞題序數量少於汲古閣本、《景刊宋金元明本詞》本。前文已説明，《百家詞》本共有58首無詞題序之作，4首無題注之作在汲古閣本等中出現了詞題。但是，汲古閣本、《景刊宋金元明本詞》本無詞題而《百家詞》本、紫芝漫鈔本有詞題的情況則僅一首。後人整理前人別集當然可能刪去部分內容，但稼軒詞的詞題往往是後出轉繁的。

其二，《百家詞》本、紫芝漫鈔本的詞題序簡於汲古閣本、《景刊宋金元明本詞》本。如前文所舉《聲聲慢》（開元盛日）、《菩薩蠻》（阮琴斜挂香羅綬）等闋皆是其例。汲古閣本、《景刊宋金元明本詞》本所錄更長的題序，或是對詞題起到補充説明作用的題注。

其三，《百家詞》本分闋的錯誤，四卷本系其他諸本皆不誤。丙集《生查子》（漫天春雪）的上闋被《百家詞》本當作一首，該首下闋前書"又"並以小字注明爲"三首"。其所謂三首，乃《生查子》（漫天春雪來）的下闋與《生查子》（去年燕子來）的上下闋。同卷《昭君怨》（人面不如花面）的上下闋亦被鈔成兩首。紫芝漫鈔本、汲古閣本、《景刊宋金元明本詞》本皆不誤。

事實上，汲古閣影宋精鈔本與《百家詞》本的詞作數量與次序並不完全一致。《百家詞》本甲集中《鷓鴣天·送人》（唱徹陽關淚未乾）鈔於本卷該詞調最後一首，此是二者詞次序不同之例。《百家詞》本較汲古閣本有六首重出：丙集中《臨江仙·侍者阿錢將行賦錢字以贈之》之前多出《蝶戀花·先日立春》（誰向椒盤簪彩勝）；《菩薩蠻》（近期依舊長亭路）之前多出一首《菩薩蠻·席上分賦得櫻桃》；《百家詞》本丁集中《醜奴兒·和陳簿》前有《西江月·和民瞻丹桂》一首；《虞美人》（去歲君家把酒杯）後又有《虞美人·再賦虞美人草》一首；《鵲橋仙·贈鷺鷥》後又有《南歌子·獨坐蔗庵》（玄入《參同契》）及《南歌子》（世事從頭減）兩闋。這六首中，《蝶戀花·先日立春》已見乙集，詞題作"戊申元日立春席間作"，丙集詞題中"先"字顯誤，當作"元"，紫芝漫鈔本詞題即作"元日立春"；《菩薩蠻·席上分賦得櫻桃》已見甲集，甲集詞題作"坐中賦櫻桃"；《西江月·和民瞻丹桂》《虞美人·再賦虞美人草》以及兩首《南歌子》均已見乙集。乙集《西江月·和民瞻丹桂》題作"賦丹桂"，《虞美人·再賦虞美人草》題作"賦虞美人草"。

因此，我們或可推斷《百家詞》本、紫芝漫鈔本丙集來自一個更爲接近四卷本原初樣貌的鈔本。至於該鈔本的來源，雖然鍾錦認爲"今傳明人吳訥所輯之《百家詞》，其中之《稼軒詞》亦爲四卷，或與長沙坊刻之'百家詞'頗有瓜葛"[①]，但未言所據。今恐《百家詞》本

---

① 鍾錦《重印四卷本〈稼軒詞〉序》，《稼軒詞》卷首，上海：華東師範大學出版社，2014年，第1頁。

的《稼軒詞》版本來源不可考實了。而汲古閣本所影鈔者以及《景刊宋金元明本詞》本所影刊者,乃後出、經過整理、添加題序或題注的宋刊本。這些題序或題注或當來自稼軒手筆。

四、《百家詞》本存稼軒詞早期面貌且稼軒曾爲增補題注

范開曾說"以近時流布於海內者率多贗本"①,因此可知四卷本《稼軒詞》編纂之前,就有數種稼軒詞別集流播,否則無以"率多"。梁啓超《跋四卷本稼軒詞》以爲甲乙集爲范開所輯,丙丁集別出他手。梁啓超、張元濟、夏敬觀、鄧廣銘等人還描述了四卷本的一些特徵。在范開序可以看到"開久從公游……因暇日裒集冥搜,才逾百首。皆親得於公者"的敘述②。而甲集恰恰存詞110首,是所謂"逾百"。張元濟所疑范開序文專爲甲集所作,"乙集而下,續序不無散佚"③,其言可信。

范開編甲集前,稼軒詞除流傳的"贗本",大約還以單篇形式流傳。故而范開需要"暇日裒集冥搜",我們在四卷本《稼軒詞》中也看到單篇流傳的痕跡。甲集《滿江紅》(折盡荼蘼)有題"稼軒居士花下與鄭使君惜別,醉賦。侍者飛卿奉命書",但到十二卷本中詞題就變成了"餞鄭衡州厚卿席上再賦",首句也變成了"莫折荼蘼"。四卷本甲集的詞題是所有稼軒詞題序中僅見的以"稼軒居士"代指辛棄疾的例子,明顯是第三人語氣。且詞題由兩部分組成,一是常規的場景敘述,二是記錄人信息。這在稼軒詞中也是絕無僅有的。這首詞或許就是以單篇形式保存的。至於"稼軒居士"以下諸語在原詞中出現的位置無從知曉,但范開編集時將其當作詞題序。再如乙集的《水調

---

① 〔宋〕辛棄疾《稼軒詞》,上海:華東師範大學出版社,2014年,卷首第2頁。
② 〔宋〕辛棄疾《稼軒詞》,卷首第2頁。
③ 〔宋〕辛棄疾撰,鄧廣銘箋注《稼軒詞編年箋注(定本)》,第634頁、第643頁。

歌頭》（我飲不須勸），《百家詞》本題作"用前韻"，而毛氏汲古閣本中該闋有序云："淳熙丁酉，自江陵移帥隆興，到官之二月被召，司馬監、趙卿、王漕餞別。司馬賦《水調歌頭》，席間次韻。時王公明樞密薨，坐客終夕爲興門戶之歎，故前章及之。"十二卷本不過改"二月"作"三月"。該詞用第一部東韻，核檢 629 首稼軒詞與該闋同韻者有三，即《水調歌頭》（萬事到白頭）、《水調歌頭》（淵明最愛菊）、《水調歌頭》（萬事幾時足），但均非該詞同時同事之作，且乙集該闋前一首爲《水調歌頭》（酒罷且勿起），並非同韻。由此，或可推測其當時也是以單篇散闋的形式保存，不過"前韻"詞作當已永逝天壤了。

四卷本稼軒詞的一些詞題較別本簡單，或也由於其保存了稼軒詞文本早期的流傳面貌。如前文所述，四卷本詞題涉及人物時，往往省略姓氏、職銜。如直敷文閣學士趙不迂、鉛山縣尉吳紹古，四卷本中多只以其字晉臣、子似稱之。而到十二卷本系統中，與趙不迂相關的二十四首詞中有十九首稱其職銜，與吳紹古相關的十九首詞中有七首稱其職銜。大約填詞時，受贈人或相關人物是明確的，彼此又互相熟悉，並不需繁瑣稱謂以示區別。四卷本中還有一些"代人賦""和人韻""送人"之類的詞題，到十二卷本中往往補齊人、事背景，或是受"知人論世"的習慣影響，流播之際後人添補，而編集時采之。至於元大德廣信書院刊十二卷本中的改動是否出於稼軒晚年手書，恐不能遽斷，而需再加考論。

梁啓超認爲四卷本甲乙集爲范開所輯，丙丁集別出他手①。大約甲集序成於淳熙十五年（1188），孝宗於淳熙十六年二月初二日禪位光宗，下詔録元祐後嗣亦在本年。稼軒《醉翁操》詞序有"今天子即位，覃慶中外（超按：廣信書院本'外'作'時'），命國朝勳臣子孫之無見任者官之；先是，朝廷屢詔甄録元祐黨籍家：合是二者，廓之應仕矣。將告諸朝，行有日，請予作歌（超按：廣信書院本'歌'作

---

① 梁啓超《跋四卷本稼軒詞》，載《稼軒詞編年箋注（定本）》，第 634 頁。

'詩')以贈"諸句,知范開離開信州亦在淳熙十六年二月之後,則其仍有時間編成乙集。丙集、丁集則或許出於不同人之手。前文提及,《百家詞》本甲乙集無詞題序而別本有之者,均在 20 例以上,丙丁集則均在 10 次以内。《百家詞》本、汲古閣本的丙集詞題序的文本面貌同甲乙集,或大字直書,或小字雙行;而丁集卻反之,且在大字直書之間又見小字雙行者,其中包括題注。四卷本各集或許是互相經過一個各自獨立流傳的階段。甲乙集早刊,其文本面貌我們已一再申説。丙集文本體制多類甲乙集,但重出一首。丁集則不論《百家詞》本,還是汲古閣本,其題序的文本面貌都不同於前三集。《百家詞》本丁集重出之作多至五首,且這五首的詞題又與甲乙二集有差,顯見編纂者編集丁集時未能考核前編。再從後世流傳來看,《百家詞》本四集有三個鈔手,其或非同時鈔寫;紫芝漫鈔本只鈔得丙集;《影刊宋金元明本詞》僅存三卷,凡此又不得不讓人懷疑四卷本乃各集獨立流傳後,才出現毛氏汲古閣影鈔本所影鈔的宋本。

　　范開整理甲乙集役畢,或已刊行獨自流布。稼軒在該本流傳之後,親自添加了部分題注,但在十二卷本中被與詞題錯誤合并,遂形成了通行本中的詞序。試以《百家詞》本觀之。

　　首先看原有題、而後多出題注的情況。《聲聲慢》(開元盛日)一闋最爲明顯,該闋有詞題"賦紅木犀"。《百家詞》本僅有詞題,而汲古閣本多出"余兒時嘗入京師禁中凝碧池,因書當時所見" 18 個字,其當爲稼軒自撰題注。題注語氣爲稼軒自述往事,用以解釋詞作正文"管弦凝碧池上"句的背景。又如《漁家傲·爲余伯熙壽》(道德文章傳幾世)一首,《百家詞》本與汲古閣本均誤將"余伯熙"寫作"金伯熙"。該闋《百家詞》本僅有詞題,而汲古閣本多出 87 字題注,其文如下:

　　　　信之讖云:"水打烏龜石,三台出此時。"伯熙舊居城西,直龜山之北,溪水齧山足矣,意伯熙當之耶?伯熙學道有新功,一日語余云:"溪上嘗得異石,有文隱然,如記姓名,且有長生等字。"余未之見也。因其生朝,姑摭二事爲詞以壽之。①

這段題注也是第一人稱敘述本事。在汲古閣本中,與"爲金伯熙壽"合書,中間並無空格提示。

其次看原有詞題、但存在差異者。乙集《浣溪沙》(儂是嶔崎可笑人),諸本詞題多作"贈子文侍人,名笑笑",但《百家詞》本詞題作"贈子文","文"字後空一格連書"侍人名笑笑",則受贈人從女子變成了"子文"。乙集《水龍吟》(斷崖千丈)前有詞序,諸本的序文多無空格。但《百家詞》本於"高宗"前有一空格,表明下文"高宗皇帝御書所賜名也,與盤園相並云"皆爲題注。這或是該闋文本的本來面貌。但《臨江仙》(老去惜花心已懶)一闋,《百家詞》本詞題"醉宿崇福寺寄祐之弟祐之以僕醉先歸",汲古閣本於"醉宿崇福寺寄祐之"下空一格注云:"以僕醉先歸。"因何故出現差異,則難以推斷。

最後看原無詞題者。稼軒名篇《摸魚兒》(更能消幾番風雨)、《沁園春》(三徑初成)等,《百家詞》本無題序,而汲古閣本有之。此類詞題序率多背景説明,大約是稼軒所添。再如甲集《鷓鴣天》(翠竹千尋上薜蘿)、《鷓鴣天》(枕簟溪堂冷欲秋)兩闋,《百家詞》本無題序,而汲古閣本題均作"鵝湖歸,病起作"。此種細節處,非本人或親近之人難以記憶,或當是稼軒所添。只是要一一指明哪些詞題序是稼軒所添補,則恐不能實現。

鄧廣銘認爲"十二卷本之題語及詞中字句……當是稼軒晚歲所手訂者"②。十二卷本的詞題、字句修改是另一個問題,它不影響我們的下述判斷:范開編定四卷本《稼軒詞》甲乙集之後,稼軒曾就該本添加過題序、題注。

---

① 〔宋〕辛棄疾撰,鄧廣銘箋注《稼軒詞編年箋注(定本)》,第 298 頁。
② 〔宋〕辛棄疾撰,鄧廣銘箋注《書諸家跋四卷本稼軒詞後》,鄧廣銘《稼軒詞編年箋注(定本)》,第 645 頁。

五、稼軒詞題序異文觀察的兩重意義

　　刊本時代的文獻固然相對凝定，但其文本面貌並非一成不變的，即便看似同出一源的版本也會在流播過程中發生變貌，甚至同一版本的前後印次也會出現文本的變異①。四卷本《稼軒詞》由范開始編，丙集、丁集各自編次傳播形成了《百家詞》本所據鈔的底本。而該本最接近稼軒詞原貌。毛氏汲古閣影鈔宋刊本所據底本則當是經過整理的重刊本，其中刪除丙集、丁集的重複，添補了經稼軒親手增補的甲乙集題序。這一編刊過程，體現了稼軒詞凝定的重要節點。四卷本《稼軒詞》出現後，形成了特定的傳播優勢，以致早期流傳的稼軒詞諸本皆銷聲匿跡。而後出元大德廣信書院十二卷本更加繁複的題序來歷，則是需要考索的另一問題。

　　從校勘整理者的角度說，稼軒詞題序異文的上述文本面貌提醒我們，在現代校勘學興起之前的歷代刊本文獻流傳過程中，文本的不確定性是常態。而校勘者所冀望通過選擇異文、輯錄佚文、訂正訛誤等方式形成一個相對穩定的文本，或曰"定本"，事實上只是一種美好的願望。對異文的選擇往往意味著遮蔽。當汲古閣本的刊者選擇了《菩薩蠻·席上分賦得櫻桃》的文本，就意味著棄去了曾經在百家詞本中存在過的《菩薩蠻·坐上賦櫻桃》文本。雖然前者承載的信息量較後者更大，但其詞題文本面貌的流變就被遮蔽了。整理者並不具有上帝視角，無法確定是否已經"全面"掌握材料，在異文中選擇相對較"優"者尤其需謹慎。林玫儀教授指出鄭騫"認爲諸本之中，信州本尤爲謹嚴完備，可謂最佳"，故以四印齋本爲信州本（即廣信書院本）校勘。然四印齋本實非廣信書院本原貌，其間文字亦有差異②。

---

① 郭立暄《中國古籍原刻翻刻與初印後印研究》（上海：中西書局，2015年）曾專門研究過相關問題。
② 林玫儀《出版緣起暨整理説明》，載《稼軒詞校註附詩文年譜》，第5—6頁。

四卷本稼軒詞題序異文還説明，因爲同一版本系統内部異文的存在，整理者若僅據某一版本的某一印次校勘，也會出現失校的問題。加之整理者的校勘理念差異，總會整理出不同的文本。吕東超説："我們作爲校勘者，不過在嘗試'塑造'某一種可能接近'理想原貌'的文本罷了。"①歷史上各位校勘者都提供了他們所"塑造"的文本，歷代累積的"理想原貌"不斷被折疊、修改。以稼軒詞題序的異文而言，四卷本的詞題序稼軒或曾介入增添補正，但現代通行的數個整理本顯然吸收了歷代校勘者删改的結果。若將此種現象放大，則不僅稼軒詞如此，東坡詞何嘗不是如此？傅幹注坡詞時有"公舊注"三字，有這一標誌或可視作東坡手筆，然而東坡詞傅注本題序更多的是無此三字者。如果再放大到古詩題序的歷史現象中看，可見到更多詩詞題序曾經後人"塑造"②。這些詩詞題序要確定"原貌"實在是不可能完成的任務。"在無從塑造'理想原貌'的前提下，不妨把難題拋給讀者，讓讀者去'對話''塑造'與'想象'。"③這一意見是有一定道理的。因此，整理古籍時又何妨將諸多異文妥加臚列，由讀者自己去"塑造"。

從讀者的角度説，每一位讀者閲讀的目的與期待是不同的。大部分讀者似乎仍然需要一個經過整理的"定本"。但對於研究型讀者來説，應該具備與古人"對話"之心，有"塑造"與"想象"的能力。稼軒詞四卷本題序異文所呈現的面貌告訴我們，研究者至少應該有主動閲讀校勘記的習慣。這不僅是對前人校勘工作的尊重與妥善利用，也有助於我們觀察到更多的信息。如《東坡樂府箋》的《減字木蘭花》（惟熊佳夢）一闋校勘記云：

> 傅注本題作"過吴興，李公擇生子三日會客，作此詞戲之"。

---

① 吕東超《〈誠齋集〉校讀記——兼談儒藏本〈誠齋集〉的校勘理念與方法》，《儒家典籍與思想研究》第十五輯，北京：北京大學出版社，2023年，第352頁。
② 段雪璐《詩題的流動與固定——以敦煌可見唐詩爲例》，《勵耘學刊》2019年第2輯，北京：社會科學文獻出版社，2020年，第118—136頁。
③ 吕東超《〈誠齋集〉校讀記——兼談儒藏本〈誠齋集〉的校勘理念與方法》，《儒家典籍與思想研究》第十五輯，第352頁。

自"秘閣古笑林"至"豈容卿有功乎"移作後半闋小注，減去"同舍"一句，易爲"世説亦云"四字。"親"作"曾"，"著"作"到"。毛本題及"曾""到"二字並同傅本。①

這條校勘記將整理本的序文分成了兩個部分，有題有注有異文，且詳述了該闋題序在傅注本中的文本面貌，以及毛晉汲古閣本東坡詞的文本。讀者如果不看校勘記，這些內容都無法進入視野。如此，則整理者的工作結果未得善用，讀者亦平白遺失可能發現的問題。

對於校勘者而言，後世妄改產生的異文或於版本無據，或雜而無章，若一一采録難免傷繁。但對研究者而言，這些異文或許可以成爲知識流變、文本生成的證據鏈。

若是回到題序的研究上看，稼軒詞四卷本的異文也提示我們討論問題時應注意利用未經整理的古籍。整理本自然便於閱讀、利用，但往往遮蔽了歷代刊本的信息。各種版本的文本體制在整理本中也較難體現。如有學者據《全宋詞》來談宋初詞題序的製題情況，結果未必是可信的②。《全宋詞》所録張先之前有詞題序的 34 首詞，來源於筆記、總集等後出文獻，題序未必能體現文本產生時的面貌，據以討論宋初詞題序的生成説服力不足。

同樣的問題也出現在其他詩文詞作品的研究上，異文的產生或是偶然的，但它必然影響我們對文本內容的理解。正如葉曄所説研究者要"將詞籍閱讀的對象從《全宋詞》等大型整理類總集，返回至古代詞籍的實體文獻"，"重視現存詞籍的實物年代而非成書年代"③。詞學研究如此，古代文學其他領域的研究亦復如此。回到文本整理前的原初狀態觀察和討論問題，或許是古代文學研究的必由之路。

[作者單位] 汪超：武漢大學文學院

---

① 〔宋〕蘇軾著，朱孝臧編年，龍榆生校箋，朱懷春校點《東坡樂府箋》，上海：上海古籍出版社，2018 年，第 46 頁。
② 陳力士《張先詞用題序的敘事性分析》，《湖州師範學院學報》2022 年第 9 期，第 84—85 頁。
③ 李成晴《論紀事性詞題的體制變遷》，《文學遺產》2022 年第 5 期，第 131 頁。

吴昌綬詞籍目録之學論略

楊傳慶

提　要：吴昌綬所撰《宋金元詞集見存卷目》是第一部詞籍專科目録。該目録係簿録體，簡略標注版本，其編著體現了吴昌綬輯詞、編目及刊刻詞籍的明晰學術路徑。與晚近衆多學者著録詞籍只是被動地反映詞籍收藏不同，吴昌綬自覺爲詞籍撰著目録之舉反映了詞學研究理念的進益。隨着詞籍搜藏數量的增多，在《宋金元詞集見存卷目》之後，吴昌綬欲新編《雙照樓詞目》，在設計體例上也有着新的探索。由於吴昌綬在校刻詞籍觀念上轉向了獨重宋元善本，所以他最終喪失了爲衆多詞籍編目的動力。

關鍵詞：吴昌綬　詞籍目録　《宋金元詞集見存卷目》

詞籍見載於書目始於南宋，而後歷代官私書目於詞籍均不無載録，然大多疏簡，僅羅列詞籍名稱、卷第、作者等。清人書目著録詞籍最重要者爲《四庫全書總目》，其詞籍提要關涉詞人、版本、校讎及評騭。作爲官方權威目録，《四庫全書總目》對日後官私書目產生了深刻影響。清乾嘉時期藏書之風勃興，何焯、黄丕烈、顧廣圻、張金吾等藏書家又創立了藏書志、題跋記等新型目録，這些著作關注書籍的版本形態、源流、遞藏及優劣等，於詞籍著録亦多有啓示。隨着晚近詞學昌明時代的到來，爲詞籍編著目録的意識愈加自覺。在清代衆多書目詞籍著録實踐的基礎之上，專力於詞籍輯刻的學者開始編撰詞籍專科目録。吴昌綬（1868—1924）《宋金元詞集見存卷目》便是詞籍目録學史上第一部詞籍專科目録。作爲詞籍專目的發軔之作，它對於詞籍目録之學具有重要的學術史意義，而吴昌綬未竟之詞籍目録撰著計劃，也對認識晚近詞籍藏弆、校刻觀念別具價值。

一、《宋金元詞集見存卷目》的編撰

《宋金元詞集見存卷目》成書於光緒三十二年（1906）七月，次年（1907）八月由上海鴻文書局印行。吴昌綬嗜藏書，"自光緒晚季專意搜畜宋以來名家詞"①。他在《宋金元詞集見存卷目序》中説：

> 吾友武進董比部得彭文勤知聖道齋舊藏《南詞》六十四家、《汲古未刻詞》二十二家，中多罕覯秘笈，昌綬盡獲其副，復就丁氏假録，益以向所校輯衆宋元諸集裁篇别出者。海豐吴撫部、歸安朱侍郎、北海鄭中書矜其孤陋，咸相裨助，搜畜三載，凡爲百種，合之汲古、四印所刊，除去複重，尚不滿二百家。遠者將九百年，近亦五百數十年，天壤所貽，略止此數。盧、錢《補志》之所録，朱、陶《詞綜》之所采，存佚未見，頗有異同，網羅放失，竊余奢望。因亟寫定此目，以質同志，冀發匨藏，匡厥未逮。②

此序清晰説明了吴昌綬搜畜詞籍的途徑。序中"董比部"即董康，"丁氏"即杭州八千卷樓主人丁丙等，"吴撫部"即吴重熹，"朱侍郎"即朱祖謀，"鄭中書"即鄭文焯，諸家皆爲清季致力於詞籍藏弆、刊刻、校勘之人，對於晚近詞學興盛均大有貢獻。除了序中所列諸人外，實際上吴昌綬在詞籍搜藏、刊刻上還有另外兩位重要夥伴——繆荃孫與王國維。在這些詞學同道的幫助下，吴昌綬詞籍搜畜逐漸豐

---

① 吴昌綬《武進陶氏續刊景宋元本詞目序》，吴昌綬、陶湘輯《景刊宋金元明本詞》，上海：上海古籍出版社，2012年，第1120頁。
② 吴昌綬《宋金元詞集見存卷目序》，《宋金元詞集見存卷目》，上海：上海鴻文書局，1907年，石印本，第1b、2a葉。吴昌綬序中所言將《南詞》及《汲古閣未刻詞》"盡獲其副"或矜誇不實之語。將《宋金元詞集見存卷目》中《雙照樓續輯宋金元百家詞目》部分與《南詞》及《汲古閣未刻詞》對照看，《宋金元詞集見存卷目》所缺尚多，如《履齋先生詞》即未著録《南詞》版本。

富，爲詞目的纂著奠定了基礎。

吳昌綬搜眷詞籍的目的不只是編訂詞籍目録，還有着接續王鵬運之業，專力輯刻詞籍的雄心。他在《彊村校詞圖記》中説：

> 翁（指王鵬運）輯刻宋以來名家詞，先生（指朱祖謀）助之校讎……翁爲諫官不得志，投劾南遊，殁於吳中。先生方視粵學，謝病歸，與昌綬重見海上，鄭重相約，續半塘未竟之業，叢編孤帙，露鈔雪纂，卷中無不有吾兩人手墨。①

王鵬運病殁於1904年夏，朱祖謀1906年初託病北歸，而本年夏《宋金元詞集見存卷目》即已成書，可見吳氏在與朱祖謀鄭重相約接續"半塘未竟之業"之前，已經就詞籍搜羅、梳理做了大量工作。如這一時期他與董康就詞籍搜藏進行了密切交往，董康據《南詞》精鈔了《于湖先生長短句》和《蒲江詞稿》寄贈，董氏在《蒲江詞稿》跋語中説：

> 浙中吳印臣孝廉欲蒐刻宋元名家詞集，以補琴川未竟之功，函來索余校定《于湖長短句》，並録以寄。

關於董康寄贈《蒲江詞稿》的時間，吳昌綬識語云："光緒乙巳歲除，授經比部以所校《于湖》《蒲江》二集精鈔見寄，欣快無極。丙午新正五日，昌綬記。"董氏又在校讀《蒲江詞稿》時記云：

> 此蒲江詞全本，汲古乃從《花庵》鈔出二十四闋，又誤補夢窗一闋，不足爲據，當校正是本，編次入拙輯百家中。丙午十一月廿邂又記。②

可知，董康、吳昌綬校理《蒲江詞稿》在1905年末至1906年，正是《宋金元詞集見存卷目》編撰之際。從"欲蒐刻宋元名家詞集"和"拙輯百家"之語，可見其輯詞、編目、刊刻詞籍的明晰學術理念。

---

① 吳昌綬《松鄰遺集》卷二，《清代詩文集彙編》第七八二册，上海：上海古籍出版社，2010年，第186頁。
② 董康抄校《蒲江詞稿》，稿本，南開大學圖書館藏。

吴昌綬在《宋金元詞集見存卷目》中梳理毛晉、王鵬運所刻詞籍，編訂《雙照樓續輯宋金元百家詞目》和《擬輯詞學叢書續編目》，目的是為了輯選詞籍，刊刻流傳，並且希望能引起詞學同道投入到詞籍搜羅、刻印中。從欲輯"百家"之語，足見其大規模輯刻詞籍的願望。與晚近眾多學者僅以詞籍為附屬藏品，藏書志著錄詞籍也只是被動地反映詞籍收藏情狀不同，吴昌綬專力於詞籍搜藏，自覺爲詞籍編目，這是詞走向獨立學術門類的體現，也反映了詞學研究在觀念上的升級。

二、《宋金元詞集見存卷目》的詞籍著錄

《宋金元詞集見存卷目》由正文和附錄兩部分構成，正文包括《汲古閣刻〈宋名家詞〉目》《〈四印齋所刻詞〉目》《雙照樓續輯宋金元百家詞目》，附錄包括《汲古閣〈詞苑英華〉目》《秦氏石研齋〈詞學叢書〉目》《擬輯詞學叢書續編目》。從每條詞目著錄的情況看，正文和附錄的著錄項基本相同，包括書名、卷數、作者、版本，均爲簿錄式簡目，偶有詞籍在著錄之後加案語。《宋金元詞集見存卷目》著錄《汲古閣刻〈宋名家詞〉目》凡六集61種，著錄《〈四印齋所刻詞〉目》16種（含詞話1種）、《宋元三十一家詞目》31種，外加吳文英《夢窗甲乙丙丁稿》附《補遺》、朱敦儒《樵歌》、周密《草窗詞》3種。爲何吴昌綬首選這兩種叢刻詞籍之目加以著錄？他在《宋金元詞集見存卷目序》中説：

> 詞家專集不易孤行，自選本傳，而原集日益湮晦。南宋百家、六十家之刻久佚，《典雅詞》僅存殘本。明吳訥《四朝名賢詞》、孫星遠《唐宋以來百家詞》，鈔帙尤易散失。其彙刻最備者，前惟汲古閣，後止四印齋耳。[①]

---

① 吴昌綬《宋金元詞集見存卷目序》，《宋金元詞集見存卷目》，第1a葉。

詞家專集流傳極難，詞籍叢刻也易亡佚、散失，南宋長沙坊刻《百家詞》《典雅詞》、吳訥《百家詞》無不如是，所以爲存留詞籍作出貢獻者尤須珍視，這是《宋金元詞集見存卷目》首先著錄毛晉、王鵬運所刻詞籍叢刻之因。

《宋金元詞集見存卷目》中的《汲古閣刻〈宋名家詞〉目》乃是吳昌綬據顧湘輯刻《小石山房叢書》鄭德懋輯《汲古閣校刻書目》移錄，吳昌綬在《汲古閣刻〈宋名家詞〉目》跋語中有明確交代："右見《小石山房叢書·汲古校刻書目》。"原目極爲簡略，每條子目記作者、書名，下記頁數，如"柳永《樂章集》，八十二葉"，"周邦彥《片玉詞》二卷又《補遺》，八十三葉"。此類吳氏仍其舊，僅少數子目附有案語，如李昂英《文溪詞》條目後案語云："原刻誤作'李公昂'，從《提要》訂正。"《汲古閣刻宋名家詞目》沒有對詞集的見存版本進行梳理，吳昌綬跋語云：

> 案，毛氏原本如于湖、夢窗皆先後補成，此已重經編定，近錢塘汪氏粵東刻本則統爲一編，易其行款矣。汲古所刻，除今有別行善本外，如《珠玉詞》，揚州晏氏家刻；《石林詞》，吳縣葉氏家刻；六一、山谷、放翁有全集足本；蘆川有宋槧本；其他尚竢理董。倘獲斧季重校，悉爲刊定，洵盛業也。①

僅列出了數種汲古閣所刻之外的善本，同時表達了獲得毛扆所校原本加以刊定的渴望。

與《汲古閣刻〈宋名家詞〉目》相比，《〈四印齋所刻詞〉目》著錄情形稍有不同，每條子目記作者、書名、卷數，珍本秘册也時用小字注明，如"趙崇嶓《花間集》十卷，宋淳熙鄂州本"，"辛忠敏《稼軒長短句》十二卷，元大德廣信本"。《〈四印齋所刻詞〉目》的"昌綬案"集中關注詞籍的版本，對善本、精校本及近人時刻本均頗爲重視。如《白石道人詞集》和《山中白雲詞》條目之下案語云：

---

① 吳昌綬《宋金元詞集見存卷目》，第8a葉。

> 昌綬案，白石《歌曲》張奕樞本最善，《山中白雲詞》龔翔麟本最善。陸鍾輝刻姜詞，曹炳曾刻張詞及許增合刊皆逐易失真。叔夏詞二卷本，丁氏亦有之，名《玉田詞》，與半塘所刻未諗同異，要皆別行舊本，足資勘訂也。①

吳昌綬評騭了兩種詞集不同版本的優劣，可見其詞籍版本觀念注重善本、舊本，而衡量善本的標準就是詞籍的"真"，對於"逐易失真"者保持警惕。另如《清真集》案語云：

> 昌綬案，北海鄭氏校録《清真集》最精，尚未墨版。陳元龍《詳注片玉集》十卷元刻本，《孴經室外集》所采，今在濟甯孫氏。②

"北海鄭氏"指鄭文焯，吳昌綬與其交往密切，故能準確把握《清真集》的校勘動態，將尚未出版的成果加以著録，可見吳氏對時人精校本的重視。此外像著録《夢窗甲乙丙丁稿》《草窗詞》，均將朱祖謀"無著庵校本"加以列示，同樣也體現了這一點。

《宋金元詞集見存卷目》附録三種詞目中，《汲古閣〈詞苑英華〉目》《秦氏石研齋〈詞學叢書〉目》只是列出詞籍名與卷第。《擬輯詞學叢書續編目》就是吳昌綬擬輯之總集，包括《梅苑》《〈全芳備祖〉詞鈔》《樂府補題》《中州樂府》《天下同文集》《樂府新編陽春白雪》《朝野新聲太平樂府》《花草粹編》《碧雞漫志》《渚山堂詞話》《詞綜偶評》《詞源斟律》在內的由宋至清的12種詞籍。其中《樂府新編陽春白雪》《朝野新聲太平樂府》吳昌綬將其歸爲詞籍，並不嚴謹，二者已屬"曲"而非詞。故《擬輯詞學叢書續編目》包括詞總集、詞話、詞律三類十種，著録上也只交代版本，極爲簡疏，這也是吳昌綬未遑專力爲之的緣故。

《宋金元詞集見存卷目》最具價值者無疑是《雙照樓續輯宋金元

---

① 吳昌綬《宋金元詞集見存卷目》，第8b葉。
② 吳昌綬《宋金元詞集見存卷目》，第10a葉。

百家詞目》，這是爲刻印詞籍而準備的詞目。他致力於采輯前兩種詞目未載的詞籍，"續輯"之名也可見其明確地補充此前叢刻、未見詞籍之意識。此目共收錄宋金元三代詞籍100家，其中宋71家，金4家，元25家。① 在該目之末，吳昌綬將所輯詞之目與《汲古閣刻〈宋名家詞〉目》《〈四印齋所刻詞〉目》所刻者對比，並對三種詞目著錄之數加以統計，其云："凡毛刻六十一家，王刻除複見得四十三家。今輯除複見得九十三家，都計宋金元詞一百九十七家。"② 從其統計詞籍之數看，吳昌綬具有明確的增廣詞籍目的，其增輯詞籍之目的重要來源首先是《知不足齋叢書》和《武英殿聚珍版叢書》《南詞》《汲古閣未刻詞》《西泠詞萃》等叢書。如其由董康所藏《南詞》中錄副《半山老人詞》《竹友詞》《松坡詞》《蓬萊鼓吹》《竹窗詞》等14家詞集；從《知不足齋叢書》中輯錄《張子野詞》《蘋洲漁笛譜》《石湖詞》《和石湖詞》《南湖詩餘》《趙待制詞》6部詞集。叢書之外，詩文集是增輯詞籍的另一主要渠道。由《雙照樓續輯宋金元百家詞目》統計，其據詩文集析出之宋人詞集有《鄱陽集》《盤洲集》《演山集》《雪坡集》《雲溪集》《北湖集》《龍雲先生集》《華陽集》《苕溪集》《方壺存稿》《湖山類稿》《白玉蟾集》《鶴山全集》《鄖峰真隱漫錄》《柴氏四隱集》《方是閒居士小稿》16種，加之所輯金元人之詞，共從詩文集輯詞達30家31種，數量頗爲可觀。上述兩種主要途徑之外，吳昌綬還從詩詞總集、方志、書法論著中輯詞。如其從南宋《江湖後集》中輯《清江漁譜》《白雲小稿》，從《花庵詞選》輯《東澤綺語債》，從《開慶四明續志》輯《履齋先生詞》，從《寶真齋法書贊》輯米友仁《陽春集》。吳昌綬之輯詞路徑，特別是關注詩詞總集、方志等，爲此後大型詞籍叢刻的彙編及輯佚提供了寶貴經驗。

《雙照樓續輯宋金元百家詞目》著錄詞籍子目由書名項和小注組

---

① 吳昌綬在此目中將張可久《小山北曲聯樂府》和喬吉《惺惺樂府》納入，並在《惺惺樂府》後的小注裏進一步説道："張、喬二家由詞入曲，附元代末，以志流別"。
② 吳昌綬《宋金元詞集見存卷目》，第20b葉。

成。書名項包括詞籍名、卷數，而小注可視作是簡短的解題，先述詞人的籍貫、姓名、字號，次舉詞籍版本，可見其輯刻之詞籍的版本使用情況。詞目對版本的注解首先説明所輯以何種版本爲底本；其次言明校補使用了何種版本；再次辨别不同版本之異同，對某些版本進行詳細的説明。兹舉數條詞目於下：

> 《樂章集》三卷補遺一卷。樂安柳永耆卿。明梅鼎祚鈔本，以陸氏校宋本、海豐吴氏刻《山左人詞》校補。
> 《東坡樂府》二卷。朱氏無著庵重定編年本。
> 《于湖先生長短句》五卷拾遺一卷補一卷。武進董氏誦芬室景宋乾道本，以《南詞》校補。
> 《東澤綺語債》一卷、《清江漁譜》一卷。《綺語債》，董氏、丁氏皆有鈔本，從《花庵詞選》出。《漁譜》，《江湖後集》輯大典本重校補。
> 《和清真詞》一卷。樂安楊澤民。吴刻《山左人詞》、北海鄭氏石芝堪校本。①

吴昌綬著録所輯之詞，清晰交代其所據底本，底本中有前人抄本，亦有當代人刻本、抄本，且尤爲注重同人之校補本。如《樂章集》用吴重熹刻本，《東坡樂府》用朱祖謀校勘編年本，《于湖先生長短句》用董康抄校本，《和清真詞》用鄭文焯校勘本，這清晰反映了此時吴昌綬的輯刻詞籍理念。詞目中還對詞集之底本特徵、缺佚情況、流衍脈絡加以描述，如：

> 《日湖漁唱》一卷《西麓繼周集》一卷。錢塘何氏夢華館鈔本重校，秦刻從選本搜集，少二十餘首，字句亦有缺補。西麓《和周詞》依强焕本爲次，與楊、方《和清真集》次序多寡不同。②

---

① 吴昌綬《宋金元詞集見存卷目》，第12a、12b、13a葉。
② 吴昌綬《宋金元詞集見存卷目》，第12b葉。

    《蘋洲漁笛譜》二卷補遺一卷。《知不足齋叢書》本校補鮑刻，從汲古閣景宋本出。中有闕頁，惜無可補。
    《東山寓聲樂府》三卷補遺一卷。錢塘王氏惠迪吉齋輯本，四印齋刻，先後補鈔，未見原輯。《鐵琴銅劍樓書目》有殘宋本一卷，當即侯刻、王輯所自出。①

其於《日湖漁唱》《西麓繼周集》詞數、字句缺少情況及《西麓繼周集》次序均清楚說明。《蘋洲漁笛譜》《東山寓聲樂府》二集之著錄則對詞集的源流有着明確的推斷。此外，《雙照樓續輯宋金元百家詞目》在著錄時還體現了吳昌綬對古本的重視。如：

    《蒲江詞稿》一卷，同上（指武林董氏舊鈔《南詞》本）。汲古本從《花庵詞選》出，未全。此足本凡九十五首。
    《阮户部詞》一卷。陸氏有汲古景宋本，丁藏當由此出。凡類是者取其近古，俟更爲搜補也。
    《遺山樂府》一卷，仁和勞氏丹鉛精舍鈔校本。《遺山新樂府》五卷，華亭張氏鈕月山房本互有多寡，此較近古。張石洲刻《遺山全集》，新樂府補前四卷未足。②

《蒲江詞稿》汲古閣本僅二十余首，董康抄《南詞》本則九十五首，足可寶貴。而《遺山樂府》《阮户部詞》之底本選擇則據其"近古"而決定版本，這一傾向後來不斷強化，也改變了吳昌綬此時輯刻詞籍的理念。

  作爲刻詞之用的《宋金元詞集見存卷目》不同於以往的詞籍著錄，它有着明確的詞學文獻意識，故而況周頤稱其爲"詞學津逮，至要之書"③。就詞籍目錄學來説，儘管它與《四庫全書總目》的詞籍提要，以及諸多藏書志、藏書記詞籍著錄相比，采用的是頗爲簡略的簿錄體，且也僅是一部版本標注型目錄，但它卻是第一部專門意義的詞

---

① 吳昌綬《宋金元詞集見存卷目》，第12a、13a葉。
② 吳昌綬《宋金元詞集見存卷目》，第13b、15b、18a葉。
③ 況周頤《詞學講義》，《詞學季刊》創刊號（1933年），第112頁。

籍目録，是晚近詞學文獻學的標志性成果，爲此後的詞籍搜羅、版本考察、詞籍影刻等奠定了基石。

三、未竟之《雙照樓詞目》

吴昌綬印行《宋金元詞集見存卷目》之後，並未按照《雙照樓續輯宋金元百家詞目》刻印詞籍，而是繼續着搜羅詞籍的脚步。如其致繆荃孫書云："吾師如晤孟蘋，屬其細查一過，將各種詞曲專集别集，抄一單見示。（求注意《草堂詩餘》，清代刻本不必抄。）"① "孟蘋"，即其時著名藏書家蔣汝藻（1877—1954），其傳書樓富藏宋元善本及鈔本，故吴昌綬極欲得其詞曲專集之目。獲讀他人藏詞之目，抄録並與自家所藏對照，是吴昌綬這一時期搜羅詞籍的主要做法。如其曾借閱繆荃孫藏詞目録，其致繆氏書云："日前蒙示詞目，與敝藏互有同異，已照録一本，擬用朱筆校注，以資參證。原册先行繳呈，俟拙輯寫成，再求指正。"② 其於詞籍相異之本尤爲注重，以"朱筆校注"以作日後校刻參照。其致繆氏書又云："頃見吾師寄式之丁氏目，詞頗全備，然無綬未見之本，即此付漚公。作詞目底本亦好，容抄一本商之。"③ "丁氏目"當指丁丙（1832—1899）《八千卷樓藏書目》，此目所載詞籍均爲吴氏所見，故不再看重，以之付與朱祖謀。繆荃孫之外，吴昌綬還請王國維抄録詞目，其云："蒙賜抄詞目，感感。弟當照録一過，補其未備。"④ 經過辛勤的搜覓，吴昌綬所得詞籍日益豐富，遠超《宋金元詞集見存卷目》載録詞籍之數。如其得歐陽脩詞集

---

① 錢伯城、郭群一整理，顧廷龍校閲《藝風堂友朋書札》（下），上海：上海人民出版社，2018年，1116頁。據繆荃孫《藝風老人年譜》及《藝風老人日記》，吴昌綬與繆之交往在清宣統二年（1910）九月，則其請繆氏幫助尋訪詞籍自是在《宋金元詞集見存卷目》出版以後。
② 錢伯城、郭群一整理，顧廷龍校閲《藝風堂友朋書札》，第1061頁。繆荃孫今存鈔本《词小说谱录目》，合"词""小说""曲谱"之目於一稿之中，其中"词"類數量最豐，分爲總集、别集、詞評三類，共著録近三百種。
③ 錢伯城、郭群一整理，顧廷龍校閲《藝風堂友朋書札》，第1088頁。
④ 國家圖書館古籍館編《國家圖書館藏王國維往還書信集》，北京：中華書局，2017年，第五册，第1764頁。

後致繆荃孫云:"歐詞四十五葉,刻之不難,得此大字善本,庶爲二百五十家冠冕。"① 此"二百五十家"當是吳昌綬悉知詞集之數,於彼時而言,自是非常可觀。

隨着經眼、購藏詞籍的增多,《宋金元詞集見存卷目》已然過時,在其基礎上重編詞目已頗爲必要。其致繆荃孫札中即提到"叔韞督綬編列詞目,今春當屬稿,冀隨時就教"②,可知羅振玉曾督促吳昌綬重編詞籍目錄。而他也欲及時編撰。不過,他並未自己着手新編詞目,而是請王國維代爲先行編纂。其致王國維書中說:

> 敬求我兄先將毛、王及拙輯詞名寫出,(能稍依時代更妙,凡輯本皆去之。)行次略寬,不書卷數,俾可次第補填。……意題曰"雙照樓所收宋金元人詞目",每種下注某刻某抄。③

> "詞目"曾屬草否?……弟意欲求公先作一稿,只書詞名,不加卷數,以便補填。在弟舊目外者可補於後,只分朝代,不分次序,但以毛、王已刻居前。有別本即注於下,未知可否?求裁奪。④

王國維曾得吳昌綬大力相助編撰《詞錄》,其於吳昌綬所言"舊目",即《宋金元詞集見存卷目》自是非常熟悉,故吳氏希望王國維補充其未備。從上二札可知,新編詞目係吳昌綬收藏詞籍之目錄。仍欲依照《宋金元詞集見存卷目》的結構安排,即先錄毛晉、王鵬運所刻詞集之名,而後是吳昌綬"舊目"所續輯者,且暫擬其名爲"雙照樓所收宋金元人詞目"。就具體體例來說,此時仍言依時代編次、不收輯本、詞目之下注"某刻某抄"等,這一體例也並未與《宋金元詞集見存卷目》的著錄方式有異。其後,吳昌綬進一步就新編詞目與王國維商略,云:

---

① 《藝風堂友朋書札》(下),第 1066 頁。
② 《藝風堂友朋書札》(下),第 1062 頁。
③ 《國家圖書館藏王國維往還書信集》,第五册,第 1772 頁。
④ 國家圖書館古籍館編《國家圖書館藏王國維往還書信集》,第五册,第 1775 頁。

> 日前所商拙輯詞目之名，反復思之，竟無善法。擬於首行直題曰"雙照樓詞目"，次行署名，三行以下爲書，分三卷。其式如下：詞目一：別集上（或云五代宋人別集）；詞目二：金元人別集；詞目三：總集。如零章碎義無可歸宿，或另爲附錄一卷於後。詞話、詞韻寥寥，決計去之，或附總集後何如？每詞之下各著其來處，似不嫌攘美。乞兄爲更籌之。倘有善法，必遵改也。日内擬先做出十餘家，求兄審定。注語不少，隨文互見。如《樂章》《白石》皆最難做者，因始終未有定本。①

此札仍就新詞目之名相商，主要探討的則是詞目的體例與編寫之法。從體例設計看，欲將新詞目分爲三卷，按照時代先後著錄五代宋人別集、金元人別集、總集；散佚不成專集的零碎者或作爲附錄著錄；詞話、詞韻著作搜輯不多，故不著錄，或附於總集後。聯繫《宋金元詞集見存卷目》來看，"總集"一卷的安排顯然是補"舊目"之不足。從"每詞之下各著其來處"，以及關注重點詞集的版本，可知此新詞目較爲強調版本梳理和得詞綫索的記錄。可惜的是，隨着王國維學術興趣的轉移，他最終並未接受並完成這一任務。

欲編撰系統的"雙照樓詞目"之外，吳昌綬還有撰著《草堂詩餘》《花間集》這樣的詞集專集目錄的計劃。他在致繆荃孫書中説：

> 綬近將諸本錄出一目，容再奉政。甲、分前後集者。（此本最古。至正本以前未見著錄，鄙意南宋必已有刻本，如王刻陳本之屬。）乙、就前後集合并者。丙、去注別編者。以顧本爲始，冒稱出自宋刻，遂與分類前後集本歧途。丁、改編三卷或六卷者，或另加新集續集者。（此類最多最劣。）就所見已不下十餘部，惟有一嘉靖本甚精，爲王静安攜往東洋，須候其抄序目行款來，始能編集。昔丁未歲已有此願，今吾師提倡，當勉力撰成《草堂詩餘各本異同考》，以俟裁擇。如上舉四例，似已略備。

---

① 《國家圖書館藏王國維往還書信集》，第五册，第1803頁。

(天一閣目有五六種亦可采。)生平所見《花間集》亦不少,當另編一目。①

此札主要是説爲《草堂詩餘》編撰目録。宋明以來,以《草堂詩餘》冠名的詞集版本複雜,類型多樣。經過長期搜檢,吴昌綬得見多種版本,並擬將其按照甲乙丙丁分門別類加以梳理,明晰其版本異同及流傳之迹。這種以版本流變爲核心的詞籍專目已超越一般藏詞之目,具有較高的學術性。遺憾的是,《草堂詩餘》與《花間集》之專目吴昌綬亦未完成。

終其一生,吴昌綬也未能完成其計劃撰寫的"雙照樓詞目"及《草堂詩餘》等詞集專目。其中當然有精力、財力方面的原因,特別是吴氏晚景奇窮,衆多詞籍也日漸散去。不過"雙照樓詞目"未能編撰成功,應當還與吴昌綬詞籍刊刻觀念的變化有關。吴昌綬編撰《宋金元詞集見存卷目》乃爲彙刻詞籍之用,欲纂之"雙照樓詞目"同樣没有改變這一性質。但是隨着詞籍搜羅的日益豐富,特別是兼備衆本之後,吴昌綬對宋元詞籍舊本、善本獨加青睞,而於明清以來的刻本、鈔本等漸不看重。他在搜羅、刊刻詞籍上,"專以仿宋爲主義"②,"拳拳於宋槧"③,對普通鈔本也不再珍視。所以,其所刻《景刊宋金元明本詞》也僅僅爲其搜羅詞集的一小部分。吴昌綬輯刻詞籍觀念的轉變,受到了乾嘉校勘學"不校校之"觀念的深刻影響。儘管吴昌綬、朱祖謀相約接續王鵬運刻詞,但在刻詞路徑的選擇卻已不同。④他在致繆荃孫書中説:"此類抄本詞尚多,綬無暇料理,只得托古微刻之。"⑤"其卷帙多者與零星小種,諉諸古微,各行其志可耳。"⑥"《竹山》《静修》聞古微抄去,亦歸伊彙刻何如?……綬未嘗不欲刻,

---

① 錢伯城、郭群一整理,顧廷龍校閲《藝風堂友朋書札》,第1103頁。
② 錢伯城、郭群一整理,顧廷龍校閲《藝風堂友朋書札》,第1090頁。
③ 錢伯城、郭群一整理,顧廷龍校閲《藝風堂友朋書札》,第1104頁。
④ 拙文《晚近詞籍校勘學演進芻論》,《文學遺産》2019年第4期,第174—177頁。
⑤ 錢伯城、郭群一整理,顧廷龍校閲《藝風堂友朋書札》,第1104頁。
⑥ 錢伯城、郭群一整理,顧廷龍校閲《藝風堂友朋書札》,第1070頁。

但與各種體例稍別。"① 不難看出，致力於影刻宋元善本詞籍已然成爲吳昌綬自覺明確的刻詞理念，他已不再對彙刻購藏之衆多詞籍抱有熱情。當刻詞目標發生改變之後，吳昌綬自然也就失去了爲所得衆多詞籍編目的動力。

［作者單位］楊傳慶：南開大學文學院

---

① 錢伯城、郭群一整理，顧廷龍校閲《藝風堂友朋書札》，第1110頁。

以"法"爲法：晚近詞法著述與詞學研究之路徑

龔宗傑

提　要：在晚近由"詩文評"向"文學批評"的批評史轉型進程中，詞法作爲一種介於"學詞"與"詞學"之間的知識形態而發揮着過渡性的作用。此時期出現的諸多詞法著述亦因學術風氣之移易而呈現出文本組織形式的古今演變，表現爲編排上的從隨筆式到彙編式，書寫上的由歸納法到揣摩法。以詞法這種知識體系爲考察對象，探討晚近學界對它的論述及其中的成果、經驗，或有助於從詞學與創作者的語言能力、詞學與讀者及研究者的品鑒能力、創作與批評之關係等路徑，推動我們對傳統詞學研究相關問題的思考。

關鍵詞：詞法　詞學　晚清民國　文學批評

一百年前，上海的《小説新報》在第8卷第7期"藝苑·詞法"一欄，刊登了晚清名家王闓運的遺稿《答夏生問詞法》。十二年後，由林語堂創辦的《人間世》亦刊載此篇，題作《論詞宗派》，後來又被整理收入《歷代詞話續編》。相比之下，《答夏生問詞法》這個題名似乎不爲人所注意。在這篇討論"詞法"的文章中，湘綺老人提出了一條學習作詞的路徑："但取前人名家之作，反覆吟之，自有拍湊會心之處，吟成自審，有不安者，斟酌易之，此則詞章之所同也。"[1]認爲在讀、看、寫、改的寫作學意義上，填詞與爲文作詩並無二致，皆

---

[1]　王闓運《答夏生問詞法》，《小説新報》1923年第8卷第7期，第7—8頁。

屬詞章之事。在中國古代，以集部爲歸屬、以"詩古文辭"爲主體的詞章之學，有着一項重要的品格，即對創作實踐的切實關懷，並因此形成各體文學之形式規範、技術門檻、語言規則，以及經由這些累積而形成的審美經驗，後者即如王闓運所說的"會心之處"。這意味着，古人常說的"法"，作爲一種包含規範性、技術性與可模仿性等特質在內的概念，是中國文學實踐的重要知識基礎，而圍繞廣義古典文法的系統理論，無疑將成爲我們當代學者得以重返古典文學的世界，以及推動中國文學批評本土化進程的必由之路。

一、關於"詞法"：從詩文評到文學批評

晚清以來，伴隨着所謂西學東漸及中國文學的近現代轉型，傳統的學術理念、治學方法受到極大的衝擊，並鮮明地反映在語詞及相關概念的嫁接和移植上。中國文學批評史學科的建立，某種程度上也體現在傳統的"詩文評"逐漸爲"文學批評"這一名目所取代。如朱自清說："'文學批評'是一個譯名。我們稱爲'詩文評'的，與文學批評可以相當，雖然未必完全一致。我們的詩文評有它自己的發展；現在通稱爲'文學批評'，因爲這個名詞清楚些，確切些，尤其鄭重些。"[①] 名詞變換的背後，其實是觀念、方法的重大革新。擺在當時一批新式學人面前的任務，便是借鑒西方的批評史觀和研究方法，來評判、整合乃至篩選中國傳統的詩文評資源，並在此基礎上開展具備現代學科意義的批評史之建設。

站在傳統學術的立場看，中國古代的詩文評本來就有着豐厚的知識積累與複雜的形態特徵，清代四庫館臣在全面梳理古代學術體系時，曾將詩文評之體例細分爲"究文體之源流，而評其工拙""第作者之甲乙，而溯厥師承""備陳法律""旁採故實"及"體兼說部"五

---

① 朱自清《詩文評的發展》，《朱自清古典文學論文集》，上海：上海古籍出版社，2009年，下册，第543頁。

類。其中，不管是對皎然《詩式》一類論著"陳法律"之功能特性的揭示，還是對兩漢文章"文成法立，無格律之可拘"的概括①，都可以看出古人對詞章之格式、法律等形式規範的重視。近代以來的批評史研究，則在特殊的歷史因緣和學理背景下有其自身的價值考量和選擇，例如，受西方歷史觀的影響而注重對經典化的批評家及其著述、思想、主張的梳理，又因新的學科分類而使文法、修辭等文學語言分析的部分任務爲語言學所分擔。這些因素恰恰使那些看似零碎的、程式化的古典文法，成爲百年批評史學科建設的遺留問題。不過，近年來隨着文學觀念和批評意識的不斷更新，已有不少學人投身到古典文法的研究事業之中，嘗試重拾這些知識碎片，並由此來搭建中國古代詩文技法的完整理論體系。尤其是古代詩法研究，不僅在詩格、詩法等文獻整理方面已獲得充分積累，而且在理論研究趨於深入的基礎上，又形成與語言學之間的良性對話。至於狹義的文法或稱"文章法"的研究，則隨近年古代文章學研究的興起而迎來良好的契機。相比較之下，針對詞體創作的"詞法"，似乎不爲人所關注，以至於"詞法"一語及其概念也給人某種陌生的感覺。

之所以會有這種陌生感，其中的原因是多方面的，從詞學史上看，大致可概括爲以下兩點：其一，詞在一定程度上具備的作爲"詩之餘"的文體附屬性，決定了其作法的部分依附性，因此導致長期以來詞法作爲知識話語並不顯豁。這一點特別反映在"詩餘"這個帶有文體意識及價值判斷的名目上，抛開這一別稱的合理性不論，不管是作爲詩之"餘事"，抑或詩流之"餘脈"，或多或少都能說明古人對詞體的認知，多數情況下離不開以詩爲參照的文體語境。例如，南宋沈義父的詞法著作《樂府指迷》，開首交代撰述緣起說："余自幼好吟詩。壬寅秋，始識静翁於澤濱。癸卯，識夢窗。暇日相與倡酬，率多填詞，因講論作詞之法。然後知詞之作難於詩。蓋音律欲其協，不協

---

① 〔清〕永瑢等《四庫全書總目》卷一九五，北京：中華書局，1965年，下册，第1779頁。

則成長短之詩。"① 雖是通過與詩體的比較來強調詞體在音律講求上有更嚴的要求，但其中暗含的另一層意思，便是詞法與詩法在很大程度上具有重疊性。另外，如近代陳栩所說"惟學填詞者，必先學詩，或同時並學。蓋不學詩而先學詞，是猶不步而趨也"②，就詩詞的寫作學而言，填詞須以詩法為技術門檻及知識基礎，因此詞法的一部分知識話語也為詩法所涵蓋。

其二，從這類知識的文本載體來看，中國古代自詞體誕生之後一直未出現能與詩法、文法專書在體例上相當的詞法論著。眾所周知，為適應科考之需，唐代就已出現了一系列針對詩歌寫作規範的詩格類著作，並成為後世詩法不斷涌現之先聲，而文法專書的編刊也自宋代以降蔚然成風。這些詩文格法著作通常有着鮮明的體系性及實用性特徵，或包含針對字、句、章、篇的各類作法，或摘錄例文以示軌範，由此構成中國文學批評史上一類專門演示形式規範、語言規則的文本資源。相比之下，詞法因缺乏類似的外部土壤，不僅相關論著甚少，且多不成體系，如民國學人蔡楨指出："詞發源於唐而發揚於宋。兩宋詞學，極盛一時。然論及詞之作法者，僅沈伯時《樂府指迷》及張玉田《詞源》等書。"③ 張炎《詞源》與沈義父《樂府指迷》的出現，自然可以說代表了"法"作為一種觀念為南宋詞家所重視。但我們看《樂府指迷》之成書，如作者自言"子侄輩往往求其法於余，姑以得之所聞，條列下方"④，仍是一種相對零散的批評文本之組織形式，而具備傳統詩文評條目式和印象化的典型特徵。這也是後來陳鐘凡在《中國文學批評史》中指出的，古代"論文之書，如歷代詩話、詞話，及諸家曲話，率零星破碎，概無統系可尋"⑤。

---

① 〔南宋〕沈義父《樂府指迷·論作詞之法》，唐圭璋編《詞話叢編》，北京：中華書局，1986年，第1冊，第277頁。
② 陳栩《填詞法·緒言》，《文學講義》1918年第1期，第1頁。
③ 蔡楨《作法集評唐宋名家詞選》卷首《例言》，張響整理《蔡嵩雲詞學文集》，《民國詩詞學文獻珍本整理與研究》第44冊，鄭州：河南文藝出版社，2016年，第201頁。
④ 〔南宋〕沈義父《樂府指迷·論作詞之法》，《詞話叢編》第1冊，第277頁。
⑤ 陳鐘凡《中國文學批評史》，上海：中華書局，1927年，第9頁。

對詞法"統系"的梳理,是到了新舊學術疊加與轉換的清季民國展開的。在某種意義上,如果説南宋以降詩法和文法因文學的知識化、通俗化及文本傳播方式的便利化而日趨繁盛的話,那麽詞法則是全新的形勢下,因文學觀念的翻新、新式教育的引入而迎來屬於它自己的"黄金時期"。尤其在近代的文學史觀影響下,傳統的文體尊卑觀念被逐步瓦解,詞體的獨立性獲得前所未有的重視,如詹安泰論詞爲"我國特有之一種文學":

> 近人采取西法以類分之,綱舉目張,條理井然,持較前修,實爲簡括。顧或以名同,或以體近,必有據依,斯免鑿枘。至若倚聲,爲調既繁,爲體尤多;且調有定字,字有定聲,按譜填倚,制限殊嚴。名稱體制,俱爲異域之所無;循名核實,豈可混同於詩歌!而或以派入詩歌一類,似亦未爲精確也。①

認爲詞體既具備爲異域所無的民族性,也有着與詩體分爲二派的獨特性。夏承燾《作詞法》也説:"前人論作詞,謂'上不可似詩,下不可似曲',這句話雖不可據以評衡宋詞(宋詞中有不少似詩似曲的作品),但作詞確須如此,方是當行本色。凡一體文學,必有一體的長處,非他體所能替代,其體始尊。"② 從"尊體"的角度強調作詞亦須有"當行本色"而無法爲他體所取代的異質性。因此可以説,自清代以來,詞體逐漸從傳統"詩餘"的文體附屬性中獲得裂變,與此相應,詞法論述亦有着與詩法相脱離而獨立門户之趨勢,並在民國時期發展成爲頗具學理特色的知識體系。然而可惜的是,這種針對詞體格法形式的知識話語,又在文學批評史的近現代化進程中,在"學詞"向"詞學"的學理轉向中,被逐步壓縮乃至鮮有人問津了。

因此,就詞法研究而言,不管是對其理論體系横切面的剖析,還是在歷時的維度上考察其知識話語的發展衍變,晚清民國這一百年無

---

① 詹安泰《中國文學上之倚聲問題》,《宋詞散論》,廣州:廣東人民出版社,1980年,第78頁。
② 夏承燾《作詞法》,胡山源編《詞準》,上海:世界書局,1937年,第71頁。

疑是非常重要的時段。關於"詞法"之定義,這裏仍有必要稍作説明。如果以研究相對成熟的詩法、文法爲參照,那麼"詞法"之義,大體上可分爲三種:一是作爲總體性概念上的知識形態的詞法,既是詞體創作實踐所依賴的核心,也是詞學理論的重要基礎;二是作爲著述類型及文本形態的詞法,最明顯的例子便是民國時期諸多以"法"爲題之論著,如陳栩《填詞法》、傅汝楫《最淺學詞法》、顧憲融《填詞百法》、劉坡公《學詞百法》等所謂詞法專書,這些是作詞技藝和知識的主要的文本載體;三是從具體詞人詞作所提煉出的技法,如張炎《詞源》"以白石騷雅句法潤色之"①,陸輔之《詞旨》"史梅溪之句法,吴夢窗之字面"②,分別指姜夔、史達祖、吴文英詞作在技法方面所呈現的個體性特徵,針對這一層含義的研究取徑,其實是面向詞作進行分析歸納。本文所説的"晚近詞法",並不旨在探討這一時期詞家作品所展示的填詞技法,而是希望從總體性概念入手,以詞法這一知識形態的歷時衍變爲研究旨趣,討論它在中國詞學由古典向現代轉型過程中經歷的建構、衝擊、解構以及這些背後的意義。

二、"詞學":從"文人學士"到"文學史家"

如前所述,晚近新舊學術交匯和轉換、中西知識空間相互碰撞而引發的巨變,往往會凝結在某些詞語及相關概念上。作爲一個由古至今意涵多樣的詞語,"詞學"由傳統義向現代義的轉變,在一定意義上可表述爲從注重詞體創作的實踐之學,轉向偏於學術研究的理論之學。在這樣一個可以稱之爲詞學"學科化"的進程中,近代學人對傳統資源的梳理,恰恰是以"學詞"與"詞學"的分、合爲重要路徑。這爲我們討論詞法提供了一個很好的視角,因爲在一定意義上,晚清民國的詞法正是作爲"學詞"與"詞學"之間過渡性的知識形態而存在的。

---

① 〔南宋〕張炎《詞源》卷下,《詞話叢編》第1册,第266頁。
② 〔明〕陸輔之《詞旨》卷上,《詞話叢編》第1册,第301—302頁。

在中國古代，"詞學"一詞在大多數情況下是指唐宋以來的考試科目，如南宋王應麟所編《詞學指南》，即爲應對詞科考試的讀物。民國時期，謝無量也編有一本《詞學指南》，但他所説的"詞學"，則是專門針對詞這一文體。書前有署"皞皞子"（王文濡筆名）的《詞學指南序》：

> 美文凌夷，風雅道衰。詩雖爲碩果之遺，而後生小子，稍諳音韻，便解諷吟，其流猶可相衍不絶。至於詞，則屈指海内不過數人，直如景星卿雲之不可復見。無他，詞之難學，甚於詩也。安壽謝無量先生有鑒於是，因於《詩學指南》之外，更輯《詞學指南》一書，集名人之議論（所采古今詞話不少），樹詞學之標準。既辨萬氏之誤，又補舒氏之略。其於誠齋"五要"之説、世文"二體"之旨，復有以發明，而張、王之金針之度，何難非易？①

從"詞之難學，甚於詩也"二句，不難看出，所謂"詞學之標準"，顯然是就詞體創作而言，故可理解爲學詞的準則、規範。因而謝氏所編的《詞學指南》，實際上是"學詞"之指南。謝無量另有《詩學指南》一書，同樣以"學詩"爲要義。王文濡亦爲該書撰《詩學指南序》，指出自己曾有《學詩入門》一書，但頗爲粗略，而《詩學指南》則"於詩之源流、體格、用韻、琢句之法，罔不親切著明"，又引謝氏語説："先生有云：'示人以形式，而使人自得於形式之外。'蓋規矩所在，巧即生焉。"② 可見二書所稱"指南"者，皆重在講授詩詞創作的"形式"規範。

謝無量《詞學指南》初版於民國七年（1918），是近代以來最早以"詞學"爲題名的著作。不過正如上文所述，該書所用"詞學"仍屬傳統義，以詞的創作、學習爲重點，反映出將"詞學"多理解爲

---

① 王文濡《詞學指南序》，謝無量《詞學指南》，上海：中華書局，1918年，第1頁。
② 王文濡《詩學指南序》，謝無量《詩學指南》，上海：中華書局，1918年，第1頁。

"學詞"這種傳統認知在近代的延續。從古人的用語和相關論説來看，這種認知早在宋人張炎的《詞源》那裏即已顯現，《詞源》卷下論述令曲的結局作法説："大抵前輩不留意於此，有一兩曲膾炙人口，餘多鄰乎率易。近代詞人，却有用力於此者。倘以爲專門之學，亦詞家射雕手。"① 從作詞技藝的角度肯定詞體具備"專門之學"的特性。至晚近，況周頤也有專精之學的説法："唐宋以還，大雅鴻達，篤好而專精之，謂之詞學。"② 同樣基於創作來立論。《蕙風詞話》中又有"詞學程序，先求妥帖、停匀，再求和雅、深秀，乃至精穩、沉着"一説③，也是就循序漸進的"學詞"之程序而論。

除上述涉及"詞學"一語的詞論外，明清以來還出現了以該詞作爲題名的書籍，更能反映古人理解"詞學"的實踐向度。例如明弘治年間，周瑛編《詞學筌蹄》作爲指引初學的填詞範本："此編以調爲主，諸事併入調下，且逐調爲之譜，圓者平聲，方者側聲。使學者按譜填詞，自道其意中事，則此其筌蹄也。"④ 就學詞而言，詞譜是通過實例來展示填詞的格式規範，其實與詩、文的格式類著作有着一定的相似性，只是詞譜之書"按譜填詞"的規範性要求更爲嚴苛。

清康熙十八年（1679），查繼超輯選毛先舒《填詞名解》、王又華《古今詞論》、賴以邠《填詞圖譜》、仲恒《詞韻》四種，彙刊爲一集，題作《詞學全書》。書前查培繼序云："填詞之家，染毫抒翰，爭一字之奇，競一韻之巧，幾於江皋拾翠、洛浦探珠矣。然昧厥源流，或乖聲韻，識者病之。此余家仲隨庵，偕毛氏、賴氏、仲子、王子，有詞學之刻，釐辨精確，用以鼓吹騷壇，厥功匪渺。"⑤ 已言明該集之編選，旨在糾正時人不知源流、不守聲律的"填詞"風氣，因此所收四

---

① 〔南宋〕張炎《詞源》卷下，《詞話叢編》第 1 册，第 265 頁。
② 況周頤《蕙風詞話》卷一，《詞話叢編》第 5 册，第 4405 頁。
③ 況周頤《蕙風詞話》卷一，《詞話叢編》第 5 册，第 4409 頁。
④ 〔明〕周瑛《詞學筌蹄序》，《詞學筌蹄》卷首，影印清初鈔本，《續修四庫全書》，上海：上海古籍出版社，2002 年，第 1735 册，第 392 頁。
⑤ 〔清〕查培繼《詞學全書序》，〔清〕查繼超輯，吳熊和點校《詞學全書》，北京：書目文獻出版社，1986 年，上册，第 10 頁。

種詞籍分別對應詞調、詞法、詞譜、詞韻四個與詞體創作密切相關的要素①。

清嘉慶、道光間，秦恩復選曾慥《樂府雅詞》、趙聞禮《陽春白雪》、張炎《詞源》、陳允平《日湖漁唱》等爲一編，題作《詞學叢書》。值得留意的是，顧廣圻爲《詞學叢書》撰序，對詞何以爲"學"作過一番論述：

> 詞而言學，何也？蓋天下有一事則有一學，何獨至於詞而無之？其在宋、元，如日之升，海內咸覩，夫人而知是有學也。明三百年，其晦矣乎？學固自存，人之詞莫肯講求耳。迨竹垞諸人出於前，樊榭一輩踵於後，則能講求矣。然未嘗揭學之一言，以正告天下，若尚有明而未融者，此太史所以大書特書而亟亟不欲緩者歟？吾見是書之行也，填詞者得之，循其名，思其義：於《詞源》可以得七宫十二調聲律一定之學；於《韻釋》可以得清濁部類分合配隸之學；於《雅詞》等可以博觀體製，深尋旨趣，得自來傳作，無一字一句任意輕下之學。繼自今將復夫人而知有詞即有學，無學且無詞，而太史之爲功於詞者非淺鮮矣。②

顧廣圻認爲在詞體創作由衰轉盛的過程中，浙派詞人發揮了重要作用，但他們未能揭示詞之"學"，借此尓表彰《詞學叢書》授人以學的價值，指出"填詞者"借此書能掌握填詞的聲律之學、音韻之學與字句修辭之學。由此可見，顧廣圻對"詞學"的理解，也偏重在"學詞"，並且也有着清晰的知識分類，即詞體創作應注重的聲律、音韻及辭章技巧三個層次。此後，在初刊於光緒七年（1881）的《詞學集成》中，圍繞詞體創作的知識分類更加複雜及體系化，分爲詞源、詞體、詞音、詞韻、詞派、詞法、詞境、詞品八目。儘管如此，這部由

---

① 其中王又華《古今詞論》雖以"詞論"名，但所收如楊繢《作詞五要》、張炎《詞源》卷下諸條目等多爲詞法。
② 〔清〕顧廣圻《詞學叢書序》，〔清〕秦恩復《詞學叢書》，清嘉慶道光間江都秦氏享帚精舍刻本，第1頁。

江順詒纂輯、宗山參訂的《詞學集成》，主旨仍是"存前人之正軌，示後進之準則"①，也就是説仍有着示人以填詞門徑的"學詞"意涵在内。

由這些以"詞學"爲題名的書籍，可以看出：第一，由於長期浸淫於文學實際踐履的環境中，古人更注重從作詞、學詞的實踐層面來理解詞之"學"。這在詩學中也是如此，比如元明以來陸續出現的《詩學禁臠》《詩學梯航》《詩學體要類編》諸書，雖然題作"詩學"，但以指導學詩爲主旨，實爲詩法類著作。第二，更重要的是，由於學詞入門有着更嚴苛的規範性要求，因此"法"作爲一種專門針對實踐規範的知識類型，不僅是傳統詞學中的重要環節，而且其規範性意義也足以輻射至調、韻、譜等其他詞體和詞學要素。也正因此，我們看到在謝無量《詞學指南》出版後的十年間，像顧憲融《填詞百法》、劉坡公《學詞百法》等詞法論著陸續問世。這裏所説的"百法"，實則包含聲律、音韻、字句、源流、派别、格調等多方面，可看作是以"法"來統合諸多詞學要素。在二十世紀初詞體實踐之學與理論之學交匯的特殊時期，"法"的意義及其所承擔的任務被逐步擴大，在此情形下，有關填詞、學詞的話語也被放大到涵蓋詞體和詞學研究的大部分内容，這可以説是詞學由傳統向近現代轉型過程中的特殊現象。

這樣一種"法"的功能極度擴張、"學詞"與"詞學"互相交織的階段性特徵，成爲後來龍榆生、詹安泰等人主張將創作與研究相區分，以此廓清詞學研究邊界的一種現實背景。1933 年，龍榆生在上海創辦《詞學季刊》，並於次年在該刊第 1 卷第 4 號發表《研究詞學之商榷》。在這篇文章中，龍榆生認爲"填詞"與"詞學"並非一事，前者是"文人學士之才情富艷者"所爲，後者屬"文學史家之所有事"："取唐、宋以來之燕樂雜曲，依其節拍而實之以文字，謂之'填詞'。推求各曲調表情之緩急悲歡，與詞體之淵源流變，乃至各作者

---

① 〔清〕宗山《詞學集成序》，〔清〕江順詒纂輯，宗山參訂《詞學集成》卷首，影印清光緒刻本，《續修四庫全書》第 1735 册，第 1 頁。

利病得失之所由,謂之'詞學'。"① 至四十年代初,詹安泰撰寫《詞學研究》一書。在講述該書主旨的《緒言》中,他也強調"學詞所有事"與"研究詞學之能事"相區分②,並以此邏輯來構設以創作與研究並重的詞學研究體系。

值得一提的是,龍榆生、詹安泰之前,胡雲翼在出版於1930年的《詞學ABC》一書中,就已提出"詞學"與"學詞"之區分,並用激烈措辭反對填詞及作詞法。《詞學ABC》"本書的主旨"第二條説:

> 我這本書是"詞學",而不是"學詞",所以也不會告訴讀者怎樣去學習填詞。如果讀者抱了一種熱心於學習填詞的目標,來讀這本書,那便糟了!因爲我不但不會告訴他一些填詞的方法,而且極端反對現在的我們,還去填詞。爲什麽我們不應該再去填詞?讀者不要疑心我是看不起詞體才説這種話。我們對於曾經有過偉大的光榮的詞體,是異常尊重的。可是,這種光榮已經過去很久了,詞體在五百年前便死了!③

胡雲翼自述撰寫此書是爲了向讀者提供"讀詞和研究詞的幫助",並不提倡恢復詞這種中國舊體文學的創作,因而在書中,他從詞的時代、起源、體制以及詞史、詞人、詞體之弊等多方面展開對"詞學"的研究,完全排除了詞法的內容。在此後的數十年裏,隨着現代詞學體系的逐步完形,以闡述詞之源流、作家、作品這些屬"文學史家之所有事"的研究模式漸成主流,而關注形式、技法,針對"學詞所有事"的研究則漸趨微弱。在這層意義上,近代"學詞"與"詞學"的分合,恰好爲我們重新審視詞法這一知識體系及其演變脈絡,提供了一個由詞體實踐與詞學理論所構成的二維坐標系。

---

① 龍榆生《研究詞學之商榷》,《龍榆生詞學論文集》,上海:上海古籍出版社,2009年,第94頁。
② 詹安泰《詞學研究·緒言》,湯擎民整理《詹安泰詞學論稿》,廣州:廣東人民出版社,1984年,第3—4頁。
③ 胡雲翼《詞學ABC》,上海:上海書店出版社,1930年,第2頁。

三、詞法著述及其文本組織形式

龍榆生《研究詞學之商榷》一文在區分"學詞"與"詞學"之外，還對詞學研究體系作了總體規劃，認爲應由圖譜之學、詞樂之學、詞韻之學、詞史之學、校勘之學、聲調之學、批評之學、目錄之學八項構成。此後，學界圍繞現代意義上的"詞學"研究展開了更爲詳細的門類區分。至二十世紀八十年代，唐圭璋、金啓華發表《歷代詞學研究述略》一文，將詞學作爲"文學研究者的一門專業"[①]，認爲其研究可由詞的起源、詞樂、詞律、詞韻、詞人傳記、詞集版本、詞集校勘、詞集箋注、詞學輯佚工作、詞學評論等十項内容構成。此後，劉揚忠《宋詞研究之路》一書對八十年代之前的詞學研究作了系統總結，並圍繞宋詞研究提出了門類更詳細的研究體系：總體上分理論研究與基礎工程兩大部分；其中理論研究又分鑒賞和批評、規律研究、研究之研究三部分；基礎工程亦分音律、文字格式研究，基本資料的整理研究，作家作品基本史料的整理研究三部分[②]。在劉氏的架構中，内部規律研究以及音律、文字格式研究二款，在名目上似與詞法有一定關聯，但仔細觀之，前者所涉及的是詞的來源及其與音樂的關係、聲調、藝術個性、風格流派、發展演變規律五項，後者則分詞律之學、詞樂之學、詞韻之學三項，意味着在這一體系構設中，詞法其實是一種被解構後的内容。這些情形大致反映出自二十世紀中葉以來詞法研究普遍不獲重視的狀況。

進入二十一世紀，隨着民國文學文獻整理與研究的整體推進，民國時期的詞法著述迎來重獲學界關注的契機。特別是近年來，大陸學界陸續推出了幾套民國舊體詩詞學叢書，使得一系列頗具代表性的詞

[①] 唐圭璋、金啓華《歷代詞學研究述略》，《詞學》第一輯，上海：華東師範大學出版社，1981年，第1—20頁。

[②] 劉揚忠《宋詞研究之路》，天津：天津教育出版社，1989年，第19頁。

法論著也得到影印及整理出版。例如，由葉嘉瑩、陳斐主編的《民國詩學論著叢刊》（文化藝術出版社，2018年），選取民國時期針對詩詞創作而兼有學術性和普及性的讀物加以整理，所收詞法之書包括顧憲融《填詞百法》、梁啓勳《詞學》、傅紹先《學詞初步》、傅汝楫《最淺學詞法》等。曹辛華、鍾振振主編的《民國詩詞學文獻珍本整理與研究》（河南文藝出版社，2016年），分11卷55種，其中有"詩詞法整理"卷，收錄夏承燾《作詞法》、金鐵庵《詞學入門・填詞百日通》、傅汝楫《最淺學詞法》、譚正璧《國文入門必讀・詩詞入門》、劉坡公《學詞百法》、顧憲融《填詞百法》《填詞門徑》七種詞法。汪夢川主編的《民國詩詞作法叢書》（鳳凰出版社，2016年），選取40種論述舊體詩詞創作的讀本進行影印，詞法書有謝無量《詞學指南》、顧憲融《填詞百法》、劉坡公《學詞百法》、徐敬修《詞學常識》、傅汝楫《最淺學詞法》、顧憲融《填詞門徑》等數種。此外，孫克強、和希林主編的《民國詞學史著集成》（南開大學出版社，2016年）及《補編》（2018年），也以影印的形式收錄謝無量《詞學指南》、徐敬修《詞學常識》、王蘊章《詞學》、徐珂《詞講義》、梁啓勳《詞學》、吳梅《詞學通論》、顧憲融《填詞百法》《填詞門徑》、劉坡公《學詞百法》、傅汝楫《最淺學詞法》、劉永濟《詞論》、任二北《詞學研究法》及鄒弢《詞學捷徑》《詞學速成指南》、徐珂《詞曲概論講義》、劉咸炘《詞學肄言》、特立館主《詞林卮言》等十餘種涉及詞法論述之書。上述幾套叢書之所收基本涵蓋了民國時期主要的詞法著作，當然，尚有如陳銳《詞比》（稿本）、吳莽漢《詞學初桄》（上海朝記書莊1920年鉛印本）等書可為補充。加之晚清以來諸如謝元淮《填詞淺說》、秦巘《詞旨叢說》、孫麟趾《詞徑》、胡元儀《詞旨暢》、沈祥龍《論詞隨筆》、李佳繼昌《左庵詞話》、沈澤棠《懺庵詞話》等以往被作為詞話而得到整理的著作，我們可以大致確定晚清民國時期詞法論著的體量。

除了專書之外，尚有一系列詞法文獻見載於民國時期的各類報刊。郝文達《作詞法批評研究》（南京師範大學博士論文，2018年）

已對此作初步考述，搜得陳栩《填詞法》、王易《學詞目論》、唐圭璋《宋詞作法概說》等十餘篇。當然，這方面也還有一定空間可以繼續探查，例如前述王闓運遺稿《答夏生問詞法》，刊載於《小説新報》1923年第8卷第7期。此外，黃勛吾《怎樣填詞》刊載於汕頭海濱師範學校《海濱》月刊1936年第9、10期，吳白匋《論詞之句法》刊載於《斯文》半月刊1941年第1卷第14期，吳世昌《論詞的章法》刊於《國文雜誌》1943年第2卷第4期等。這些文章儘管篇幅較短，但在論述詞法方面各具特色，同樣是研究民國詞法不可忽視的材料。

通過以上的大致梳理，我們已可看到，晚清民國時期的詞法文獻有着相當可觀的體量，並且包含詞話、詞論、著作、報刊文章等多種類型，本身已能支撐起"學詞"及傳統意義上"詞學"研究的大體框架。但這些詞法著述之所以一直未能引起現代詞學研究者的興趣和關注，主要原因還在於長期以來的研究觀念及這些著作自身的文本特徵兩個方面。就前者而言，在傳統的學術史、觀念史的影響下，以往的詞學研究，所探討的仍偏重於對重要詞學理論的分疏、對精英詞家觀念的抉示。這樣的研究取徑固然有其特殊的學理基礎，因爲在很長一段時間裏，整個文學批評研究的傾向，主要關注在形上之"道"，而非形下之"術"。而從後者來説，對文學之"術"研究的輕忽，又與承載這類知識的文獻特徵有關，不管是文法、詩法還是詞法，總不免存有因襲、瑣碎的缺陷以及啓蒙、通俗的讀物性質。如郭紹虞《中國文學批評史》對古代詩歌格法類著作缺陷的揭示，"其一則取便初學無當大雅，故依託之著爲特多。其又一則過涉瑣碎，轉病拘泥"[①]，内容上的通俗和面向初學、文本形態上的零散而不成體系，使大量針對文學創作的技法論述一直難以獲得整體性的深入探究。不過，隨着近些年研究觀念與方法發生轉變，在以往多獲聚焦的頂層文學思想、理論之外，那些處在基礎層的一般知識及其文本，或許會得到更多的學術關懷。

從研究的角度來看，這種關懷，固然可以説是出於一種創新求異

---

① 郭紹虞《中國文學批評史》，北京：商務印書館，2010年，上册，第303頁。

的考慮而去察人之所未察、思人之所未思，但更重要的，還在於要將上述詞法著述作爲研究對象而展開切實的考察。其中的一個考察視角，就是要將這些著述的文本組織與生成視爲一種有意義的形式。例如，前述格法類文獻多爲人所詬病的通俗與瑣碎，反而能體現出作爲傳統批評方法的技法論，具備貼近文學文本、結合創作經驗的本土特徵。

就文本的組織形式而言，在晚清民國這樣一個時期，詞法著述同樣經歷了一場由古至今的演變。除了顯而易見的著述類型和語言的古今之別外，其中更能體現演變意義的，還在於細部的文本組織形式。換言之，詞法講解及論述以何種形式展開，一定程度上也能反映某個時期學術風氣之移易。具體來說，綜觀由南宋至民國這一長時段，詞法文本組織形式的演變大致可概括爲：編排上的從隨筆式到彙編式，書寫上的由歸納法到揣摩法。

南宋以來的詞法論述多爲"詞話"體，而有着隨筆式、條目化的典型特徵，例如《詞源》卷下，涉及諸如句法、字法、用事等各項技法，張炎自述其寫法説："今老矣，嗟古音之寥寥，慮雅詞之落落，僭述管見，類列於後，與同志者商略之。"① 與此説法類似，沈義父撰《樂府指迷》，也是"以得之所聞，條列下方"，比如其中論起句、過處、結句三法：

> 大抵起句便見所咏之意，不可泛入閒事，方入主意。咏物尤不可泛。
>
> 過處多是自叙，若才高者方能發起別意。然不可太野，走了原意。
>
> 結句須要放開，含有餘不盡之意，以景結尾最好。如清真之"斷腸院落，一簾風絮"，又"掩重關，遍城鐘鼓"之類是也。或以情結尾亦好。往往輕而露，如清真之"天便教人，霎時厮見何妨"，又云"萬魂凝想鴛侣"之類，便無意思，亦是詞家病，却

---

① 〔南宋〕張炎《詞源》卷下，《詞話叢編》第1册，第255頁。

不可學也。①

前二條論起句、過處法皆頗爲簡要，點到爲止，第三條則引例句加以說明，稍顯詳明。這種隨談筆記式的寫法一直延續到清代，如沈謙《填詞雜說》、謝元淮《填詞淺說》等以"說"爲名的詞法論著，同樣具備近乎"說部"的文獻特徵，而這樣一類論詞法的條目，也成爲清代至民國時期彙編式文法的重要資源。

如前所述，中國古代自宋元以來一直未出現能與詩法、文法類著作體系相當的詞法專書。當然，在詞法論歷經了宋、明間的文本積累後，清人開始有意識地通過彙輯、類編的形式對詞法文獻進行條理化、邏輯性的梳理。清代出現了王又華《古今詞論》、徐釚《詞苑叢談》、馮金伯《詞苑萃編》等數種彙編式的詞話、詞論，其中專門收有詞法論而有代表性的著作，一是康熙間沈雄所編《古今詞話》，二是前已提及的道光間江順詒纂輯、宗山參訂的《詞學集成》。《古今詞話》八卷，分《詞話》《詞品》《詞辨》《詞評》各二卷，若按所收條目之内容來判斷，實則是詞話、詞法、詞調、詞評四類。沈雄在書前《凡例》中強調編纂此書的分類意識，如《詞話》一類說"間有迭見，亦因分類而申言之"，在《詞品》類又云"兹以向無分類，而略爲分類"②。《詞品》二卷的條目即分類編次，卷上分原起、疏名、按律、詳韻、本意、虛聲等三十目，卷下分品詞、用語、用事、用字、句法等十五目。可見該書對詞法條目的編排，從韻、律到字、句，具備較爲完備的體系。只是沈雄以"詞品"命名，一定程度上削弱了其中所選條目的"法"的屬性。相比之下，《詞學集成》設置"法"這一目進行專門收錄，對詞法這一知識話語在清季的凸顯更具意義。

民國初年，謝無量《詞學指南》一書亦通過彙集前人論說而成，其第一章第二節《作詞法》主要採自王又華《古今詞論》。此後，隨着傅紹先《學詞初步》、梁啟勳《詞學》等自撰類詞法著作的陸續出

---

① 〔南宋〕沈義父《樂府指迷》，《詞話叢編》第 1 册，第 279 頁。
② 〔清〕沈雄《古今詞話》卷首《凡例》，《詞話叢編》第 1 册，第 730 頁。

現，民國時期的詞法論述不僅原創性大幅度提升，並且在書寫上更注重對理論的提煉及對所謂"科學方法"的追求。例如梁啓勳《詞學》即申明"是書之作，全部皆用嚴整之科學方法"，下編的詞法分析中對材料擇取也強調"每類所舉之例證，幾經選擇，力求避免武斷之嫌"①。試舉下編論"融合情景"之法爲例，梁啓勳先指出將情景相融是一種作詞之"技術"："寫情緒不能離景物，寫景物不能離情緒。情緒無形質，景物無精神，必要互相附麗而形態乃得表見。若運用精妙，則寫無精神之景物可見其栩栩欲生，寫無形質之情緒可見其盈盈欲出。是在技術。"② 後舉實例加以論證：

> 周止庵謂柳耆卿善於鎔情入景，賀方回善於鎔景入情，此即技術之說矣。如柳耆卿之"今宵酒醒何處，楊柳岸曉風殘月"，只見其寫柳與風與月，無一語及於情緒。然而一種凄愴之情，活現於紙上矣。又如周美成之"重經前地，遺鈿不見，斜徑都迷。兔葵燕麥，向斜陽影與人齊"，亦只寫眼前景物，但千載下讀之，猶見其恓惶欲絶也。此則技術之最高者矣。③

先引周濟評柳永、賀鑄二家之語，後舉柳永、周邦彦詞作爲例證來闡明其融合情景的技術之説。梁啓勳的這樣一種寫法顯然與步趨前人所論者不同，而他所用的"技術""科學"等語詞，也可見由中西文化交織而孕育的近代新學對詞法這一傳統知識體系的熏染印記。

關於上述詞法的兩種文本組織形式，任中敏在他出版於1935年的《詞學研究法》中概括爲"歸納"與"揣摩"二法："研究作詞之法，不外兩途：一揣摩前人之作，知作者確有此法，而由我立其説；二歸納前人之説，知作者確用此法，而由我定其説。"④ 任中敏指出，"歸納前人之説"一途，多彙選舊説以成書，如《詞苑叢談》《詞苑粹

---

① 梁啓勳著，張静、于家慧整理《詞學·例言》，北京：文化藝術出版社，2017年，第1頁、第3頁。
② 梁啓勳著，張静、于家慧整理《詞學》，第91頁。
③ 梁啓勳著，張静、于家慧整理《詞學》，第91—92頁。
④ 任中敏《詞學研究法》，北京：商務印書館，1935年，第1頁。

編》《詞學集成》等，這些作詞法"創獲少而因襲多"。至於"揣摩"之法，則主要面對詞作文本來揣摩其意境及文法，故要求學者於詞學有更深入的研求："'揣摩'云者，閱讀與思考耳。閱讀在求得辭意之所宜，與腔調之聲韻、轉折；思考在求得作者意境之所止，與其文章之所以成。"① 《詞學研究法》由作法、詞律、詞樂、專集選集總集四部分構成，由此可看出，在任中敏提出的詞學研究方法中，針對詞體創作實踐的傳統"作詞之法"，作爲文學修辭、文法的内容，仍是一項基礎性的任務。

進一步來説，由《詞學研究法》提出的歸納與揣摩二途，同時結合晚清以來詞法著述之結撰方式，我們或許會看到，晚近學人、詞家對詞法的認識亦處於一場古今與新舊的演變之中。在這場變革中，對傳統詞法論資源的吸收和轉化，對近代新學的理解並運用，不僅涉及作詞之法如何研究、詞法論述如何展開等話題，更反映出在新的文化背景中，對作爲舊文學的詞如何展開研究的問題。

四、詞學研究與以"法"爲法

由上述討論可知，"詞學"一詞的涵義由傳統向現代的轉變，本身也能反映詞學研究的對象、理念及方法的一系列轉換。在我們現代理解的"詞學"中，詞體理論、詞家觀念、詞學思想依然是重要的研究内容。但與此略有不同的是，在中國古代的語境中，詞學之一大要義是以創作實踐爲指向的，即使同時存在着理論和批評，這些批評話語也多與詞體創作相關或以創作爲依託。正因爲傳統詞學這種實踐與理論相結合的特點，古人論詞往往既有針對形式規範、技法準繩的規律性論述，也包含相對感性、抽象的經驗性表達。當然，在現代人的理念中，文學的創作與學術研究基本上是一分爲二的，特別是對於脱離了傳統文學創作土壤的古典詩詞而言，在絶大多數研究者看來，它們

---

① 任中敏《詞學研究法》，第19頁。

更多的只是純粹的研究材料，是表現作家主體的對象，也是反映一個時代文學風氣的文獻。換言之，研究者更留意的是完成狀態的文學作品，而時常輕忽文學創作這一複雜過程及其背後所涉及的知識、技藝等外部條件和先決因素。但返觀晚近以來的"詞學"研究，例如前述任中敏《詞學研究法》將"作法"納入詞學研究的架構中，另外像王蘊章《詞學》有"作法"一目，徐敬修《詞學常識》第三章《研究詞學之方法》也論填詞之手法、格式，吳梅《詞學通論》第五章"作法"亦爲詞法專論，劉咸炘《詞學肄言》有"作術"論，梁啓勳《詞學》有"技術"說等，都把針對創作實踐的填詞之"術"、作詞之"法"視爲基本的研究對象，這些可以說是作爲傳統學問的"詞學"在近代的一種延續。

可以看到，上述諸家對詞學的討論，大多以作法這一層面作爲基礎或門檻，其學理源自於傳統意義上創作與批評並重、實踐與理論相糾纏的詞學。從創作實踐的角度來說，一方面，如前引詹安泰所言之"學詞所有事"，其中包含的可以通過學習積累而掌握的章句、意格、修辭等要素，一定程度上具備與詩文技法相近的普遍性；另一方面，又如詞家所標榜的"專門之學""專精之學"，詞的創作體系有着與其文體相適的特殊性。前者作爲一種語言能力，同時可以運用於詩文等領域的創作活動；後者則是一項針對詞體的專門學問，由此不僅形成一個內容豐富的詞學系統，也構成我們理解傳統詞學及其詞法的多層維度。具體來說，可分爲如下三個層次：詞學與作爲創作者的語言能力、詞學與作爲讀者及研究者的品鑒能力、創作與批評之關係。

在以創作爲對象的詞學話語中，語言運用能力是一項關鍵的要素。特別是宋代以降，詞體在由音樂藝術轉變爲語言藝術的徒詩化過程中，其辭章之屬性愈發凸顯。清代以來，詞的地位逐漸提升，成爲一種與詩古文辭相銜接而進入傳統文體序列中的文學類型。四庫館臣在梳理集部體系時，便將詞體納入"《三百篇》變而古詩，古詩變而近體，近體變而詞，詞變而曲，層累而降"的文體正變譜系[①]，在

---

① 〔清〕永瑢等《四庫全書總目》卷一九八，下册，第1807頁。

《宋名家詞》提要中也有"音律之事變爲吟咏之事,詞遂爲文章之一種"的觀點①。不管是徒詩化,還是被視爲一類文章,詞體的創作都要以精密的修辭技法作爲支撐。對此,清代以來的詞家多有論述,不妨引乾嘉時期學者焦循的觀點進行説明。焦循不僅從"性情感發"的角度,肯定詞之可以學②,還以八股文作法爲類比,提出了填詞爲"造微之學"的説法:

> 時文之體,全視乎題。題有虛實兩端,實則以理爲法,虛則以神爲法。考核典禮,敷衍藻麗,皆其後也。故時文家能達不易達之理,能著不易傳之神,乃爲大家。題有截上截下,以數百字而適完此一二句之神理,古文無是也。題有截,因而有牽連鈎貫者,其即離變化,尤未可以苟作,故極題之枯寂險阻虛仄不完,而窮思渺慮,如飛車於蠶叢鳥道中,鬼手脱命,争於纖豪,左右馳騁而無有失。至於御寬平而有奧思,處恒庸而生危論,於諸子中有近乎莊、列、申、韓、鄧析、公孫龍。然諸子之説根於己,時文之意根於題,實於六藝九流詩賦之外,别具一格。余嘗謂學者所輕賤之技而實爲造微之學者有三:曰弈,曰詞曲,曰時文。③

焦循在這裏從八股文因題立法的創作方式,强調時文一體具備有别於古文、詩賦的奧思巧技,並推衍至弈棋和詞曲,認爲三者皆是常爲學者輕視而實則頗爲精微的學問。换言之,在傳不易表之情、述不易達之意上,詞體具備着他體所無之特質,因而相應地在寫法技巧上也有着别樣的要求。此外,焦循指出時文、詩詞等語言藝術與書畫、醫卜等雜藝都須以"理法"爲實踐之基礎:"學詩者有詩之理法,學詞者有詞之理法,學書者有書之理法,學繢事者有繢事之理法,推之醫卜、堪輿、

---

① 〔清〕永瑢等《四庫全書總目》卷二〇〇,下册,第 1833 頁。
② 〔清〕焦循《雕菰集》卷一〇"詞説一"條:"學者多謂詞不可學,以其妨詩古文,尤非説經所宜。余謂非也。人禀陰陽之氣以生者也,性情中必有柔委之氣寓之。有時感發,每不可遏,有詞曲一途分洩之,則使清勁之氣長流存於詩古文。"(《清代詩文集彙編》第 472 册,第 109 頁)
③ 〔清〕焦循《雕菰集》卷一〇"時文説一"條,《清代詩文集彙編》第 472 册,第 110 頁。

陶冶、梓匠莫不各有理與法，時文其一也。"① 不管是文學還是百工技藝，都有各自的規律、方法作爲學習與實踐途徑。在文學內部，詞體作爲文章之一種，也有與其文體特徵相應的理法，如唐圭璋《論詞之作法》指出："文章各有體制，而一體又各有一體之作法。不獨散文與韻文有異，即韻文中之詩歌詞曲，亦各有特殊作風，了不相涉。苟不深明一體之規矩準繩，氣息韻致，而率意爲之，鮮有能合轍者。"② 雖説各體作法"了不相涉"未免絕對，但作詞之法自然有着別具一格的特徵。這種特殊性，既爲詞體創作能成爲"專門之學"提供文體學基礎，也表明傳統意義上的詞學是一個內容廣博而又專精的知識體系。

在由詞學的創作活動向理論批評活動的銜接過渡中，品鑒能力爲必不可少之要求。應該看到，在古代詞論、詞學表達中，相當一部分內容都是針對詞作的鑒賞、品評。這樣一種品詞、評詞固然在系統性上有所缺失，却是與創作實踐緊密相關的批評樣式。畢竟對一位詞人的創作而言，他既需要掌握"規矩準繩，氣息韻致"的辭章技法，也應養成一定的審美經驗和價值評判力，而在開展品鑒與評論時，同樣需要這樣一套詞學的知識體系作爲支撐。事實上，以閱讀爲主要手段的品鑒也是學詞的重要途徑。前引唐圭璋《論詞之作法》即以讀詞、作詞、改詞三項爲"作詞之要則"，論"讀詞"説：

> 作詞必先讀詞，猶作文必先讀文，作詩必先讀詩也。唐人諺云："《文選》熟，秀才足。"杜詩云："讀書破萬卷，下筆如有神。"惟詞亦然。不讀詞，不能解詞，何能作詞？就一詞論：一詞之結構如何？一詞之命意如何？一詞之襯副如何？以及承接轉折、開合呼應之法如何？俱非一詞之熟讀深思，不能剖析精微，體察分明。就一家論：一家之面目如何？一家之真價如何？一家之弊病如何？以及淵源如何？影響如何？亦非熟讀深思，不能真知灼見，融會貫通。使不熟讀深思，但取古人詞集，翻閲一過，

---

① 〔清〕焦循《雕菰集》卷一〇"時文説三"條，《清代詩文集彙編》第472册，第110頁。
② 唐圭璋《論詞之作法》，《中國學報》1943年第1期，第55頁。

必不能知古人之甘苦。古人之纖巧淺俗處，或且以爲上品；而古人之慘淡經意、精力彌滿處，反不能見及。以此評論，必不免顚倒黑白；以此創作，必不免雜亂無章。①

其中對詞之結構、命意、襯副以及承接轉折、開合呼應諸項的解讀，屬於面向詞作文本的辭章技法分析，而對詞家之面目、真價、弊病、淵源、影響的評定，則更多屬文本之外的對詞學傳統、詞史的學術考量。如唐圭璋所指出的，二者共同構成開展"評論"與"創作"活動的判斷力基礎。

這種兼具文學家之事與文學史家之職的綜合能力，實際上亦能與文學批評相接榫。近代以來，受西學特別是歷史研究方法的影響，中國文學批評研究以歷史的縱向梳理爲主要書寫模式，但也不乏一些偏於橫向剖析的"另類"的著作，注重從創作實踐與批評理論相結合的路徑去探索中國文學批評的相關問題。出版於1946年的傅庚生《中國文學批評通論》便是一例。在該書第二章《文學批評之義界》中，傅氏曾對"文學批評"作如下定義："文學批評者，憑依吾人對於文學作品品鑒之結果，而予之以定評，並説明文學之所以爲卓爾者，實具某種要素，俾以促進讀者之理解力並激發其欣賞力者也。"② 認爲文學批評以研究者的品鑒爲基礎，以提升讀者的理解力、欣賞力爲標的。對於"品鑒"，該著亦有闡發：

"品鑒"云者，謂對於文學之欣賞力也。吾人於批閲文學作品時，聳動感情，以契作者在心之志；運用理智，以衡其發言之詩：故品鑒實兼情知二者之用。惟批評之事，方其求索原理、原則時，運其知而斂其情，固屬近於科學而遠於文學；方其品鑒作品時，首重情而次重知，則應以欣賞爲本，而以品評爲末也。③

傅氏在這裏運用了近代文學論中較常見的"情"與"知"兩要素，認

---

① 唐圭璋《論詞之作法》，《中國學報》1943年第1期，第55頁。
② 傅庚生《中國文學批評通論》，北京：文化藝術出版社，2017年，第14頁。
③ 傅庚生《中國文學批評通論》，第14頁。

爲文學品鑒與欣賞源自對這兩種要素的調動，而在進行批評活動時，則主要運用更偏於科學的"知"，來探求文學原理與創作原則。

由此不難看出，傅庚生的批評觀念特別看重批評與創作的相銜接，他認爲文學批評之原理"係自創作中紬繹而出"，因此文學批評"不可止於本身爲目的，必期與文學創作保持切摯之接觸，冀觀摩漸進，不罔不殆；評騭有依，不泥不妄也"①。至於二者銜接之紐帶，傅氏在第三章《創作與批評》中指出"創作與欣賞皆必取資於學識、經驗、技巧與規律"，並借明人唐順之《董中峰侍郎文集序》關於文法的論述，引出"法"的層面：

> 其實秦漢之文法未嘗"神"，其勝於後世古文家者，創造而已矣。未嘗神而"疑"其神，其眩在後世古文家者，摹擬而已矣。今若强創作者亦步亦趨以逐批評者之法，何以異此？然而創作者必自有其法，則不容疑；其法無所謂神，終將爲批評者探而取之，亦不足異。法之爲法，或其始，或其極，必公之於創作與批評兩方者也。由是，欣賞者必深諳行文之規律與技巧，乃能洞察臧否；創作者尤必熟練行文之規律與技巧，乃克運用自如。②

唐順之在《董中峰侍郎文集序》中提出的主要觀點是"文必有法"，並認爲可藉助"以有法爲法"的唐宋文爲習文途徑，來達至"未嘗無法，而未嘗有法，法寓於無法之中"的秦漢文的境界。傅庚生也肯定文章必有法，只是秦漢文章在創作時並不明説"有法"，而後世文家愈發講求法度繩尺，刻意以有法爲法。但不管是作爲一種高階形態的無法之法，還是可供效仿模擬的有法之法，它們都不斷地會在創作與批評活動中得到驗證和衡量。換言之，對於從事文學批評的研究者而言，也須瞭解與創作有關的規律與技巧，以"法"爲法，方可執以衡文，洞察臧否。

---

① 傅庚生《中國文學批評通論》，第 21 頁。
② 傅庚生《中國文學批評通論》，第 27 頁。

由此回到詞學研究與詞法的話題。一旦我們認識到傳統意義上的詞學是一個包含創作與批評的概念，並且其中必不可少的一部分內容是指導學詞與作詞的詞法論述，那麼對於開展詞體和詞學研究而言，藉助詞法這種知識體系來掌握一定程度的創作規律與技巧就很有必要。從學界近年來倡導的文學文本細讀法來說，對於古代的詞作，尤其是明清時期的大量作品，如何開展研究，乃至基本的閱讀、品評、鑒賞，仍有待推進。這既要求讀者和學者直面文本，從細緻考察作品的字句、章法、修辭、意境入手，進而總結詞家的成就與特色，論證其創作與詞學路數的關係，更需要研究者進入文本創作的過程，藉助基於程式法度的理性判斷和源自審美感受的感性經驗，回到古典文學的情境中來呈現傳統詞學的面貌。對於這樣一種近乎任中敏所說"揣摩"、傅庚生所論"品鑒"的研究取徑中，支撐這種方法的文學修養與語言根底就顯得格外重要。因此從這個層面來說，以詞法這種知識體系為考察對象，探討晚近學界對它的論述及其中的成果、經驗，或許有助於推動我們對傳統詞學研究相關問題的思考。

關於讀詞、作詞，最開始提到的王闓運《答夏生問詞法》，也有"其工之道，不外多看多做，與詩文一也"的說法[1]，強調要培養一種兼通詩、詞、文章的文學能力。在王闓運弟子陳兆奎編輯並刊刻於光緒三十三年（1907）的《王志》中，還收有《論文法（答陳完夫問）》《論詩法（答唐鳳廷問）》等篇章，恰好構成有關詩法、詞法、文法的系列論述。只是《答夏生問詞法》一文或因撰成較晚，而僅作為湘綺老人的遺稿見刊於民國時期的《小說新報》。如今看來，這或許是一種有意味的歷史巧合，與傳統詩法、文法相比，詞法也是百年來文學批評史建設中被遺留下來而未能在真正意義上進入研究序列的話題，值得我們去重新認識和發現。

[作者單位] 龔宗傑：復旦大學中國古代文學研究中心、古籍整理研究所

---

[1] 王闓運《答夏生問詞法》，《小說新報》1923年第8卷第7期，第7頁。

凝而未定：明代古典詩歌總集的經典焦慮與文本動態*

許建業

提　要： 明代古典詩歌總集的發展情況可循三種經典文本的維度加以考察。首先在"存儲的精神與實踐"方面，可看到明代全録式總集如何實現"經典文類文本"的凝定。其次在"刪述的復古以爲新"方面，展示了因復古思潮而盛行的辨體式總集如何精益求精，同時促使"經典作品文本"的圈定。最後在"閱讀的心態與選擇"方面，則從讀者考慮和參與出發，以察看"經典總集文本"的生成與確立。當中亦包含着不同場域對於經典文本的諸般焦慮。通過這些梳辨，更可發現不論在經典文類文本的整體呈現、古典詩歌總集與經典作品的層累和圈劃，以至於古典詩歌總集的經典化過程方面，明代古典詩歌總集整體體現的是不同層次的"凝而未定"的文本動態，這可以説是對其發展最爲宏闊而精要的總括。

關鍵詞： 古典詩歌總集　文獻文化史　經典文本　文本凝定　文本權威

一、引言

明代是文學經典化的重要時期[①]，其中詩歌總集扮演着相當重要的角色，尤其古詩和唐詩。過去不論對專門選本的細析，還是一代總集發展的梳理，相關研究成果都非常豐富。然而，這些論述亦大多離

---

* 本文爲香港研資局教員發展計劃項目"江户時代《唐詩選》和刻本的文本生成與詩學意義"（項目號：UGC/FDS15/H09/21）的階段性成果。

① Pauline Yu, "Poems in Their Place: Collections and Canons in Early Chinese Literature," *Harvard Journal of Asiatic Studies*, Vol. 50, No. 1 (June 1990), pp. 163-196.

不開前後分期、復古思潮、格調性情等的框架和歸納①。近年來，書籍史、閱讀史、文獻文化史等理論概念啓發我們重新思考書寫形態與文獻特質對文學文本生成與傳播的影響②，關於明代古典詩歌總集的出版與閱讀的研究也因此有了不少推進③。基乎此，我們可以進一步思考如何整體地呈現古典詩歌總集的文本動態與經典生成的關係④。

從書籍生産和信息處理來説，一部詩歌總集可分爲兩個文本層次：一是作品文本，一是載録這些作品的書籍文本。比方説，一部漢魏詩集，每首漢魏詩的篇章句詞等都屬於作品的文本；至於在載録這些漢魏詩的書本空間内，作品文本及其類目與序次方式，加之序跋、

---

① 查清華《明代唐詩接受史》，上海：上海古籍出版社，2006 年。孫春青《明代唐詩學》，上海：上海古籍出版社，2006 年。金生奎《明代唐詩選本研究》，合肥：合肥工業大學出版社，2007 年。孫欣欣《明代唐詩選本詩歌批評》，北京：中華書局，2021 年。

② 秦曼儀《書籍史方法論的反省與實踐——馬爾坦和夏提埃對於書籍、閱讀及書寫文化史的研究》，《臺大歷史學報》第 41 期（2008 年 6 月），第 257—314 頁。涂豐恩《明清書籍史的研究回顧》，《新史學》第 20 卷第 1 期（2009 年），第 181—215 頁。趙益《從文獻史、書籍史到文獻文化史》，《南京大學學報（哲學、人文科學、社會科學版）》2013 年第 3 期，第 110—121 頁。王一樵《近二十年明清書籍、印刷與出版文化相關研究成果評述》，《明代研究》第 26 期（2016 年 6 月），第 1—35 頁。戴聯斌《從書籍史到閱讀史：閱讀史研究理論與方法》，北京：新星出版社，2017 年，第 163—169 頁。李仁淵《閱讀史的課題與觀點：實踐、過程、效應》，蔣竹山主編《當代歷史學新趨勢》，臺北：聯經出版有限公司，2019 年，第 71—114 頁。程章燦《中國古代文獻的衍生性及其他》，《中國典籍與文化》2012 年第 1 期，第 4—7 頁。韋胤宗《閱讀史：材料與方法》，《浩蕩游絲：何焯與清代的批校文化》，北京：中華書局，2021 年，頁 189—212。

③ 許建業《僞託文化底下題李攀龍編〈唐詩選〉的文本生成與詩學意義：以〈唐詩選玉〉及〈唐詩訓解〉爲考察對象》，《勵耘學刊（文學卷）》2016 年第 1 期，第 239—284 頁。陳婧《明代"古詩"總集的編纂、出版、接受——從宏觀角度的考察》，《嶺南學報》2016 年第 6 期，第 105—133 頁。Jing Chen, "Reinventing the Pre－Tang Tradition: Compiling and Publishing Pre－Tang Poetry Anthologies in Sixteenth－Century China," *Journal of Chinese Literature and Culture*, vol. 4, no. 1 (April 2017), pp. 91-128. 許建業《舊題李攀龍〈唐詩選〉的早期版本及接受現象》，《文學遺産》2018 年第 5 期，第 145—157 頁。葉曄《〈牡丹亭〉集句與湯顯祖的唐詩閱讀——基於文本文獻的閱讀史研究》，《文學評論》2019 年第 4 期，第 174—183 頁。葉曄《明代：古典文學的文本凝定及其意義》，《中國社會科學》2020 年第 2 期，第 157—178 頁。徐隆垚《明人詩史書寫研究》，上海：復旦大學學位論文，2020 年，第 68—111 頁。許建業《題李攀龍〈唐詩選〉在晚明與江户時期的文本流衍》，《首都師範大學學報（社會科學版）》2021 年第 4 期，第 131—146 頁。

④ 童慶炳《文學經典建構諸因素及其關係》，《北京大學學報（哲學社會科學版）》2005 年第 5 期，第 71—78 頁。

凡例、注釋、評點、附錄、插圖等副文本，組合成一部以詩集樣態呈現的書籍文本。宋明以後的文本世界大多離不開書稿編寫和雕版印製，書册之刊刻就是其文本呈現的空間。作品文本和書籍文本既密不可分，但又提供不同的信息意義。其中文本與文本、文本與副文本、副文本與副文本的不同配置或變異，關係到背後的策略與工序，以及其所衍化的複雜組合與詮釋意義。

承此，我們更可審視文本穩定性的問題。這主要圍繞三個層次：文本内部的層累衍異，書籍卷册的承襲傳鈔，經典文類的整體呈現。此中或溯其原本，或形其流動，或述其凝定，問題之核心就在於文本的權威性。一般來説，作者當然最先決定其作品的文本權威，故謂之著作權。但我們知道，文本經讀者傳衍，必然涉及文本之再造。就文本空間而言，所有再造文本都會經歷開放的時刻，存在着流傳不穩定的可能。文本流動性除了反映某些書籍自身的版本承變與文本衍異之外，也與不同世代的閱讀需求、傳播媒介等息息相關[1]。或者説，文本傳衍是持續流動的，手抄或印刷等的物質形態只是關乎存録與傳播的客觀媒介，雖對文本穩定性帶來影響，但如何判斷定本，取用何者爲文本資源，能否真正造成所謂文本穩定或凝定，更爲關鍵的是對文本的詮釋行爲和權力宰制。"文本權威"的確立，就在於文本流轉中的信息處理。

四庫館臣將"總集"分爲"網羅放佚"和"删汰繁蕪"兩種不同的文本處理方式[2]，若衡之以"文本權威"與"文本凝定"，我們可從明代古典詩歌總集的發展中梳辨出三種經典文本樣態，分別是：經典文類文本、經典作品文本、經典總集文本。它們反映着不同場域參與者對於經典文本的"焦慮"，當中包括了：詩論家對於博古辨體的追求、競爭或挑戰，官方誦習或大衆閱讀的需求，以至書坊出版的實踐

---

[1] 陳斐《刻本時代的文本生成——北宋西湖蓮社社集編纂考》，《文獻》2021年2期，第7—23頁。魏宏遠《王世貞詩文集的文獻學考察》，《文學遺産》2020年第1期，第101—113頁。
[2] 《四庫全書總目》卷一八六，北京：中華書局，1965年，第1685頁。

或炫新等。這些"焦慮"促發上述三種文本權威的形成,以至於其文本維度的凝定狀態。就三種經典文本維度而言,首先是古詩與唐詩的全錄式總集體現着對"經典文類文本"的"網羅放佚",其凝定狀態在於對該類文本的總覽成果與刊印實踐;其次,刪選式總集的"刪汰繁蕪"促使所選作品文本逐漸經典化,其凝定狀態在於該類文本的審美建構與範圍圈定;再次,部分總集會因其權威性或流行程度而成爲"經典總集",其凝定狀態在於對該類文本的閱讀需求與誦習取捨。因之,我們將循"存儲的精神與實踐""刪述的復古以爲新""閱讀的心態與選擇"三個維度,聚焦、審察明代重要的古詩和唐詩總集的文本處理情況,梳析上述三類經典文本所呈現不同層次的權威形成與消解。

二、經典文類文本:存儲的精神與實踐

就着前代文學文本,葉曄提出"文學閱讀世界"與"文學留存世界"兩個維度,並從文獻文化史的視野聚焦後者,指出明代的出版發展與復古思潮促使載錄"經典文類文本"的全錄式總集和別集合刻刊行流通,令這些文本得以匯聚和穩定,爲廣泛閱讀提供了條件,以作爲文本整體凝定的依據。此觀察十分敏鋭。不過值得留意的是,既然"文學留存世界"的實現繫於刊布流通,如此亦自然離不開"文學閱讀世界"的範圍。或者説,若我們只側重於全錄式總集務盡"文學留存世界"的復古精神與編刊意圖,則不免忽略其作爲"文學閱讀世界"的編纂和傳衍這兩個重要信息處理環節,而事實上,後者往往影響着前者的文本權威性與穩定度。這反映的是詩歌總集中存儲的精神和實踐的問題,同時對於文本凝定的不同層次,亦值得深思。

由嘉靖三十九年(1560)出版的馮惟訥(1513—1572)《詩紀》開始,陸續出現搜討全錄前代文學作品的總集,這是明代古典詩歌總集的重要特色之一。其實早在南宋時期已有洪邁(1123—1202)《萬首唐人絶句》,只是所輯者僅唐人絶句一體。當然,此全錄工作乃機

緣驅使，且只備一體，無以見一代詩歌之全貌。比及明代，復古思潮自弘、正年間開始數十年，對於書籍有了實質的需求，如前七子的李夢陽（1472—1529）、何景明（1483—1521）等便積極參與校刻前代詩人別集。至於雅好古學的江南文苑厚古求博，對古物古書尤爲精研①。加上如楊慎（1488—1559）等文士博學搜逸的心態漸熾，也使嘉靖以後的復古思潮漸漸流露着博綜求全的色彩。這方面亦反映在古典文學印本的編刊上，印刷技術的提升與便利，正好配合文士、編輯或書商廣搜博取的編纂意圖，不少全錄式總集、彙刻、叢編等陸續刊刻出版，相比宋代書肆出版是飛躍式的發展。

這些不同的場域交織底下，馮惟訥《詩紀》的編刊具有時代的標志意義，它既對應當時熾盛的復古思潮，也乘着嘉靖年間開始的出版高峰，百卷巨帙的出版變得比以前容易。馮氏在《詩紀凡例》聲言其纂輯是要"著詩體之興革，觀政俗之升降，資文園之博綜，羅古什之散亡"，所以"備錄之，不暇選擇"②。《詩紀》梓行以後，除了萬曆年間吳琯（1545—?）、馮珣（生卒不詳）等先後校訂翻刻之外，更有不少古詩選本如李攀龍（1514—1570）《古今詩删》（古詩部分），張之象（1496—1577）《古詩類苑》，梅鼎祚（1549—1615）《漢魏詩乘》，臧懋循（1550—1620）《古詩所》，鍾惺（1574—1625）、譚元春（1586—1637）《詩歸》（古詩部分）等憑藉馮集作選詩底本，或用以校考取資。後來梅鼎祚的《文紀》、黃德水《初唐詩紀》，以至吳琯《歷代詩紀》的出版計劃等，都肯定受到《詩紀》的啓發，作出不同向度的延伸。

至於唐詩總集，胡震亨（1569—1645）《唐音癸籤》曾爲其分"選家"和"編輯家"兩種，當中言"唐詩至後代多亡佚，故有編輯家也"，此"編輯"即有網羅散佚之意。他特別提到明人編刊的三部

---

① 簡錦松《明代文學批評研究》，臺北：學生書局，1989年，第142—156頁。夏咸淳《明代學術思潮與文學流變》，上海：上海社會科學院出版社，2019年，第116—145頁。
② 〔明〕馮惟訥《詩紀凡例》，《詩紀》，中國國家圖書館藏明嘉靖三十九年（1560）甄敬刻本，第1a—1b葉。

"唐詩編輯家之巨者": 朱警（活躍於 16 世紀）《百家唐詩》（或稱《唐百家詩》）、黄德水《初唐詩紀》和吴琯《盛唐詩紀》，而餘者"叢雜"，故"不具論"①。《唐百家詩》是當中輯刊最爲宏富的，此應得力於正德、嘉靖年間翻刻宋本的風氣，以及朱警父祖輩的積貯。朱警在《唐百家詩後語》述説其家族留下了百家唐集宋刻，他有意合刊出版，爲家族積貯留下實質遺産。起初因尊奉初盛唐詩而欲删去晚唐諸子，直至讀到友人徐獻忠（1493—1569）的《唐詩品》才改變想法。徐氏《唐詩品序》述道："而元和以後，固皆所謂變聲……雖不盡屬弦歌之品，要皆有君子之道。持是而觀，雖晚唐諸子，或能登兹採録，亦可存其變焉。"②朱警體味其言，"遂乃徇其所尚，差爲品目，於舊本之外，補入一十二家，而以徐君所撰冠諸其端"③。由是《唐百家詩》唐詩文本的復現規模，當中一部分乃取決於對"變體"去存的理解。故有考證認爲，《唐百家詩》前後有兩刻，雖皆過百家，但互有增删④。其彙聚百家，所刊者又較多中晚唐集，因此着實對有意擴闊眼目或備舉隱僻者提供了豐富的資源。但嚴格來説，本集的形式不能算是全攬盡録，胡應麟（1551—1602）便認爲像《百家唐詩》這些"單行别刻"，"纔百數十而已"，距離他心目中起碼的"三百之數"還差遠了⑤。至於兩部《唐詩紀》的編刊，如前述都受到馮惟訥《詩紀》的影響。黄德水輯《初唐詩紀》，但没有初本留存，書商吴琯曾重刻《詩紀》，又看到黄書，或許由此生出以《唐詩紀》續其流，成就《歷代詩紀》的遠大想望。《刻唐詩紀凡例》開首即言："校刻《歷代詩紀》，已有定規，而是編剞劂，俱仍其舊。殺青斯竟，猶合璧然，以便全收者之可歸於一也。"又説："《歷代詩紀》，其在古逸則分體，西

---

① 〔明〕胡震亨《唐音癸籤》卷三一，陳廣宏、侯榮川編《明人詩話要籍彙編》，上海：復旦大學出版社，2017 年，第 10 册，第 4635—4636 頁。
② 〔明〕徐獻忠《唐詩品序》，《明人詩話要籍彙編》，第 6 册，第 2366 頁。
③ 〔明〕朱警《唐百家詩後語》，《明人詩話要籍彙編》，第 6 册，第 2397 頁。
④ 冉旭《〈唐音統籤〉研究》，復旦大學博士學位論文，2004 年，第 187—188 頁。
⑤ 〔明〕胡應麟《詩藪》雜編二，《明人詩話要籍彙編》，第 8 册，第 3376 頁。

京以還則分人,馮公業已有説。"① 此中"其舊""馮公業已有説"指的就是吳琯重刻馮氏《詩紀》的版本,可見他刻意將馮、黃二書納入其《歷代詩紀》的宏圖之中。他之後直承"是編原舉唐詩之全,以成一代之業。緣中晚篇什繁多,一時不能竣事,故先刻初盛,以急副海内之望,而中晚方在編摩,續刻有待"②,然而中晚唐部分最終沒有輯完,"有待"之想成了未竟之業。此外,前文提及的臧懋循曾編《唐詩所》,也是意在舉唐詩之全,並分前中後三集,但僅完成前集的初盛唐詩。當時又有"吳勉學四唐彙詩"者,但最後亦只見初盛唐之彙,且不及《唐詩紀》流通。與《唐百家詩》相比,《唐詩紀》於初盛唐詩比較完備,鍾惺、譚元春《唐詩歸》的初盛唐部分便據此爲底本,以突破《唐詩品彙》《唐詩正聲》等以來的經典樊籬,一新耳目③。後來意在全舉唐詩的胡震亨《唐音統籤》和季振宜(1630—1673)《唐詩》,亦分別對《唐百家詩》和《唐詩紀》有所取資。

　　上述全録式總集或合刊等之於作品文本的彙聚,體現了存儲的信息處理工作。概而觀之,或誠乎葉曄所説,部分經典文類文本於明代已趨於整體凝定。以此,葉曄甚至將明代比擬漢代的經典文本凝定時期。西漢末年劉向(前77—前6)校理國家册籍,令經典文本歸於封閉凝定,這項工程對此前的經典文本確立與知識分割起了決定性的作用④。他認爲,這是先秦典籍與漢唐文學的"經典終結"和"凝定開始"。其實,王汎森也做過類似的比照,想法卻與葉曄的有點距離。王氏以明代後期書籍文本"不分真假、任意移置、抄輯他人書的現象",比擬先秦時期的"言公"現象⑤。"言公"本爲章學誠提出,他

---

① 〔明〕吳琯《刻唐詩紀凡例》,《唐詩紀》,中國國家圖書館明萬曆十三年(1585)吳琯刻本,第1a、2a葉。
② 〔明〕吳琯《刻唐詩紀凡例》,第1葉a。
③ 韓震軍《〈唐詩歸〉初盛唐卷藍本考辨——兼及〈詩歸〉的成書問題》,《文學遺産》2020年第3期,第140—153頁。
④ 徐建委《文本革命:劉向、〈漢書·藝文志〉與早期文本研究》,北京:中國社會科學出版社,2017年,第10—17頁。
⑤ 王汎森《對〈文史通義·言公〉的一個新認識》,《權力的毛細管作用:清代的思想、學術與心態》,臺北:聯經出版事業股份有限公司,2013年,第530頁。

據劉歆（前50？—公元23）《七略》推溯漢代以前官師、治教合一，經典文本的控制權掌握在王官手中，這時期文爲公器，不問作者權屬，著述可任意挪用他人文本引申發揮。這個比擬不無粗疏，先不說兩者存錄形態的分別，文本背後的編寫心態與考慮亦大相徑庭。不過若將之移到文獻文化史中考察，則可看到不論在抄本抑或印本時代，都存在着雜散叢聚的文本狀態。葉、王二人的觀點不一，但不能說完全牴牾。如上文所言，所謂文本凝定可從不同層次切入，葉氏歸納的是文類文本的整體呈現，王氏描述的是文獻文本的傳鈔衍異。

不過在經典文類文本整體凝定這一層次，其實還可以從具體實踐的情況來作仔細的辨析。葉曄根據古詩、唐詩、先唐文、宋詞和賦體等的總集或合刻，認爲這些文類在明代已"有效地完成了經典文類文本的整體凝定"。宏觀地說經典文類文本在明代確實已開始了整體凝定的進程，但要做到所謂"有效地完成"，則還需具體審視其實踐的情況。的確，有着存儲全錄的精神和計劃，不代表能如願實踐。這些實踐工作包括切實的編定和發布，使之成爲公共資源，供讀者廣泛閱讀傳承，並奉之爲取用該經典文類文本的權威。

以此，我們回看明代古、唐詩總集的編刊情況。古詩方面，馮惟訥《詩紀》不單完成了彙聚的工作，還成功刊行，流布甚廣，知者頗衆，並爲多方資取承襲，直到近代逯欽立（1910—1973）《先秦漢魏晉南北朝詩》出，才算取而代之。故此說《詩紀》的輯刊完成了古詩的文本凝定，大體沒有問題。但若考究體量更爲龐大的唐詩呢？事實上，縱使嘉靖以後出版越發便利，全錄式或篇幅巨大的總集相繼刊出，但無力支付刊印費用者亦比比皆是，尤其大部頭書籍所需之時間和金錢皆甚巨，一般文士未必能够應付，須經乞討籌集，或獲官宦坊主資助，方能勉强出刊。又或先刊刻一部分，餘者再俟他日，如《唐詩紀》《唐詩所》《四唐彙詩》等正是如此。有些書稿甚至始終無法付梓，比如茅元儀（1594—1640）《全唐詩》和季振宜《唐詩》，前者已佚，後者比較幸運，因入清廷內府，才得保存。至於《唐音統籤》，胡震亨生前未及梓刻，身後其子孫亦苦於卷帙浩繁，只能分開刊印，且流布不廣，難見完書，現在遺存完整的也只是經人抄補的刊本。這些例子都充滿着想望與實踐巨大差距間的血汗與焦慮。當然，明代讀者還是可以從衆多總集或合刻來補完唐詩的整體面貌，葉曄"文本凝定"説之所據應在於這個層次。但嚴格來説，有明一代始終没有刊出一部比較完整地提供唐詩文本信息的總集，並在讀者群内達成閲讀與知識存取的共識，在明代讀者的心目中，只有《唐詩品彙》加以《拾遺》才能展現唐詩之浩博。直至清初康熙敕令揚州詩局編纂出版《全唐詩》，才切實地向公衆展示唐詩之全，供世人取資，使唐詩文本達致整體凝定①。其實不獨唐詩，若細究一下，綜集先唐文的梅鼎祚《文紀》，既分卷先後梓刻，又有非全帙之虞，其間歷張溥（1602—1641）《漢魏六朝百三名家集》，直至清代嚴可均（1762—1843）《全上古三代秦漢三國六朝文》才算具體完成先唐文的總彙纂輯。至於吳訥（1372—1457）《唐宋名賢百家詞》、毛晉（1599—1659）《宋六十名家詞》等，雖然讀者甚衆，但尚不能看作詞體文本的整體呈現。當中僅有李鴻（1558—1607）《賦苑》，可説是與《詩紀》一樣初步完成先唐的詩、賦文本的整體凝定而已。實際來説，此時經典文類文本尚處於整體的凝而未定的狀態。

我們知道，提供信息，不一定成爲知識；刻意創造知識，也不一定成爲大衆承認或傳習的權威知識。經典文類文本的凝定是一個漫長的過程，當中彙聚方式、承載媒介、權力限制、閲讀心態等都會帶來不同程度的影響。葉曄便曾提及"晚明是一個凝定與解放共存的時代"，又指出時至今日，還不能説全部文類文本都完成了整體凝定，可見他也體會到"文本凝定"在不同層次的實際情況。而《全唐詩》的編刊和流布正好反映兩個現實：第一，具有全録精神，加上發達的印刷環境，也未必能夠讓體量龐大的經典文類文本輕易彙聚編刊出來。但如能獲政府大量的資源和有力的號召，將更有機會"有效地完

---

① 沈德潛《唐詩別裁集》，徐日璉、沈士駿《唐人五言長律清麗集》，馬允剛《唐詩正聲》，鮑桂星《唐詩品》，曹錫彤《唐詩析類集訓》，王闓運《唐詩選》等都是根據《全唐詩》再行選取。

成"整體凝定;第二,官方敕令御定的冊籍是作者以外最爲有力的權力限定,多數具有一錘定音之效,只要容讓刊布流通,即使因卷帙浩大無法做到家置一書,但在閲讀群衆的意識中肯定成爲權威性讀物,這也是使文本能够穩定的重要因素之一。

如果我們嘗試推衍歷代總集與文本凝定的關係:周代官師、治教合一,王官負責整理文獻和傳授知識,這可算是中國最早有着具體規模的信息處理,同時爲典籍文本建立比較絕對的權威性。但如前所述,文爲公器的意識下文獻文本輾轉傳鈔乃其時之常態;後來王官失守,知識下移,文本更是流衍不定。漢代劉向校理典籍之外,六朝時期蕭梁集團也曾藏聚萬卷,並召集貴族或文士以類書、總集方式編校存録前代文學文本(如劉義慶(403—444)《集林》等),這些亦可視作前代經典文本的凝定時間。可惜這些官方書藏編集最後毁於一炬,重要的傳世文學文本僅餘《文選》和《玉臺新詠》二集。假如像《集林》《文苑》等大型總集能够保存下來,先唐文學作品的文本凝定進程或許會截然不同,但這亦驗證了抄本難以保存,傳鈔過程容易散佚衍異的實際情況。另外我們也應注意到,官方搜討古書、編校前代文學文本,其實已屬趨於文本凝定的意識和作業[①]。明代中期以前,對於前代或同時期文學作品的大型積聚與整理,就主要體現在歷代朝廷編定的文學類聚總集,諸如唐代《藝文類聚》、宋代《文苑英華》《唐文粹》,及明代《永樂大典》等。除《永樂大典》一直藏於中秘,其他諸種在後代都有不少翻刻或考訂。比及清室,可算是歷朝投入編撰古代詩文典籍(不論欽定或奉敕)最爲積極的政權。承接明代古典文學總集印本分體彙聚、總攬全録的編刊特色,清帝便先後欽定敕令《全唐詩》《全唐文》《歷代賦彙》《歷代詩餘》等的編撰。還有其時各個學術圈子之經籍考據,以至於《四庫全書》的編修删纂,大多數經典文類文本的總集被編定出來,並奉爲文本信息的權威,爲世誦習資取,這些都使清代成爲古典文學文本凝定比較全面的時期。若要比照

---

① 顏慶餘《異文的詩學》,《讀書》2009年第8期,第110—115頁。

漢代對經典文本的彙聚整理與知識分割，從官方宰制力與文本權威性這兩個方面來看，其實清代更爲合宜。

三、經典作品文本：刪述的復古以爲新

孔子自謂"述而不作，信而好古"，"述"乃復古的基本手段。然述古之前，須先取捨，故"述"之中還包括"刪"，劉勰（465—?）便言："自夫子刪述，而大寶咸耀。""刪述"就是指信息處理中對古代文獻文本的取捨與闡述。在長期的傳鈔流轉裏，文本再次出現的樣態與配置將會改變，其地位和意義同遭變易。每一次文本之挪用、增刪或拼合等，都會衍生不同的詮釋意義。就文學總集而言，作品文本的入錄與棄去是爲"刪選"，書籍文本的序跋與類目是爲"撰述"，刪以爲述，述說明刪，彼此互相證成，因此總集研究特別重視刪選編纂之特色。古典詩文總集文本在"復古以爲新"的詮釋策略下，其展現方式既透露了編纂者的詩學觀念，也反映不同的信息處理方式。作爲最早詩歌總集的《詩經》，啓導了"詩教風化"與"文隨世變"兩條詮釋綫索。而號爲"總集之祖"的《文章流別集》，比較系統地辨別文體體類之源流。至於擺脫經史樊籬，以翰墨爲旨的《文選》，則明確建立了文章總集的分類階序傳統，此後總集之編纂大多圍繞文體、門類與時序三種方向，或偏重一端，或互爲主次。那麼到了詩歌總集發展迅速的明代，體現的是怎樣的編纂色彩？以此考察經典作品文本的生成，明代前中期體現着一股以體格爲尚的編選趨勢，在嘉靖年間達致高峰，並由此初步凝聚、圈定經典作品的範圍。然而隨之而來的，卻是多重面向的修正與反撥。

有關明代古典詩歌總集的編纂理念，得從南宋朱熹（1130—1200）的"三變三等"說與嚴羽（?—約1245）的時代分體說談起。"三變三等"是朱熹提出的儒教化詩史觀。他以唐虞至漢魏爲第一等，晉宋至初唐爲第二等，沈宋以後爲第三等，一變即一等，時代越變而詩品越下，除了時代推移，還對各個時期作出價值判斷，而其根據在

於律體始興，時人耽於詩法之巧密，消減了對儒教之重視和心性的自覺。這種崇古抑律的傾向乃風雅正變觀念的延伸。風雅之變，尚知"止乎禮義"，但法之巧密，只會導致詩歌遠離儒道古風。這是朱熹將《文選》納入理學系統的重要論述，此後真德秀（1178—1235）《文章正宗·詩賦》、陳仁子（約 1279 年前後在世）《文選補遺》、何欽（活躍於 13 世紀）等《詩準詩翼》、金履祥（1232—1303）《濂洛風雅》、劉履（1317—1379）《風雅翼》等都以此爲綱要，變造《文選》傳統，將儒家正統觀念融進詩歌發展歷程的描畫之中。至於時代分體説反映的是辨體式的詩史觀。嚴羽既將不同時期詩歌列爲第一義、第二義等，又特以《詩體》一章論列詩體，分以言、以時、以人等而論之。後來楊士弘（活躍於 14 世紀）大抵承襲時代、體制的分辨理念，並收納於"始音、正音、遺響"的統序之中。據其自述統序基礎，乃"審其音律之正變而擇其精粹"①。此"正變"非關風雅，而在音律，有着時代演變與品位高下的意味，故"始、正、遺"約略對應着"初唐盛唐、中唐、晚唐"三個分期；分期之中，又以古、律不分爲"始"，衆體皆備爲"正"。在序時與辨體、"世變"與"律變"之間，以"正音"爲最高價值基準，學詩者可"因其音聲，審其製作"。至於"遺響"，楊氏則提醒道："學詩者先求於正音，得其情性之正，然後旁采乎此，亦足以益其藻思"②。可見《唐音》三個部分各有安排，不是以一個編纂體例貫穿全書，但當中對於共時與歷時、體制與品位的互相照應，啓迪不少後來的選家，而最直接者當推《唐詩品彙》。

　　高棅（1350—1423）《唐詩品彙》成於明初洪武年間，其四唐九品的分類編纂深具理論色彩，《唐詩品彙總敘》云："校其體裁，分體從類，隨類定其品目，因目別其上下、始終、正變，各立序論，以弁其端。"③ 其選先分體制，下列九品，並約略對應四唐：

---

① 〔明〕楊士弘《唐音序》，楊士弘《唐音》，中國國家圖書館明初刻本，第 6b 葉。
② 《唐音正音》"序"，第 2b 葉；《唐音遺響》"序"，第 1a 葉。
③ 〔明〕高棅《唐詩品彙總敘》，《唐詩品彙》，上海：上海古籍出版社，1988 年，第 10 頁。

> 大畧以初唐爲正始,盛唐爲正宗、大家、名家、羽翼,中唐爲接武,晚唐爲正變、餘響,方外、異人等詩爲傍流,間有一二成家特立與時異者,則不以世次拘之,如陳子昂與太白列在正宗,劉長卿、錢起、韋、柳與高、岑諸人同在名家者是也。①

這些品目無疑是對《唐音》"始音、正音、遺響"的深化,具體地展示不同詩體在四唐時期的演化軌跡,序論其正變高下,以縱橫複雜的體系建構宏大的唐詩歷史圖景。高棅希望透過這一系列信息處理,"誠使吟詠性情之士,觀詩以求其人,因人以知其時,因時以辯其文章之高下,詞氣之盛衰,本乎始以達其終,審其變而歸於正,則優游敦厚之教,未必無小補云"②。不過《品彙》篇帙浩博,體系繁雜,高棅直承其"切慮博而寡要,雜而不純",因此後來要"拔其尤",在《品彙》的基礎上精選編定《唐詩正聲》。

"正聲"之名,高棅説是"取其聲律純完而得性情之正者矣",縱使四唐九品已有品格高下之辨,但不夠精要純粹,故《正聲》消除明確的四唐九品分項,而以詩歌體制爲主要類目。當中透露的信息,就是要展示、突出唐詩典正純完的音律體格。不過需要注意的是,與"聲律純完"並列的還有"性情之正"。事實上,楊士弘《唐音遺響小序》曾説要從正音"得性情之正",高棅《品彙總敘》末尾則言或可小補"優游敦厚之教",書内也引錄一些理學家詩論,但這種與儒家教化和官方意識相通的附貼,尚算無關宏旨。到了《正聲》,就明確將聲律和性情並置。其凡例直言"感有邪正,言有是非",然後對比"養其浩然"者如何"得詩之正","矜持忿罾"者如何使"情與聲皆非正","失詩之旨,得詩之禍",由此曉喻讀者"辨是非,察邪正,以定其取舍"③。對比《品彙》只是"觀時運之廢興,審文體之變易",

---

① 〔明〕高棅《唐詩品彙凡例》,《唐詩品彙》,第14頁。
② 〔明〕高棅《唐詩品彙總敘》,《唐詩品彙》,第10頁。
③ 〔明〕高棅《唐詩正聲凡例》,《唐詩正聲》,中國國家圖書館藏明萬曆七年(1579)計謙亨刻本,第2a—2b葉。

明顯加强了政教意味。總的來說，《正聲》在審選唐詩正調方面始終不出《品彙》的範圍，但在精選之餘，也有質變。從二集編選之語境看，可見高棅在不同場域下編選意圖的轉變。如果説《品彙》對《唐音》的承襲與擴增，乃出於高棅在閩時的個人意興與地方學術的層累影響，那麽在館閣期間編定的《正聲》，就多少具有適應官方政教的現實需要，也存在着取代《唐音》成爲兩京唐詩誦習主流讀本的想望①。

至於明代的古詩總集方面，其編刊數量遠遠不及唐詩總集，若果略過雜體總集，所選則更爲疏少。明初朝廷主理學，在此場域下除了性理與科考書籍，詩文類書籍主要承續宋元以來《文章正宗》《風雅翼》等書，又或從《風雅翼》抽出《選詩補注》部分。此外比較突出的要算吴訥《文章辨體》古詩部分。其凡例起首言"文辭以體制爲先"，但其辨體主張是在《文章正宗》基礎上再作文體的分類編選。凡例第二則便言"作文以關世教爲主""凡文辭必擇理兼備，切於世用者取之"②。其古詩序説更直接引録朱熹"三變三等"之説，認爲其言"至矣盡矣"，囑咐有志者以此爲勉。吴訥又提到，他所收的是以《文章正宗》和《風雅翼》爲基準，不過近世若有"合作者"，也會收入。至於律詩，則只放在外集而已。由此可見，《文章辨體》所選論之古詩仍深具濃厚的官方儒教色彩。

嘉靖年間因着出版業逐漸蓬勃，古典詩歌總集的編刊越發繁盛。此前已獲得相當程度重視的《唐音》《品彙》《正聲》，在復古思潮的帶動下更爲人所推重，其翻刻、增删、批點等版本相繼出版③。不過，當時尚有以儒家政教爲宗旨，展示唐代治亂興衰的總集，如李默、鄒

---

① 陳廣宏《明初閩詩派與台閣文學》，《文學遺産》2007 年第 5 期，第 63—76 頁。
② 〔明〕吴訥《文章辨體凡例》，《文章辨體》，北京大學圖書館藏明天順八年（1464）刻本，第 1a—1b 葉。
③ 此如：顧璘《批點唐音》，明嘉靖四十年（1561）刊本；俞憲《删正唐詩品彙》，明嘉靖三十二年（1553）潘梅刊本；桂天祥《批點唐詩正聲》，明嘉靖（1522—1566）萬世德校正刊本等。

守愚《全唐詩選》和黃佐、潘光統《唐音類選》等①。前者取《正聲》情性之正而有所增，後者斥楊、高專以詞工而加補訂。此外又有張之象和胡纘宗（1480—1560）分撰《唐雅》，前者以助益於宴會酬酢，後者則取協於典雅之音。這些都是有別於復古辨體觀念的唐詩總集，但其影響力還不算十分大。其時又有名家楊慎以搜逸態度選輯古、唐二體，如古詩有《風雅逸篇》《五言律祖》，唐詩有《唐絕增奇》《絕句衍義》等，對之後的選本和詩學討論均有深刻影響。其中馮惟訥《詩紀》的編纂便很可能是由續補楊慎《風雅逸篇》開始，馮氏所輯《風雅廣逸》亦成爲《詩紀》的前集部分。在復古辨體的意識底下，《詩紀》洗脱了此前古詩總集的政教意味。其凡例直言透過本集可知詩體興革與政俗升降，但不講正變得失，可以説是以整體實錄的精神來反映詩體與世代的發展歷史。至於"道本德之旨，叶風雅之音"者則"尚有望於大雅君子"，即無意涉及儒教的德旨雅音。其編排以漢以前詩爲前集，按類而分；漢魏至隋爲正集，以代爲序；末以外集（道家歌詩）、别集（諸家品論詩話）作結。別集"統論上"所采者以《文心雕龍》《詩品》《談藝録》較多，"統論下"又分：明體、章句、雜體、聲律、麗辭等目，列引的多是宋明間關於體格聲詞之論，這些都透露着辨體修辭的復古底色②。

　　《詩紀》尚因備録之需而不涉儒教，而約十年後出版的《古今詩删》，則是真正惟務辨體，净盡儒教色彩的通代删選式總集。在明代詩歌總集的序跋之中，我們經常能看到"孔子删詩"的話語，這無疑是垂範的規訓，也可以是影響的焦慮③，故當王世貞（1526—1590）爲《詩删》撰序時也不得不提道："而于鱗之所取，則亦以能工於辭不悖其體而已，非必盡合於古所謂發乎情，止乎禮義，興觀群怨之用

---

① 〔明〕李默、鄒守愚《全唐詩選》，明嘉靖二十六年（1547）曾才漢刻本。〔明〕黃佐、潘光統《唐音類選》，明嘉靖四十三年（1564）刻本。
② 高虹飛《〈古詩紀〉編纂與復古派關係考論》，《北京大學中國古文獻研究中心集刊》第十四輯，北京：北京大學出版社，2015年，第330—339頁。
③ 鄭雄《明清時期"選難於作"説芻議》，《北京社會科學》2020年第7期，第40—52頁。

備而後謂之詩也。是故存詩而曰删，曰删者，删之餘也。爲若不得已而存也。"① 這似乎要爲李攀龍代言，明確表達本選只是選録工於修辭而合乎體格的詩歌，同時非關政教，不問情正與否。這其實也反映了嘉靖、萬曆年間文士希望脱離道學束縛，突出古學、文章之價值的整體心態②。從辨體觀念而言，《詩删》標榜的是所選詩歌之體格精純，決心明顯有别於高棅二選。而其獨至之處更在於，這種對典正格調的删述追求，往上竟凌跨上古，向下則略過宋元而直接今明，實現了古、唐、明的通貫視野與選詩格局。同樣是三代，李氏的"三代三格"未必是要針對朱熹之"三變三等"，他要述説的不是連續的詩歌流變，而是作爲詩歌體格之審美典範特色，同時具體落實三代式的辨體史觀。

從《唐音》《品彙》到《正聲》的承續，可以看到對於審辨唐詩聲律格調的不斷强化。《唐音》三卷體例不一，又不收李杜韓；《品彙》浩博，但體變錯綜，論評亦不乏理學家之言；《正聲》則兼備聲情之正，卻使平調者多，雖以格正爲基準，但都談不上極致、純粹。直至李攀龍《詩删》出，才比較徹底地彰示詩體正典史觀，並繼《唐音》《品彙》《正聲》等躋身權威選本的行列。

不過，這部精純盡致的辨體式總集最終没有完全主導萬曆以後的詩壇，究其原因有三：首先，復古詩論在李、王相繼身故後，聲勢已不復從前。再者，《詩删》之嚴刻也遭受復古派内外的批駁。此外，萬曆以後出版業蓬勃，若非巨帙，文士比以前更易編刊一己之選，以申述詩學主張，尤其希望針對《詩删》的編纂權威，提出修正或反撥，乃至另闢蹊徑。

關於《詩删》或于鱗選唐的最大争議，在於李攀龍《選唐詩序》

---

① 〔明〕王世貞《詩删序》，〔明〕李攀龍《詩删》，中國國家圖書館藏明萬曆（1573—1620）初年刻本，第 3b 頁。
② 熊湘《王世貞的"文人"身分認同及其意義》，《文藝理論研究》2021 年第 4 期，第 70—80 頁。許建業《文人與義士之間：明代金華地區鄉賢編寫中的駱賓王》，《人文中國學報》2023 年 6 月第 36 期，第 1—30 頁。

所言"唐詩盡於此"的這一"盡"字。高棅也曾在《唐詩拾遺序》提及"盡"的想法,但那是對作品的窮盡。而李攀龍則自信能以删選盡見唐詩之典正體格。由此"于鱗選詩"體現了一種辨體式詩歌總集的編纂權威,同時"確立詩歌的正典"①。元明以來,自《唐音》至《詩删》的辨體式唐詩總集都是以盛唐格調爲審美基準,經過層累的删選,結合豐富的論辯,逐漸爲唐詩劃出經典作品的範圍。就在《正聲》揚名、《詩删》編定的正統至萬曆初年,以體格典正爲尚的經典作品可算達至初步的凝定。後來鍾惺、譚元春針對復古派而編撰《詩歸》,鍾惺序批評當時學古者"取古人之極膚、極狹、極熟,便於手口者,以爲古人在是",譚元春序也提到"世所傳《文選》《詩删》之類",並指從之者"務自彫飾而不暇求於靈迥樸潤"②。那麼鍾、譚要挑戰的顯然是以李攀龍等爲首的復古派的誦習方法與作品範圍。鍾氏在杜甫七律末端批語直言"於尋常口耳之前,人人傳誦、代代尸祝者,十或黜其六七"③。這應是指由高、李二集選錄的經典作品,惟有經典總集和經典作品,才會驅使常人尸祝傳誦。而《詩歸》的杜甫七律,便確實删汰了《正聲》《詩删》中六七成作品,當中包括《登高》《閣夜》等名篇,《秋興》亦只留下"昆明池水"一首,同時補入了不少比較幽逸隱僻的詩作。即使"昆明池水"、《九日藍田崔氏莊》等被保留了,鍾惺仍説"杜至處不在《秋興》""覺'老去悲秋''昆明池水'等作皆遜之(《夜》)"④,這明顯是要消解這些經典作品的權威性,同時塑造新的閱讀經典。如此看來,《删》與《歸》不但代表了不同詩學立場的交鋒,更可視作詩歌正典的建立與顛覆。

鍾、譚《詩歸》要塑造新的經典,於是强調"真詩"。此非格調

---

① 杜治國《確立詩歌的正典——李攀龍詩論、選本及創作研究》,香港科技大學博士學位論文,2004年。
② 〔明〕鍾惺《詩歸序》、〔明〕譚元春《詩歸序》,〔明〕鍾惺、譚元春《古詩歸》,日本公文書館藏明萬曆(1573—1620)刻本,第2b葉、第1b葉。
③ 〔明〕鍾惺、譚元春《唐詩歸》卷二二,《續修四庫全書》,上海:上海古籍出版社,1995年,第1590册,第101頁。
④ 〔明〕鍾惺、譚元春《唐詩歸》卷二二,《續修四庫全書》第1590册,第99頁。

之"真",而是精神上之"真",鍾氏云:"引古人之精神,以接後人之心目,使其心目有所止焉。"① 即要探古人精神之所在。既然格調字句會蔽人心目,那麼詩歌編纂上就不應以體制為目,是故《詩歸》只以時代序次,以人繫詩,刻意捨棄不少由高、李總集層累凝定的經典詩歌,且選取不避隱僻。他們批駁李、袁,並提出貼近古人"幽情單緒""虛懷定力"的"真精神",強調閱讀"真詩"的心眼方法,這自是競逐文柄的策略,也包含着顛覆權威的焦慮和決心。自《詩歸》行於世,追隨者眾,影響很大,除了陸續有翻刻重訂、三色套印等版本外,明末不少選本都受其影響,如唐汝詢(1565—1623之後)《彙編唐詩十集》,甚至有對接意味的《明詩歸》《名媛詩歸》等。

《詩歸》之外,晚明尚有遵循復古辨體觀念的編選者,比如與《詩刪》差不多同時出版的李栻《唐詩會選》,言詩歌須備"格力、音調、氣象、意趣",而以"格力"為先,故其凡例乃各種詩體特點之論辯。又如唐汝詢《唐詩解》,乃配其兄唐汝諤之《古詩解》,而合《正聲》與題李攀龍《唐詩選》為本,略從《品彙》添補,並附評解。後來周珽《唐詩選脈會通評林》也是據《品彙》《詩刪》為宗尚,而以"詩脈"貫穿詩體之內外和發展。

其他的還有:黃克纘、衛一鳳《全唐風雅》,乃據《品彙》與《唐詩選》所選再行增刪,同樣針對"于鱗選詩",故從選詩內部作挑戰,奉儒家詩旨,但又主中晚而抑盛唐。心學家周汝登《類選唐詩助道微機》嘗從心學、家庭、君道、臣道等12種門類選錄唐詩。楊肇祉《唐詩艷逸品》則分名媛、觀妓、香奩、名花四卷,如書題所述以艷詩為尚。還有一些通代詩選者:如篇帙浩大的張之象《詩紀類林》和臧懋循《古詩所》《唐詩所》,但跡近類書;陸時雍《古詩鏡》《唐詩鏡》主神韻,重性情,而評賞深刻。至於明末藏書家曹學佺的《石倉歷代詩選》最具代表性,所選自上古至明代,而明代部分的體例又極其繁雜。這些選本於世雖然褒貶不一,但都是饒有特色的。

---

① 〔明〕鍾惺《詩歸序》,鍾惺、譚元春《古詩歸》,第1a葉。

縱觀明代的古典詩歌總集編纂，我們可看到嘉靖以前古詩總集的承續主要緊隨官方道學主旋律，但慢慢轉向辨體色彩；唐詩總集則是以辨體意識爲主導，但亦有政教思維的身影。嘉、隆年間，伴隨復古思潮的高漲，辨體式總集的編纂刪述亦發展到成熟、極致的階段，《正聲》《詩刪》（包括《唐詩選》）爲世所追捧，同時以辨體審美是尚的經典作品亦經層累而凝定。萬曆以後詩學主張多元，總集編刊既有對七子派的挑戰，也有復古派之餘波，由此也重新打開由復古辨體式總集所積澱的經典作品範圍。

四、經典總集文本：閱讀的心態與選擇

> 辭學取材，載籍已博，録其要者：《詩三百篇》《楚辭》、梅鼎祚《漢魏詩乘》《六朝詩乘》；唐以下則高棅《唐詩正聲》，李攀龍《唐詩選》，華亭三子之《明詩選》；稍廣之則馮惟訥《風雅廣選》、《昭明文選》、《十二家唐詩》，梅鼎祚《李杜詩選》，《唐詩品彙》。①

這份關於詩歌誦習的書單，述及的大多是明代重要的詩歌總集。論者多謂明代是詩歌經典化的重要時期，其實經典化的還有部分詩歌總集。過去我們大多從議論之衆，刊刻之多，歸納出《詩紀》《品彙》《正聲》《詩刪》《詩歸》等數種經典詩歌總集。然而，時人如何閱讀、怎樣傳衍，也是值得討論的課題。從信息處理角度看，"辭學取材"者是毛氏對歷代重要詩賦總集的閱讀經驗和把握，也是供學詩者參考取用的文本資源。而這份書單又分"要"和"廣"，説的就是精要和廣博兩種閱讀（或者説存取信息）的心態和需要。此初步反映了讀者抱持着甚麼態度閱讀總集，又按照甚麼理念或原因作出閱讀的選擇。對於總集的閱讀，我們過去大多以批評史或接受史的視角，特別注意

---

① 〔清〕毛先舒《詩辯坻》，郭紹虞編選、富壽蓀校點《清詩話續編》，上海：上海古籍出版社。1983年，第1册，第71頁。

該集原初文本内部的信息和理論觀念，以及讀者的討論評價等。但總集作爲重要的信息場域，其傳衍本身就必須經過閱讀，也就是文本如何存取，知識緣何傳播的問題。因此，我們的視綫須從書籍原本延展開去，關注其被閱讀存取的不同情境，乃至作爲文本資源後的各種傳衍狀況。何者爲當世讀者普遍閱讀或取用的文本資源，何者能提升到經典總集的地位，正是我們討論明代古典詩歌總集時不應忽略的話題。這不但展現了它們如何在讀者心目中建立地位，慢慢走上經典化的道路，更重要的是，在明代出版文化下它們怎樣流入世俗場域，被輾轉挪借資取。

上文毛先舒（1620—1688）的書單並非獨特個案，在歷來的詩話文評、序跋題識、凡例書目、書信筆記等資料中有大量關於總集的討論和評價，不少便涉及閱讀的心態和選擇。比如楊士奇（1365—1444）《東里續集》有一些關於總集的題跋，當中對《唐音》評價最高。其友曾另編唐集，他卻認爲"苟有志學唐者，能專意於此（《唐音》），足以資益，又何必多也"①。代表着對《唐音》之尊奉，也包含詩歌閱讀貴精不貴多的態度。此外，顧應祥（1483—1565）《唐詩類抄序》曾憶述道："予自入仕以來，每攜一袠（《唐音》）自隨。"② 明初以來，朝廷承續元代文尚韓、歐，詩主盛唐的詞章傳統，故臺閣、郎署間的詩歌讀物主要是《唐音》《三體》等③。顧氏以《唐音》作日常的誦習讀物，亦大抵受到此閱讀慣習和氛圍所影響。

《詩三百》《楚辭》《文選》以來，凡涉及詩文的誦習，大多有總集的身影。《文選》本爲唐宋文士的詞章範本，後來宋人講究詩法門類，於是劉克莊（1187—1269）《分門纂類唐宋時賢千家詩選》、周弼（1194—1255）《三體唐詩》等劃出與摹習、取材或體法指授相關的詩

---

① 〔明〕楊士奇《題跋》之"唐音"，《東里文集續編》卷一九，臺灣"國家圖書館"藏明天順五年（1461）廬陵楊導編刊本，第6a葉。
② 〔明〕顧應祥《唐詩類鈔序》，《唐詩類鈔》，中國國家圖書館藏明嘉靖三十一年（1552）刻本，第1a葉。
③ 湯志波《明永樂至成化間臺閣詩學思想研究》，上海：上海古籍出版社，2016年。

歌總集；理學家則主由道入文，故《文章正宗》《風雅翼》等儒家道統觀照下的教化工具，成爲性情養正的詩學輔翼。其中可以分作兩種閱讀層次：前者講究技巧取材的實用性，層次較低；後者則具有净化性情的道德性，至爲高尚。而《唐音》《品彙》《正聲》這類辨體式總集可謂介乎兩者之中，詩歌之體調既密接聲法，其正變又與性情互證。不過，如要把握明代文人士子詩歌誦習的普遍情況，還是要對不同誦習規制或風尚作深刻細緻的梳析①。

不少學者已注意到，翰林院庶吉士制度對館閣的詩歌誦習影響很大，其中館師的宗尚有着決定作用。李東陽（1483—1565）擔任翰林院館師數十年，便認爲"選唐詩者，惟楊士弘《唐音》爲庶幾；次則周伯弼《三體》，但其分體過於細碎"②。這明顯延續明初以來館閣的詩歌誦習傳統。《唐音》之外，不可不提高棅《品彙》《正聲》。其中央地差距與出版遲滯等因素確實造成二集流通的落差，但至少在嘉靖以前的京師詩壇，應已有相當影響。不過，它們尚未到"終明之世，館閣宗之"的程度。現在我們比較肯定的是，《文章正宗》（選詩部分）和《唐音》在嘉靖以前應屬恒常的誦習教材，而《正聲》大概在隆、萬年間已列爲館課的詩學範本，甚至正式取代《唐音》③。至於地方府學中的辭章課習，亦有相當的影響。比如弘治九年（1496）楊一清（1454—1530）主持陝西學政期間，王恕（1416—1508）父子開辦弘道書院，其中《學規》提到要選定《文章軌範》和《唐音》作爲每日閱讀背誦的課本，並指示每月起題寫作，提出數量和要求，以爲"舉業之暇"的習作。雖然與隔日作二道的時文有着優次之別，但已是比較開放的態度④。

---

① 連文萍《詩學正蒙：明代詩歌啓蒙教習研究》，臺北：里仁書局，2015年。鄭禮炬《明代洪武至正德年間的翰林院與文學》，北京：中國社會科學出版社，2011年。葉曄《明代中央文官制度與文學》，杭州：浙江大學出版社，2011年。
② 〔明〕李東陽《麓堂詩話》，《明人詩話要籍彙編》，第1冊，第91頁。
③ 徐隆垚《明人詩史書寫研究》，復旦大學博士論文，2023年，第62頁。
④ 《弘道書院學規》，趙所生、薛正興主編《中國歷代書院志》，蘇州：江蘇教育出版社，1995年，第6冊，第490頁。

由於央地不同層級文士的閱讀需要，以及復古辨體的摹習主張，辨體式總集廣受青睞，嘉靖以後出版事業的發達更令這些經典總集的板刻刊量與日俱增。比方說，《品彙》的明刻本便有十多種，《正聲》刊本約十種左右，《詩刪》和《詩歸》的版本各有數種，至於萬曆以後非常流行的題李攀龍《唐詩選》更多達二十多種。多次翻刻反映了閱讀群衆對經典總集的需求，若果我們能體察不同版本的細節，則更能摸索出不同的閱讀情況。

　　首先是總集不同版本的他撰序跋凡例。它們多數由總集編選者的親友、校刊者或受邀名家所撰寫，既標榜宣傳，也表達其閱讀的體會與期許。過去總集研究主要集中於自撰序跋凡例與選錄作品的相互闡釋，至於他撰序跋凡例，大多摘引合乎研究需要的文字，以旁證想要申述的觀點。但換個角度看，這些是讀者感受的分享，同時是引導讀者閱讀的信息。比如《唐音》楊士弘序講"審其音律之正變"，但同書虞集序則比較强調"世道"，仿佛要平衡"世變"與"律變"兩種讀詩角度。又如《正聲》先後有胡續宗序刻本及何城（1500—1564）重刻本，胡序特别申述《正聲》以格調選詩，何序卻認爲寓有"風化之淳漓"，"何拘拘然格調意興之評哉"①。我們若讀到不同版本序跋所透露的信息，審美方向也可能出現偏差。此外，部分總集的校訂重刻還附有校刊者的凡例附言，以說明他們的閱讀體會和修訂原則，如吳琯校訂重刻《詩紀》，並在馮氏原來凡例之前添加數則，開首第一則便説馮氏所分前集和正集"似覺牽合"，故"竊取史記國語之例"修訂之；第三則又説："是編刻於關中，刻既不佳，校多遺誤，今悉取馮公引用諸書，酌量改易。"②這些本爲修訂的説明，也可逆推其閱讀時的體會和考慮。不同的翻刻校訂都可能對原來版本作出文本或副文本上的改動，不論是否刻意，都多少會影響讀者的理解。

---

① 〔明〕胡續宗《刻唐詩正聲序》，引自〔明〕桂天祥《批點唐詩正聲》，天津圖書館藏明刻本。〔明〕何城《重刊唐詩正聲序》，〔明〕高棅《唐詩正聲》，明嘉靖二十四年（1545）何城重刻本。
② 〔明〕吳琯《刻詩紀凡例》，〔明〕馮惟訥《詩紀》，中國國家圖書館藏明萬曆十四年（1586）鄞郡吳琯校刊本，第1a—1b葉。

經典總集越流通，越容易成爲大衆的文本資源，供普通讀者選擇取用。前述顧應祥隨身攜帶《唐音》，卻不滿它中唐以後名作疏少，苦於檢閱，"乃取《唐詩品彙》《三體》《鼓吹》及真西山《文章正宗》所載，摘其中間爲世所稱者，增入數首"，終編成《唐詩類鈔》。這種依據一部經典總集作爲文本資源底本（或稱史源），然後再行刪補編校的操作，正好反映明代不少詩歌總集的生成模式。比如《詩刪》中古詩源出《詩紀》，唐詩取自《品彙》；《詩歸》則從《詩紀》《品彙》和《唐詩紀》中點選，都是以《詩紀》和《品彙》等大型總集作爲史源。不過，也有以批判的心態，針對經典總集之或嚴或濫而再作刪補的，其中有些書題比較明確，如黃絅《唐音集成》、俞憲《刪正唐詩品彙》、黃氏《唐詩品彙選釋斷》等。有些則別題一編，但實際是在底本上作增刪，如前述《全唐詩選》取《正聲》爲底本，再補入不少中晚唐詩，以平衡四唐；黃克纘、衛一鳳《全唐風雅》則是"於高、李之選各有刪除，而增大者十之六七"；費元祿《唐詩選》在于鱗選上"增其二三"，等等。經典總集既有宗奉者，也有詬訾者，前者樂意承襲，後者亦不能回避，故部分選擇據此"撥亂反正"。這些都是明代總集信息傳衍不可忽略的現象，實應細加比照。

除此之外，經典總集也多被用以批點、箋釋，如桂天祥《批點唐詩正聲》、蔣一葵《唐詩選注》，葉羲昂《唐詩直解》，以至清初吳儀一（吳吳山）《唐詩選注》等。不論評注者出於尊奉態度，抑或隨手翻檢，經典總集已儼然成爲讀者表達個人閱讀心得或詩學理念的載具。至於經典總集的合刻彙編更屬明代的獨特風景，尤其在唐詩總集方面。嘉靖年間，符觀《唐詩正體》和趙完璧《唐詩合選》都是將《唐音》和《正聲》合編的總集。萬曆以還，沈子來結合盛行於世的《唐音》《正聲》和《唐詩選》而成《唐詩三集合編》。唐汝詢更嘗試調和《正聲》《唐詩選》《唐詩歸》及《唐詩解》諸家，分體定品而成《彙編唐詩十集》[①]。而這種彙編

---

① 陳國球《復古餘波：唐汝詢〈彙編唐詩十集〉初探》，《政大中文學報》2018 年 6 月第 29 期，第 51—80 頁。拙著《權威的結聚：晚明彙編式唐詩選本的知識處理》，待刊。

手法不僅在於選詩文本層面，還包括注解批評這些附生於總集上的副文本，其中蔣一葵箋釋、唐汝詢評解以及鍾、譚評點，均爲最常被資取挪用的信息資源，如明末徐震《唐詩選彙解》輯合了三書之注解評語，《唐詩訓解》則大量潛録蔣注唐解而不標明姓字等。蔣注、唐解和鍾譚批評的文本反覆在晚明唐詩總集出現，可以説是書商稗販挪借的手段，實亦反映了當時讀者之觸目所及或閱讀選擇。

誠然，經典總集文本在一些翻刻重印的過程中常常出現文本之衍異，但這大多出於考證校訂的修改，或編刊雕刻時的無心之失，文本的內容邊界尚算穩定，也没有影響對編選原則的理解。理論上經典總集通過刊印而流通，其文本權威和理論權威應當迅速確立、凝定下來。不過，經典總集既然爲大衆捧讀喜愛，有相當的市場價值，亦自然流而爲通俗消費的商業產物，避免不了文本"稗販"的現象①。

關於晚明商業出版與文學文本關係的討論已有豐富的成果，其中"一書各本""一本多版"現象的提出，值得注意②。詩歌總集方面以"于鱗選唐"最爲突出，大概有《詩删》《唐詩選》和《唐詩廣選》數種版本，若從後見之明我們當然以《删》爲定，但不少明人卻是奉《選》爲尊，《删》的權威地位更曾受到質疑③。《唐詩選》初本不存，但我們已知它分早期版本和現存版本兩個系統，其選詩多寡存在差異。現存版本系統確立了465首的選詩數量和規模，但它又衍生出不同派生版本，如《唐詩選玉》《唐詩訓解》《朱批唐詩苑》等，彼此選詩數量便有不少出入，如此又相當程度地淡化了現存版本的文本權威。

相比文本權威，晚明部分總集的理論權威性的消解或扭曲，就更具特色。書籍參與者之題名與原書理論權威的關係十分密切，福柯便

---

① 何予明《緒言》，何予明著、譯《家園與天下：明代書文化與尋常閲讀》，北京：中華書局，2019年，第5—6頁。
② 郭英德《中國古代通俗小説版本研究芻議》，《文學遺産》2005年第2期，第69—77頁。楊宜師《晚明坊刻明别集評點本考論》，《文學遺産》2023年第2期，第145—157頁。
③ 胡應麟曾説過"往嘗疑《詩删》匪出于鱗"。〔明〕胡應麟《少室山房集》卷一一二，《四庫明人文集叢刊》，上海：上海古籍出版社，1993年，第819頁。

言"作者"（或者著作權）具有促成某種建構、組織的"分類功能"①。我們知道，晚明書籍的假託大都出於商業的考慮，但在文本詮釋上又某程度有着自我界定、自我實踐的作用。我們再以《唐詩選》不同版本爲例，其時便有題署王穉登、陳繼儒、袁宏道、鍾惺、錢謙益、孫鑛者。他們詩學主張與復古派或遠或近，但當被題署到以盛唐體格是尚的《唐詩選》之上，從信息處理和理論詮釋而言已產生複雜甚至悖反的閱讀效果，不同水平的讀者又有不一樣的認知和感受。派生本之一的《唐詩訓解》，前述其潛録蔣注唐解而不署其名，而題名"袁宏道校"則更顯突兀。書前的題袁宏道《唐詩訓解序》還以"詩教""詩品"爲全書綱領，於李於袁的詩學觀都明顯有所牴牾②。此外，有些出版爲了自圓其説，更會編造故事，比如《鍾伯敬先生評釋李于鱗唐詩選》，其底本只是蔣一葵注《唐詩選》，再加上鍾、譚《詩歸》之批語，但書商在書前將蔣氏跋文改題"鍾惺"，然後自撰《唐詩選敘》，聲稱"近得伯敬先生手訂唐詩一册，正于鱗選本"，説鍾惺是"李氏功臣"③，仿佛鍾惺真的曾評釋李選，但這實際只是爲其稗販挪借手段提供權威性與合法性。事實上，晚明部分《正聲》《詩刪》《唐詩選》版本被置入《詩歸》批語，此當然是常見的稗販伎倆，但客觀來説，這些版本共同展現互異的詩學主張，亦同時影響、甚至消解彼此原來的理論權威。

經典總集之外，好些類聚式唐詩總集爲了湊數，也試圖魚目混珠，如題名李維楨《新鎸名公批評分門類釋唐詩雋》録取了李陵、蘇武、鮑照、謝朓等人詩作；題鍾惺《名媛詩歸》的唐代宫閨詩部分也收入元明間女詩人作品。楊肇祉《唐詩艷逸品》中的詩篇或混入六朝

---

① Michel Foucault, "What Is an Author," in *Textual Strategies: Perspectives in Post-Structuralist Criticism*, edited by Josué V. Harari (Ithaca, NY: Cornell University Press, 1979).
② 題〔明〕袁宏道《唐詩訓解序》，題〔明〕李攀龍選、題〔明〕袁宏道校《新刻李袁二先生精選唐詩訓解》，日本公文書館日本江户（1603—1867）田原勘兵衛翻印明萬曆建陽居仁堂余獻可梓本，第1a葉。
③ 〔明〕劉孔敦《唐詩選敘》，題〔明〕鍾惺《鍾伯敬先生評釋李于鱗唐詩選》，日本公文書館明萬曆（1573—1620）建陽藜光堂劉孔敦刻本，第2b—3b葉。

之作，或出處無可考證，部分題名杜甫、李白、孟浩然、白居易諸家的原作者，更是來自時人袁宏道或王穉登等①。至於甚受歡迎的《唐詩畫譜》，組織纂輯的黃鳳池見有五絕本和七絕本的成功，謀求編刊六言本，但爲了湊成與前二畫譜相約的作品數量，於是肆意僞題妄改，擴增篇幅，以補所存極少的唐詩六絕②。上述所舉多出自坊賈之手，商業氣息濃厚，這些我們都能理解，但部分製作其實並非只求射利而粗製濫造，如《唐詩艷逸品》《唐詩畫譜》等皆裝訂講究，甚受雅士歡迎。那麼在訂證訛僞之餘，我們應當注意的是，這些作品文本在不同書籍形式的再現，除傳抄問題以外，也體現了"作古以求新"的閱讀興味或市場焦慮。

通過挪借、雜鈔、僞題等製成的詩歌總集在晚明俯拾皆是，此既消解經典總集的文本權威性和理論權威性，某程度也間接影響經典文類文本的凝定，體現了晚明獨特的"稗販詩學"的"非經典性"特色。

通過上述三個考察維度，大致可看到三個層次的文本凝定情況，包括經典文類文本的凝定、經典作品範圍的凝定，以及經典詩歌總集的凝定。在第一個層次，明代嘉靖以後全錄式詩歌總集的編刊確實爲經典文類文本展開了凝定的進程，但具體來看，只有古詩文本通過《詩紀》大致完成整體凝定，而唐詩未及刊布，沒有形成明確的文本權威，故還不能說全面完成，更準確的說法應是凝聚而不固定。在第二個層次，明代嘉靖以前主要是辨體式總集《品彙》《正聲》《詩刪》等的承續，它們對古典詩歌的編纂刪選，加之復古辨體意識的層累和討論，促使經典作品範圍的初步結聚和圈定，但萬曆以後詩學主張趨於多元，復古派更被《詩歸》等總集挑戰，加上對中晚唐詩的審美轉

---

① 曲景毅、王治田校點《唐詩艷逸品·整理凡例》，上海：上海古籍出版社，2019年，第2—3頁。
② 綦維《徽派版畫〈唐詩畫譜〉與〈詩餘畫譜〉的優劣——以編選及流傳爲中心的考量》，《甘肅社會科學》2008年第1期，第146—148頁。

向，使經典作品範圍被再次打開。至於第三個層次，大量的誦習討論和不斷的翻刻傳衍，促成《正聲》《詩删》（《唐詩選》）《詩歸》等經典總集的確立和肯定，但晚明出版業的過度商業化，致使部分經典總集的正文本與副文本也因此遭到反復的稗販挪借，部分版本的文本權威和理論權威也同告消解。循着三類文本維度的梳理，以至不同文學場域對於經典文本的諸般焦慮，可看到明代古典詩歌總集三組不同層次的"凝而未定"的文本動態。

最後我們還需注意，近年來部分學者嘗試通過字符、評點、總集、類書、史著、藏書庫、書志目録和叢刊等作爲文學信息處理（literary information management）的媒介，重新思考中國文學的發展①。對於文學文本與信息處理的關係，他們關注的不是文學的信息内容，而是通過語境的分析，梳辨文學文本在各種文化系統中如何成爲被存儲、處理和傳輸的信息②。詩歌總集正是文學信息處理的重要場域，也已有相應的討論，卻未有學者循此探討明代詩歌總集的情況③。事實上，本文有不少地方已觸及信息處理的部分，這或可作爲相關話題的補充，以至推進和深化的先導部分，實在值得密切注視。

［作者單位］許建業：香港樹仁大學中國語言文學系

---

① Jack W. Chen, Anatoly Detwyler, Xiao Liu, Christopher M. B. Nugent, and Bruce Rusk, eds., "Introduction," *Literary Information in China: A History* (New York: Columbia University Press, 2021), p. xxvi.
② Ann M. Blair, "Foreword," in Jack W. Chen, Anatoly Detwyler, Xiao Liu, Christopher M. B. Nugent, and Bruce Rusk, eds., "Introduction," *Literary Information in China: A History*, pp: xvi-xvii. 安. 布萊爾（Ann M. Blair）另有信息史（部分學者如李仁淵譯作"資訊史"）的相關編著，其視野和跨度更爲廣闊。請參 Blair, Ann, et al eds., *Information: A Historical Companion* (Princeton and Oxford: Princeton University Press, 2021).
③ *Literary Information in China: A History* 一書有專節 "Later Imperial Poetry Anthologies"，但只述及清代的《全唐詩》和《唐詩三百首》，見第 224—232 頁。

《赤牘清裁》《尺牘清裁》版本考*

汤志波

提　要：明嘉靖間楊慎多次重編《赤牘清裁》，從三卷本增補爲五卷本、十卷本、十一卷本。王世貞新輯唐代至明代尺牘，再將十一卷本增補成二十八卷；隆慶間又在二十八卷基礎上擴充爲六十卷本，更名爲《尺牘清裁》，意圖收全隋以前尺牘；之後又補遺一卷，形成六十一卷定本。《赤牘清裁》與《尺牘清裁》在傳播過程中，不斷有翻刻本、評點本、選本乃至增補本問世。本文著録其版式特徵，考辨其版本源流。

關鍵詞：《赤牘清裁》　《尺牘清裁》　楊慎　王世貞　版本源流

　　嘉靖間楊慎（1488—1559）選録春秋至唐代的尺牘，最終編成《赤牘清裁》十一卷，這是明代最早的尺牘選本，首開尺牘總集編刻之風。王世貞（1526—1590）又在其基礎上多次增補，最終形成了《尺牘清裁》六十卷《補遺》一卷，更是引發了明代尺牘編刻傳播的熱潮，此後尺牘盛行，各類選本不斷涌現，成爲出版史乃至文學史上都值得關注的現象。楊慎爲正德六年（1511）狀元，著作達百餘種，《明史》本傳云："明世記誦之博，著作之富，推慎爲第一。"[①]王世貞是嘉靖二十六年（1547）進士，復古派"後七子"之一，也是隆慶後文壇領袖，"獨操柄二十年，才最高，地望最顯，聲華意氣籠蓋海

---

* 本文是國家社會科學基金重大項目"《楊慎全集》整理與研究"（項目號：14ZDB075）階段性成果。
① 《明史》卷一九二《楊慎本傳》，北京：中華書局，1974年，第5083頁。

內"①。兩位對明代文壇有重要影響的人物，先後多次編刻尺牘總集，引領一時風氣。明末盧舜治在《國朝名公翰藻序》中説："我明之書記，至嘉、隆、萬曆之歲，而愈嫻郁可餐，蓋自楊用脩、王元美兩先生勒成之。"②清初周亮工亦云："尺牘有選，斷自數十年以來者，以隆、萬之前，歸、茅而下，一二大家，製作昭然，無事表揚。"③ "一二大家"指的當是楊慎與王世貞。學界目前對《赤牘清裁》《尺牘清裁》的研究尚不多見④，本文著録其版式特徵，比較各版本內容差異，並繪製版本源流圖，爲進一步整理研究奠定基礎。

一、《赤牘清裁》版本考

楊慎所編《赤牘清裁》，目前有四卷本、五卷本、十卷本、十一卷本等多種存世。嘉靖間王世貞將《赤牘清裁》校益爲二十八卷，現存嘉靖三十七年（1558）刻本、清乾隆間鈔本 2 種。萬曆間吳勉學又綜合楊慎與王世貞輯本編爲《赤牘清裁》十一卷《補遺》四卷。編者不一且版本多歧，但書名完全相同，爲便於讀者理解與行文簡練，本文均以卷數作爲《赤牘清裁》的簡稱。

（一）楊慎編《赤牘清裁》五卷本

1. 《赤牘清裁》五卷，明嘉靖十三年（1534）刻本，北京大學圖書館藏（索書號 SB/818.1/4694）。半葉十行行十七至二十字不等，白口，四周單邊，無魚尾，版心鐫"赤牘卷×"，卷端不題撰人，卷

---

① 《明史》卷二八七《王世貞本傳》，第 7381 頁。
② 〔明〕盧舜治《國朝名公翰藻序》，〔明〕淩迪知選《國朝名公翰藻》卷首，美國哈佛大學哈佛燕京圖書館明萬曆刻本，第 2b—3a 葉。
③ 〔清〕周亮工撰，朱天曙整理《周亮工全集》，南京：鳳凰出版社，2008 年，第 18 册，第 339 頁。
④ 如鄧元煊《楊慎輯〈赤牘清裁〉叙論》，《青海民族學院學報》1991 年第 4 期，第 101—104 頁；車禕《明代尺牘總集的編纂方式及其文體學意義》，《斯文》第八輯，北京：社會科學文獻出版社，2022 年，第 90—108 頁。前者簡略討論了《赤牘清裁》的基本內容，後者考察了《赤牘清裁》《尺牘清裁》的編纂方式。

首有張含《赤牘清裁引》、張繹《赤牘清裁序》、董難《赤牘清裁跋解》，卷末有王廷表《赤牘清裁後序》。張含、董難二序不署日期，張繹、王廷表二序均作於嘉靖十三年。張含《引》云："太史公旅斯榆，平書閒居，編此編，式昭古，式式今，則古流或已傳於錂。公見之曰：'未之傳也。'含贊於公曰：'公毋乃未徧？夫六經，肴蒸大戴也，有左氏爲太官，有公羊爲餅家，有屈平供粗粢，有相如奉和具，信旨矣。而無郭璞之玉珧，謝客之石華。設令符朗、劉易在賓筵，得無不足君所乎？'公乃懌予言，是編乃行。"① 張繹序曰："自西蜀南滇縣隔，亦復慰式生，斗山瞻仰，若玆簡牘，容能等之所常見者哉！初獲會城本于姻戚邢無敏所，銳圖廣之，則聞字頗爲刻遺訛，遂托無敏攷證，重謄於箋，無劇乃速善工梓成。"② 以下簡稱"五卷本"。

是書卷一"先秦兩漢"卷21通，卷二"三國六朝"卷46通，卷三"二王帖辭"卷41通，卷四卷五"拾遺"卷102通，共計尺牘210通。各卷末注明本卷所收尺牘數，如卷一末題"右臧文仲至馬融一十九人，書二十一首"③。《赤牘清裁》成書於楊慎貶謫雲南之時，編次於大理府，刻於臨安府，董難《跋解》云："此卷吾師太史公編次於吾大理蕩山之寫韻樓，而錂於臨安也。"④ 據張繹序，此前還有"會城本"，楊慎於嘉靖四年（1525）貶謫後曾長居雲南府安寧州，會城即雲南府之別稱，則最早當刻於此，《雲南通志》卷十五《藝文志·板刻》亦有著錄："《赤牘清裁》，臨安府。"⑤ 作序者均爲雲南文人：張含（1479—1565），字愈光，號月塢山人，永昌衛人。正德二年（1507）舉人，"楊門七子"之一，曾與楊慎、藍田等人於南京成立明詩堂詩社，著有《禺山文集》《張禺山詩文選》等。張繹（生卒年不詳），字思紹，號東岩，臨安府建水州人。弘治九年（1496）進士，

---

① 〔明〕張含《赤牘清裁引》，《赤牘清裁》卷首，北京大學圖書館明嘉靖十三年刻本，第1a—1b葉。
② 〔明〕張繹《赤牘清裁序》，《赤牘清裁》卷首，北京大學圖書館明嘉靖十三年刻本，第1b—2a葉。
③ 〔明〕楊慎編《赤牘清裁》卷一，北京大學圖書館明嘉靖十三年刻本，第6b葉。
④ 〔明〕董難《赤牘清裁跋解》，《赤牘清裁》卷首，北京大學圖書館明嘉靖十三年刻本，第1a葉。
⑤ 〔明〕鄒應龍修，〔明〕李元陽纂，劉景毛等點校《萬曆雲南通志》，北京：中國文聯出版社，2013年，第1482頁。

官至貴州兵備道，著有《東岩錄》等。董難（1498—1566），字西羽，號鳳伯，大理府太和縣白族人。楊慎謫居永昌時，董難從其學，後隨其寓居大理蕩山寺寫韻樓，與之彙集轉注古音。著有《韻譜》《轉注古音》《雪堂詞彩》等，多不傳。王廷表（1490—1544），字民望，號鈍庵，臨安府阿迷州人。正德九年（1514）進士，官至四川按察司僉事，嘉靖初退職歸滇。"楊門七子"之一，曾與楊慎合纂《阿迷州志》，著有《皇統》《鈍庵詩集》等。

2.《赤牘清裁》四卷，明藍格鈔本，中國國家圖書館藏（索書號 12239）。半葉十行行二十二字，白口，四周單邊，無魚尾，卷端不題撰人。卷首僅存張繹《赤牘清裁序》。是書曾爲天一閣、嘉業堂舊藏，范邦甸《天一閣書目》著錄："《赤牘清裁》五卷，藍絲闌鈔本。明楊慎著，永昌張含、東巖張絳董序。"①《嘉業堂藏書志》載："《赤牘清裁》四卷，明鈔本。分爲二十八卷，只存四卷。卷首明嘉靖甲午張罩序。此明鈔本，爲天一閣舊藏。"② 可知遞藏中已失卷首張含序。較之嘉靖十三年所刻五卷本，現存鈔本內容僅至卷四《報東海相朱登遺蟹書》止，後闕《與某公書》等 14 篇，共收尺牘 130 通。《天一閣書目》所云"五卷"，或是誤記。值得一提的是，刻本同樣位置，即卷四《報東海相朱登遺蟹書》之後的篇目，字跡與前文明顯不同，甚至同葉行款字數都有改變，疑爲後來補刻，參見圖 1、圖 2、圖 3。故推測五卷本或是在刻完卷四《報東海相朱登遺蟹書》篇後就有流傳，該鈔本則是據其抄錄。但該推測無法解釋《天一閣書目》著錄"《赤牘清裁》五卷"的問題，俟博雅君子賜教。高儒《百川書志》載："《赤牘清裁》四卷，述人未詳。釋文。古人赤牘。先秦兩漢三國六朝五十五人赤牘六十七首，二王雜牘三十八首，拾遺九人雜牘二十二首。恐

---

① 〔清〕范邦甸撰，江曦、李婧點校《天一閣書目》卷四，上海：上海古籍出版社，2019 年，第 504 頁。按，"張絳董"應爲"張繹"之誤。
② 〔清〕繆荃孫等撰，吳格整理點校《嘉業堂藏書志》卷四集部，上海：復旦大學出版社，1997 年，第 1174 頁。

多殘缺，唐宋不取。"① 則其所見與今存四卷本又不同。

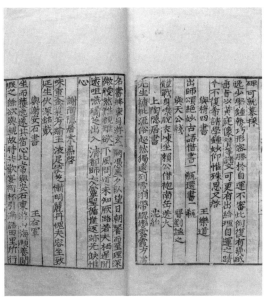

圖 1　北大圖藏《赤牘清裁》"五卷本"卷四（字體一致）

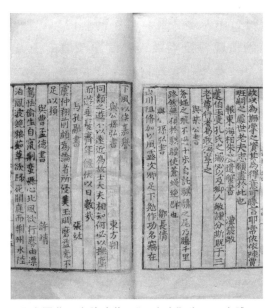

圖 2　北大圖藏《赤牘清裁》"五卷本"卷四（字體不一致）

---

① 〔明〕高儒撰，孫蘊解說《百川書志》卷九，上海：上海古籍出版社，2021年，第112頁。

圖 3　國圖藏《赤牘清裁》"四卷本"卷末

(二) 楊慎編《赤牘清裁》十卷本、十一卷本

1.《赤牘清裁》十卷，明刻本，中國國家圖書館藏（索書號03059）。半葉九行行十八字，雙行小字同，白口，四周雙邊，上黑魚尾，版心鐫"赤牘清裁"及卷數，卷端題"博南山人楊慎輯錄"，無序跋。分上下卷，卷首各有五卷目錄，以下簡稱"十卷本"。

是書卷一卷二"先秦兩漢"尺牘，其中先秦 12 通、漢代 53 通；卷三至九"三國六朝"尺牘，其中三國 41 通、晉代 143 通、南北朝 70 通；卷十為晉代至唐代佛教人物（包括受書者）尺牘，計 22 通；總計尺牘 341 通。部分篇目有注解，如注臧文仲《遺魯君書》："臧文仲使于齊，齊人繫之獄，故其書隱語以寄魯君也。魯君不知而問其母，其母解之云云。見《列女傳》。"① 亦有評議，如評司空王昶《上魏文帝箋》："右書辭古而寄況深，所謂退不標跡也，見《晉書·述傳》引。"② 或說明編選理由，如楚潘黨《射麋獻晉》："《左傳》所載諸國辭命，其舂容大篇者已膾炙人口。若其寂寥數字者，肅括而敷

---

① 〔明〕楊慎編《赤牘清裁》卷一，中國國家圖書館明刻本，第 1b 葉。
② 〔明〕楊慎編《赤牘清裁》卷三，中國國家圖書館明刻本，第 8b 葉。

含，質直而耀艷，固後世文人竿牘簡尺之濫觴也。取此二條，以冠卷首。"① 或補充相關內容，如徐淑《又報嘉書》："淑又與嘉書云：'分奉金錯椀一枚，可以盛書。水琉璃椀一枚，可以服藥酒。'"②

較之五卷本，十卷本增補甚多，但亦闕陳逵《與周弘正》、道安《諫苻堅伐晉》、班固《與竇憲》、王子敬《與郗嘉賓書》《與子猷書》等5通③。另有幾處差異較大：首先，五卷本中王右軍《雜牘二十五首》，十卷本作《雜牘二十三首》，第15首被拆作2篇且有異文，五卷本有8首不見於十卷本，十卷本有5首不見於五卷本。其次，五卷本王獻之《與郗氏妻書》僅1則，十卷本將王獻之《雜牘十五首》第1首變爲《與郗氏妻書》中的第2通；五卷本中王獻之《雜牘十五首》，十卷本作《雜牘十三首》，但僅見11首。再次，《上趙后書》與《與陰氏書》2篇尺牘異文甚多，爲便於對比，全引如下：

今月佳辰，貴姊懋膺大冊，上遺金花紫綸帽，以陳踴躍。（五卷本）④

今月佳辰，貴姊懋膺洪冊，謹上襚三十五條，以陳踊躍。（十卷本）⑤

篤念既密，文章粲爛，名實相副。奉以周旋，紙敝莫渝，不離於手。（五卷本）⑥

舊念既密，文章燦爛，名實相副。來讀周旋，紙弊墨渝，不

---

① 〔明〕楊慎編《赤牘清裁》卷一，中國國家圖書館明刻本，第1a葉。
② 〔明〕楊慎編《赤牘清裁》卷二，中國國家圖書館明刻本，第6a葉。
③ 按，《與周弘正》《諫苻堅伐晉》見於《赤牘清裁》十一卷本，《與竇憲》《與郗嘉賓書》《與子猷書》見於王世貞補編《赤牘清裁》二十八卷本與《尺牘清裁》六十卷本，後二通作"王獻之《與郗超書》《與兄子猷書》"。
④ 〔西漢〕趙飛燕《上趙后書》，《赤牘清裁》卷五，北京大學圖書館明嘉靖十三年刻本，第1a葉。
⑤ 〔西漢〕趙合德《上趙后書》，《赤牘清裁》卷一，中國國家圖書館明刻本，第6a葉。按，其後有小字注："其目有金華紫綸帽、金華紫羅面衣、馬腦彊、迴風扇、椰葉席、九華扇、七枝燈、香螺巵、同心梅合枝李，凡三十五種。"五卷本無注釋。作者署名亦不同。
⑥ 〔東漢〕張奐《與陰氏書》，《赤牘清裁》卷五，北京大學圖書館明嘉靖十三年刻本，第6b葉。按，五卷本重複收錄張奐《與陰氏書》，本文錄其首篇。

離於手。(十卷本)①

最後，十卷本還更正了五卷本中部分錯誤，如將"諸葛孔明《與孫權書》"改作"馬良《代諸葛亮與孫權書》"，王羲之《雜帖八首》題後注"宋氏《書史》"改爲"米氏《書史》"，"劉孝威《北使還與永豐侯書》"改作"劉孝儀《北使還與朱永豐侯書》"。但亦有五卷本正確而十卷本誤者，如《與兄書》作者"朱超石"，十卷本誤作"朱超"。

2.《赤牘清裁》十一卷（闕前六卷），明嘉靖間刻本，中國國家圖書館藏（索書號 XD3162）。半葉九行行二十字，小字雙行同，白口，四周單邊，無魚尾，版心鐫"赤牘卷×"，卷端不題撰人，僅卷十一卷端題"博南山人楊慎輯録"。卷末有張含、王廷表、董難三人序跋。是書鈐"長樂鄭氏藏書之印"，曾爲鄭振鐸舊藏，《中國古籍總目》未著録。注釋有雙行小字，亦有單行大字，後者以行首空格區別於正文。是書僅存卷七至十一，卷七至八爲晉代尺牘，計 72 通；卷九至十爲南北朝尺牘，計 71 通；卷十一爲佛教人物（包括受書者）尺牘，計 23 通；共計尺牘 166 通。

圖 4　國圖藏《赤牘清裁》"十卷本"卷六卷首

---

① 〔東漢〕張奐《與陰氏書》，《赤牘清裁》卷二，中國國家圖書館明刻本，第 7a 葉。

图 5　國圖藏《赤牘清裁》"十一卷本"卷七卷首

此本所存卷目篇目順序同十卷本卷六至十，可推知其所增卷數當是在前六卷内。較之十卷本，除卷次不同外，亦有增删，如王右軍《論書與人帖》增注釋；卷十多陳宣帝《智禪師請禁海際捕魚滬業陳宣帝勅書曰》、陳伯智《與智顗書》、毛喜《與智顗書》、陳逵《與周弘正書》、隋煬帝《與智顗書》、隋秦孝王俊《與智顗書》、柳顧言《與智顗法師書》等 7 通①，卷十一多道安《諫符堅伐晉》1 通；闕李孝伯《與張暢求甘》、張暢《答李孝伯》、房長瑜《陳鄆州守張孜降梁書》、徐勉《戒子書》、杜弼《遺張普惠書》等 5 通②。且正文亦有删節，如卷十鳩摩羅什《答慧遠書》删除了正文"鳩摩羅耆……凝滯仁者備之矣"一段百餘字及所有小字注釋③。

按，明嘉靖間陳暹曾刻《赤牘清裁》十一卷，或即此書。《徐氏家藏書目》載"《尺牘清裁》十一卷"④，徐𤊹跋之云："近世所傳《赤

---

① 按，陳伯智《與智顗書》未署名，柳顧言《與智顗法師書》内容同十卷本陳宣帝《與智顗禪師勅書》。
② 按，陳逵《與周弘正》、道安《諫符堅伐晉》見於《赤牘清裁》卷二，北京大學圖書館嘉靖十三年刻本，第 15b、11b 葉。
③ 〔明〕楊慎《赤牘清裁》卷十，中國國家圖書館明刻本，第 3b—4a 葉；《赤牘清裁》卷十一，中國國家圖書館明嘉靖刻本，第 3b 葉。
④ 〔明〕徐𤊹撰，馬泰來整理《新輯紅雨樓題記 徐氏家藏書目》，上海：上海古籍出版社，2014 年，第 351 頁。

牘清裁》，多王長公益本，楊用脩元本絶不復睹。架頭缺此，每以爲恨。去歲偶于坊肆亂書中得之，楮善而刻精，又爲義溪陳閣窗方伯公所梓行者，尤不易得。二孺覽此，當更寶愛耳。"① 陳暹（1503—1566），字德輝，號閣窗，福州府閩縣人，嘉靖十四年（1535）進士，官至廣東布政使，在任期間曾編刻《廣中五先生詩選》。

3.《批點楊升庵赤牘清裁》十卷（存卷一至八），胡執禮批點，明萬曆三年（1575）刻本，天一閣博物院藏。半葉十行行十八字，小字雙行同，白口，四周雙邊，鈐"天一閣"朱文長方印，"萬古同心之學"白文方印，"少明"朱文方印，"范子受父"朱文方印②，可知曾爲范欽長子范大冲（字子受）收藏。胡執禮（1539—1589），字汝立，號雅齋，明代永昌衛人，嘉靖三十八年（1559）進士。原書因破損嚴重，不能取閱，具體内容尚未目驗，所據底本俟考。

（三）王世貞編《赤牘清裁》二十八卷本

1.《赤牘清裁》二十八卷，明嘉靖三十七年（1558）刻本，北京大學圖書館（索書號 NC/5770/4298.14）、中國人民大學圖書館、徐州市圖書館、加拿大多倫多大學東亞圖書館等藏。半葉十行行二十字，小字雙行同，白口，四周單邊，單綫魚尾，版心鐫"赤牘清裁卷之×"，前二十三卷卷端題"西蜀楊慎輯、東吴王世貞校益"，後五卷卷端題"東吴王世貞增輯"。卷首有同年王世貞《赤牘清裁叙》，卷末有王世懋《赤牘清裁後叙》，不署日期。王世貞序云："西蜀楊用脩少游金馬，晚戍碧雞……漁秋獵稗，積有歲時，爰會斯篇，凡十一卷，命曰'赤牘清裁'。……第惜其時代、名氏往往紕誤，所漏典籍亦不爲少。乃稍爲訂定，仍加增葺。及自唐氏迄今，詞近雅馴，亦附于

---

① 〔明〕徐𤊹《幔亭集》卷十九，《原國立北平圖書館甲庫善本叢書》影印明萬曆二十九年徐𤊹刻本，北京：國家圖書館出版社，2014年，第887册，第1154頁。
② 轉引自駱兆平《新編天一閣書目》，北京：中華書局，1996年，第142頁。

後，合爲二十八卷，藏之櫝中。"① 王世懋序曰："家兄元美讀而少之，爲整齊其次，多所裨益。且使唐宋迄今，片言之長，咸得自附簡編之末，彬彬盛哉！赤牘以來，於斯備矣。或者疑用脩絕簡，未爲無意，今之續編，將無以博病精。余謂不然，用脩好古之士，裁而患寡，若乃醫師擇良，有蓄必用；哲匠披沙，在寶則獲。毋傷古人之調，勒成一家之言。博而能精，又何病焉。即使用脩復生，固當不易斯言耳。"② 是書前二十三卷所增尺牘後注"益"字，後五卷爲新增唐至明代尺牘，以下簡稱"二十八卷本"。

二十八卷本係王世貞在《赤牘清裁》十一卷本基礎上增補，並按時代順序重新編排。卷一"先秦"尺牘21通，卷二至五"漢代"尺牘140通，卷六至七"三國魏"尺牘53通，卷八"三國吳"尺牘25通，卷九至十四"晉代"尺牘224通（其中王羲之尺牘76通、王獻之尺牘23通），卷十五至十六"南朝宋"尺牘48通，卷十七"南朝齊"尺牘25通，卷十八至二十"南朝梁"尺牘75通，卷二十一"南朝陳"尺牘13通，卷二十二"北朝魏"尺牘14通、"北朝周"尺牘6通、"隋代"尺牘2通，卷二十三道教人物10通、佛教人物（不包括受書者）23通，卷二十四"唐代"尺牘38通，卷二十五至二十六"宋代"尺牘59通（其中卷二十六爲蘇軾尺牘34通），卷二十七至二十八"明代"尺牘55通，總計831通。

是書個別尺牘斷代與楊本略有不同，如張紘《與孔融書》楊慎編在漢，王世貞改爲三國吳，俞益期、晉宣帝、鈕滔母均由漢改晉，諸葛亮則由三國改漢，陸景由晉改爲三國吳，劉塢、雷次宗則由晉改南朝宋。亦有作者或篇名的改動，如變"晉安王《答廣信侯書》"爲梁簡文帝尺牘，"三國司空王昶《與東宫官書弔王規》"改

---

① 〔明〕王世貞《赤牘清裁敘》，《赤牘清裁》卷首，北京大學圖書館明嘉靖三十七年刻本，第3a—4a葉。值得注意的是，此序收入別集《弇州山人四部稿》中，末句作"……更爲二十四卷，藏之櫝中"。詳見王世貞《弇州山人四部稿》卷六四《尺牘清裁序》，《明別集叢刊》第三輯影印明萬曆刻本，合肥：黃山書社，2013年，第3輯，第34冊，第105頁。
② 〔明〕王世懋《赤牘清裁後敘》，《赤牘清裁》卷末，北京大學圖書館明嘉靖三十七年刻本，第2b—3b葉。

爲"梁昭明太子《與東宮官屬令》"。其中部分修改也作了説明，如注俞益期《與韓康伯箋》："楊本在漢。按，韓康伯，殷浩之甥，與俞益期東晉人。漢止有隱士韓康，字伯休。恐楊誤，今改東晉。"①較楊慎注釋亦有增補，部分楊注前加"楊云"。除注解評議外，亦解釋楊慎用意，如注《答桓範書》："按，此書在魏朝時耳。楊子以寧全志不辱，故繫之於漢。桓範書在後卷。"②也指正楊本之訛，如注《辭右扶風書》："楊本作'扶風尹'，按漢有右扶風，無扶風尹，今改正。"③

較之十卷本，二十八卷本除增益篇目、補充注釋、修正訛誤外，另有幾處差異。首先，二十八卷本較十卷本少司馬懿《與鎮北將軍許允書》、陳琳《答東阿王箋》、王右軍《與謝安石書（二）》《分甘帖》、李孝伯《與張暢求甘》、房長瑜《陳郢州守張孜降梁書》、任昉《上武帝箋》等7通。其次，十卷本署名不統一，字名混用，二十八卷本則已統一稱名，如《與崔子玉書》十卷本署"張平子"，二十八卷本署"張衡"。最後，二十八卷本補充了十卷本中的節文，如庾信《謝趙王賚雉》、鄒長倩《遺公孫賢良書》，文末均增"益"字。但也偶有十卷本中已收篇目，二十八卷本文末仍注"益"字，如王澄《與人書（二）》、晉安帝《問慧遠書》、朱超石《與兄齡石書》等④。也存在十卷本中未收篇目，在二十八卷本增補後漏注"益"字的情況，如智林道人《與周顒》。二十八卷本亦有訛誤，如將十卷本任昉《答何胤書》誤歸入王僧孺名下，文末注"益"。

按，是書中國人民大學圖書館、加拿大多倫多大學東亞圖書館藏

---

① 〔明〕楊慎編，〔明〕王世貞補編《赤牘清裁》卷十三，北京大學圖書館明嘉靖三十七年刻本，第3a葉。
② 〔明〕楊慎編，〔明〕王世貞補編《赤牘清裁》卷四，北京大學圖書館明嘉靖三十七年刻本，第9a葉。
③ 〔明〕楊慎編，〔明〕王世貞補編《赤牘清裁》卷二，北京大學圖書館明嘉靖三十七年刻本，第5b葉。
④ 按，朱超石《與兄齡石書》文末注"按此齡石之弟，楊本誤在後"，當是編者已知楊本收此篇，誤加"益"字。

本係同一版本，北京大學圖書館、徐州市圖書館藏本係另一版本，兩種版本字體明顯不同，應屬不同版刻，孰爲原刻孰爲翻刻，有待進一步考證。

2.《赤牘清裁》二十八卷，清乾隆間藍格鈔本，清華大學圖書館藏（索書號庚330/638）。半葉九行行十八字，小字雙行同，白口，左右雙邊，上黑魚尾，版心鐫"赤牘清裁"，前二十三卷卷端題"西蜀楊慎輯、東吳王世貞校益"，後五卷卷端題"東吳王世貞增輯"，卷首存王世貞《赤牘清裁敘》。鈔者甚爲重視，專門爲之印製了版心鐫書名"赤牘清裁"的藍格紙。

按，是書鈐印壘壘，有"華陽高氏""蒼茫齋所藏鈔本""尚同經眼""華陽高氏蒼茫齋收藏書籍記""蒼茫齋""華陽國士""臣駒""李文駒印""笈千""毛晉""華陽高氏鑒藏""高世異圖書印"諸印，當爲李文駒、高世異遞藏。李文駒（1703—1760），字符千，號龍翔，山東諸城人，雍正甲辰科舉人，官至戶科掌印給事中，著名藏書家。高世異字尚同，號念陶，清末四川華陽（今成都）人。

此本封面題"赤牘清裁鈔本""尚同再題，乙卯立冬"，扉頁題"赤牘清裁鈔本""華陽國士題籤"等，當是高世異手筆。是書共6册，有朱筆校改，除第5册外，每册第三頁各有題記："乾隆甲子冬過青州，買此抄本，魯魚帝虎，不可勝數。暇日取馭千弟本較對，殊費目力。幸新秋霽色澄鮮，不至大煩悶也。乙丑秋八月識"；"乙丑八月二十七日校對訖"；"九月初一二日校"；"乙丑九月初三日清晨校對無訛"；"九月三日勘校畢。是夕初聞雁聲，頗極幽致"。當是乾隆十年（1736）秋李文駒校勘題記。

（四）吳勉學編《赤牘清裁》十一卷《補遺》四卷本

《赤牘清裁》十一卷《補遺》四卷，明萬曆間吳勉學刻本，浙江圖書館、西南大學圖書館等藏。半葉九行行十八字，小字雙行同，白口，左右雙邊，單綫魚尾，版心鐫"赤牘清裁"，卷端題"博南山人楊慎輯 長水孫弘祖 新安吳勉學校"，卷首有孫弘祖《合刻赤牘世說原本敘》:"《赤牘》《世説》,楊博南遺緒,王琅琊稍益成書,最後王本出而楊本遂湮滅不傳。……夫新安吳君博雅好不朽業,序而歸之如此。"① 序不署日期,以下簡稱"十五卷本"。

是書卷一先秦尺牘 12 通、西漢尺牘 14 通,卷二東漢尺牘 39 通,卷三三國尺牘 41 通,卷四至八晉代尺牘 143 通,卷九至十爲南北朝尺牘 69 通,卷十一晉至唐代佛教人物(包括受書者)尺牘 22 通,總計 340 通。補遺四卷 396 通,共 736 通。篇目、注釋與十卷本基本一致(闕劉晝《上高歡書》1 篇),僅分卷不同。具體差異參見下表(表1):

表 1

楊慎編十卷本《赤牘清裁》		吳勉學編十五卷本《赤牘清裁》	
先秦兩漢	卷一	卷一	先秦、西漢
	卷二	卷二	東漢
三國六朝	卷三	卷三	三國
	卷四	卷四	晉代
	卷五	卷五	
		卷六	
	卷六	卷七	
	卷七	卷八	
	卷八	卷九	南北朝
	卷九	卷十	
佛教	卷十	卷十一	佛教

兩書另有數處差異。首先,十卷本幾乎每篇題名後均署作者,而十五卷本同一作者選録多篇時只在第一篇署名。其次,十卷本"晉鮑

---

① 〔明〕孫弘祖《合刻赤牘世説原本敘》,《赤牘清裁》卷首,《中國古籍珍本叢刊·西南大學圖書館卷》影印明萬曆間吳勉學刻本,北京:國家圖書館出版社,2015 年,第 36 册,第 480 頁。

葵""楚潘黨",十五卷本改爲"楚攝叔""晉魏錡"。最後,十卷本"陳琳《與臧洪書》",十五卷本作"臧洪《答陳琳書》",內容亦有不同:

> 隔闊相思,發於寤寐,幸相去步武之間耳,而以趨舍異規,不得相見,其爲愴恨,可爲心哉。(十卷本)①
>
> 隔闊相思,發於寤寐,相去步武,而趨舍異規,其爲愴恨,胡可勝言。(十五卷本)②

吳勉學(生卒年不詳),字肖愚,號師古,安徽歙縣人,有刻坊"師古齋",一生刻書300餘種。是書編刻於王世貞補編《尺牘清裁》六十卷出版之後,補遺四卷396通中40篇見於《尺牘清裁》補遺卷,張君平《與妹憲》、蘇竟《與劉龔》、習鑿齒《與桓秘》、臧質《與魏衆》等4通見於二十八卷本《赤牘清裁》及六十卷本《尺牘清裁》③,其中臧質《與魏衆》異文甚多,對比如下:

> 爾語虜中諸士庶佛狸見,與書相待如此,爾等正朔之民何爲自取磨滅,豈可不知轉禍爲福耶?(《赤牘清裁》十五卷本)④
>
> 示詔虜中諸士庶狸伐見與書如別等,正朔之民何爲力自取如此,大丈夫豈可不知轉禍爲福耶?(《赤牘清裁》二十八卷本、《尺牘清裁》六十卷本)⑤

另外孔臧《與子琳》、班固《與弟超(一)》、徐淑《報秦嘉(三)》等3通僅見於《尺牘清裁》六十卷⑥,其餘349通不見於其他版本。

---

① 〔東漢〕陳琳《與臧洪書》,《赤牘清裁》卷三,中國國家圖書館明刻本,第5b—6a葉。
② 〔東漢〕臧洪《答陳琳書》,《赤牘清裁》卷三,《中國古籍珍本叢刊·西南大學圖書館卷》第36冊,第492頁。
③ 按,《與妹憲》內容一致,《與劉龔》後注"王本取首數句,以爲《與劉歆》,誤";《與桓秘》後注"按王已取此節文,甚簡,今多取之",均補充正文。見〔明〕楊慎編,〔明〕吳勉學補遺《赤牘清裁》補遺卷三,《中國古籍珍本叢刊·西南大學圖書館卷》第36冊,第530、553頁。
④ 〔東漢〕臧質《與魏衆》,《赤牘清裁》補遺卷四,《中國古籍珍本叢刊·西南大學圖書館卷》第36冊,第557頁。
⑤ 〔東漢〕臧質《與魏人書》,《赤牘清裁》卷十五,北京大學圖書館明嘉靖三十七年刻本,第5b葉。臧質《與魏人》,《尺牘清裁》卷三十,臺北"國家"圖書館明隆慶五年吳郡王氏刊本,第5a葉。
⑥ 按,《與子琳》重複收錄於《尺牘清裁》補遺卷,《與弟超(一)》同《尺牘清裁》六十卷《與弟都護超(二)》,《報秦嘉(三)》內容同《尺牘清裁》六十卷《又報秦嘉》注。

二、《尺牘清裁》版本考

隆慶間王世貞在《赤牘清裁》二十八卷的基礎上，又大幅增補爲六十卷，更名《尺牘清裁》。后又補遺一卷本，遂爲定本。更名之原因，王世貞解釋爲："用脩初名'赤牘'無所據，或以古'尺''赤'通用耳。考唯漢……皆尺也，故改從尺牘。"①《尺牘清裁》六十卷本、六十卷補遺一卷本均有寫刻本存世，後被多次翻刻，筆者目驗四種翻刻本，除第一種外，其餘三種方體字刻本均没有明確的版刻信息，故統稱"明刻本"，並以"甲乙丙"區分。《中國古籍總目》著録《尺牘清裁》僅三種版本："明隆慶五年自刻本"、"明萬曆三十年金陵徐隆池徐東山刻本"、"明刻本"②，將多種翻刻本統一歸併在"明刻本"名下，忽略了字體的差異與新增的評點。

（一）明隆慶間寫刻本

1.《尺牘清裁》六十卷，明隆慶五年（1571）寫刻本，臺北"國家"圖書館（索書號14649）、首都圖書館、北京大學圖書館、清華大學圖書館、日本東京大學東洋文化研究所（僅存前八卷）等藏。半葉九行行十八字，小字雙行同，白口，左右雙邊，上黑魚尾，版心鐫"尺牘"及卷數，卷端題"吳郡王世貞編 王世懋校"，各卷首頁版心下鐫"敬美書"，部分鐫"應奎書""君載書""雲卿書""舜華書""元春書"。卷首有王世貞隆慶五年《重刻尺牘清裁小敘》、嘉靖三十七年《尺牘清裁敘》，卷末有王世懋《尺牘清裁後序》、隆慶五年序③，王世貞兩序首頁版心下分别鐫"仲蔚書""孔嘉書"，當是俞允文

---

① 〔明〕王世貞《重刻尺牘清裁小敘》，臺北"國家"圖書館明隆慶五年吳郡王氏刊本，第3a—3b葉。
② 中國古籍總目編纂委員會編《中國古籍總目集部》，北京：中華書局，上海：上海古籍出版社，2012年，第6册，第3138頁。
③ 按，王世貞《尺牘清裁敘》、王世懋《尺牘清裁後序》內容均同二十八卷本《赤牘清裁》卷首尾的王世貞《赤牘清裁敘》、王世懋《赤牘清裁後敘》。

(1512—1579)、彭年（1505—1566）二人分别手書上版。王世貞《重刻尺牘清裁小敘》云：“楊用脩氏所纂《尺牘》僅八卷，余始益之，得廿八卷，頗行世。……而會歸自太原，幽憂之暇，稍露隙日。……爰廣昔傳，末及兹士，凡一千七百五十一條，一十三萬一千三百六十二言，前後得六十卷。”① 王世懋隆慶五年小字序稱：“既乃于鱗云逝，宗匠失寄，家兄搜輯遺裁，紗簡登選，緣是博極載籍，益加採錄。比於初刻，十饒六七，乃知挂漏寧獨用脩？惜其完書，屬余手寫，隨寫隨校，遂積月日，用意良亦勤矣。”② 共收尺牘1712通。以下簡稱"六十卷本"。

是書以二十八卷本爲基礎增補，並有删改。卷一至三"先秦"尺牘94通（增73通），卷四至十三"漢代"尺牘267通（增127通），卷十四至十六"三國魏"尺牘86通（删鍾毓《與曹爽書》，增34通），卷十七至十八"三國吴"尺牘54通（增29通），卷十九至二十八"晉代"尺牘348通（增142通，其中卷二十五至二十七爲"二王尺牘"，王羲之尺牘删11通、增36通，共101通；王獻之尺牘删7通，共16通），卷二十九至三十一"南朝宋"尺牘84通（增36通），卷三十二至三十三"南朝齊"尺牘60通（删柳惲《答蕭衍書》、劉虬《答竟陵王子良書》2通，增37通），卷三十四至四十"南朝梁"尺牘157通（删柳世隆《謝賜樂遊園胡桃啓》1通，增83通），卷四十一"南朝陳"尺牘19通（增6通）；卷四十二至四十三"北朝魏"尺牘52通（增38通），卷四十四"北朝周"尺牘22通（删庾信《謝滕王馬》，增17通），卷四十五"隋代"尺牘25通（增23通），卷四十五

---

① 〔明〕王世貞《重刻尺牘清裁小敘》，《尺牘清裁》卷首，臺北"國家"圖書館明隆慶五年吴郡王氏刊本，第1a—2a葉。按，嘉靖三十七年王世貞作《尺牘清裁敘》云楊慎《赤牘清裁》爲"凡十一卷"，而今云"僅八卷"，有研究者猜測："或世貞於是年初見《赤牘清裁》十一卷、增輯爲二十四卷之後，復見楊慎八卷輯本，又有所增益、變更，終成二十八卷。"見鄭顒《王世貞年譜長編》，上海：上海三聯書店，2016年，第219頁。王世貞在《藝苑巵言》卷六羅列楊慎所著書目有"《赤牘清裁》《赤牘拾遺》"（《歷代詩話續編》本，北京：中華書局，1983年，第1052頁），或所言八卷輯本爲《赤牘拾遺》。
② 〔明〕王世懋《尺牘清裁·敘》，《尺牘清裁》卷末，臺北"國家"圖書館明隆慶五年吴郡王氏刊本，第3b葉。

末至卷四十六"晉代至唐代"佛教人物（不包括受書者）尺牘 32 通（增 9 通），卷四十七、四十八"先秦、晉代"道教人物尺牘 55 通（增 45 通），卷四十九至五十一"唐代"尺牘 82 通（增 44 通），卷五十二至五十五前半卷"宋代"尺牘 122 通（删孫覿尺牘 5 通，增 68 通，其中蘇軾尺牘增 20 通共 54 通），卷五十五後半卷新增"元代"尺牘 14 通，卷五十六至六十"明代"尺牘 139 通（增 84 通，其中卷六十新增李攀龍尺牘 32 通）。李攀龍於隆慶四年（1572）逝世後，王世貞寄書其子李駒云："新刻《尺牘清裁》内有尊君一卷，可收藏也。"①

較二十八卷本，六十卷本除尺牘數量大幅增益外，另有數處差異。首先，前者僅大致以作者爲序，部分尺牘或按往來排列，如陶侃《與王導》、王導《答陶侃》；或按受信人排列，如卞壺《與溫嶠》、庾亮《報溫嶠》。六十卷本則統一按作者臚列，體例更爲統一。其次，有些尺牘内容有較大增補，如韓王信《報柴將軍》、陸雲《與兄機（十六）》《與陸典書》、王羲之《采菊》、陶弘景《與梁武帝論書（七）》等。最後，六十卷本修正了二十八卷本部分錯誤，如改諸葛亮《與楊裔書》作《與張裔》，將劉巴《答李嚴書》變爲《與諸葛亮》，《與州將》作者應瑒改爲應享等。

2.《尺牘清裁》六十卷補遺一卷，明隆慶間寫刻本，中國國家圖書館（索書號 T03906）、天津圖書館等藏。版式特徵、卷首序跋同六十卷本。補遺卷版心鐫"尺牘補遺"，正文均爲雙行小字，半葉十八行行二十四字，卷末不署名跋云："余所編尺牘，自謂隋氏之前無復遺挂矣。既刻成而意有未盡，旁搜稗史，復得四十條。令劉孝標、陸澄爲之，當免此失。因書以志余愧。"② 按其意當爲王世貞所作。

按，補遺卷共 40 通，爲漢代至隋代尺牘，其中孔臧《與子琳》卷五已收，實際增補 39 通，均見於吴勉學所輯補遺四卷。四庫館臣

---

① 〔明〕王世貞《答李駒》，《弇州山人四部稿》卷一二八，《明别集叢刊》第三輯第 35 册，第 137 頁。
② 〔明〕王世貞編《尺牘清裁》補遺，臺北"國家"圖書館明隆慶五年吴郡王氏刊本，第 4b 葉。

評云："又旁搜稗史，得梁、隋以前佚作四十餘條，爲《補遺》一卷。然真贋錯雜，簡擇未爲盡善也。"[1]

（二）翻刻本與評點本

1.《尺牘清裁》六十卷《補遺》一卷，萬曆三年（1575）金陵徐龍池、徐東山刻本，華東師範大學圖書館、南京博物院藏。半葉十一行行二十二字，小字雙行同，白口，四周雙邊，部分四周單邊，上黑魚尾，版心鐫"尺牘某集"（某即天干），卷首有王世貞二序，卷末有王世懋二序，卷端題"吳郡王世貞編 王世懋校"。每六卷爲一集，自甲集至癸集共十集。卷末題"萬曆乙亥歲季春月金陵徐氏 龍池 東山重梓"。（圖6、圖7）徐應瑞，字東山，衢州府西安縣人，業書坊"思山堂"於金陵。

圖6 華東師大圖藏明萬曆三年金陵徐龍池、徐東山刻本《尺牘清裁》卷首

圖7 華東師大圖藏明萬曆三年金陵徐龍池、徐東山刻本《尺牘清裁》卷末

---

[1]〔清〕永瑢等《欽定四庫全書總目》卷一九二，北京：中華書局，1997年，第2692頁。

2.《尺牘清裁》六十卷《補遺》一卷，明刻本（甲本），北京大學圖書館（索書號 SB/818.108/1042）、中國人民大學圖書館、華東師範大學圖書館藏①（圖8）。半葉九行行二十字，無魚尾，卷端題"吳郡王世貞編"，其餘特徵與六十卷本同。但補遺卷版心鐫"尺牘清裁補遺"，無魚尾，寫刻本中的雙行小字正文變爲單行大字，並卷首增加目録，且將卷末的跋改至卷首，題爲"尺牘補遺敘"。北京大學圖書館藏本曾爲周作人舊藏，今已收入《四庫全書存目叢書》集部309冊影印出版，便於獲得。此版本較寫刻本有一些錯誤，如懷素《與律公》誤作《與津公》，楊士奇《答楊仲舉》誤屬方孝孺尺牘，楊慎《與劉繪》誤作《與劉膾》等。各館藏本目録編排略有不同，或是後印時挖改，其他内容一致。

3.《尺牘清裁》六十卷《補遺》一卷，明刻本（乙本），臺灣王雲五基金會藏（圖9）。半葉九行行二十字，小字雙行同，白口，左右雙邊，雙綫魚尾，版心鐫"尺牘清裁"，卷端題"吳郡王世貞編"，卷首有王世貞二序，卷末有王世懋二序。較之甲本，卷六班嗣《答桓生借老莊》後誤接匈奴冒突《遺文帝》下半通②，中闕梁丘賜《與劉良》、方望《辭隗囂》、蘇竟《與劉歆》、匈奴冒突《遺文帝》，卷三十闕王微《與弟僧綽》。

4.《尺牘清裁》六十卷《補遺》一卷，明刻本（丙本），美國哈

---

① 按，是書各館著録所藏版本不一，北京大學圖書館藏三部，均著録爲"明隆慶五年（1571）刻本"，中國人民大學圖書館先著録爲"明末刻本"，後著録爲"明萬曆刻本"，復旦大學圖書館著録爲"明崇禎間刻本"，華東師範大學圖書館藏兩部，均著録爲"明隆慶五年（1571）刻本"。參見北京大學圖書館編《北京大學圖書館藏古籍善本書目》，北京：北京大學出版社，1999年，第404頁；中國人民大學圖書館古籍整理研究所編《中國人民大學圖書館古籍善本書目》，北京：中國人民大學出版社，1991年，第166頁；中國人民大學圖書館編《中國人民大學圖書館古籍善本書目（增訂本）》，北京：國家圖書館出版社，2021年，第579頁；復旦大學圖書館古籍普查登記目録編委會編《復旦大學圖書館古籍普查登記目録》，北京：國家圖書館出版社，2017年，第289頁；華東師範大學圖書館古籍普查登記目録編委會編《華東師範大學圖書館古籍普查登記目録》，北京：國家圖書館出版社，2022年，第520頁。
② 《答桓生借老莊》原文末句"遂匍匐而歸耳，恐似此類故不進"一句闕失，變成《遺文帝》後半部分"遂並爲一家……且詔吏民遠舍"。見王世貞編《尺牘清裁》卷六，《景印岫廬現藏罕傳善本叢刊》，臺北：臺灣商務印書館，1973年，第7a葉。按，或是寫樣時誤漏一頁，將"遂匍匐而歸耳"與"遂並爲一家"混淆，遂拼接在了一起。

佛大學哈佛燕京圖書館藏（圖10）。半葉九行行二十字，小字雙行同，白口，左右雙邊，無魚尾，版心鐫"尺牘清裁"，卷端題"吳郡王世貞編 陳仁錫評"，扉頁題"王鳳洲先生選 尺牘清裁 西爽堂藏板""古今名文不朽"。陳仁錫眉批多爲一通一評，或述風格，如評周敬王《告衛侯》"箴切入膏肓"①；或發感慨，如評孫策《答呂布辟張紘》"用人法當如是"②。少數尺牘一通多評，如漢武帝《報李廣》有"此書大有生色""犬子不尚虛文""奇"3條評語③，亦有部分尺牘未撰評語。正文字體與甲本一致，或係在甲本基礎上增刻陳氏評語而成。

按，陳仁錫（1581—1636），字明卿，號芝臺，蘇州府長州縣人。天啟二年（1622）進士，官至南京國子監祭酒。編有《尺牘奇賞》，著有《無夢園集》等。西爽堂爲明萬曆間福建漳浦人吳琯室名。哈佛燕京圖書館藏另一部《尺牘清裁》（索書號9900810499960203941），與甲本一致，但其中卷三十一至五十則爲陳仁錫評本，都係兩書拼合而成。

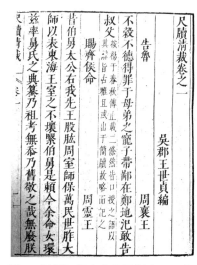

圖8　北大圖藏明刻本（甲本）　　圖9　王雲五基金會藏明刻本（乙本）

① 〔明〕王世貞編，〔明〕陳仁錫評：《尺牘清裁》卷一，美國哈佛大學哈佛燕京圖書館明刻本，第2a葉。
② 〔明〕王世貞編，〔明〕陳仁錫評：《尺牘清裁》卷十七，美國哈佛大學哈佛燕京圖書館明刻本，第1a葉。
③ 〔明〕王世貞編，〔明〕陳仁錫評：《尺牘清裁》卷四，美國哈佛大學哈佛燕京圖書館明刻本，第3b葉。

圖 10　哈佛燕京圖書館藏明刻本（丙本）

三、《赤牘清裁》《尺牘清裁》選本考

《赤牘清裁》《尺牘清裁》刊行後，萬曆間張汝霖在其基礎上删選增補，重編爲《古尺牘》八卷。《古尺牘》隨後東傳至日本，明和二年（1765）由岡島順翻刻。明末孫謀則綜合王世貞《尺牘清裁》六十卷本暨吴勉學《赤牘清裁》補遺、各家別集、陳臣忠《尺牘雋言》等編纂《赤牘清裁選》，目前存鈔本兩種，未知是否刊刻。《尺牘清裁》傳至日本後，寬延四年（1751）林義卿將其明代部分的八卷加以訓點，單獨重刊，又名《重刻尺牘清裁》《尺牘清裁明部》等。今就上述選本作版本著錄。

（一）張汝霖編《古尺牘》八卷

1.《古尺牘》八卷，明楊慎編，明王世貞增，明張汝霖續編，萬曆二十九年（1601）序刊巾箱本，日本大阪大學懷德堂文庫藏。半葉六行行十七字，白口，四周單邊，上黑魚尾，卷首有張汝霖《題辭》、王世貞《總評》、《凡例》四則。張氏題辭曰："茲編取材於用脩，而於元美，則節取其本。余更蒐其所佚者，綜以世次，緯而附之，遡自春秋，下逮勝國，凡若干，則犂爲幾卷，名曰《古尺牘》。"① 王世貞《總評》即節選其《重刻尺牘清裁小序》，不再贅引。《凡例》四則全錄如下：

　　一、是編於楊本去什之一，王本采什之三，而余所蒐益者，亦什之一。唯以世次爲序，不復標別，以便攬觀。

　　一、用脩閣筆於隋，不爲無意，然在唐宋以還，如摩詰、柳州、東坡、六一諸賢，其風流韻致，自當把臂入林，可云姑舍？特擇最勝語如干，以承隋後。

　　一、茲編以韻格勝，故非簡至蒼深者不錄，寧漏毋累，庶幾用脩之初意焉。必求其備，是將爲墓中人作致書郵耳，焉敢。

　　一、昭代名公，流葩掞藻，入握靈珠，然名山大都，藏帙甚富，鈎探頗艱。今姑未能要，須謀之異日。②

是書卷一爲"春秋戰國秦"卷，卷二"西漢"卷，卷三至卷四上"東漢"卷，卷四下"三國"卷，卷五至六"晉代"卷、卷七爲"宋齊梁陳後魏北齊後周隋"卷，卷八"唐宋元"卷，共計684通。張汝霖（1561？—1625），字明若，浙江山陰人，萬曆二十三年（1595）進士，官至江西布政司參議，著有《易經澹窩因指》《四書荷珠錄》《郊居雜記》等。

　　2.《重刻古尺牘》八卷，明楊慎編，明王世貞增，明張汝霖續編，日人岡島順校，明和二年（1765）江都書肆太保堂奧村喜兵衛刻

---

① 〔明〕張汝霖《題辭》，《古尺牘》卷首，日本大阪大學懷德堂文庫明萬曆二十九年序刊本，第2b—3a葉。
② 〔明〕張汝霖《凡例》，《古尺牘》卷首，日本大阪大學懷德堂文庫明萬曆二十九年序刊本，第2a—3b葉。

本，日本大阪府立中之島圖書館藏。半葉八行行十八字，白口，無魚尾，左右雙邊，版心鎸"重刻古尺牘卷×"，卷端題"大明蜀郡楊慎輯 吳郡王世貞增 日本平安岡島順閱"。卷首存張汝霖《古尺牘題辭》、王元美《總評》、《凡例》，新增明和二年（1765）良安原益《重刻古尺牘敘》、岡島順《重刻古尺牘自序》，卷末題"竹塢塾藏梓"，後有牌記"明和二年乙酉夏四月重刻""江都書肆太保堂奧村喜兵衛發行"。

良安原益《序》云："有《古尺牘》者，楊光禄之所緝，而王鳳洲之所補也。吾友竹塢岡島君得而喜之，遂加之校正，重命之剞劂，以流同好之士。"① 岡島順《序》曰："今所重刻《古尺牘》，原本八卷，余嘗得諸緣山僧天瑞。其爲書也，自天子至公卿諸侯大夫碩德鴻儒，旁及道士浮圖，其傑然者，莫不載焉。又如《左傳》所載諸國辭命及它書所記面語，間有已膾炙人口、辭者俊麗者，則并取之。照然若星辰之列天，累乎若明珠出貫繩。自宗周至大隋，楊光禄之所緝，而鳳洲補之矣。自李唐至胡元，鳳洲之所增緝矣，世次凡十有八。張太史亦采什之九於楊，采什之三於王，亦自蒐益其什之一，而斯編成矣。"② 内容與萬曆本一致。

按，岡島順（1728前—1759後），字忠甫，號安齋、竹塢、慧日山人等，荻藩出仕儒官，有《增注大學》《增注中庸》《春秋外傳國語訂字》《唐詩選故事》《唐詩解要》《明詩五絶百首諺注》等著作傳世。日本佐野市立鄉土博物館藏《古尺牘》五卷，或係殘本，俟訪。

（二）孫謀編《赤牘清裁選》不分卷

1.《赤牘清裁選》不分卷，明孫謀選，明末清初藍格鈔本，北京大學圖書館藏（索書號 SB/818.1/1042.1）。半葉七行行二十字，白

---

① ［日］良安原益《重刻古尺牘敘》，《重刻古尺牘》卷首，日本大阪府立中之島圖書館明和二年江都書肆太保堂奧村喜兵衛刻本，第 1b 葉。
② ［日］岡島順《重刻古尺牘自敘》，《重刻古尺牘》卷首，日本大阪府立中之島圖書館明和二年江都書肆太保堂奧村喜兵衛刻本，第 5a—5b 葉。

口，四周單邊，版心印"組雲"，卷端題"西蜀楊用脩先生纂槩 黃山書林吳勉學補遺 東吳王元美先生編校 白門後學孫謀折衷選"，卷端鈐"嘉蔭堂印"朱方印、"桐城姚氏小紅鵝館收藏"長朱方印、"華"白方印、"隱"朱方印，當爲清代桐城姚元之（1773—1852）舊藏。卷末有王世貞二序，王世懋二序，共計尺牘623通。

孫謀（生卒年不詳），字燕貽，一字五城，明末南直隸江寧人，隱居金陵十廟山下。是書編排順序基本同《尺牘清裁》六十卷，按作者時代排列，大部分選自王世貞補編《尺牘清裁》六十卷，計500通；部分選自吳勉學刻《赤牘清裁》補遺四卷，文末小字注"補遺"或"補"，共計69通。另有卷末小字注明"別刻"2通、"別集"21通，未注明但不見《尺牘清裁》《赤牘清裁》者7通，均位於"別集"篇目後，"別集"或"別刻"所指何書暫時不詳。眉端補抄26通尺牘，亦置於相應朝代的位置，眉端所抄尺牘均選自明陳臣忠所編《尺牘雋言》①。

是書在王世貞原注基礎上略有補充。或增校語，如注陶弘景《答虞仲》"《雋言》作《答虞中書》"，並於眉端補《雋言》多出部分："棲六翮於荆枝，望綺雲於青漢者，有日於兹矣。而春華來被，草木開鮮，辭動情端，志交襟曲。信知鄰德之談，無虛往牘。"②或加評點，如注陶潛《與子（一）》"意淺識罕，謂斯言可保，日月逐往，機巧逐疏，緬求在昔，眇無如何"。亦有注解，如注齊高祖《與崔思祖（二）》"明居士即金陵棲霞僧紹也"，注王僧孺《與何炯》"時炯爲南康王記室，而僧孺爲被逮於流謗之日致書云"。間或存疑，如注秦始皇《詔李斯》、韓信《上高祖》云"出《別集》，疑僞筆"，注郭泰《回杜喬》、徐稚《與陳審》"録《雋言》二通，亦疑僞筆"。

---

① 按，《尺牘雋言》十二卷，現存明閔邁德刻朱墨套印本，亦有曹學佺評點四卷本。四庫館臣評是書云："是書摘録古人書牘，自周、秦訖于宋、元，各爲點論，以朱墨版印之。去取既乏鑒裁，評論亦無可采。"見《欽定四庫全書總目》卷一七七，第2705頁。
② 〔明〕孫謀選《赤牘清裁選》不分卷，北京大學圖書館明末清初藍格鈔本。按，是書不標任何頁碼。

2.《赤牘清裁選》不分卷,明孫謀選,清道光間鈔本,蘇州圖書館藏。半葉九行行二十五字,無界欄,卷端題"西蜀楊用脩先生纂概 黃山書林吳勉學補遺 東吳王元美先生補校 白門後學孫謀折衷選"。卷首有民國趙世暹跋云:"民卅一年立冬,希正兄因公來蘭,爰出近來所買舊書,請評定優劣。此四冊頗蒙誇賞,謹以奉贈,聊作此番晤會之紀念云耳。"①

(三) 林義卿選《尺牘清裁》八卷

《尺牘清裁》八卷,明王世貞編,日人林義卿校點,日本寬延四年(1751)京都伊勢屋正三郎刻本,日本九州大學附屬圖書館、日本東北大學圖書館藏。半葉十行行十八字,左右雙邊,無魚尾,版心鐫"尺牘清裁 明部 一止人梓",卷首有寬延四年林義卿《尺牘清裁序》、那波師曾《重刻尺牘清裁序》、王世貞《重刻尺牘清裁小敘》,卷末有王世懋二序、良芸伯耕跋、《一止人藏版書目錄》。

按,是書即據《尺牘清裁》明代部分編刻而成。林義卿序云:"……故楊用脩、王元美采以附此編,而今此重刻自明始者,所以使學者從難學下而復識,所謂上下九折坂,良馬改轍乎康衢,尚有一日千里之意已。校且句讀,以授書肆云。"②那波師曾序曰:"……《尺牘清裁》舊刊無有,安恨我東方未嘗上梓,屬日林君東溟求得原書,校定而重鐫之,鉛槧數改,畚得我心。三君子後起,千里比肩而走,百世隨踵而至,可不謂然乎?三君子竢東溟而久,則東溟至功三君子也偉矣夫。"③林義卿(1708—1780),字周父,號東溟,江戶時代中期萱園學派儒者,著有《詩則》。按,日本關西大學圖書館藏林義卿校點《尺牘清裁》一卷本,或係殘本,待訪。

---

① 〔明〕孫謀選《赤牘清裁選》卷首,蘇州圖書館清道光鈔本,第1a葉。
② 〔日〕林義卿《尺牘清裁序》,《尺牘清裁》卷首,日本東北大學圖書館寬延四年京都伊勢屋正三郎刻本,第2a—2b葉。
③ 〔日〕那波師曾《重刻尺牘清裁序》,《尺牘清裁》卷首,日本東北大學圖書館寬延四年京都伊勢屋正三郎刻本,第2a—2b葉。

結　語

　　通過上述對《赤牘清裁》《尺牘清裁》版本源流的系統梳理，可以詳細展示出其動態的編刻過程。楊慎編《赤牘清裁》先完成三卷，後又"補遺"二卷，但未重新編排，而是直接以原編加補遺的形式刊刻出版。即使是"補遺"也並非一次完成，通過圖1圖2的字體對比及國家圖書館所藏明鈔本，我們可知推測"補遺"或是分批刊刻。然後楊慎又從五卷本增補至八卷、十卷、十一卷，可謂是邊搜集邊增補，刊刻與傳抄也在同時進行。王世貞不滿於十一卷本的訛誤與遺漏，重新增訂，先完成二十四卷、二十八卷本，流行後迅速取代了楊慎的《赤牘清裁》。但王世貞仍不滿足，竭澤而漁式增補先唐尺牘，並新輯唐以下尺牘先後完成六十卷本、六十一卷本，成爲尺牘總集的集大成之作，收錄尺牘數量是楊慎五卷本的8倍之多。目前已知四種翻刻本，可見流行之廣。但編刻也並未結束，無論是吳勉學、張汝霖還是孫謀，其對《赤牘清裁》或《尺牘清裁》的再加工，不僅豐富了選本的種類，也加速了尺牘的傳播。在晚明尺牘出版的熱潮下，甚至出現了像《古今翰苑瓊琚》十二卷、《古今翰苑瓊琚》六卷、《皇明宸藻》不分卷、《筆媚箋》十二卷等託名的尺牘選本[①]，雖然他們都源出《赤牘清裁》，但因係僞書，本文不再加以考察。

　　編選資料的來源廣博，導致作品真僞混雜，作者及斷代時有分歧，尺牘異文層出不窮。而編刻傳播鏈持久，後出選本不斷以注釋的形式與前書形成對話，如嘉靖間王世貞編《赤牘清裁》，注陶侃《與王導書》云："楊本有'足下自謂遵養時晦，乃是遵養時賊也'。按，史導答書云云，侃乃示人曰：'遵養時賊也。'今附於後，不知別出何典。"[②] 在沒

---

① 參見石容、席嘉《楊慎尺牘僞書四種考論》，《河南圖書館學刊》2022年第4期，第137—140頁。
② 〔明〕楊慎編，〔明〕王世貞補編《赤牘清裁》卷十，北京大學圖書館明嘉靖三十七年刻本，第3a—3b葉。

有充分證據的情況下，王氏采用"今附於後"的兩存形式。或持存疑態度，如注《臨川帖》："按，《閣帖》：'每念君，一旦知窮，煩冤號慕，觸耳悲踊，尋繹荼毒，豈可爲心。奈何奈何！臨書棲悶。'今曰《臨川》，似誤耳。然恐楊有別本，姑附存之，以俟別考。"① 當隆慶五年王世貞刊刻《尺牘清裁》時，已有充分的文獻證據，於是改謝安《臨川帖》爲《棲悶帖》，並注："此《閣帖》也。楊本止二句，又作《臨川》，非。"② 不同於傳統的評點，《尺牘清裁》中的注釋爲我們展示了動態的校勘過程及編纂資料來源的變化，在晚明書籍史研究中當頗有新意。

最後繪製版本源流圖，以便更好呈現其版本形態的發展演變過程。

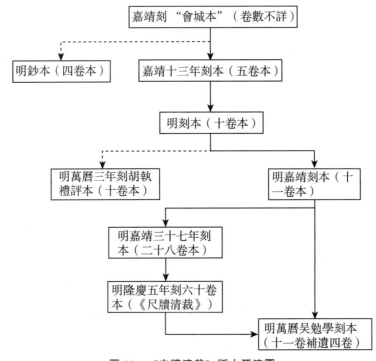

圖 11　《赤牘清裁》版本源流圖

---

① 〔明〕楊慎編，〔明〕王世貞補編《赤牘清裁》卷十三，北京大學圖書館明嘉靖三十七年刻本，第 1b 葉。
② 〔明〕王世貞編《尺牘清裁》卷二四，臺北"國家"圖書館明隆慶五年吳郡王氏刊本，第 2b 葉。

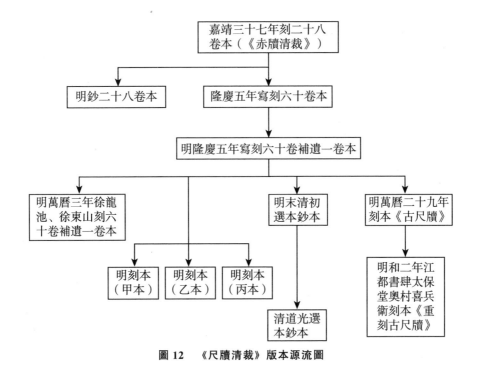

圖12　《尺牘清裁》版本源流圖

［作者單位］湯志波：華東師範大學中國語言文學系

考古之鈐鍵：
《困學紀聞》與清中後期考據學的普及閱讀*

胡 琦

提 要：清代乾嘉以降，在考據學風與科場策問重經學的影響之下，出現了一批"經策"類科舉普及讀物，以聚焦經籍疑義、摘引前人著述爲特徵。吳鼎《易堂問目》導夫先路，王謨《十三經策案》則是影響最大者，其中大量引用《困學紀聞》之說，並旁及《日知錄》等清人考據筆記，折射出這些學術名著作爲科場"利器"之性質，反映了普通士人漢學閱讀史的另一側面。《十三經策案》不但影響了此後的《經解斛》《策學備纂》《廿二史策案》等一系列科舉讀物，在晚清更藉石印技術廣爲傳播，展現出"經學"與"策學"在一般知識世界中的有趣互動。

關鍵詞：困學紀聞 考據學 策學 十三經策案 易堂問目

光緒二年（1876），張之洞在其《書目答問·別錄》中專列"考訂初學各書"一類，包括《說文提要》《四庫簡明目錄》《皇清經解節本》《文獻通考詳節》等，涉及小學、目錄學、經學、史學諸領域①。此類所敘，面向"初學"，故與同書經部"列朝經注經說經本考證"開列清儒考證專著不同，所錄皆是"約而不陋"的入門讀物。值得注意的是，其中還包括了《十三經策案》《廿二史策案》兩種"策括"

---

* 本文爲國家社會科學基金後期資助項目"清代前中期的古文、知識與文化秩序研究"（項目號：19FZW011）階段性成果。本文初稿曾宣讀於浙江大學中國古代文學與文化研究所主辦"梓者法身：近世書籍文化跨學科工作坊"，承蒙耿勇、陸胤、韋胤宗、張寰冰諸位老師惠賜意見，謹此致謝。
① 〔清〕張之洞《書目答問》，國家圖書館藏光緒二年刻本，總第88葉。

類的書籍。在《輶軒語·語文》中，張之洞對此二書亦有論列，將其作爲科場"策"文應試的參考書：

> 近見坊間有《十三經策案》《廿二史策案》兩書，引據頗不爲陋，所言多是經史要領，迥非宋人策料《八面鋒》之比。若肯常加披覽、推類考究，大有益於根柢之學。（近人翁元圻注《困學紀聞》、黃汝成《日知錄箋釋》之類亦好。二書用處甚大，即爲對策計，常看亦好。）①

由此可知，這兩種"策案"皆屬應考讀物。科場試"策"，其制甚古；在隋代已有考生"緝綴小文，名曰策學"；北宋時蘇軾批評"近世士人纂類經史，綴輯時務，謂之策括"②，則更爲人所熟知。王謨《十三經策案》與王鏊《廿二史策案》，皆是清人所編之策學讀物，張之洞既將其作爲備考之助，又視爲經史學術之門徑。有趣的是，《輶軒語·語文》中將王應麟《困學紀聞》、顧炎武《日知錄》的注本也與兩種"策案"並列，而《書目答問·別錄·考訂初學各書》同樣也著錄了《翁注困學紀聞》《日知錄集釋》《十駕齋養新錄》，兩相對照，正可見"策學"與"考訂初學"之交涉。或許正是意識到這種學術經典與通俗讀物並置所産生的張力，《書目答問》中於兩種"策案"後特意附注"此兩書甚不陋"，《輶軒語》也申說其有關"經史要領"，引據得當，不同於尋常之策料。《困學紀聞》《日知錄》等經典學術著作，與"策案"類的通俗讀物紛然並陳，折射出怎樣的閱讀史圖景？本文擬從策括之書與經學的互動入手，嘗試揭示清代中期以後，考據學進入普通讀書人知識世界的另一種面向。

---

① 〔清〕張之洞《輶軒語》，國家圖書館藏光緒二年刻本，總第 34a 葉。
② 〔宋〕蘇軾撰，〔明〕茅維編，孔凡禮點校《蘇軾文集》卷二五，《議學校貢舉狀》，北京：中華書局，1986 年，第 724 頁。

一、約而不陋：《十三經策案》之體例新變

從《輶軒語》"引據頗不爲陋"的記述中，可以推想，《十三經策案》之所以被張之洞許爲"不陋"，大抵與其材料來源有關。事實上，此書在内容上的一大特點，便是大量采用了以《困學紀聞》爲代表的説經之著。按此書成於乾隆四十一年（1776），次年刊行（見圖1），卷首王謨自序中交代了其纂輯因由：

> 謨自幼時侍先君子講業瀘陽山中，先君口授諸經……更慮謨寡陋，命從事吳興沈泊村師於豫章。師故博雅，議論文章，皆有典則，間爲謨言，説經家書莫如黄東發、王伯厚爲優。謨時雖心識之，而未能實領其益。己丑，計偕北上，舟次吳門，購得伯厚先生《困學紀聞》一帙，比至都中，繙閲頗熟，而是科策問經義數十條悉在焉。既以三場並薦，卒罷歸。東西游走，學殖荒落。比年僑館會城生生蘭若，冀藉舌畊，得以其暇復理舊業，而南昌喻子文昭適以策學爲請。余爲撿取故篋中所劄記諸經大義疑難，并摘《困學紀聞》《黄氏日抄》及鄭夾漈、馬貴與、洪容齋、羅長源諸家所説經義若干條，以授文昭編次，且爲之疏解。①

由此可知，王氏少年從學沈瀾（號泊村）② 之時，即已聽聞《困學紀聞》之名，然當時未及研讀。至乾隆三十四年（己丑，1769）上京會試，方在蘇州購得此書。有趣的是，他閲讀此書的一大目的乃出於應試。序中特意追述此年會試經義策之題"悉在"伯厚書中，不無標榜推廣之意。考《策案》引録《紀聞》，附有注釋，凡例稱"《困學紀聞》下，則分載原注、閻云、何云三條，今悉仍原本"，可知王謨

---

① 《十三經策案》卷首，國家圖書館藏乾隆四十二年（1777）刻本，自序第 1a—3a 葉。
② 《鶴徵後録》卷七："沈瀾字維涓，號泊村，又號法華山人，浙江烏程人，雍正癸丑進士。"《四庫未收書輯刊》第 2 輯第 23 册影印嘉慶十五年漾葭老屋刻本，北京：北京出版社，2000 年，第 711 頁。

所用當係有閻若璩、何焯注解之版本。乾隆中汪垕桐華書塾刻本《困學紀聞》，即以小字"閻云""何云"刊入二家注，大抵即王氏所讀者①。《四庫全書》所收《困學紀聞》，稱爲"通行本"，實亦爲閻、何所注者②，可證此本在乾隆中葉的流行情況。

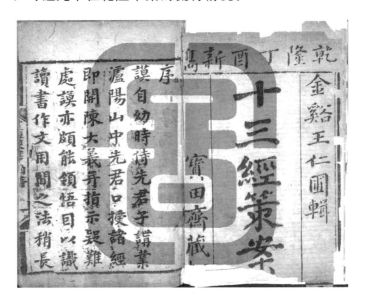

圖 1　乾隆四十二年刻本《十三經策案》。板框尺寸 13.6cm×10.5cm

王謨既在會試中頗得《困學紀聞》之力，後來向生徒傳授"策

---

① 《十三經策案》在引錄閻、何注文時，時或略加刪改。例如卷四"繫辭十家，王韓康伯"一段討論《繫辭》的注解傳統，引用《困學紀聞》，辨析韓康伯不受業於王弼："《繫辭正義》云：'韓氏親受業於王弼，承王弼之旨，故引弼云以證成其義。'愚攷王弼終於魏正始十年；韓康伯，東晉簡文帝引爲談客，二人不同，相去甚遠，謂之親受業，誤矣。"桐華書塾刻本《困學紀聞》於"引爲談客"下錄注文："閻云：'案康伯名伯，穎川長社人，殷浩之外甥也，官太常，《晉書》有傳。'何云：'按《晉書》本傳不言其注《繫辭》，惟《隋書·經籍志》及陸氏《釋文》載之。'"於文末"誤矣"注："何云：'晁公武《讀書志》亦承《正義》之誤。'又云：'郭京亦爲此言。'"《十三經策案》於此未錄閻注，錄有何注："何云：'晁氏《讀書志》亦仍其誤。又案：《晉書》本傳不言其注《繫辭》，惟《隋書·經籍志》及陸氏《釋文》載之。'"（葉 13a）可見是將兩條何注重新組合，同時文字上亦有小改動（"晁公武《讀書志》亦承《正義》之誤" / "晁氏《讀書志》亦仍其誤"）

② 《四庫全書總目》卷一一八，北京：中華書局，1965 年，第 1024 頁。提要云："此本乃國朝閻若璩、何焯所校，各有評註，多足與應麟之說相發明，今仍從刊本，附於各條之下，以相參證。"

學"之時,自然也將此書及其他學術筆記納入視野。《十三經策案》一書可以分爲"篇—段—條"三級結構。全書凡二十二卷,按"十三經總"(卷一)、"易經"(卷二至四)、"書經"(卷五至七)、"詩經"(卷八至十)、"三禮總""儀禮"(卷十一)、"周禮"(卷十二)、"禮記"(卷十三至十四)、"春秋"(卷十五至十六)、"三傳"(卷十七)、"論語"(卷十八)、"大學中庸"(卷十九)、"孟子"(卷二十)、"孝經"(卷二十一)、"爾雅"(卷二十二),約可分爲十五篇。每篇之下,以四句四言韻語總起一"段",後輯錄前人有關論說。例如卷一第一段以"上世無經,典墳邱索。先王四術,詩書禮樂"開端,下引《考古類編》《藝文類聚》《文獻通考》諸說①。卷八第一段以"詩歌始作,虞夏之初。殷周大備,五代相於"領起,下引《日知錄》《困學紀聞》《漢書·藝文志》、程頤《經說》、孔穎達《毛詩正義序》等前人著述②。其《凡例》所謂"經各爲篇,篇自分段",是之謂也。

《十三經策案》在"段"之下更小一級的單位是"條",乃是按照主題,采掇歸納十三經中之疑義,一個問題作爲一條,亦即一則"策案",全書共約一千三百五十條③。各條的內容皆是逐次引據先儒之說而不作論定,乃取"案而不斷"之意,俟讀者自作判斷,故有"策案"之名。所謂"案"者,殆即錄存前人成說之義也。例如卷一目錄在"十三經總"的大類之下列出五十五條,如論析經目者有"六經""五經""七經""九經""十二經""十三經"等條,探討經學傳承者有"諸經章句始於子夏""秦火諸經幸存""石渠虎觀異同""經傳別行"等條④。一段四言韻語之下可能包含數個條目。例如"或分四時,或配五常;區爲三等,卷帙相當"一段,實際上包含"四經分四時""五經配五常""大經中經小經"三條,首引述王應麟之說闡述第一條

---

① 《十三經策案》卷一,第1a—2b葉。
② 《十三經策案》卷八,第1a—2a葉。
③ 《十三經策案凡例》:"諸經策案約計一千三百五十條,俱從各書採掇"。《十三經策案》卷首,凡例第1a葉。
④ 《十三經策案》卷首,目錄第1a—2b葉。

（四經四時）：

> 《困學紀聞》："邵子定以《易》《書》《詩》《春秋》爲四經，猶春夏秋冬、皇帝王伯。"①

將《易》《書》《詩》《春秋》配合春夏秋冬，其説出於邵雍《皇極經世書·觀物篇》，《困學紀聞》卷八在討論經目數字時加以提煉概括②。此條的直接知識來源便是《困學紀聞》，故不取邵子原著以爲出處也。接下來繼續引《困學紀聞》解釋第二條（五經配五常）：

> 又：《漢·藝文志》云："六藝之文，樂以和神，仁之表也；《詩》以正言，義之用也；《禮》以明體，故無訓；《書》以廣聽，知之術也；《春秋》以斷事，信之符也。五者蓋五常之道，相須而備，而《易》爲之原。"《白虎通》云："有五常之道，故曰五經：《樂》仁、《書》義、《禮》禮、《易》智、《詩》信也。"二説不同。然五經兼五常之道，不可分也。③

同樣，《策案》没有直接援據《漢書·藝文志》和《白虎通義》，而是引述《困學紀聞》對兩種異説的稱舉和總結。接下來解釋第三條（大經中經小經），則使用了《考古類編》《日知録》之資料。其他條目大抵亦皆用此體例，博取前人之説，自諸經傳箋注疏，到黄震《黄氏日抄》、羅泌《路史》、馬端臨《文獻通考》、楊慎《丹鉛總録》，以至清代顧炎武《日知録》、朱彝尊《經義考》等，皆在徵引之列，而於《困學紀聞》一書，采獲尤多。例如卷一（十三經總）共計二十三段，其中引及《困學紀聞》的有十一段（48%）；卷五（《書經》一）凡二十七段中有十二段（44%）引及《紀聞》；即有接近一半的段落

---

① 《十三經策案》卷一，第4b葉。
② 〔宋〕王應麟著，〔清〕翁元圻輯注，孫通海點校《困學紀聞注》卷八，北京：中華書局，2016年，第1172頁。
③ 《十三經策案》卷一，第4b—5a葉。所引《困學紀聞》原文，見孫通海點校《困學紀聞注》卷八，第1173頁。

中都援據了王應麟此書①。而卷二（《易經》一）凡二十三段，有十三段（56％）引及《紀聞》；卷八（《詩經》一）凡十九段，有十段（53％）引及《紀聞》；卷十二（《周禮》）凡三十段，有二十三段（77％）引及《紀聞》；卷十五（《春秋》一）凡二十段，有十六段（80％）引及《紀聞》；卷十八（《論語》）凡二十六段，有十七段（65％）引及《紀聞》；都超過了一半的篇幅。《十三經策案》之仰賴《困學紀聞》爲其知識資源，由此可見一斑。

從歷史源流看，作爲應試讀物的"策學"書籍，大體上有兩種主要編纂模式：其一是類書型，分門編排考試相關的各種知識，如南宋劉達可《璧水群英待問會元》、明何喬新《策府群玉》之類；其二則是範文選本，按題目收錄"對策"之文，如白居易《白氏策林》、南宋《策學繩尺》之類②。《十三經策案》分條彙集原始資料，大抵近於類書一系，然在體例上又頗有自身特點，要之約有聚焦經學、引據原文、韻語提要三個方面。

首先是此書集中編錄經學疑義，而非全面展開知識譜系。由於宋明以來，科場試策包括經史、時務兩方面，類書型的策學讀物往往也是以"百科全書"的框架涵蓋天文地理、人倫經濟等策問考試所需之各種知識。例如《璧水群英待問會元》，按"萃新門""聖學門""君道門""治道門""國事門""臣道門""官吏門""選舉門""儒事門""道學門""性理門""民事門""武事門""財計門""禮典門""數學門"分列③。其中"儒事門"下有"經疑""四書"等涉及經學的内容④。明代黃溥的《策學輯略》綱目較爲簡略，按"經史類""道學

---

① 《十三經策案》卷一。其中，第四段"或分四時，或配五常。區爲三等，卷帙相當"、第十七段"石經有七，始於蔡邕。墨板鏤本，起自蜀中"、第二十段"鄭氏九書，雜引讖辭。七經小傳，始尚新奇"，皆兩引《紀聞》，故本卷總共引用十四次。
② 在關於古代策學讀物的總體介紹，可參劉海峰《"策學"與科舉學》，《教育學報》2009年第6期。
③ 《璧水群英待問會元》，《續修四庫全書》第1217册，上海：上海古籍出版社，1995年，第154—175頁。此書各門之下主要是彙録知識性的"故事源流""策料""事料"等，但也兼有"策頭""策段"等對範文格套的選録。
④ 《璧水群英待問會元》卷四一至卷四三，《續修四庫全書》第1217册，第513—538頁。

類""人物類"分爲三卷，經史類中又有"六經""四書""周禮""諸史""群書"等子目①，經學僅爲其中一部分。降及清代，陳應麐《古學捷録》十卷（康熙二年［1663］成書），蓋在康熙"詔罷時藝，敦尚經濟"後應運而生，分《天文篇》《地理篇》《學問篇》《君道篇》《治道篇》《時務篇》《用人篇》《臣道篇》《武備篇》《事物篇》，專論經學者，也只是卷三《學問篇》下"經傳"一目②。柴紹炳《考古類編》十二卷（雍正四年［1726］成書），以《天文考》《曆法考》《郊祀考》《律吕考》《輿地考》《沿革考》等分篇敘述有關常識，《經學考》也只是卷四中的一篇③。乾隆三十二年（1767）編成的《策學纂要》，以經、書（四書）、子（理學、詩文）、史、歷代制度、天文地理爲次；乃是基於"帝王治天下之道、聖賢學術之源，莫備於經"④而突出了經學的地位；但其中説經者總共六卷，在全書（十六卷）中僅占三分之一強，總體上仍然是包羅萬象的知識體系而非專門的"經策"。相形之下，《十三經策案》則有鮮明的經學色彩，其自序中也強調專研經義的宗旨：

> 我國家設科取士，三場試策五道，原兼問時務、經義，以覘士子實學。然時務非紙上陳言可了。且新進書生，於朝廷制度、國計民莫，未甚諳練，其不能答問無怪。若經義，本學者素肄，即不能全通，亦當十得五六，故其關係尤切。且士不通經，不足致用。如果經術湛深，即於古今政術治體，一以貫之，未有不通於時務者。⑤

不難發現，編者王謨對其書内容之"缺漏"頗有自覺，故特意從兩個

---

① 《策學輯略》，北京大學圖書館藏明弘治刻本。
② 《古學捷録》，《稀見清代四部輯刊》第 9 輯第 63 册據康熙二年浣花軒刻本影印，臺北：經學文化事業有限公司，2016 年。
③ 〔清〕柴紹炳編《省軒考古類編》，《四庫全書存目叢書》子部第 227 册據雍正四年澹成堂刻本影印，濟南：齊魯書社，1995 年。《經學考》見此書第 60—66 頁。
④ 〔清〕戴朋、黃卷輯《策學纂要》卷首《凡例》，國家圖書館藏乾隆刻本，第 1a 葉。
⑤ 《十三經策案》卷首，自序第 3b—4b 葉。

角度加以解釋：一是考場實踐中，相對於需要實踐經驗的"時務"，"經義"是考生更應該通曉的基礎學問，因此更爲重要；二是從知識本身的屬性看，"經術"較"時務"更爲根本，掌握了前者則後者不難推求，故經學知識的學習也更爲重要。

當然，序文所言或偏於理論層面，王謨選擇專輯"經策"很可能還有其現實原因。除了個人興趣與學術心得方面的考慮，乾隆中葉考據學風影響之下對經學策問的重視①，或許也是一層重要因素。王序中有關乾隆三十四年（己丑）上京會試的記述就頗耐人尋味。是科正考官、協辦大學士吏部尚書劉綸《繩庵内集》卷十六收錄有策問題目十七條；其首條問釋奠之禮，提及皇帝尊崇孔子，"近以重葺殿庭，躬親釋奠"，"重以御製碑文，精深博大"，當指乾隆三十四年整修太學文廟、御撰碑文之事②，此問很有可能便是己丑科會試之題目。考劉綸曾於乾隆二十五年、三十五年兩任順天鄉試正考官；乾隆三十四年、三十七年兩任會試正考官③，其集中所收策題，大致上應當能反映此一時期的科場風氣。其中有關經學的策問凡三道（集中第二、三、四條），基本模式是遍問群經之注疏傳統與疑義，按《易》《書》《詩》《春秋》《禮》的次序皆有涉及，有時再輔以對群經總義的考察。

---

① 參見 Benjamin Elman, A Cultural History of Civil Examinations in Late Imperial China. University of California Press, 2000（中譯本見［美］本傑明·艾爾曼《晚期帝制中國的科舉文化史》，高遠致、夏麗麗譯，北京：社會科學文獻出版社，2022年）；水上雅晴《清代科舉における策問：乾嘉期における策問重視の實態》，《北海道大學文學研究科紀要》第128號（2009年7月），第1—32頁（中文版《清代科舉中的策問：以乾隆期重視策問的現象爲考察中心》，載劉海峰主編《科舉學的形成與發展》，武漢：華中師範大學出版社，2009年，第605—621頁）；徐雁平《清代科舉中的策問與乾嘉學術的展開》，《國學研究》第27卷（2011年），第305—348頁。

② 《高宗純皇帝實錄》卷八二八，乾隆三十四年二月初一載碑文："爰以歲丁亥，發帑二十餘萬，特簡重臣司其事。越己丑仲春告竣工，朕親釋奠以落成焉。"《清實錄》第19册，北京：中華書局，1986年，第31頁。

③ 《高宗純皇帝實錄》卷六一八（乾隆二十五年八月上）："順天鄉試，以……左都御史劉綸爲正考官"，《清實錄》第16册，第953頁；《高宗純皇帝實錄》卷八六六（乾隆三十五年八月上）："順天鄉試，以……大學士劉綸爲正考官"，《清實錄》第19册，第624頁；《高宗純皇帝實錄》卷八三〇（乾隆三十四年三月上）："協辦大學士吏部尚書劉綸爲會試正考官"，《清實錄》第19册，第70頁；《高宗純皇帝實錄》卷九〇四（乾隆三十七年三月上）："以禮部侍郎倪承寬爲會試知貢舉。大學士劉綸爲正考官"，《清實錄》第20册，第74頁。

例如第三條便以經目開始：

> 問：經訓與日月並垂，其著在令典則有五，頒在學官則有十三。要之，三經、三傳、三禮謂之九經，其尤切歟？①

此題要求考生解釋"五經""十三經""九經"之名義及其學術史地位，《困學紀聞》卷八《經說》一則便是專門討論經目數字的問題，對回答此題應當大有助益②。此條後文在《詩經》部分問及"六義"的内涵："六義三經三緯，而程子謂六體隨篇有之，然歟？"③ 而《困學紀聞》卷三恰有對此的闡發：

> 《詩》"六義"，三經三緯，鄭氏注《周禮》"六詩"及孔氏正義，其說尚矣。朱子《集傳》從之，而程子謂"《詩》之六體，隨篇求之，有兼備者，有偏得一二者"。《讀詩記》謂"風非無雅、雅非無頌"，蓋因鄭箋"豳雅""豳頌"之說。然朱子疑《楚茨》至《大田》四篇為"豳雅"，《思文》《臣工》《噫嘻》《豐年》《載芟》《良耜》等篇為"豳頌"，亦未知是否也。④

此題除了考察《詩大序》對"六義"的定義以及朱熹"三經三緯"的說法，還要求進一步討論風、雅、頌互相交涉的問題；《困學紀聞》所述《呂氏家塾讀詩記》以及朱熹有關"豳雅""豳頌"的討論，無疑是此題重要的知識背景。《十三經策案》卷八在"爰分六詩，三經三緯"之下，便引述了《詩序》、朱注以及《困學紀聞》的說法⑤。

《十三經策案》在體例上的第二大特點，便是徵引抄錄前人著述原文，充分還原了經學知識得以生成的歷史過程及其複雜多元的内涵。前述《策學輯略》《考古類編》《策學纂要》等策學類書，皆是以

---

① 〔清〕劉綸《繩庵內集》卷十六，《清代詩文集彙編》第318册，第171頁。
② 〔宋〕王應麟著，〔清〕翁元圻輯注，孫通海點校《困學紀聞注》卷八，第1074—1097頁。《十三經策案》卷一論經目變遷，亦援引《考古類編》《困學紀聞》《日知錄》等書。
③ 〔清〕劉綸《繩庵內集》卷十六，《清代詩文集彙編》第318册，第172頁。
④ 〔宋〕王應麟著，〔清〕翁元圻輯注，孫通海點校《困學紀聞注》卷三，第341頁。
⑤ 《十三經策案》卷八，第5b—6b葉。

編者本人的口吻展開論述，並不刻意一一標注所引用的書名、篇名、作者名等信息。《考古類編》在各篇之末還常有評語，稱道其立說與行文之妙。如卷四《經學考》有姚廷謙（平山）批語"綜舉十三經故跡，而安頓聯絡，名論斐然，絕無經生家氣習"云云①。而《十三經策案》則以述而不作、旁徵博引爲特色。《策案》凡例中交代了其引書以及標注的體例：

> 諸所引用，例標書目，以徵信也。但其中亦有不等。如《紀聞》《日抄》《文獻通考》《路史》《知新錄》《丹鉛錄》等書，采輯既多，故但標書目、不著姓名。若各經漢唐人注疏及宋儒傳說，但書某傳某注某疏，并不著本經及人名，以衆所共識，可從略也。若他家經學及説部書，則兼舉書目姓名。②

由此可知，《十三經策案》將其文獻資源分爲兩類：一是諸經注疏，包括"漢唐人注疏及宋儒傳說"；二是歷代學術專著，即所謂"經學及説部書"，也包括史部的《路史》《文獻通考》等；而《困學紀聞》《黃氏日抄》及《日知錄》，都屬於其中"説部書"一類。《十三經策案》也會使用前人所編的策學書。例如在卷一經學總論部分，較多使用了柴紹炳的《考古類編》；第一、二、三段討論經目問題，第八段論漢代經學家法，第十一段討論六朝南北經學分歧，皆首先引用柴氏此書③。卷十八第二段"要在知仁，言心亦略"，討論《論語》中"仁"之內涵，引用了劉定之《策略》之説④。而在各類書籍中，引錄最爲頻繁的無疑是《困學紀聞》，可以視爲此書主要依賴的前人著作。在刊刻形式上，《十三經策案》使用六角括號〔〕標識出〔困

---

① 《考古類編》卷四，《四庫全書存目叢書》子部第 227 冊，第 66 頁。
② 《十三經策案》卷首，凡例第 6a—6b 葉。
③ 《十三經策案》卷一，第 1a—1b 葉、第 2b—3a 葉、第 3b—4a 葉、第 10a—10b 葉、第 15a—15b 葉。
④ 《十三經策案》卷十八："〔策略〕克己復禮爲仁，主敬行恕爲仁，專言之仁也……孟子言仁，是以專言者，故《集註》先言心之德，以見德具於愛之所未發"第 4b—5a 葉。劉定原文見《劉文安公策略》卷二《書科》，《四庫全書存目叢書》集部第 34 冊影印清劉世選刻本，第 267—268 頁。

學紀聞〕〔文獻通考〕〔朱竹垞曰〕等徵引書名、人名，甚爲醒目。原書所附注釋，如《困學紀聞》之王應麟自注、閻若璩注、何焯注，《十三經策案》亦有收入，頗便讀者。從知識獲取的角度看，這些注釋顯然對《十三經策案》的讀者而言十分重要。

此外，《十三經策案》在彙集前人論説的基礎上，又以韻語提要標目，用歌訣的形式貫串全書，乃是其體例上的第三個特點，前文已有述及。這種編排方式在通俗讀物中本屬常見，然用於《策案》中，與繁複的引文相配合，則使此書不僅可以翻檢查閲，也具備了一定的可讀性，可供通讀、記誦。王謨在《凡例》中解釋稱"諸經策案……俱從各書採掇，或不分標題，亦多無倫次，兹則各提要語，以當策眼"①，即指出其方便查閲的功能。從敘述語氣看，此書編纂過程也是先錙銖積纍材料，彙總之後復擬作四言歌訣。此外，《凡例》又云："經各爲篇，篇自分段，每段四句，相承爲一韻，使有文理，取便記誦，而其中亦具有開合承轉之法，合之共成一則經論，析之仍是數百千條策案。"②將全書各段韻語連綴起來，又可作一篇"經論"讀，此則是其潛在的另一種閲讀功能。押韻的文體形式，諸如"上世無經，典墳邱索。先王四術，詩書禮樂。加易春秋，六經是祖。樂經既亡，始定爲五。自時厥後，離合相參。或七或九，十二十三"（卷一），"或曰四詩，南豳雅頌。諸變風雅，不入樂用。要之風雅，各有正變。雅分大小，又所當辨"（卷八）等③，無疑也使得這些經學知識朗朗上口、易於記憶，雖"貽笑大方"而能"利於初學"④。清末王葆心嘗抽取《十三經策案》中韻語編纂爲《十三經韻語》，先用於家庭教學，後於光緒二十七年（1901）付刊，便正是基於其扼要地提出"經家大公案"，"可作讀群經綱領"，而押韻的形式"又便記誦"⑤，故不妨作

---

① 《十三經策案》卷首，凡例第 1a—1b 葉。
② 《十三經策案凡例》，第 1b 葉。
③ 《十三經策案》卷一，第 1a—3b 葉，卷八，第 7b—10b 葉。
④ 《十三經策案》卷首，凡例第 1b 葉。
⑤ 《王氏庚申宗譜》卷二十之一著録，第 7b—8b 葉。國家圖書館藏民國刊本。王葆心重視《十三經策案》，或是受到張之洞的影響。

爲王謨此書在晚清基礎經學教育中作用的一個例證。

二、清代"經策"類讀物之代興：從《易堂問目》到《策學備纂》

《十三經策案》專主經學之思路，事實上在王謨之前，科舉策學讀物中已有先例。題爲南宋鄭樵所編的《六經奧論》，便是按"總論六經""易經""書經""詩經""春秋經""禮經""樂書""周禮經"分卷，以"夫子作六經""三易""今文古文尚書辨""雅非有正變辨""看春秋須立三節""三禮同異辨""樂書傳授""五服九服辨"等爲題討論經學疑義①。明人刊刻此書，稱其"特發場屋之資"②，可見其科舉用途。不過，《六經奧論》每一題下皆係以專篇文字論辯，與《十三經策案》集錄前人之説的做法不同。專主"經學"，而又以"引錄"爲體者，則有吳鼎的《易堂問目》。此書成於乾隆九年（1744），亦被《書目答問》列爲"考訂初學各書"，實際上最初也是爲科舉策問而作。其體例主要承續類書型的策學讀物，按"郊社門""禘祫門""時享門""廟制門""律吕門""易經門""書經門""詩經門""周禮門""儀禮門""禮記門""春秋門""諸經門"，始於禮制而次以群經，所涉皆係經學問題。各門之下，按專題設爲問答。例如書經門有"篇數不同""疑古十條""六體七觀""以虞爲夏""中星月令""六宗""四凶""三江""我之弗辟""巡狩朝聘之期""四代官制""《史記》不合《書》"等目③。各目以問題領起，如"問：《書》有二十五篇、二十八篇、二十九篇、三十四篇、四十一篇、五十八篇、八十三篇、百篇、百兩篇、百二十篇、三千二百四十篇，云何"，"問：《史通》有疑古

---

① 《六經奧論》，清通志堂刊本。關於此書作者問題，參顧頡剛《鄭樵著述考》，《顧頡剛古史論文集》卷十一，《顧頡剛全集》第12册，北京：中華書局，2011年，第221—229頁。
② 《六經奧論凡例》，第1a葉。
③ 《易堂問目》卷首《目錄》，《四庫未收書輯刊》第4輯第9册影印乾隆三十七年鄒容成刻後印本，第5頁。

十條,云何",等等①,乃是模擬考場策問的形式以爲綱目。不過,每條"問目"之下,並不是按"對策"的方式擬寫範文片段,而是引據前人著述。例如書經門第一目考問《尚書》篇數的不同記載,《易堂問目》便按數目由小到大,臚列了《隋書·經籍志》《館閣書目》《漢書·儒林傳》《尚書緯》等書中的相關記述,引用書名、人名皆以六角括號標出②。不難看到,在聚焦經學、引據成文這兩種體例上,《易堂問目》皆爲《十三經策案》之先聲,展示出類似的知識呈現方式。所不同者,《問目》並未大量使用《困學紀聞》,其所述多宋明儒之說,如朱熹、楊復、郝敬、高攀龍、錢啓新等,顯示出清初學術繼承宋明經學的一面;此外還注重徵引清代官修經注,如《周易折中》《書經傳說彙纂》《詩經傳說彙纂》等。在宋人類書中,常引者反而是章如愚《山堂考索》。《易堂問目》卷首諸洛序介紹了其成書和早期流傳的經過:

> 易堂先生爲諸生時,精通六藝,嘗取其中疑義,先儒各成其是、膠固不可通者,倣漢廷册問之體,采獲所安,以定一尊,顏曰"易堂問目"。後以孝廉舉經學,此書與所著《易象集說》等書進御,上命翰林及中書官莊寫藏諸內府。……京師諸公,爭覯是書,而春秋射策之士,亦無不寫倣其本。③

諸序雖以"漢廷册問"高遠其所從來,但實際上仍透露出其切於舉業之用的性質。不僅如此,編撰者吳鼎乾隆十六年應"保舉經學"特科、將《問目》進呈御覽的經歷,更是爲此書增添了榮耀。乾隆三十七年(1772),吳鼎之婿鄒容成因此書"外間轉寫甚多,不無烏焉之謬,爰取定本,登諸棗梨"④。今所見國家圖書館藏一印本,封面即以朱色龍紋地大印"御覽易堂問目"之名,內文亦用朱墨套印,在天

---

① 《易堂問目》卷二,《四庫未收書輯刊》第4輯第9册,第39—40頁。
② 《易堂問目》卷二,《四庫未收書輯刊》第4輯第9册,第39—40頁。
③ 《易堂問目》卷首,《四庫未收書輯刊》第4輯第9册,第3頁。
④ 《易堂問目》卷末《後敘》,《四庫未收書輯刊》第4輯第9册,第85頁。

頭鎸以乾隆朱批①，當係較早的印本。

圖 2 《易堂問目》乾隆三十七年鄒容成刻本（左）及兩種後印本（中、右）的封面

《易堂問目》中所見"御批"，不但可以爲瞭解乾隆帝本人當時的經學好尚提供材料，對清代讀者而言，更是將帝王之政治權威轉化爲吳鼎此書的潛在文化資本。書中所見天頭御批凡五條，主要都是贊同吳鼎對前人異説的選擇判斷，而乾隆所認同者，往往又是朱子②。例如卷一郊社門"天帝不同"目，列舉了程朱"天與帝一""説昊天上帝只是説天"之論，並下按語，指出"凡經言上帝，與昊天同"，駁斥鄭玄及緯書中種種紛繁之解釋。御批云："六經如雅頌中稱'昊天'及稱'上帝'者，皆互文以見義。今舉程子、朱子之説，以正讖緯之謬，立義正當。"③贊同吳氏宗主程朱的觀點。卷二易經門"得朋喪朋"目，問題要求辨析"不宜得宜喪""宜得不宜喪""得喪咸宜"三種説法；吳氏引録了俞琰、朱熹、錢啓新之説，按語總結云"得喪咸宜之説爲是"。御批"西南東北主得喪咸宜之説，義本朱子，最爲確解"④，也是支持其宗朱之説。

---

① 《易堂問目》，國家圖書館藏乾隆三十七年刻本（索書號707）。
② 此本所刻御批，來源或出於吳氏家藏之本；其間對"御批"是否有選擇性摘録，目前不得而知。
③ 《易堂問目》卷一，國家圖書館藏乾隆三十七年刻本，第2b葉。
④ 《易堂問目》卷二，第6a葉。

《易堂問目》在初刻之後有多次重印。《四庫未收書輯刊》影印之《易堂問目》，未見天頭御批，但封面題"御覽易堂問目"，並有兩側小字："鄉會試策問首經學，奉旨五經並試，誠士子之急務矣。是編提要鉤元，爲諸經之樞紐，能不寶諸。"① 從其表述看，此本當係乾隆六十年推行五經並試之後的產物。科場中策問（第三場）、五經文（第二場）對經學的關注，自然成爲《易堂問目》《十三經策案》這一類"經策"書籍得以流行的制度基礎。國家圖書館收藏有數個《易堂問目》副本，封面題"進呈原本易堂問目"，未刻天頭御批，附有秦朝釪《吳易堂先生家傳》，正文內容、行款與《四庫未收書輯刊》影印者大體一致，亦被認爲是乾隆三十七年刻本之後印本②。封面設計之差異（見圖2），眉批、《家傳》之有無，都反映出此書在多次出版歷程中的細微變化③。此外，《問目》還有咸豐二年（1852）潘道根抄本④、光緒十六年（1890）習静齋刻本⑤等，可見從乾隆中直到清末的閱讀接受情況。

　　在《易堂問目》之後，《十三經策案》之前，類似的"經策"書籍還有《稽古日鈔》，其書乃江蘇震澤人郁文、張方湛、王逸虬，浙

---

① 《易堂問目》卷首，《四庫未收書輯刊》第4輯第9冊，第2頁。
② 《易堂問目》，國家圖書館藏乾隆三十七年刻後印本（有索書號708、709、67312等副本）從物質形態上看，各本板框尺寸大致皆與有御批之本（索書號707）相同（18.1cm×13.3cm），書本大小則略有差異，如709較小（24cm×15.3cm），708居中（24.8cm×15.3cm），67312則稍大（25.6cm×16.5cm）。如果不是後期遞藏流傳中的裁切造成，則或許説明這些副本也可能是數次不同印刷行爲的產物。
③ 又如國圖所藏另一種乾隆三十七年刻後印本（索書號67692）與哈佛燕京圖書館所藏本（索書號T154/2322），封面"進呈原本易堂問目"，皆於右上角鈐陽文朱印"疑義相與析"，左下角鈐陰文朱印"迎暉閣藏板"，此鈐印亦當是其封面設計的一部分，反映出此二書係相同或相近印次的產物。
④ 《易堂問目》，上海圖書館藏抄本。卷二末有潘氏題識"咸豐壬子秋八月十三日雨窗寫此一卷，徐村老農根，時年六十又五記"；卷三末題識"咸豐壬子秋八月十九日徐村老農潘道根手録畢記"；可知其抄寫的確切日期。羅瑛整理《潘道根日記》咸豐二年八月初九日"寫《易堂百問》"；二十日"寫《易堂問目》乃畢"（南京：鳳凰出版社，2016年，第405頁），可與之互參。
⑤ 《易堂問目》，國家圖書館藏光緒十六年習静齋刻本。

江元和蔣煇等自乾隆二十八年開始編纂，至二十九年編成刊行①，凡八卷，依次敘錄《易經》《書經》《詩經》《周禮》《儀禮》《禮記》《春秋》《論語》《孝經》《孟子》《爾雅》以及四書集注、河圖洛書、諸經傳授、偽經、擬經等問題。卷下分條，各有標目，如《易經》卷有"古今易""三易""日月爲易""交易變易"等目；《詩經》卷有"古詩""刪詩""詩字有三訓""四詩""詩序"等目；《春秋》卷有"《春秋》本魯史""始隱終獲麟""萬八千字""五始""時月並書"等目②。其内容雖亦多徵引前人，但總體上是采用敘述的模式撰寫，不同於《易堂問目》《十三經策案》的引錄體；而使用的學術資源亦以程朱之説爲多，兼及清儒著作如《日知錄》等。《困學紀聞》雖亦偶有引及③，但與《十三經策案》之極重王應麟不同。例如有關"日月爲易"的問題，《稽古日鈔》主要依據許慎和黃宗炎之説：

> 日月爲易。許氏慎曰："日月爲易，象陰陽也。"黃氏宗炎曰："日月爲易，開端於虞仲翔"（魏伯陽、鄭厚諸家皆同此説）。又云："羅泌謂'日月爲易，而文正爲勿。勿者，月光之散者也'。猶疑勿與月之不同，僅指爲月光也。其後戴侗、周伯琦輩竟作冒字（謂同篆文冒字）矣。可不辨哉！"④

可見其主要關注點在"日月爲易"這一説法演變的學術史。而《十三經策案》則先引《困學紀聞》：

> 〔困學紀聞〕日月爲易，一奇一耦，陰陽之象也。⑤

---

① 彭啓豐《稽古日抄序》："張子玉川、王子繞九、郁子澄齋，皆學而有識者，所編《稽古日抄》，始事於癸未之秋，朞年而成。……余婿蔣子廷宣同輯是書，將付剞劂，徵余文以識之。"序末書"乾隆二十九年八月"。《四庫未收書輯刊》第 2 輯第 15 册影印乾隆二十九年秋曉山房刻本，第 3—4 頁。又此書卷首牌記題"乾隆二十九年鐫，秋曉山房藏板"，同前書，第 2 頁。
② 《稽古日鈔》卷一、卷三、卷六，《四庫未收書輯刊》第 2 輯第 15 册，第 6—7 頁、第 33 頁、第 80—81 頁。
③ 例如《稽古日鈔》卷三"五際"條引《困學紀聞》之説，《四庫未收書輯刊》第 2 輯第 15 册，第 35 頁。
④ 《稽古日鈔》卷一，《四庫未收書輯刊》第 2 輯第 15 册，第 6 頁。
⑤ 《十三經策案》卷二，第 9b 葉。

接下來復以小字詳引羅泌《路史》之説，解釋"日月爲易"的義理内涵。從内容上看，《稽古日鈔》和《十三經策案》側重不同，可謂各有短長；但就在閲讀市場的影響而言，則似以《十三經策案》爲大。《稽古日鈔》在乾隆二十九年（1764）刊刻之後，目前未考知有再版刊行。而《十三經策案》在乾隆四十二年寶田齋刻本之後，嘉慶三年（1798）又有再版；其中王謨序言末尾所署"乾隆四十二年丁酉六月"被挖改爲"嘉慶三年歲次戊午六月"，大抵是爲了標榜"新鐫"的書賈伎倆①。此後在光緒間有《牗蒙叢編》木活字本②；更被以石印技術多次再版，有光緒十一年（1885）同文書局石印本、光緒十三年積山書局石印本、光緒二十五年慎記書莊石印本等，再次出現一個出版高潮③；足見其影響力與市場需求。從再版的情況看，《十三經》策案在晚清的流行程度，相對《易堂問目》可謂是後來居上。

翻印翻刻之外，《十三經策案》之後還出現了一些同類型的"策案"之書。如道光元年（1821）江蘇南通士人楊述臣、王鳳沼、徐沂舫撰成《經解斠》，按經目分卷，以札記之體，標目探討經學問題④。其內容也是大量引述《困學紀聞》《文獻通考》《黃氏日抄》《日知錄》等前人著作，其中又尤以《紀聞》爲多。例如卷一至二（《易經》）的《易言日月》《卦具四德者七》《四易三説》《易數》《乾初九坤初六》《月幾望》《臨八月復七日》《剥牀以簞》《明夷箕子》《莧陸》《上下繫十八爻》等則⑤，卷五至六（《詩經》）的《大毛公小毛公》《五際》《八能之士》《大夫九能》《逸詩篇名》《苢杞荼有三》《束皙補亡詩》

---

① 此外，《十三經策案》各卷末葉大部分都刻有"十三經策案卷第X終"的字樣，惟卷一、卷十八、卷二十無之（乾隆本、嘉慶本皆然），可能是由於這些卷末葉字數較多、排版已密。然在卷一、卷十八末葉最後一行底部，嘉慶本都增刻一"止"字作爲標識（乾隆本未見），這也是兩種版本的一個差異。
② 《十三經策案》，國家圖書館藏光緒南清河王氏木活字本。
③ 《中國古籍總目·經部》第2冊，第967—968頁。
④ 如《易經》卷有《日月爲易》《畫卦不本於河圖》《漢易三家》《易分今古》等題，《詩經》卷有《詩歌始於虞夏》《詩四家》《大序小序》《四事》等題。
⑤ 《經解斠》卷一，國家圖書館藏道光巾箱本，第1a—1b葉；卷二，第7a葉、第8a葉、第9b葉、第13a葉、第15b葉、第19a葉、第20b葉、第23a葉、第25a葉、第30a葉。

《格物之學》《草木魚蟲圖説》《八篇可歌》《迹熄詩亡》《關雎非畢公作》《歌碩鼠》《熠燿宵行》《〈伐木〉〈采薇〉非刺》《青蠅》《采菽黍苗》《公劉三大法》《維申及甫》《句〔徂〕徠新甫》等則①，都引用了《困學紀聞》，其中《歌碩鼠》一則引及萬希槐《集證》之內容，可見是利用了這一嘉慶八年成書的新注本。《經解斠》在編纂思路上與王謨頗爲相似，倫明稱此書"殆《十三經策案》之類，備場屋獵祭者也"②，不無道理。而道光十一年（1831），王鎣的《廿二史策案》，則更明顯係《十三經策案》影響下的產物。其書同樣以抄錄前人著作的方式討論"記言記動""古人不以甲子名歲""《史記》列傳編次"等問題，所引則以顧炎武《日知錄》、趙翼《廿二史札記》《陔餘叢考》、王鳴盛《十七史商榷》等清人考史筆記爲多。王鎣自序其書云：

> 策案者，策學之類書也。……發問往往先經次史，誠以經史外，無足覘實學也。顧十三經，人猶童而習之，而廿四史，汗牛充棟，購之者常苦無力。即家有藏書，昔人云："一部十七史，從何處説起。"誠哉是言！余憶初入棘闈，接策紙到手，悵悵乎如瞽者……嗣後讀書時，凡有關於策學者，隨筆抄錄，積久成帙，而於史事居多，因仿金谿王仁圃《十三經策案》，獨彙史事十二卷，名之曰"廿二史策案"。③

從序文中不但可以看到"策案"類書籍於科考之幫助，還可以窺知，對於經濟實力有限的中下層讀書人，這類通俗讀物在知識傳播方面可以扮演的角色。在經史策問題目隨着考據學風氣的擴散不斷深入之時，普通士子如何可以獲得這些"新潮"的知識？王鎣所敘其初入考場，對策問題目茫然不曉的情景，或許不無誇張，但一定程度上當非聳人聽聞。站在學者的立場，自然可以指責類編、刪選經史潛在包

---

① 《經解斠》卷五，第 6a 葉、第 8b 葉、第 10a 葉、第 10b 葉、第 10b—11a 葉、第 11a—11b 葉、第 11b—12a 葉、第 12a—13a 葉、第 13a 葉、第 16b—17a 葉、第 27a 葉；卷六，第 7b—8a 葉、第 12b 葉、第 14a 葉、第 21b 葉、第 22a 葉、第 26a 葉、第 29a 葉。
② 《續修四庫全書總目提要·經部》，第 1368 頁。
③ 《廿二史策案》，國家圖書館藏道光十一年綠蔭山房刻本，卷首。

含了追求速成的荒疏學風。然而，沉潛深造之學，有賴廣泛的閱讀。尤其是在考據學風之下，不但需要閱讀正經正史，也需要旁參前人著述，這對讀書人的時間成本和金錢成本都有不低的要求。在大量無力購書的貧寒士子中，"經策""史策"類書籍無疑大大降低了知識的門檻——雖然這些知識可能是粗疏而殘缺的。與《十三經策案》相似，《廿二史策案》此後在咸豐、同治以降屢有翻刻重印[1]；光緒十一年（1885）還被改題以《廿四史策案》之名付諸石印[2]。經、史兩大"策案"的影響甚至還流被東瀛，出現了明治十八年（1885，光緒十一年）京都樂善堂銅印《十三經策案》《廿四史策案》，以極小之開本（書本尺寸 11.3cm×7.4cm）印製，兩種"策案"合爲一套[3]。此前，明治十五年樂善堂已經刊印了《困學紀聞》《日知錄》以及《四書合講》等書籍，大抵是選印當時中國的流行讀物。其中《困學紀聞》選用翁元圻注本，"校讎魯魚，銅版開雕，爲袖珍本，以頒同好"[4]；所附廣告語，宣揚其"雖蠅頭細字，點畫鮮明，閱者不廢目力""裝釘工雅，尤便舟車携帶"以及"皮紙刷印，經久不壞"等優點，可見其有意選擇小開本的物質形態；而廣告語中又稱"今在上海北市河南路東瀛藥房樂善堂内出售"[5]，是知日本樂善堂本《困學紀聞》等書，當時還通過其在滬上的"據點"銷售，亦有迎合中國市場的目的。而光緒年間中國本土的一些綜合類策學讀物，同樣爲《十三經策案》之流風所被，突出其選錄考據學著作之特色。如光緒四年（1878）的《策學淵萃》，包括經學、史學、道學、文章、藝苑雜考、官制等類，其

---

[1] 《中國古籍總目·史部》著録有咸豐十一年刻本、同治八年刻本，上海：上海古籍出版社，2009年，第507頁。天津圖書館綫上目録檢得有同治元年刻本。《青海省圖書館古籍普查登記目録》著録有光緒五年刻本，北京：國家圖書館出版社，2014年，第112頁。

[2] 《廿二史策案》，國家圖書館藏光緒十一年上海同文書局石印本。其卷首諸序中的"廿二史"皆被改作"廿四史"。實際上《廿二史策案》本已包含了對《舊唐書》《舊五代史》的研討，此新版"二十四史策案"涵蓋的正史範圍並無增加。

[3] 《十三經策案·廿四史策案》，北京大學圖書館藏明治十八年本。

[4] ［日］岸吟香《校刻困學紀聞注後序》，明治本《困學紀聞注》書末（北京大學圖書館藏明治十五年本）。署"明治十五年二月"。

[5] 明治本《困學紀聞注》書末，廣告語中開列了"印成各種書目"。

《例言》云：

> 漢學至國朝而極盛，於經解、史論，考證異同，勘定音義，至爲精確。是編於有關策學者，廣爲收入。①

可見其特意選錄漢學考證之作的編纂策略。不僅如此，此書卷首還專門開列了"採用書目"（見圖3），起首便是《十三經策案》《廿二史策案》，此後又有《皇清經解》《困學紀聞》《日知錄》《經義述聞》《陔餘叢考》《四庫提要》《隨園隨筆》等。光緒十四年點石齋印行之《策學備纂》，包羅了經、史、天算、官制、理學、藝文等各類知識，其中亦引及《困學紀聞》《日知錄》《東原集》等著②。從這些策學讀物之中，不但可見後來"策學"書籍對《十三經策案》《廿二史策案》的繼承，同時亦折射出清儒經史考證之學在一般科舉讀物中的影響。

不僅如此，"策案"在晚清甚至還具有了某種"品牌"效應。光緒三年刊本《十三經策案補遺》，實際上是北宋賈昌朝《群經音辨》（七卷）與清人曾廷枚《群經字考》（四卷）的合刊本，書前編者序言稱"經訓爲策學第一要領，金溪王氏《策案》廿一卷，包羅宏富，學者賴焉。顧其書止於發明經義，而訓詁闕如"，認爲賈、曾二著對經文讀音、字形的考證，正好可以"補王氏之缺失"③。《群經音辨》與《群經字考》本身都是獨立的經學著作，而刊刻時須借用"十三經策案"之大名而爲之"補遺"，也可從側面折射出王謨之書在清代後期書籍市場的影響力。值得注意的是，由於《策案》在材源上對《困學紀聞》的依賴，隨着此書的流行，王應麟這部學術名著的讀者群體也得以擴張到更廣大的範圍（應舉士子），某種意義上也加強了其作爲一部經典著作的地位。

---

① 《策學淵萃》，北京大學圖書館藏光緒四年藤花小舫刻本。
② 《策學備纂》，北京大學圖書館藏光緒十四年點石齋石印本。此書具體分類包括：經部、史部、天算、方輿、帝學、官制、選舉、循吏、儒林、文苑、禮學（應爲理學）、禮制、樂律、兵制、刑法、錢幣、田賦、征榷、鹽鐵、農政、荒政、漕運、河渠、水利、氏族、四裔、金石、子部、集部、選學、藝文、考工。
③ 《十三經策案補遺》，首都圖書館藏光緒三年刻本。

圖 3　《策學淵萃》卷首 "採用書目"

三、發策與應考：作爲科場利器的《困學紀聞》

　　與"經策"類書籍應若桴鼓的，最直接的乃是科場中經學策問之興盛。廣義而言，清代科舉各級考試中的八股文、策問以及經解等各種文體，都是經學知識的載體。主持考試的官員可以通過命題、閱卷等方式，融入對理想學風的提倡。不同的文體都可以成爲學術思想滲入的場域[1]。以阮元爲例，他少年時本即以科試"場中經解、策問條對無遺"受知於江蘇學政謝墉[2]；及之出任學官，在八股文課試中，同樣有提倡漢學考證之傾向。如嘉慶初年浙江學政任上，就在紹興府學季課四書文"質勝文則野，文勝質則史，文質彬彬，然後君子"之

---

[1] 關於八股時文中漢學考據風氣的滲入，參見陳祖武《清代中晚期制藝中漢宋之別：以劉顯曾硃卷爲例》，《傳統中國研究集刊》第 2 輯，上海：上海人民出版社，2006 年，第 405—426 頁。
[2] 《雷塘庵主弟子記》卷一，乾隆五十年（1785）條，阮元時年二十二歲。〔清〕張鑒等撰，黃愛平點校《阮元年譜》，北京：中華書局，1995 年，第 6 頁。

中，特別簡拔了陶定山之作，文末附批語云：

> 邵公《墨守》，參以董子《繁露》、《白虎通德論》等書，雖非時文正格，亦見讀書稽考之功。錄之爲好古者勸。①

由此可見阮元對在時文中融入漢學古義的做法頗爲鼓勵。不過，值得玩味的是"雖非時文正格"之表述，可見雖在阮元，亦不得不承認旁徵博證在八股文體制中的合法性可能存疑。八股文"代古人語氣，體用排偶"②，格式形成不少規範，與之相比，策問拈取經注義訓，無疑可以更直接地指向知識本身。提倡漢學之名臣，如朱珪"每握文衡，必合觀經、策，以精博求士"③，阮元亦重視從策問中選拔積學之士，在乾嘉時期即傳爲佳話④；其自撰《論策問》一文，對當時策問經學之風氣頗有觀察：

> 近三四十年，鄉會場問策，必有經學一道；經學必有《易》《書》數條。《尚書》中常有"《書》標七觀"一條。求其始於何科，竟不可考。意其始，乃發策者無處覓題，覓至王伯厚《困學紀聞》，偶得此條，遂拈爲問。後之發策者，又轉襲於前次之策題，陳陳相因，未必親由王伯厚書中拈來。其實伯厚所說，乃伏生《尚書大傳》之文也。《尚書大傳》及《困學紀聞》中宜於策問者頗多，而"七觀"則已數問不鮮矣。無論"七觀"，士子未必能一一全記，即七事無遺，亦無關於優劣。⑤

---

① 〔清〕阮元編《浙江考卷》，北京大學圖書館藏嘉慶再到亭刊本。
② 〔清〕阮元《書梁昭明太子文選序後》注引《明史·選舉志》，《揅經室三集》卷二，〔清〕阮元撰，鄧經元點校《揅經室集》，北京：中華書局，1993年，第609頁。
③ 〔清〕陳康祺撰，晉石點校《郎潛紀聞初筆》卷十四"朱石君衡文之精"條，北京：中華書局，1984年，第292頁。
④ 參見前引Elman、水上雅晴、徐雁平諸著。
⑤ 阮元《論策問》，《揅經室再續集》卷三，《清代詩文集彙編》第477册，第773頁。此卷收文似按寫作時代列序，《論策問》之前有《羅兩峰畫方氏兄弟孝廉春風並轡圖跋》，署"節性齋老人阮元書，時年七十有八"（道光二十一年，1841）；後有《壬寅上巳東洲得魚歸祀筆記》，即道光二十二年（1842）；由此推測，此文或當作於道光二十一年至二十二年間。上推"三四十年"，大體上反映的是嘉慶六年（1801）以來的情況。

阮元此段記述，正顯示了嘉慶以降科場經學策問之情形。按王應麟《困學紀聞》卷二引述了《文心雕龍·宗經》"《書》標七觀"之語，並解釋其具體內涵及出處："孔子曰：'六誓可以觀義，五誥可以觀仁，《甫刑》可以觀誡，《洪範》可以觀度，《禹貢》可以觀事，《皋陶謨》可以觀治，《堯典》可以觀美。'見《大傳》。"① 所謂"七觀"出自《尚書大傳》，對清代一般讀書人而言或許是較為生僻的典故。考官以此命題，大抵是要求生徒詳列"七觀"之具體所指。阮元認為，這種對細節知識的考察意義並不大，"發策問經，當問經之大義"，倘若關注細節，從浩如煙海的典故中隨意拈取，"試官能全對乎？"他所欣賞的，是將知識細節置入更大的學術視野之中，進一步推演出更具啟發性的論斷：

  善乎孫君淵如之治經也！其說《尚書》曰："今文《尚書》二十八篇，在百篇內為尤精。孔子重之。故周漢之間，學者人人通習，非此二十八篇幸而不亡。故伏生《尚書大傳》，孔子所舉'七觀'之篇，皆在二十八篇之內。"此誠讀書得間，能發經學之大義矣！②

阮元指出，孫星衍從"七觀"所指諸篇均見於今文《尚書》的現象推斷秦漢時期《尚書》流傳之情形③，乃是不限於知識本身，而能藉之闡發今古文之爭這一經學"大義"。在阮元眼中，"若士人不能全對'七觀'，而對及於此，則是真深於經學之人"。一個值得注意的問題是，這種對"大義"的體認，是一定要考生"自家體貼出來"，抑或可以通過閱讀繼承前人的觀點？站在學術創新的立場，自行從原始文獻中推理出新知，顯然較從他人著作中"襲取"意義為大。不過，從科試的角度看，能夠閱讀研經之著而汲取新知，也頗為可貴。故阮氏

---

① 孫通海點校《困學紀聞注》卷二，第2冊，第283頁。
② 阮元《論策問》，《揅經室再續集》卷三，《清代詩文集彙編》第477冊，第773頁。
③ 參孫星衍《尚書今古文注疏序》，陳抗、盛冬鈴點校《尚書今古文注疏》卷首，北京：中華書局，2012年，第1—2頁。

感慨"但此義士人即有曾讀孫君之書，渾舉而對者"，又恐考官"不識其爲何說也"；在批評中潛在還是默認並鼓勵生徒通過當時漢學名家的著述獲取新知。從這篇《論策問》，正可以看到以《困學紀聞》爲代表的考證筆記，如何成爲了經學類考題之淵藪：此書包含大量有關經學中疑難問題的考辨，並且都有王應麟提供的"標準答案"，自然很容易成爲"發策者"的命題參考。上有所好，下必甚焉。考官既以《紀聞》爲枕中鴻寶，士子自然也會倚之爲篋衍秘笈。如乾隆五十四年（1789）己酉科殿試策問，有"《易》備四德者七卦……可僂指之"的問題。是科狀元胡長齡對策云：

> 《困學紀聞》言：卦備四德者，乾、坤、屯、隨、臨、無妄、革七卦。①

正是直引《紀聞》以爲證。此外，道光二十年（1840）優貢考生李寶璺在回答有關五行次序的提問時，亦引述《困學紀聞》"《大禹謨》以相克爲次，《洪範》以生數爲次"②；光緒丙戌進士陳逷聲在回答會試第一道策問時，也援引《困學紀聞》"鬼方即西羌"之說③。凡此種種，不難窺見王應麟此書在清中後期科舉策問考試中足爲一"利器"。

與考場中潛在的影響力相表裏，《困學紀聞》在清中葉以後也常被一些學政官員列爲士子研經、應考的參考書籍。乾隆五十九年（1794），阮元在山東學政任上即將《困學紀聞》與顧炎武《日知錄》、閻若璩《四書釋地》、秦蕙田《五禮通考》、江永《鄉黨圖考》以及"國朝戴震各書"等清代漢學家著作同列入"經學書籍"，並特意指出《紀聞》一書"閻若璩校者佳，何焯校者次之"④。道光二十七年

---

① 鄧洪波、龔抗雲編著《中國狀元殿試卷大全》下冊，上海：上海教育出版社2006年，第1610、1613頁。
② 《道光庚子科山東優貢李寶璺硃卷·經解》，顧廷龍主編《清代硃卷集成》第374冊，臺北：成文出版社，1992年，第226頁。
③ 《光緒丙戌科會試陳逷聲硃卷·第一問》，《清代硃卷集成》第57冊，第277頁。
④ 哈佛大學藏《山東學政阮芸臺示生童書目》，引自黃政《哈佛大學所藏〈山東學政阮芸臺示生童書目〉考論》，《古典文獻研究》第二十輯上卷，南京：鳳凰出版社，2017年。

(1847) 受命出任湖北學政的龍啓瑞，下車伊始亦頒布告示，向生徒推薦經學、史學、理學等方面的書目，其中也提到：

> 宋王氏應麟之《困學紀聞》，國朝顧氏炎武之《日知錄》，又讀書考古之鈐鍵也。①

龍氏在其《經籍舉要》中，亦將《困學紀聞》與《四庫全書總目》《日知錄》《讀書雜志》等列爲"擴充學識之書"，歸類雖與阮元不同，但推崇之意，則是一脈相承。按《困學紀聞》自雍乾以降，有閻若璩、何焯、全祖望、萬希槐等遞相作注。閻箋本於乾隆三年（1738）刊行。此後不久，又有附何焯評及閻箋的桐華書塾本《困學紀聞注》行世。前述《十三經策案》即取資於此全祖望箋本於乾隆七年成書，嘉慶九年（1804）印行，乃是在閻、何二家注評基礎上又加補訂而成。萬希槐的《困學紀聞集證》先是收入閻、何舊注和萬氏所注，於嘉慶八年（1803）鐫行；後又增入全祖望、程瑤田、屠繼序、錢大昕等諸家箋釋爲合注本，在嘉慶年間多次刊行②。此外，翁元圻在乾隆末年開始從事《困學紀聞》的詳注工作，終於道光五年（1825）成書。這些注解、刊行之活動，不但可見清代中期學者研讀《紀聞》的興趣，也爲士子研讀此書提供了詳贍的注本。

在此風氣之下，科舉經學讀物取資於《困學紀聞》爲代表的考證筆記著作，也便是水到渠成。不過，一些較爲"簡陋"的書籍，或也招致學政官員之批評。如龍啓瑞《頒發五經詩題經解札諭》要求學生在回答經學試題時，指明出處根據：

> 經解内徵引書傳，用小字雙行注於句下，不能實指爲出於某

---

① 〔清〕龍啓瑞《經德堂別集》卷上《到任告示》，《清代詩文集彙編》第 655 册，第 339 頁。在此句之下，有雙行小字龍氏自注："近日嘉定錢氏之《十駕齋養新錄》、高郵王氏之《經義述聞》《讀書雜志》等書，亦攻證經籍、殫洽見聞之助，學者所當朝夕覽玩者。"進一步推薦更晚近的考證筆記名著。
② 此處關於清代《困學紀聞》諸注本刊刻流傳之情況，主要參考張驍飛《〈困學紀聞〉版本源流考述》，《中國典籍與文化》2009 年第 2 期，第 73—79 頁。並參孫通海《困學紀聞注》點校說明，第 3—4 頁。

書者,不閱(以己意論斷者不在此例)。引及《策學纂要》暨《經解斠》等書者,不閱。①

道光元年成書之《經解斠》,前已述及。與《十三經策案》類似,此書也是一種大量援引《困學紀聞》的普及性讀物。龍氏提倡生徒研習《困學紀聞》而不取《經解斠》,可見其對此類"俗學"讀物的不屑。《經解斠》一書,乃係成於衆手。時任陝西布政使唐仲冕爲此書所作序文云:

> 許祭酒之攻奥,名噪無雙;鄭司農之駁疑,卷疊有十。諧聲解字,追叶舊音,援傳釋文,博蒐古義,蓋訓詁箋疏,漢以來寖粲備焉。顧掊擊爲能,則不免於武斷;墨守太甚,則又鮮所折衷。將欲彙兹衆說,是在酌以平心,此《經解斠》一書所以作也。……數子者,宵火晨雞,互資砥礪,譚經奪席,口吻花生。覈之也詳,而不索諸隱;信之也篤,而不阿於私。夫豈掊擊爲能、或墨守太甚者所可輩哉!手輯書既成,郵質於予。予嘉其能彙衆説而酌之以平心,真有合於"斠"之義也。②

由此可知,是書旨在彙集舊説,而折中以求其平;"斠"之本義爲平準穀物與量器,引申爲平正、公平之義,《說文解字》云"斠,平斗斛也",故取以名書。從唐氏的描述中,我們或可推測,其編纂過程,乃是楊、王、徐三人分工合力,鈔引前人之書,書成後復請序於唐氏爲之揄揚。此書雖被龍啓瑞批評,以爲不當列爲引據文獻之出處,然其對《困學紀聞》的"掃掾",卻正可説明清代中後期一般士人閱讀《紀聞》的眼光。咸豐間,李聯琇嘗指出士子閱讀速成書籍,易滋荒陋之流弊:

> 有《四書合講》,而宋儒著録不必觀;有《十三經策案》,而

---

① 〔清〕龍啓瑞《經德堂别集》卷下《頒發五經詩題經解札諭》,《清代詩文集彙編》第 655 册,第 350 頁。
② 《經解斠》卷首,序第 1a—2b 葉。

漢儒箋注無所用；有《策學纂要》，而《文獻通考》等書可高閣；有《題解韻編》，而漢魏晉唐宋諸家詩集不待尋。①

李氏之論，簡要點出了嚴肅"著作"與通俗"讀本"之間的微妙緊張。一方面，這些以科舉考試爲導向的書籍，將理學、經學、史學、詩學的知識用簡便速化的方式推向普通讀者；但另一方面，也不免使得學子依賴簡本而不再閲讀經典本身。龍啓瑞推崇《困學紀聞》而貶斥《經解斠》，個中原因當亦不外乎此。

舉業誘導下的考據學普及讀物，亦有較爲詳實者。道光十年（1830）宋炳垣的《困學蒙證》，取王應麟《困學紀聞》中説經部分爲之作注，其特點是旁徵博引，條分縷析，"自漢唐古注義疏，下及近代諸儒論議，罔不摭其菁華而芟其枝葉，足與本書相輔而行"②。各條首書王書原文（頂格），次列諸家舊説（低格），間亦以圈號（○）引出自家解釋，頗云詳備。時任福建學政③吳孝銘爲其作序，特別提到"斯編固六經之指南，豈特王氏之功臣也哉"，正道出這種《困學紀聞》詳注本對於士子研治經義的價值。宋氏乞序於學政，既緣於其固有的師生情誼，另一方面自然也可以藉重學官權威以推廣其書。可以想象，此書對於應考，必也是一種便捷的參考書。光緒初張之洞《書目答問》《輶軒語》之推重《十三經策案》《廿二史策案》以及翁注《困學紀聞》、黃箋《日知録》，實際上也可以放到這一條學政教化政策的脈絡中理解。此後光緒十二年謝若潮《帖括枕中秘》在"求實學"一目下列舉"讀考據之書"，亦稱《十三經策案》《二十二史策

---

① 〔清〕李聯琇《好雲樓初集》卷二七《復暨陽書院朱久香山長書》，《清代詩文集彙編》第682册，第241頁。按朱蘭（久香）《補讀室詩稿》卷三有《暨陽書院示諸生》詩（《清代詩文集彙編》第606册，第497頁），繫於"丁巳"即咸豐七年。李聯琇致朱蘭之書信，寫作時間應約在此前後。
② 《困學蒙證》卷首陳壽祺序，第1a—1b葉，北京大學圖書館藏清刊本。序末署"道光十年庚寅夏五月"。
③ 吳序云："烏程宋子薇卿，余辛巳典試兩浙所得士也，筮仕於閩。乙未，余視學斯土，謁余使署，手所編《困學蒙證》相示，乞余一言弁其端。"《困學蒙證》卷首，吳序第1a—1b葉。考《宣宗成皇帝實録》卷二五五，道光十四年八月，以太僕寺卿吳孝銘提督福建學政，見《清實録》第36册，第880頁。

案》、翁元圻注《困學紀聞》、黄汝成《日知録箋釋》，"此四種可爲對策之用"①，當是本於張之洞説而爲普通考生設計讀書計劃。可見"策案"類書籍與考證筆記在讀書人知識世界中的位置。

四、樸學與俗學：考據筆記閱讀的兩種面向

以《困學紀聞》爲代表的學術筆記，在清代的閱讀史實際上存在多種面向。從明代中後期開始，沈括、洪邁、王應麟等宋儒的學術筆記，在"説部"之中被凸顯出來，逐漸被視爲"考證"之典範。如胡應麟稱讚《困學紀聞》"尤多發明，讀書得一義，如獲一真珠船"②。順治初年，劉孔中評選的《困學紀聞鈔》，抄録原書中有關經史的部分，並加以評點。惟其閱讀眼光承晚明風氣，偏於文學修辭一路。如《困學紀聞》述郭雍（冲晦）語"艮者限也，限立而內外不越。天命限之内也，不可出；人欲限之外也，不可入"，此書眉批"語妙"③，便是欣賞其見識與造語。康、雍以降，對《紀聞》的關注則聚焦在博學深考方面。何焯曾記康熙十八年（1679）曹溶之議論，力言"宋説家之書，莫如洪容齋、王伯厚爲優；然《困學紀聞》條理尤爲秩然，不可以不亟讀也"④。與此同時，閻若璩亦主張"宋王尚書《困學紀聞》"爲"説部書最便觀者第一"⑤。納蘭性德也將洪邁、王應麟、程大昌並列爲"南宋諸儒"之"博洽"者，又指出《容齋隨筆》博而未

---

① 〔清〕謝若潮《帖括枕中秘》卷五，陳維昭整理《稀見明清科舉文獻十五種》，上海：復旦大學出版社，2019年，第1842頁。
② 〔明〕胡應麟《題〈困學紀聞〉後》，《少室山房類稿》卷一〇六，《明別集叢刊》第4輯第36册，第371頁。
③ 〔清〕劉孔中評，〔清〕周亮工參訂《困學紀聞鈔》卷一，第4a葉，北京大學圖書館藏順治八年刊本。
④ 〔清〕何焯《跋〈困學紀聞〉》，《義門先生集》卷九，《清代詩文集彙編》第207册，第230頁。
⑤ 〔清〕閻詠《困學紀聞序》："康熙戊午、己未間，家大人應博學鴻詞之薦入都，時宇内名宿麟集，而家大人以博物洽聞，精於考據經史，獨爲諸君所推重，過從質疑，殆無虚日。或有問説部書最便觀者誰第一，家大人曰：'其宋王尚書《困學紀聞》乎？'近常熟顧仲恭以《演繁露》並稱，非其倫也。"〔宋〕王應麟著，〔清〕翁元圻輯注，孫通海點校《困學紀聞注》，第8—9頁。

核,《困學紀聞》"精且核矣",對王氏之學甚爲推崇。至乾嘉之際,錢大昕亦云:

> 唐以前說部,或托《齊諧》《諾皋》之妄語,或扇高唐、洛浦之頹波,名目猥多,大方所不屑道。自宋沈存中、吳虎臣、洪景盧、程泰之、孫季昭、王伯厚諸公,穿穴經史,實事求是,雖議論不必盡同,要皆從讀書中出,異於游談無根之士,故能卓然成一家言,而不得以稗官小說目之焉。①

在這個宋人"說部"的譜系中,地位最爲重要者當屬《困學紀聞》。在清中葉學者的眼中,宋代筆記之後,顧炎武《日知錄》又成爲"說部"經典延長綫上的另一大里程碑。在此背景之下,閱讀《困學紀聞》《日知錄》,自然成爲通往經史之學的要津。李富孫嘗回憶乾隆後期,其從祖李集(敬堂)"教以根柢之學",認爲"深寧叟《困學紀聞》博而能精,簡而有要,亭林先生《日知錄》明體達用,具有經濟",於讀經、史外,"二書不可不熟讀也";富孫本人便曾將《日知錄》"讀十數過"②。不僅如此,李集還曾計劃以類似文課的形式組織生徒閱讀《困學紀聞》,要求以十人爲朋,各置原書一部,逐卷閱讀,加以丹黄批點,然後"每五日一會,持錢治餐具如文課,人出五條問對,似射覆、似貼經,疾書格紙,俟甲乙既畢,互勘詰難,以徵得失"③。李集之構想,主要強調對《困學紀聞》原書内容的掌握,可見乾隆間普通士人將《困學紀聞》《日知錄》作爲經史輔助讀物的情形。而其讀書之會,以詰問對答的方式展開,則與前述科舉"策問"與考

---

① 〔清〕錢大昕《嚴久能〈娛親雅言〉序》,《潛研堂文集》卷二五,《嘉定錢大昕全集》第9册,南京:鳳凰出版社,2016年,第390—391頁。又見《娛親雅言》卷首,末署"嘉慶元年歲在游兆執徐相月之望嘉定同學弟錢大昕書於吳門紫陽書院之春風亭",《續修四庫全書》第1158册。
② 桐華書塾刻本《困學紀聞》卷末。富孫自述"余弱冠時與徒弟遇孫讀書於顧學齋"云云,文末署"戊辰嘉平二日"即嘉慶十三年。按李富孫生於乾隆二十九年,由此可推知所謂"弱冠時"當在乾隆四十九年前後。
③ 〔清〕李集《顧學齋文鈔》卷十《示學徒讀書法》,《南開大學圖書館藏稀見清人別集叢刊》第9册,桂林:廣西師範大學出版社,2010年,第119頁。

據筆記的交涉正可以並觀。

在此基礎上更進一步，則是在閱讀中浸染王應麟、顧炎武等前賢之治學路數，實踐"考證"之學。嘉慶二年（1797）左右，錢儀吉在少年時代的閱讀中漸次瞭解到顧、錢之著作："余十五歲時，始得《日知錄》讀之，而知昆山有顧先生……其後歷覽前史，得《考異》讀之，乃知嘉定有錢先生。"①閱讀《日知錄》《廿二史考異》的經歷，對錢儀吉的學術路徑產生了頗重要的影響。嘉慶十四年（1809），段玉裁亦稱："以說部爲體，不取冗散無用之言，取古經史子集，類分而枚舉其所知以爲書，在宋莫著於《困學紀聞》，當代莫著於《日知錄》。近日好學之士多有效之者，而莫著於偃師武大令虛谷《群經義證》，次則吾友嚴君久能《娛親雅言》。"②不但指出徵引文獻、分類歸納爲考證筆記之特點，還舉武億、嚴元照爲例，説明當時學者效法王、顧著述體例以爲著述的情形。嘉道間人鄭獻甫"少時見錢辛楣先生《養新錄》，欣然喜謂：'讀書者當如是矣'；復見顧亭林先生《日知錄》，則駭然歎曰：'讀書者乃如是耶！'"蓋以錢著"精於經之中"，顧著"博於經之外"，正由此二書確立了自己的學術方向，並在其影響下撰成考證筆記《愚一錄》③。而編纂《十三經策案》的王謨，亦撰有考證筆記《汝麋玉屑》，被推爲"分部選言，一以深寧叟爲圭臬，可謂取法乎上矣"④。其自序云：

> 宋元以來說部書，亦無不領略其旨趣，每謂其中惟《野客叢書》《容齋隨筆》《示兒編》《困學紀聞》數種，極正當有條理，而尤所服膺者，在《紀聞》一編。以深寧叟所撰諸書，皆援據極

---

① 《讀書證疑序》，〔清〕錢儀吉《颿山樓初集》（稿本），《清代詩文集珍本叢刊》第 429 册，第 545 頁。按錢儀吉生於乾隆四十八年（1783），其十五歲當在嘉慶二年（1797）。
② 〔清〕段玉裁撰，鍾敬華校點《經韻樓集》卷八《娛親雅言序》，上海：上海古籍出版社，2007年，第 192 頁。題下小注"己巳正月廿四日"。
③ 〔清〕鄭獻甫《擬作愚一錄自序》，《愚一錄》卷首，天津圖書館藏光緒四年刻本，自序第 1a—3b 葉。
④ 〔清〕鄧廷楨《汝麋玉屑序》，《汝麋玉屑》卷首，清抄本（國家圖書館據湖北圖書館藏本所攝膠片）。

> 博而分類不雜，辨析至精而持論不頗。此書則尤簡便，遇有心得，即隨手劄記，所積既多，亦自能貫串融洽，固可以爲讀書要訣也。因仿其意，以之説經、説史、説諸子百家、説文、説詩，外又爲之雜説。探賾索隱，其味無窮。①

由此可見，王謨之服膺《紀聞》，不但體現在采其内容改編入《十三經策案》，亦有取法其劄記積纍的讀書、著作方式。有趣的是，較爲"通俗"之《十三經策案》問世後屢次再版，而《汝麋玉屑》卻僅以抄本在其親友間流傳；其間王謨於嘉慶末年雖曾請求廣東巡撫趙慎畛爲之刊刻，然最終亦未成功②。嚴肅、創新之個人專著，有時不若資料彙編更能獲得出版市場，不能不説是一種遺憾。

撰寫學術筆記，呈現自家讀書心得，可以視爲對《困學紀聞》《日知録》等書的一種"高級閲讀法"。不過，由於時間、學力之限制，未必每一位讀者都可以達到此種境界。另一種更爲自由的"深度閲讀"方式，則是通過撰寫題跋，延伸討論前輩筆記中的學術問題。道光五年（1825），阮元在廣州學海堂首課中以《困學紀聞》《日知録》《十駕齋養新録》三跋爲題，要求生徒撰寫閲讀心得：

> 阮文達公督粤，建學海堂……公之初命題也，第一课系《困學紀聞》《日知録》《養新録》三跋。③

這次考課之文，見於《學海堂集》所收張杓、吳應逵、林伯桐、鄭灝若四篇《困學紀聞》跋，張杓、吳蘭修、林伯桐、温訓四篇《日知録》跋，以及張杓、吳蘭修、林伯桐、曾釗、鄭灝若、鄧淳六篇《養

---

① 〔清〕王謨《汝麋玉屑》卷首自序，清抄本。序末署"嘉慶十七年仲春"
② 《汝麋玉屑凡例》："武陵趙文恪公開藩粤東時，呈請鑒正，雅意留付剞劂。公旋升任去，不果刻。"按《仁宗睿皇帝實録》卷三〇三（嘉慶二十年二月）："以……廣西按察使趙慎畛爲廣東布政使"；卷三四八（嘉慶二十三年十月）："以廣東布政使趙慎畛爲廣西巡撫。"《清實録》第32册，第28頁、第602頁。由此可推知《汝麋玉屑》付梓之議，應在嘉慶二十年之後、二十三年左右。
③ 〔清〕桂文燦撰，王曉驪、柳向春點校《經學博采録》卷四，上海：華東師範大學出版社，2010年，第159頁。

新録》跋①。文章多是就三本考據筆記中的具體問題展開考辯。如吳應逵的《浚儀王氏〈困學紀聞〉跋》便詳細討論了"朋黨"和"九九之數"的概念源流；林伯桐所作者則舉四例補正王氏的"千慮一失"，復又旁參惠棟、錢大昕、王鳴盛諸學者的研究，批評了《困學紀聞》對鄭玄《易》《書》之學的忽略。曾釗《嘉定錢氏〈十駕齋養新錄〉跋》，考辨了錢書中"《易》韻""旭有'好'音""使子路問之"諸條之訛誤，各有詳細論證。這些題跋，大抵可見阮元期待生徒學習王應麟、顧炎武、錢大昕之治學方法以從事經史考據，反映出對《困學紀聞》展開考據式深入研讀的途徑，與前述舉業領域的抄錄、閱讀，正可以形成有趣的呼應。在較爲專精的領域，學術筆記可以爲考經證史提供範式，讀之而效仿其研究方法，可以作爲一種"樸學"的深度閱讀。在一般乃至中下層士子中，此類著述（及其改編本）又可以作爲獲取經史知識的便捷途徑，甚至成爲應對科舉之利器，因而構成一種"俗學"的普及閱讀。

結　語

清代中期之後，以《易堂問目》《十三經策案》《經解斠》等爲代表的"經策"書籍，一方面折射出"俗學"與"經學"之間的微妙互動，從書籍史的角度提供了考據學滲入中下層知識市場的例證；另一方面，也在閻若璩、何焯、全祖望、翁元圻一系《困學紀聞》精注本之外，展現了"藏身"於"策案"書中的一個《紀聞》改編本系列，乃是普通讀書人進入伯厚此書的又一途徑。從這個背景看，張之洞將《十三經策案》與《困學紀聞》《日知錄》等並置，不但在觀念上有其理據，在歷史脈絡中也是淵源有自。此類介於"經説"與"策括"之間的通俗入門讀物，既可以起到"考古鈐鍵"之功用，也不免包含

---

① 〔清〕吳蘭修、張維屏編《學海堂集》卷六，趙所生、薛正興編《中國歷代書院志》第13册，南京：江蘇教育出版社，1995年，第89—103頁。

"捷徑窘步"之隱憂。其產生與流布，不僅折射出"考據學"在歷史現場中的多元面向，同時也可以爲今人反思"古典"知識在近代的傳播、再生産方式，提供一面有趣的鏡鑒。

［作者單位］胡琦：北京大學中國語言文學系

朝鮮時期所編唐詩選本研究

琴知雅

提　要：自朝鮮中期起，《唐音》和《唐詩品彙》等書籍在朝鮮被大量刊行和廣泛閱讀，在一定程度上推動了朝鮮詩壇的詩風革新與"學唐"風潮的盛行。在中國選本的重刊本之外，當時也存在着不少朝鮮文人自編的唐詩選本，這不僅反映出朝鮮文人對唐詩的推崇，也展現了他們想要將其內化爲自身之物的自主風氣。本論文聚焦於朝鮮文人自編的唐詩選本及其文學史意義，探討朝鮮時期學唐風潮的具體面貌及變化，以期借此管窺朝鮮時期關於書籍的傳入、編撰、刊行、流通等閱讀文化和出版文化的真實狀況，並通過挖掘文獻殘本推動異本對照和校勘工作。

關鍵詞：朝鮮時期　自編唐詩選本　編撰狀況

相比於宋詩，唐詩在朝鮮時期的文人群體中更受推崇，被反復吟詠。從高麗中期開始，文人對宋詩的喜愛延續了二百餘年，而到了朝鮮中期，詩壇風潮逐漸向"學唐風"過渡。《唐音》和《唐詩品彙》等各種專著在朝鮮被大量刊行和廣泛閱讀，這對加速朝鮮詩壇的詩風革新與"學唐"風潮的盛行起到了一定的作用。這些從中國流入的唐詩選本的刊行與普及情況，相關記載多有出現。

然而，儘管在朝鮮中期以後出現了中國選本的重刊本，但是當時也存在着不少朝鮮文人自編的唐詩選本。這些唐詩選本不是某位詩人的詩集，而是采取綜合性的方式將唐代詩人的作品收錄了進去。朝鮮文人親自重新編撰唐詩選本，不僅反映出他們對唐詩情有獨鍾，也展現了他們想要將其內化爲自身之物的自主風氣。但是，在龐大的唐詩庫中挑選詩作，不是一件輕而易舉之事。它不僅對編撰者的詩歌眼光有着相當高的要求，在具體工作中，更需要編撰者具有豐富的讀書經驗與批判性的編撰意識。或許這可以解釋，爲什麽目前爲止爲人們所知的朝鮮自編唐詩選本並不多。筆者經過考察，共發現18種自編唐詩選本。其中編撰於朝鮮中期的有11種，後期的有7種。但是目前能夠確認存世的只有8種，剩下的盡數遺失，只能通過各文集中的選文及跋文來推測其內容。這些資料能夠爲朝鮮時期學術史的總結提供十分重要的綫索。因爲朝鮮中期以後隨着自編唐詩選本編撰的不斷流行，對唐詩的批評意識也出現了日益專業化和實用化的傾向。

針對自編唐詩選本這一文學史上的現象，本文首先在第一章中考察朝鮮對中國唐詩選本的引進及刊行狀況，主要探討朝鮮文人對其中流傳最久的《唐音》和《唐詩品彙》的認識；在第二章中探討由朝鮮文人編撰的18種唐詩選本的整體面貌和文獻價值，並在這一過程中考察朝鮮文人是如何批判地、折中地吸收從中國流入的唐詩選本。

通過考察和分析自編唐詩選本的具體狀況，以及文學史上所具有的影響和價值，也可以幫助我們多角度地理解朝鮮時期學唐的具體面貌及變化。此外，本研究有助於我們瞭解朝鮮時期關於書籍的傳入、編撰、刊行、流通等閱讀文化和出版文化的真實狀況，通過挖掘文獻的殘本來完善當前學界已知曉的缺本資料，並利用這些資料來進一步推動異本對照和校勘工作。

一、朝鮮時期文人對中國流入唐詩選本的認識

（一）中國唐詩選本在朝鮮的流傳、重刊情況

朝鮮文壇將唐詩視作學習漢詩時的一種典範，因此唐詩選本也在漢詩學習中充當着教科書的作用。從很早開始，各種各樣的唐詩選本

就已經傳入朝鮮，而且朝廷爲了廣泛普及這些唐詩選本，也在國家層面出版了金屬活字本等多種形式的朝鮮刊行本。因此可以説，唐詩選本的傳入和流通是朝鮮時期接受中國詩文集的最典型案例。朝鮮中期最負盛名的"尊唐論者"李睟光（1563—1628）説道：

> 唐詩之選多矣。如《唐詩正音》《品彙》《正聲》《鼓吹》《三體詩》《百家詩》《唐詩類苑》《十二家詩》《唐詩紀》之屬，不可盡舉。而至於宋詩，人非不篤好，而一無選彙之者，何也？豈誠以宋詩爲不及唐也？①

這段話簡明扼要地説明了當時唐詩選本在朝鮮文壇中的流通狀況。李睟光在指出朝鮮中期唐詩選本泛濫的同時，也提及了宋詩選本的缺失，這與同時期中國文壇的狀況有着密切聯繫。中國從南宋末期開始形成的"尊唐抑宋"傾向持續到了元代，並在明代"前後七子"時期愈演愈烈，由此導致宋詩選本的編撰不及唐詩選本編撰之活躍。因此，元明兩代的唐詩選本不斷傳入朝鮮並在朝鮮刊行，而傳入朝鮮的宋詩選本却只限於《瀛奎律髓》《聯珠詩格》等唐宋詩皆有之本。

那麽爲了瞭解朝鮮時期的文人對從中國傳入的唐詩選本的認識，首先需要瞭解這一時期朝鮮境内流入、重刊過的主要唐詩選本有哪些。表1所列，是明確可考的流入朝鮮並被重刊的中國唐詩選本②。

表1

書名	編撰者（朝代）	重刊時期
《三體詩》	周弼（宋）	1436—1700
《唐音》	楊士弘（元）	1439—1905
《唐詩鼓吹》	元好問（元）	1470—1494

---

① ［朝］李睟光《芝峰類説》卷七《經書部》，"書籍"（韓國古典綜合數據庫）。
② 此表部分内容引用自崔晳元論文第187頁的表格，詳見［韓］崔晳元《作爲文學典範的唐詩的知識流通與擴散》，《中國語文論叢》第93輯（2019年），第187頁。

續表

書名	編撰者（朝代）	重刊時期
《唐詩品彙》	高棅（明）	1474—1776
《雅音會編》	康麟（明）	1540
《唐詩絶句》	趙蕃、韓淲（宋）	1567—1608
《唐百家詩選》	王安石（宋）	1570
《唐詩彙選》	劉履（元）	1600—1608
《唐律集英》	劉履（元）	1810
《五言唐音》	劉履（元）	1870

如上表所示，在朝鮮重刊的唐詩選本中，《三體詩》最早刊行，並在15—16世紀被廣泛閱讀。宋代周弼（1194—1255）於1250年編撰了《三體詩》，這本書籍列舉了針對七言絶句、七言律詩、五言律詩的具體創作方法，給想學習唐詩的人們提供了較大的幫助。朝鮮世宗十八年（1436），《三體詩》的刻本首次在清州刊行，之後又刊行過16次[①]，這一刊行次數足以反映這本書在朝鮮的重要性。元代楊士弘編撰的《唐音》於1439年在朝鮮初次刊行並廣爲閱讀，到1905年爲止經過了多次重刊。《唐音》在朝鮮時期以金屬活字本、刻本、抄本等多種形式流行。在"韓國古典籍綜合目録系統"中以"唐音"爲關鍵詞進行檢索可以得到288個結果，與此相比，《唐詩品彙》《唐詩鼓吹》《全唐詩》則分别只有75、38、65個檢索結果，由此可以確認《唐音》在當時流通範圍之廣。徐居正（1420—1488）説他讀《三體詩》和《唐詩鼓吹》要先於讀《瀛奎律髓》，由此可知這些書籍在被江西詩派收容前就已經被廣泛閱讀了。又如"雪後，與盧希亮（公弼）、希尹。訪（缺）不見，因取案上《唐詩鼓吹》一卷，各次其

---

① 此書書名在不同卷次中有較大差異，有"增注唐賢絶句三體詩法"（卷一）、"增注唐賢七言律詩三體家法"（卷二）、"增注唐賢五言絶句三體家法"（卷三）等。據此推測，原書名大致爲"增注唐賢三體家法"。詳見［韓］南權熙《"增注唐賢七言律詩三體家法"的版本解題》，《文獻與解釋》創刊號，首爾：太學社，1997年，第189頁。

韻"① 所說，他們讀了《唐詩鼓吹》之後還次韻作詩，據此可推測，這本書在一定程度上爲文人們所閱讀。車天輅（1566—1615）的《五山說林草稿》有"其後讀《唐詩鼓吹》，作詩示之。尹公曰，此有晚唐氣味，必《唐詩鼓吹》"②的記錄，這說明當時的文人們經常接觸到《唐詩鼓吹》，並認爲此選本反映了晚唐的詩風。

另外，明代高棅（1350—1423）的《唐詩品彙》也於1474年在朝鮮刊行後被廣泛閱讀，並在明宗、宣祖年間，以及在英祖時期又分別進行了兩次刊行。宋代王安石（1021—1086）編撰的《唐百家詩選》也在宣祖年間刊行過。以唐詩批評而著名的梁慶遇（1568—1629）在《霽湖詩話》中說"近聞《唐詩百家》……"，"余閱《唐百家》……"，兩處提及了他閱讀過《唐百家詩選》。再有，金錫胄（1634—1684）點評《唐百家詩選》時說："而荊公百家，缺略初盛。"③表明這本選本體現了晚唐的詩歌風潮。

還有一些中國唐詩選本，雖然無法估測其傳入朝鮮及在朝鮮重刊的準確時期，但是可以通過部分朝鮮文人的記錄來確認它們傳入朝鮮的事實④。表2所列，是根據許筠（1569—1618）、李晬光、金錫胄等朝鮮文人的相關記錄考察而得的流入朝鮮的中國唐詩選本。

表2

書名	編撰者（朝代）	文獻記錄
《萬首唐人絕句》	洪邁（宋）	安鼎福《千首唐絕序》
《百家選》	徐充（明）	許筠《唐絕選刪序》
《唐詩紀》	黃德水、吳琯（明）	李晬光《芝峰類說》
《廣十二家詩》	張孝（明）	李晬光《芝峰類說》
《唐詩類苑》	張之象（明）	李晬光《芝峰類說》 金錫胄《唐百家詩刪序》

---

① ［朝］洪貴達《虛白亭集》（韓國古典綜合數據庫）。
② ［朝］車天輅《五山說林草稿》（韓國古典綜合數據庫）。
③ ［朝］金錫胄《息庵先生遺稿》卷八《唐百家詩刪序》（韓國古典綜合數據庫）。
④ ［韓］崔恩周《17世紀詩選本編撰研究》，慶北大學博士學位論文，2006年，第18頁。

除此之外，許筠的以下論述也印證了李攀龍（1514—1570）的《唐詩删》也是朝鮮文人廣爲閲讀的唐詩選本之一。

> 有唐三百年，作者千餘家，詩道之盛，前後無兩。其合而選之者，亦數十家。而就其中略而精核者，曰楊士弘所抄《唐音》；其詳而敷縟者，曰高棅《唐詩品彙》；其匠心獨智，不襲故不涉套，以自運爲高者，曰李攀龍《唐詩删》。此三書者出，而天下之選唐詩者，皆廢而不行。①

由此可知，"前後七子"之一的李攀龍的《唐詩删》當時在朝鮮文人之間當有流傳。並且許筠之説更可以印證前文所云楊士弘《唐音》和高棅《唐詩品彙》在朝鮮經過了多次重刊，流傳時間最爲長久，是當時最受喜愛和歡迎的唐詩選本。

（二）朝鮮文人對《唐音》和《唐詩品彙》的認識

朝鮮時期的大部分唐詩選本編撰者都將《唐音》和《唐詩品彙》視爲最優秀的教科書。根據《朝鮮王朝實録》等文獻記録，《唐詩品彙》於朝鮮成宗五年（1474）、《唐音》於朝鮮世宗二十一年（1439）在朝鮮首次刊行。此外，文獻記載顯示《唐詩品彙》刊行到1776年爲止，而《唐音》的刊行則持續到了1905年，由此我們可以推測《唐音》的刊行數量要遠比《唐詩品彙》多。

考察朝鮮文人對《唐音》和《唐詩品彙》作出的評價可知，元代楊士弘的《唐音》（14卷）在當時朝鮮文人的心目中擁有獨一無二的地位。梁慶遇在《霽湖詩話》中説道："任處士錪號鳴皋，一生用工於詩，而所讀者，李白、《唐音》而已。"與李白詩集並稱，可見他對《唐音》的推重。另外，李睟光説："少許荷穀學東坡，後喜《唐音》、李白。"② 安鼎福（1712—1791）也説："獨《唐音》盛行東方。"③ 再

---

① ［朝］許筠《惺所覆瓿稿》卷四（韓國古典綜合數據庫）。
② ［朝］李睟光《芝峰類説》卷十四《文章部》，"詩藝"（韓國古典綜合數據庫）。
③ ［朝］安鼎福《順庵先生文集》卷十八《百選詩序》（韓國古典綜合數據庫）。

有，任埅（1640—1724）也説道："世所傳習者，不過《唐音》而止耳。"①

實際上，《唐音》比《唐詩品彙》更受喜愛和被更廣泛閱讀的原因似乎在於其簡便性。我們可以通過考察在朝鮮刊行的《唐音》的方式來理解這一點。《唐音》原本分爲"始音"（1卷）、"正音"（6卷）和"遺響"（7卷），但大概是爲了追求背誦上的便利性，朝鮮時期刊行的大多數《唐音》没有印刷全部的内容，而是選出其中的《唐詩始音輯注》（張震〔明〕）、《唐詩正音輯注》（張震〔明〕）、《唐音遺響輯注》（張震〔明〕）等部分内容來進行編撰和刊行。《唐音精選》這本選本主要收録的是五言和七言絶句，是根據朝鮮人的喜好從《唐音》中精選出詩作來編寫而成的。據説其被廣泛使用於朝鮮書院夏季的漢詩學習活動，可以説這本書也是爲了便於背誦而編成的。安鼎福所説的"余素昧詩學，且僻陋窮居，雖欲教授家塾童子，而患無以應之"②正解釋了編撰唐詩選本的這一理由。此外，在朝鮮文人的文集中也有相當多的詩是作者讀了《唐音》之後次其韻而創作的。例如《次唐音韻》《燈下坐閲唐音次武佰蒼日出事還生詩韻寓懷》（洪貴達《虛白亭集》）、《溪堂燈下抽出唐音與姜子舒唱和》（成文濬《滄浪集》）、《次唐音五首》《次唐音》（成汝學《鶴泉集》）、《次唐音東望望春春可憐韻》（高用厚《晴沙集》）、《次唐音韻七首》（金得臣《柏穀集》）等，這些都能够反映《唐音》被閱讀次數之多。任埅在《水村集》卷八《歌行六選序》中説："國朝以詩士，少年操觚者，莫不染指於唐，而比鮮博覽之儒，世所傳習者，不過《唐音》而止耳。"③他指出《唐音》被廣泛用作朝鮮科舉考試的重要學習資料，由此我們可以再次確認《唐音》在朝鮮學唐的學習文本中占據着近乎絶對的地位。另外，從《歌行六選序》中提及的"是選也，初爲

---

① 〔朝〕任埅《水村集》卷八《歌行六選序》（韓國古典綜合數據庫）。
② 〔朝〕安鼎福《順庵先生文集》卷十八（韓國古典綜合數據庫）。
③ 〔朝〕任埅《水村集》卷八《歌行六選序》（韓國古典綜合數據庫）。

業科者作也"① 可知，實際上林塾的這本選本最初也是爲了參加科舉考試者而編撰的。由此來看，朝鮮文人編撰唐詩選本也有可能是基於漢詩學習的需要和考慮。綜上，《唐音》在朝鮮時期受到廣泛喜愛，比起其他唐詩選本要享有更加重要的地位。

另一方面，明初高棅的《唐詩品彙》（90卷，拾遺10卷）指向了《唐音》的局限之處，在朝鮮社會廣受歡迎，其原因大概在於其收錄的詩作數量十分龐大。《唐詩品彙》收錄了唐代620名文人的共5796首詩，如果加上"拾遺"的數量，更是達到了6719首，是當時流通的收錄作品最多的唐詩選本，也是朝鮮文人全面瞭解唐詩的重要手段。龐大的數量使學者對唐詩的歷時性理解成爲可能，是以朝鮮文人也很熱衷於對《唐詩品彙》中的唐詩進行體系化理解。比如高棅在《唐詩品彙》中，將唐詩細分爲9種品目：正始、正宗、大家、名家、羽翼、接武、正變、餘響、旁流。此分類依照時間綫索，在"四唐分期説"之上更進一步深入細化，以體現更爲具體的時代的潮流。這種爲學者研究提供更堅實基礎的可能，或許正是《唐詩品彙》在當時的各種唐詩選本中受到歡迎的原因。

李晬光在《芝峰類説》卷七《經書部3》"書籍"中對《唐音》和《唐詩品彙》有過評論。中國的李東陽（1447—1516）認爲《唐音》是最優秀的唐詩選本，但是李晬光却不以爲然，他認爲《唐詩品彙》才是最優秀的選本。他給出以下理由：

> 余謂《唐音》之選，世號精粹。然其詩僅一千三百四十一首，而律絶尤少。且不及李杜韓集，未免疏略。《鼓吹》所編，只七言近體，而《三體》無古選長篇，其最優者，唯《品彙》乎！②

《唐音》中只收錄了1341首詩作，未免太過粗略，而《唐詩品

---

① ［朝］任埅《水村集》卷八《歌行六選序》（韓國古典綜合數據庫）。
② ［朝］李晬光《芝峰類説》卷七《經書部》"書籍"（韓國古典綜合數據庫）。

彙》加上"拾遺"的話共囊括了6719首唐詩。許筠在《惺所覆瓿稿》卷四"文部"《唐詩選序》中也批判《唐音》說道："楊氏雖務精，而正音、遺響之分，無甚蹊徑，其聲俊古魯之音，亦或不采，使知者有遺珠之慨焉。"① 兩人共同的指摘之處是《唐音》過於簡略因而遺漏了很多真正的佳作。因此，在這兩本唐詩選本中，朝鮮文人將《唐詩品彙》視作唐詩的正本並凸顯其優勢之處，所以當朝鮮學者自編唐詩選本之時，每位編撰者的主要動機普遍都是要彌補《唐音》收詩太少的缺陷。李睟光在《唐詩彙選序》中說道："而惟《品彙》之選，所取頗廣，分門甚精，視諸家為勝。"又及，朴趾源（1737—1805）在《兩班傳》中刻畫貴族的典型形象時寫道："古文真寶，《唐詩品彙》，鈔寫如荏，一行白字。"② 不過他們將《品彙》《唐音》進行對比，正反映了《唐詩品彙》與《唐音》都是當時具有代表性的唐詩選本。

二、朝鮮時期文人所編唐詩選本的狀況

（一）朝鮮時期所編唐詩選本的基本編撰情況

朝鮮時期，多種類型的中國唐詩選本在一段時期內，持續地傳入朝鮮文壇並在朝鮮刊行。眾所周知，朝鮮時期的出版行業被牢牢掌握在中央，當時木版本和金屬活字本的印刷由政府管理。因此從書籍流通的層面看，這些由中央政府主導刊行的官方選本，必然對朝鮮文壇產生不小的影響，是十分重要的版本。至朝鮮中期以後，經過長時間積累，各種中國傳入和在朝鮮重刊的唐詩選本種類頗豐。它們給朝鮮文人提供了多樣的閱讀體驗，從而直接或間接地誘發和推動了朝鮮文人自主地進行唐詩選本的編撰。由朝鮮文人編撰的唐詩選本大多都是從16世紀以後開始出現的。與表1所列諸本對比，我們可以發現，

---

① ［朝］許筠《惺所覆瓿稿》卷四《文部》（韓國古典綜合數據庫）。
② ［朝］朴趾源《燕岩集》卷八《放璚閣外傳》（韓國古典綜合數據庫）。

15世紀後中國唐詩選本在朝鮮被重刊，之後作爲對其進行修訂和完善的一環，朝鮮文人正式開始了親手編撰唐詩選本的工作。

> 偶聚唐人詩集數十家以資閱玩，乃遂不揆寡陋，輒有甄錄，且複裁酌乎諸家之選，以成一家之書，得詩滿千，爲編者九，名之曰《唐百家詩刪》。①

> 先人乃命以楊氏《唐音》高氏《品彙》合錄，以更搜獵諸書，逢唐人之作，無論初盛中晚，遇輒收取不遺，作爲巨篇二卷，以資吟玩，只恨得書不廣，尚多遺珠耳。及其老病江居，掩門無事，子侄輩以其書博而不精，請加裁選，余乃取而細繹之。……合得詩六百八十二首，而之彙分爲六，而彙内各以四唐爲序，總以名之曰《歌行六選》。②

從以上内容可知，朝鮮時期文人在編撰唐詩選本時只能依賴於從中國傳入的選本。又比如李睟光説道："而惟《品彙》之選，所取頗廣，分門甚精，視諸家爲勝。第編帙似夥，學者病之，余嘗擇其中尤雋永者爲八卷，命曰《唐詩彙選》。"③ 他認爲比起中國其他唐詩選本，高棅的《唐詩品彙》收録作品多，分類也精細，是衆多選本中的佼佼者。於是他從其中選出優秀的詩作彙編爲《唐詩彙選》。考察延世大學所藏《唐詩彙選》的收録作品時可發現，所選篇目基本都見於《唐詩品彙》④。由此可知，朝鮮時期大多數唐詩選本的編撰都參照了中國選本的選録標準和收録作品。

目前可知的朝鮮時期文人的自編唐詩選本共有 18 種。從 16 世紀左右許筠編撰的《唐詩選》開始，到 19 世紀李祥奎編撰的《唐律彙髓》爲止，唐詩選本的編撰工作持續進行。從時期劃分來看，朝鮮前期未出現自編唐詩選本，而朝鮮中期和後期的自編唐詩選本分别有 11

---

① ［朝］金錫冑《息庵先生遺稿》卷八（韓國古典綜合數據庫）。
② ［朝］任堕《水村集》卷八（韓國古典綜合數據庫）。
③ ［朝］李睟光《芝峰集》卷二一《雜著》，《唐詩匯選序》（韓國古典綜合數據庫）。
④ ［韓］崔智元《作爲文學典範的唐詩的知識流通與擴散》，《中國語文論叢》第 93 輯（2019 年），第 193 頁。

種和 7 種。自編唐詩選本從朝鮮中期以後開始集中出現,與當時唐詩在朝鮮文壇的風靡有直接關聯。這一時期,《唐音》等各類唐詩選本被廣泛刊行和閱讀,這在一定程度上推動了詩風的革新,加速了"學唐"風潮的盛行。相應的,朝鮮前期未出現自編唐詩選本的原因在於前期文壇唐、宋詩風混雜,儘管當時流傳有包含了唐詩和宋詩的《唐宋八家詩選》①《十家近體詩》② 等選本,但是文人們並未出現單獨編撰唐詩選本的想法。

然而在這 18 種自編唐詩選本中,保留至今的只有 8 種,餘下的皆失傳。對於這些已失傳的唐詩選本,只能通過相關序跋來大致推測其内容。在這 18 種之中,任堅編撰唐詩選本最多,共編撰了 4 種,而許筠編撰了 3 種,安鼎福和申緯(1769—1845)各編撰了 2 種。這些唐詩選本在形式上表現出了非常鮮明的專業化傾向,提供了一種選本形態的範本。從唐詩選本的詩體來看,有的只選擇了"歌""行",有的則收錄了古體詩和近體詩,但主要集中於絕句或律詩等近體詩。而只選錄了近體詩的自編唐詩選本共有 8 種,包括《唐絕選刪》(許筠)、《唐律廣選》(李敏求)、《唐律輯選》(任堅)、《千手唐絶》(安鼎福)、《三唐律選》(吴載純)、《唐律集英》(張混)、《全唐近體選》(申緯)、《唐律彙髓》(李祥奎)。唐詩選本這種以詩體爲分類依據的專業化傾向,爲詩歌學習者的詩歌創作鍛煉提供了顯著的便利性,具有其獨特的價值。18 種自編唐詩選本的情況見表 3。

---

① 該書是朝鮮時期安平大君(1418—1453)嚴格篩選了李白、杜甫、韋應物、柳宗元、歐陽修、蘇軾、王安石、黄庭堅的詩作後彙集爲十卷而編成的選本。
② 該書是朝鮮時期崔昱(1539—1612)挑選了李白、杜甫、韓愈、柳宗元、孟郊、韋應物、杜牧、黄庭堅、陳師道、陳與義等唐、宋十位詩人的詩彙編而成的選本。

表 3

書名	編撰者	編撰狀況	現存與否
《唐詩彙選》	李晬光	以《唐詩品彙》爲範本；10 卷	○
《唐詩選》	許筠	參考了《唐音》、《唐詩品彙》、《唐詩删》（李攀龍）；各體；2600 首；60 卷	×
《唐絕選删》	許筠	參考了《唐音》、《唐詩品彙》、《古今詩删》（李攀龍）；五七言絕句；10 卷 2 册	○
《四體盛唐》	許筠	盛唐的七言歌行、五七言律詩	×
《唐律廣選》	李敏求	將唐詩劃分爲初唐、盛唐、中唐、晚唐；七言律詩；7 卷 2 册	○
《唐詩類選》	閔晉亮	七言古詩；400 餘首；2 卷 2 册	○
《唐百家詩删》	金錫胄	參考了《唐詩品彙》《唐詩正聲》	×
《唐律輯選》	任埅	五七言律詩；800 首	×
《手書唐五言古詩》	任埅	唐五言古詩；手抄	×
《歌行六選》	任埅	盛唐至晚唐的歌、行；682 首；2 卷	×
《唐詩五言》	任埅	五言古詩；2 卷	×
《千手唐絕》	安鼎福	絕句；1000 首；3 卷；收録了宋代洪邁《萬首唐人絕句》的十分之一	×
《百選詩》	安鼎福	廣泛參考了《唐音》《唐詩品彙》《詩選》，其中以《唐音》爲優先；100 首	×
《三唐律選》	吳載純	盛唐至晚唐的五七言律詩；119 首	×
《唐律集英》	張混	七言律詩；4 卷 2 册	○
《唐詩畫意》	申緯	古近體詩 540 首，詞 191 首，15 卷 5 册	○
《全唐近體選》	申緯	五言絕句 287 首，七言絕句 627 首，五言律詩 250 首，七言律詩 260 首，詞 142 首；共 1566 首；20 卷 5 册	○
《唐律彙髓》	李祥奎	七言律詩；6 卷 6 册（現存 5 卷 5 册）	○

*　"○" 表示今存，"×" 表示今不存。

（二）8種現存自編唐詩選本的編撰詳情及文獻價值

1.《唐詩彙選》

該書由李晬光從明初高棅的《唐詩品彙》（90卷，拾遺10卷）中篩選出佳作彙編而成，1615年尹暄（1573—1627）在慶州將其編好的書稿刊印成10卷，書名意爲"從《唐詩品彙》中挑選出來的作品"。詩作的篩選以《唐詩品彙》爲依據，但詩體的排列方式與其不同①，近體詩被編在了前面。儘管這也可能是李晬光的個人偏好，但可以反映出當時近體詩是最重要的詩歌學習對象。關於其詩體排列順序，考察延世大學所藏的殘本可以發現，第一卷末尾選錄了六言絕句，第二卷選錄了七言絕句，由此可推測第一卷應該是選錄五言絕句和六言絕句；第六、第七卷選錄了七言律詩，那第三卷至第五卷應該是選錄了五言律詩和五言排律；至此可以猜想，第八卷至第十卷應該選錄了五言古詩和七言古詩，而目前已經確認了翠庵文庫收藏的第八、第九卷殘本中選錄的都是五言古詩②，所以第十卷應該是七言古詩。

另外，該書按照時代將詩人劃分爲"九格"（正始、正宗、大家、名家、羽翼、接武、正變、餘響、旁流）來進行挑選。按照"四唐説"，大致可以將正始歸爲初唐詩，將正宗、大家、名家、羽翼歸爲盛唐詩，將接武歸爲中唐詩，將正變、餘響歸爲晚唐詩，而旁流則無關時代，包含了外邦人（方外異人）和女性（閨秀）等的作品。這部分直接參照了《唐詩品彙》的歸納形式，但是却沒有過錄《唐詩品彙》中偶爾出現的劉辰翁等人的評注。李晬光在該書序文中談及了自己自行編撰《唐詩彙選》的緣由：

---

① 《唐詩品彙》的詩體排列順序爲：五言古詩、七言古詩、五言絕句、七言絕句、五言律詩、七言律詩、五言排律、七言排律。
② 目前第八、第九卷殘本的收藏地點爲慶北大學翠庵文庫，將其與《唐詩品彙》原本對照可知，《唐詩彙選》第八卷精選了《唐詩品彙》第一卷至第八卷的內容，第九卷精選了《唐詩品彙》第九卷至第二十四卷的內容，這兩卷都是對五言古詩部分的縮略。

如《正音》《鼓吹》《三體》等編，亦多主晚唐，或失之太簡。而惟《品彙》之選，所取頗廣，分門甚精，視諸家爲勝，第編帙似夥，學者病之，余嘗擇其中尤雋永者爲八卷，命曰《唐詩彙選》。①

李睟光通過分析《唐詩正音》《唐詩鼓吹》《三體詩》等幾種詩選本的優缺點，指出在衆多詩選本中自己偏愛的是《唐詩品彙》，因爲這本書的作品收録範圍廣、分類精細，是一本優秀的詩選本。但他也指出，其過於龐大的體系也爲學者們所詬病，而自己正是爲了克服這個缺陷，將《唐詩品彙》90卷中的佳作精選出來彙編成《唐詩彙選》8卷。再有，李睟光説道："余平生無所嗜，所嗜惟詩，而於唐最偏嗜焉"②，"頗閲古今諸集，尤好始、盛唐詩法。觀其體格，究其意趣，稍有所自得"③。李睟光認爲在中國詩歌史中，詩歌達到最高水準的是唐代，因此對唐詩抱有一貫的好感。他還認爲，到了盛唐時期，唐詩更是達到了發展的頂峰④，所以他尤其喜愛盛唐詩，在晚唐詩盛行的風潮中極力爲初唐詩和盛唐詩辯護。以下是延世大學收藏本第二卷的部分收録內容（括弧内數字爲"《唐詩品彙》選録/《唐詩彙選》選録"，兩本書選録的詩相同時則只記録作品數）。

正始：許敬宗（1/0），盧照鄰（2/1），王勃（1），喬知之（1），杜審言（2/1），劉庭琦（2/0），沈佺期（2），宋之問（2），李嶠（2/1），李乂（2/0），徐彦伯（1），岑羲（1），劉憲（1），趙彦昭（1/0），李適（1），徐堅（1/0），馬懷素（1），武平一（2/0），蘇頲（2/1），張説（5/2），賀知章（3/2），王翰（2/1），

---

① ［朝］李睟光《芝峰集》卷二一《雜著》，《唐詩彙選序》（韓國古典綜合數據庫）。
② ［朝］李睟光《芝峰集》卷二一《雜著》，《唐詩彙選序》（韓國古典綜合數據庫）。
③ ［朝］李睟光《芝峰集》卷二十《跋》（韓國古典綜合數據庫）。
④ ［朝］李睟光《芝峰集》卷二一《詩説》："夫詩道至唐大備，而數百年間，體式屢變，氣格漸下……詩自魏晉以降，陵夷，至徐庾而靡麗極矣。及始唐稍稍復振，以至盛唐諸人出，而詩道大成，蔑以加焉。逮晚唐則又變而雜體並興，詞氣萎弱，間或剽竊陳言，令人易厭。"（韓國古典綜合數據庫）。

玄宗皇帝（1/0）（以上爲"七言絕句一"）

　　正宗：李白（39/32），王昌齡（42/28）（以上爲"七言絕句二"）

　　羽翼：王維（12/8），賈至（15/11），岑參（20/16），儲光羲（8/5），杜甫（7/3），常建（8/5），高適（5/4），孟浩然（2），李頎（2），崔國輔（2），張謂（2/1），王之渙（2/1），綦毋潛（1/0），薛據（1/0），蔡希寂（1/0），沈頌（1/0），張偶（1/0），吳象之（1/0），張潮（2），元結（2），嚴武（1），李華（1/0），獨孤及（2/0）（以上爲"七言絕句三"）

　　接武：劉長卿（18/6），錢起（10/3），韋應物（12/7），皇甫冉（8/2），韓翃（11/8），盧綸（10/7）（以上爲"七言絕句四"）

　　接武：劉方平（4），朱放（1），皇甫曾（2/0），秦系（2/1），嚴維（1），李嘉祐（3/0），郎士元（5/3），司空曙（6/5），李端（4/1），耿湋（3/2），崔峒（1），包何（1/0），張繼（2/1），顧況（10/7），戎昱（6/4），長孫翱（1/0），衛象（1），柳談（1），宋濟（1），楊憑（1/0），長孫佐輔（2），劉商（9/4），于鵠（4/3），戴叔倫（8/5），德宗皇帝（1）（以上爲"七言絕句五"）；

　　李益（16/7），劉禹錫（28/23），張籍（23/16），王建（17/14），王涯（14/5）（以上爲"七言絕句六"）；

　　武元衡（14/3），楊巨源（6/3），張仲素（9/6），權德輿（4/2），李涉（12/8），竇鞏（7/6），竇牟（1），竇庠（1），雍裕之（1），李約（1），路暢（2/0），劉言史（1），呂溫（2/1），羊士諤（2/1），令狐楚（2/1），陳羽（6/2），柳宗元（3），韓愈（6/3），歐陽詹（1/0），元稹（2），白居易（4/3），鮑溶（2/1），孟郊（1），李賀（1），盧仝（2/1），李紳（1/0），顧非熊（1），張祜（6/3），朱慶餘（4/3），徐凝（1/0），賈島（2），姚合（1），王表（1），裴夷直（1/0）（以上爲"七言絕句七"）

　　正變：李商隱（21/15），杜牧（23/16），許渾（14/10），趙

嘏（12/7），温庭筠（10/8）（以上爲"七言絶句八"）

餘響：雍陶（6/4），劉得仁（3/2），陳陶（4/3），馬戴（1/0），薛逢（2/1），薛能（4/2），孟遲（4/4），項斯（1/0），段成式（2/1），李群玉（2），韓琮（1），司馬禮（3/2），杜荀鶴（2），李頻（1/0），劉駕（1/0），儲嗣宗（1/0），陸龜蒙（2/1），張賁（1），方幹（1/0），唐彥謙（3/2），張喬（3/1），司空圖（1），高駢（3/0），羅鄴（2/1），李拯（1/0），崔魯（3），崔塗（2），章碣（2），鄭穀（2），高蟾（2/1），曹松（1），王駕（2），吳融（1/0），李洞（2），韋莊（8/4），韓偓（1），江爲（1），李建勳（1），張泌（1），孫光憲（2）（以上爲"七言絶句九"）

通過以上對《唐詩品彙》和《唐詩彙選》的部分收錄內容進行比較可知，《唐詩彙選》所收錄的作品基本上都原原本本地收錄在《唐詩品彙》中，因此其資料價值並不大。但是通過考察對《唐詩品彙》進行取捨時的標準和態度，我們可以瞭解到編撰該書的李晬光、出版該書的尹暄以及他們所代表的朝鮮中期特定文人群體對於唐詩的批判觀點，因此該書在這一方面的價值值得高度肯定。此外，該書在國內外都難以尋覓，是十分珍稀的版本，對各收藏點的缺本資料有着十分重要的完善作用。目前延世大學所藏版本（木活字本）是第一卷的一部分、第二卷和第六卷，另外古書目錄也顯示各圖書館分別收藏着其他缺卷本，啟明大學所藏1册（共3卷），嶺南大學所藏1册（第六卷），誠庵文庫所藏1册（第七卷），翠庵文庫所藏2册（第八卷和第九卷）。目前非常有必要對這些資料進行個別考察，並與玉山書院的全帙本10卷[①]進行比較。

2.《唐絶選删》

該書是由許筠選錄五七言絶句彙編而成的選本，共10卷2册。

[①] 根據韓國國會圖書館的古書目錄，現存的全帙本是載有尹暄跋文的10卷10册，爲玉山書院所藏，但是筆者未能直接確認。李晬光寫的序文顯示該書共有8卷，但其被編爲10卷出版的原因不得而知。

許筠對唐詩的偏愛是衆所周知的事實，他在比較唐詩與宋詩的特質時論述道：

> 詩之於宋，可謂亡矣。所謂亡者，非其言之亡也，其理之亡也。詩之理，不在於詳盡婉曲，而在於辭絶意續，指近趣遠。不涉理路，不落言筌，爲最上乘，唐人之詩往往近之矣。宋代作者，不爲不少，俱好盡意而務引事，且以險韻窘押，自傷其格。①

許筠之所以高度評價唐詩，是因爲他重視詩的藝術成就。宋代嚴羽批判"文字爲詩""議論爲詩"等説法，主張以意趣爲中心的詩觀，許筠也從相同的視角來評論詩的優劣。許筠在指出宋詩不如唐詩的原因時説到"以險韻窘押，自傷其格"，這表明他也重視詩的音樂性。除了該書，許筠還編撰有《唐詩選》和《四體盛唐》，這表現他對唐詩喜愛至極。尤其是在《唐詩選序》（原書已佚）中，許筠説自己爲了選編唐詩而花了數年時間來吟詠和研究②，我們可體會到他在編撰選本時的嘔心瀝血。

許筠在《唐絶選删》序文中也直接談及了自己對唐絶句的認識：

> 唐人五七言絶句，梓而傳凡萬首。其言短而旨遠，其辭藻而不靡。正言若反，危言若率，不犯正位，不落言筌。含諷托興，刺譏得中，讀之令人三歎諮嗟，真得國風之餘音，其去三百篇爲最近。是以當世樂人采以填歌曲。如王維、李益輩之作，至以千金購入樂府，王少伯、高達夫之詞，雲韶諸伎皆能唱之，豈不盛歟？唐之諸家，盛而盛，至中晩而漸漓。獨絶句則毋論盛晩，具得詩人之逸韻，悉可諷誦。③

許筠在論述自己只選編絶句的理由時，指出他認爲盛唐和晚唐的絶句都十分出色，因此都值得背誦，並且與《詩經》三百首最爲接

---

① ［朝］許筠《惺所覆瓿稿》卷四《宋五家詩抄序》（韓國古典綜合數據庫）。
② ［朝］許筠《惺所覆瓿稿》卷四《唐詩選序》："余諷而研求閱有年紀，怳然如有所悟。"（韓國古典綜合數據庫）。
③ ［朝］許筠《惺所覆瓿稿》卷五《題唐絶選删序》（韓國古典綜合數據庫）。

近。此外，在以下例文中，許筠提及他參考了李攀龍的《唐詩删》、徐子充的《百家選》①、楊士弘的《唐音》和高棅的《唐詩品彙》，在各選本中挑選出若干首優秀的絕句，彙編成 10 卷。

> 余於暇日，取滄溟《詩删》，徐子充《百家選》，楊伯謙《唐音》，高氏《品彙》等書，拔其絕句之妙者若干首，分爲十卷，弁曰《唐絶選删》。②

該書的體系比起其他選本更爲獨特。一般而言，選本的體系優先以時代或詩體爲分類依據，其次是按照年代順序羅列每位元詩人的作品。但是許筠打破了常規的選本體系，以李攀龍的《唐詩删》、徐子充的《百家選》、楊士弘的《唐音》和高棅的《唐詩品彙》爲對象，按照卷次分別進行挑選。第一卷至第五卷選錄了 335 首五言絕句，第六卷至第十卷選錄了 526 首七言絕句，這些絕句是許筠依託自己的鑒別力從各選本中重新挑選出來的。《唐絶選删》每卷收錄的作品數和挑選作品時的選本對象可以整理如下：第一卷（50 首，《唐詩删》），第二卷（40 首，《百家選》），第三卷（104 首，《唐音》），第四卷（55 首，《唐音》），第五卷（86 首，《唐詩品彙》），第六卷（112 首，《唐詩删》），第七卷（63 首，《百家選》），第八卷（93 首，《唐音》），第九卷（98 首，《唐音》），第十卷（160 首，《唐詩品彙》）。另外，部分詩人的作品數占據了一定比重，例如五言絕句有王維（21 首）、李白（14 首）、（劉長卿）（13 首）、錢起（11 首）、韋應物（9 首）、崔國輔（9 首），七言絕句有李商隱（30 首）、王昌齡（26 首）、李白（23 首）、杜牧（23 首）、劉禹錫（21 首）、岑參（12 首）、白居易（11 首）③。

---

① 根據許筠的記載，該選本當時確實傳入了朝鮮，但目前在韓國無法確認其實物的存在。經［韓］夫裕燮考證，該選本題爲《詳注百家唐詩彙選》。該選本目前中國遼寧省圖書館和杭州浙江圖書館有藏。詳見［韓］夫裕燮《許筠挑選的中國詩（1）——〈唐絶删選〉》，《文獻與解釋》第二十七號，首爾：太學社，2004 年，第 265 頁。
② ［朝］許筠《惺所覆瓿稿》卷五《題唐絶選删序》（韓國古典綜合數據庫）。
③ 該資料部分內容引用自前揭崔恩周論文第 118 頁的表格。

該書沒有創造出另外一種新的形式，而只是在閱讀各選本的時候按順序進行刪減，因此整體而言出現了諸如詩人重複、形式體裁不均勻等問題。但值得注意的是，這一獨特的選本形態總體反映了許筠對於中國唐詩選本的批判視角。例如，在選取某位元詩人的作品時，往往會選擇在《唐詩刪》中沒有收錄而在《唐音》中有收錄的作品。許筠挑選作品時參考了四種選本，並憑藉自己的鑒別力對其內容進行了重新調整，因此《唐絕選刪》才能夠成爲與這四種選本完全不同的新的絕句選本。這種體系特徵儘管是基於許筠的個人認識，但也有助於我們具體把握流行於朝鮮中期的中國唐詩選本的優缺點。

《唐絕選刪》通過選本這一形態間接反映了許筠對唐詩的喜愛態度和傾向。與李睟光只以《唐詩品彙》爲範本不同，許筠編撰唐詩選本時則廣泛參考了各種具有代表性的選本，尤其是參考了明末清初"前後七子"之一的李攀龍的唐詩選本。在朝鮮的自編唐詩選本中，參考了明清時代唐詩選本的只有許筠編撰的選本，另外也有相關記載反映了許筠對前後七子的特別關注。該書的抄本現收藏於韓國國立中央圖書館。

3.《唐律廣選》

《唐律廣選》是李敏求（1589—1670）於1634年挑選七言律詩彙編成的7卷2册的選本，該書收錄了唐代163位詩人創作的共926首七言律詩。以數量龐大自居的金代《唐詩鼓吹》和明代《唐詩品彙》中的七言律詩各有86位詩人的587首和129位詩人的490首，而《唐律廣選》收錄的作品數是《唐詩品彙》的近兩倍，而且比起中國最早的七言律詩選本《唐詩鼓吹》，其收錄的詩人數和作品數也都要多，李敏求切實地反映了其書名中"廣選"的意圖。李敏求在編撰完《唐律廣選》後還作了序，序云：

> 詩以唐爲宗，唐固作者之准的哉。蓋詩，辭之精者，律又詩之精者。而古人爲七言更加二字爲尤難，然則斯又其最精者也。

爲是者，就其尤難而求其最精，無惑乎。①

李敏求也如其他大多數文人一樣，認爲中國歷代詩歌中唐詩是最優秀的。其中，律詩比起其他詩體要更精細，七言比起五言多了兩個字所以其作詩更難，於是他認爲在所有詩體中七言律詩是最精緻和最有難度的。李敏求通過指出創作七言律詩的難點，說明了存在只選錄七言律詩的唐詩選本的客觀現象，由此凸顯了其編撰的必要性。

其序文中也對"四唐"進行了品評，並提出了作品的挑選標準，這些內容雖然與《唐音》和《唐詩品彙》的視角存在相通之處，但仍能展現李敏求自己的選詩觀。

> 唐有四變，操觚之士，類能知之。其始也，天葩未敷，大羹未調，元氣可襲也。其盛也，體眩氣完，蔵以加矣，軌度可則也。中迺聲格稍緩，體裁稍別，然其風調瀏瀏，猶爲匠門之高手也。晚則卑弱欠力，其細已甚，無完篇，無全格，然其援物寓興，取境寄意，猶爲摸索知唐，摘句則可也。余故於始盛十舉其九，中五取其三，晚則三存其一。②

雖然該書只收錄了唐詩的七言律詩，但是李敏求也高度評價了盛唐詩，並指出初唐詩優於其"元氣"，中唐詩優於其"風調"，晚唐詩優於其"寓興"和"寄意"，這充分反映了其詩歌批評的眼光和視角。在挑選方法上，李敏求從四唐的詩中進行全面挑選，但不是按照相同的比例。正如他在序文中說的"余故於始盛十舉其九，中五取其三，晚則三存其一"，初唐和盛唐的取棄比例最高，中唐詩和晚唐詩居其次，這表現了李敏求對初唐詩和盛唐詩的偏愛。然而，考察實際的收錄作品數可知，晚唐詩在所有作品中占了近一半之多，其次是中唐詩、初唐詩和盛唐詩。這種結果的產生不是因爲李敏求喜愛中唐詩和

---

① ［朝］李敏求《唐律廣選》，《唐律廣選序》。
② ［朝］李敏求《唐律廣選》，《唐律廣選序》。

晚唐詩，而是因爲大部分的七言律詩都創作於中唐和晚唐時期①。在延世大學的 7 卷 2 册收藏本中，序言、第一卷（初唐，31 人 87 首）、第二卷（盛唐，8 人 52 首）、第三卷（中唐，25 人 163 首）、第四卷（中唐，36 人 170 首），爲乾册。第五卷（晚唐，10 人 166 首）、第六卷（晚唐，18 人 148 首）、第七卷（晚唐，35 人 148 首），爲坤册。因此，通過該書的收錄作品，讀者可大致瞭解創作了最多七言律詩的詩人和所作七言律詩較出色的詩人，也可把握"四唐"不同時期的具體題材和特徵。

另外值得注意的一個事實是，《唐律廣選》流傳至今仍完好無損。雖然無法通過現存與否來斷定古籍的影響力，但是可以從它在多處地方被收藏的事實來大致推斷它被廣泛閱讀過。《燕行錄》中與該書相關的記錄云：

> 夜深得見皇旨，則略曰："今來朝鮮國人員爾等，俱好讀書，或有帶來文章。不拘何書，俱令拿來朕覽。曉諭伊等毋得隱匿，盡皆拿來一覽，並無妨礙。再問爾處，無我清朝何樣書籍耶？"所欲書示者，乃四書五經、醫藥、卜筮、兵書、《三國志》《朱子大全》《通鑑》《綱鑑》等四十餘秩。列書後，我朝書册，本無帶來。《陸宣公集》《唐律廣選》二秩，亦爲書進，議訖而罷。②

由此可知，該書在 18 世紀初仍爲朝鮮文人所收藏和閱讀。目前除了延世大學（7 卷 2 册的全帙木活字本）之外，國立中央圖書館（7 卷 2 册的刻本和 7 卷 3 册的木活字本）、高麗大學華山文庫（7 卷 2 册的木活字本）、高麗大學晚松文庫（7 卷 1 册的木活字本和 7 卷 2 册的刻本）也收藏了該書，此外奎章閣、國立中央圖書館、慶北大學、啓

---

① 七言律詩從六朝末期開始初具雛形，到了唐代才成爲一種完整的正式詩體。但是在唐代初期，七言律詩未能受到詩人們的關注，到了中唐以後才開始被衆多詩人創作。七言律詩在唐代各時期的創作數量大致爲：初唐時期 72 首，盛唐時期 300 首，中唐時期 1848 首，晚唐時期 3648 首。這反映了唐代詩人對七言律詩關注度的變化。詳見陳伯海《唐詩學引論》，北京：知識出版社，1988 年，第 175 頁。
② ［朝］崔德中《燕行錄》卷五，《二月初三日》（增補燕行錄叢刊數據庫）。

明大學、高麗大學、延世大學等還收藏了抄本。刻本和木活字本的存在印證了該書被刊行過的事實，各圖書館所藏的抄本也說明了該書被廣泛閱讀和用作詩歌習作的唐詩文本。

4.《唐詩類選》

該書是閔晉亮（1602—1671）挑選了 400 餘首七言古詩彙編成 2 卷 2 册的選本。序文爲俞榮（1607—1664）所作，跋文爲李景奭（1595—1671）所作。俞榮在序文中說道："閔侯於唐詩，有王杜左馬癖，沉浸咀嚼垂半世。蓋其心口之所諷喻，手指之所枰停，必有三昧法諦，有非別人所能觀到者，編成不欲自私。"① 他高度評價了閔晉亮對詩的鑒賞力，並認爲閔晉亮的編撰工作不爲私心，所以肯定其選本的客觀性。閔晉亮在編撰《唐詩類選》時專門只挑選了唐代的七言古詩來收錄，對此，俞榮解釋其原因爲"國家用詩取士，惟古詩七言，於今科式最近，學者從事恆於斯"，認爲唐代七言古詩與朝鮮科擧詩的形式最爲接近。李景奭在跋文中說道："今此選也，區而別之，故廣而不雜，合而一之，故簡而不略，豈特爲學究輩場屋之資而已。"② 他認爲七言古詩可以充當"場屋"的資料，與俞榮有着相似的看法。

實際上，閔晉亮爲了便於讀者學習，按照題材而非作者對作品進行分類和收錄，這應該是要指向一種以作品爲主的寫作訓練，最終目的是提供一條可以應對科擧考試的學詩捷徑，而不是針對某些特定詩作者進行研習、模仿。李景奭在跋文中指出的"余乃披閱，即唐之百家，無論小大，隨類分彙，俱收并聚，一開卷而羅列於目前"③ 也能很好反映這一點。大邱天主教大學所藏本是按照采蓮、寒食、彈琴、鶴等題材進行作品分類和配置的，這種安排提高了《唐詩類選》的實

---

① ［朝］俞榮《市南集》卷一八，《唐詩類選序》（韓國古典綜合數據庫）。
② ［朝］李景奭《白軒集》卷三二，《唐詩類選跋》（韓國古典綜合數據庫）。
③ ［朝］李景奭《白軒集》卷三二，《唐詩類選跋》（韓國古典綜合數據庫）。

用性，極大地方便了讀者的學習。

　　【采蓮】采蓮曲（王勃）/采蓮曲（張籍）/采菱行（劉禹錫）
　　【寒食】寒食江州滿塘驛（宋之問）/寒食陸軍別業（宋之問）/寒食野望吟（白居易）
　　【彈琴】聽董大彈胡笳聲（李頎）/聽穎師彈琴（韓愈）/聽穎師琴歌（李賀）/
　　聽從叔琴（李季蘭）/琵琶（無名氏）
　　【鶴】仙鶴篇（武三思）/鶴媒歌（陸龜蒙）/病鶴篇（錢起）/畫鶴篇省中作（錢起）
　　【行路難】古行路難（李頎）/行路難（高適）/行路難（戴叔倫）/行路難二首（顧況）/
　　行路難（孟雲卿）/行路難三首（柳宗元）

儘管說當時朝鮮文人埋頭學習唐代七言古詩是爲了熟練科場詩，但是從結果而言，這一詩體的藝術成就的確對當時詩風產生了一定的影響，因爲其在發展過程中派生出來的相關詩歌風格也爲文人們所掌握。眾所周知，七言古詩與五言古詩大相徑庭，七言古詩吸收了楚辭和歌行在句式上的變化特徵，重視語言的色彩和修辭技巧，由此形成了唐代的歌行體。從收錄作品狀況來看，被收錄作品相對較多的詩人有岑參（20首）、張籍（19首）、李頎（16首）、劉禹錫（15首）、白居易（13首）、王建（12首）、高適（11首）、韋應物（10首）、錢起（10首）、韓愈（10首）等。目前釜山大學圖書館和大邱天主教大學圖書館各收藏着2卷2冊的全帙刻本。

5.《唐律集英》

該書是張混（1759—1828）於1809年挑選七言律詩彙編成4卷2冊的選本。張混文集中收錄的該選本的序文反映了其編撰動機：

　　七言律，推李唐爲尤，而莫之埒，何也？於唐倡而盛也。選者衆，而《鼓吹》元遺山也，《品彙》高棟也，《律髓》方回也，

《三體》周伯弜也,《詩解》唐汝詢也,《詩歸》鍾惺、譚元春也,此特著行者也。然而或屢以諸體,或偏於盛晚,或不舉李杜。偏則枯,雜則不專。惜乎!盡美未盡善也。然則如何而何?曰膾炙吾所好也,大羹玄酒,亦吾所好也,取舍在乎心乎。故學之有準,選之不可以拘。朝廷有賡載之什,朋友有贈投之詩,大而山川樓臺,寓遊觀也,細而月露花鳥,寫情境也,耕漁閒適,仙佛詭幻,與夫羈旅行役離別之作,皆所以感發人意,其情切,其體完,粲粲焉錦繡,鏗鏗然金石。蓋常論之,三唐氣格,雖降而變,學詩者越皮陸之藩翰,鍾韋柳之門徑,臻李杜之壼奧,則上追風騷,亦有斯乎?三餘之暇,合衆選而芟蝟捃英,編爲四卷,未可謂集大成,亦可云備述矣。①

張混出於完善各種唐詩選本的缺點的意圖,論述了自己理想中的選本標準——不混雜各種詩體,不偏重於盛唐和晚唐。基於此,張混編撰該選本時只挑選了七言律詩,並且收錄了李白和杜甫的詩。

《唐律集英》凡例中所說的"詩者,言之英,律者,詩之英,兹選又律之英,英故顏曰《集英》"正解釋了書名的由來,另外"諸家次以四唐,而晚唐分爲上下者,篇什多故也"也説明該書採用了"四唐説"的編排方法。該書正文第一行標示"唐律集英卷某",第二行則標示了四唐的相應時期,第一卷至第四卷分別標注了"初盛唐""中唐""晚唐上""晚唐下"。晚唐詩分編爲上、下兩卷的原因是"篇什多",從以上序文來看,晚唐的作品尤多,雖有失三唐氣格,但能夠幫助學詩者通往三唐之高遠境界。然而事實上,在共765首收錄作品中,中唐詩有211首,占全部作品的28%,晚唐詩有384首,占全部作品的50%,這明顯是偏重於中唐和晚唐。

另外,張混説道:"每篇篇端圈以標選,圈之多少,欲以尋前人趣尚,而無圈者今選。"對於參考其他選本選出的詩,他在正文邊欄

---

① [朝] 張混《而已廣集》卷一一,《唐律集英序》(韓國古典綜合數據庫)。

外畫圈標注"品、解、吹、髓、直、歸、體"的字樣，而對於自己新選出來的詩他則不標示；"品、解、吹、髓、直、歸、體"分別是《唐詩品彙》《唐詩解》《唐詩鼓吹》《瀛奎律髓》《唐詩直解》《唐詩歸》《三體詩》的簡稱。

《唐律集英》各卷收錄的作品數、參考其他選本（品、解、吹、髓、直、歸、體）選出的作品數、張混自己新選出的作品數整理如下：

第一卷（初唐、盛唐），170/品131，解98，歸54，直46，髓42，吹17，體8/張混13

第二卷（中唐），211/品113，吹69，髓61，解36，體31，歸7，直7/張混19

第三卷（晚唐），178/吹123，品70，髓43，體39，解9，歸5/張混4

第四卷（晚唐），206/吹129，品53，髓47，體20，解4/張混14

關於對其他選本的參考狀況，挑選初、盛、中唐詩時參考最多的選本是《唐詩品彙》，而挑選晚唐詩時參考最多的是《唐詩鼓吹》。儘管說《唐詩鼓吹》是被朝鮮文人讀得最多的選本，但《唐詩鼓吹》側重晚唐詩的特徵也爲朝鮮文人所熟知[①]。因此，張混在挑選晚唐七言律詩時主要參考了《唐詩鼓吹》的這一事實也印證了《唐律集英》的晚唐傾向。目前《唐律集英》現存的唯一版本收藏於高麗大學。

6.《唐詩畫意》

該書是申緯於1820年挑選古、近體詩和詞彙編成15卷5册的選本。延世大學所藏本的全書構成如下：

第一册：序文4篇，例言15則，畫意總目（118人，詩540首），第一卷五言古詩上，第二卷五言古詩下。

---

① ［朝］車天輅《五山說林草稿》（韓國古典綜合數據庫）。

第二册：第三卷七言古詩，第四卷五言律詩上，第五卷五言律詩下，附摘句圖。

第三册：第六卷七言律詩上，第七卷七言律詩下/七言排律，附摘句圖，第八卷五言絕句上。

第四册：第九卷五言絕句下/六言絕句，第十卷七言絕句上，第十一卷七言絕句中，第十二卷七言絕句下。

第五册：畫意總目（24人，詞91首），第十三卷詞上，第十四卷詞下，第十五卷附編，跋文2篇，題詞1篇，贅言1篇。

在一册的最前面載有申緯的兩篇自序，以及徐耕輔（1771—?）和徐淇修（生卒年未詳）所寫的序文，其中反映了申緯對"畫意"的認識。申緯主張將詩與畫視爲一體的"詩畫一律"論，既可以爲詩也可以爲畫的作品，蘊含了詩人創造性的詩歌精神與畫家的藝術精神。以下是能夠具體反映這種詩歌認識的部分序文內容：

诗有畫意，《詩》三百十一篇，皆畫家之藍本也。溱洧浼浼，春景融怡；飄風發發，冬景慘淒；灌木黃鳥，夏景穠麗；蒹葭白露，秋景澄霽。衡門泌水，隱居畫也；雨雪楊柳，行旅圖也。界畫樓閣，《斯干》章也；屏間耕織，《七月》篇也。雞鳴蒼蠅，曹不興也；魚麗鱨鯊，徐景山也。戴嵩之牛，其耳濕濕；薛稷之鶴，白鳥翯翯。顧野王之草蟲，阜螽趯趯；房從真之射獵，選徒囂囂。騏駵騧驪，宛對韓幹；蠐首蛾眉，如見周昉……余於讀詩，而得讀畫之妙，如此，此余所以有《唐詩畫意》之選也。或曰，然則曷不於風人而乃唐人之是選耶。余曰："唐人詩，詩而已。風人詩，經也。詩固可選，經不可以選也。夫詩自漢魏以降，至唐而大備……前乎唐而選，則吾憚其僻也。後乎唐而選，則吾憚其濫也。選之止於唐，豈無所以哉。"唯唯而退，余將以讀三百十一篇之心，讀畫，以讀畫之心，讀唐人詩。①

---

① ［朝］申緯《唐詩畫意》第一册，《自序一》。

在申緯看來，《唐詩畫意》選本的編撰動機是爲了讀出詩中蘊藏的畫意。而《詩經》之中已有畫意。他舉出一些《詩經》作品中的特別詩句並將其與畫作相聯繫。接着在例言十五則中，申緯說明了作品的挑選方法和背景。例如在《例言第五》中說道："古今選唐人詩，最著者，如唐殷璠《河岳英靈集》，高仲武《中興間氣集》，蜀韋穀《才調集》，宋王荆公《百家詩選》，周弼《三體唐詩》，金元遺山《唐詩鼓吹》，元楊士弘《唐音》，明高棅《唐詩品彙》，近時王阮亭《唐賢三昧集》等書，皆以詩選詩，至若以畫選詩，則創自兹集。卷帙雖小，亦一種出奇文字，凡諸同志，覽余苦心，勿以簡選忽之。獨宋孫紹遠《聲畫集》，稍近於此書之名。然所編，原是題畫之作，又兼采唐宋二代，則義例判不同矣。"① 由此可知，這裏所列舉出的書都被作爲挑選作品時的參考對象，但是並未具體說明參照這些選本的哪一部分。另外，《例文第十五》中也說道："古有'每事須存畫意'之語，故取以爲集名。"② 由此可推測，申緯一方面對以往選本所表現出的鑒賞力提出質疑，另一方面根據自己的眼光來重新選詩，又或是隨着文壇的發展變化按照詩體類別來選詩。在之後的正書第一册的"畫意總目"中，載有116位詩人共596首作品的目錄，其內容如下：

  王績，五律1首/盧照鄰，五絕1首/張九齡，五律1首/宋之問，五律1首，五排1首/王勃，七古1首/陳子昂，五古2首，七古1首，五律1首/張說，五古1首，七律1首/沈佺期，七古1首，七律1首/包融，五古1首/王灣，五律1首/孫逖，五律1首/盧象，五律1首/王維，五古8首，七古3首，五律11首，七律9首，五絕10首，七律2首，六絕5首/裴迪，五絕5首/邱爲，五古1首/崔顥，七律1首/祖詠，五律2首/李頎，五古1首，七律2首，七絕1首/儲光羲，五古5首，五絕1首，七絕1首/王昌齡，五古1首，五絕1首，七絕3首/常建，五古2

---

① ［朝］申緯《唐詩畫意》第一册，《例言十五則》。
② ［朝］申緯《唐詩畫意》第一册，《例言十五則》。

首,五律2首/劉長卿,五律3首,七律1首,五絕5首,六絕2首,七絕1首/崔曙,七律1首/孟浩然,五古5首,七古1首,五律10首,五絕2首,七絕1首/李白,五古8首,七古4首,五律6首,五絕6首,七絕2首/韋應物,五古10首,五律1首,五絕5首,七絕1首/張謂,七絕1首/岑參,五古3首,五律4首,七律1首,五絕2首/李嘉祐,七律1首,七絕1首/皇甫曾,五絕1首/高適,七古3首,七絕1首/杜甫,五古14首,七古3首,五律16首,七律20首,七絕1首,五絕2首,七絕2首/錢起,五律1首,五絕9首,七絕3首/元結,七古1首/張繼,七古1首,五律1首,六絕2首,七絕1首/韓翃,七律1首,五絕1首,七絕3首/郎士元,五律2首,七絕1首/皇甫冉,五絕1首,七絕1首/王之渙,五絕1首,七絕1首/劉慎虛,五古1首,五律1首/柳中庸,五絕1首/秦系,五律1首/嚴維,七絕2首/顧況,五絕3首,七絕3首/耿湋,五律1首,五絕1首/戎昱,七絕1首/竇叔向,七律1首/竇鞏,五律1首,七絕1首/戴叔倫,五絕1首/盧綸,五律4首,五絕2首,七絕2首/李益,七絕2首/李端,五絕2首/暢當,五絕2首/司空曙,五絕4首,七絕1首/王建,五絕5首,七絕9首/劉商,五絕2首,七絕1首/邱丹,五絕1首/于鵠,七絕1首/權德輿,五絕3首,七絕1首/羊士諤,五絕1首,七絕1首/楊巨源,七絕1首/裴度,五絕1首,七絕1首/韓愈,五古1首,七古1首,五絕4首,七絕3首/王涯,七絕3首/歐陽詹,七絕1首/柳宗元,五古8首,七古1首,七律1首,五絕1首,七絕1首/張仲素,五絕10首/李翱,七絕1首/呂溫,七古1首/張籍,五律2首,五絕3首,七絕2首/盧玉川,七絕1首/元稹,七律1首,七絕3首/白居易,五律1首,七律11首,五絕2首,七絕4首,附池上篇/張佐輔,七絕1首/孫革,五絕1首/徐凝,五絕1首/李涉,七絕3首/李紳,七絕1首/張祜,五律1首/裴夷直,七絕1首/朱慶餘,七絕2首/雍陶,七絕1首/李遠,七律1首/杜牧,七律8首，五絕2首，七絕11首/許渾，五律1首，七律1首，五絕1首，七絕2首/李商隱，五律2首，七律10首，五絕2首，七絕8首/趙嘏，七律1首，七絕3首/盧肇，七絕1首/馬戴，五絕2首，七絕1首/薛能，七絕3首/賈島，五律1首，七絕1首/溫庭筠，五律1首，五絕1首/劉賀，五絕1首/趙鄴，七絕1首/于武陵，五絕1首/高駢，七絕2首/張演，七絕1首/皮日休，七絕1首/陸龜蒙，七絕7首/司空圖，五絕4首，七絕1首，附詩品24則/方干，七絕1首/高蟾，五絕1首/唐彥謙，五絕1首/鄭谷，五律1首，七絕5首/崔塗，七絕1首/韓偓，七絕2首，五絕2首，七絕7首/吳融，七絕2首/杜荀鶴，七絕1首/韋莊，七絕2首/李洞，七絕1首/滕白，七絕1首/徐仲雅，七絕1首/孫光憲，七絕1首/太上隱者，五絕1首/宣宗宮人，五絕1首/花蕊夫人徐，七絕4首

第一卷至第十二卷按照詩體類別整理收錄了116位詩人的596首詩，其中杜甫的詩被收錄得最多，共有58首，此外還收錄了王維詩48首，李白詩26首，杜牧詩21首，孟浩然詩19首，韋應物詩17首，白居易詩19首，柳宗元詩12首。

在正書第五冊的"畫意總目"中則載有23人共78首詞的目錄，收錄的詞人及其作品數如下：

李隆基，詞1首/李存勖，詞2首/李昶，詞1首/李白，詞1首/張志和，詞1首/白居易，詞2首/溫庭筠，詞8首/皇甫松，詞3首/司空圖，詞1首/韋莊，詞6首/毛文錫，詞4首/和凝，詞4首/薛昭蘊，詞8首/顧敻，詞4首/尹鶚，詞1首/毛熙震，詞1首/李珣，詞2首/歐陽炯，詞6首/閻選，詞1首/孫光憲，詞5首/張泌，詞3首/馮延己，詞12首/徐鉉，詞1首

第十三卷至第十四卷收錄的是詞。第五卷和第七卷的"摘句圖"沒有收錄全篇，而只是將足以成畫的詩句挑選出來，並按照類型進行部分收錄。第十五卷附編中收錄了白居易的《池上篇》和司空圖的

《二十四詩品》。該書最後收錄的是洪顯周（1793—1865）和柳本學（生卒年未詳）受申緯之托所寫的兩篇跋文、尹定鉉（1793—1874）的題詞和清代學者盧見曾（1690—1768）的贅言。

目前尚不可知曉該書是否有刻本，除了延世大學藏本（抄本，15卷5冊，全帙）以外，還有韓國國立中央圖書館藏本（抄本，元亨利貞4冊，全帙）、韓國學中央研究院藏書閣藏本（抄本，不分卷5冊，零本，其中只有第一冊留存，第二冊至第五冊缺帙）、美國伯克利大學東亞圖書館 ASAMI 文庫藏本（抄本，11卷3冊，零本：第一至六卷、第十一至十五卷）等抄異本，這些抄本反映出該書在當時擁有相當數量的讀者。

7.《全唐近體選》

該書是申緯在 1828—1830 年間受孝明世子（1809—1830）之命編撰的 20 卷 5 冊的選本。該書末尾有 8 首與選錄內容相關的詩，其下標注有表明編者的小字"江華府留守兼鎮撫使臣申緯"，據此可推測該書完成於 1828—1830 申緯擔任江華府留守兼鎮撫使的期間。卷頭的《全唐近體選計目》顯示，該書收錄了 1566 首作品，包括五言絕句 287 首、七言絕句 627 首、五言律詩 250 首、七言律詩 260 首、詞 142 首，按照詩體類型進行分類收錄。每卷收錄的詩人及實際收錄作品數整理如下[①]：

卷一 五言絕句一（24 人）

太宗皇帝（1），盧照鄰（1），韋承慶（1），張九齡（1），虞世南（1），王績（1），王勃（2），李嶠（1），蘇頲（1），駱賓王（2），陳子昂（1），沈佺期（1），東方虬（3），賀知章（1），崔國輔（6），王維（37），王縉（1），裴迪（11），崔顥（2），祖詠

[①] 作者名後括號內數字爲包括連作詩在內的該作者的作品數，但是出於某種原因，該書卷頭《全唐近體選計目》中顯示的作品數與該書實際收錄的作品數有誤差：五言絕句 287 首/287 首，七言絕句 627 首/638 首，五言律詩 250 首/269 首，七言律詩 260 首/279 首，詞 142 首/152 首。

(1), 儲光羲 (6), 王昌齡 (4), 蔣維翰 (1), 劉長卿 (10)

卷二 五言絶句二 (22人)

孟浩然 (5), 李白 (17), 韋應物 (10), 岑參 (1), 皇甫曾 (1), 高適 (1), 杜甫 (5), 錢起 (23), 皇甫冉 (1), 劉方平 (1), 王之渙 (1), 柳中庸 (1), 顧況 (3), 耿湋 (1), 戴叔倫 (2), 盧綸 (2), 李益 (1), 李正己 (3), 暢當 (2), 司空曙 (3), 王建 (9), 劉商 (4)

卷三 五言絶句三 (42人)

邱丹 (1), 朱放 (1), 武元衡 (1), 權德輿 (1), 羊士諤 (1), 令狐楚 (1), 裴度 (1), 韓愈 (7), 王涯 (3), 柳宗元 (3), 劉禹錫 (4), 張仲素 (1), 孟郊 (2), 張籍 (5), 盧仝 (1), 白居易 (4), 雍裕之 (1), 徐凝 (1), 李紳 (2), 施肩吾 (1), 張祜 (2), 杜牧 (4), 許渾 (1), 李商隱 (8), 馬戴 (1), 李群玉 (1), 溫庭筠 (1), 劉駕 (2), 李頻 (1), 曹鄴 (4), 于武陵 (2), 于濆 (1), 司空圖 (9), 高蟾 (1), 唐彦謙 (2), 韓偓 (4), 崔道融 (2), 方棫 (1), 太上隱者 (1), 宣宗宮人 (1), 七歲女子 (1), 劉采春 (1)

卷四 七言絶句一 (17人)

宋之問 (1), 王勃 (1), 杜審言 (2), 蘇頲 (1), 張說 (1), 賀知章 (2), 王維 (12), 儲光羲 (3), 王昌齡 (24), 常建 (3), 蔣維翰 (1), 劉長卿 (6), 李華 (1), 王翰 (1), 孟浩然 (4), 李白 (24), 韋應物 (10) (以上爲第一冊)

卷五 七言絶句二 (24人)

張謂 (1), 岑參 (7), 李嘉祐 (3), 皇甫曾 (2), 高適 (3), 杜甫 (17), 賈至 (2), 錢起 (5), 元結 (1), 張繼 (2), 韓翃 (11), 郎士元 (1), 皇甫冉 (4), 劉方平 (3), 王之渙 (1), 秦系 (2), 嚴武 (1), 嚴維 (3), 顧況 (7), 戎昱 (2), 竇庠 (1), 竇鞏 (5), 戴叔倫 (5), 盧綸 (4)

卷六 七言絶句三 (12人)

李益（8），李正己（1），司空曙（3），王建（51），劉商（3），冷朝陽（1），李約（1），曲信陵（1），權德輿（3），羊士諤（6），楊巨源（3），裴度（1）

卷七 七言絕句四（12人）

韓愈（11），王涯（7），陳羽（1），歐陽詹（1），柳宗元（9），劉禹錫（23），張仲素（1），李翺（1），張籍（17），盧仝（3），李賀（1），元稹（5）

卷八 七言絕句五（18人）

白居易（16），盧殷（1），孫叔向（1），劉皂（2），裴交泰（1），徐凝（1），李德裕（2），李涉（8），張又新（1），李紳（2），周賀（2），裴夷直（1），朱慶餘（1），魏扶（1），雍陶（2），李遠（1），杜牧（35），許渾（5）（以上為第二冊）

卷九 七言絕句六（19人）

李商隱（44），劉得仁（1），薛逢（1），趙嘏（5），馬戴（1），孟遲（1），薛能（7），韓琮（1），李群玉（3），賈島（6），溫庭筠（3），李郢（1），曹鄴（2），高駢（1），皮日休（1），陸龜蒙（16），司空圖（3），曹唐（1），方干（2）

卷十 七言絕句七（27人）

羅隱（5），高蟾（1），唐彥謙（2），鄭谷（18），崔塗（4），韓偓（18），吳融（5），王駕（2），杜荀鶴（1），韋莊（5），徐寅（1），李洞（1），胡令能（1），任翻（1），杜常（1），滕白（1），徐鉉（1），徐仲雅（1），孫光憲（3），王周（1），朱絳（1），馬逢（1），無名氏（1），花蕊夫人（22），關盼盼（3），薛濤（1），靈澈（1）

卷十一 五言律詩一（23人）

楊炯（2），宋之問（7），盧照鄰（2），張九齡（4），虞世南（2），王績（1），王勃（2），李嶠（2），蘇味道（1），駱賓王（1），陳子昂（3），張說（1），沈佺期（2），王灣（1），孫逖（1），盧象（1），王維（29），崔顥（1），祖詠（11），李頎（2），

王昌齡（1），常建（2），劉長卿（8）

卷十二 五言律詩二（5人）

孟浩然（20），李白（12），岑參（5），李嘉祐（6），杜甫（47）（以上爲第三册）

卷十三 五言律詩三（24人）

錢起（9），韓翃（1），秦系（1），耿湋（1），盧綸（3），李正己（1），王建（1），韓愈（3），劉禹錫（3），張籍（3），白居易（1），姚合（2），張祐（5），杜牧（2），許渾（9），李商隱（15），馬戴（1），薛能（1），賈島（2），溫庭筠（5），鄭谷（9），韓偓（2），杜荀鶴（1），無可（1）

卷十四 七言律詩一（17人）

蘇頲（2），張說（1），沈佺期（4），王維（14），崔顥（2），李頎（7），儲光羲（1），萬楚（1），劉長卿（5），崔曙（1），孟浩然（1），李白（2），韋應物（1），張謂（1），岑參（4），李嘉祐（1），高適（2）

卷十五 七言律詩二（1人）

杜甫（62）

卷十六 七言律詩三（14人）

賈至（1），錢起（5），韓翃（6），郎士元（3），皇甫冉（1），李正己（4），王建（1），羊士諤（1），楊巨源（1），韓愈（3），柳宗元（5），劉禹錫（14），張籍（1），元稹（1）（以上爲第四册）

卷十七 七言律詩四（5人）

白居易（18），楊發（1），李遠（1），杜牧（27），許渾（12）

卷十八 七言律詩五（11人）

李商隱（28），趙嘏（1），項斯（1），劉威（1），李群玉（6），賈島（1），溫庭筠（7），羅隱（3），鄭谷（5），韓偓（7），徐鉉（1）

卷十九　詞一（20人）

明皇帝（1），後唐莊宗（3），南唐嗣主（2），後主（18），後蜀主（1），李白（5），張志和（3），王建（2），白居易（5），劉長卿（1），杜牧（1），崔懷寶（1），温庭筠（13），皇甫松（3），司空圖（1），韓偓（1），張曙（1），韋莊（10），牛嶠（2），毛文錫（2）

卷二十　詞二（14人）

和凝（9），牛希濟（2），薛昭蘊（8），魏承班（1），李珣（4），歐陽炯（8），閻選（1），孫光憲（15），張泌（5），馮延巳（18），徐昌圖（1），許岷（1），無名氏（1），吕巖（2）（以上爲第五册）

最後，該書末尾載有與選録内容相關的八首詩，似乎是用以代替跋文。該詩題爲《奉睿旨選全唐近體訖恭題卷後》①，爲"以詩論詩"的七言絶句詩，全文如下：

（第一首）風騷遞降是三唐，詩到三唐豈别腸。一性情流爲百體，江河萬古至今長。

（第二首）三唐骨髓亦風人，製作常新恥效顰。僞貌襲非真性得，驪黄牝牡外求真。

（第三首）善學三唐有宋人，盡吾天分即知津。但將六義相關揆，便是風騷日日新。

（第四首）但患無才溯性源，古今區别是何言。即唐一代中三變，上薄風騷啓宋元。

（第五首）杜甫操持史例嚴，徐陵才調玉臺纖。聖人删後垂柯則，桑濮無妨並二南。

（第六首）神韻論唐恐未臻，囧聞實事詎知真。杜韓王韋難

---

① 這八首詩也載於申緯的文集中，詳見《申緯全集》三，第1034頁。（奎章閣所藏《警修堂全稿》第九册，卷四一，《江都録一》中載有其題"奉睿旨選全唐近體訖恭題卷後應令作八首"。）

偏廢，共是開門合轍人。

（第七首）西京吏道唐聲律，他代人人企及難。選舉驅之皆入彀，其要在上作成間。

（第八首）雅道休明此一時，睿鎔經術鑄文詞。小儒衡鑒窺全代，滄海驪珠恐或遺。

在詩中，申緯強調唐詩具備百體，内含性情。他更是立足神韻説來追崇杜甫、韓愈、王維、韋應物等詩人。正如其詩中對杜甫的追崇，第十五卷單獨收錄了杜甫的 62 首七言律詩。另外，或許是想要讓人們想起神韻説在文壇曾盛極一時，申緯也收錄了較多的王維詩。由此可以説，該選本的主要動機是通過唐詩揭示神韻的真諦。

該書廣泛地收錄了絕句、律詩和詞，由此與其他主要收錄某種特定詩體的選本區分開來。尤其是，該書是朝鮮第一本收錄了唐人詞作的選本。從收錄詩體的比例來看，絕句遠比律詩要多，可以説該書是相當偏重於絕句的選本。目前只有奎章閣收藏有一部存本，該存本是抄本。如果説當時申緯是受命於孝明世子編撰該書，那麼可以説此抄本已足以完成任務了。

8.《唐律彙髓》

本書是李祥奎（1846 1922）把七言律詩按照主題進行分類和收錄、彙編成的 6 卷 6 冊的選本。第一冊（第一卷）已佚，現存 5 卷 5 冊（第二卷至第六卷）。根據現存殘本，該書共分為 40 個部類，共收錄了 1526 首作品，各類目主題及其作品數整理如下：

第一卷：缺

第二卷：登覽（38），遠外（12），邊塞（46），風土（38），譴謫（41），守宰（58），藩鎮（35），幕佐（23），科第（23），宦情（21）

第三卷：詠懷（52），傷時（34），尋訪（19），送別（108）

第四卷：閒適（62），退逸（44），旅況（56），紀行（93），

宴遊（44），漁獵（26）

　　第五卷：親戚（32），仙道（100），釋梵（96），豔情（57），俠少（26），技藝（19），詩畫（18）

　　第六卷：音樂（58），果實（4），禽獸（43），雲月（12），霜雪（11），晴雨（18），春（35），夏（7），秋（37），冬（29），朝暮（9），山岩（5），川瀆（37），姜教錫之唐律彙髓跋

　　該書最大的特徵即以主題爲中心進行部門分類和編撰。大部分選本的體系都是按照詩體、時代進行分類後，再在一個部類裏根據詩人的生卒年代來排列作品，但是該書却與之不同，其原因爲何，由於該書序文缺失，難以論斷，但我們可以關注與《唐律彙髓》相關的《瀛奎律髓》。《瀛奎律髓》傳入朝鮮後，在成宗年間第一次刊行，在萬曆朝鮮戰爭前還經過了兩三次刊行，而在萬曆朝鮮戰爭後更是被多次重刊（木活字本），爲文人們廣泛閱讀和熟知。《瀛奎律髓》也是按照主題進行分類彙編的，其各部類收錄順序如下：

　　登覽、朝省、懷古、風土、升平、宦情、風懷、宴集、老壽、春日、夏日、秋日、冬日、晨朝、暮夜、節序、晴雨、茶、酒、梅花、雪、月、閒適、送別、拗字、變體、著題、陵廟、旅況、邊塞、宮閫、忠憤、山岩、川泉、庭宇、論詩、技藝、遠外、消遣、兄弟、子息、寄贈、遷謫、疾病、感舊、俠少、釋梵、仙逸、傷悼（共49卷49項）

　　觀察以上各項目可發現，李祥奎的《唐律彙髓》與《瀛奎律髓》雖互有參差，但分類大體相似。《瀛奎律髓》是朝鮮時期具有重大影響力的書籍，李祥奎應該受到了其深刻影響。但是没有像《瀛奎律髓》中那樣對項目的解釋，也没有一般詩文選本中依照詩人生卒年代的分類，以及在同一項目内，同一位元詩人的作品分布零散。雖然《唐律彙髓》凡例中可能記載了收錄標準，但目前而言無法得知其如此分類和收錄的原因。

　　該書末尾部分載有當時在慶尚道丹城擔任郡守的姜教錫所寫的跋

文（1898），從跋文中所説的"編次以觀則唐人之歌詠，自應制爲始，以川瀆爲終，使成一帙"① 來看，已遺失的第一卷所收錄的項目應該是"應制"。在前面部分編排具有與君主酬答性質的作品，使其從編撰標準開始就已與其他詩選本產生了差異。

我們推定，詩文選本一般會在第一卷收錄編撰者寫的序文、選詩集的凡例以及其他各種資訊，但目前無法證實這一慣例。因爲李祥奎的文集或其他相關記錄沒有留存下來，所以可以説這在文學史上是一個無法切實查證的問題，因此對於編者的新挖掘有助於豐富文學史的真實面貌。該書是否有刻本不得而知，其現存的唯一版本零本（5卷5册）收藏於延世大學。

結　　論

本文介紹了18種朝鮮時期所編唐詩選本的狀況，並探究了現存8種自編唐詩選本的編撰狀況與文獻價值。通過研究，本文得出以下結論：

第一，自編唐詩選本能爲瞭解朝鮮時期唐詩被接受的時間、路徑、方法等提供直接的、基礎的資料，這些選本不僅反映了朝鮮文人對唐詩的接受，也顯露了他們想要把其内化於朝鮮詩文學的意識。

第二，自編唐詩選本的編撰時間大多在朝鮮中期以後，這一事實印證了此時段的朝鮮文壇受到唐詩風潮的强烈影響。與此相比，朝鮮前期基本沒有對唐詩選本的編撰，其原因在於當時文壇裏唐詩、宋詩的影響和人氣不相上下。

第三，自編唐詩選本獨特的編撰方式、收錄的詩人及作品各有側重，反映了其編撰視角的多樣性、編撰方法的專業性，以及編撰目的的簡便性和適用性。

---

① ［朝］李祥奎《唐律彙髓》卷六，《姜教錫　跋文》。

〔作者單位〕琴知雅:北京大學東方文學研究中心、北京大學外國語學院

傳統"圈點"與近代新媒介*
——兼論明治日本出版物的接引作用

陸 胤

提 要: "圈點"是在漢字周圍添加非文字符號的一種傳統書寫或印刷習慣,普遍流行於近世東亞的讀寫世界。直到近代機器複製技術和報刊等新媒介導入後,圈點仍然在一段時間內得以延續。本文首先回溯東亞傳統圈點的起源與流變,意在指明近代新媒介中的圈點並非傳統圈點自然發展的產物。隨後將視綫轉移到唐土之外,考察"圈點"在日本明治時代的新變,凸顯圈點從文章批評工具向近代印刷標記的轉型。清末報章、雜誌等新媒介中的新式圈點,正是明治日本印刷工業和新聞體制輸入的產物,與傳統詩文集中的圈點已有所區別。五四新文化運動前後,《新青年》同人在"圈點"和"標點"之間刻意營造了古今對立,新式圈點的近代性被遮蓋,最終導致圈點從現代中文媒介中淡出。

關鍵詞: 圈點 新媒介 讀寫革命

本文將討論"圈點"這種傳統讀寫技藝與清季以降新媒介(主要指采用近代鉛、石印機器印刷技術大量複製的報紙、雜誌、流行書籍等)的關係。所謂"圈點",是在漢字旁添加各種非文字符號的書寫或印刷習慣。這些符號既能如現代標點符號那樣分割句子乃至段落,也時而被用來突出重點、表示修改或刪除,甚至與"評語"配合,充當詞章批評的手段。作爲一種特殊的讀寫技藝,圈點曾長期流行於包括中、日、韓在内的整個東亞漢字圈。

---

* 本論文爲北京市社科基金重點項目(青年學術帶頭人項目)"近代文章學研究"(項目號: 21DTR033)的階段性成果。

在現代東亞人的印象中，圈點總是與中國古典詩文綁定在一起。日本近代文學家夏目漱石（Natsume Soseki）曾有名言："漢詩而没有圈點，感覺就像是没給障子門糊上紙，怪孤寂的。"① 既有研究多將圈點視爲中國古代特有的文學批評形式，歸入"評點之學"範圍；但與訴諸文字的"評語"相比，"不立文字"的圈點研究起來頗爲棘手②。直到近代，無論是在中國還是日本，在寫作稿本或印刷書籍中添加圈點的習慣仍然非常普遍。機器複製時代的圈點，不止是古代讀寫傳統的延續，同樣也藉助了外來的技術條件。

圖 1　明末朱墨套印本《史記鈔》（1621）中的圈點

---

① 原文是"詩に圈点のないのは障子に紙が貼ってない樣な淋しい感じがする"，見夏目漱石《思ひ出すことなど：附二百十日》，東京：春陽堂，1915 年，第 23 頁。
② 文學方面的"評點"研究，參見張伯偉《評點溯源》，章培恒、王靖宇主編《中國文學評點研究論集》，上海：上海古籍出版社，2002 年，第 1—54 頁；龔鵬程《細部批評導論》，氏著《文學批評的視野》，臺北：大安出版社，1990 年，第 387—438 頁；吴承學《評點之興——文學評點的形成和南宋的詩文評點》，《文學評論》1995 年第 1 期，第 24—33 頁；[日] 高津孝《宋元評點考》《明代評點考》，氏著《科舉與詩藝：宋代文學與士人社會》，潘世聖譯，上海：上海古籍出版社，2013 年，第 69—94、129—142 頁。單純針對圈點符號的討論較少，相關研究以往多歸入中文標點符號史的領域。

圖 2　日本明治時期《太陽》雜誌
(1894) 中的圈點

圖 3　清末鉛印雜誌《新小說》
(1902) 中的圈點

這種繼承中的斷裂關係，可以通過上列三張圖例來概括表現。圖 1 爲明刻本茅坤《史記鈔》，密布的圈點藉助吳興閔氏的朱墨套印技術得以凸顯，幾乎每個字旁都有實心或空心的圈、點、抹。其作用顯然不僅僅是標示重點，更是爲了表達對於文章結構和文詞匠心的特殊看法。圖 3 來自清末文學雜誌《新小説》，20 世紀初在日本橫濱印行，儘管其印刷形式（機器鉛印）和文本内容（梁啓超在其政治小説中翻譯的拜倫《哀希臘》詩）已完全近代化，却仍可從中看到各種圈點，與明刻評點本無異。只不過除了最常出現的空圈、重圈、頓點，《新小説》也開始使用省略號（……）、方引號（「，來自傳統圈點體系的删節符號）等現代標點。圖 2 是日本明治時期鉛印雜誌上登載的一篇政論文，同樣充滿圈點。"圈點" 在近代日語中讀爲 "*kenten*"，至今仍廣泛應用於文本編輯和印刷①。日本的"Kenten"如何從一種模仿漢籍的形式變爲近代印刷要素？這種新型圈點又如何在 20 世紀初明治日本印刷技術導入清季中國的過程中，改變了中國傳統"圈點"的形式和功能？這是本研究主要考慮的問題。

本研究共分爲三部分：第一部分回溯傳統圈點的起源與流變。這部分作爲研究背景，意在指明近代新媒介中的圈點並非傳統圈點自然發展的產物。第二部分則將視綫轉移到唐土之外，考察圈點（Kenten）在日本明治時代的新變，凸顯其從文章批評工具向近代印刷標記的轉型。第三部分則重點考察清末報刊等新媒介中的新式圈點，揭示其在日本印刷技術持續影響下所獲得的全新表意功能。第四部分作爲收尾，簡述五四新文化運動前後《新青年》同人在"圈點"和"標點"之間營造的古今對立。新式圈點的近代性被遮蓋，最終導致圈點從現代中文媒介中淡出。

一、傳統圈點的源與流

漢字文本中添加非文字符號的作法，在甲骨文和金文等早期文字遺存中就可以見到。"圈點"最初用來分割句子（句讀）和段落，或表示省略、修改、突出。所用符號包括句、讀、勾（亅）、乙（乚）、圈、點、重點（〻或ゝ，表示重複或修改）、截（短橫綫，表示分段）、抹（豎綫）等，統稱爲"圈點"②。同一符號有時會累積多重含義，更可憑藉符號的虛（空心）實（實心）、連（連續加圈點）坐（僅在斷句處施圈點）或不同顏色（"朱墨別異"）、所處位置（如字中綫、字旁綫，

---

① 在 2019 年 7 月改定的"日本産業規格　日本語文書の組版指定交換形式"JISX4052：2000 中，規定"圈点クラスの文字種"共有八種：胡麻、、白胡麻ゝ、黑丸●、白丸○、黑角▲、三角△、二重丸◎、蛇目◉；日文 Microsoft Office 中可插入的"圈點"除以上八種，還有一種"小白丸"。與之形成對照的是，在简體中文的標點符號標準和輸入程序中，繼承圈點功能的符號僅保留了"着重號"(．)一種。
② 關於圈點符號的溯源和早期發展，參見管錫華《中國古代標點符號發展史》，成都：巴蜀書社，2002 年，第 1—12 頁；姜雲鵬《試論評點符號早期的發展歷程》，黃霖主編《文學評點論稿》，南京：鳳凰出版社，2017 年，第 24—30 頁。

以及字四角不同位置的點）再加細分。手抄本時代的"圈點"主要是一種個人性的讀書標記，並没有形成通行的技術規範。

直到宋元之際，隨着雕版印書的擴展，"圈點"這種原本是個人的、隨意的書寫習慣才通過刻版表現出來，獲得更大範圍内的複製和推廣，逐漸變成一種通行的標記和批評形式。除了雕版印刷術的推動，南宋道學的興起也助成了圈點的普及和規範化。朱熹、吕祖謙、黄榦、真德秀等道學中人都有"標抹批點"的讀書習慣，遂使圈點成爲理學"讀書法"的組成部分①。元代朱門後學程端禮所編《程氏家塾讀書分年日程》在明清兩代流傳極廣。其書卷二就羅列了《館閣校勘法》《勉齋（黄榦）批點四書例》《批點韓文凡例　廣疊山（謝枋得）法》等南宋以來廣爲流傳的圈点凡例②。惟《程氏日程》呼應元代科舉新章，着眼於應試，故在朱熹等重視的"批點經書凡例"之外又羅列古文批點法。經書批點注重"綱目""凡例""警語""要語""字眼""考訂""制度"等内容層面的呈現；古文圈點於此之外，亦側重指示"體段""繳結""轉换""呼應""譬喻""反覆提論""造句奇妙"等文章的結構布置或修辭要素。

南宋時期，科考主流文體從詩、賦等韻文逐漸轉向經義、論、策等散文，輔導舉子作文的古文選本應運而生。這些選本藉助新興木刻技術風行一時，常在刻本中穿插圈、點、截、抹等符號，標記文章結構和修辭精妙之處。一般認爲，古文選本中采用圈點始於吕祖謙《古文關鍵》，清人所見該書兩種宋刻（今佚）均以抹爲主，一本"每篇抹不過數處，皆綱目關鍵"，一本則"並及於句法之佳者"③。現存宋人總集中，静嘉

---

① 《朱子語類》卷一〇："某曾見大東萊（吕祖謙）之兄（吕居仁），他於六經、三傳皆通，親手點注，並用小圈點。《注》所不足者，並將《疏》楷書，用朱點。無點畫草。"卷一一五："某少時爲學。十六歲便好理學，十七歲便有如今學者見識。後得謝顯道《論語》，甚喜，乃熟讀。先將朱筆抹出語意好處；又熟讀得趣，覺見朱抹處太煩，再用墨抹出；又熟讀得趣，別用青筆抹出；又熟讀得其要領，乃用黄筆抹出。"見朱傑人、嚴佐之、劉永翔主編《朱子全書》（修訂本）第14、18册，上海：上海古籍出版社，2010年，第329、3645—3646頁。
② 〔元〕程端禮《程氏家塾讀書分年日程》卷二，《四部叢刊續編》子部影印常熟鐵琴銅劍樓舊藏元刊本，第20a—30a頁。
③ 祝尚書《宋人總集叙録（增訂本）》，北京：中華書局，2019年，第143頁。

堂藏南宋刻《迂齋先生標注崇古文訣》、中國國家圖書館藏南宋刻《新刊諸儒批點古文集成》、中國國家圖書館藏元刻《疊山先生批點文章軌範》等宋元刊古文選本均爲抹、截、圈、點交施，以抹爲主。近年研究者先後注意到臺北"中央圖書館"藏南宋末元初建安刊殘本《西山先生真文忠公文章正宗》書前有題爲"用丹鉛法"的凡例一篇，涉及"句讀""圈點""改乙"的標記法。其圈點部分更按照"菁華""字眼""主意要語""轉換""節段"五層不同的表意目的，而區爲**旁點**、**圈點**、**抹**、**撇**、**截**五種符號（圖4）。在明代以降的文章總集和八股程墨中，此種"圈點凡例"更是屢見不鮮①。不過需要指出的是，學者所引殘本《文章正宗》的選文部分僅有斷句，並沒有刻出圈、點、截、抹等符號②。與之類似，明刻本徐師曾《文體明辯》前附有"宋真德秀批點法"與"大明唐順之批點法"（圖5），所選詩文中則同樣沒有出現圈點符號。不同於唐順之《唐宋名賢策論文粹》、茅坤《唐宋八大家文鈔》、林雲銘《古文析義》等通行選本既在書前揭示圈點凡例、又在選文中刻出圈點的形式，殘本《文章正宗》和明刻《文體明辯》書前的圈點凡例更近於程端禮所引"批點韓文凡例"那樣的讀書法提示——只是告訴讀者應該如何運用圈點來讀此書，而未必要在刻本中印出圈點符號本身。即便同爲立足於文章表現技法的"評點"，也有着僅僅提示讀法而並不刻出的**"讀書式圈點"**與表見於印刷而公諸於世的**"評選式圈點"**的區分③。

---

① 對於"圈點凡例"的研究，除了前揭高津孝的開拓性論文，還可參看張小鋼《評點測議》，《或問》第3輯（2001年），第33—44頁；何詩海《"惡道"之外：從凡例看明清評點觀的另一面相》，《暨南學報（哲學社會科學版）》2013年第12期，第91—98頁；龔宗傑《符號與聲音：明代的文章圈點法和閱讀法》，《文藝研究》2021年第12期，第52—64頁。

② 按：臺北"中央圖書館"還藏有一部宋咸淳二年（1266）倪澄序刊的《真文忠公續文章正宗》，選文有抹有圈，則又與殘本《西山先生真文忠公文章正宗》的情形有所不同。

③ 高津孝曾分宋元時代圈點爲"標點"與"評點"兩派："評點是對文章進行批評的一種行爲形態，它重視文章的表現技法。與此相對，標點則以付諸讀者解讀文本內容爲目的，其對象主要是四書。……與評點不同，它（標點）並不印刷出來，而主要是使用朱墨黃等色筆"，並認爲"明代以後，朱子學的標點法便趨失傳"。見高津孝《科舉與詩藝：宋代文學與士人社會》，第74—75頁。按：高津氏的兩分法包含了：（1）所點對象爲"四書"還是"文章"，（2）圈點用途是私下標記還是公諸印刷，（3）所用符號是多色塗抹還是圈點標記等多個層次。依據"四書"或"詩文"的對象之別，他將殘本《西山先生真文忠公文章正宗》納入"評點"範圍，實際上該書的圈點並沒有印出來，在是否印出這一標準上，又近於"標點"。

圖 4　南宋末元初刻本《西山先生真文忠公文章正宗》
　　　殘本卷首的《用丹鉛法》

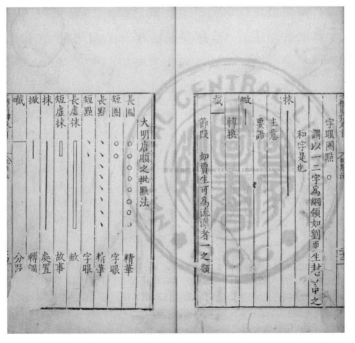

圖 5　明萬曆辛卯（1591）序刻本《文體明辯》所引兩種"批點法"

明代詩文圈點進入黃金時代，主要就體現在這種有意刻出以充當詩文批評手段的"評選式圈點"之普及。圈點形式也日益多樣，出現了運用多種符號和顏色區分的圈點本。如歸有光《五色評點史記》在清代傳爲文家秘本。其書不僅以"圈"和"點"二者區分"勇猛"與"緩些"兩種筆法，更以黃與朱兩色指示"人難曉處"與"易曉處"（或"氣脈"與"意句與叙事"）的區別①。更重要的是，明代"評選式圈點"所針對的書籍類型較前代大爲擴張：圈點與評語配合，適用於包括經、史、子、集、小説、戲曲在内的幾乎全部書籍。明代版刻中盛極一時的圈點，到清代却連遭錢謙益、黄宗羲、王夫之、章學誠等學者抨擊。清代學者或揭示圈點本是一種讀書習慣，付諸印刷的"評選式圈點"會將個人的隨意感受公共化、固定化，有歪曲古書本意之虞；或批評明人圈點專注於"文法"，進而以文章學眼光解讀一切著作，使經書降爲文詞、聖人等同於文人，冒犯了經學權威；或認定圈點是"科場積習"，服務於時文寫作，已淪爲一種"俗學"②。總之，圈點源自南宋以來理學和科場文章之學，二者在清代仍被官方推崇。但在精英學者圈中，"從理學到樸學"的趨勢日益明顯，作爲理學和古文之學載體的圈點遭到排斥也是勢所必至。

整體而言，清代文人運用圈點要比其明代前輩克制得多。古文選本和别集中附加的圈點大爲減少。如果一部著作像明代評點本那樣大肆加圈，往往會被貶低爲"俗本"。一個典型例子，就是桐城古文家姚鼐所編《古文辭類纂》圈點的增删。作爲一種特殊地方風習，清代桐城學者讀書不僅多加"圈點"，還有傳鈔、臨摹他人圈點（稱爲"臨圈"）的習慣③。姚選《古文辭類纂》最初流傳的鈔本含有圈點，

---

① 〔明〕歸有光《評點史記例意》，見〔清〕王拯編《歸方平點史記合筆》，同治丙寅（1866）孟冬廣東刊本，"例意"第 1a 頁。
② 關於清代士人乃至官方對於明人圈點習氣的指責，參見侯美珍《明清士人對"評點"的批評》，《中國文哲研究通訊》第 14 卷第 3 期（2004 年），第 223—248 頁；吴承學《〈四庫全書〉與評點之學》，氏著《近古文章與文體學研究》，廣州：廣東高等教育出版社，2020 年，第 314 頁。
③ 參見徐雁平《批點本的内部流通與桐城派的發展》，氏著《清代文派與文體論叢》，南京：鳳凰出版社，2021 年，第 82—105 頁。

姚鼐身後刊印的第一個版本（道光元年康紹鏞刻本）亦刻出了部分圈點。然而，姚鼐晚年却對這些圈點深感悔恨，命門人再刊時删去①。即便在帶有圈點的康刻本《古文辭類纂》中，文中"連圈"也可能遠不如表現整篇評價的"題下圈"重要②。不過，與公開刻本中"圈點"受壓制的情況形成對照，通過日記、書信等生活史料可以瞭解到，清代士大夫私下間仍將圈點作爲一種有效讀書法③。"評選式圈點"也只是在精英學者圈中遭遇非議，在基層讀書世界，充滿圈點的古文或八股文選本、小説、曲本依然流行④。

進入 19 世紀，新教傳教士帶來了近代西洋的機器印刷術，鉛石印書逐漸開始傳播。這些新技術却與傳統圈點格格不入。雕版刻書的圈點直接刻在書版上，鉛印書中的圈點則必須另鑄字範，插排於字裏行間。漢文活版的鑄字和排字本就繁於西文，若再在行間添加各種符號，進一步增加了排字難度和工作量。墨海、美華、土山灣等印書館出版的早期新書涉及西洋宗教、格致新知、域外地理等內容，常附有句讀和表示人名、地名、科學名詞的專名綫，連排的圈、點符號殊爲少見（圖6、圖7）。惟光緒十年（1884）美查（Earnest Major）創立圖書集成印書局後開發的"三號扁體字"（又稱"美查體"）在行間留

---

① 〔清〕蕭穆（代）《校梓古文辭類纂後序》，黄鳴標點《古文辭類纂》，北京：中華書局，2021年，卷首第 27 頁。
② 吴德旋《初月樓古文緒論》七，王水照主編《歷代文話》，上海：復旦大學出版社，2008 年，第 5 册，第 5039 頁。惟此説已遭到一些當代研究的挑戰，如汪祚民《〈古文辭類纂〉圈點系統初探》（載徐成志、江小角主編《桐城派與明清學術文化》，合肥：安徽大學出版社，2008 年，第 524—540 頁）一文即通過統計揭示"連圈"多少與"題下圈"仍然正相關。事實上，姚鼐添加"題下圈"的辦法仍來自科場閱卷標圈的習慣。
③ 如曾國藩雖曾在書序等公開文體中多次斥責圈點陋習，但從他的日記統計，包括"圈點"在內的過筆批校終其一生都是重要的讀書習慣。參見陸胤《從"自訟"到"自適"——曾國藩的讀書功程與詩文聲調之學的内化》，《北京大學學報（哲學社會科學版）》2021 年第 6 期，第 110—121 頁。
④ 乾隆初方苞奉敕編定《欽定四書文》，該書的武英殿刻本展現了圈點八股文的典範形式：破題承題等開頭部分在斷句處施頓點（、），起講、各比、大結等主體部分則在斷句處施圈（○），連圈表示精彩處，又在連圈中施加行間夾評，用"截"表示各比區劃；爲了便於表現圈點，刻板僅有版框而無界欄。不過，《欽定四書文》收入《四庫全書》時，因手抄本形制而删去了圈點及夾評。

有較多空間，時有在所排印中國舊書中保留圈點、眉批等傳統印刷形式的情形（圖8）。相比之下，石印術（stone-based lithography）作爲一種平面轉寫印刷術，可以用手描或照相等方式複製任何圖像、符號，添加圈點看似無甚技術困難。實則不然。采用照相石印術複製刻本固然可以保留原書圈點。但與之相對，新出石印書主要采取手寫上石，爲了節約紙張成本和抄寫時間，大量石印本不僅字號極小，行距更往往縮到"密不透風"的地步，幾乎没有可以添加圈點的空隙。

圖6　裨治文《大美聯邦志略》，墨海書館咸豐十一年（1861）鉛印本

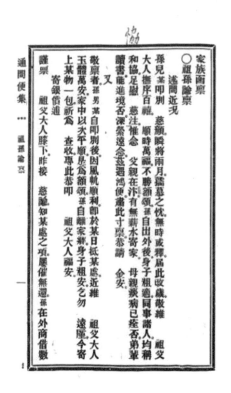

圖7　蔣陞《通問便集》，土山灣慈母堂光緒七年（1881）鉛印本（筆者自藏）

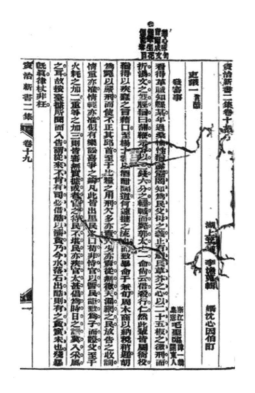

圖 8　李漁《資治新書》，圖書集成印書局光緒二十年（1894）鉛印本（筆者自藏）

　　報刊作爲近代新知識傳播的重要媒介，同樣是在 19 世紀由傳教士引進，且與鉛、石印技術的導入關係密切。試對比清末不同時期三種報刊的版式：19 世紀 70 年代申報館鉛印的《申報》、19 世紀 90 年代在滬石印的《時務報》，以及光緒二十八年（1902）在日本橫濱活版鉛印的《新民叢報》（圖 9）。在上海印刷的兩種報刊幾乎不帶圈點，或者說根本沒有添加圈點的空間。早期《申報》的視覺圖景是一片又一片擁擠的鉛字，《時務報》在界欄間加入句讀已是捉襟見肘，新學出版物並沒有傳統圈點的用武之地。直到 20 世紀初，密集而多樣的圈點符號突然在《新民叢報》等海外中文書刊上出現。清季最後十年報章雜誌中圈點的再現，既不符合清代精英刻書"以不加圈點爲大雅"① 的趨勢，亦非 19 世紀以來西洋傳教士導入新印刷技術的直接結果，而是直接受到了東鄰日本經驗的誘導。

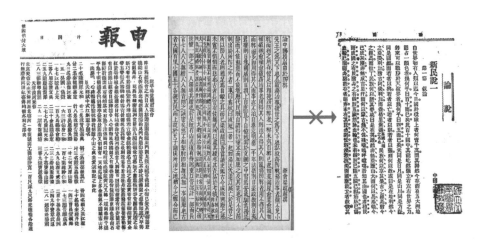

圖 9　《申報》(1873)、《時務報》(1896) 與《新民叢報》(1902) 版式的比較

二、明治日本出版物中的圈点

日本近世文化深受舶來漢籍影響，和刻本漢籍亦步亦趨地複製了宋元以來刻本的印刷形制，唐土原籍中的圈點隨之傳入（圖 10—圖 11）。進入近代以後，漢學式的傳統圈點融入近代印刷技術和報刊媒介，完成了從解讀、批評漢詩文的技藝向現代知識工具的轉型。

---

① 〔清〕方東樹《考槃集文錄》卷五《書歸震川史記圈點評例後》，嚴雲綬、施立業、江小角主編《桐城派名家文集 1　姚範集 方東樹集 吳德旋集》，合肥：安徽教育出版社，2014 年，第 337 頁。

說古之聖人其出人也遠矣猶且從師故聖者益聖今之
衆人其不及聖人也遠矣而恥學於師故愚者益愚聖人
之所以爲聖愚人之所以爲愚係乎從師不從師而已此
是雙関文法要看他巧處愛其子擇師而教之於其身也
則恥師焉惑矣彼童子之師授之書而習其句讀者也非
吾所謂傳其道解其惑者也句讀之不知惑之不解此是
雙関文法要看他巧處或師焉或不焉此是於其身也則
恥師焉○此一段亦是愛其子擇師而教句讀之不知或
師焉與小學相貫惑之不解或不焉與大遺相貫此是文
公弄巧作文小學而大遺吾未見其明也第六段說今人

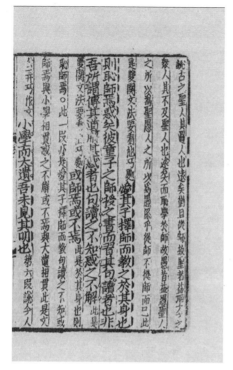

圖 10　元刻本《疊山先生批點文章軌範》(《中華再造善本》影印中國國家圖書館藏本)

說古之聖人其出人也遠矣猶且從師故聖者益聖今之
衆人其不及聖人也遠矣而恥學於師故愚者益愚聖人
之所以爲聖愚人之所以爲愚係乎從師不從師而已此
是雙関文法要看他巧處愛其子擇師而教之於其身也
則恥師焉惑矣彼童子之師授之書而習其句讀者也非
吾所謂傳其道解其惑者也句讀之不知惑之不解此是
雙関文法要看他巧處或師焉或不焉此是於其身也則
恥師焉○此一段亦是愛其子擇師而教句讀之不知或
師焉與小學相貫惑之不解或不焉與大遺相貫此是文
公弄巧作文小學而大遺吾未見其明也第六段說今人

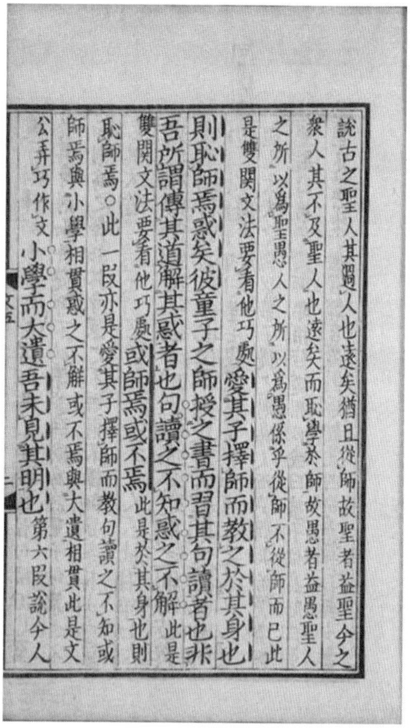

圖 11　和刻覆元本《官版疊山先生批點文章軌範》(昌平坂學問所嘉永六年［1853］刻本)

日語中與“圈點”（*kenten*）類似的詞語至少還有“傍點”（*bōten*）、“脇點”（*wakiten*）、“批點”（*hiten*）、“胡麻點”（*gomaten*）等。在明治以降的教育法令和印刷規範中，這些符號多被納入“句讀法”（標點符號），已是近代日本“國語”書寫體系的一部分；但就符號形狀來看，則仍難掩其來自漢籍的淵源①。橫跨 19 世紀最後二十年直至 20 世紀最初十年的明治中後期，是近代日本“國語”規範的形成期。下面列出這一時期幾種代表性的日語作文書，各書中闡述圈點法（頁碼對應部分）的內容，均來自清初浙東塾師唐彪撰集的《讀書作文譜》：

① ［日］太宰春臺《和〔倭〕讀要領》卷下，享保十三年（1728）須原屋新兵衛刻本，第 2a—4a 葉。

1. 村田徽典《普通幼學全書》(1880)，第 22—23 頁；

2. 塩野入安《文章義解》(1880)，第 112—115 頁；

3. 三輪培軒《簡牘記事志傳論説文範》卷上 (1885)，第 10—11 頁；

4. 近藤元粹《作文教科書：中等教育（本編）》(1888)，第 110—111 頁；

5. 山岸辰藏《（三ケ月獨習）普通作文新書》(1906)，第 160—171 頁。

《讀書作文譜》在江户乃至明治時期的日本基層學塾中頗爲流行，不僅有多種和刻本傳布，明治末年更出現了題爲《東洋之教授法》的日譯重編本①。唐彪書中原有"書文標記圈點評注法"一節，以不同符號標識"綱領""歸重""根因""段落""節次""極佳""次佳""常佳""照應"等行文筆法的講究，類似宋明文章總集標首的"圈點凡例"，同時又是體現於教育過程的"讀書式圈點"②。日本引用者不忘指出唐彪圈點法"與我朝近世諸家所用小異"。這些內容在日本作文書中長盛不衰，正可説明漢籍、和書兩種"圈點"聯繫之密切。相對而言，由於近世和刻本往往在行間添加輔助訓讀的"返點"和"送假名"，留給圈點的空間較爲有限，和刻漢籍之外，新刻的日本人詩文集在整體上較少見如明刻評點本那樣滿篇密布圈點的情形。

明治維新以後，在急遽歐化的潮流中，日本出現了翻譯、介紹西洋學術書籍的熱潮。這些"洋書"的印刷形態從最初自中國流入的木刻、銅版本轉向明治時代主流的活版鉛字本，却仍採用了漢學式的圈點符號。較之傳統和書上較爲節制的圈點，一些鉛字洋書的圈點反而更爲繁密。其與傳統圈點的關係爲何？不妨舉兩段材料爲例：一是明

---

① [日] 峰是三郎譯補《東洋之教授法：一名内外教授論之對照》，東京：開發社，1902 年。
② 〔清〕唐彪輯撰，白莉民等點校《讀書作文譜》卷二，長沙：嶽麓書社，1989 年，第 23—24 頁。除了唐彪的圈點法，歸有光名下的"圈點八則""抹畫八則"等晚明古文風的圈點凡例在近世日本也相當流行。

治十五年（1882）久松義典（Hisamatsu Yoshinori）編選《泰西革命史鑑》的"例言"，裏面提及：

> 書中……要緊處字句附有圈點，或在天頭加上評語。敬祈讀者注意。①

翌年即明治十六年（1883），美國政治學者亞摩斯（Sheldon Amos）著 Science of Politics 一書譯爲日文，改題《政理汎論》。譯者在凡例中特地指明書中"圈點"的功能：

> 原本的斜體字（Italic）在譯本中用圈點表示。②

這些用例至少可以表明 19 世紀 80 年代日本洋學書中圈點的主要作用是凸顯要點，被認爲相當於西文印刷中的"斜體"③。

類似情況也可以在新知識媒介——報紙和雜誌上看到。在明治二十五年（1892）出版的通俗百科全書《國民錦囊》中，有一節介紹漢學家海保漁村（Kaiho Gyoson）關於圈點法的論述，却在結尾處特別提示：

> 現在報紙、雜誌記者在稿件重要之處添加的圈點，也與漢文的圈點有別。④

根據日本學者針對明治時期"表記記號"的專題研究，正是從明治二十五年（1892）開始，報紙上以圈點爲代表的各種符號變得越來越普遍⑤。圈點與句讀、旁注振假名及注音（ルビ）等其他符號一起擠在

---

① ［日］久松義典編譯、評點《泰西革命史鑑》上卷，東京：巖々堂，1882 年，"例言"第 2 頁。
② ［美］亞摩斯（エモス）著，松島剛譯《政理汎論》，東京：報告堂，1883 年，"凡例"第 2 頁。
③ 1888 年《經濟雜誌》記者在針對德富蘇峰（Tokutomi Sohō）新著《新日本之青年》的書評中提到："我輩中人讀書多疏懶……多數人只是把書中附有圈點的警句抄下來讀讀，逐字逐句讀下來的大概只有幾頁。"同樣表現了當時日本書生的讀書習慣，基本上是把圈點視爲"摘録號"或"着重號"。見德富猪一郎《新日本之青年》，東京：集成社，1888 年，附録"本書ニ關スル社會ノ公論"第 1 頁。
④ ［日］溢江保《國民錦囊》，東京：博文館，1891 年，第 66 頁。
⑤ ［日］西川潔、森優子《表記記号に關する研究 2 明治時代の文學作品と新聞における表記記号を中心に》，《日本デザイン學会研究発表大会概要集》第 45 卷（1998），第 212—213 頁。

行間，使得這一時期日本報紙、雜誌版面顯得尤爲稠密。在明治中後期的雜誌政論中，各種不同類型的圈點交錯使用，往往用來表達不同層次的要點，甚至表示違礙删去的空字符也要加上圈點（圖12）①。如此，則圈點又有代替分段或在大段落下區分更小的意義層次的功能。明治鉛印報刊上密布的各種圈點，從印刷樣貌上看，似乎繼承了明代圈點極盛期無書不可點、無字不加圈的極端作法，但關注點却與以詩文法度爲中心的"評選式圈點"截然不同。新式圈點以政論意見的凸顯和明晰爲目的，對應於同時期歐美書刊中關鍵字句加粗、加斜體、加襯綫等排版處理。這種注重"要緊處"而無視文法波瀾的新型圈點法，某種程度上也可視爲回歸了朱熹等道學家讀書標抹的初心。

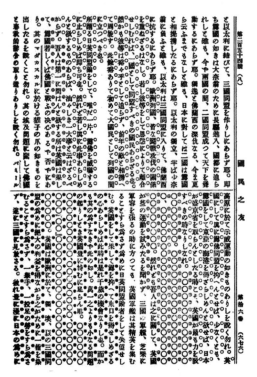

圖12 《國民之友》雜誌，連表示删節的空字符也帶有圈點

---

① 見《國民之友》第254號，1895年6月20日，第676—677頁。

在明治中後期的小説、詩歌、散文集等文學書籍中，圈點的使用同樣相當普遍，却仍然不是出於漢學風的文章考量。下圖（圖13）展示了與謝野鐵幹（Yosano Tekkan）所寫"新體詩"在其詩集中的印刷形式：

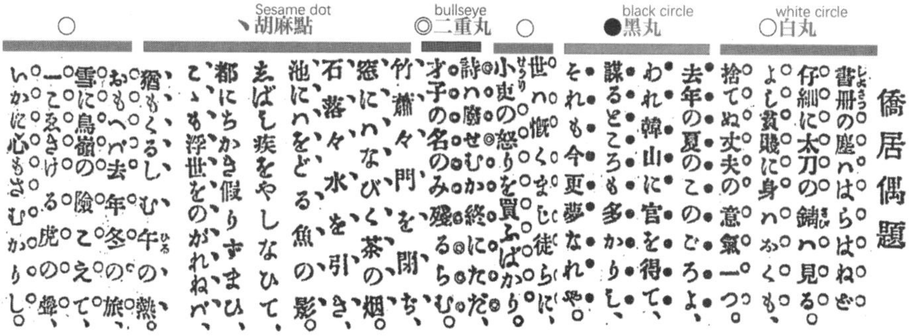

圖13　與謝野鐵幹詩集中的圈點

這首詩總共24行，僅有兩行不加圈。顯然，圈點已經起不到凸顯重點的作用。詩中一共采用了四種符號，第1—4、9—10、21—24行用虛圈（日文稱"白丸"），5—8行用實圈（"黑丸"），11—12行用套圈（"二重丸"），13—16、19—20行用頓點（"胡麻點"）。四種符號交錯，將全詩區分爲六個段落，表現詩意的轉换和節奏的變化①。這種按照段落分布的圈點法，與漢詩"圈點"注重關鍵字句和段落銜接的關注點有所不同。鐵幹的這部詩集中，並不是每一首詩都有如此密集而整飭的圈點。但這種幾乎全文施圈點的辦法，甚至以圈點分段的方式，在當時日本雜誌刊載的詩歌和文章當中並不少見。

圈點在各種活版印刷品上的泛濫也招致了一些批評。明治三十年（1897），著名的文學雜誌《早稻田文學》刊出了一則題爲《圈點法種種》的短論，開頭是這麽幾句話：

> 盛極哉，今日之圈點！但凡出版物，一段裏面少則兩三處，多則五六七處，從頭到尾净是圈點的，也時而有之。没加圈點的

---

① ［日］與謝野寬《東西南北》，東京：明治書院，1896年，第8—10頁。

部分比起加圈點的部分反而少了，這竟成了今日的慣例。圈點之用也，豈不盛哉！①

作者對於濫用圈點的譏諷之意溢於言表。但他提出的改革方案，也不過是抄襲唐彪的標抹圈點例而已。實際上，明治中後期洋書、報紙、雜誌等新知識媒介中圈點的盛行，與日式鉛字活版的技術創新不無關聯。明治日本的新式印刷業與其中國同行一樣，源自新教傳教士創製漢字鉛字以及字模、字架等設備的經驗。明治二年（1869），蘭學家本木昌造（Motoki Shōzō）邀請電鍍字模與"美華體"的發明者姜別利（William Gamble）赴長崎傳授鉛印活版技術，近代日本的"洋式活版印刷"由此發端。② 不過，此後日本活版印刷業不斷吸取並改造外來新技術，逐漸發展出了一套具有本國特點的印刷形制。到明治中後期，一般社會流行的報紙、雜誌等讀物早已采用雙面印刷的洋裝版式，字號較傳統刻書大爲縮小，文字本身的排版更爲疏朗。根據大正初年一部印刷技術指南的追述，排印圈點時會采用一種鑄造爲整體的"連續圈點"活字，比起挨個插入圈點大爲省工。由於明治日文書籍含有大量漢字，行間附注假名必不可少，故行距一般較大，圈點只是把原先爲附注假名準備的空間填滿而已，無須特別製版。如果正文是五號字，那麼圈點活字就以五號字的二分之一大小爲標準插入③。返觀19世紀70至90年代的中文鉛印書報，由於仍采用單面印刷的綫裝形制，往往還保留着模仿傳統木刻書的版框和界欄，且字號較大，或者如《申報》那樣幾乎零行距排字，完全没有圈點等行間符號可能存在的空間。

報紙、雜誌等印刷品上的圈點是誰添加的？圈點者是作者、記者還是編輯？這也是值得考慮的問題。在明治二十七年（1894）的東

---

① ［日］讀書子《圈點法さまざま》，《早稻田文學》第40號（1897年），第35—36頁。
② 參見［日］川田久長《日本に於ける洋式活版印刷の沿革》，東京：秀英舍，1926年，第24—25頁。
③ 參見［日］高野久太郎《活版印刷術》，東京：高野久太郎，1915年，第33頁。

京，曾有一種少年雜誌在徵文啓事中批評投稿者自附圈點，指摘自加圈點是"失禮"的行徑①。照此推理，則"圈點"應由雜誌編輯來加。但事實上，恐怕正因爲有投稿者給自己的文章加上了圈點，才會引來這番指責。而如與謝野鐵幹、夏目漱石等作家，他們所出書中的圈點顯然是自加。無論如何，各種書物中遍布的圈點逐漸養成了受衆的閱讀習慣。大正初年，著名報人杉村楚人冠（Sugimura Sojinkan）引用了夏目漱石無圈點不成漢詩的名論，接着説："現今雜誌上登出來的那些長篇論説，要是完全沒有圈點的話，無論如何也難讓人打起精神來看。"②

三、清季新媒介中的圈點

甲午中日戰爭的敗局，引導中國的近代化事業走上了步趨日本明治維新經驗的道路。特別是戊戌政變以後，梁啓超等維新志士東渡，興辦雜誌、出版書籍，宣傳其政治理念。與此同時，大量中國留學生開始湧入日本，官方和民間的有識之士也開始與日方合作開發包括印刷出版在内的種種新事業。來自明治日本的技術資源，打破了此前傳教士系統對於新式印刷技術的壟斷，明治式新型圈點也順勢流入了20世紀初的中文讀物。

梁啓超東渡之初，即憑藉"和文漢讀法"沉浸於日文書報③。其時他已接觸到東京的綜合性雜誌《太陽》，與該刊建立了轉載和互相寄贈的聯繫④。此外，由於梁氏愛讀並有意模仿德富蘇峰（Tokuyomi Sohō）的著述，對蘇峰主筆的《國民之友》等刊物也相當熟悉。光緒二十四年（1898）底，梁啓超在橫濱創辦《清議報》。該報版權頁所

---

① 見《懸賞文》，《學生筆戰場》第4卷第4號（1894年），第327頁。
② ［日］杉村廣太郎（楚人冠）《最近新聞紙學》，東京：慶應義塾出版局，1915年，第67頁。
③ 哀時客稿《論學日本文之益》，《清議報》第10册，1899年3月31日，第3a頁。
④ 參見［日］吉田薰《梁啓超與〈太陽〉雜誌》，《學術研究》2008年第12期，第140—146頁；寇振鋒《梁啓超與日本綜合雜誌〈太陽〉》，《日本研究》2008年第3期，第63—66頁。

署"印刷所"地址也在横濱,"印刷人"均用日本姓名,應是在日本的印刷工廠付印。《清議報》利用在地的活版技術,正有條件模仿《國民之友》《太陽》等明治大刊體例,刷新中文刊物的版面形態,甚至改變此前中文鉛、石印報刊圈點稀少的慣例。《清議報》從第1期起即采用明治式的報刊圈點,並很快出現了整段甚至通篇加圈點的夸張情形。但整體而言,《清議報》上的圈點比同時代日本雜誌要更爲簡化,基本上只有單圈○和頓點、兩種符號:用頓點凸顯綱目,用單圈表示段落中精彩字句①。在裝幀形式上,《清議報》仍是單面印刷、對折裝訂的綫裝,版面中也保留了模仿木刻本的版框。這種相對保守的書籍形態,對於模仿圈點在内的新印刷形式可能會形成一定牽制。

光緒二十八年(1902)初,梁啓超停辦《清議報》,另創《新民叢報》取而代之,標志着清季中文刊物全面日本化的發端。《新民叢報》采用洋式裝訂和洋紙雙面印刷,完全抛棄了傳統刻本的殘留款式,在印刷版面、欄目體例乃至封面設計等諸多方面都更接近《太陽》等同時期日本雜誌②。《新民叢報》的圈點形制亦頗有創新,可舉兩個極端的例子爲證:

(一)清末綜合性雜誌常在每期最後開闢"詩文欄",所登詩文的圈點多仍遵循評選家注重"詩法""文法"的模式③。然而,《新民叢報》創刊號在詩文欄"詩界潮音集"中刊出梁啓超的名篇《二十世紀太平洋歌》,所施圈點却非常特殊。《二十世紀太平洋歌》作爲"詩界

---

① 按:使用這兩種符號可能更適合清人的讀文習慣。雍正間方苞爲果親王編《古文約選》,所用"圈點主要有'○''、'兩種形式,精彩的語句以'○'示,而轉折、收束等關鍵布局之處以句旁加'、'提示",便與《清議報》的圈點形式相近。見劉宏輝《〈古文約選〉整理説明》,彭林、嚴佐之主編《方苞全集》,上海:復旦大學出版社,2018年,第12册,卷首第5頁。
② 齋藤希史早就指出1902年梁啓超創刊的《新民叢報》《新小説》都"是以當時日本《太陽》等綜合雜誌的結構爲範本的"。見氏撰《近代文學觀念形成期的梁啓超》,[日]狹間直樹編《梁啓超·明治日本·西方:日本京都大學人文研究所共同研究報告》,北京:社會科學文獻出版社,2012年,第282頁。
③ 清末民初雜誌詩文欄的建制,實際上仍來自明治日本期刊,參見陸胤《清季民初的"政治與文學":〈國風〉、〈庸言〉詩文欄研究》,《中國現代文學研究叢刊》2006年第6期,第191—209頁。

革命"的代表作，帶有濃厚的政論性，實是藉着新舊世紀之交橫渡太平洋的特殊經驗，來表達梁氏最新獲得的"文明進步論"和"地理決定論"觀點。故詩中所添圈點並非基於"詩法"，而是與雜誌前部的政論文一樣，主要用來提示政論觀點和學術要點。具體而言：大量出現的單圈（〇）仍用來表示論述重點和精彩之處，墨圈（●）則用來凸顯**"河流文明時代""內海文明時代""大洋文明時代""太平洋中二十世紀"**四個貫穿全詩的文明史綱目，鐵圍（△）用來標示**"黃河""尼羅""海電""艦隊"**等地名和新名詞，橫截（⼀）仍表示分段。相對而言，詩中頓點（、）的使用較隨意，主要是通過與單圈的對照凸顯個別警句。[①]（圖14）

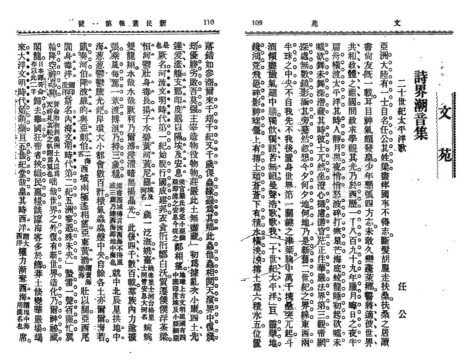

圖14　《新民叢報》刊出《二十世紀太平洋歌》的版面

[①] 任公（梁啓超）《二十世紀太平洋歌》，《新民叢報》第1號，1902年2月8日，第109—111頁。按：《新民叢報》的詩文欄稱"詩界潮音集"，其圈點大致與《清議報》的"詩文辭隨錄"一樣，主要采用密集的單圈，個別地方會施用雙圈表示更爲重要的句子；政論化的《二十世紀太平洋歌》在其中堪稱特例。

(二)《新民叢報》刊載的政論文中也有通段加圈點的極端情況。與前述明治新體詩的例子類似，多種圈點符號的交替使用，同樣起到了區分意義層次的作用。以同樣刊載在《新民叢報》第1期上的《新民説·緒論》爲例，下段分別用單下劃綫、雙下劃綫、波浪綫對應於原刊的單圈○、雙圈◎、鐵圍△三種符號。顯而易見，梁啓超的這一大段文字憑藉這三種符號細分成了三個小層次。單下劃綫對應的單圈内容，同時也有提示重點或警句的功能：

　　今天下莫不憂外患矣，雖然，使外而果能爲患，則必非一憂之所能了也。【○】夫以民族帝國主義之頑强突進如彼其劇，而吾猶商榷於外之果能爲患與否，何其愚也。吾以爲患之有無，不在外而在内。夫各國固同用此主義也，而俄何以不施諸英？英何以不施諸德？德何以不施諸美？歐美諸國何以不施諸日本？【◎】亦曰有隙與無隙之分而已。【○】人之患瘵者，風寒、暑濕、燥火，無一不足以侵之。若血氣强盛，膚革充盈者，冒風雪，犯暴暵，衝瘴癘，凌波濤，何有焉？不自攝生，而怨風雪、暴暵、波濤、瘴癘之無情，非直彼不任受，而我亦豈以善怨而獲免耶？【△】然則爲中國今日計，必非恃一時之賢君相而可以弭亂，亦非望草野一二英雄崛起而可以圖成。必其使吾四萬萬人之民德、民智、民力，皆可與彼相埒，則外自不能爲患，吾何爲而患之？此其功雖非旦夕可就乎，然《孟子》有言："七年之病，求三年之艾。苟爲不蓄，終身不得。"今日舍此一事，别無善圖，寧復可蹉跎蹉跎，更閲數年，將有欲求如今日而不可復得者。嗚呼！我國民可不悚耶！可不勖耶！【○】①

光緒三十二年（1906），梁啓超在一篇法律史論文引用材料的附注中，提到材料所加圈點"除一部分爲文中要旨外，其餘大率皆現今學者所

---

① 中國之新民《新民説·緒論》，《新民叢報》第1號，1902年2月8日，第7頁。

研究之原則也"①。可知《新民叢報》對圈點功能的認識主要是提示重點，更專注於新知識的內容，與詩文評選家着眼於"文法"的圈點截然不同。

中文刊物采用洋裝雙面印刷與日式排版，尚可回溯到此前創刊於東京的留學生叢報《譯書彙編》②。該刊早期僅有句讀號和專名綫。直到光緒二十八年（1902）正月所出第 2 年第 1 期的"改良"之後，才開始在行間加入各種圈點③。《新民叢報》行世後，《新小説》（光緒二十八年 [1902] 創刊）、《湖北學生界》（光緒二十九年 [1903] 創刊）、《民報》（光緒三十一年 [1905] 創刊）等一大批在日本出版的中文刊物先後涌現，圈點的情況大體類似。19、20 世紀之交在中國國内印刷的報刊仍停留於早期鉛石印技術甚至雕版木刻的形態，字句間多不著符號，或僅有句讀。惟日本人控制的《亞東時報》（光緒二十四年 [1898] 創刊）、《燕京/順天時報》（光緒二十七年 [1901] 創刊）較早納入圈點④。羅振玉主辦的《教育世界》（光緒二十七年 [1901] 創刊）從光緒三十年（1904）正月出版的第 69 號起改版，由《時務報》式的單面石印綫裝改爲日式雙面鉛印洋裝，並開始出現密集的圈點。光緒二十九年十二月（1904 年 1 月）發刊的《女子世界》也采用了洋裝和圈點，最初僅用較爲節制的單圈，隨後數量和種類逐漸增多，甚至在圈點中穿插了新式標點。相比之下，教會系統刊物的

---

① 梁啓超《論中國成文法編制之沿革得失》，《新民叢報》第 80 號，1906 年 5 月 8 日，第 27 頁。
② 實藤惠秀曾指出："在中國，自甲午戰争以後，雜誌的出版如雨後春筍……但這些雜誌却全都是舊裝的……所以，留學生在日本所發行的《譯書彙編》成爲中國雜誌采用洋紙、兩面印刷和洋式裝訂的鼻祖。"見 [日] 實藤惠秀著《中國人留學日本史（修訂譯本）》，譚汝謙、林啓彦譯，北京：北京大學出版社，2012 年，第 212 頁。
③ 《本編改良告白》，《譯書彙編》第 2 年第 1 號，1902 年 2 月，卷首第 3—5 頁。按：《譯書彙編》該號版權頁署印刷時間爲明治三十五年（1902）四月二日（即光緒二十八年二月二十四日），印刷所爲"東京並木活版所"（此前出刊不署印刷所）。實藤惠秀認爲梁啓超在 1902 年發刊《新民叢報》《新小説》改用洋裝"受《譯書彙編》的影響是明顯的"；但單從圈點來看，由於此前已有《清議報》的經驗，加之《譯書彙編》改良號的出刊幾乎與《新民叢報》發刊同時甚至更晚，梁系刊物的圈點應該並非《譯書彙編》影響的産物。參見實藤惠秀著，譚汝謙、林啓彦譯《中國人留學日本史（修訂譯本）》，第 219 頁。
④ 《亞東時報》出刊較早，仍保留了模仿傳統刻本的版框和界欄，與《萬國公報》的版式類似，但在其中加入了較爲節制的圈點。世紀之交的《萬國公報》也采用了類似的圈點形式。

印刷改良反而較爲遲鈍，廣學會的《萬國公報》一直由近代漢字鉛印技術的策源地美華書館承印，但其改版要晚至光緒三十二年初（1906年2月）出版的第205册，此前則一直采用綫裝單面印刷和帶有版框、界欄的傳統版式，偶爾帶有簡單圈點①。從上述例證可以看出，明治中後期大刊物那種密集、多樣式圈點的引進，通常與中文雜誌從"綫裝/木刻版式"到"洋裝/現代版式"的轉型同步，而後者同樣是明治日本印刷文化傳入的産物。

再看報紙對於圈點的引進，至少有三個節點值得注意：一是上海《蘇報》在光緒二十九年（1903）閏五月朔日發布第二次"改良"方案，確定"一律用四號字，而於發議精當處，加以圈識"的原則②。二是光緒三十年（1904）四月《時報》在上海創刊，編排體例中明確規定：

> 本報編排務求顯醒，故一號、二號、三號、四號、五號、六號字模及各種圈點符號，俱行置備。其最緊要之事則用大字，次者中字，尋常新聞用小字。用大字者，所以醒目也；用小字者，求內容之豐富也。論說批評中之主眼，新聞中之標題，皆加圈點以爲識別。凡以省讀者之目力而已。③

利用不同字號與圈點標識重點、標題，以代替西文報刊中的加粗、斜體等功能，實與明治日本報刊圈點的思路相同。下圖（圖15）顯示宣統二年（1910）《時報》中的一篇"短評"，在標題和正文遍加圈點的同時，也可以看到頓號作爲句讀點的加入，初步形成了民初鉛印書報中圈點與新式標點並存的格局④。

---

① 《報式改良》，《萬國公報》第204册，1906年1月，第30b頁。
② 《本報重改良》，《蘇報》，光緒二十九年（1903）閏五月初一日，第1頁。
③ 《時報發刊例》，《時報》，光緒三十年（1904）四月二十九日，第2版。
④ 冷（陳景韓）《京中近狀》，《時報》，宣統二年（1910）三月初三日，第2版。

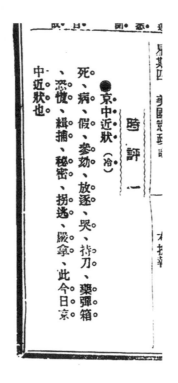

圖 15　《時報》的圈點

　　三是在《時報》等新式日報的壓力下，老牌報紙《申報》也在光緒三十一年（1905）起開始"改良形式"。最初措施是每版不再一行到底，而是分爲上下兩欄，采用大字標題；光緒三十二年正月十三日（1906 年 2 月 6 日），《申報》首次在頭條論說中出現了圈點。此後圈點逐漸向論說之外的欄目延伸，版面的整體面貌亦與《時報》等雙面印刷的新式報紙日益接近。下圖（圖16）是改版前後《申報》頭條論說版面的對比，從早期鉛印的擁擠排字，到重點明晰的分欄、圈點體制，視覺上的變化非常明顯。

 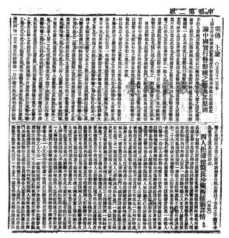

圖 16　改版前的《申報》（左）與分欄並添加圈點後的《申報》（右）

此外，清末的出版巨頭商務印書館從光緒二十九年（1903）開始與日本金港堂合資，所出教科書、翻譯小説、雜誌等讀物亦較早采用了日式活版技術。特别是同樣以《太陽》爲模板的《東方雜誌》（光緒三十年［1904］創刊）①，可以説是接續了《新民叢報》模仿明治日本大型雜誌的風格，作爲國内最爲主流的綜合性刊物，一直延續到20世紀40年代末。現代中國人閲讀書報的視覺體驗，正是在20世紀最初十年導入日本印刷技術的過程中獲得了刷新。

餘論：圈點亡，標點興？

20世紀前二十年中文鉛印書報中俯拾皆是的圈點，到20年代以後，却突然從各種出版物上消失了。取而代之的，是帶有新式標點和段首縮進的文本，圈點指示重點的功能則被簡化爲圓點表示的"着重號"。關於現代標點符號的興起過程及其對於現代中文"可讀性"的

---

① 《新出東方雜誌簡要章程》："本雜誌略仿日本《太陽報》及英美兩國而利費 *Review of Review* 體裁。"見《東方雜誌》第1卷第1號，1904年3月11日，卷首（無頁碼）。

塑造，學界已有較成熟的研究①。本文最後想要強調的是，清季新媒介上的圈點與民初開始規範化的新式標點之間，本來並不存在對立；標點符號（punctuations）也不能涵蓋圈點的全部功能。二者之間的對立，很可能是出於"文學革命"運動中的一次附帶的建構。

日後對現代中文標點成立貢獻甚鉅的《新青年》雜誌②，其早期版面同樣充滿圈點，與當時其他報紙、雜誌並無顯著差別。不僅陳獨秀的論説往往遍布雙圈，即便是胡適掀起"文學革命"巨潮的名文《文學改良芻議》，在《新青年》上最初發表時也依然帶有圈點。胡適留美期間曾於日記中多次提出"句讀及文字符號"方案③，其中包括了"示文中着重注意之處"的"提要號"和"加於所賞識之句之旁"的"賞鑑號"。所謂"提要號"類似清季從日本引進的新式圈點，在民初期刊中已開始改用大號字或特殊字體來表示；"賞鑑號"則"惟吾國文字用之，他國所無也"，更近於中國傳統的詩文圈點④。當時梅光迪曾提到胡適喜於信中"着重之語加以圈點"⑤，可見圈點仍是一時無法改掉的積習。《新青年》刊文附加圈點的最後一期是第 3 卷第 6 號（1917 年 8 月 1 日）。五個月以後，《新青年》第 4 卷第 1 號重裝出刊（1918 年 1 月 15 日），全部采用新式標點，原本密布的圈點幾乎絶迹⑥。

《新青年》從第 4 卷第 1 號起棄用圈點、使用標點，與該號宣布

---

① 參見袁一丹《創造一種新的可讀性——文學革命前後的句讀論及其實踐》，《中國現代文學研究叢刊》2019 年第 6 期，第 77—117 頁。
② 《本誌所用標點符號和行款的説明》，《新青年》第 7 卷第 1 號，1919 年 12 月 1 日，卷首（無頁碼）。
③ 見胡適《標點符號釋例》（1914 年 7 月 29 日）、《〈論句讀及文字符號〉節目》（1915 年 7 月 27 日）、《論文字符號雜記三則》《文字符號雜記二則》《論文字符號雜記三則》（1915 年 9 月 18 日、10 月 15 日、1916 年 4 月 23 日），曹伯言整理《胡適日記全編》，合肥：安徽教育出版社，2001 年，第 1 册，第 399—400 頁；第 2 册，第 213—216、285、291—292、382—384 頁。
④ 曹伯言整理《胡適日記全編》第 2 册，第 291—292、383 頁。
⑤ 梅光迪《致胡適信四十六通》第十一函，羅崗、陳春豔編《梅光迪文録》，瀋陽：遼寧教育出版社，2001 年，第 131 頁。
⑥ 按：該期"讀者論壇"欄目刊出傅斯年《文學革命申義》一文在使用新式標點的同時仍有少數圈點。

采用“白話行文”完全同步。隨後第 4 卷第 3 號的通信欄又刊出了錢玄同與劉半農著名的“雙簧信”。錢氏假託“王敬軒”之名批駁白話文學的文言來信被刻意加上了密集而多變的圈點；與之相對照，劉半農的白話回信則以帶有新式標點的疏闊大字印出。“標點”與“圈點”兩種印刷形態的對比，使得“文言”與“白話”之争在閱讀視覺上得到了直觀的凸顯（圖 17）。在這場被建構的新舊對決中，“王敬軒”是一個連省略號都不認識的老頑固，聲言新式標點“不逮中國圈點之美觀”；劉半農則抓住這句蠢話大做文章，不僅斥責“濃圈密點本是科場惡習”，更嘲諷“王敬軒”不以爲醜、反以爲美，竟還“大圈特圈，大點特點”起自家文章來。豈料這通注明“圈點悉依原信”而語句欠亨的來函，正是錢、劉二公僞造的傑作。他們既已認定“圈點”與“標點”截然對立，又將之捆綁於“文言”與“白話”的死活之争[①]。

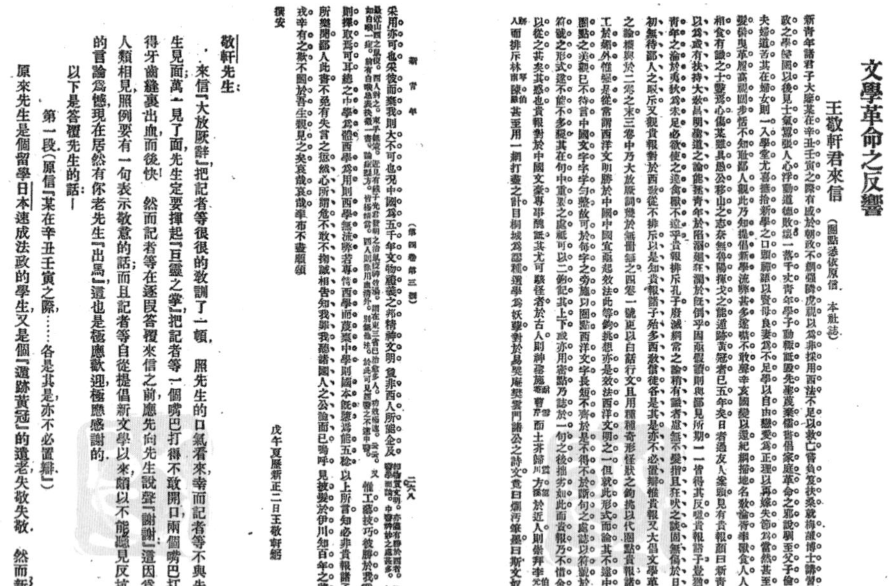
文學革命之反響

王敬軒君來信

（圈點悉依原信．本社誌）

新青年諸君子大鑒某在辛丑壬寅之際有感於朝政不綱强鄰虎視以爲非採用西法不足以救亡嘗負笈扶桑就梅謙博士講習法政之學歸國以後見士氣囂張人心浮動道德敗壞一落千丈青年學子動輒誑毀先聖蔑棄儒書倡家庭革命之邪說馴至父子倫亡夫婦道苦其在婦女則一入學堂尤喜摭拾新學之口頭禪語以賢母良妻爲不足學以自由戀愛爲正理以再嫁失節爲當然甚至剪髮御冕革履高視闊步恬不知恥鄙人觀此乃知提倡新學流弊甚多遂噤不敢聲辛亥國變以還紀綱掃地名教淪胥率獸食人人將相食有識之士豈焉心傷某雖具愚公移山之志奈無魯陽揮戈之能遁跡黃冠者已五年矣日者過友人案頭見有貴報顏曰新青年以爲必有扶持大教昌明聖道之論能拯青年於陷溺挽狂瀾於既倒乎因亟假讀則與鄙見所期一一皆得其反噫貴報諸子豈猶以青年之淪於禽獸爲未足必欲使之違禽獸不遠乎貴報排斥孔子廢滅綱常之論稍有識者無不髮指且狂吠之談固無傷於日月初無待鄙人之駁斥又覩貴報對於西教從不排斥以是知貴報諸子殆多西教信徒各是其是亦不必置辯惟貴報又大倡文學革命之論權輿於二卷之末三卷中乃大放厥詞幾於無册無之四卷一號更以白話行文且用種種奇形怪狀之鈎挑以代圈點貴報諸子工於媚外惟強是從常謂西洋文明勝於中國中國宜亟起效法此等鈎挑想亦是效法西洋文明之一但就此形式而論其不逮中國圈點之美觀已不待言中國文字字字勻整故可於每字之旁施以圈點西洋文字長短不齊於是不得不於斷句之處誌以符號於是符號之形式遂不能不多艱其在句中重要之處祗可以二鉤記其上下或亦用密點乃誌於一句之後拙劣如此而貴報乃不惜舍己以從之甚矣其惑也貴報對於中國文豪專事醜詆其尤可駭怪者於古人則神聖施耐庵曹雪芹而土芥歸有光方苞於近人則崇拜李伯元吳趼人而排斥林紓陳甚至用一網打盡之計目桐城爲謬種選學爲妖孽對於易哭庵樊雲門諸公之詩文竟曰爛污筆墨曰斯文奴隸

新青年　（第四卷第三號）　二六八

采用亦可也采彼而棄我則大不可也況中國爲五千年文物禮義之邦精神文明豈非西人所能企及……惟工藝技巧彼勝於我我則擇取焉可耳總之中學爲體西學爲用則西學無流弊若專恃西學而蔑棄中學則國本既隳焉能五稔以上所言知必非貴報諸子所樂聞鄙人此書不免有失言之懲然心所謂危不敢不掬誠相告知我罪我聽諸國人之公論而已嗚呼見披髮於伊川知百年之將戎幸有之歟不圖於吾生親見之矣哀哉哀哉率布不盡順頌

撰安

戊午夏曆新正二日王敬軒紹

敬軒先生：

來信『大放厥辭』把記者等很很的教訓了一頓，照先生的口氣看來，幸而記者等不與先生見面；萬一見了面，先生定要揮起『巨靈之掌』把記者等一個嘴巴打得牙齒縫裏出血，然後快！然而記者等在逐段答覆來信之前，應先向先生說聲『謝謝』，這因爲人類相見，照例要有一句表示敬意的話；而且記者等自從提倡新文學以來，頗以不能聽見反抗的言論爲憾，現在居然有你老先生『出馬』，這也是極應歡迎，極應感謝的。

以下是答覆先生的話：——

第一段（原信『某在辛丑壬寅之際，……各是其是，亦不必置辯』）

原來先生是個留學日本速成法政的學生，又是個『遁跡黃冠』的遺老，失敬失敬。然而新

圖 17　“王敬軒”來信的“圈點”（右）與劉半農覆信的“標點”（左）

① 《文學革命之反響：王敬軒君來信》，《新青年》第 4 卷第 3 號，1918 年 3 月 15 日，第 265、270 頁。

本論文試圖揭示：現代以來人們觀念中的某些"傳統"讀寫技能可能並不那麽"傳統"。作爲明治日本印刷工業和新聞體制輸入的産物，清季鉛字報刊等新媒介上的圈點已與傳統詩文集中的圈點有所區別。新式圈點主要着眼於關鍵論點的凸顯和段落層次的區分，承擔了近代西文書籍中段首縮進、斜體、花體、加粗等印刷形式的功能。新文化運動前後，這些功能正逐漸被一些新的印刷形式（比如字號的大小對照、字體的多樣化，分段换行並在行首縮進等）取代。更重要的是，在文言、白話"你死我活"的鬭爭中，圈點跟"已死"的"文言"捆綁在了一起；没有人會去在意古典詩文圈點與近代報刊圈點的區别，"圈點"注定只能作爲一個整體被歷史遺忘。清季民初新媒介中圈點技術的驟興驟衰，也許只是近代中國"讀寫革命"（Leserevolution）萬丈波瀾中一朵微不足道的小浪花。但回溯這段曲折歷程，或亦有助於今人更爲體貼地理解古今讀寫轉型的複雜軌迹。

［作者單位］陸胤：北京大學中國語言文學系

"葉子"及其形制新考

張學謙

提　要：關於"葉子"（旋風葉）形制，前人大致有摺疊裝、龍鱗裝、類龍鱗裝、散葉等幾種觀點，但都與歐陽修卷子、葉子、策子（册子）爲三種不同的書籍形制，後兩種近似而又不同的説法不符。結合唐代語料中的描述和敦煌遺書中的實物，"葉子"應是一種將横寬縱窄的散葉上下堆疊後，粘連右側紙緣而成的書籍形制，其特點是兩面書寫或刊刻，且正反面文本接續。葉子只是當時並存的多種書籍形制中的一種，應用範疇相對有限，且較早被淘汰。北京故宫、臺北故宫及蔣斧所藏的三種所謂吴彩鸞寫韻書，其龍鱗裝、册葉裝均爲後世改裝而成，其原始形制仍爲兩面書寫、右側粘連的葉子。

關鍵詞：葉子　旋風葉　摺疊裝　龍鱗裝　吴彩鸞　唐韻

一、關於"葉子"的争論及其癥結所在

歐陽修《歸田録》卷二云：

> 唐人藏書，皆作卷軸，其後有葉子，其制似今策子。凡文字有備檢用者，卷軸難數卷舒，故以葉子寫之，如吴彩鸞《唐韻》、李郃《彩選》之類是也。①

按《歸田録》該條本爲解釋"葉子格"遊戲之得名，同時也概述了唐宋間書籍形制從卷子本向册子本的演變及其原因，書史研究者無不徵

---

① 〔宋〕歐陽修撰，李偉國點校《歸田録》卷二，北京：中華書局，1981年，第31頁。

引。但對於何爲"葉子",其具體形制如何,研究者尚未取得一致意見。大致而言,有如下幾説①:

(一) 葉子＝旋風葉＝摺疊裝

此説最早由日本學者島田翰（1879—1915）提出,其《古文舊書考》卷一《書册裝潢考》云:

> 旋風葉者,蓋出於卷子之變。夫卷子之制,每讀一書、檢一事,紬閲展舒,甚爲煩數。於是後世取卷子,疊摺成册,兩折一張褾紙,概粘其首尾於褾紙,猶宋槧藏經,而其制微異。而其翻風之狀,宛轉如旋風,而兩兩尚不相離,則又似囊子,故皇國謂之囊草子也。……夫吴彩鸞《唐韻》即所裝成旋風葉,而歐公名以爲葉子,是葉子即謂旋風葉也。②

將旋風葉理解爲摺疊裝並非島田翰首創。清人黄丕烈（1763—1825）收得元刻本《丁鶴年集》,"命工用也是翁所用旋風葉裝潢法裝之"③。該書雖然不存,但黄氏舊裝宋元版書如《白氏文集》《周賀詩集》《唐求詩集》《朱慶餘詩集》《唐女郎魚玄機詩》《梅花百詠》《歌詩編》等,皆爲包背式經摺裝,當即黄氏心目中的旋風葉形制④。

---

① 除下述諸説外,孫毓修謂"旋風葉即蝴蝶裝"（《中國雕板源流考·裝訂》,署名留庵,上海：商務印書館,1918年,第65頁）,章鈺亦云"今見舊本有稱胡蜨裝者,大致似之"（〔清〕錢曾撰,管庭芬、章鈺校證,余彦焱標點《讀書敏求記校證》卷三之上,上海：上海古籍出版社,2019年,第252頁）,然二書中全無論證,此後亦無人采信,故不再贅述。
② ［日］島田翰撰,杜澤遜、王曉娟點校《古文舊書考》,上海：上海古籍出版社,2014年,第16—17頁。按：該書最早於明治三十八年（1905）由東京民友社鉛印出版。
③ 〔清〕黄丕烈撰,余鳴鴻、占旭東點校《黄丕烈藏書題跋集》,上海：上海古籍出版社,2015年,第553頁。按：也是翁即錢曾,錢氏所説的旋風葉指龍鱗裝,黄丕烈理解有誤,説詳下文。又,袁克文於1915年收得所謂"北宋小字精刊《妙法蓮華經》七卷",在日記中稱"作旋風葉裝七册"。（見王雨《王子霖古籍版本學文集》第二册《古籍善本經眼録》附録一《寒雲日記》,上海：上海古籍出版社,2006年,第136頁）該書現藏中國國家圖書館（善8698）,爲經摺舊裝。袁氏將經摺裝稱爲旋風葉裝,應是受到黄丕烈的影響。
④ 程有慶《古書旋風裝形制贅言》,原載倪莉、王蕾、沈津編《中文古籍整理與版本目録學國際學術研討會論文集》,桂林：廣西師範大學出版社,2013年,第190—209頁。此據國家圖書館編《國家圖書館同人文選》第五輯,北京：國家圖書館出版社,2019年,第1153—1154、1156頁。

日本江户學者藤貞幹（1732—1797）認爲旋風葉即日本的"囊草子"①，按照屋代弘賢（1758—1841）的轉述，也是一種包背式經摺裝②。江户末、明治初學者岡本保孝（1797—1878）亦持此説，且論述較詳③。其《難波江》卷二"書籍沿革"條云：

> "旋風葉"者，此加紙於摺本之背，糊起首尾，開卷紙飛如輪。悉展其帖，則連綴似一紙，蓋如一葉宛轉於風中。其加紙於背之制何從而起？蓋摺本之爲册動易彎斜，欲其摺痕齊整，不可久也。加紙之制蓋以固之，不使彎斜而已（天台宗有"例時作法"，日夜朝暮行之，今其轉讀經本常見此裝）。又有粘附摺本内側摺綫於背紙之制（盡糊内側摺綫於背紙之上），則摺本糊附，無以開展，上所言"如輪"不可得矣。④

岡本氏認爲旋風葉是摺疊裝（折本）的變形⑤，其類型有二：一是僅以褾紙粘連首尾紙背，二是又將内側摺綫粘附於褾紙之上⑥。島田翰的説法或許有藤貞幹、岡本保孝的影響。

島田翰的《古文舊書考》以漢文寫作，後又在中國重版⑦，故流

---

① ［日］藤貞幹《好古小録》卷下《雜考》，日本寬政七年（1795）刻本，第6a—7a頁。不過，現在通常認爲"囊草子"（袋册子）是與中國的綫裝册子本相同的書籍形制，與旋風葉無關。參見［日］井上宗雄等編《日本古典籍書誌學辭典》"袋綴じ"條，東京：岩波書店，1999年，第495頁。
② ［日］屋代弘賢《屋代弘賢漢文艸稿集》，稿本，日本早稻田大學圖書館藏（書號：ヘ20 03203），無葉碼。參見［日］高田時雄撰，張士傑譯《旋風裝是否行於日本？》，《國際中國文學研究叢刊》第十一集，上海：上海古籍出版社，2022年，第55—59頁。
③ 關於此説，中國學者極少提及。杜偉生《古書旋風裝的再考辨》（《國家圖書館學刊》1986年第4期）一文曾據［日］全國學校圖書館協議会編《學校図書館學講座21・図書の歷史》（東京：明治図書出版，1957年。按：杜文所記本書信息不確）轉引，但誤以爲晚於島田翰。
④ ［日］岡本保孝《難波江》卷二"書籍沿革"，寫本，日本國立國會圖書館藏（書號：辰—4），第69a—73a頁。按：原爲日文，由北京大學中文系博士生朱瑞澤君譯爲中文。
⑤ 此説成爲日本書誌學之通説，參見［日］井上宗雄等編《日本古典籍書誌學辭典》"旋風裝"條，第345頁。
⑥ 參見［日］藤井隆《日本古典書誌學總説》（大阪：和泉書院，2003年，第58頁，圖31）所繪圖示。
⑦ 該書有民國十六年（1927）北京藻玉堂鉛印本。

傳較廣。此後，陳彬龢、查猛濟、余嘉錫、劉國鈞等均從其説①。蔣元卿僅在封面（褾紙）與書背（摺面背部）是否粘連這一點上與島田翰不同（屬於上述岡本保孝的類型二），但均爲摺疊裝②。在下述李致忠新説出現後，黄永年、程有慶、辛德勇等仍堅持舊説③，其中尤以辛德勇論證最爲詳盡。

（二）葉子＝旋風葉＝龍鱗裝

北京故宫博物院藏有一部唐寫本王仁昫《刊謬補缺切韻》（新145220，圖1）④，其裝幀形式爲：以一長幅卷紙爲底，將二十四張散葉，由右向左，依次粘貼在底紙之上。首葉單面書寫，其餘二十三葉均由兩紙裱成一紙，兩面書寫，故有文字四十七面。朱絲欄，每面三十五行或三十六行。粘貼時，首葉全幅裱於卷端，其餘二十三葉以右側無字處，鱗次相錯地粘貼在底紙之上。元人王惲《玉堂嘉話》將這種形制的《切韻》系韻書稱爲"吴彩鸞龍鱗褙韻"⑤。李

---

① 陳彬龢、查猛濟編《中國書史》，上海：商務印書館，1931年，第18—19頁。余嘉錫《書册制度補考》，原載《國立北平故宫博物院十週年紀念·文獻特刊》，1935年。此據氏著《余嘉錫論學雜著》，北京：中華書局，1963年，第554—556頁。劉國鈞《中國書的故事》，北京：中國青年出版社，1955年，第44頁。劉國鈞《中國古代書籍史話》，北京：中華書局，1962年，第61頁。此外，還有很多論著僅按照島田翰的意見描述旋風裝形制，而未言及葉子，故不備列。
② 蔣元卿《中國書籍裝訂術的發展》，《圖書館學通訊》1957年第6期。
③ 黄永年《古籍版本學》，南京：江蘇教育出版社，2009年，第50—52頁。程有慶《古書旋風裝形制贅言》。辛德勇《重論旋風裝》，《長安學研究》第二輯，北京：科學出版社，2017年，第299—332頁。按：程氏將島田翰所説的旋風裝形制稱爲"包背式經摺裝"，以與普通的摺疊裝區別。
④ 圖版見施安昌主編《故宫博物院藏文物珍品大系·晉唐五代書法》，上海：上海科學技術出版社、香港：商務印書館，2001年，第193—210頁。傅紅展主編《故宫博物院藏品大系·書法編》1《晉唐五代》，北京：故宫出版社，2012年，第136—149頁。
⑤ 元刻本《秋澗先生大全文集》如此，明弘治翻刻本作"褙"，右旁已譌"背"爲"皆"。整理本以弘治本爲底本，録作"楷"，非是。"龍鱗褙"指其形制，即以"龍鱗"的形式裱褙於底卷之上。

致忠認爲龍鱗裝即是旋風葉，亦即葉子①。此説一出，影響甚大，此後出版的談及古書形制的論著大都采用此新説。雲南鳳儀北湯天法藏寺發現的大理國（937—1254）寫經中也有類似的形制，只是粘貼次序相反②。

圖1　唐寫本王仁昫《刊謬補缺切韻》，北京故宫博物院藏，
25.5cm—26cm×47.8cm—49.4cm③

後來，李致忠又與吴芳思合作發表《古書梵夾裝、旋風裝、蝴蝶裝、包背裝、綫裝的起源與流變》一文④，將S.5444天祐二年（905）寫本《金剛般若波羅蜜經》認定爲與北京故宫所藏《刊謬補缺切韻》"大同小異"的形制，進而將其看作對旋風裝的改進，且已經接近册葉裝。但該寫本實際上是常見的粘葉裝册子，書脊處各葉相錯間隙極小，且書葉均經過摺疊，與北京故宫的《刊謬補缺切韻》差異極大，絶非同一形制（圖2）。書脊處不齊，當是製作時漿糊未乾而翻動或長期使用所致。李、吴二氏之所以要將其定爲旋風裝實物，是基於自己

---

① 李致忠《古書"旋風裝"考辨》，原載《文物》1981年第2期。此據氏著《肩樸集》，北京：北京圖書館出版社，1998年，第280—286頁。按：程有慶《古書旋風裝形制贅言》一文指出，1979年上海辭書出版社出版的《辭海（文化體育分册）》"旋風裝"詞條已分爲二説，第一説即龍鱗裝卷子。實際上，1977年上海人民出版社出版的徵求意見本已經如此。當然，撰文加以論證者，仍以李致忠爲最早。
② 侯沖《從鳳儀北湯天大理寫經看旋風裝的形制》，《文獻》2012年第1期。據方廣錩説，S.6204也是在一張底紙上鱗次櫛比排列粘貼諸紙，雖然經過修整，已非原始狀態，但底紙上的痕跡依然清晰。參見方廣錩《從敦煌遺書談中國紙質寫本的裝幀》，《文獻》2018年第1期。此據氏著《佛教文獻研究十講》，上海：復旦大學出版社，2020年，第231頁。
③ 此爲北京故宫博物院網站數據，《故宫博物院藏文物珍品大系·晉唐五代書法》及《故宫博物院藏品大系·書法編》作26.1cm×47.3cm。
④ 李致忠、［英］吴芳思《古書梵夾裝、旋風裝、蝴蝶裝、包背裝、線裝的起源與流變》，原載《圖書館學通訊》1987年第2期。後收入李氏著《肩樸集》，第309—324頁。

旋風裝"是卷軸裝向册葉裝轉變時期的一種過渡形式"的觀點,希望找到一部形態介於旋風裝和册葉裝之間的寫本,以見過渡痕跡。因此,二氏既將其歸入旋風裝,又説"除了書脊、書口尚呈相錯的鱗次狀外,其餘與册葉裝已無甚區別了"。

圖 2　S.5444 唐天祐二年（905）寫本《金剛般若波羅蜜經》,15.5cm×11cm

(三) 葉子＝旋風葉＝類龍鱗裝

杜偉生本來贊同李致忠的觀點①,但在考察過一些敦煌遺書寫本的裝幀形式後,改變了自己的看法:

> 根據文獻記載和現存敦煌遺書中的實物來看,將書葉一側碼齊,在紙邊塗上漿糊逐葉粘牢,再粘上一根木棍或用一根劈開的竹棍夾住書葉粘連處,打眼穿綫裝訂;展閲時書葉雖參差不齊但排列有序,收藏時以集齊的一側爲軸心卷起,這種裝幀就是"旋風葉",也就是中國古書旋風裝。②

---

① 杜偉生《古書旋風裝的再考辨》,《國家圖書館學刊》1986 年第 4 期。
② 杜偉生《從敦煌遺書的裝幀談"旋風裝"》,《文獻》1997 年第 3 期。此據氏著《中國古籍修復與裝裱技術圖解·附錄》,北京:中華書局,2013 年,第 455 頁。

杜氏認爲"葉子"亦即"旋風葉",介於卷軸裝和册葉裝之間,是對卷軸裝的一種改良。所舉敦煌遺書實物爲 P. 2011《刊謬補缺切韻》、P. 2046(P. t. 1257)漢藏對譯詞典①、P. 2490《步水畦解》(田積表)和 S. 6349《易三備》②。這種形制既具備册葉裝的一些特點(書葉一側集齊,展閱時"葉子"依次排列),又在卷起後保持卷軸裝的形態,恰好符合其對"葉子"過渡形制的定位③。杜文發表後,也有秦思源(Colin Chinnery)、李際寧等學者表示認同④。程有慶將杜文所說的這種形制稱爲"類龍鱗裝",以與北京故宫《刊謬補缺切韻》的龍鱗裝相區别⑤。

以上三說的分歧在於旋風葉的形制⑥,而在"葉子"就是"旋風葉"這一點上却是一致的,其證據是幾種宋代文獻的對讀。上引歐陽修《歸田錄》明確說吳彩鸞《唐韻》是"以葉子寫之",黃庭堅《跋張持義所藏吳彩鸞唐韻》也說"此唐人所謂葉子者也"⑦,而張邦基《墨莊漫錄》卷三云:

    裴鉶《傳奇》載:成都古仙人吳彩鸞,善書小字,嘗書《唐

---

① 包括漢藏佛教經名對照與漢藏佛教詞彙對照,杜文誤作漢梵對照。
② 杜文或無卷號,或題名不確,今皆改正。
③ 杜氏認爲這些書葉參差不齊,則與各書的原始形態並不完全相符。P. 2011《刊謬補缺切韻》各葉長短不一是由破損造成的,而其原始長度應基本一致。P. 2046(P. t. 1257)漢藏對譯詞典除底紙外,各葉長度基本一致。P. 2490《步水畦解》(田積表)除第一葉外,長度大體相近。S. 6349《易三備》的情况比較複雜,張志清、林世田《S. 6349 與 P. 4924〈易三備〉寫卷綴合整理研究》(《文獻》2006 年第 1 期)認爲可能是卷子改裝而成,部分書葉經摺疊而成兩葉。
④ 〔英〕秦思源著,林世田譯《敦煌文獻所反映的中國古代裝幀形制之演變——以英藏敦煌文獻爲中心》,《文津學志》第 2 輯,北京:北京圖書館出版社,2007 年,第 118—135 頁。英文版1999 年發表於國際敦煌項目網站。李際寧《佛經版本》,南京:江蘇古籍出版社,2002 年,第39—40 頁。
⑤ 程有慶《古書旋風裝形制贅言》,國家圖書館編《國家圖書館同人文選》第五輯,第 1147 頁。
⑥ 鄭如斯在訂補《中國書史簡編》時,認爲旋風裝有兩種形式,一種是經摺裝的變形(劉國鈞的原有觀點),另一種是龍鱗裝(李致忠的新觀點),將(一)(二)兩說合併。見劉國鈞著,鄭如斯訂補《中國書史簡編》,北京:書目文獻出版社,1982 年,第 51—52 頁。兩種形制共用一種名稱,不合情理,杜偉生《古書旋風裝的再考辨》一文已有批評。
⑦ 〔宋〕黃庭堅著,劉琳、李勇先、王蓉貴點校《黃庭堅全集·别集》卷七,北京:中華書局,2021 年,第 1467 頁。

韻》驚之。……今世間所傳《唐韻》猶有，皆旋風葉，字畫清勁，人家往往有之。①

三種文獻均描述了吳彩鸞所寫《唐韻》的形制，歐陽修、黃庭堅稱爲"葉子"②，張邦基稱爲"旋風葉"，故兩者當相同。但也有學者反對將兩者對等，如昌彼得説："吳彩鸞寫的《唐韻》，宋代流傳的頗多。張邦基所謂的'猶有□旋風葉'，其意思並不一定説所有的《唐韻》，都作旋風葉。"③ 周紹良認爲"葉子"是"方册式之散葉"，所舉例證爲S.5475《壇經》（縫綴裝册子），"旋風葉"則指"梵夾的包背裝"，顯然也是以兩者爲不同形制④。

（四）葉子＝散葉

馬衡《中國書籍制度變遷之研究》云：

> 葉子即未經黏連之散葉，對卷子而言，便稱葉子，俗又寫作頁。散葉既爲便於檢閲而設，則裝置之法，自應變卷舒爲摺疊。此種摺疊之制，仍因襲編連衆簡之稱，謂之爲册。……今稱散葉謂之葉，積葉謂之册，總稱摺疊之制，則謂之册葉。在卷子解散爲葉子之時，先有旋風葉，而後有散葉。⑤

---

① 〔宋〕張邦基撰，孔凡禮點校《墨莊漫録》卷三，北京：中華書局，2002年，第98頁。按：點校本以《四部叢刊三編》影印明抄本爲底本，明《稗海》本、清文淵閣《四庫全書》本等"皆"字均作闕文。
② 南宋魏了翁從巴州使君王清父所得《唐韻》，"相傳以爲吳彩鸞所書"，同樣"編裹用葉子樣"。見〔宋〕魏了翁《重校鶴山先生大全文集》卷五六《吳彩鸞唐韻後序》，《中華再造善本》影印中國國家圖書館藏南宋開慶元年刻本，第3a頁。
③ 昌彼得《唐代圖書形制的演變》，原載《圖書館學報》1964年第6期。此據氏著《中國圖書史略·附録》，臺北：文史哲出版社，1993年，第66頁。按：昌氏未言所據《墨莊漫録》版本。
④ 周紹良《書籍形成的過程——略談梵夾本的産生》，原載《文史知識》1986年第11期。此據氏著《紹良書話》，北京：中華書局，2009年，第361—364頁。
⑤ 馬衡《中國書籍制度變遷之研究》，原載《圖書館學季刊》第1卷第2號，1926年6月。此據氏著《凡將齋金石叢稿》，北京：中華書局，1977年，第272—273頁。按：該文原爲作者在北京大學史學會的演講詞，故用語體，《叢稿》收録時據作者改正本，變爲文言。

昌彼得《唐代圖書形制的演變》云：

> 唐代的"葉子"，是橫寬縱短的散葉，與蝴蝶裝本子展開的形狀相近，所以歐陽修、程大昌等説"其制似今策子"。……葉子的另一種形式，與貝葉完全無異，所不同的只是變貝葉的橫式爲豎式，成爲上下高闊，左右狹窄。……"葉子"既然是一張張的散葉，必須加以裝置，才不容易散失。裝置的方法，大概或者用夾，或者用函。①

馬衡在旋風葉的形制上與島田翰意見相同，但認爲葉子是散葉，且在書籍形制的演進序列中晚於旋風葉②。日本學者川瀨一馬、長澤規矩也均將葉子視爲與卷子相對的書籍形制，亦即摺疊裝、旋風葉、粘葉裝等册子本的總稱，應該是受到了馬氏之説的影響，而又有所變通③。張鏗夫《中國書裝源流》將"卷摺（旋風葉）"與"書葉"分述，亦屬對馬氏意見的沿襲④。昌氏也明確反對葉子是摺疊本之説，認爲應是不加裝訂的散葉，且將其分爲幅葉式（橫寬縱短）和貝葉式（上下高闊，左右狹窄）兩種，分別存放於函和夾中。按昌氏所謂貝葉式葉子即紙本梵夾裝，本文暫不討論。至於馬、昌二氏將葉子理解爲散葉，雖然不盡準確，但已近於事實，可惜長期未能引起研究者重視。

近來胡文輝又撰文折中（二）（四）兩説，認爲歐陽修所記"葉子"和張邦基所見"旋風葉"並不相同，但又有聯繫，"當散葉只是

---

① 昌彼得《唐代圖書形制的演變》，《中國圖書史略·附錄》，第 67、70 頁。相近論述亦見於氏著《中國圖書史略》二《紙寫卷軸時代·葉子》，第 18—23 頁。
② 李景新《中國書籍裝潢小史》一文於"旋風葉"襲用島田翰之文，於"葉子"則襲用馬衡之文，又云"旋風葉又謂之葉子"，然馬衡並未將兩者等同視之，李氏所述不夠明晰。李文原載《書林》第 1 卷第 5 期，1937 年 5 月。此據上海新四軍歷史研究會印刷印鈔分會編《裝訂源流和補遺》，北京：中國書店出版社，1993 年，第 16—17 頁。
③ ［日］川瀨一馬《日本書誌學之研究·日本書誌學研究序説》，東京：大日本雄辯會講談社，1943 年，第 7 頁。［日］長澤規矩也《改訂書誌學序説》，東京：吉川弘文館，1972 年，第 46 頁。
④ 張鏗夫《中國書裝源流》，原載《嶺南學報》1950 年第 2 期。此據上海新四軍歷史研究會印刷印鈔分會編《裝訂源流和補遺》，第 44—45 頁。

散葉，那它就是'葉子'，若將多張散葉相錯粘貼到一張卷軸上，那它就成了'旋風葉'。……'旋風葉'指的不是單張或册狀的'葉子'，而是特指由若干'葉子'裝訂成的一種卷軸"①。

諸家説法之所以繳繞不清，關鍵仍在於多數討論的焦點是旋風葉，而非葉子。然而，"旋風葉"一詞僅見於《墨莊漫録》，邏輯上並不能直接等同於唐人之語。我們可以先擱置對"旋風葉"形制的討論，將焦點重新放回"葉子"上。

二、唐代語料中的"葉子"及其形制推斷

按照歐陽修《歸田録》的説法，卷軸、葉子、策子爲三種不同的書籍形制，後兩種比較近似，而又有不同②。宋人因葉子與策子（册子）形制近似③，故亦稱"葉子册"④。僅此一點，就可以否定葉子是摺疊裝、龍鱗裝或類龍鱗裝三種説法。龍鱗裝、類龍鱗裝卷起後與卷子無别，與策子（册子）形制差異太大，自不待言。摺疊裝的外形雖然也是狹長方册，但各紙仍然粘連，難稱爲"葉"⑤。另一方面，摺疊

---

① 胡文輝《"旋風葉"問題的再考辨——重估中國古書形制演變的大勢》，原載《中國文化》2017年秋季號。此據氏著《文史足徵録》，上海：上海文藝出版社，2020年，第79頁。
② 南宋程大昌《演繁露》卷七《方册》云："今之書册，乃唐世葉子。"（許逸民《演繁露校證》，北京：中華書局，2018年，第463頁）同書卷一《葉子》云："古書皆卷，至唐始爲葉子，今書册也。"（第741頁）又同書卷一五《葉子》云："古書不以簡策，縑帛皆爲卷軸，至唐始爲葉子，今書册也。"（第1029頁）按：程氏（1123—1195）爲南宋人，於葉子形制已不甚明了，故將唐之葉子與宋之書册直接等同，並不準確，應以北宋人歐陽修之説爲準。
③ 侯沖、程有慶等學者將"策子"理解爲經摺裝，非是。唐宋人所説"策子"皆指册子本，如空海帶回日本的《三十帖策子》即爲粘葉裝册子，其手書目録均作"××策子×帖"。
④ 〔宋〕蘇軾撰，〔明〕茅維編，孔凡禮點校《蘇軾文集》卷六七《記子美逸詩》，北京：中華書局，1986年，第2104頁。〔宋〕邵伯温撰，李劍雄、劉德權點校《邵氏聞見録》卷六，北京：中華書局，1983年，第48頁。〔宋〕黃庭堅撰，〔宋〕任淵、史容、史季温注，劉尚榮點校《黃庭堅詩集注·外集》卷一四《平原宴坐二首·其一》，北京：中華書局，2003年，第1291頁。按：黃庭堅詩有"北窗風來舉書葉，猶自勸人勤讀書"句，注云："謂風吹葉子册，如勸人讀書也。"若是經摺裝，因各葉相連，風似難吹動。
⑤ 辛德勇認爲"葉"指摺疊裝中每一個摺疊的頁面，見《重論旋風裝》，第325—326頁。對於此説的不合理處，留待下文討論。

裝在宋代爲常見的裝幀形制，多用於佛道經書①，而葉子則逐漸退出歷史舞臺，往往與古書聯繫在一起。如蘇軾與劉斯立在管城人家得葉子册《杜員外詩集》，其中既有杜甫逸詩《聞惠子過東溪》，其餘諸篇之語句亦與通行本有别②。邵伯温（1057—1134）崇寧（1102—1106）中在洛陽仁王僧舍，得葉子册故書一編，有雍熙三年（986）趙普諫太宗皇帝伐燕疏與劄子各一道③。張邦基曾在相國寺買得"古葉子書雜抄"，其中有《漢宫香方》④。宋人通常將摺疊裝稱爲"梵夾"，如若與"葉子"爲同形異名，歐陽修等人直接指明即可，而無須與策子比附。因此，"葉子"爲摺疊裝的説法實難成立。

昌彼得指出唐代的"葉子"是横寬縱短的散葉，確爲卓見，但仍不夠準確。實際上，"葉"指散葉，由散葉堆疊構成的書籍形制稱爲"葉子"，與卷子（紙張粘連）、策子（紙張對摺）均不相同。"卷子""葉子""策子"等詞的構成一致，都是名詞＋詞綴"子"，"印子"則是通過詞綴"子"將動詞名詞化。

"葉子"的具體形制可以在唐代語料中找到相應描述。《太平廣記》卷一五七"李敏求"條記述文宗大和初（827）李敏求魂入冥府，因故人而得觀冥府書簿的故事。《廣記》收録兩則，一出薛漁思《河東記》，一出盧肇《逸史》，皆有對冥府書簿的描述：

> 敏求即隨吏却出，過大廳東，别入一院。院有四合大屋，約六七間，窗户盡啓。滿屋唯是大書架，置黄白紙書簿，各題籤牓，行列不知紀極。其吏止於一架，抽出一卷文，以手葉却數十紙，即反卷十餘行，命敏求讀之。其文曰：……讀至此，吏復掩之。（出《河東記》）

---

① 〔宋〕羅璧撰，趙龍整理《識遺》卷一《成書得書難》云："唐末年猶未有摹印，多是傳寫，故古人書不多而精審。作册亦不解綫縫，只疊紙成卷，後以幅紙概黏之，其後稍作册子。"據其描述，知爲摺疊裝，自注云："猶今佛老經。"（《全宋筆記》第100册，鄭州：大象出版社，2019年，第83頁）
② 〔宋〕蘇軾撰，〔明〕茅維編，孔凡禮點校《蘇軾文集》卷六七《記子美逸詩》，第2104頁。
③ 〔宋〕邵伯温撰，李劍雄、劉德權點校《邵氏聞見録》卷六，第48頁。
④ 〔宋〕張邦基撰，孔凡禮點校《墨莊漫録》卷二，第74頁。

馬公乃爲檢一大葉子簿，黃紙簽標。……開數幅，至敏求，以朱書曰：……（出《逸史》）①

按薛漁思、盧肇皆文宗、武宗時人②，以上兩則志怪故事可以反映當時書籍的實際形制。胡文輝最早揭出以上史料，但其所作解釋却不盡合理。胡氏認爲"抽出一卷文"說明此書簿是卷子本，而"以手葉却數十紙"則説明卷子裏面是葉子的形式，因此只能是"旋風葉"的形制（胡氏認同李致忠對於旋風裝的意見，即如北京故宫所藏龍鱗裝《刊謬補闕切韻》）。至於下一則中的"葉子簿"，胡氏則承認爲册子本③。實際上，對於"一卷"的理解不應過於拘泥，唐人所説的"一卷"既可以是文本單位，也可以是物質單位（指一部），並不必然指向卷子本的形制④。這裏的"葉"字用作動詞，即翻葉之義。冥府吏從書架上抽出書簿，一手持書，一手翻葉，以向李敏求展示。當翻到李敏求所在之葉後，爲了不讓他看到全部内容，冥府吏將書葉反卷，以遮蔽部分行字。之所以能够反卷，是因爲府吏所持書簿是堆疊散葉、固定一邊而成的"葉子"，横寬縱窄，類似於後世的賬簿。馬植檢出的"大葉子簿"自然也是這種形制。薛漁思、盧肇時代相近，兩則文本對於冥府書簿的描述並無不同，應是基於當時官府書簿實際形制的想像⑤。

再來看一下唐人對於"册子"形制的描述，與"葉子"明顯不

---

① 〔宋〕李昉等編《太平廣記》卷一五七《定數十二·李敏求》，北京：中華書局，1961年，第1127—1128頁。
② 李劍國《唐五代志怪傳奇叙録》，北京：中華書局，2017年，第826、866—876頁。
③ 胡文輝《古書早期形制問題補考》，《文史足徵録》，第105—106頁。
④ 〔宋〕李昉等編《太平廣記》卷三四八《鬼三十三·牛生》引《會昌解頤録》云："此人令牛生遠立，自坐樹下。袖中出一書卷，牒（明鈔本'牒'作'檢'之，看數張，即書兩行。"（第2758頁）牛生遠立，看到的只能是冥使翻葉的動作，也說明所出之書不會是卷子。空海《請越州節度使求内外經書啓》云："今見於長安城中，所寫得經論疏等，凡三百餘軸。"所寫佛典現藏日本仁和寺，即《三十帖策子》。雖言"軸"，實際是粘葉裝册子。
⑤ 〔宋〕李昉等編《太平廣記》卷二七七《夢二·奚陟》亦出《逸史》，言肥吏"抱簿書近千餘紙""抱大文簿"（第2198—2199頁），"近千餘紙"的描述極言簿書之厚，應該也是"大葉子簿"，若是卷子，則應用軸大之類描述。

同。《太平廣記》卷三七八"貝禧"條記述昭宗乾寧甲寅歲（894）義興人貝禧入地府爲北曹判官，觀曹局書廚簿書，與上引李敏求故事類似，但簿書形制有異：

> 廳之南大屋數十間，即曹局，簿書充積。其内廳之北，別室兩間，有几案及數書廚，皆雜寶飾之。……禧開視之，書册積疊，皆方尺餘。首取一册，金題其上"陝州"字。其中字甚細密，諦視之，乃可見，皆世人之名簿也。（出《稽神録》）①

文宗大和初（827）李敏求見到的是葉子，而貝禧則是册子，似乎説明唐末更流行册子本。册子的特點是，合起來的册子横縱尺寸基本一致，故云"方尺餘"，與横寬縱窄的葉子差異明顯。

三、敦煌遺書中的"葉子"實物

除了文獻記載，還需要實物證據的支撐。其實，敦煌遺書中存有"葉子"實物，只是粘連一側的形制容易散開，加之葉面殘損不全，難以判定其形制，故而往往被作爲卷子本的殘葉著録。幸運的是，隨着彩色圖像的公布，我們可以更好地觀察殘葉的細節，從而推斷出其原始形制。

敦煌韻書殘葉多有兩面書寫者，且正反面內容銜接②，因此既不可能是卷子本，也不可能是將紙張對摺的册子本。周祖謨曾指出，現存的唐五代韻書，"書寫的年代有早有晚，但大都爲册葉裝，也就是古人所說的葉子本"③，其說甚是。如 P.2011 唐寫本《刊謬補缺切韻》

---

① 〔宋〕李昉等編《太平廣記》卷三七八《再生四·貝禧》，第 3009 頁。
② 參見張涌泉主編《敦煌經部文獻合集》第 5—6 册，北京：中華書局，2008 年。
③ 周祖謨編《唐五代韻書集存·總述》，北京：中華書局，1983 年，第 14 頁。

存二十一殘葉①，皆兩面抄寫，右側邊緣都有 1cm 左右寬的粘貼痕跡，左側則無。戴仁推測"該寫本曾具有過一種大開本的粘貼冊子狀，或者更可能是卷起來的冊子狀，完全如同故宫博物院所藏那種一樣"②。戴仁更傾向於後一種可能，所以認爲這件寫本可以證明李致忠關於旋風裝就是龍鱗裝的觀點。不過，戴仁的觀察不夠仔細，考慮也不夠周全。如果是像龍鱗裝一樣的裝幀，各葉右側邊緣的粘痕當僅存在於反面。而 P.2011 正反均有粘痕（圖 3、圖 4）③，只能是將前後葉堆疊粘貼所致。因此，這件寫本的原始形制必定爲上下堆疊、粘貼一邊而成的"葉子"④。

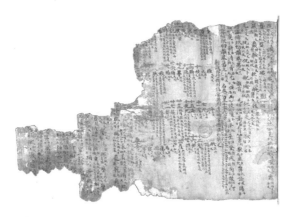

圖 3　P.2011 唐寫本《刊謬補缺切韻》殘葉正面

---

① 另有一殘葉爲單面抄寫，内容爲祭文，首云"維歲次辛酉五月壬午朔廿二日癸卯"，爲唐昭宗天復元年（901）。該葉疑爲藏者爲保護韻書而加的封紙，與韻書内容及抄寫年代無關，參見張涌泉主編《敦煌經部文獻合集》第 6 册，第 2729 頁。杜偉生曾經目驗該寫本，指出"此葉漿糊痕跡更寬，第一行整行字被漿糊痕跡壓住一半。天地兩端亦有糊痕，也許原來還有紙粘在上面用以加固"（《從敦煌遺書的裝幀談"旋風裝"》）。從杜氏的描述看，該殘葉確實是封紙。此外，杜氏還記錄了殘葉的高度與長度，但誤以爲原始書葉"高度基本一致，長短並不統一"。從其記録的數據看，未破損前的原始書葉高約 27cm，長約 41cm。
② ［法］戴仁《敦煌的經摺裝寫本》，見鄭炳林主編，耿昇譯《法國敦煌學精粹》，蘭州：甘肅人民出版社，2011 年，第 751 頁。
③ 杜偉生曾經目驗該寫本，也説"每張書葉右端兩面均有漿糊痕跡，糊痕寬窄在 0.5—1 釐米左右"，見氏著《從敦煌遺書的裝幀談"旋風裝"》。
④ 昌彼得《〈唐代圖書形制的演變〉，第 67 頁》也注意到了該寫本，但似乎未見圖像，只是根據蔣經邦《敦煌本王仁煦刊謬補缺切韻跋》（《國學季刊》第 4 卷第 3 號，1934 年 6 月）一文，知道其款式與故宫所藏項跋本《刊謬補缺切韻》同，故仍定爲散葉。周祖謨編《唐五代韻書集存》説"原書當爲册葉裝"（第 871 頁），但未描述册葉裝的具體形態。

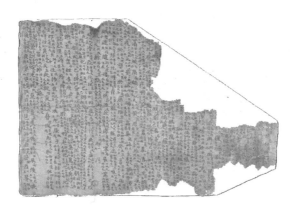

圖 4　P.2011 唐寫本《刊謬補缺切韻》殘葉反面

　　除了寫本，刻本韻書也有作"葉子"形制者。P.2014、P.2015、P.2016、P.4747、P.5531 均爲《大唐刊謬補闕切韻》，其中包含兩種刻本（一種刻有韻次編號，一種則無），均有邊欄和界行，每板末記有板次（圖 5）。現存殘葉多爲單面，紙張較薄，字畫透過紙背，應非其原始狀態，而是揭開所致（圖 6）。幸運的是，P.2014 中尚存數葉爲兩面印刷，且正反面内容接續（圖 7、圖 8、圖 9）。周祖謨認爲"原書應是葉子本，兩板粘合爲一葉，這與敦煌本王仁昫《切韻》（按：即上文所述 P.2011）裝裱的形式一定是相同的"[①]，甚是。刻本韻書採用了與寫本韻書相同的形制，説明 P.2011 並非特例，而是當時的《切韻》系韻書普遍採用的形制，亦即"葉子"。

　　這種葉子形制的刻本韻書、字書也曾流傳到日本，藤原實資《小右記》長元二年（1029）四月四日記載輔親將"唐模本《廣韻》葉子、同《玉篇》葉子、新書《文集》葉子"等進獻天皇[②]，這裏的"模本"當與"摺本"同義，亦即刻本。

[①] 周祖謨編《唐五代韻書集存》，第 920 頁。
[②] ［日］藤原實資《小右記》三，笹川種郎編，矢野太郎校訂《史料大成》3，東京：内外書籍株式會社，1935 年，第 203 頁。

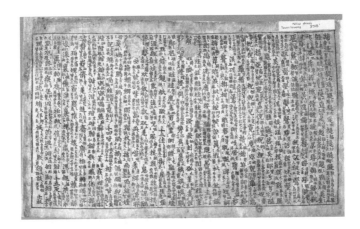

圖 5　P. 2015 五代刻本《大唐刊謬補闕切韻》第 2 葉正面

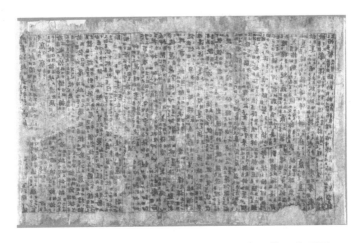

圖 6　P. 2015 五代刻本《大唐刊謬補闕切韻》第 3 葉反面

圖 7　P. 2014 五代刻本《大唐刊謬補闕切韻》第 3 葉，左爲正面，右爲反面

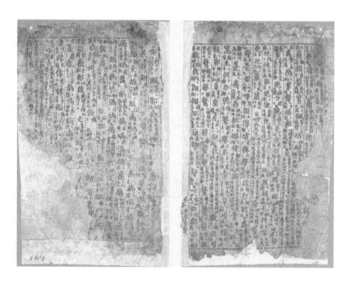

圖 8　P. 2014 五代刻本《大唐刊謬補闕切韻》第 4 葉，左爲正面，右爲反面

圖 9　P. 2014 五代刻本《大唐刊謬補闕切韻》第 9 葉，左爲正面，右爲反面

　　韻書之外，敦煌遺書中還有"葉子"形制的佛教文獻留存。中國國家圖書館藏《四分律刪繁補闕行事鈔》卷中殘本，存十五紙（BD03510 等），每葉均爲正反面接續抄寫，左右兩端各有 1.5cm—

2cm 的粘邊，其上無序號、針孔及硬物擠壓痕跡①。方廣錩將其視爲散葉，傾向於粘邊只是一種保護性措施，而非裝幀方式，但也承認有待進一步研究②。仔細觀察可以發現，各葉左端粘邊均完整，而右端粘邊則或殘損、或不存（圖10、圖11）。由此推測，此殘本的原始形制也是堆疊紙葉、粘連右側而成的"葉子"，因此無須編號，只是後來損壞脱落爲散葉。

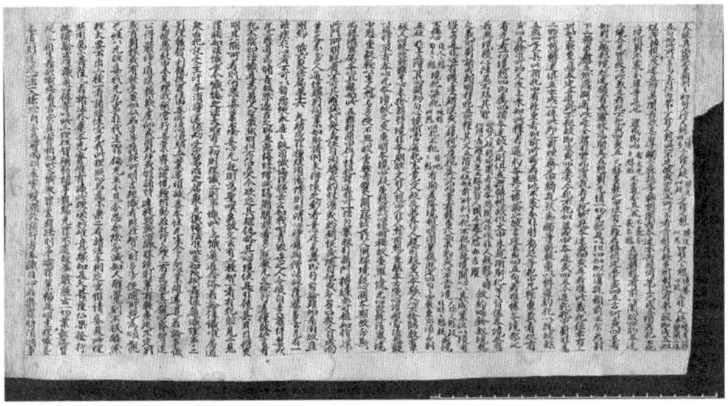

圖 10　BD03504《四分律删繁補闕行事鈔》卷中殘葉
正面（右端粘邊殘損），27cm×54cm

圖 11　BD03503《四分律删繁補闕行事鈔》卷中殘葉
正面（右端粘邊不存），27cm×50.8cm

---

① 方廣錩《從敦煌遺書談中國紙質寫本的裝幀》，《佛教文獻研究十講》，第232—233頁。按：方文云："原爲14張單葉紙，但BD03505號被撕作兩截，現按照編目體例分別編爲A、B兩號，故共爲15號。"今檢國際敦煌項目網站BD03505圖版，實爲兩葉左右兩端誤粘在一起（文本不接續，説明非原始狀態，而是後來所致），僅上端略有殘缺，而不存在"撕作兩截"的情況。因此，本文認定爲十五紙，其中BD03505包含兩紙。
② 方廣錩《從敦煌遺書談中國紙質寫本的裝幀》，《佛教文獻研究十講》，第233—234頁。

"葉子"横寬縱窄，書葉闊大，所占面積較多。據杜偉生説，P.2011 和北京故宫兩種唐寫本《刊謬補缺切韻》全部書葉中間均有一條明顯的縱向摺痕①，説明"葉子"形制的書籍可以對摺存放，以節省空間或便於攜帶。

四、基於傳世所謂吴彩鸞寫韻書的原始形制重論"旋風葉"

首次提及"旋風葉"的張邦基《墨莊漫録》，並未對其形制加以描述，因此不同學者對於"旋風"的理解存在很大差異。李致忠等學者之所以將北京故宫所藏《刊謬補缺切韻》與旋風裝聯繫起來，主要是基於元人王惲和清人錢曾的記載。

南宋滅亡以後，内府所藏圖書、禮器等運往大都，王惲曾得觀書畫二百餘幅，並在《玉堂嘉話》中留下了簡要記録，其中就有吴彩鸞書《唐韻》：

> 吴彩鸞龍鱗楷韻。後柳誠懸題云："吴彩鸞，世傳謫仙也。一夕書《廣韻》一部，即鬻於市，人不測其意。稔聞此説，罕見其書，數載勤求，方獲斯本。觀其神全氣古，筆力遒勁，出於自然，非古今學人可及也。時泰和九年九月十五日題。"其制共五十四葉，鱗次相積，皆留紙縫。（天寶八年製。）②

錢曾在季寓庸處也得觀一部，《讀書敏求記》云：

> 《録》（按：指周密《雲煙過眼録》）云："焦達卿有吴彩鸞書《切韻》一卷。其書'一先'爲'二十三先''二十四仙'。"相傳

---

① 杜偉生《從敦煌遺書的裝幀談"旋風裝"》。
② 〔元〕王惲撰，楊曉春點校《玉堂嘉話》卷二，北京：中華書局，2006 年，第 68 頁。按：點校本據四庫本改"制"爲"册"，不可從。"制"指形制，此書爲龍鱗裝卷子而非册子。辛德勇《重論旋風裝》一文已經指出此誤。又點校本"楷"誤作"楷"，上文已有説。又此處《廣韻》乃孫愐《唐韻》之别名，非誤字，參見王國維《唐寫本唐韻殘卷校勘記·序》，《王國維全集》第 6 卷，第 23—24 頁。

彩鸞所書《韻》，散落人間者甚多，予從延令季氏曾覯其真蹟，"一先"仍作"一先"，與達卿所藏者異。逐葉翻看，展轉至末，仍合爲一卷。張邦基《墨莊漫録》云旋風葉者即此，真曠代之奇寶。因悟"玉瑩金題"之義，《唐六典》所以有"熟紙裝潢匠"之別也。自北宋刊本書行世，而裝潢之技絶矣。予幸遇此《韻》，得覯唐時卷帙舊觀。①

錢曾又在己藏抄本《墨莊漫録》卷三末寫有跋語：

> 吴彩鸞所書《唐韻》，余在泰興季因是家見之。正作旋風葉卷子，其裝潢皆非今人所曉，真奇物也。校畢此卷，偶記於末。遵王。②

雖然王惲和錢曾的描述都與北京故宫所藏唐寫本《刊謬補缺切韻》的形制相合③，但王惲並未明確説是旋風裝，只有錢曾逕直將兩者聯繫起來。錢曾作爲清初人，去古已遠，其主觀判斷顯然不能作爲證據。因此，辛德勇認爲不能將兩種形制視爲一事④。

宋徽宗時，内府藏有多部所謂吴彩鸞寫韻書。《宣和書譜》"吴彩鸞"名下著録："今御府所藏正書一十有三：唐韻平聲上、唐韻平聲下、唐韻上聲、唐韻去聲、唐韻入聲、唐韻上下二、唐韻六。"⑤南宋

---

① 〔清〕錢曾撰，管庭芬、章鈺校證，余彦焱標點《讀書敏求記校證》，第252頁。按：錢曾所云"焦達卿"乃"鮮于伯幾"之誤。周密《雲煙過眼録》卷上"焦達卿敏中所藏""鮮于伯幾樞所藏"兩條前後相次，而馮舒抄本無"鮮于伯幾樞所藏"之題，錢曾所閲蓋爲馮抄本或同源之本，故有此誤。參見〔宋〕周密撰，鄧子勉點校《雲煙過眼録》，北京：中華書局，2018年，第242頁。又，管庭芬云："延令乃泰興季氏，即滄葦侍御也。"按：錢曾所謂"延令季氏"爲季振宜（滄葦）父季寓庸，亦即下文之"泰興季因是"，管氏所言不確。
② 清勞格過録，見中國國家圖書館藏明萬曆刻《稗海》本《墨莊漫録》（善7547）。又見張元濟撰，張人鳳整理《涵芬樓燼餘書録》，上海：上海古籍出版社，2022年，第286頁。
③ 黄永年《古籍版本學》徵引過《讀書敏求記》的説法，但他認爲錢曾看到的是摺疊本，之所以有這種描述，"是旋風葉如前所説前後連起來包上了一張書皮的緣故"（第51頁）。不過，錢曾跋語中明確説"旋風葉卷子"，辛德勇在《重論旋風裝》一文中也同意錢氏的描述與北京故宫藏唐寫本《切韻》比較相像，是"同一類别的特殊卷軸裝"（第329頁）。
④ 辛德勇《重論旋風裝》，第329頁。
⑤ 〔宋〕佚名著，王群栗點校《宣和書譜》卷五，杭州：浙江人民美術出版社，2019年，第48頁。

嘉定三年（1210）所編《秘閣御製御札目錄》亦有"吳彩鸞《切韻》"一軸①。後來或仍藏於元、明、清內府，或流入民間。

清初卞永譽《式古堂書畫彙考·書》卷八《吳彩鸞》著錄《唐女仙吳彩鸞楷書四聲韻帖》，"徽宗御書籤題韻帖，共六十葉，每葉面背俱書"。首孫愐《唐韻序》，次《唐韻》卷第一平聲五十（平聲上廿六韻）、《唐韻》卷第二平聲下（廿八韻）、《唐韻》卷第三上聲五十二韻、《唐韻》卷第四（去聲，五十七韻）、《唐韻》卷第五入聲三十二韻，末題"唐韻一部""元和九年正月三日寫 吳王本"。後有元人柯九思題記、虞集《吳仙寫韻軒記》、明人項元汴題記及清人季應召觀款②。各卷卷端題署方式不一，韻目數量亦存在矛盾，如卷一平聲五十，平聲上廿六韻，則平聲下應爲廿四韻，與卷二平聲下廿八韻不合，說明各卷原非同一部韻書③。

據卞氏著錄，該書有宋徽宗（"政和""宣和""內府圖書之印"）、宋高宗（"紹興"）、金章宗（"群玉中祕"）、元順帝（"端本"）藏印。然而這種流傳方式並不合理，至少部分藏印應爲項元汴僞造④。其餘藏印分別歸屬元人錢德平（"友古齋珍玩印"）、柯九思（"柯九思""丹丘柯九思章""奎章閣鑒書博士""柯氏敬仲""敬仲書印"）、明人楊遵（"楊遵之印""宗道書印""長宜子孫""超凡絕俗"）、項元汴（"項元汴印""子京所藏""墨林山人"）、清人陳定（"陳定印""陳定之印""陳氏世家"）、季寓庸（"因是氏""揚州季因是收藏印""季氏寓庸"）、季應召（"應召珍藏""藎臣""應召"）等⑤。據季寓庸藏印

---

① 〔宋〕佚名撰，張富祥點校《南宋館閣續錄》卷三《儲藏》，北京：中華書局，1998年，第176頁。
② 〔清〕卞永譽《式古堂書畫彙考·書》卷八《吳彩鸞》，《中華再造善本·明清編》影印清康熙二十一年刻本，第1a—2b頁。
③ 徐朝東《蔣藏本〈唐韻〉研究》，北京：北京大學出版社，2012年，第18頁。
④ 關於項元汴僞造宋室及金章宗、元順帝藏印的情況，詳參趙華《虛構的鑒藏史：項元汴的虛構與虛構的趙孟頫》，杭州：中國美術學院出版社，2023年，第56—82頁。
⑤ 季寓庸爲季振宜父，季應召爲季振宜子。該書雖無季振宜印，但臺北故宮藏元至治二年（1322）嘉興路儒學刻明代修補本《秋澗先生大全文集》卷九四《玉堂嘉話》卷二"吳彩鸞龍鱗褙韻"條後有季振宜題記："余家藏有一本，端楷逼鍾、王，不似女子手筆也。季滄葦記。"

可知，該書即錢曾所見之本。

現存的兩部所謂吳彩鸞寫韻書，均爲宋代内府舊藏。北京故宫藏本現爲龍鱗裝卷子（見圖1），鈐"政和""宣和""内府圖書之印""文府寶傳""明德執中""吳俊仲傑""吳俊""仲傑圖書""橫河精舍""文華之記""清真軒""駙馬都尉王府圖書""河南書記"等印①。末有宋濂跋：

> 右吳彩鸞所書《刊謬補缺切韻》，宋徽廟用泥金題籤，而前後七印俱完，裝潢之精，亦出於宣和内匠，其爲真跡無疑。余舊於東觀見二本，紙墨與之正同，第所多者，柳公權之題識爾，誠稀世之珍哉！翰林學士承旨金華宋濂記。（鈐"宋景濂氏"白方印）②

前隔水又有"洪武叁拾壹年肆月初玖日重裝"十三字及"裱褙匠曹觀"五字。知此本遞經宋徽宗内府、元人吳俊③、明洪武内府及駙馬王寧收藏④，洪武三十一年（1398）曾經重裝，何時進入清宫不詳。宋濂跋中所記柳公權題識本即元初王惲在大都所見宋内府之本。既然宋濂所見三本紙墨均同，則三本同爲龍鱗裝無疑。

對於北京故宫藏本，唐蘭早已指出龍鱗裝並非其原始裝幀：

> 原書當爲册子，頗類今之洋裝書，故近脊處多黏損，下葉之字，往往印於上葉，今爲龍鱗裝者，疑是宋人所改。
>
> 此書原本以兩紙合爲一葉，故兩面均光滑也。書脊黏連，又兩面書，均與西方書同。余頃爲北京大學購得一經疏，亦如此，

---

① 〔清〕張照等編《石渠寶笈》卷三上《列朝人書卷上等·唐吳彩鸞書唐韻一卷》，影印清乾隆内府抄本，《故宫珍本叢刊》第437册，海口：海南出版社，2001年，第77—78頁。按："仲傑圖書"，《石渠寶笈》僅記爲"仲傑"，今據影印本補。
② 《唐寫本王仁昫刊謬補缺切韻》，民國三十六年（1947）國立北平故宫博物院影印本。
③ 吳俊，字仲傑，元代豐城人。參見元張翥《蛻菴詩》卷二《吳僑仲傑橫河精舍圖亦道權作》，《四部叢刊續編》影印明刻本，第4b—5a頁。
④ 王寧（？—1411），尚太祖懷慶公主，爲駙馬都尉，永樂初封永春侯。參見《明史·成祖紀》《職官志》《功臣世表》《公主列傳》等。

故疑此類葉子亦仿於僧徒也。①

杜偉生也持相同觀點②。吴彩鸞寫韻書是作爲法書而非書籍收藏在内府的，因此被改造爲統一的卷軸樣式。按照周密所記"紹興御府書畫式"，内府所藏唐人真跡皆裝爲卷軸，"其裝褾裁製，各有尺度，印識標題，具有成式"③。徽宗内府的書畫收藏亦有定式④，北京故宫藏《刊謬補缺切韻》的龍鱗裝形制，應是宋徽宗宣和年間改裝的結果。之所以采用龍鱗裝這種特殊形制，是因爲原書爲兩面書寫，在不剥離書葉的情況下，無法以平面的形式裱於底紙之上。明洪武年間重裝時，仍保留了宋内府的改裝樣式⑤。

臺北故宫亦藏有一部唐寫本《刊謬補缺切韻》（故書000143，圖12）⑥，平聲上、下及上聲均有闕佚，去、入二聲全。現爲册葉裝，凡三十八葉，末有明萬曆壬午（十年，1582）項元汴跋及"唐女仙吴彩鸞小楷書四聲韻，項元汴真賞"題記。原爲清宫書畫舊藏⑦，鈐有宋徽宗（"宣龢""御書""政和""政龢""内府圖書之印"）、宋高宗（"紹興""三"）、吴皇后（"賢志堂印""賢志主人"）、金章宗（"廣仁殿"）、阿里（八思巴文"阿里"）、張羽鈞（"張彝生父記""張羽鈞"）、項元汴（印文從略）、梁清標（印文從略）等藏印。其中，徽

---

① 唐蘭《〈唐寫本王仁昫刊謬補缺切韻〉跋》，原附影印本後，又收入《唐蘭全集》第二册，上海：上海古籍出版社，2015年，第721—732頁。馬衡《中國書籍制度變遷之研究》亦云："蓋以兩紙裱成一葉，故兩面有字。"（《凡將齋金石叢稿》，第274頁）
② 杜偉生《從敦煌遺書的裝幀談"旋風裝"》，《文獻》1997年第3期。又收入氏著《中國古籍修復與裝裱技術圖解·附録》，第451—456頁。
③ 〔宋〕周密撰，張茂鵬點校《齊東野語》卷六，北京：中華書局，1983年，第93頁。牛克誠《紹興御府印的形態學研究》，原載《故宫博物院院刊》2016年第4期。此據氏著《美術文語》，北京：北京時代華文書局，2016年，第143—170頁。
④ 徽宗内府書畫收藏用卷軸裝，也可以從現存實物及其用印格式加以反推。參見徐邦達《宋金内府書畫的裝潢標題藏印合考》，《美術研究》1981年第1期。牛克誠《宣和御府印格式研究》，原載《故宫博物院院刊》2005年第1期。此據氏著《美術文語》，第113—142頁。
⑤ 馬衡《中國書籍制度變遷之研究》，《凡將齋金石叢稿》，第274—275頁。肖燕翼《吴彩鸞書王仁昫〈刊謬補缺切韻〉》，《故宫博物院院刊》1981年第3期。
⑥ 實爲裴務齊正字本，與王仁昫本不同，參見周祖謨《論裴務齊正字本〈刊謬補缺切韻〉》，《問學集續編》（《周祖謨文集》第二卷），北京：中華書局，2022年，第47—54頁。
⑦ 〔清〕張照等編《石渠寶笈》卷一《列朝人書册上等·唐吴彩鸞書唐韻一册》，第5—7頁。

宗、高宗璽印的鈐蓋位置與標準格式不符，"政和"一印又爲倒鈐，且從北宋內府進入南宋內府，再轉入金內府的流傳軌跡亦不合理，多數藏印當屬僞造與虛構。宋徽宗諸印中僅"政龢""內府圖書之印"二印爲真，宋高宗、吳皇后、金章宗、阿里諸印皆僞①。因此，該本的流傳路徑爲：宋徽宗內府—張羽鈞—項元汴—梁清標—清內府。

圖 12　唐寫本《刊謬補缺切韻》，臺北故宮博物院藏，本幅 27.1cm×44.5cm

20 世紀 20 年代，羅振玉、王國維整理清室藏書時發現此本②，有唐蘭摹寫石印本及延光室照相影印本③。後來唐蘭在爲宋跋本作跋時，亦提及此本：

> 故宮舊藏項跋本王韻，原記爲廿七葉。然今殘缺之餘，猶得卅八葉。向以爲疑，今乃知原亦葉子兩面書。今揭開，裝爲册頁，併所缺當得五十四開也。此種葉子裝當爲書籍由卷變册之始，其後變爲蝴蝶裝，更後則爲今通行之裝法矣。④

唐蘭所説"原記爲廿七葉"，指首幅最前端寫有"此後廿七葉"五字，

---

① 侯怡利《希世之寶：世傳女仙吳彩鸞〈書唐韻〉析論》，《故宮文物月刊》第 307 期（2008 年 10 月），第 74—75 頁。趙華《虛構的鑒藏史——項元汴的虛構與虛構的趙孟頫》，第 62、94—95、99 頁及附表 4—2。
② 王國維《書內府所藏王仁昫切韻後》，《王國維全集》第十四卷，杭州：浙江教育出版社，2009 年，第 309—311 頁。
③ 《內府藏唐寫本刊謬補缺切韻》，民國十四年（1925）上虞羅氏石印本，內頁題"秀水唐蘭仿寫，行款、字體一依原本"，《續修四庫全書》第 250 册影印。又民國二十一年（1932）天津延光室影印本。
④ 唐蘭《〈唐寫本王仁昫刊謬補缺切韻〉跋》，《唐蘭全集》第二册，第 732 頁。

計數少於今存之卅八葉，説明原爲雙面書寫，後揭開。此本已公布彩色圖像①，從相鄰葉面的破損、污痕及筆墨浸染情況看，唐氏所説甚確②。這也符合宋人劉辰翁"凡吴氏《唐韻》皆反復作葉子書"的説法③。首葉"墨林山人""子孫世昌"二印及末葉"項墨林父祕笈之印""子孫世昌"二印均爲項元汴藏印，而皆僅存左半，知改裝爲册葉在項氏之後④。

此外，吴縣蔣斧藏唐寫本孫愐《唐韻》，乃光緒三十四年（1908）二月因羅振玉之介購於北京廠肆，年内即由上海國粹學報館影印行世（圖13）⑤。據蔣氏跋，爲册子本，白麻紙，凡四十四葉，每葉27.5cm×41.1cm⑥。每葉二十三行，烏絲欄，每行字數不等，韻目朱書⑦。僅

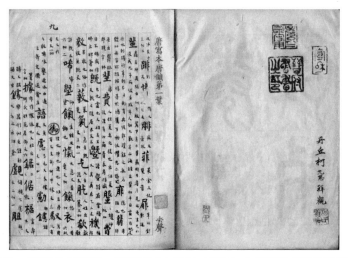

圖13　唐寫本《唐韻》，清光緒三十四年（1908）上海國粹學報館影印本

① 見臺北故宫文物典藏資料庫：https://digitalarchive.npm.gov.tw/Painting/Content?pid=14851&Dept=P。2023年12月查閲。
② 侯怡利《希世之寶：世傳女仙吴彩鸞〈書唐韻〉析論》，第73—74頁。
③ 〔宋〕劉辰翁《須溪集》卷四《紫極宫唐韻軒記》，民國《豫章叢書》本。
④ 上引侯怡利文認爲改裝前爲龍鱗裝。
⑤ 《唐寫本唐韻殘卷》，清光緒三十四年（1908）上海國粹學報館影印本。《續修四庫全書》第249册即據該本影印。
⑥ 蔣斧跋云："每葉高慮俿尺一尺一寸七分，寬一尺七寸五分。"慮俿尺即傳世所謂後漢建初六年銅尺，當今23.5cm。見羅福頤編《傳世歷代古尺圖録》，北京：文物出版社，1957年，第18號。
⑦ 國粹學報館影印本爲黑白印刷，圖中朱圈及朱筆乃讀者所加。

存卷四去聲、卷五入聲，卷四又有闕葉①。王國維以其無書口，故推測"當時必葉子本也"②。

蔣跋云："冊中有宣和御府二印、鮮于一印、晉府及項子京諸印，柯丹丘觀款一行、杜樲居詩一首，無本朝人一跋一印，蓋自入晉府以後即未嘗寓賞鑒家之目矣。"從影印本看，"宣和""御府圖書""鮮于""柯氏敬仲"四印及柯九思觀款均偽③。根據其餘藏印，此書遞經明晉府（"晉府書畫之印""子子孫孫永寶用"）、項元汴（"天籟閣""長宜子孫""項叔子""檇李項氏士家寶玩""項元汴印""項子京家珍藏"）收藏，又經明杜菫（題詩及"青霞亭"印）寓目④。項元汴收藏此書當在晉府之後，蔣氏所言不確，是否出於清宮也無從確定⑤。

以上三部唐寫本韻書皆經過改裝，已非舊貌，故不能直接用來考察旋風葉的具體形制。前兩部韻書在改裝之前均爲兩面書寫，且正反面內容銜接，其原始形制是與 P.2011 等相同的"葉子"，亦即張邦基所說的"旋風葉"⑥。蔣斧藏本如今不知存佚，影印本未能保存葉面細節，無從復原形制。但從蔣氏記錄的葉面尺寸看，與前兩部韻書比較

---

① 蔣斧跋云："缺一送至八末之前半，又缺十九代之後半至二十五願之前半。"王國維《唐寫本唐韻殘卷校勘記·序》，《王國維全集》第六卷，第 23—24 頁。王國維《書吳縣蔣氏藏唐寫本唐韻後》，《王國維全集》第八卷，第 232—236 頁。
② 王國維《東山雜記》，《王國維全集》第三卷，第 353 頁。
③ 宋徽宗"宣和"印標準件見於《鴨頭丸帖》《遠宦帖》《蘆汀密雪圖》《鶺鴒頌》《平復帖》等。蔣藏本鈐印既與標準件有異，也與趙華認定的項元汴偽造印不同，圖版參見趙華《虛構的鑒藏史：項元汴的虛構與虛構的趙孟頫》，第 62—63 頁。"御府圖書"爲南宋内府藏印，蔣藏本鈐印與中國國家圖書館藏南宋淳熙十三年（1186）内府寫本《洪範政鑒》、南宋嘉泰元年至四年（1201—1204）周必大刻本《文苑英華》、南宋刻本《程氏遺書》及北京故宮博物院藏傳褚遂良摹本《蘭亭序》、虞世南摹本《蘭亭序》（僅存"圖書"二字左半）鈐印有異，而與北京故宮博物院藏蘇軾《新歲展慶帖》鈐印相近，當爲偽印。"鮮于"印僅見於"唐韻卷第五"下，"鮮于"及"柯氏敬仲"印形皆與真印不合。之所以偽造鮮于樞藏印，或許與周密曾見鮮于樞（1246—1302）舊藏之"吳彩鸞書《切韻》一卷"（《雲煙過眼錄》）有關。
④ 明人張丑《清河書畫舫·紅字號第五》著錄吳彩鸞"小楷《切韻》"云："項氏寶藏吳彩鸞正書《唐韻》全部，原係鮮于伯機故物，後爲陸太宰全卿所購。"（〔明〕張丑撰，徐德明校點《清河書畫舫》，上海：上海古籍出版社，2011 年，第 227 頁）不知所記是否即此本。
⑤ 此書無清代早中期藏印，符合内閣大庫藏書的特點。但大庫藏書發現於光緒三十四年末，晚於蔣氏得書之二月。雖然也存在此前流出的可能性，但無法確證。
⑥ 李致忠曾在文中以自問自答的形式考慮過"把書葉戳齊粘裱，將卷底對摺當作前後封面，使它進一步變成冊子"的可能性，但最終加以否定。見李致忠《古書"旋風裝"考辨》，第 285 頁。

接近，王國維葉子本的推測可能性較大。宋代流傳的所謂吳彩鸞寫韻書多是此種形制，本無疑義①。元人王惲將宋代内府改裝本作爲龍鱗裝記錄下來，雖未與旋風葉相聯繫，但已啓後人疑竇。清人錢曾又將流入民間的改裝本誤稱爲"旋風葉卷子"，致使後世研究者爭論不休。

五、對於幾點反證的解釋

(一)"旋風葉"與"旋風册"

宋人侯延慶《退齋筆録》云：

> 蔡確之子懋先，宣和末爲同知樞密院事，因奏事言確南遷時事云："蘇軾有章救先臣確，臣家嘗傳録。"因袖出章進。上皇云："蘇軾無此章。軾在哲宗朝上章，哲宗以一旋風册子手自録次，今在宫中，無此章也。"懋悵然而退。②

上文指出，"葉子"是與"策子"（册子）近似而不同的兩種形制，而"旋風葉"即"葉子"。但這裏又出現了"旋風册子"，那麽"旋風葉"與"旋風册"是何種關係呢？《辭海》"旋風裝"詞條的第二説爲："册子，相傳用長條卷子，摺疊成册後，加一書面，使首頁和末頁相連綴。閲讀時可以循環翻閲，連續不斷，不致散開。"下引《退齋筆録》"旋風册子"之文以爲例證③。辛德勇也説："宋哲宗寫録的這本'旋風册子'，自然是我們在這裏討論的旋風裝。"言下之意，"旋風葉""旋風册"都是旋風裝的不同表述。這種理解可能不夠準確。實際上，所謂"旋風"是對形制特徵的形容，"葉子""册子"才是具

---

① 黄永年《古籍版本學》（第50頁）認爲吳彩鸞書寫的《唐韻》不止一部，可以有不同形制，這當然是可能的。不過，就文獻記載和現存實物看，其原始形制均爲"葉子"。
② 〔元〕陶宗儀《説郛》卷四八，影印民國十六年（1927）上海商務印書館（涵芬樓）排印本，北京：中國書店，1986年，第8册，第12b頁。
③ 《辭海（文化體育分册）》，上海：上海辭書出版社，1988年，第31頁。按：《辭海》所説的"册子"是指與"卷子"相異的多種書籍形制，範圍較大，摺疊裝亦包含其中，與本文所説的狹義册子不同。

體的形制名稱。由於"葉子"與"册子"在形制上具有一定的相似性,因此"旋風"可以同時用於兩者。這也就是本文爲何要先擱置"旋風葉",轉而重點考察"葉子"形制的原因。哲宗手錄的"旋風册子"就是粘葉裝或縫綴裝的册子,而與"旋風葉"無關。

(二)"亭砌旋風葉"

南宋吴鋼題詠臨安鳳凰山褒親崇壽寺,其詩有"亭砌旋風葉,巖流出洞花"一句,分别描摹寺内的松雲亭和觀音洞。辛德勇認爲,首句是對亭子臺階形態的描寫,而"以硬紙寫錄的經摺,閱讀時稍加伸展,正呈階梯之狀",以此作爲旋風裝是摺疊形態的重要證據。對此,胡文輝已經給出了很好的解釋:"上句的'砌'與下句的'流'對仗,只能作爲動詞表示粘附之義,而不能作爲名詞表示臺階之義。這兩句詩不過是描寫落葉殘花(下句當暗用桃花源的典故),是極普通的寫景。"① 不過,胡氏認爲這裏的"旋風葉"與書籍形制無關,則不必然。詩句所述,大概是亭内堆積樹葉、洞中流出水花之景,一静一動,爲常見的描寫方式。樹葉層層堆疊,其形態不正如堆疊書葉而成的"葉子"嗎?

(三)"揲爲旋風扇"

宋人江少虞《皇宋事實類苑》卷六《風俗雜誌》"日本扇"條云:

> 熙寧末,余遊相國寺,見賣日本國扇者。琴漆柄,以鵶青紙厚如餅,揲爲旋風扇。淡粉畫平遠山水,薄施以五彩。近岸爲寒蘆衰蓼,鷗鷺佇立,景物如八九月間。艤小舟,漁人披蓑釣其上,天末隱隱有微雲飛鳥之狀。意思深遠,筆勢精妙,中國之善畫者或不能也。②

---

① 胡文輝《古書早期形制問題補考》,《文史足徵錄》,第100頁。
② 〔宋〕江少虞《宋朝事實類苑》,上海:上海古籍出版社,1981年,第799頁。

按此條紀事出自王闢之《澠水燕談録》。王氏所見之日本扇乃由厚紙摺疊而成，又以"旋風扇"名之，故程有慶、辛德勇皆以此爲旋風裝即摺疊裝的重要證據①。按照辛氏的理解，宋人之所以用"旋風"來稱呼摺疊裝書籍和摺疊扇，是因爲兩者在形制上的相似性，"所謂'旋風'只是就其摺疊成册這一特徵而言，或者説摺疊而成的册子伸展開來時猶如旋風遊蕩之往復迴旋狀"。不過，當摺扇收起時，其側面層層重疊的狀態，跟本文所説的"葉子"形制也有某種相似之處，可與"亭砌旋風葉"作出相同的解釋，並不一定指向摺疊裝。不同學者對於旋風裝的觀點存在差異，故而面對同一材料的解讀也有分歧②。因此，將"旋風扇"之得名歸於其摺疊形態的解釋雖然比較圓融，但並非唯一理解，尚不足以推翻本文的結論。

六、"葉子"的得名及其應用範疇

對於持"葉子"或"旋風葉"爲摺疊裝觀點的學者，需要解釋這種形制何以稱"葉"。辛德勇認爲，"簡牘時代，單隻簡條可以'牒'（枼、葉、箂）稱之"，摺疊裝的外形與竹木簡册具有某種相似性，每個摺面猶如簡册的牒片，因此時人"借用簡牘時代構成書册的基本單元'牒'（葉）來表述這種新裝幀形式中每一個摺疊的頁面"③。這種説法並不合理。首先，簡牘行用的下限是東晉，此後以紙代簡，進入紙本時代。唐人距離簡牘時代已數百年，命名新的書籍形制時比附簡册的可能性甚小。辛氏的解釋需要將唐代之詞聯繫到簡牘時代的用法，比較迂曲，難以令人信服。其次，"葉"與"牒"皆是從"枼"字分化而出。"枼"的本義是樹葉，又因樹葉平薄的形狀而引申出簡

---

① 程有慶《古書旋風裝形制贅言》，國家圖書館編《國家圖書館同人人文選》第五輯，第1151—1152頁。辛德勇《重論旋風裝》，第316—317頁。
② 胡文輝就認爲"旋風"更可能是指摺扇打開時"扇骨依次疊壓、半遮半露的形狀"，與龍鱗裝更爲接近。見氏著《古書早期形制問題補考》，《文史足徵録》，第101頁。
③ 辛德勇《重論旋風裝》，第325頁。

札之義。後來，本義另加義符"艸"作"葉"，引申義另加義符"片"作"牒"。分化之後，"葉""牒"二字並不混用①。因此，即使唐人確實以摺面比附牒片，也會使用"牒"而不是"葉"字。

黃永年、程有慶雖然在"葉子"形制上持論與辛德勇一致，但均認爲其得名是因爲形狀像樹葉。程氏更具體指出其與貝多樹葉的相似性，"是受外來貝葉的影響之後產生的"。辛氏雖然未采納上述觀點，但也承認"這兩種説法都有一定的道理，可以進一步探討"②。雖然摺疊裝的產生確實受到了貝葉經的影響，但"葉子"在形制上也與貝葉式梵夾裝有相似之處：（1）兩者都由散葉堆疊而成，但裝訂方式不同；（2）單張紙與單張貝葉均爲橫寬縱窄的長方形，只是大小有別。因此，單張紙也可以如單片貝葉般稱"葉"③，多張紙堆疊裝訂而成的形制稱爲"葉子"。

從上文所述文獻記載和現存實物看，"葉子"形制的書籍有韻書、彩選、佛典、雜抄、詩文集等。但歐陽修專門以吳彩鸞《唐韻》、李郃《彩選》舉例，説明這兩種類型的書籍特別適合使用這種形制。韻書的功用是按韻查字，彩選的功用是博弈時備檢細則，這決定了其使用方式不是順序閱讀，而是頻繁翻檢。韻書和彩選的文本均由多種門類組成，數目繁多④，故而采用葉子這種便於翻檢的書籍形制。葉子形制的韻書已見上文，彩選雖無葉子實物留存，但據南宋刻本《漢官儀》（彩選之一種）尚可想象其形（圖14）。與摺疊裝相較，葉子的幅

---

① 陳偉《秦漢簡牘〈葉書〉芻議》，《簡帛》第10輯，第87頁。陳侃禮《"葉書"與"諜記"》，田煒主編《文字·文獻·文明》，上海：上海古籍出版社，2019年，第161—162頁。
② 辛德勇《重論旋風裝》，第326頁。
③ 唐人用"葉"作爲計量貝葉的量詞，如皮日休《奉和魯望寒夜訪寂上人次韻》云："數葉貝書松火暗，一聲金磬檜煙深。"後世用"葉"來計量紙張，自然也是受貝葉經的影響。此外，從樹葉演變爲計量紙張的量詞"葉"，並非漢語的特例，在其他語言中也不鮮見，這種演化的平行性也是一種證據，參見李計偉《類型學視野下漢語名量詞形成機制研究》，北京：商務印書館，2017年，第153頁。
④ 宋人王闢之記曹谷撰《舊歡新格》，"其法：用匭骰子六隻，犀牙師子十事，自盆帖而下，分十五門。門各有説，凡名彩二百二十七，逸彩二百四十七，總四百七十四彩"。〔宋〕王闢之撰，吕友仁點校《澠水燕談録》卷九《雜録》，北京：中華書局，1981年，第110頁。

面更大，每面可以容納更多類目，類目（於韻書爲韻目、韻次，於彩選爲門目）可以用朱書或朱點的方式加以標識，極便翻檢。而摺疊裝幅面較窄，每幅能够容納的内容有限，翻檢的頻次更高，反而不如葉子便捷。

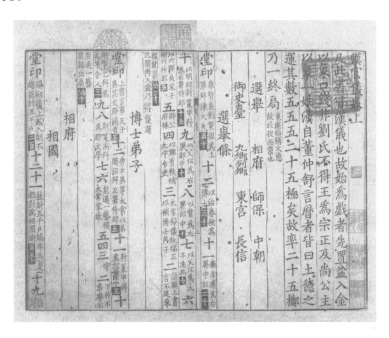

圖14 〔宋〕劉攽《漢官儀》，南宋紹興九年（1139）臨安府刻本，中國國家圖書館藏

需要説明的是，在唐宋間書籍形制由卷子本向册子本轉換的過程中，存在着摺疊裝、粘葉裝、縫綴裝等多種並行的形制，葉子只是其中之一。幾者之間並不存在一種綫性發展關係，而是相互競争的狀態。與其他形制相較，葉子的優缺點都比較明顯。其優點是製作簡便，既無須摺疊，也不必縫綫；缺點則是幅面較大，既不如摺子（摺疊裝）、册子（粘葉裝、縫綴裝）便攜，又容易脱散。從内容上看，葉子比較適合於韻書、彩選一類書籍，而在佛典、雜抄、詩文集等書籍上並無特别優勢。因此，敦煌遺書中摺疊裝、粘葉裝、縫綴裝的數量遠超葉子。在書籍形制的競争中，葉子大概可以看作最早出局的

一種。

七、結語

關於"葉子"（旋風葉）的具體形制，前人大致有摺疊裝、龍鱗裝、類龍鱗裝、散葉等幾種觀點，但均有明顯缺陷。按照歐陽修《歸田録》的説法，卷子、葉子、策子（册子）爲三種不同的書籍形制，後兩種比較近似，而又有不同。故宋人又將"葉子"稱爲"葉子册"，以與當時常見的册子相區分。（1）龍鱗裝、類龍鱗裝卷起後與卷子無別，同策子（册子）形制差異太大，不會是歐陽修所説的"葉子"。（2）摺疊裝的外形雖然也是狹長方册，但各紙仍然粘連，難稱爲"葉"。更重要的是，摺疊裝在宋代爲常見的裝幀形制，多用於佛道之書，而葉子則逐漸退出歷史舞臺，往往與古書聯繫在一起。宋人通常將摺疊裝稱爲"梵夾"，如若與"葉子"爲同形異名，歐陽修等人直接指明即可，而無須與策子比附。（3）散葉之説確有價值，但未經裝訂的散葉並非一種書籍形制。因此，以上諸説均不能成立。

"葉子"一詞是由名詞"葉"＋詞綴"子"構成的，"葉"指散葉，因像樹葉之形而得名。這是一種將橫寬縱窄的散葉上下堆疊後，粘連右側紙緣而成的書籍形制，敦煌遺書中 P.2011 唐寫本《刊謬補缺切韻》殘葉、P.2014 五代刻本《大唐刊謬補闕切韻》殘葉、BD03510 等唐寫本《四分律删繁補闕行事鈔》卷中殘本均是這種形制的實物孑遺。其共同特點是兩面書寫或刊刻，且正反面文本接續。其中，P.2011 殘葉右側邊緣尚存粘貼痕跡，BD03510 等左側粘邊完整，右側粘邊或殘損或不存，均顯示出當年的裝訂方式。至於北京故宫、臺北故宫及蔣斧所藏的三種所謂吴彩鸞寫韻書，雖然或作龍鱗裝，或作册葉裝，但均爲後世之改裝，其原始形制仍爲兩面書寫、右側粘連的葉子。對於葉子形制的推測，既有以上實物證據的支撑，也比較符合《河東記》《逸史》等唐代語料中對於冥府"葉子簿"的描述。從現存實物看，葉子一般縱約 26cm—27cm，横約 41cm—47cm，即唐代一紙的尺寸。粘連右側紙緣時，或直接塗抹漿糊，或先裱邊再塗抹[①]。製成的葉子幅面較寬，有時會對摺存放，以節省空間或便於攜帶。葉子只是當時並存的多種書籍形制中的一種，應用範疇相對而言比較有限，且較早被淘汰，因此實物遺存較少。

"葉子"形制的出現與韻書、彩選等類型的書籍需要頻繁翻檢有關。卷子作爲當時的標準書籍形制，乃由散葉首尾依次粘連而成，既然卷舒不便，那麼便改首尾粘連爲右側粘連，本是自然之事。前人觀點中，以龍鱗裝與摺疊裝兩說最爲流行。龍鱗裝可追溯到清初的錢曾，摺疊裝可追溯到黃丕烈、藤貞幹，後人或依違於兩者之間，或提出類龍鱗裝、散葉之新說，既與歐陽修的敘述不符，對實物的認定也不够準確。龍鱗裝說的實物已被證明乃宋代改裝，摺疊裝說則提不出與韻書相關的實物證據，只能以當時的韻書並存有幾種不同的形式來解釋[②]。但本文所列實物證據幾乎全爲韻書，考慮到葉子與所謂吳彩鸞韻書的密切關係，以此形制來認識葉子，大概較摺疊裝更爲合理。實際上，王國維、唐蘭、周祖謨等前輩學者在研究唐五代韻書時，已經明確指出其中的"葉子本"，只是未能引起書史研究者的關注與重視。

[作者單位] 張學謙：北京大學中國古文獻研究中心、北京大學中國語言文學系

[①] BD03510 等《四分律删繁補闕行事鈔》及北京故宮、臺北故宮藏《刊謬補缺切韻》均有粘邊。按：臺北故宮《刊謬補缺切韻》粘邊不存，但書葉左右兩側 0.5cm 寬處紙色較淡，侯怡利（《希世之寶：世傳女仙吳彩鸞〈書唐韻〉析論》，第 73—74 頁）認爲可能是裱邊拆除後的痕跡，其說可從。

[②] 辛德勇《重論旋風裝》，第 332 頁。

依形辨體、因體分型

——關於古籍版刻字體研究的幾點思考

韋胤宗

提　要：稱述古籍版刻字體爲"歐體""顔體""柳體"之習氣，大致興起於明代中晚期，發展於清代，而在今日之版本學研究與教學中成爲某種"常識"。但這種稱名方法有諸多問題，且反映了對於版刻字體認識與研究的不足。版刻古籍與其他的人造器物類似，相同時間和地域的版刻會共用一些相同或相似的風格特徵，不同時間或地域的版刻會在風格特徵上有規律性的差異。版刻字體的風格分布，亦嚴格遵守此一規律。鑒於此，版刻字體之研究可以借鑒考古類型學方法，依照字形特徵辨别字體，再根據字體來分别不同的版刻類型。同時，對於版刻字體風格的稱名，也應大致遵守"時間＋地域（＋特徵）"的命名方法。

關鍵詞：版刻字體　類型學　標準型　風格系統

　　字體[①]，是古籍文字最直觀的視覺表現形式，黄永年稱"它在版本各種現象中是最精最主要的現象"[②]，因而它也是古籍版本鑒别最重要的元素之一，"只要弄清楚版本的發展史，找出各個時代刻書以及抄書的字體的特徵，就可能轉而用這些特徵作爲鑒别版本的標尺，而且别的有時還好作假，唯獨字體假不了，這個標尺還是最主要而且最可靠的標尺"[③]。長期以來，學者在鑒定和描述版本之時都會介紹一本

---

① 本文所稱之字體，指的是版刻文字之視覺形態，有學者稱爲"字樣""字型"等，或更爲準確；但版本學家長期以來使用"字體"一詞稱之，學者知其所指，因此本文沿用之。
② 黄永年《古籍版本學》，南京：江蘇教育出版社，2009年，第19頁。
③ 黄永年《古籍版本學》，第20頁。

之字體，各類版本學著作也都對各時期版刻字體進行過一定程度的討論，成爲慣例，且已經成爲了目前版本學的某種"基礎知識"。

或許由於這一知識過於基礎和初級，今日的版本學家較少討論，然而學界對於很多相關基本問題還缺乏清晰而深刻的認識。比如，關於唐宋版刻字體的淵源，學界目前還沒有系統的討論，僅在描述某一字體風格時，暗示書手寫樣采用了某種前代著名書家的字體，而這種暗示未經實證，實際上恐怕與真實的情況相去甚遠。又如五代兩宋浙刻本的字體，一般認爲是歐體風格，但事實上起碼在五代到北宋、北宋末到南宋中期、南宋後期這三個階段，兩浙地區版刻的字體風格皆有不小的變化，並非前後一律，其間細節更是複雜多樣，需要根據具體的版刻字型作分時分地的具體考察。不僅如此，不同學者對於特定時期內、特定區域內版刻字體的描述也並不一致，有時候還會有極大的差別，這種對於特定古籍刻本字體風格描述的不一致集中體現在以下幾個問題上：其一，南宋閩刻本的字體風格，到底是顏體、柳體、瘦金體還是其他字體風格，這種風格如何形成，有何淵源，如何演化；其二，兩宋時期的蜀刻本是顏體、柳體，還是別有說法，此種版刻字體如何形成，在宋元之後是否還有延續；其三，宋遼金元時期北方平水刻本到底是何種字體，有何來源，影響如何；其四，元代與明代前期刻本是否"字多趙體"，是否可以找到相關統計依據，若非如此，元明時期版刻字體的具體樣貌呈現何種特徵；其五，明代中期開始流行的仿宋體源自何種字體，它與晚明出現的宋體字有何區別與聯繫；其六，版刻字體風格的分布是否有明顯的地域特徵，這些特徵如何在歷史上延續，等等。這些認識上的不足使得版本鑒定缺少統一、可靠的標準，更缺乏權威的相關數據庫或版本鑒定系統，不利於版本教學與版本鑒定工作的進行。

造成版刻字體研究滯後的現狀有兩個比較重要的原因：其一，有很長一段時期古籍版本鑒定和研究較爲崇尚歷史考據法，而對於書籍的視覺特徵和物理特徵並不重視；其二，由於之前古籍影印、古籍電子化及相關數據庫建設的滯後，學者們少有條件廣見衆本，因而目力有限，對包括字體在內的許多版本形式方面的特徵都缺乏全面而深刻的認識。

目前的版本學家越來越認識到古籍亦是一種人造器物，其字體、形制等在歷史中也有其演變的規律，而且一般並不容易作假，以實物之視覺形態與物理特徵爲準，即可以考察其演變的譜系，此即似於古生物學與考古學上所使用的"類型學"方法。依照古籍的物質特徵與視覺風格描述古籍、鑒定版本，傳統上又可稱爲"目鑒法"或"觀風望氣"。但是由於古人觀風望氣全憑眼力，而由於客觀條件所限，多數人難以廣見衆本，因此眼力有限，不能形成準確的認識，對於古籍形態之描述錯誤很多，同時這種方法較爲主觀，容易各説各話，很難形成統一而準確的認識，因此才遭到諸多批評①。從版刻字體的角度來看，傳統上對古籍版刻字體的稱名以及與之相關的認識，就存在諸多問題。本文嘗試對古籍版刻字體的稱名方法進行溯源，分析其得失，並在此基礎上對古籍版刻字體的研究方法進行檢討。

一、版刻字體稱歐、顔、柳體之始

版本學中描述版刻字體時，多稱一時一地之版刻字體爲歐體、顔體、柳體等，此大致沿襲明清人之説法，宋元人並無此種習氣。宋元人論碑帖，往往稱其字有"歐虞"或"顔柳"筆意，而罕見稱某刻本之字體爲何體者。以某體描述版刻字體者，最早見於明代中期，此或與其時品評鑒賞之風頗爲盛行有關。

明代中期收藏家張應文著有《清秘藏》一書，爲古器書畫鑒賞雜著，其書卷上"論宋刻書册"曰："藏書者貴宋刻，大都書寫肥瘦有則，佳者絶有歐柳筆法，紙質勻潔，墨色清純，爲可愛耳。若夫格用

---

① 關於版本鑒定的方法論問題與"觀風望氣"等方法的討論，見石祥《"觀風望氣"、類型學與文史考證：版本學的方法論問題》，《文史》2020 年第 2 期，第 191—256 頁。

單邊，間多諱字，雖辨證之一端，然非考據要訣也。"① 張氏此言又被文震亨《長物志》襲用，後在清代有極廣之流傳。然張氏等人並未明言字體有"歐柳筆法"者爲何種刻本。王世貞曾藏有元代趙孟頫舊藏之宋本兩《漢書》，跋稱："班、范二漢書尤爲諸本之冠，桑皮紙勻潔如玉，四旁寬廣，字大者如錢，絶有歐柳筆法；細書絲髮膚致，墨色清純，奚潘流瀋。蓋自真宗朝刻之秘閣特賜兩府，而其人亦自寶，惜四百年而手若未觸者。"② 所謂"歐柳筆法"這一描述，與張氏相同。張應文亦曾見王世貞所藏兩《漢書》，上列張氏"論宋刻書册"中又言："余向見元美家班、范二書，乃真宗朝刻之秘閣特賜兩府者，無論墨光焕發，紙質堅潤，每本用澄心堂紙爲副，尤爲清絶。"③ 此處所論之兩《漢書》後歸清宫秘藏，《天禄琳琅書目》（以下簡稱"《天目》"）定其爲南宋紹興據北宋監本重刻本，應爲浙刻本系統④，據今日版本學的一般認識，浙刻本字體多爲"歐體"，因此"歐柳筆法"這一描述指的應該就是明人所見的浙刻本的字體風格。

明謝肇淛《五雜組》卷十三稱："凡宋刻有肥瘦二種，肥者學顔，瘦者學歐。行款疏密任意不一，而字勢皆生動，箋古色而極薄，不蛀。"⑤ 謝肇淛並未説明何地何本爲何種字體，其説法亦較爲籠統。

明代中晚期與清初關於刻本字體之討論並不多見，其描述亦皆僅就字體之大致風格而言，並未形成固定不易的定論。至清代中期内府所編之《天目》才大量出現以某體稱某刻本之字體者，比如卷三稱宋本《六臣注文選》"大小字皆有顔平原法"⑥；又引《蘭亭考》書末識

---

① 〔明〕張應文《清秘藏》卷上，黄賓虹、鄧實編《美術叢書》初集第八輯，杭州：浙江人民美術出版社，2013年，第217頁。
② 〔明〕王世貞《弇州山人四部稿》卷一百二十九《前後漢書後》，臺北：偉文圖書出版社，1976年，第6019頁。
③ 〔明〕張應文《清秘藏》卷上，第217頁。
④ 〔清〕于敏中等撰，徐德明標點《天禄琳琅書目》卷二，上海：上海古籍出版社，2007年，第22頁。
⑤ 〔明〕謝肇淛《五雜組》卷十三，上海：上海書店出版社，2021年，第266頁。
⑥ 〔清〕于敏中等撰，徐德明標點《天禄琳琅書目》卷三，第76頁。

語稱是書"字法皆本歐體"①；又稱金刻本《貞觀政要》"字宗顏體"②；卷五稱元版《尚書注疏》"大字略仿顏體"③；稱元本《山海經》"字仿歐體，用筆整嚴"等④，類似描述不一而足。《天目》對於古籍字體之描述已遠較前人系統與準確，此應是《天目》在版本學上之一大貢獻。

《天目》之後，清代中晚期之學者與藏家已較多使用歐體、顏體、柳體等描述古刻本之字體，然並未形成統一之看法，很多描述較《天目》含混。比如陸心源曾跋《北宋蜀大字本春秋經傳集解》，稱其書"字畫遒勁，得顏、歐體"⑤。按陸氏所跋之《春秋》現藏日本静嘉堂文庫，阿部隆一《日本國見在宋元版本志經部》定其爲南宋孝宗朝刻本⑥，較陸氏之考訂更近其實。此書乃蜀刻大字本，今日學者一般稱其字近顏體，與歐體相去甚遠，陸心源所謂"顏、歐體"實則是對字體的認識還未深入。即使是以版本學名家的晚清學者葉德輝，亦未對版刻字體形成更爲系統、全面而準確的認識。葉氏《書林清話》卷二云："吾謂北宋蜀刻經史及官刻監本諸書，其字皆顏、柳體，其人皆能書之人。"卷六云："宋時刻書多歐、柳、顏體字，故流傳至今，人爭寶藏。"⑦ 所論僅是大致印象，似多撮述前人之論，且其中關於古籍字體亦有極不準確之論述，影響頗大。

民國之藏書家多能經眼舊本，又有前人經驗之積累，因此在版本學上成就頗著，比如傅增湘，其《藏園群書經眼錄》等書中題跋，已經能夠在目驗基礎上對古籍字體進行較爲切合的描述。新中國成立

---

① 〔清〕于敏中等撰，徐德明標點《天祿琳琅書目》卷三，第94頁。按，《天祿琳琅書目》考證此識語爲元人張雨所作，如此則稱某書字體爲某體者或始元代，此僅備一說。
② 〔清〕于敏中等撰，徐德明標點《天祿琳琅書目》卷三，第96頁。
③ 〔清〕于敏中等撰，徐德明標點《天祿琳琅書目》卷五，第120頁。
④ 〔清〕于敏中等撰，徐德明標點《天祿琳琅書目》卷五，第160頁。
⑤ 〔清〕陸心源著，王增清點校《儀顧堂集》卷十六《北宋蜀大字本春秋經傳集解跋》，杭州：浙江古籍出版社，2015年，第301頁。
⑥ ［日］阿部隆一《日本國見在宋元版本志經部》，《斯道文庫論集》，昭和五十七年（1982），第十八輯，第77—80頁。
⑦ 葉德輝著，漆永祥點校《書林清話》，北京：北京聯合出版公司，2018年，第50、200頁。

後，趙萬里等人根據北京圖書館藏書編纂了《中國版刻圖錄》（以下簡稱"《圖録》"）①，影響巨大。《圖録》在鑒定版本方面取得了很大的成績，其最主要的貢獻之一便是建立在實物研究的基礎之上，對版刻風格進行了系統而全面的歸納和總結，明確說明歷史上一個特定區域在一定時間內其版刻風格具有一定程度的一致性，並參照書影在提要中對此進行了清晰的描述。以兩宋刻本的字體而論，《圖録》稱兩宋刻本有浙刻本、蜀刻本、閩刻本、江西刻本等不同的刻本系統，其中浙刻本多爲歐體字，蜀刻本多爲顏柳體，閩刻本多爲瘦金體，江西刻本兼而有之。此一版刻系統之劃分爲版本學界廣泛接受，但版本學界對於不同時地版刻字體風格之描述則有不小的差異。

　　首先，有一類觀點，不取《圖録》所確定的分地域考察版本風格的正確做法，而純粹從時間角度討論版本風格之演變。如曹之《中國古籍版本學》稱："就時間而言，北宋早期多歐體字，後期多顏體字，南宋柳體字多。"② 嚴佐之《古籍版本學概論》稱："北宋刻本早期多歐陽詢體，瘦勁清秀，轉折有角，後期流行顏真卿體，豐厚淳樸，間架開闊。南宋刻本字體多柳公權體，剛勁挺拔，橫輕竪重。"③ 黃愛平《中國歷史文獻學》稱："宋代刻本前期多采用歐（陽詢）體，後逐漸流行顏（真卿）體，南宋以後，柳（公權）體字日益增多。"④ 此一説法不知源於何處，其流傳却極爲廣泛，很多文獻學或版本學教科書皆信然之。然而，此一説法實則並不準確。現今所存之北宋本數量較少，然大部分皆爲歐體字，南宋浙本系統繼承此一風格特點，亦以歐體爲主⑤，南宋蜀刻本、閩刻本之字體風格雖亦隨時代之推移而有所變化，但各成系統，與以上描述絕不相合。南北宋乃至於唐五代之佛經刻本，字體有歐、顏、柳諸體，然亦無此一明確之時代變遷。此應

---

① 北京圖書館編《中國版刻圖錄》，北京：文物出版社，1960年。
② 曹之《中國古籍版本學》，武漢：武漢大學出版社，1992年，第465頁。
③ 嚴佐之《古籍版本學概論》，上海：華東師範大學出版社，2008年，第134頁。
④ 黄愛平《中國歷史文獻學》，北京：中國人民大學出版社，2010年，第94頁。
⑤ 參見程千帆、徐有富《校讎廣義·版本編》，北京：中華書局，2020年，第270—271頁。

是以前某版本學家的錯誤觀點，學界以訛傳訛，以致積錯難改。

另外，如南宋閩刻本的字體風格到底該如何描述，元刻本是否多爲趙體字，除趙體字外其他元刻本的字體風格在時地分布上有何特點，明代仿宋體與宋體淵源於何種字體，二者有何關係等問題，各家亦有不同看法，且有很多觀點亦是長久以來積錯難改，皆需一一辨正。而辨正的首要阻礙，可能就是這種以歐、顔、柳體等術語來描述版刻字體的方法，這種方法有諸多問題，導致學者對字體、字型的演變難以形成準確的認識。

總之，稱古籍刻本之字體爲歐、顔、柳體者，是明代中晚期古籍作爲文物而被文人學者欣賞的時候開始形成的一種概念，是後人對於前代風格的描述，它在一定程度上具有幫助鑒定版本的功能，但多數宋元本古籍恐非如某些版本學家所想的在寫樣之時皆刻意模仿某種字體，而是書手依照一定的書寫習慣和規則進行寫樣，刻工再據以刊刻。版刻字體是一種由書寫和刊刻共同作用所形成的標準化字體，並非某種著名書家書寫字體的"摹樣"，因此以歐、顔、柳體等術語描述版刻字體，並不科學。

二、關於版刻字體命名法及版刻字體研究法的反思

前輩學者在討論版本鑒定之時，普遍注意到了古籍版刻的整體風格會因刊刻時間、地域的不同而有所差異，但同一時間和地域的版刻，即使產自不同的刊刻單位，也會在整體風格上有一定程度的相似性。也就是說，版刻風格和其他器物類似，相同時間和地域的版刻會共享一些相同或相似的風格特徵，不同時間或地域的版刻會在風格特徵上有規律性的差異。作爲版刻最重要的視覺特徵，版刻字體的風格分布，嚴格遵守此一規律。

鑒於此，研究者對於版刻字體風格的稱名，應大致遵守"時間＋地域（＋特徵）"的命名方法，比如，兩宋時期以前稱爲歐體、顔體、柳體的浙本、蜀本、閩本的版刻字體，將會被命名爲"北宋末南宋初

浙本字體""南宋中期浙本字體","宋蜀刻本字體","南宋前期閩本字體""南宋中期閩本字體"等。其中一些版刻區域會在一定時間內有字體的分化，則在命名中加入一些相關特徵的描述，變成"時間＋地域（＋特徵）"這一命名方式，比如南宋後期，浙刻本中衍生出了與之前有較大差異的新的版刻字體類型，因其主要的刊刻單位爲書棚，故稱爲"南宋晚期浙刻書棚本字體"。

理論上講，一段時期內一個既定地域的不同版刻，其字體雖説會在結體、形態、筆畫粗細、筆法、刀法等方面共享一套相同或者相似的特徵，但在手工寫樣、手工刊刻的工作條件下，每一種刻本都會與其他刻本存在一定的差異。也就是説，事實上，每一個命名的版刻字體類型，並不假定這個版刻時地內所有版本的字體都是完全相同的。所謂的版刻字體類型，只是一個理想型，它由一些版刻字體的特徵群所組成，這些特徵群由一個時地內各種不同版本的字體所共享，而且可以將本字體類型和其他時地的版刻字體類型區分開來。既然是一個理想型，因此就不存在真正的"標準本"；但是，爲了研究和鑒定的方便，一些較爲接近理想型的版刻字體會被選爲某種字體類型的"標準型"，需知"標準型"並不絕對，而只是參照的坐標。就版本鑒定而論，與"標準型"接近者即可判定爲此時段、此地域的版本；反之，與其差異過大者，可能就是其他時地的版刻。

版刻字體類型本身是一個相對的概念，大的類型裏往往還可以分出更小的"子類型"，而且如果時間或地域範圍較大，不僅可能產生的子類型會更多，而且各種子類型與標準型的差距會不斷擴大，直到變爲新的版刻字體類型。由於子類型乃是某一時間段內、某一區域版刻字體風格內部的分化，因此其稱謂就會更爲具體：時間段更短或者區域塊更小。比如，南宋閩刻本的字體大致而言有前期、中期、後期之分，所以在"南宋閩本字體"這一大的版刻類型之下，又會有"南宋前期閩本字體""南宋中期閩本字體"和"南宋後期閩本字體"之分，而且每一個子類型下也可能會有更小的子類型，其極端狀態就是某一刊刻單位在一定的時間段內所刻的版本，甚至一個具體的書版就可以看做一個極端微小的版刻子類型。

每一種特定的版刻字體類型，無論是大類型還是子類型，其内部都有版刻字體風格的衰變現象，形成程度不同的"衰變型"。衰變型與子類型的區別是，衰變型並未形成新的風格特徵，而僅僅是核心標準型的一些特徵逐漸淡化，從而遠離標準型，從通俗的意義上來講，就是刊刻質量下降，版刻字體變得缺乏規則或法度。衰變的原因，多數情況下是版刻衰落或者其他原因導致書寫、刊刻品質下降，書寫缺乏法度，刊刻偏離書迹原貌。歷史上，各個時期、各個地域的坊刻劣本往往都是最嚴重的衰變型。衰變型中殘存的標準型的字體特徵是判斷這種字體類型歸屬的主要依據，但衰變型很難用來做版刻字體演變的研究材料，也就是說，研究的材料應主要使用各種版刻字體類型的核心標準型或者與之接近的版本。

一些版刻子類型的新特徵，有時候是由其他時間或區域的字體風格特徵通過人員交流、書物交換等方式傳播而來的，由不同的版刻字體風格交流、融合而形成。特別是，在兩個大的版刻風格區域的過渡地帶或者一些特殊區域，其版刻字體風格會同時呈現一些兩個區域版刻字體風格共同的特徵，即形成版刻字體風格的"融合型"。比如，南宋江西刻本，因其地北臨浙刻本地區，東臨閩刻本地區，故其字體風格兼有浙本字體之方斬，又有閩本字體筆畫之書寫特徵，事實上是一種融合型的字體風格。又比如，金代蒙古的平水刻本，其字體亦兼有浙本、閩本的特徵，是一種融合型的字體風格。但金蒙平水刻本與南宋江西刻本又有不少差異，因此仍然以"時間＋地域"的方式命名，指出其融合型的特徵，有助於理解其字體風格形成的原因以及字體演變的趨勢。

歷史上，版刻字體風格還會在一定時間、區域内進行"遷移""延續"與"擴張"。遷移，即因人員、物質等交流，一種版刻風格從其產生地遷移到另一地域，保持原初類型的基本特徵，但在細微之處又可能有所變異，事實上是原初類型的一種子類型，但因時間和地域發生了較大變化，仍然當做一種新的類型來處理，但需要明白其與原初類型的關係,更應該考察此一風格遷移所產生的原因與條件。所謂"延續"主要指的是時間上一種版刻風格在某一特定地域不斷出現的現象。比如,兩宋蜀地的雕版印刷事業在宋元戰亂之中幾乎被破壞殆盡,宋蜀本字體作爲一種主要的版刻字體類型在元代之後不復存在,但其風格特徵卻並未完全消亡,它還在明代蜀地偶有出現,可能是後人根據宋蜀刻本覆刻而成,足見一種版刻風格實際上往往具有極強的延續性。

版刻字體的"擴張",則指一種特定風格類型在地域上從一地擴展到多個區域的現象,這種現象在版刻史上也極爲多見,比如明代中期起源於蘇州的"仿宋字"刻本,在短短幾十年間從蘇州擴張至全國,成爲一個中晚明時期——特別是嘉靖一朝——流行全國的代表性版刻風格,被後人稱爲"嘉靖本",此類版刻字體風格的大規模擴張現象,也值得從版刻字體演變的角度作細緻考察。

以上對於版刻字體命名法與研究法的討論,可能看起來比較機械和抽象,但可以作爲基本思考框架與操作指南,具體研究中對於所有版刻的實際考察,都可以遵循這一思路。在具體討論之時也可以偶爾使用傳統的以某體稱呼某種版刻字體的命名方法,是因爲傳統的命名方法影響深遠,學界往往習慣這些稱謂,在不至於導致歧義和誤解的情況下使用這些舊名稱可能更便於描述和讀者的接受。

三、小結

在鑒定、歸類具體的版刻字型時,本文建議借鑒考古學中類型學的研究方法,將古籍本身視爲一種"器物"或"文物",主要依靠版刻字體的形體特徵來辨別字體,再依照形體的不同來劃歸版刻類型,基本做到"依形辨體、因體分型"。辨別字形特徵的角度主要有文字的輪廓(如字形輪廓的方、扁、長等特徵)、結體(如文字的傾斜程度、筆畫的排列方式等)、筆畫的粗細程度、筆畫的裝飾性特徵、筆畫的相對長度、刀法的方斬圓滑程度、文字的排列方式,等等。這些辨別字形特徵的方式和相關術語，多數爲版本學界所慣用，但或者因爲部分學者描述模糊，認識不準確；或者因爲一種原則往往不能貫徹到底，致使前後標準不一，從而導致疏漏；或者因爲對於部分字形微觀特徵的概括和總結出現偏差，導致千里之謬。總之，字形特徵的分析，應該在對比版刻圖像的基礎上，儘量做到描述準確、前後一貫、標準統一，然後再依此對其分體、分型進行討論，這是研究者所要努力貫徹的研究路綫。

爲避免人眼分析的偏差和諸多不確定因素，研究者還可以藉助人工智能圖像識別技術，通過機器來校正人眼的分析，儘量使結論科學、可靠。同時，因爲要處理數量較大的版刻材料，因此研究者應該采用計量統計作爲基本的研究方法。比如，若要討論某種字體風格的形成、擴張、延續或遷移，也就是回答孰爲主流孰爲次要、孰多孰少、變多變少等問題，儘量少作定性描述，而是以一定規模的統計數據作爲基礎來回答此類問題。

[作者單位] 韋胤宗：武漢大學文學院

論《西湖遊覽志》《志餘》范鳴謙本和季東魯本

李開升

提　要：《西湖遊覽志》《志餘》嘉靖二十六年嚴寬本與萬曆十二年范鳴謙本、萬曆二十五年季東魯本行款相同、版式相近，極易混淆，其刻印關係不明。經對三者現存部分印本進行實物分析，可知范鳴謙本爲嚴寬本的重修本，季東魯本爲范鳴謙本的重修本、嚴寬本的遞修本，而所見范鳴謙本僅保留嚴寬本版片十餘葉，季東魯本僅保留范鳴謙本版片四葉，似可說明此書當日刷印極多，導致屢次修版，以致原版所剩無幾。

關鍵詞：　《西湖遊覽志》　　《志餘》　　嚴寬本　范鳴謙本　季東魯本

《西湖遊覽志》二十四卷《西湖遊覽志餘》二十六卷（下文以《遊覽志》代指兩書）是有關杭州西湖的最早專志，也是絕佳的西湖導覽手册，作者田汝成是明中葉杭州最富盛名的文人，因此《遊覽志》在明代十分暢銷，自明嘉靖二十六年（1547）首次刊刻以後，數十年中屢次刊刻、刷印，形成了非常複雜的刻印狀況，其中尤以嘉靖嚴寬本和萬曆間范鳴謙本、季東魯本三者的版本情況最爲糾纏不清，三本行款相同、版式相近，後兩本是重新製版翻刻，還是原版修補後印，學界說法不一，有必要重新探討。

一

先簡述一下《遊覽志》嘉靖嚴寬本的版刻情況。首先需要明確一下嚴寬本的概念，本文的嚴寬本指的是萬曆范鳴謙重修以前的印本。

因爲如果范鳴謙本、季東魯本都是嚴寬本的重修本的話，按版本學的傳統習慣，二者也算是嚴寬本的系統。我們爲了行文的方便，將嚴寬本限定在范鳴謙重修以前。

關於嚴寬本的刊刻情況，卷首田汝成《西湖遊覽志敘》講得比較清楚。最早提議者爲浙江提學副使孔天胤（即"學使文谷孔公"），其次爲浙江巡鹽御史曹汴（即"侍御紀山曹公"），二人均以丁憂去職而未果。最後得以成事者爲浙江巡鹽御史鄢懋卿（即"侍御劍泉鄢公"）。這是省級層面的官員（包括欽差巡鹽御史），主要負責發出指示，提供政治支持。真正負責刻書的是杭州知府嚴寬（即"郡守嚴公"）。而負責具體刻書事務的則是知府的副手杭州同知丘道明（即"貳守丘公"）。另外還有兩位提供經濟支持的則爲權稅杭州北關的南京户部主事薛尚義（即"民部秋軒薛公"）和權稅杭州南關的工部主事王會（即"水部洪宇王公"）。以上七位官員，包括欽差及省、府兩級官員，是此書得以刊刻的主要力量，分別起到了政治、經濟等各方面不同的作用。還有一位負責文本編校事務的杭州文人趙觀，他是田汝成的朋友，爲此書寫了一篇跋，傳世各本大多未見此跋，目前僅見於唐河縣圖書館藏嚴寬本，且僅存殘篇。以上八人除了丘道明爲歲貢、趙觀爲諸生，其餘六人均爲進士出身，加上田汝成也是進士，均爲士大夫中的高級精英，他們的文化活動代表士大夫的審美取向和文化趣味，《遊覽志》就是其書籍文化的典型代表，也是蘇州式嘉靖本在浙江的代表①。

關於嚴寬本《遊覽志》的刷印情況，就目前所見，大概可分爲初印本、次印本和後印本三大類。前兩者的主要區別在於，初印本卷首《宋朝京城圖》有四處墨釘，不見於次印本及後印本（圖1）。又初印本"宋朝江海圖"，次印本"江海"剜改作"浙江"，後印本脱去"浙江"二字（圖2）。後印本與初印本、次印本的差別主要是，後印本於

---

① 關於蘇州式嘉靖本的情況，詳見李開升《明嘉靖刻本研究》，上海：中西書局，2019年，第43—87頁。

卷十四、二十四增補胡世寧事、《志餘》卷十三增補王崇慶四絕句詩、《志餘》卷二十五更換一首詩，初印本、次印本則沒有這些內容。初印本目前僅見唐河縣圖書館藏本。次印本有杭州市檔案館藏本、日本內閣文庫藏本、上海圖書館藏本《志餘》、天一閣博物院藏本《志餘》等。後印本主要有國家圖書館藏本、上海圖書館藏本《志》及臺圖藏本《志餘》等①。

圖 1　初印本《宋朝京城圖》墨釘

圖 2　初印本（左）、次印本（中）與後印本（右）

此外，四川圖書館藏本較爲特殊，其卷一至三、《志餘》卷十至

---

① 以上關於嚴寬本刊刻及三個印次的詳細情況，見李開升《嘉靖本〈西湖遊覽志〉〈志餘〉考述》，載北京大學中文系《"文體・文獻・文本形態"中國古典學前沿論壇論文集》，2023 年 8 月。

二十六爲嚴寬本，卷四至二十四、《志餘》卷一至九爲范鳴謙本。此本爲李一氓舊藏，書中李氏兩條題跋值得注意，其一在第一册末（卷六之後）：

> 凡黃棉紙版，諒皆屬萬曆四十七年（一六一九）重鐫本。白棉紙版，則似嘉靖原鐫，但其中亦有補版。細審此書版本原由，大率如此。一氓，五九年冬。（後鈐"一氓五十"印）

> 此書有兩種版本配齊，並間有抄補。藏書印有三種：紙墨較好部分有"東莞莫氏五十萬卷樓"印，別有黃虞稷"朝爽閣藏書記"印，又"沈氏鳴□（引者按，當爲'野'字）山房圖籍印"印。至"四明范氏圖書印（引者按，'印'當作'記'）""天一閣主人"兩方，則僞作。一氓記。（後鈐"一氓六十"印）

另一題跋在第七册中間（《志餘》第九卷末葉）：

> 此本尚有嘉靖舊版，如下第十卷首四葉是也。紙墨亦較他葉細黑，可證。一九六四年冬日。（後鈐"一氓六十"印）

此兩跋有些問題，首先，李氏所云黃棉紙本爲"萬曆四十七年重鐫本"之説當誤，因萬曆四十七年本爲商濬刻本，行款與此不同。經比對，其所謂黃棉紙本當爲范鳴謙本。其次，李氏認爲天一閣兩印爲僞作，似亦無據。國家圖書館藏明抄本《東觀餘論》有相同之"天一閣主人"藏印，且與此書一樣同爲東莞莫氏藏書。"四明范氏圖書記"亦爲范氏藏印[1]。此外，沈氏鳴野山房也多藏天一閣流散書，如香港中文大學圖書館所藏明萬曆刻本《子威先生澹思集》、天一閣近年訪歸之明嘉靖刻本《唐翰林李白詩類編》、上海圖書館藏明正德刻本《儀禮經傳通解》等。藏書界也有沈氏鳴野山房後人多藏有天一閣流

---

[1] 駱兆平《天一閣叢談》，北京：中華書局，1993年，卷首插圖《天一閣藏書印樣》及第24頁。

散書的説法①。又《西湖遊覽志》《志餘》也見於《天一閣書目》著録②。第三，李氏後一題跋云"第十卷首四葉"爲嘉靖舊版，實際上此本嘉靖版遠不止首四葉，卷十全部三十葉基本上都是嘉靖版（僅個别葉有可能爲補版）。

二

學界關於《遊覽志》嚴寬本、范鳴謙本和季東魯本的版本認識多據《武林掌故叢編》本《遊覽志》丁丙跋語：

> 是書始刻於嘉靖二十六年丁未，繼修於萬曆十二年巡按范公鳴謙，至二十五年，杭州太守季公東魯又刻之，及四十七年，會稽商氏惟濬略爲增益，别新雕鏤，是七十三年中，板凡四刻矣。

丁氏云"四刻"，似認爲是四種不同的版本，但於范鳴謙本又云"修"，似乎認爲范氏只是修版而非重新刊刻一個全新的版本。但今學者引用多將范本、季本都當作一個新的版本③。

然而目前著録版本最權威的《中國古籍善本書目》認爲范鳴謙本是嘉靖本的重修本，而季東魯本《西湖遊覽志》是季氏重刻本，其《志餘》則是嘉靖本的重修本：

> 西湖遊覽志二十四卷志餘二十六卷　明田汝成撰　明嘉靖二十六年嚴寬刻萬曆十二年范鳴謙重修本　一一六三七（北大圖書館　中科院

---

① 黄裳《前塵夢影新録》，北京：中華書局，2015年，第414頁。
② 〔清〕范邦甸等撰《天一閣書目》，上海：上海古籍出版社，2019年，第193頁。薛福成《天一閣見存書目》卷二著録此書已殘缺，存卷一至三、十一至十六、志餘卷三至末，清光緒十五年刻本。黄裳輯《天一閣被劫書目》著録此書殘缺更多，存卷一至三（似誤作志餘存卷）、十一至十六、志餘卷十至二十六，《文獻》1979年第2期。川圖所存嚴寬本則又佚去卷十一至十六。
③ 如尹曉寧《〈西湖遊覽志〉版本問題訂誤》，《浙江學刊》2010年第3期。琚小飛《〈西湖遊覽志〉四庫底本考辨》，《歷史文獻研究》總第43輯，揚州：廣陵社，2019年，第306—315頁；又收入其《溯源匯津——四庫文獻研究》，上海：上海科學技術文獻出版社，2023年，第209—224頁。

圖書館　天津圖書館）

　　西湖遊覽志二十四卷 明田汝成輯　明萬曆二十五年季魯東刻本
志餘二十六卷　明嘉靖二十六年嚴寬刻萬曆二十五年重修本，一一六三
八（中國人民大學圖書館殘　浙江圖書館）。①

　　這兩種觀點顯然是矛盾的，除了季東魯本的一半（《西湖遊覽志》）的版本雙方一致。

三

　　首先看范鳴謙本。范鳴謙（1539—？）字貞夫，江陰人。隆慶五年（1571）進士，歷官福建龍溪知縣、監察御史，巡按真定、浙江②。根據范鳴謙所撰《西湖遊覽志序》，范氏於萬曆十一年（1583）出任浙江巡按御史，次年謀劃《遊覽志》的刊印。

　　萬曆十二年范鳴謙所撰《西湖遊覽志序》云：

　　　　余因憶田君所爲《西湖志》，下文學掌故求之，業已漫
　　漶不可讀矣。湖山在目，而文獻靡徵，可乎？於是捐贖鍰，
　　檄郡丞喻均校其漫漶，而屬諸剞劂。③

　　根據這一段敘述，可以將范鳴謙的做法理解爲重修而不是重刻，但其含義並非確定無疑，無法完全排除重刻。甚至哪怕文中明確說是重修或者重刻，現存的范鳴謙本究竟如何，也要以實物版本爲根本依據，文本表述是不能定論的。所以，范序的表述無法根本解決版本問題。

---

① 中國古籍善本書目編輯委員會編《中國古籍善本書目》（史部）下冊，上海：上海古籍出版社，1993年，第1036、1857頁。其中"季魯東"當作"季東魯"。《北京圖書館古籍善本書目》著錄范鳴謙本與此相同（北京：書目文獻出版社，1987年，第798頁），而誤將細黑口著錄作白口。
② 《隆慶五年進士登科錄》葉五十二，明隆慶刻本，天一閣博物院藏。《（道光）江陰縣志》卷十七葉三十七，清道光二十年刻本（中華古籍資源庫）。
③ 《西湖遊覽志》卷首，明嘉靖二十六年嚴寬刻萬曆十二年范鳴謙重修本，國家圖書館藏（索書號02871）。

經過比較仔細的實物版本比對，范鳴謙本有以下十五葉與嘉靖本爲同一版片，而版面較模糊，説明刷印較晚：卷二十葉七、九、十，卷二十三葉五，卷二十四葉十七，《志餘》卷二葉三十一，卷十一葉二十，卷十三葉二十六、二十七，卷二十葉十五，卷二十一葉五、七、十四，卷二十五葉十五、十九。用來比對的版本，范鳴謙本包括美國國會圖書館藏本、美國普林斯頓大學東亞圖書館藏本和中國國家圖書館藏本（索書號 02871）等，嘉靖本則包括唐河縣圖書館藏本、杭州檔案館藏本、國圖藏本（索書號 13761）以及日本内閣文庫本等。（圖 3）其中卷二十葉十有刻工“王文”，卷二十四葉十七有刻工“圭”，《志餘》卷三葉三十一有刻工“汗”，卷十一葉二十有刻工“劉梓”，卷二十葉十五、卷二十五葉十五、十九均有刻工“傅”，卷二十一葉五、七均有刻工“思道”，葉十四有刻工“昊”，這些刻工也都與嘉靖本一致。值得注意的是，范鳴謙本《志餘》卷十三葉二十六、二十七與國圖嘉靖本同版，而與杭州檔案館本不同，因國圖嘉靖本此二葉爲重刻後印本，此正説明范鳴謙本爲更大規模重修之後的印本。

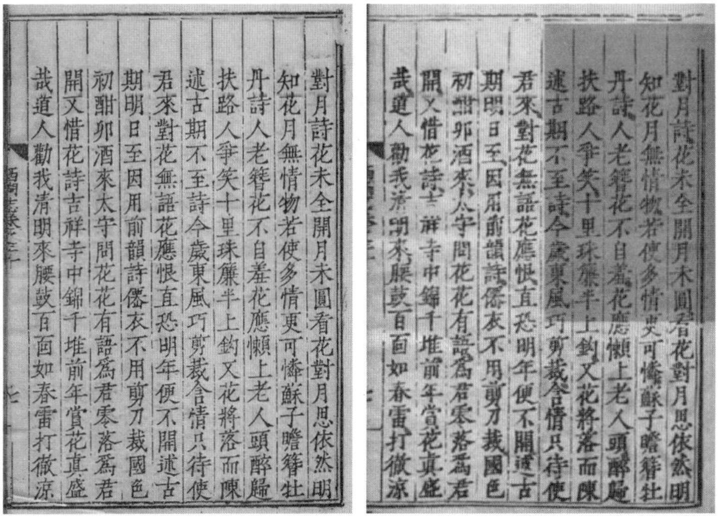
對月詩花未全開月未圓看花對月思依然明
知花月無情物若使多情更可憐蘇子瞻簪牡
丹詩人老簪花不自羞花應慚上老人頭醉歸
扶路人爭笑十里珠簾半上鉤又花將落而陳
述古期不至詩今歲東風巧剪裁含情只待使
君來對花無語花應恨直恐明年便不開述古
期明日至因用前韻詩儒衣不用剪刀裁國色
初酣卯酒來太守問花花有語爲君零落爲君
開又惜花詩吉祥寺中錦千堆前年賞花真盛
哉道人勸我清明來腰鼓百面如春雷打徹涼

圖 3　内閣文庫本（左）、美國國會本（右）《西湖遊覽志》卷二十葉七

因此范鳴謙本是嘉靖本的重修本，而非完全重刻的新版本。雖然現存范鳴謙本只有十五葉爲嘉靖本原版，對於全書將近千葉來説微不足道，但這並不能改變其重修的性質。何況除去這十五葉之外，范鳴謙本的其他葉版刻風格並非完全一致，這就是重修本的特徵。是否有嘉靖原版保留更多的范鳴謙本存世，尚有待進一步考察。現存的范鳴謙本原版數（十五葉）與現存范鳴謙本之前的嘉靖本的原版數（九百多葉）差距太大，中間是否還有過渡形態的印本存在，還需要進一步調查現存版本實物。

此外，《中國古籍善本書目》著録的范鳴謙本有三部，其中天津圖書館藏本疑有錯誤。《天津圖書館古籍善本圖録·定級圖録》著録此本作"明嘉靖二十六年嚴寬刻萬曆十二年 二十五年補刻本"①，《天津圖書館古籍善本書目》同②。所謂萬曆二十五年補刻本，即季東魯本。根據《天津圖書館古籍善本圖録·定級圖録》圖版一五二、一五三所收書影，其中雖有范鳴謙序，但其行款爲半葉六行、行十三字，與范鳴謙重修本半葉七行、行十四字不同，而與季東魯本一致。且其版心刻工"夏朋"也是范鳴謙本所没有的，而是季東魯本的刻工，又其首卷首葉也與范鳴謙本不同版，可知其爲季東魯本。但這只是《志》的版本情況，《志餘》可能並非同一個版本（或印本），根據《明代刊工姓名全録》的著録，天津圖書館藏《志》與《志餘》是分爲兩書的，而且《志》的刻工與嘉靖本一致③，因此《志》當爲嘉靖本，這套書大概是由兩種本子拼起來的，《天津圖書館古籍善本圖録·定級圖録》《天津圖書館古籍善本書目》的著録可能也不夠準確。

---

① 《天津圖書館古籍善本圖録·定級圖録》，天津：天津古籍出版社，2009年，第29—30頁。
② 《天津圖書館古籍善本書目》，北京：國家圖書館出版社，2008年，第247—248頁。
③ 李國慶《明代刊工姓名全録》下册，上海：上海古籍出版社，2014年，第818頁。

四

在范鳴謙本刊印僅十三年後，又刊印了季東魯本。季東魯（1561—?）字國望，山東德平縣（今德州市）人，萬曆十一年進士，歷任兵部主事、襄陽、杭州知府、陝西按察副使①。萬曆二十五年時任杭州知府②。

萬曆二十五年季東魯《重刻西湖志跋》云：

> （《遊覽志》）始刻於丁未（嘉靖二十六年），繼修於甲申（萬曆十二年），迄今復漫漶過半矣……乃令生徒校而補之，捐俸再梓。

按季氏跋中所云"今復漫漶過半""校而補之"，其所做應該是重修，而非重刻一整套新版。當然，像范鳴謙本一樣，文字記載還需要實物來驗證。

經初步調查現存部分季東魯本，其多部存世本的大概印次爲，浙江圖書館藏本早於日本早稻田大學藏本，早稻田大學藏本早於日本東京大學東洋文化研究所藏本和臺圖藏本（索書號4005），東大東文研藏本與臺圖藏本比較接近。

初步比勘季東魯本和范鳴謙本，至少有《志餘》卷二第二十九、

---

① 《萬曆十一年進士登科錄》葉十九，明萬曆刻本，天一閣博物院藏。《（光緒）德平縣志》卷七葉十一，清光緒十九年刻本（中華古籍資源庫）。

② 據臺圖藏本（索書號4011）卷末跋署名"萬曆丁酉季夏知杭州府事濟南季東魯跋"，可知季東魯萬曆二十五年時任杭州知府，但《（康熙）杭州府志》卷二十葉三十四於萬曆十七年出任杭州知府的胡士鼇下注"此後八年無考"（清康熙二十五年刻本，國家圖書館藏：地240.11/132，中華古籍資源庫），故無季東魯；《（乾隆）杭州府志》卷六十二葉四十九（清乾隆四十九年刻本，國圖藏：地240.11/134.49，中華古籍資源庫）、《（民國）杭州府志》卷一百葉二十六（民國十一年鉛印本，國圖藏：地240.11/141，中華古籍資源庫）均將季東魯誤作嘉靖二十四年任，云"見《修學記》"，查《（乾隆）杭州府志》卷十葉十，爲萬曆二十四年。又據《明神宗實錄》卷三百二十二萬曆二十六年五月甲午"升……杭州知府季東魯俱陝西副使"，則其離任當在萬曆二十六年五月。

三十葉,卷十二第二十六、二十七葉,共計四葉,兩本同版,可知季東魯本確實爲范鳴謙本進一步修補的印本,而非重新刊刻一套新版(圖4)。顯然,在范鳴謙本的版片只剩四葉(或稍多幾葉,但不會太多)的情況下,嚴寬本的版片在目前所見的季東魯本中大概已經片版無存了。

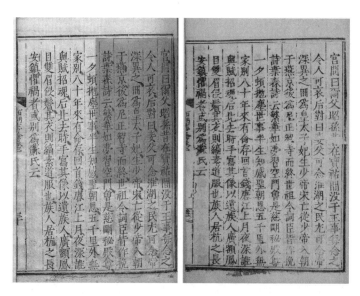

圖4　美國會藏范鳴謙本(左)、早稻田藏季東魯本(右)《志餘》卷二葉三十

像《遊覽志》這種修版修補到原版只剩極少葉(范鳴謙本)甚至原版一葉都不剩(季東魯本)的情況,一般多在宋刻本的三朝遞修本中出現,很少在明刻本尤其還是明後期刻本中見到。不過《遊覽志》並非孤例,最近有學者發現《丹鉛總錄》也存在類似的情況。那麼我們有理由推測,在明刻本中,這種情況很可能還有不少,只不過學界對此尚未留意。學界忽視這種重要版本現象的一個原因是,自改革開放以來,版本學界對於實物研究的輕視乃至錯誤的批判,而堅持實物版本研究的學者不願意或者不善於發聲,使版本學走了很長時間的彎路,以致於版本的實物研究大大落後,絕大多數學者滿足於文本版本的校勘,對於著錄爲同一版本的書任意選取一個拿來使用,而不去考

慮同一版本之下存在大量不同的印本，甚至對於形態相似的翻刻本也無力區分。

[作者單位] 李開升：天一閣博物院

從抄本到刻本：祁寯藻刻本《説文解字繫傳》篆形改動考
——兼論《韻譜》十卷本的校勘價值及《説文》篆形的版本譜系*

董婧宸

提 要：道光十九年（1839）祁寯藻刻本《説文解字繫傳》以顧廣圻抄本爲主要底本刊刻。考察與顧廣圻抄本同源的述古堂抄本，參考顧廣圻、段玉裁、鈕樹玉等乾嘉學人的校勘著作和傳録校本可知，祁刻本的篆形在基本承襲顧廣圻抄本的同時，曾參考大徐本、小徐説解及清人之説做過改動，一定程度上影響了其篆形的可靠性。祁刻本《繫傳》對抄本篆形的改動，主要發生在祁刻本的刊刻階段，而非王筠推測的顧廣圻"私改"。在使用祁刻本《繫傳》時，應當參考《繫傳》抄本、《韻譜》十卷本和清人校勘資料。在《説文》篆形研究中，也應注意小徐本、大徐本兩系在版本流傳中的相互影響，以各系中較早的版本爲基礎，並注意排除修版、翻刻及後人改動等干擾因素。

關鍵詞：祁寯藻 《説文解字繫傳》 《説文解字韻譜》 篆形

東漢許慎撰《説文解字》十五卷，五代南唐時期，徐鍇依《説文》原本，附以注釋，作《説文解字繫傳》四十卷，世稱"小徐本"；北宋雍熙三年（986），徐鉉等人奉詔校訂《説文》，整理爲《説文解字》三十卷，世稱

---

* 基金項目：23FTQA001。本文寫作和訪書過程中，蒙董岑仕、鈴木俊哉等師友的幫助，也得到了中國國家圖書館、上海圖書館、南京圖書館、湖北省圖書館、北京大學圖書館、京都大學圖書館、傅斯年圖書館等藏書機構的幫助，謹致謝忱。

"大徐本"①。在篆形和説解方面，小徐本和大徐本互有異同，並由於後世的傳刻和改編，形成了各自的版本源流，有着不同的文本演變軌跡②。

在《繫傳》的版本流傳中，清代前期，除趙宧光舊藏的《繫傳》宋刻殘本外，《繫傳》主要以抄本形式流傳。《繫傳》抄本半葉七行，與宋刻殘本存卷部分的行款相合，可知祖出宋本。根據篆文和説解是否足備，《繫傳》抄本可以分爲足本系統和缺本系統兩系。清代中期以來，先後有乾隆四十七年（1782）汪啓淑刻本和道光十九年（1839）祁寯藻刻本這兩個影響較大的刻本。汪刻本以《繫傳》缺本系統的翁方綱抄本爲主要底本，篆形又多取毛刻剜改本《説文解字》，失却小徐舊貌，故遭時人詬病。祁刻本以《繫傳》足本系統的顧廣圻抄本爲主要底本，参校了時藏汪士鐘處的《繫傳》宋刻殘本，經校勘寫樣後付梓。道光十九年九月祁刻初印本刊成後，又經多次修版，存世的印本印次複雜：道光十九年季冬，有大幅剜改的後印乙本印行，至遲不晚於道光二十年（1840），祁刻後印丙本印行③。

---

① 爲行文方便，本文遵循前人習慣，使用簡稱。大徐本《説文解字》簡稱《説文》，小徐本《説文解字繫傳》簡稱《繫傳》，徐鍇《説文解字韻譜》簡稱《韻譜》，李燾《説文解字五音韻譜》簡稱《五音韻譜》。大徐本中，毛本指毛氏汲古閣《説文解字》，涉及毛本的初印和後印時，以"毛刻初印本""毛刻剜改本"加以區別；孫本指孫星衍平津館本《説文解字》。小徐本中，述古堂本指錢曾述古堂抄本《説文解字繫傳》，毛氏抄本指毛扆手校的毛氏汲古閣抄本《繫傳》，汪刻本指汪啓淑刻本《説文解字繫傳》，祁刻本指祁寯藻刻本《説文解字繫傳》，涉及祁刻本的初印和後印剜改時，以"祁刻初印本""祁刻後印本"等加以區別。

② 關於《説文》篆形的研究，前人研究甚多。其中也涉及大徐、小徐不同的版本源流及段注校改，相關研究可參趙平安《〈説文〉小篆研究》，上海：上海古籍出版社，2022年；蔣冀騁《説文段注改篆評議》，長沙：湖南教育出版社，1993年等。

③ 翁方綱抄本《説文解字繫傳》今藏臺圖（00922）。關於《繫傳》相關各本的版本源流、篆形情况、印本印次，参張翠雲《〈説文繫傳〉版本源流考辨》，臺北：花木蘭文化出版社，2007年；郭立暄《中國古籍原刻翻刻與初印後印研究》，上海：中西書局，2015年，第105頁、第393—405頁；白石將人《説文文本演變考：以宋代校訂爲中心》，北京：中華書局，2021年；董婧宸《毛扆手校〈説文解字繫傳〉抄本源流考述》，《民俗典籍文字研究》2019年第1輯；董婧宸《汪啓淑刻本〈説文解字繫傳〉刊刻考》，《經學文獻研究集刊》2019年第2輯；董婧宸《祁寯藻本〈説文解字繫傳〉刊刻考》，《北京大學中國古文獻研究中心集刊》第十八輯，北京：北京大學出版社，2019年；木津祐子《京都大學藏王筠校祁寯藻刻〈説文解字繫傳〉四十卷について》，《汲古》2020年第12期。本文吸收郭立暄、木津祐子版本鑒定的相關成果，版本印次定名亦採用二氏的研究結論。在没有篆形的進一步區别時，以存世印次最早的初印甲本作爲祁刻初印本的代表，具體爲京都大學文學研究科藏本（A｜Xg｜4-2）。以存世印次最晚、"荼"字剜改的後印丙B本作爲"祁刻後印本"的代表，具體爲京都大學文學研究科藏本（A｜Xg｜4-3）。

祁寯藻刻本基本保留了《繫傳》抄本的舊貌，是清代中後期影響最大的《繫傳》刊本，也是今人研究和使用小徐本時最主要的版本。

　　從抄本到刻本，意味着文本的定型，而刊刻主事者有意或無意的校改，又會對其中的文本產生一定的影響。筆者在研讀祁寯藻刻本《説文解字繫傳》時，注意到祁刻本的篆形與文獻記述的顧廣圻抄本《繫傳》有所不合，也由此注意到，無論是祁刻初印本還是祁刻後印本，均對其底本的篆形有一些改動，這也一定程度上影響了祁刻本《繫傳》篆形的可靠性。筆者嘗試以述古堂本《説文解字繫傳》抄本作爲足本系統的參照，參考徐鍇《説文解字韻譜》十卷本系統的抄本和刻本篆形①，考察述古堂本與祁刻初印本、祁刻後印本《説文解字繫傳》的篆形差異，梳理祁刻本對其底本篆形的改動情況，並分析其校改來源。這一研究，或有助於更好地認識《繫傳》篆形的情況，瞭解《韻譜》十卷本在《繫傳》篆形校勘上的價值，並推進對《説文》和《繫傳》篆形譜系的認識。

一、足本可徵：顧廣圻抄本《説文解字繫傳》及其同源抄本和校本

　　祁寯藻刻本刊刻時，自顧瑞清處借得顧廣圻抄本《繫傳》，又自汪士鐘處借得宋刻殘本《繫傳》。結合相關文獻記述和書志著録可知，該本爲明趙宧光舊藏，自明代以來，刻本卷一至卷二九不存，僅存卷三〇至四〇，另外，卷二九和卷末蘇頌、尤袤跋文爲抄補。也就是説，祁刻本刊刻時，包含篆形的《繫傳》卷一至卷二八，其主要底本爲顧廣圻抄本。顧廣圻抄本爲乾嘉之際顧廣圻自其從兄顧之逵舊藏的

---

①　本文使用的《説文解字韻譜》十卷本，主要據馮桂芬同治六年（1867）序刻本《説文解字韻譜》，馮本刊刻中，間有對抄本篆形的校改，故上平、下平、上、去各卷，參校《説文解字韻譜》抄本（臺圖00926），該本存八卷，爲馮桂芬、王大森遞藏，即馮桂芬刻本的底本；入聲各卷，參校《説文解字韻譜》抄本（臺圖00925），該本爲康熙五十五年（1716）陸琪抄本，與馮桂芬舊藏抄本同出一源。

毛氏汲古閣抄本《繫傳》摹錄的錄副本，嘉慶八年（1803），顧廣圻又自黃丕烈處借得錢楚殷抄本《繫傳》並補足木部缺葉。雖然，毛氏抄本、錢楚殷抄本和顧廣圻抄本這些曾在江南一帶流傳的《繫傳》足本系統的抄本下落不詳，但今人猶可據述古堂抄本《繫傳》，並參考顧廣圻、段玉裁、鈕樹玉等乾嘉學人的校勘著作和傳錄校本，窺得顧廣圻抄本《繫傳》的舊貌。

錢曾述古堂抄本《說文解字繫傳》，十册，無格，板心有"虞山錢遵王述古堂藏書"，錢曾《讀書敏求記》著錄。從藏印看，在錢曾之後，該本的流傳長期不顯，清代後期爲郁松年（泰峰）插架，鈐"泰峰借讀""田耕堂藏"印，此後，經張鈞衡、張乃熊父子遞藏，今藏臺圖（00921）。從交遊上看，錢曾與毛扆互通書籍，錢沅（楚殷）又爲錢曾長子，故述古堂《繫傳》抄本與毛氏抄本《繫傳》、錢楚殷抄本《繫傳》，當爲同源關係，而後二者適與顧廣圻抄本《繫傳》有着密切的關係。

嘉慶十二年（1807）冬，孫星衍有鑒於毛本剜改，自額勒布處借得毛晉舊藏的宋本《說文》，邀請顧廣圻在蘇州主持刊刻平津館本《說文解字》。嘉慶十二年至嘉慶十九年（1814）間，顧廣圻在校刊平津館本時，就曾參考《說文》相關版本並撰寫校勘記。彼時，顧廣圻所據的《繫傳》抄本，當爲後來作爲祁寯藻刻本底本的顧廣圻抄本。今存的孫星衍、顧廣圻校本《說文解字》及顧廣圻撰《說文考異》殘稿五卷中，都保留有顧廣圻利用《繫傳》校勘的校語①。特別是《說文考異》中，顧廣圻在"𩔖、鳴、迹、邌"等50餘字下，校勘了

---

① 孫星衍、顧廣圻校本《說文解字》，今藏國圖（善07315），其中"箅、䐯、匹、突"下明確校勘了"影宋《繫傳》"或"影抄《繫傳》"之篆形。顧廣圻《說文考異》，有劉履芬抄本《顧氏說文學兩種》，收錄有《說文考異》五卷《附錄》一卷、《說文辨疑》一卷附《條記》，今藏國圖（善15059）。關於毛氏汲古閣本《說文解字》的版本源流、顧廣圻校刊孫氏平津館本《說文解字》並撰寫《說文考異》的相關情況，參董婧宸《毛氏汲古閣本〈說文解字〉版本源流考》，《文史》2020年第3期；董婧宸《孫星衍平津館仿宋刊本〈說文解字〉考論》，《勵耘語言學刊》2018年第1輯；董婧宸《解題》，《孫氏覆宋本說文解字》，桂林：廣西師範大學出版社，2021年。

《繫傳》篆形。《說文考異》所錄《繫傳》篆形，悉與述古堂本相合，與祁刻本相較，有四例不同：

🔲（壓）：《繫傳》篆作🔲，《五音韻譜》作🔲，《集韻》《類篇》皆作壓。

🔲（笈）：《繫傳》篆作🔲，《玉篇》云："笈，古文。"似本出《說文》。

🔲（鴇）：《繫傳》篆作🔲。

🔲（韗）：《繫傳》篆作🔲。

祁刻初印本中，前三字的篆形分別作"🔲、🔲、🔲"，祁刻後印本中，末一字的篆形作"🔲"。其中"壓、鴇"二字，祁刻本篆形與大徐毛本同；"笈"之篆形，祁刻本改從小篆"皮"，"韗"之篆形，祁刻本改從籀文"🔲"，與大徐、小徐二本俱不合。由此可知，祁刻本刊刻的不同階段，曾對其底本篆形做了改動，致與顧廣圻抄本的舊貌有異。

段玉裁曾藏有《繫傳》缺本系統的抄本[①]，又曾利用《繫傳》足本系統的抄本。段氏嘉慶二年（1797）撰成《汲古閣說文訂》，嘉慶二十年（1815）刻成《說文解字注》，均曾利用汪刻本之外的《繫傳》抄本。《汲古閣說文訂》"孖、糟、揚、泅"等字下，提及毛刻剜改本篆形的來源為《繫傳》；《說文解字注》"君、鞔、魂、坪、界"等字下，校勘了《繫傳》抄本篆形，"薅、恧、浛、挈"等字下，校勘了《繫傳》抄本說解，特別是"魂"下批評汪啟淑刻本，"恧"下提及"姑蘇顧氏、黃氏所藏舊抄"《繫傳》，促成了後來祁刻本的刊行。此外，段玉裁曾於嘉慶七年（1802）屬任泰（堦平）校勘毛氏抄本《繫傳》和錢楚殷抄本《繫傳》，今有嚴杰嘉慶九年（1804）至嘉慶十年（1805）過錄校本（上圖綫善826955—60），其中以朱筆或夾籤校出的

[①] 丁杰抄本《說文解字繫傳》抄本共六冊，後經段玉裁、顧廣圻、沈樹鏞遞藏。第一冊今藏國圖（善15317），為《繫傳》卷一至卷六；第二冊至第六冊今藏南圖（GJ17967），為《繫傳》卷七至卷四〇。

《繫傳》抄本篆形，也可以爲今人了解《繫傳》抄本舊貌提供綫索。

鈕樹玉曾於乾隆五十九年（1794）在顧之逵處獲觀毛氏抄本《繫傳》。嘉慶五年（1800）冬，鈕樹玉先借得黄丕烈藏錢楚殷抄本《繫傳》，嘉慶六年（1801）六月，又自顧東京處借得毛氏抄本《繫傳》[①]。鈕樹玉撰寫《説文解字校録》，在言及校勘所據版本時云："《繫傳》采毛氏舊鈔，兼錢楚殷鈔本。雖鈔手不精，校近刻反取《解字》本改者，遠勝。"[②]《説文解字校録》以大徐本爲底本，其中以"《繫傳》"注出的篆形異文，主要即據毛氏抄本和錢楚殷抄本。

二、祁寯藻刻初印本《説文解字繫傳》對底本篆形的改動

以述古堂本《繫傳》校勘祁刻初印本，參以顧廣圻、段玉裁、鈕樹玉諸人所見《繫傳》抄本篆形可知，祁刻初印本中，曾對其底本篆形加以改動，來源情況複雜。以下，試分析其改動情況和校改來源。

（一）祁刻初印本《繫傳》改動底本篆形的情況

通校祁刻初印本全書，除避諱字及祁刻後印本改正初印本摹刻訛誤的例子外（詳下），述古堂抄本《繫傳》與祁刻初印本《繫傳》的篆形差異，如表 1 所示：

---

① 〔清〕鈕樹玉《匪石日記鈔》，《叢書集成初編》，上海：商務印書館，1939 年，第 3 頁；鈕樹玉《匪石先生文集》，《叢書集成續編》（192），臺北：新文豐出版公司，1991 年，第 768 頁。
② 〔清〕鈕樹玉《説文解字校録》，《續修四庫全書》影印江蘇書局光緒十一年（1885）刻本，上海：上海古籍出版社，第 244 頁。

表1 祁刻初印本的篆形改動①

字頭	述本	韻譜	祁初	孫本	字頭	述本	韻譜	祁初	孫本
虇（崇籀）					欠*			②	
袾			③		椋				
瑂					䭱				
气					熬				
蒩（毒古）					喾				
藕					猴				
覆					帬				
苄					絲				
藻					繇（絲古）				
少*					驕（驕籀）				
脗（吻或）					䮀				
哲（君古）					馳			④	
噭					毅				
趣					能*				
趑					戧（熾古）				
赿			⑤		威				
徒					夒				

① 文中表格中的"述本"指述古堂本《繫傳》，"韻譜"指《說文解字韻譜》十卷本，"祁初"指祁刻初印甲本《繫傳》，"祁後"指祁刻後印丙B本《繫傳》，"孫本"指孫本《說文解字》。另外，表中以"*"標出的，指從該篆文的字，祁刻本有一併校改之例。如"虐"，從"虐"的"譴、癋"亦有改動。但需要指出的是，祁刻本的校改，有些並非全書統改，如《說文》出部、放部"敖"重出，祁刻本刊刻時，校改了出部"敖"篆，但並未校改放部下"敖"篆。同時，全書從"敖"諸字，"贅、贅、熬、驁、鏊、鏊"諸篆，"敖"之篆形有校改，而"噭、謷、傲、潄、嫩、勞"諸篆，"敖"之篆形又未校改，其他亦準此例。又，祁刻初印本與抄本不合、後印本修版改正者，未列入表1，另參下節及表2。

② "欠"及下一條"欽"的篆形和說解，祁刻後印本有修版。"欠"之篆形，祁刻初印本、後印本相同，均與抄本篆形有別。

③ 袾，祁刻初印本"夭"篆形有誤，後印本僅修版改動"夭"篆，初印本、後印本均與抄本篆形有別。

④ 駝，《韻譜》抄本同《繫傳》抄本，馮桂芬刻本校改作"馳"，表中據《韻譜》抄本篆形。

⑤ 赿，祁刻初印本"席"篆形無點，後印本僅修版改動"席"篆，初印本、後印本均與抄本的篆形有別。

字頭	述本	韻譜	祁初	孫本	字頭	述本	韻譜	祁初	孫本
遣*					縠				
彳					報				
逜(往古)					芥(吳古)				
得					琭				
堅(嚚古)					慈				
講					鐔(鏧古)				
𡘋(業古)					菏				
畀					蕩				
羕					灑				
舜(共古)					茯				
鞏(靶古)					準				
鞭(靮籀)					萍				
鞈		①			門*				
舀(爲古)					慁(関古)				
鞴					耴*				
筟(皮古)					甌(臣籀)	—			
㡿(省古)					排				
鴞(雇或)					摩				
隹					媥				
雛(鶵古)					姣				
雛(鶵古)					斐				
鴽(䳏或)					槀(直古)		②		
再					望				

---

① 鞈,此據《韻譜》洽韻"鞈,防汗"之篆形。案,鞈,《說文》重出,分別見於革部"鞈"之正篆與鼓部"鼛"之古文。《說文》革部及《韻譜》洽韻"鞈"之篆形,從小篆"革";《說文》鼓部及《韻譜》合韻"鼛"下古文篆形,從古文"革"。唯《繫傳》抄本鼓部"鼛"之古文篆形,從小篆"革",而革部"鞈"之正篆,從古文"革"。祁刻本校改了革部"鞈"之正篆,改從小篆"革"之形,而未校改鼓部"鼛"下古文篆形。

② 槀,《韻譜》抄本同《繫傳》抄本,馮桂芬刻本校改篆形,表中據《韻譜》抄本篆形。

從抄本到刻本：祁寯藻刻本《説文解字繫傳》篆形改動考　467

續表

字頭	述本	韻譜	祁初	孫本	字頭	述本	韻譜	祁初	孫本
再					繭*				
戶（歺古）*					緪（繭古）				
茓（死古）					綮（紹古）				
腿					縱				
秈（利古）					祇（緹或）				
枊（制古）					繪（紟籀）				
匜（簋古）					縱				
虐*					枀（綱古）				
盧（盧籀）					線（綫古）				
丹*					紫				
饗					繳				
餕					絮				
畐（畵古）					虫*				
韋*					蝀				
棗					蝂				
箮（築古）					薑				
槃					蛩				
盤（槃古）					蟁（蚊籀）				
臬*					蠕				
敖*					蚺（虹籀）				
賣					蠡（鑫古）				
耀					蠢（蠢古）				
南					戴（蠹古）				
鄸					咸（風古）				
鄭					蠅				
旒（旛或）					蠅				

① 槃，《韻譜》抄本同《繫傳》抄本，馮桂芬刻本校改篆形從"禾"，誤。表中據《韻譜》抄本篆形。

續表

字頭	述本	韻譜	祁初	孫本	字頭	述本	韻譜	祁初	孫本
梁					蠯（鼂或）				
槃					鼂（鼂篆）				
夊（宂古）					醇（妃或）				
白*					丐*（疇或）				
俳					力*				
嫉（侯或）					勸				
罙（㕱古）					鉤（鈎古）①				
裵					縱				
㞢					隘（闗篆）				
脾（屍或）					挽				
眠（視古）		—			丣*（酉古）				

表1共涉及篆形154例，其中"少、欠、門"等18字，祁刻初印本一併改動了從該字的相關篆形。其中，"塈、笯、鶖"三字見於顧廣圻《説文考異》；"壁、气、㫃、讄、韂、鞈、鶖、白、罙、裵、㞢、馳、蚰、纑、鉤"等字見於嚴杰過録段玉裁校本，"㫃、逞、舜、鞈、蝯"等字見於段玉裁《説文解字注》，又"覟、蚰"二字，段注中的篆形實據《繫傳》篆形而未説明校改來源；"袜、气、副、㫃、嗷、徒、彳、逞、得、塈、嶷、舜、韂、鞈、笯、㝠、雚、鶖、戶、腿、秒、刹、匯、簞、廬、脾、眠、欠、驪、鷞、覟、赧、鐏、蝯、籃、梟、繭、縄、絮、祇、線、絮、繳、薑、蝨、蚰、盉、盍、戠、戚、纑、丐、鉤"等字見於鈕樹玉《説文解字校録》所引《繫傳》篆形。上述諸字，除"白"字各本情況略有出入外，餘悉與述古堂本相合。

案，白，述古堂抄本、朱筠抄本、丁杰抄本《繫傳》和大徐本、

---

① 鉤，《繫傳》抄本"金"旁同小篆"金"，祁刻初印本"金"旁與《繫傳》卷三七《袪妄》所言的李陽冰篆形合，祁刻後印本修版，初印本、後印本均與抄本的篆形有別。

《韻譜》十卷本篆形接近，作"㡭"之形；嚴杰傳録校本、祁刻本篆形接近，作"㡭"之形，且與"帛、錦"二字所從"白"篆相同；翁方綱抄本《繫傳》、段玉裁《説文解字注》篆形接近，作"㡭"之形。從篆形來看，後二系與《繫傳》"從入合二"的六書分析更爲切合。嚴杰過録段玉裁校本據毛氏抄本《繫傳》校勘，嚴杰校本上的篆形，和祁刻本的篆形接近，知此字篆形，祁刻本承襲毛氏抄本、顧廣圻抄本之貌。

總體而言，排除"白"字相關諸例，祁刻初印本相較於其底本，至少校補篆形一字，改動篆形二百餘字。從類別看，其中既包括《説文》正篆，又包括《説文》重文中的小篆或體、籀文和古文。

首先，祁刻初印本校補篆形，見"臣"下補籀文"𦣞"篆。案，《繫傳》各抄本、汪刻本臣部中，"臣"下空半行，後有篆文"頤"，注："篆文臣從頁。臣鍇曰：指事。籀文臣從首。"又"𦣝"下有古文"𠂢"。臣部實際重文僅有二字，與部末"重三"不合。根據這些綫索可知，《繫傳》抄本中，脱去"臣"之籀文，而僅留有徐鍇注文。大徐本中，"臣"之籀文篆形作"𦣞"。祁刻本據大徐本，在"頤"下徐鍇注解"指事"後，增補籀文篆形作"𦣞"。不過，揆諸《韻譜》，之韻"臣"下有"𦣝，史"，"𦣞，篆"，其篆形與大徐本不同，次序亦籀文在先，篆文在後。核校《繫傳》的空行與《韻譜》的篆形、次序來看，《韻譜》的篆形和次序當更接近小徐本原貌①。祁刻本所增的"臣"字籀文，篆形恐非小徐舊貌。

其次，祁刻初印本改動篆形，散見於各卷之中。從改動情況看，大約可分爲如下幾類：

其一，《繫傳》抄本篆形與大徐本不同，祁刻初印本逕據大徐本改動。如《繫傳》正篆之"彳、得、緎、虐、丹、肇、梟、馳、赧、㯽、媊、繳、蠆、龜、蠅"等例，重文之"吻、君、業、囂、𡲬、

---

① 《説文》與《繫傳》，部分重文的順序不同，見"中、封、拜、饕"等例下。這些重文順序，《韻譜》十卷本多與小徐本相合。

共、歺、死、咠、旞、嫉、絲、閔、直、繭、綱、線、蚳、虹、蠢、風"等例。《說文》古文和籀文篆形,許氏多未分析其構形。《繫傳》抄本的篆形,與《韻譜》篆形大多一致,與大徐本則有不小的差異,祁刻本刊行時,改從大徐本,泯滅了舊本的篆形。如,"輂",《繫傳》抄本及《韻譜》同作"輂",祁刻本改從《說文》,作"輂",與舊本不合。裘錫圭就曾利用《繫傳》抄本及《韻譜》中的這一篆形,考證甲骨文"🅒"字①。又如,"直"之古文,《繫傳》抄本作"𥄂",《韻譜》抄本作"𥄂",與《古文四聲韻》職韻下《古老子》之"𥄂"形接近,祁刻本改從《說文》,作"𥄂",不合。此外,"絲"例正篆和古文的改動,也涉及大小徐的不同版本及祁刻本據字體改動篆形。《說文》及《繫傳》抄本此條篆形和說解分別作:

《說文》:絲,帛屬。從二糸。息利切。絲,古文絲。
《繫傳》:絲,帛屬。從貳糸。素次反。絲,古文絲。

《繫傳》抄本的正篆和古文篆形,與《韻譜》一致。祁刻本校改正篆作"絲",校改古文作"絲",改動後的篆形,基本與大徐本相合。案,絲在糸部,大小徐部首正篆作"糸",大徐本《標目》作"糸",大小徐古文作"糸"。《繫傳》抄本中"絲"之正篆,與《說文》《繫傳》"糸"之正篆不合,反與古文篆形相合。《繫傳》抄本中"絲"之古文,又與《說文》《繫傳》"糸"之古文不同。祁刻本殆參考《說文》及該部的部首正篆及古文加以校改。

其二,《繫傳》抄本篆形與《繫傳》說解不合,祁刻初印本據《繫傳》正文或徐鍇說解改動。其中,有的是《繫傳》抄本篆形明顯有誤,如述古堂本中,"气"誤作"氣","𢍌"誤作"券","鷸"誤從"雲","𥎦"誤從戈,"隘"誤從"䀠","挽"誤從"兔"等。這些篆形,《韻譜》不誤,祁刻本參考《說文》說解加以校改。但有的

---

① 裘錫圭《釋"虫"》,《裘錫圭學術文集》第一卷,上海:復旦大學出版社,2012年,第206—211頁。

則是《繫傳》抄本的篆形與《繫傳》六書分析不合，祁刻本據《繫傳》的六書校改篆形。如"門"，《繫傳》抄本、《韻譜》、大徐本同作"門"，而祁刻本作"門"，當是據《繫傳》"從二户"之説校改。這則改動，實本於段注，且祁刻本刊刻時，一併校改了門部等多處從"門"之字。另外，《繫傳》抄本的篆形與徐鍇的説解不合，祁刻本據徐鍇説解校改，如"畀"，《繫傳》抄本、《韻譜》、大徐本的篆形同作"畀"，《説文》及《五音韻譜》的六書分析作"从丌由聲"，而《繫傳》抄本中的六書分析作"從丌，由聲"，下有徐鍇注云"㐬音菡"。祁刻本殆據徐鍇案語並參考段玉裁《説文解字注》，改動篆形作"畀"。又"叜"爲宄之古文，《繫傳》抄本、《韻譜》、大徐本同作"叜"，而祁刻本作"叜"，殆據徐鍇注"寸，法度也"説而改從"寸"。而"趨、趣、遣、南、馳、嫡"等字的篆形，亦與祁刻本據《繫傳》或徐鍇説解改動篆形有關。

其三，祁刻初印本改動《繫傳》抄本篆形的構件或字體。《説文》和《繫傳》的篆形，無論是正篆、還是重文，同一個篆文構件，在不同部首、不同重文中，往往具有參差性。祁刻本刊行時，將部分篆形統一校改，使篆形更具一致性。其中，祁刻本校改正篆，以"欠、力"二篆最爲典型，在《繫傳》抄本中，從此二篆的字，有不少作"欠、力"之形，祁刻本則多校改爲"欠、力"，與大徐本一致。又，《繫傳》抄本中，包含"出"的篆文，篆形不一，祁刻本將"祟、敖、賣、糶、贅"等篆的"出"形，改作"出"字正篆下的篆形。又，《繫傳》抄本中，包含"從"的篆文，"從、樅、瘲、慫"諸字，與"獛、縱、縱、蟣、鏦"諸字的篆文有别，祁刻本將後者的篆形加以校改，使篆形中二"人"左右水平對齊。此外，祁刻本校改重文，則往往根據《説文》所屬的字體，校改篆形。除前舉的"龠"例外，"吳"之古文"芥"，《繫傳》抄本、《韻譜》作"芥"，大徐本作"芥"，均從籀文"大"，而祁刻本篆形作"芥"，殆因《説文》將之列爲古文，故祁刻本將篆形校改從古文"大"。類似的，《繫傳》重文中的"韁、韃、驪、鬚、緄、縋、線、盦、鉤"諸字，祁刻本也分别將所從的"革、馬、民、糸、金、蚰"的篆形，改動相應的古文或籀文篆形，致失《繫傳》抄本舊貌。

其四，祁刻初印本改動《繫傳》抄本篆形的結構布局。例如，水部"菏、蕩、瀰、芙、萍"諸字，分別以"苛、募、薦、芙、蘋"作爲聲符，聲符中都有"艸"。《説文》和《繫傳》各本中，這些字的結構都是上下結構，聲符中的"艸"在上，部首"水"在左下角。但祁刻本中，則根據部首爲"水"部，統一改作左右結構。此外，"袟、瑹、嗷、徒、謁、饗、餞、槀、鄒、鄭、廬、鑿、螯、岂、狱、媽、殻、威、燮、穀、鏵、縱、縱、縶、繳、絮、蠋、蚤、蟲、蠅、蟹、勸、鎞"等字，祁刻本也根據《説文》部首，或者參考不同的版本，改動了篆形的結構布局。

此外，"蒯、篁、戩"三例，或爲苗夔參考段玉裁之説，據音韻改動篆形。祁刻本刊刻階段，苗夔非常重視段玉裁等人的意見，"蒯、篁"二字，段玉裁校改爲形聲字，祁刻本從之。又"戩"例，祁刻本校改後的篆形，上從止聲，或出自苗夔的改動。

（二）祁刻初印本《繫傳》改動底本篆形的來源

祁寯藻刻本同樣的篆形改動情况，可能包含多重的校改來源。從整體來説，祁刻本的校改主要來自大徐本《説文解字》，一部分來自汪啓淑刻本《説文解字繫傳》，另外還參考了段玉裁《説文解字注》，姚文田、嚴可均《説文校議》等書的意見。

祁刻初印本對其底本篆形的改動，大部分直接來自大徐本《説文解字》。從各卷中祁刻本改動後的篆形看，祁刻本所據的大徐本，包含清代大字本和小字本兩系不同的版本：祁刻本"墼、淥、砑"的篆形，與以毛本爲代表的大字本系統《説文》接近；"綱"之古文，僅見於孫本《説文》，"繪"之篆形，亦與孫本接近，當出自以孫本爲代表的小字本系統《説文》。祁刻本初印本據大徐本《説文》校改的典型案例，是《繫傳》卷二五的篆形改動，涉及正篆"繭、縱、縱、縶、繳、絮、虫、蠋、蠆、蚤、黿、蠅"及重文"繭、紹、紟、綱、綾、蚔、虹、蠿、蠢、蠹、風"等多例。在《繫傳》流傳史上，卷二五是其中非常重要的一環。據《崇文總目》和《繫傳》末蘇頌熙寧二年（1069）跋文記載，北宋流傳的《繫傳》，卷二五、卷三〇佚去。南宋中期刊刻的《繫傳》，卷三〇不佚，而卷二五則已亡佚——卷二五卷前雖題徐鍇傳釋、朱翺反切，實據大徐本補入，無徐鍇注釋，說解、反切亦同大徐本，故王應麟《玉海·藝文》云《繫傳》"今亡第二十五卷"。不過，考察篆形可知，《繫傳》抄本中，卷二五的篆形與大徐本多有出入，而與十卷本《韻譜》大體相合。也就是說，流傳至今的《繫傳》抄本此卷，仍保留了和大徐本不同的《繫傳》篆形舊貌。但遺憾的是，祁寯藻本刊行時，此卷銜名改題徐鉉，篆形亦盡據大徐本改動，遂失《繫傳》舊貌①。另外，祁刻初印本對其底本篆形的改動，還有一小部分來自汪刻本《繫傳》，如"制"之古文，"俳、裴、罋、醏"之篆文，僅見於汪刻本《繫傳》，與大小徐各本、《韻譜》有所不同。

　　祁刻初印本對其底本篆形的改動，也有部分與段玉裁《說文解字注》，姚文田、嚴可均《說文校議》之說相合，這或與參與刊刻《繫傳》的苗夔曾參閱此二書有關②。祁刻初印本篆形與段玉裁《說文解字注》相合者，見"蔔、少、嗽、趣、赿、舁、䉪、腿、甌、篁、南、穀、慈、白、門、鼠"等篆下。其中，"築"之古文"篁"，是祁刻本據段說校改的典型之例。此字《說文》作"篁"，《繫傳》和《韻譜》作"篁"，段注改作"篁"，注云："按此從土管聲也。今本篆體訛舛，故正之。"祁刻本作"篁"，與段氏之說相合。祁刻本與姚文田、嚴可均《說文校議》之說相合者，見"趣、赿、䉪、帛"等篆下。"帛"字《說文》《繫傳》《韻譜》同作"帛"，《校議》："篆體當作帛，此及彙從籀文帛，他部少此例。"祁刻本作"帛"，與《校議》合。

---

① 關於《繫傳》卷二五的篆形與《說文解字韻譜》十卷本的全面比較，參鈴木俊哉、鈴木敦、菅谷克行《説文解字篆韻譜に見える説文解字繫傳 25 卷所收文字の狀況》，《情報處理學會研究報告》2017 年第 3 期。
② 苗夔手校汪啓淑刻本《說文解字繫傳》（國圖字 131.2/515/部二），是苗夔校刊祁刻本的重要參校本之一，上有苗夔據姚文田、嚴可均《說文校議》，段玉裁《說文解字注》校勘的校語多則。

三、祁寯藻刻後印本《説文解字繫傳》的篆形改動

祁寯藻刻本刊成後，陸續有多次修版，形成了初印本和後印本的差異。以下，分別討論祁刻後印本校改初印本摹録《繫傳》篆形之誤，和祁刻後印本改動《繫傳》抄本篆形的情況。

（一）祁刻後印本《繫傳》校改初印本篆形誤刻

與祁刻初印本相較，祁刻後印本的篆形合於述古堂《繫傳》抄本，當爲祁刻後印本校改初印本誤刻。如表 2 所示：

表 2　祁刻後印本的篆形改正

字頭	述本	韻譜	祁初	祁後	字頭	述本	韻譜	祁初	祁後
璚（瓊或）					艮*				
蕈					衴				
薂					顱				
荼					怔（狂古）				
謔					爛				
晚					旭				
暗					沸				
鶌					滴				
殫					約				
肺					繃（絲或）				
卆					縉				
觸					蠱（蠱或）				
刪					錯				
彔*					報			①	
臬					陪				
鞼					閌（卨古）				

---

① 報，《韻譜》抄本同《繫傳》抄本，馮桂芬刻本校改篆形，表中據《韻譜》抄本篆形。

表 2 共涉及篆形 32 例，其中"录、艮"二字，祁刻後印本一併校改了從該字的相關篆形。從初印本到後印本，實則包含了不同印次的校改結果。如"枭、𩪘"二例爲初印乙本，"沛、錔、陪"三例爲初印丙本，"荼"一例爲後印丙 B 本，其餘多爲後印乙本。又"觸"之篆形，先後經過兩次修版，實有三個不同的篆形：祁刻初印甲本作"䚡"，"虫"篆有誤。初印丙本校改爲"䚡"，仍然不確。後印丙本校改作"䚡"，最終完成校改。

相關篆形中，"謹"篆亦見於顧廣圻《說文考異》：

謹（謹）：《繫傳》篆作謹。《集韻》引作"謹"，與此同。《類篇》引作"謹"，與鍇本同。

此外，見於嚴杰過錄段玉裁校本者，有"刖、衦"二例，見於段玉裁《說文解字注》者，有"刖"一例，見於鈕樹玉《說文解字校錄》者，有"衦"一例。這些例子表明，祁刻後印本的部分改動，是由於初印本刊成後，發現篆形與底本不合，進而修版校改。其中，有些爲祁刻初印本局部摹刻有誤，如從"录"之"禄、菉、逯、剥、箓、親、錄"，從"艮"之"艮、跟、狠、恨、垠、艱、銀、限"，"鶻、顝、縎、𧐁"誤從"昏"①，"菽"誤從"束"，"晚"誤從"兔"，"𩪘"篆形摹反，"尊、繃、報、嶨"等局部誤刻等；另有一些爲祁刻初印本誤據大徐本篆形，如"謹、衦、任"等例。祁刻後印本中，對這些錯訛做了修正。

（二）祁刻後印本《繫傳》改動底本篆形的情況和來源

以述古堂本《繫傳》校勘祁刻初印本、祁刻後印本，述古堂《繫傳》抄本與祁刻初印本篆形一致，與祁刻後印本不合者甚夥，可知祁刻後印本中，又對其底本篆形加以改動。以下，逐一分析相關改動情

---

① 述古堂本中，從"昏"諸字，篆形不一。"腊、惛、閽、睯、搢、婚、縎、𧐁、鶻"諸篆從"昏"，"敯、殙"諸從"昬"。祁刻初印本中，《繫傳》抄本從"昏"的"腊、鶻、顝、鶻"諸字誤從"昬"。祁刻後印本修版時，並未校改"腊"篆，又將《繫傳》抄本中本從"昏"的"殙"改從"昬"。

況和校改來源：

表3 祁刻後印本的篆形改動①

字頭	述本	韻譜	祁初	祁後	字頭	述本	韻譜	祁初	祁後
禛*					想				
袄					惥（悟古）				
鍫					忈*				
蔡					悶（患古）				
尐		②			鰲				
䵼（䵼籀）					濘				
玄*					浿				
受					闊				
刅					撕				
簋					娭				
尌					孎				
凵					匫				
复*					弘*				
憂					螫				
燮					纏				
爌					勵				
罢					勇				
欽					鉤（鉤古）				
覞					銴				
崩					鐅				
廡					僔（陟古）				
獮					暑				
麂					獸				
鶯									

① 表中禛、玄、濘、弘四字涉及清諱，《韻譜》篆形，均據抄本。
② 尐，《韻譜》抄本同《繫傳》抄本，馮桂芬刻本校改篆形，表中據《韻譜》抄本篆形。

表3共涉及篆形47例,其中,"复、惡"二字,及涉及清諱的"禛、玄、弘"等字,祁刻後印本一併改動了從該字的相關篆形。祁刻後印本的篆形改動,亦包含了不同印次的改動結果,如"尐、暗、殫、刞、憂、罟、鷙、洅"諸例爲初印丙本,"銜、輗、玄、兹、宖、膚、泫、紃"諸例爲後印丙本,其餘多爲後印乙本。又"憂"之篆形,先後經過兩次修版,前後亦有三個不同的篆形:祁刻初印甲本作"憂","心"篆有誤。初印丙本校改爲"憂",改正"心"之篆形。後印乙本中,又校改作"憂",改動"惡"之篆形。

相關篆形中,"䎽"字見於顧廣圻《說文考異》,"壑、闊、劈、𦉘"等字見於嚴杰過錄段玉裁校本,"壑、䎽、爟、蟊、撕、娭、圕、劈、勇、銁、𦉘、鑒、偡"等字見於鈕樹玉《說文解字校錄》所引《繫傳》篆形,悉與述古堂本相合。唯段玉裁《說文解字注》"䎽"下所引《繫傳》篆形,與述古堂本、顧廣圻《說文考異》、嚴杰過錄校本、鈕樹玉《說文解字校錄》不同,實因段注別據經過校改的《繫傳》抄本篆形(詳下)。排除這一例外後可知,從祁刻初印本到祁刻後印本,其底本的篆形又作了一定程度的改動。整體而言,相較於其底本,祁刻後印本改動篆形五十餘字。從類別看,包括《說文》正篆及重文中的籀文和古文。

其一,《繫傳》抄本篆形與大徐本不同,祁刻後印本逕據大徐本改動,見正篆"复、複、鍑、畐、獸"及古文"悟、鈞、陟"等篆形下。此數例祁刻初印本與《繫傳》抄本、《韻譜》相合,祁刻後印本則改從大徐本。

其二,《繫傳》抄本篆形與《繫傳》說解不合,祁刻後印本據《繫傳》正文或徐鍇說解改動。其中,"箟、尌、罟、獮、繩"等例,《繫傳》抄本的篆形與《繫傳》六書分析不合,祁刻後印本校改。如"尌",《說文》《繫傳》均言"從壴,從寸持之也",《繫傳》抄本和祁刻初印本篆形從"又",祁刻後印本改從"寸"。"受"例,《繫傳》抄本的篆形與徐鍇的說解不合,祁刻後印本校改。《說文》此字"從爪從己",篆形從己。《繫傳》抄本中,篆形、說解均從己,徐鍇注則言

"乙，音甲乙之乙"，祁刻後印本殆據此校改。

其三，祁刻後印本改動《繫傳》抄本篆形的構件或字體。祁刻後印本改動正篆，如《繫傳》抄本中篆形構件明顯有誤，祁刻後印本加以校改，見"藻、刌、覞、虜、鷖、漦、闠"等篆下。參考《説文》和《韻譜》來看，《繫傳》抄本中"深、句、見、虜、蠱、未、昏"這些構件的篆形有誤，故祁刻後印本加以校改。此外，"崩、滴、洅"三例下，祁刻後印本分別校改了"朋、啻、再"的篆形，使它們與各自部首下的篆形一致。另外，祁刻後印本根據字體改動重文，見"綿"之籀文"綿"下。顧廣圻《説文考異》、嚴杰過録校本和鈕樹玉《説文解字校録》所引《繫傳》篆形與述古堂抄本、祁刻初印本相同，唯祁刻後印本作"綿"，與段玉裁《説文解字注》及姚文田、嚴可均《説文校議》説相合。段注篆形校改作"綿"，並云："此依小徐。右從聿，左從籀文帛也。"今案，段注之形，實是參考"帛"之籀文篆形校改，這一校改，與段玉裁舊藏的丁杰《繫傳》抄本上朱筆校改後的篆形一致。姚文田、嚴可均《説文校議》亦認爲此字篆形當從"帛"之籀文。祁刻後印本殆據此二説校改，致與傳世的大徐、小徐各本的篆形有別。

其四，祁刻後印本改動《繫傳》抄本篆形的結構布局，見"欐、想、撕、娱、驚、劈、勇、鉤、銈、鑿"等例下，均出自大徐本《説文》。其中，"欐"字尤能反映出大小徐本篆形在清代《説文》刊刻中的版本流變和相互影響。欐，《説文》宋本、毛刻初印本、孫本等作"欐"，《繫傳》抄本、《韻譜》作欐，這兩個篆形，分別代表了大徐本、小徐本兩系不同的篆形。毛刻剜改本作"欐"，當爲毛扆據毛氏抄本《繫傳》校改。祁刻本《繫傳》本以自毛氏抄本而出的顧廣圻抄本《繫傳》爲底本，故祁刻初印本與《繫傳》抄本的篆形相合。至祁刻後印本，篆形剜改作"欐"，反依大徐本改動。這樣，《繫傳》舊貌不復存在，亦令人遺憾。

其五，祁刻後印本校改避諱字。與"玄、弘、禛、寧"有關的避諱字，在祁刻初印本中多採用缺筆，後印本對部分字又作了細微的改動。

　　從校改來源上看，祁刻後印本對底本篆形的改動，大多直接本於大徐本《説文解字》，另有部分則與段玉裁《説文解字注》，姚文田、嚴可均《説文校議》説相合，除了上舉的"��"外，"��、��、��"等例，祁刻後印本的校改亦與段玉裁《説文解字注》之説相合。

四、"顧氏私改"：王筠對祁刻本《説文解字繫傳》篆形改動的誤解

　　清代學者王筠較早注意到了祁刻本對《繫傳》抄本篆形的改動。王筠曾留意收集《繫傳》的相關資料，早在道光九年（1829），王筠曾自李璋煜處獲見朱文藻《説文繫傳考異》，後又於道光十一年（1831）獲見葉氏平安館本《説文繫傳考異》，校於汪刻本《繫傳》上。時王筠與葉名澧商議，擬訂補朱文藻《考異》，是爲王筠開始撰寫《繫傳》校勘專著之緣起。王筠《説文繫傳校錄》，初名"説文繫傳考異"，後改"汪刻繫傳考異"，最後定名爲《説文繫傳校錄》，於道光十五年（1835）撰成初稿①。道光十九年，祁寯藻於江蘇學政任上刊成《繫傳》，至道光二十年十二月任滿回京，遂將祁刻本《繫傳》分贈給在京的友人。道光二十一年（1841）春，王筠自張穆處得到祁寯藻贈送的印次爲後印乙本的祁刻本《繫傳》，即作校勘，以完善《説文繫傳校錄》和《説文句讀》。道光二十三年（1843）七月，王筠

---

① 關於王筠校勘《繫傳》並撰寫《説文繫傳校錄》的情況，可參王筠手校汪啓淑刻本《説文解字繫傳》、王筠手校祁寯藻刻本《繫傳》及王筠《説文繫傳校錄》之稿本及刻本。王筠手校汪啓淑刻本《説文解字繫傳》，今藏山東省圖書館（善 1282）；王筠手校祁寯藻刻本《説文解字繫傳》，今藏國圖（善 05245）。王筠《説文繫傳校錄》稿本，今藏上海圖書館，綫善 759044 爲卷一至卷四，卷端初題"説文繫傳考異"，後塗改作"汪刻繫傳考正"；綫善 759045-45 爲卷一一至卷三〇，卷端題"繫傳校錄"。此二稿前後相貫，當爲同時的稿本。與王彥侗刻本《説文繫傳校錄》相較，手稿中未見校勘祁刻本、朱筠抄本之資料，知係王筠《説文繫傳校錄》之初稿。

由桂祥之介，另外借得朱筠（竹君）舊藏《繫傳》抄本校勘①。道光二十四年（1844），王筠離都赴山西，九月因山西巡撫喬用遷（見齋）囑校，得見另一帙印次爲後印丙本的祁刻本，注以"甲辰本"②。王筠獲見朱文藻《考異》、朱筠抄本《繫傳》及祁刻本後印乙本、後印丙本後，注意到《繫傳》抄本篆形和祁刻本間有不合，且後印丙本又有篆形的改動。在王筠手校祁寯藻本《說文解字繫傳》和王筠撰寫的《說文繫傳校錄》和《說文句讀》中，對祁刻本的篆形有不少措辭嚴厲的批評。

在王筠手校祁刻本《說文解字繫傳》中，批評祁刻本的篆形，如：

舁：㫃，大徐同。本書蓋據傳改之，非據本即然。

受：㖾，大徐同。本書乃據傳改之。

刃：㓞，此形固誤，乃附合"從刃從一"之說，而作"㓞"則顧氏重紕貽繆，可笑而可恨也。段氏據本亦作㓞。

烫：燙，各本皆同。所從者㓞之古文㓞也，顧氏無知妄作而改之。

猋：猋，朱本如此，與大徐同，是也。段氏吠形，百犬吠聲，何可耐也。

慈：慈，朱本如此，與大徐同。本書蓋依段氏改之。

門：門，全書皆然。本書作"門"，必顧氏以"戶"字例推而私改之，不知鐘鼎文從"戶"之字作"戶"也。庸人誤國，猶

---

① 朱筠抄本《說文解字繫傳》今藏臺圖（00923），十二册，黑格，半葉七行，鈐有"筠河府君遺藏書記"印章，《椒華吟舫書目》（國圖善02849，清抄本）著錄爲"《說文解字繫傳》（寫本），十二本"。

② 王筠道光二十四年的校勘情況，見王筠書前跋文："甲辰五月，又以汪刻及大徐本校之，幾無區別。""甲辰九月，山西藩憲喬見齋先生以此書使筠校之，乃知近來又有刊改者，蓋出吳、承諸人手，何其謬也。十一月初三日筠記。"又書中"祏，以其散故"，上有王筠批校："甲辰在晉，喬見齋方伯以此書命筠校之，則'故'字已刊改爲'放'矣，距辛丑二月春浦夫子賜筠此書，首尾四年而又作僞如此，疑是吳汝庚輩爲之。"此外，"蕸、靳、㫖、觸、籥、廥、殳"等字下，王筠或注"甲辰本"，或注"甲辰已改"等。

之此矣。

鼇：[篆]，朱本如此。本書篆體小，蓋亦校以大徐而改之。

枩：[篆]，各本同。惟平津本亦作[篆]，其序固云"屬顧千里辯白然否"也，然則本書亦顧氏杜撰可知。《集韻》引作"枩"。

鼂：[篆]，大徐同。本書亦據段氏說改之。

鼇：[篆]，本部改並爲重者凡三字，字形特小，蓋刻後刓改者，必强小徐同大徐，真鈍根也。

姞：[篆]，大徐同。本書乃作偽也。

案，王筠批校中，"舁、受、門"等篆下，批評祁刻本篆形據《繫傳》六書之說改動；"麤、慈、鼂"等篆下，批評祁刻本篆形據段玉裁《説文解字注》之說改動；在"鼇、鼇"等字下，則根據印本中篆形較小，疑爲刊刻後的刓改；"鼇、枩、姞"等篆下，將批評的矛頭指向顧廣圻，特別是"枩"下直言祁刻本篆形與孫本《説文》相合，爲顧廣圻"杜撰"。

王筠《説文繫傳校録》中，逕以"顧本"稱祁刻本，並根據朱文藻《考異》、朱筠抄本《繫傳》與祁刻本的篆形差異，對祁刻本篆形有所批評。除前述批校中涉及的諸字外，"彳、舛、戶、簨"等字下，王筠亦有"顧本私改""顧千里之過""顧氏私改""顧本用段氏説私改"之批評。至王筠《説文句讀》之《凡例》中，王筠云：

所據之《説文》本，大徐則毛氏本（異於見行本，似是刓改一二次者）；鮑氏本（誤字多，然無妄改）；孫氏本（誤字少，然序言顧千里改其篆文，則不可據）。小徐則汪氏本（篆皆刓自汲古，偶有一二不同，注尚可據）；馬氏袖珍本（即據汪氏，注中偶正一二字，似亦出肊斷）；朱文藻《考異》本（雖所出僅千二百餘字，然其異文前後一律，故知可據）；祁刻顧氏景宋抄本（"麤、白"二篆，蓋千里妄作；廿五卷，汪刻多異文，此張次立所據之大徐本也，顧本則與今大徐本同，又是千里妄作，其餘篆注多可據）；翁氏鈔《説文韻譜》及李氏刻本；朱竹君鈔本，與

> 汪刻大同，但篆文多異。《五音韻譜》大字本，其小字本則坊刻，
> 不足道也。

王筠對大小徐各系的篆形及注釋的優劣做了詳細的討論。王筠認爲，由顧廣圻摹刻篆形的孫星衍本《説文》，篆文"不可據"。王筠同時認爲，祁寯藻刻本《繫傳》有"千里妄作"的篆形改動。王筠還在道光二十六年（1846）致祁寯藻的書信中，尖鋭地指出："顧氏本篆文，有以大徐本改之者，有以段氏説改之者，有放像鐘鼎以改之者，不復成爲小徐本。"① 在王筠看來，祁刻本的篆形與《繫傳》抄本多有不合，故認爲祁刻本的篆形，是由於"顧氏私改"，即顧廣圻曾私自改動《繫傳》抄本。

考察祁刻本的刊刻情況可知，王筠所指出的祁刻本校改來源是正確的，但王筠批評的顧廣圻抄本爲"顧氏私改"，則實爲誤會。梳理述古堂抄本等清代《繫傳》抄本和顧廣圻、鈕樹玉、段玉裁等學人的校勘資料，比勘祁刻本《繫傳》不同印次，可以發現，顧廣圻抄本《繫傳》的面貌，當與毛氏抄本、錢楚殷抄本等《繫傳》足本系統的抄本接近。王筠批評的"白、𠀎"等例，毛氏抄本、顧廣圻抄本實與祁刻本相合；"𢎥、𪎭、鑒"等例則爲祁刻後印本據段玉裁之説改動，更與顧廣圻無涉。祁刻本《繫傳》的篆形與《繫傳》抄本的矛盾，主要發生在祁刻本刊刻過程中——祁寯藻刻本《繫傳》刊刻時，《通釋》以足本系統的顧廣圻抄本《繫傳》爲主要底本，其篆形也基本據《繫傳》抄本摹錄，遠勝於據毛刻剜改本篆形刊刻的汪啓淑刻本《繫傳》。不過，無論是祁刻初印本還是祁刻後印本，苗夔和承培元等人在以顧廣圻抄本《繫傳》爲底本刊刻時，也曾參考其他來源，對部分《繫傳》的篆形做了一定程度的改動，其中尤以後印乙本的篆形改動最大，至後印丙本中的篆形改動，則主要關乎清諱缺筆。這些改動，使祁刻本部分失却了《繫傳》篆形的舊貌。今天，在利用祁刻本《繫

---

① 〔清〕王筠《上春圃先生書》，收入王筠著，屈萬里、鄭時輯校《清詒堂文集》，濟南：齊魯書社，1987年，第151—155頁。

傳》的篆形時，有必要參考《繫傳》抄本、《韻譜》十卷本和清人校勘資料。

餘論、《韻譜》十卷本的篆形校勘價值及《説文》篆形的版本譜系

《説文》篆形是《説文》研究乃至古文字研究的重要資料。裘錫圭曾指出："《説文》成書後，屢經傳抄刊刻，書手、刻工以及不高明的校勘者，又造成了一些錯誤。"①

南唐年間，徐鍇在撰寫《説文解字繫傳》之外，曾參考《切韻》，摘録《説文》篆文和注釋，纂成按韻排列、注釋簡略的《説文解字韻譜》。《韻譜》和《繫傳》均爲徐鍇編撰，而釐清《韻譜》的版本源流，亦對校勘《説文》篆形有重要的意義。

傳世的《説文解字韻譜》，有十卷本和五卷本之別。早期的書志中，北宋《崇文總目》、南宋晁公武《郡齋讀書志》衢本、鄭樵《通志·藝文略》、陳振孫《直齋書録解題》中，僅著録有《韻譜》十卷本。南宋淳祐九年（1249）《郡齋讀書志》袁本之趙希弁《附志》，始著録有題爲"《篆韻》五卷"的《韻譜》五卷本。《韻譜》十卷本的早期刻本不傳，今存的早期抄本，有馮桂芬舊藏抄本、陸垹抄本、海源閣舊藏抄本（國圖10990），三者行款、篆形、注解基本一致，當同出一源。咸豐七年（1857），馮桂芬獲見《韻譜》抄本並縮摹上版。馮桂芬刻本牌記署同治三年（1864），書中馮桂芬識語署同治六年（1867），刊成大約在此前後。馮桂芬刻本在基本依底本摹刻的同時，個別曾參考《説文》和《繫傳》校改篆形。《韻譜》五卷本的主要刻本，有宋本、元延祐三年（1316）種善堂本、明嘉靖李顯刻本、清乾

---

① 裘錫圭《文字學概要》（修訂本），北京：商務印書館，2013年，第68頁。

隆四十七年李調元《函海》本①。馮桂芬、王國維、神田喜一郎、王勝昌、小川環樹、吉田（工藤）早惠、糸原敏章、鈴木俊哉等學者，曾從不同的角度論及《韻譜》十卷本和五卷本的版本差異和版本源流。今詳細校勘《韻譜》的韻次、收字、注釋和篆形等情況可知，《韻譜》十卷本的韻次與早期韻書接近，收字基本未收《説文》新附字，注釋較爲完整，篆形接近徐鍇《繫傳》抄本。整體來看，《韻譜》十卷本與徐鍇編撰的《繫傳》關係非常密切。《韻譜》五卷本的韻次與宋代官修的《廣韻》等韻書接近，基本符合四聲相承的格局；五卷本各韻下小韻順序及韻字順序基本同十卷本，而小韻末又往往增入《説文》新附字及《廣韻》等宋代韻書之字；五卷本的注釋多有删節（乃至文意不完），且雜入《廣韻》注釋；五卷本的篆形多有據徐鉉《説文》校改的情況，偶或沿襲十卷本舊貌②。從這些情況看，《韻譜》五卷本或經南宋時人據當時通行的大徐本和其他韻書校改，更接近徐鉉《説文》。因此，在《繫傳》篆形校勘方面，當充分利用《韻譜》十卷本加以校勘。

  清代學者中，只有少數學者利用《韻譜》校勘《説文》，這和《韻譜》在清代流傳不廣有關。就《韻譜》刊刻而言，乾隆四十七年，李調元《函海》初刻本刊成，收入《韻譜》五卷本，底本實爲祖出明李顯刻本的翁方綱抄本。乾隆後期，葛鳴陽曾請陳鱣就范氏天一閣舊藏明李顯本翻刻，因葛鳴陽乾隆五十五年（1790）落職，"繕寫既就，

---

① 關於存世的《説文解字韻譜》五卷本的版本源流，日本天理大學藏有《説文解字韻譜》，與元延祐三年種善堂本行款相同，但不同版。阿部隆一《天理圖書館藏宋金元版本考》以爲天理本爲明初翻刻本。結合版刻風格和文字異文，考察諸本源流，筆者認爲天理本實爲宋本，元種善堂本或自天理本翻刻。明嘉靖年間李顯刻本，自元種善堂本翻刻，間有校改；清乾隆四十七年李調元《函海》本，自翁方綱舊藏的祖出李顯本、並有翁方綱校改的翁方綱抄本《韻譜》而出。此外，日本尚有慶長活字本、寬文三年（1663）刻本、明治刻本等版本，均爲種善堂本在日本之餘裔。關於《説文解字韻譜》的版本源流，筆者另有專文討論。
② 整體看來，《韻譜》五卷本的篆形接近大徐本，但個別篆形上，透露出五卷本承襲十卷本的痕跡。如"陝、聾、褥"等字，《韻譜》十卷本篆形與《説文》《繫傳》皆不同，五卷本承之；又，"卫、筭、屉、𢓜、璪、搣、癬"等字，《韻譜》十卷本、五卷本與《繫傳》同，與《説文》不同。

半已登版"而未竟其事①。道光十九年祁寯藻撰寫《重刊影宋本説文繫傳叙》，嘗云："小徐《篆韻譜》，寯藻復從沈蓮叔都轉訪録，附刊書後，于楚金一家之言，庶云備矣。"然祁刻本實際並未附刻《韻譜》。同治初年，歷經板片散亡、底本佚失的馮桂芬，最終刊竣《韻譜》十卷本。就《韻譜》的流傳和利用而言，《函海》本收入叢書，刊刻不久後李調元罷官，攜版返里，故清人多未利用。王鳴盛曾在《蛾術編》"《説文》各本異同"條下言"徐鍇《韻補》已亡"②，段玉裁《汲古閣説文訂》《説文解字注》，姚文田、嚴可均《説文校議》及鈕樹玉《説文解字校録》等著述中，亦未參校《韻譜》。桂馥、王筠則是爲數不多的曾經充分利用《韻譜》進行《説文》校勘的學者。桂馥曾藏有元種善堂本《説文解字韻譜》，同時又與翁方綱交契，故或參考翁方綱抄本《韻譜》③。桂馥《義證》中引及《韻譜》者多達百餘處，小篆"革、鸝、塙、婼"和古文"昌、白、蠱"等條下，涉及《韻譜》篆形的校勘。王筠於道光十二年（1832）自葉名澧處獲贈李調元《函海》本《韻譜》，又借得葉名澧所藏的翁方綱抄本《韻譜》。王筠以此爲契機，撰寫了校勘《韻譜》的專著《説文韻譜校》。其初稿題"大徐韻譜校"，其中"所列挩文，以本書切脚爲次，新附亦與焉"，亦即包含大徐新附字，可知王筠已初步意識到《韻譜》五卷本

---

① 陳鱣舊藏明李顯本《説文解字韻譜》，今藏湖北省圖書館（經九/20）。陳鱣助葛鳴陽刻《韻譜》一事，見謝啓昆《小學考》卷一一"徐鍇《説文韻譜》"條下，又可參陳鴻森《陳鱣年譜新編（上）》，《中國經學》2018 年第 1 輯。
② 〔清〕王鳴盛著，陳文和主編《蛾術編》卷一八《説字四》，北京：中華書局，2010 年 8 月，第 387 頁。案，王鳴盛上文提及"鍇于《通釋》之外，別撰《説文韻補》"，此處"韻補"指徐鍇《韻譜》。
③ 桂馥舊藏元種善堂本《説文解字韻譜》，《天禄琳琅書目後編》卷三著録，今藏國圖（善12356）。《義證》"繙、綏"二條下明確提及"《韻譜》刻本"，"繙"下亦言"寫本"。又據"赳、孚、峪、靡、溪、蠿、鈃"等條下所引《韻譜》看，桂馥所用絕非多有誤字的《函海》本，而是其自藏的種善堂本《韻譜》。翁方綱乾隆四十六年（1781）作《致桂馥》（三）（收入翁方綱撰，沈津輯《翁方綱題跋手札集録》，桂林：廣西師範大學出版社，2002 年，第 554 頁），其中言及"《篆韻譜》"。桂馥在京時多與翁方綱互通書籍，其"寫本"或指翁方綱抄本《韻譜》。

與大徐本關係密切①；同時，王筠《説文句讀》之《凡例》，又將《韻譜》作爲小徐的校本之一；此外，在王筠《説文釋例》《説文繫傳校録》中，亦間有引及《韻譜》②。不過，桂馥、王筠所用《韻譜》均爲五卷本。至《韻譜》十卷本刊成時，段玉裁、桂馥、嚴可均、顧廣圻、鈕樹玉、王筠等學人均已謝世。《韻譜》十卷本刊刻雖然較遲，但其篆形來源較爲可靠，在《繫傳》乃至《説文》的篆形校勘中具有重要的校勘價值。參考《韻譜》十卷本的篆形，或能爲未來的《説文》篆形校勘、古文字考釋提供綫索。

同時，目前從《説文》篆形的版本譜系出發，對《説文》篆形校勘的探討，尚不够充分。結合《説文》的版本流傳和各本的刊刻情況看，《説文》的篆形大體可分爲大徐本、小徐本兩系。

大徐本一系，其源頭爲北宋雍熙年間徐鉉校訂並下國子監刊版的《説文解字》，其傳世的直接刻本爲南宋初期浙刻宋元遞修本，有早修印本和晚修印本兩個印次，清人多稱爲"小字本"。清嘉慶十四年（1809）孫星衍撰序的平津館本《説文解字》，以宋元遞修早修印本《説文解字》爲底本，由顧廣圻手摹篆文，校勘付梓，基本保留了宋本《説文》的篆形面貌。此後，《説文》刻本的篆形自孫本而出者，有陶升甫刻本、蔣瑞堂刻本、丁艮善刻本、陳昌治刻本等孫本的翻刻本。大徐本的間接傳本，則包括李燾《説文解字五音韻譜》以及由《五音韻譜》衍生出的毛氏汲古閣本《説文解字》——南宋孝宗淳熙

---

① 關於王筠校勘《函海》本及翁方綱抄本《韻譜》並撰寫《説文韻譜校》的情況，可參王筠手校函海本《韻譜》，王筠《説文韻譜校》初稿本、修訂稿本甲、修訂稿本乙，及光緒十六年（1890）劉嘉禾刻本、光緒年間姚覲元《咫進齋叢書》本。王筠手校《函海》本《韻譜》，今藏傅斯年圖書館（A423.15/404）。王筠《説文韻譜校》初稿本，卷端初題"大徐韻譜校"，後改爲"説文韻譜校"，今有傅斯年圖書館藏凌霞録副抄本（A423.15/033）。王筠手録的《説文韻譜校》修訂稿本甲，今藏廣東省立中山圖書館（80/1.50.29），存卷一、卷三至卷五，有王筠道光十三年（1833）至二十七年（1847）間的校勘題識，與劉嘉禾刻本關係密切。王筠手校的《説文韻譜校》修訂稿本乙，今藏上海圖書館（T07709—10），與光緒年間姚覲元《咫進齋叢書》本關係密切。關於王筠《説文韻譜校》的成書、版本和校勘情況，筆者另有專文討論。
② 王筠《説文句讀》在言及"所據之《説文》本"時，在"小徐"下言"翁氏鈔《説文韻譜》及李氏刻本"，指翁方綱抄本《韻譜》及李調元《函海》本；王筠《説文繫傳校録》卷首："更參以《説文》《韻譜》《五音韻譜》《玉篇》《廣韻》《汗簡》諸書，可疑者輒下己意，爲之判斷。"

年間，李燾以南宋初期浙刻本爲底本，改編成《新編許氏說文解字五音韻譜》。《五音韻譜》的淳熙初刻本不傳，存世的直接傳本爲南宋末年重刻本，包括未經補版的中國書店藏本和迭經元明補版的多個不同印次的印本。就篆形而言，宋本《五音韻譜》在承襲宋本《說文》早期面貌的同時，也有一些篆形小異。明代以降，《五音韻譜》屢經翻刻，存世的明刻本共計九種，此外尚有日本寬文十年（1670）夏川元朴翻刻本。結合版式、題名和校勘可知，明刻《五音韻譜》，皆自今傳的南宋末年重刊本的初印本而出，然篆形、注解間有改動。其中，弘治十四年（1501）車玉刻益藩本的影響最大，嘉靖七年（1528）郭雨山本自益藩本翻刻。萬曆天啟年間，趙宧光之子趙均以自郭雨山本翻刻的萬曆坊刻本《五音韻譜》的篆文和注釋爲基礎，參考趙宧光家藏的宋晚修印本《說文》的卷次和篆次，抄成趙均抄本《說文解字》。趙均抄本《說文解字》爲明末清初毛晉、毛扆父子刊刻的汲古閣本大字本《說文解字》的主要底本。毛本《說文》篆形的主要底色，實爲明刻《五音韻譜》，又曾據毛氏父子家藏的宋本《說文》、抄本《繫傳》等不同來源做了校改。隨着毛本《說文》在清代的廣泛流通，其篆形也深遠地影響了清代《說文》刻本和《說文》研究著作。清代《說文》刻本的篆形自毛本而出者，既包括直接自毛本翻刻的椒華吟舫本、淮南書局本等大字本《說文》，又包括嘉慶十二年藤花榭中字本《說文》，還包括乾隆四十七年的汪啓淑刻本《繫傳》。清代《說文》研究著作中，桂馥、段玉裁、鈕樹玉均曾獲見宋本《說文》、抄本《繫傳》等《說文》版本，但在桂馥《說文解字義證》、段玉裁《說文解字注》、鈕樹玉《說文解字校錄》中，篆形仍以毛剜改本爲主，又各有校改。另外，《說文解字韻譜》五卷本中的篆形，多與大徐本《說文解字》相合，爲大徐本篆形的支裔。

小徐本一系，其源頭爲南唐徐鍇撰成的《說文解字繫傳》。北宋時期《繫傳》似未有刻本。嘉祐年間，蘇頌、張次立等人曾在館閣校勘，並據大徐本補入了部分篆字和說解。其傳世的直接刻本，爲南宋中期浙刻本，亦即王應麟《困學紀聞》卷八《小學》下所言的"今浙東所刊，得本於石林葉氏，蘇魏公本也"①，今刻本部分僅存卷三〇至卷四〇殘卷。《繫傳》篆形主要保留在自南宋浙刻而出的《繫傳》抄本中，包括足本系統和缺本系統的抄本。朱文藻《説文繫傳考異》所據，有朱奂（文游）抄本、郁禮（陛宣）抄本、徐堅（孝先）抄本，皆爲缺本系統。參考朱文藻《考異》所述的《繫傳》抄本面貌，比勘缺本系統的朱筠抄本、翁方綱抄本、丁杰抄本等《繫傳》抄本和足本系統的述古堂抄本，可知除翁方綱抄本《繫傳》多雜入毛本篆形外，其餘各本的篆形大體相同②。清代的《繫傳》刻本中，乾隆四十七年汪刻本以缺本系統的翁方綱抄本爲主要底本刊刻，但篆形未據《繫傳》抄本摹録，而是另取毛剜改本《説文》，有違小徐舊貌。道光十九年祁刻本自足本系統的顧廣圻抄本而出，在基本保留《繫傳》抄本篆形的同時，亦間有改動。小徐本的間接傳本，爲《説文解字韻譜》十卷本，其中的篆形，多與小徐本《繫傳》相合，具有很高的價值。

　　梳理《説文》的版本流傳和篆形譜系可知，小徐本《説文解字繫傳》、大徐本《説文解字》、李燾《説文解字五音韻譜》原本相互關聯，但又相對獨立，隨着歷代《説文》的版本流傳和版本刊刻，各系之間發生了複雜的滲透。在今後的《説文》研究中，既要充分認識到大小徐二系可能存在不同的來源，也要關注《説文》在歷代傳刻中的相互影響。在《説文》篆形校勘中，應當選擇各系中較早的版本，排除修版、翻刻及後人改動等因素，並參考秦系文字等相關資料，加以校勘。這或對認識《説文》篆形有着重要的意義。

[作者單位] 董婧宸：北京師範大學民俗典籍文字研究中心、中國文字整理研究中心

---

① 〔南宋〕王應麟著，翁元圻輯注，孫通海點校《困學紀聞注》，北京：中華書局，2016年，第1151頁。
② 筆者曾校勘過的《繫傳》抄本，還包括國圖（善10037）、北大（LSB8829）、傅斯年圖書館（A423.12/423）等抄本。諸本《繫傳》中，翁方綱抄本《繫傳》的篆形（特別是籀文和古文），有不少自毛本而出，見"神、禂、瑾、謀、謽、鞷、智、覃、恕、戚、直、虺、摯"等字下。其餘各抄本的篆形，整體基本相合，僅在"白"等個別篆形上，因傳抄而間有出入。

北京魯迅博物館藏《幽明録》輯校初期手稿的離析復原
—— 兼論《古小説鉤沉》輯録的早期階段*

石　祥

提　要：現藏北京魯迅博物館的《幽明録》魯迅輯校初期手稿，是一批被裁剪開來的斷片。這些斷片入藏北京魯博後，被按照《古小説鉤沉》最終稿本的條目次序重新貼裱。但它們實際並非出自同一稿本，而是分屬至少 6 個彼此獨立的稿本。這些稿本均是魯迅在輯録初期依次翻檢《北堂書鈔》《初學記》等書，從中抄録《幽明録》佚文而形成的，具有"資料長編"的性質，後來被魯迅裁剪開來，以便編次排比。本文拼合復原了這些稿本未被裁剪時的原貌，並儘可能推考各稿本的書寫時段。

關鍵詞：魯迅　《幽冥録》　《古小説鉤沉》

南朝宋劉義慶集門客編纂的《幽明録》是中古時期知名的志怪小説。魯迅輯校此書，收入《古小説鉤沉》，所得遠多於之前《説郛》《琳琅秘室叢書》諸本。[①] 魯迅的輯校手稿現存 2 件，均藏北京魯迅博物館。一是《古小説鉤沉》最終稿本的《幽明録》部分，《魯迅輯校古籍手稿》曾影印；二是在新版《魯迅手稿全集》中首次公開的初期手稿。[②]

---

*　本文是國家社科基金項目"魯迅收藏校釋金石文獻活動之研究"（項目號：19BZW124）的階段性成果。
① 鄭晚晴注本以魯迅輯本爲基礎，增補了 11 條佚文。〔南朝宋〕劉義慶撰，鄭晚晴輯注《幽明録》，北京：文化藝術出版社，1988 年。
② 《魯迅手稿全集》第 34 册，北京：國家圖書館出版社、文物出版社，2021 年，第 4—124 頁。

本文討論的初期手稿，現存 280 枚斷片以及 2 張用來包裹斷片的散葉。斷片的尺寸大小不一，一般一枚斷片含 1 條佚文，極少數斷片上有 2 條佚文。兩張散葉留有明顯的包裹時造成的折痕；其中一張是貼於素紙上的格紙，題"幽明錄底子"，另一張是素紙，題"幽明錄底稿"（均爲魯迅筆跡）。

這些斷片現被貼裱在 13 幅紙上，第 1 幅裱紙上有紅筆標記"周作人 1956 年 9 月 21 日送來"，這一面貌的形成是由於："1958 年，許羨蘇和張希真在時任副館長楊宇同志指導下，<u>通過核對魯迅原書，完成了小條手稿的整理粘貼工作</u>，目的在於方便收藏管理。"① 意指當時貼裱斷片，是遵循《古小説鉤沉》最終稿本的條目次序。

如下文所述，這些斷片原先分屬多個早期稿本。這些早期稿本的內容及條目排序，與最終稿本有明顯差異。緣此，依照最終稿本的面貌，釐定早期稿本，既無法將後者整飭爲與前者一致的模樣，又模糊了早期稿本的原有面貌。緣此，本文嘗試將這些斷片重新"離析"，"復原"出各稿本未被裁開時的面貌，進而觀察魯迅輯錄工作的細節。

一、物質特徵與文本內容：拼合復原的判斷邏輯

拼合復原稿本的工作，由粗至細，分爲三個層次：一是歸類，辨識各斷片分屬哪一稿本，以及一共有幾個稿本；二是排序，判斷屬於同一稿本的不同斷片的相對位置關係，即孰先孰後（非指必定兩兩前後相鄰）；三是繫聯，確定每枚斷片的絕對位置，即某斷片位於該手稿的第幾葉，又與哪枚斷片前後相鄰。當所有斷片的絕對位置都被確定，復原工作便完成了。當然，由於斷片可能有缺失（詳下），拼合復原的結果會有斷闕，無法百分百地復原。

觀察這些斷片，可有如下認識：①斷片使用的紙張有 4 種，分別是："紹興中學堂試卷"藍色格紙、半葉九行黑口無魚尾墨印格紙、

---

① 此據葉淑穗回憶。

半葉九行白口無魚尾墨印格紙、無欄格素紙。由於很多斷片是僅有一兩行的小條，第二、三種格紙乍看不易區分，區別點是：第三種格紙相比第二種格紙，版框高度略低（低一字左右），通過交叉比對，就不難分辨。

②位於一葉中部的斷片，若是用格紙書寫，版心大多寫有葉碼（圖1）；若是素紙，則兩個半葉之間有較大留白，在留白的中心位置還可見對折的折痕（圖2），這相當於格紙的版心部分。

③一葉之首的斷片，首行右側有較大留白（圖3）；同理，一葉之末的斷片，末行左側有留白。部分此類斷片的留白已被裁去，但仍可從版框與行間欄綫的粗細不同，分辨出它們是否位於葉首或葉末。

④一葉之首的斷片，若留白尚在，右上角往往標有葉碼，由此可知此斷片的絕對位置（圖3）。

⑤有5枚斷片，首行題"幽明錄"或"幽冥錄"，它們是各稿本的起首（圖4）。

⑥基於③所述的位於一葉之首或之末的斷片的形態特徵，可以辨識出有些佚文橫跨兩葉，即斷片的前半部分在某葉之末，後半部分在次葉之首。又基於④所述，若次葉首的留白上的葉碼仍在，就可知曉此斷片的絕對位置（圖5）。

⑦兩枚斷片邊沿的痕跡形狀是否吻合，是識別相鄰斷片的最直接證據（圖6）。

⑧各條佚文末尾，標注有出處（輯錄來源）。須注意的是，有些標注經過改寫補注，手稿上的塗抹改寫痕跡宛然具在。首次標注，是隨着抄錄佚文一并寫下。其標注格式是：從各書錄出的第一條佚文，寫明書名卷數，如"太平廣記一百九"；以下各條則略去書名，只標卷數"又幾"；若同卷有多條佚文，則該卷首條佚文標"又幾"，次條起標作"同上"。換言之，最初標注的面貌是：

A條	B條	C條	D條	E條	F條	G條	H條	I條
御覽十	又十二	同上	同上	又二十五	同上	法苑珠林六	又七	同上

　　手稿未被裁割時，如此標記，足以表明出處，不至於混淆；若裁成獨立的小條，"又"指何書，"同上"指何卷，就無從區分。爲此，魯迅逐條補明書名卷數。如圖3，該條佚文輯自《御覽》卷一七六，魯迅原寫作"又一百七十六"，後將"又"改寫爲"御"。

A條	B條	C條	D條	E條	F條	G條	H條	I條
御覽十二	御覽十二	御覽十二	御覽二十五	御覽二十五	御覽珠林六	法苑	珠林七	珠林七

　　⑨覆核《太平御覽》《太平廣記》等原書可知，魯迅抄録的佚文，不限於署爲《幽明録》者，還包括署爲《幽明記》《幽冥記》《幽冥録》者，以及署爲他書但魯迅認爲屬於《幽明録》的佚文。凡署爲《幽明記》《幽冥記》《幽冥録》者，魯迅大多只標注輯自某書某卷，較少注明書名歧異；換言之，他默認這些"異名"是傳寫訛誤，或是古人不嚴格遵守原書名的習慣所致。而署爲他書者（如《世説新語》等），魯迅則在案語中加以説明。

　　⑩部分佚文在同一書（輯録來源）中被引多次，一般來説，如若標注了第二（乃至第三、第四）出處，則不再重複録出。若某條佚文在不同書中被引多次，則分别録出。

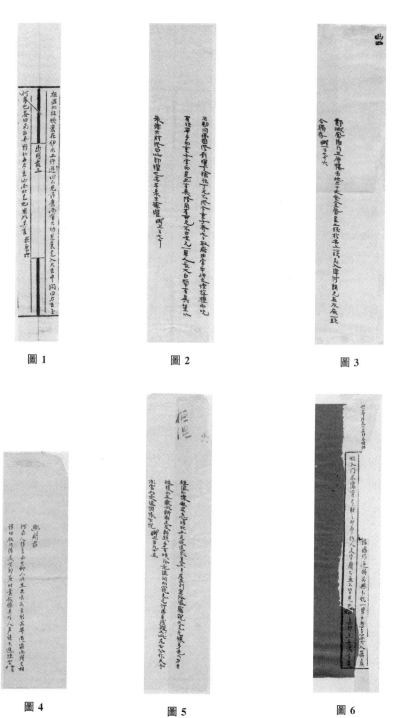

上述各項，是復原拼合所須參照的基點，同時它們也限定了復原所應遵守的邏輯邊界與空間。具體言之，拼合時須兼顧斷片的物質特徵與文本內容，對所有斷片做通盤考察，所得出的結果必須同時符合物質與文本兩方面的特點，不能有所扞格。比如，使用九行格紙的斷片，拼合結果必須符合半葉九行的面貌。接下來，就開始討論將上述認識轉化爲拼合復原的實際操作。

　　首先，各斷片屬於哪一稿本，共有幾個稿本，這兩個問題實質是一體兩面的。從結論來說，這些斷片分屬至少 6 個彼此獨立的稿本（表 1）。具言之，如前述第①⑤點，斷片使用 4 種紙張；5 枚斷片首行題書名"幽明錄"或"幽冥錄"，各是一個稿本的起首。二者的對應關係是：2 枚起首斷片使用半葉九行黑口無魚尾格紙，2 枚使用無欄格素紙，1 枚使用半葉九行白口無魚尾格紙；唯有使用"紹興中學堂試卷"格紙的稿本，未見起首斷片。

　　再將佚文來源與紙張繫聯觀察，如表 1 所示，輯自同一書的佚文斷片，極少使用不同紙張抄錄，只有《法苑珠林》《北堂書鈔》看似例外。但半葉九行白口無魚尾格紙的《法苑珠林》斷片、無欄格素紙的《北堂書鈔》斷片，首尾明確，自成一體（詳下，表 1 中●表示此件手稿的起首斷片或收尾斷片尚存），是兩個獨立的稿本，與使用別種紙張的同書斷片不相干。<u>由此可以確認，每件手稿只用一種紙張書寫，不混用別種紙張</u>。

表 1

使用紙張		輯錄來源
"紹興中學堂試卷"藍色格紙	1	北堂書鈔、初學記
半葉九行黑口無魚尾格紙	2	●太平廣記、蒙求注、事類賦、法苑珠林
	3	●白孔六帖、瑯玉集、開元占經、太平寰宇記、藝文類聚
	?	世說新語注
半葉九行白口無魚尾格紙	4	●法苑珠林●
無欄格素紙	5	●太平御覽●
	6	●北堂書鈔●

另一方面，如何判斷某一稿本的首尾邊界，或者説，該稿本包含何書，同時又不包含何書呢？如前述②④⑥⑦點，部分斷片標有葉碼，斷片邊沿的痕跡形狀（即裁剪時所造成的）是識別斷片是否相鄰的直接證據。將這兩項物質特徵與佚文來源繫聯觀察，可以判斷出：在半葉九行黑口無魚尾格紙的斷片中，《蒙求注》《事類賦》《法苑珠林》斷片，與《太平廣記》斷片葉碼承接，且前書末條佚文斷片與後書首條佚文斷片的邊沿痕跡吻合，故此四書爲一組，構成一個稿本；同理，《瑚玉集》《開元占經》《太平寰宇記》《藝文類聚》斷片，與《白孔六帖》斷片承接，是與前者不同的另一組即另一個稿本；只有輯自《世説新語注》的斷片歸屬不明（詳下）。"紹興中學堂試卷"藍色格紙的《北堂書鈔》《初學記》斷片，亦前後相接，起首斷片雖已不見，但是一個稿本無疑。

觀察所有標有葉碼的斷片，會發現出自同一輯録來源（同一書）的斷片所在葉碼越大，則該條佚文在輯録來源中的卷數便越靠後。比如説，位於第四葉的佚文斷片出自《御覽》卷一七六，第五葉的佚文斷片出自卷三三八，第十葉的佚文斷片出自卷四七九，第二十葉的佚文斷片出自卷八一一，等等。與之類似，通過斷片邊沿痕跡吻合而確定是前後相鄰的斷片，亦是在前的斷片佚文出處卷數靠前，在後的斷片佚文出處卷數靠後。還有部分相鄰斷片佚文出於同書同卷，覆案原書可知，凡此種情況，前一斷片的佚文在該卷内的位置，皆先於後一斷片。基於以上情形，可知：魯迅從頭至尾順次翻檢各書，將佚文逐一録出，方能形成這些早期稿本的此種面貌。緣此，<u>先利用斷片上的版心葉碼與葉角葉碼，"搭建"出各稿本的大體框架，然後覆案《御覽》《廣記》《書鈔》各書，確認斷片佚文所在的卷次位置，便可將每枚斷片"填充"到上述框架之中，復原出各手稿的本來面貌。</u>

當然，每件手稿的細節有所不同，以下逐一分述。

二、使用"紹興中學堂試卷"藍色格紙的手稿A

此件（以下稱"手稿A"）所用格紙，半葉八行，字格扁寬，版心上方印有"紹興中學堂試卷",各葉天頭蓋有"國文科/分數""坐號"紅色木戳。每行字格寫有兩行佚文,即每半葉實際有 16 小行。內容是《北堂書鈔》《初學記》所載佚文。除了"龐企"斷片是周作人字跡,其他斷片皆是魯迅筆跡。現存斷片 33 枚,其中"楊林廟"斷片上貼有小籤,題"七 幽明錄"。

手稿 A 的面貌特徵與內容,與現被稱為《小說備校》的一組手稿一致。《小說備校》手稿分藏中國國家圖書館、北京魯迅博物館,未被裁開,易於觀察特徵:用"紹興府中學堂試卷"藍色格紙,各葉多蓋有"國文科/分數""坐號"紅色木戳;各書首葉首行題書名,如"拾遺記",其下每行字格抄寫兩行佚文;魯迅與周作人筆跡夾雜,魯迅筆跡佔多數。各書首葉貼有小籤,標記編號與書名,如"二 搜神記";內容是《北堂書鈔》《初學記》《酉陽雜俎》所載佚文,循各書卷次錄出。國圖收藏 7 種,按小籤標記的編號,依次為"一 拾遺記""二 搜神記""三 搜神後記""五 十洲記""六 神異經""八 異苑",以及小籤上無編號僅題書名的《洞冥記》;魯博收藏 1 種,為"四 述異記"。① 顯然,手稿 A 就是《小說備校》所闕之"七"。

既然手稿 A 是《小說備校》的一部分,而《小說備校》手稿的其餘 8 種面貌體式劃一,那麼復原時就可循類推比。首先,《小說備校》是依次翻檢《北堂書鈔》《初學記》《酉陽雜俎》而成,或者說,這四種書是《小說備校》系手稿搜檢佚文的範圍。檢《酉陽雜俎》,未引《幽明錄》,再檢《初學記》,所引《幽明錄》以卷二九"謝鯤"為最末。手稿 A 恰存"謝鯤"斷片,可見手稿 A 至此完結,其後不應再有其他斷片。

其次,《小說備校》其他 8 種的首葉均有小籤。手稿 A "楊林廟"斷片亦有小籤,該斷片橫跨版心(四小行,版心右側三行、左側一

---

① 1952 年,唐弢編纂《魯迅全集補編拾遺》,將國圖所藏 7 種手稿標點整理。唐弢整理本構建了人們對於《小說備校》的一般認知,此本的最大缺憾是未按魯迅在小籤上標識的次序排列各書,而是改為《神異經》《十洲記》《洞冥記》《搜神記》《搜神後記》《王子年拾遺記》《異苑》。至於收錄不全,則是當時條件所限。

行），可知它的絕對位置是首葉版心兩側。

以下斷片亦位於版心兩側："東萊人"（一小行，在版心右側）與"漢武帝見物如牛肝"（兩小行，在版心左側），均出《書鈔》卷一四八。"張顥"（版心兩側各一小行），出《初學記》卷三七。又依前述③⑥兩項，"吳龕"（《書鈔》卷一三七）在一葉之首，"董卓信巫"（《書鈔》卷一三六）在一葉之末，"艾縣輔山"（《初學記》卷五）橫跨兩葉。覆案《書鈔》《初學記》，檢出兩書中的所有《幽明錄》佚文，與現存所有斷片對照排比，可以確認："董卓信巫"斷片爲首葉之末，"吳龕"斷片爲第二葉之首，"東萊人"斷片與"漢武帝見物如牛肝"斷片位於第二葉版心兩側，"艾縣輔山"斷片在第二葉之末與第三葉之首，"張顥"斷片在第三葉版心兩側。

經排比，各葉有幾處空白，顯示有部分斷片缺失。核檢《書鈔》《初學記》，可知缺失斷片是哪些佚文。由於手稿A的抄寫格式相對固定（每小行在30字上下），因此還可進一步估算出缺失斷片占據幾行。第一處空白是首葉前三小行。依《小說備校》其他手稿的格式類推，前兩小行（即格紙的第一行）題寫書名"幽明錄"，第三小行是"甘泉王母"條（《書鈔》卷一二）。第二處空白是首葉第十三行，此處應是"海中有金臺"條（《書鈔》卷一三三）。第三處空白是第二葉第七、十小行（"趙良"斷片兩側各空1小行），檢《書鈔》卷一四二，"趙良"條前後有"海內有金臺""海內有臺"兩條，文句近似[①]，篇幅皆可容納於一小行之內；緣此，它們就是缺去的第七、十小行。與之同理，第四處空白是第三葉第四至七小行，四至六小行應是"孫鍾"（《初學記》卷八），七小行應是"廟方四丈"（《初學記》卷一三）。加上這些現已不存的斷片，手稿A首尾齊整，嚴絲合縫。

手稿A的復原結果，如表2。（●表示此斷片位於稿本起首或末尾，▲表示此斷片在某葉之首，▼表示在某葉之末，▼▲表示橫跨相鄰兩葉，‖表示此斷片橫跨版心或在版心的某一側，＊表示缺失斷

---

① 這兩條與前述卷一三三"海中有一金臺"近似。換言之，此條佚文在《書鈔》中凡三引。

片，加底綫者爲周作人筆跡或是有周作人筆跡，以下各表同。）

表 2

	條目	對應行（小行）
第一葉	●＊標題"幽明録"	1～2
	＊甘泉王母（《書鈔》12）	3
	句章人（106）	4～5
	謝摘（108）	6
	劉綜善彈琴（109）	7～8
	始興縣有睪天子城（121）	9～10
	郗方回（121）	11～12
	＊海中有一金臺（133）	13
	‖楊林（134）	14～17
	晉隆安中顔從嘗起新屋（135）	18～22
	義熙三年山陰徐琦（135）	23～25
	義熙七年東陽道斯（136）	26～27
	義熙中費道思（136）	28～29
	▼董卓信巫（136）	30～32
第二葉	▲吳龕（137）	1～2
	王敦近吳猛惡之（137）	3～4
	謝安夜夢乘桓溫輿（140）	5～6
	＊海内有金臺（142）	7
	河南趙良（142）	8～9
	＊海内有臺（142）	10
	姚泓叔父（144）	11～12
	漢武帝與群臣宴（144）	13
	司馬休之（145）	14～15
	‖東萊人（148）	16
	‖漢武帝見物如牛肝（148）	17～18
	漢建武元年（148）	19～20
	嵩高山北有大穴（《初學記》5）	21～25
	宜都建平（5）	26～27
	吳龕（5）	28～29
	望夫石（5）	30～31
	▼▲艾縣輔山（7）	32

續表

	條目	對應行（小行）
第三葉	艾縣輔山（續）	1
	襄邑南瀨鄉（8）	2～3
	*孫鍾（8）	4～6
	*廟方四丈（13）	7
	龐企（20，周作人筆跡）	8～10
	鄴城鳳陽門（25）	11～12
	長安張氏（27）	13～15
	‖常山張顥（27）	16～17
	洛下有潤穴（29）	18～20
	謝鯤（29）●	21～23

三、使用半葉九行黑口無魚尾墨印格紙的手稿 B 與手稿 C

　　使用此種格紙的手稿，全是魯迅筆跡，内容是《太平廣記》《蒙求注》《事類賦》《法苑珠林》《白孔六帖》《瑪玉集》《開元占經》《太平寰宇記》《藝文類聚》《世說新語注》所引佚文。如前述，《太平廣記》《蒙求注》《事類賦》《法苑珠林》爲一組，《白孔六帖》《瑪玉集》《開元占經》《太平寰宇記》《藝文類聚》爲另一組，是彼此獨立的 2 件手稿，以下分别稱爲"手稿 B""手稿 C"。

　　手稿 B 始自"趙泰"條（從《廣記》卷一〇九抄出）。該斷片是前述⑤指出的起首斷片之一，首行題"幽明録"，以下爲佚文正文。此條篇幅很長，占據完整的前兩葉，首葉版心標"幽一"，次葉版心標"幽二"，次葉右上角又標"幽二"。如此條斷片所示，既標有版心葉碼，又有葉角葉碼，是手稿 B 的特徵之一。再從手稿 B 的其他斷片來看，這兩套葉碼大體對應，而略有參差，加之裁割及斷片缺損的影響，這兩套葉碼各有一些斷缺，並不連貫，須加以解説。

　　版心葉碼，起一終三十五，其中"幽九""幽十"的版心斷片現已不存，故而這兩個葉碼斷缺未見。此外，有兩葉版心均標"幽八"，兩葉均標"幽十一"，但各自内容不重複，且與上下葉連貫，或許是偶然筆誤。

葉角葉碼受裁割與貼蓋的影響，斷缺不可見者較多，但大體仍連貫。具體來説，葉角葉碼從次葉標起，作"幽二"；以下至第四葉，版心葉碼與葉角葉碼同步；第五葉的葉角葉碼不可見，第六葉作"幽七"。覆案《太平廣記》卷一三一至一九七，這幾卷所引《幽明録》佚文全部録於第四至七葉，前後銜接連貫，第五、六葉之間不可能另有一葉。只能推測，魯迅標記葉角葉碼時有疏漏，跳過了"幽六"。

依這兩套頁碼來看，手稿B至少有37葉。其中，《廣記》占去了絶大部分篇幅，始首葉，終第三十六葉（版心葉碼"幽三十四"、葉角葉碼"幽卅七"）第二行；其次爲《蒙求注》所引佚文，位於第三十六葉第三行至第八行；隨後是《事類賦》，起第三十六葉第九行。——值得注意的是，《廣記》末條與《蒙求注》首條、《蒙求注》末條與《事類賦》首條，斷片邊沿痕跡相符，可見以上三書緊密相承。最後是《法苑珠林》，僅存"孫恩"斷片一枚，位於第三十七葉第八、九行，此條在《珠林》引文中卷次最前，《珠林》引文部分自此始。

如前述，有些佚文被多處徵引，文句有或大或小的差異。手稿A將此類佚文逐一抄出，手稿B則是或抄或不抄。如彭娥條，手稿B録《廣記》卷一六一引文，下注"又三百九十七"，但未録卷三九七引文。賈弼（賈弼之）條，卷二七六、三六〇均引，手稿B皆抄。

又如前述，在將手稿裁開之際，魯迅補寫佚文出處。其間出現了一些錯誤，手稿B的《廣記》部分尤爲明顯。如，《廣記》卷三八三有5條《幽明録》佚文，首條"索盧貞"原標爲"又三百八十三"，"琅琊人王""余杭廣""曲阿人""食牛人"四條作"同上"；補寫時，後四條全部誤作"廣記三百七十三"。又如，王仲文條出自《廣記》卷一四一，原作"又一百四十一"，二次標記時，卻誤改爲"御一百四十一"（即《太平御覽》）。

另如前述，在這些初期手稿中，魯迅是順次尋檢諸書，録出佚文。但手稿 B 的《廣記》部分稍有例外。魯迅錄完卷三七六引文後，先錄卷四一五至四六〇引文，回頭檢錄卷三七八、三八三，然後再檢卷四六〇之後各卷。上述排序，可以得到佚文斷片邊沿痕跡的證明。

從復原情況來看，手稿 B 也有一些斷片已缺損不見。《廣記》部分的第一處缺損是第十葉至十一葉之間的"蔣子文"，現僅存末尾部分（第十一葉末兩行至第十二葉第四行）。第二處是第十六葉第二至五行，其前一條"李經"與後一條"司馬恬"均出卷三一八；覆案《廣記》，這兩條之間只有"謝邈之"（出《錄異傳》）、"彭虎子"（出《稽神錄》）。"謝邈之"較長，無法在四行中寫下，推測殘損處是彭虎子條，疑是魯迅誤抄，裁割時捨去。第三處是第三十二葉首四行，其前爲"蘇瓊"（卷四六〇），其後爲"代郡亭"（卷四六一），在《廣記》原書中，他們之間有"楚文王"（卷四六〇）、"朱綜"（卷四六一）兩條，均出《幽明錄》。從篇幅上考慮，四行無法同時寫下"楚文王"與"朱綜"，只能是二選一，但二者篇幅接近，無法推知魯迅實際抄錄的是哪一條。末尾的《事類賦》《法苑珠林》部分，缺損較多。《事類賦》引文有 15 條，現僅存 3 條。《法苑珠林》引文有 17 條，現僅存最前的"孫恩"，從"孫恩"之後的各條篇幅來看，手稿 B 的實際葉數應不止 37 葉。

除去上述缺損以及魯迅有意捨去未錄的佚文之外，可確指爲漏輯的，僅有《廣記》卷三二〇"任懷仁"一條。手稿 B 的復原結果如表 3。

表 3

版心葉碼	葉角葉碼	佚文條目及出處
幽一	無	●趙泰（《太平廣記》109）
幽二	幽二	
幽三	幽三	▲宋有一國（112）、‖▼▲漢武帝宴群臣（118）
幽四	幽四	漢武帝宴群臣（續）、‖毛寶（118）、‖庾宏（119）、▼謝盛（131）

續表

版心葉碼	葉角葉碼	佚文條目及出處
幽五	缺損	▲何比干（137）、袁安（137）、‖陳仲舉（137）、周超（137）、王仲文（137）、▼▲李鎮（142）
幽六	幽七	李鎮（續）、彭娥（161）、‖▼▲洛中有澗穴（197）
幽七	幽八	洛中有澗穴（續）、買粉兒（274）、許攸（276）、▼▲張甲（276）
幽八	幽九	張甲（續）、馮孝將（276）、徐精（276）、‖賈弼（276）、‖王奉先（276）、明裔之（276）、▼桓邈（276）
幽八	幽十	▲舒禮（283）、‖楊林（283）、陽起（291）、▼▲徐郎（292）
缺損（推定幽九）	幽十一	徐郎（續）、*▼▲蔣子文（293）
缺損（推定幽十）	缺損（推定幽十二）	僅存末兩行，*蔣子文（續）。
幽十一	幽十三	蔣子文（續）、葛祚（293）、‖陳緒（294）、高衡（293）、▼▲沈縱（294）
幽十一	幽十四	沈縱（續）、武曾（294）、晉孝武帝（294）、‖宮亭廟（295）、▼▲安世高（295）
幽十二	缺損（推定幽十五）	安世高（續）、‖河伯（295）、▼▲鍾繇（317）
幽十三	幽十六	鍾繇（續）、王弼（317）、‖陳仙（317）、魯肅（317）、趙伯倫、▼▲李經（318）
幽十四	幽十七	李經（續）、*彭虎子（318）、司馬恬（318）、‖阮德如（318）、陳慶孫（318）、▼▲甄沖（318）
幽十五	幽十八	‖甄沖（續）、▼▲阮瞻（319）
幽十六	缺損（推定幽十九）	阮瞻（續）、臨湘令（319）、‖顧氏（319）、‖江州錄事（319）、▼▲陳素（319）
幽十七	幽廿	陳素（續）、胡章（319）、蔡謨（320）、‖王明（320）、▼▲王彪之（320）

續表

版心葉碼	葉角葉碼	佚文條目及出處
幽十八	幽二十一	王彪之（續）、王凝之（320）、‖姚牛（320）、桓恭（320）、▼▲阮瑜之（320）
幽十九	幽二十二	阮瑜之（續）、劉澄（320）、‖劉道錫（320）、趙吉（320）、▼▲司馬隆（320）
幽二十	幽二十三	司馬隆（續）、牽騰（321）、‖▼▲新鬼（321）
幽二十一	幽二十四	新鬼（續）、劉青松（321）、‖胡馥之（321）、賈雍（321）、▼▲襄陽軍人（322）
幽二十二	幽二十五	襄陽軍人（續）、呂順（322）、‖庾崇（322）、▼王志都（322）
幽二十三	幽廿六	▲王矩（322）、‖張隆（323）、▼▲吉磬石（323）
幽二十四	幽二十七	吉磬石（續）、給使（323）、‖賀思令（324）、‖劉雋（324）、▼巢氏（324）
幽二十五	幽二十八	▲龐阿（358）、‖桓溫參軍（359）、郭氏（359）①、▼庾謹（360）
幽二十六	幽二十九	▲商仲堪（360）、郗恢（360）、‖賈弼之（360）、朱宗之（360）、▼▲丁譁（360）
幽二十七	缺損（推定幽卅）	丁譁（續）、樂遝（360）、劉斌（360）、王徹（360）、‖江淮婦人（368）、▼▲世有甲者（376）
幽二十八	幽卅一	世有甲者（續）、‖董奇（415）、‖華隆（437）、溫敬林（438）、▼▲王周南（440）
幽二十九	幽卅二	王周南（續）、終祚道人（440）、‖清河郡守（440）、‖徐密（440）、董仲舒（442）、▼蘇瓊（460）
幽三十	缺損（推定幽卅三）	**（首四行缺）**……代郡亭（461）、‖姚略（462）、馮法（462）、桓豁（462）、▼▲干慶（378）
幽三十一	幽卅四	干慶（續）、‖陳良（378）、▼▲索盧貞（383）
幽三十二	幽卅五	索盧貞（續）、‖琅琊人王（383）、‖余杭廣（383）、▼▲曲阿人（383）

---

① 此條誤標358。

續表

版心葉碼	葉角葉碼	佚文條目及出處
幽三十三	缺損 (推定幽卅六)	曲阿人（續）、食牛人（383）、‖鍾道（469）、蔡興（469）、▼贛縣吏（472）
幽三十四	幽卅七	▲朱誕（473）、孫鍾（《蒙求注》卷中）、黃尋先、宋處宗（卷下）、‖望夫石（《事類賦》7）……宜都建平（7）、王姥（8），以下缺損。
幽三十五	缺損 (推定幽卅八)	僅存版心右側兩行，‖孫恩（《法苑珠林》6）……以下缺損

手稿 C 抄錄《白孔六帖》《珮玉集》《開元占經》《太平寰宇記》《藝文類聚》所載佚文。首葉首行題書名"幽冥錄"，各葉版心標葉碼"幽明錄幾"（存一至五，第六葉版心位置的斷片不存），第二葉右上角標"幽明二"，其餘各葉此部位或有缺損，無法確認是否每葉都有葉角葉碼。經綴合，可確認現存斷片分屬 6 個連續葉面，即第一至六葉。

關於手稿 C 中輯自不同書的斷片之次序，須做解說：如表 4 所示，按照版心兩側的斷片及其上的版心葉碼，首先可以確認《六帖》先於《占經》，《占經》先於《類聚》。《六帖》的最後一條引文斷片，至首葉倒數第二行結束。其下應接另一書的第一條引文，且該條引文首行在葉末。《珮玉集》引文斷片恰符合此點（兩行，首行在葉末，次行在另一葉首，右上角題"幽明錄二"）；可見《白孔六帖》後接《珮玉集》①。其下，《占經》引文始自第二葉第四行，終第三葉第兩行，《類聚》引文自第三行第九行起，與《占經》引文之間有 6 行空缺；而《寰宇記》的 2 枚引文斷片恰爲 6 行，宜在此處。

覆案原書，《六帖》引《幽明錄》7 條、《占經》引 5 條、《寰宇記》引 2 條、《珮玉集》引 1 條，相應斷片俱在。《類聚》引 28 條，斷片存 19 條。在缺失的 9 條《類聚》引文中，有 4 條在《類聚》原

---

① 此斷片與《占經》引文之間尚有兩行空缺，無法考出是何內容。

書中位於現存最末的"宋處宗"斷片之後，它們是：卷九一"楚文王時有人獻鷹"、卷九二"楚文王好獵"（與上條類似而文句較簡）、卷九四"洛下有洞穴"、卷九六"仲祚道人"。根據它們的篇幅，按手稿C每行30字左右的抄寫格式推算，這4條無法在一葉中容納，因此手稿C原本不止6葉。在宋處宗條之前的5條，分別是：卷六"宜都建平"、卷三八"廟方四丈"、卷六二"海中有金臺"、卷八七"孫鍾"、卷九一"姚略"。據各條字數推算篇幅，依卷次先後排列，恰好可以補足手稿C中的5處空缺，嚴絲合縫。

表 4

版心葉碼	佚文條目及出處
幽一	●劉晨阮肇（六帖5）、王丞相茂弘（23）、賈弼（23）、‖羊叔子（30）、荊州參軍（95）、洛有洞穴（96）、謝鯤（97）、▼▲馮貴（珊玉集14）
幽二	馮貴（續）、（缺兩行）、袁真（占經71）、‖漢武帝（83）、晉太元中（88）、張茂度、▼▲晉武帝（113）
幽三	晉武帝（續）、洛下有洞穴（太平寰宇記5）、楊林（126）、‖桓溫北伐（類聚6）、＊宜都建平（6）、劉晨阮肇（7）、▼賈弼之（17）
幽四	＊▲廟方四丈（38）、桓豁（44）、巢氏（44）、張顥（46）、＊海中有金臺（62）、‖鄴城鳳陽門（63）、王輔嗣注易（79）、▼▲呂球（82）、
幽五	呂球（續）、常醜奴（82）、牛渚津、巴丘縣（83）、‖漢武帝幸河渚（84）、王敦（84）、▼諸葛氏兄弟（85）
缺損（推定幽六）	▲成彪（86）、曹娥（87）、＊孫鍾（87）、虎晚家（88）、＊姚略（91）、宋處宗（91）……以下缺損

此外，使用半葉九行黑口格紙的還有《世說新語注》所載佚文斷片4枚："王子猷"（傷逝篇），在某葉末；"索元"（傷逝篇）、"陶公在尋陽"（賢媛篇）、"羊祜（叔子）"（賢媛篇），據斷片邊沿痕跡可知，此3枚斷片前後相鄰，皆在某葉前半，"索元"在該葉之首。《世說新語注》所載《幽明錄》佚文僅此4條，次序亦同。但以上斷片無葉碼，不知是屬於手稿B抑或手稿C，還是二者以外的另一件手稿。

四、使用半葉九行白口無魚尾墨印格紙的手稿 D

　　寫於這種格紙的斷片皆是《法苑珠林》所引佚文，共 10 條，全爲魯迅筆跡，明顯屬於同一件手稿（以下稱手稿 D）。《珠林》有一百卷本、一百二十卷本之分，將手稿 D 各條佚文末標注的卷數與《珠林》原書相核，可知魯迅翻檢的是一百卷本。

　　手稿 D 首葉首行題"幽明錄"，版心下方題"幽一"，其後各葉亦有版心葉碼"幽幾"。首條佚文"劉晨阮肇"篇幅較大，至首葉 B 面第五行止，即橫跨兩個半葉。末條佚文爲"張縫"（《珠林》卷六七），它占用了"幽三"末兩行與下一葉的首四行。下一葉的其餘部分被裁去，但實際仍保存了下來，即前述包裝紙散葉之一的"幽明錄底子"。該包裝紙闕前四行，版心下方題有"幽四"，正好與"張縫"嚴絲合縫。由此可知，手稿 D 四葉全。

　　值得注意的是，手稿 D 首尾完整，但未全部錄出《珠林》所引佚文。核檢《珠林》，引《幽明錄》共 17 條，手稿 D 未錄的 7 條，分別是：卷六"孫恩"、卷三一"洛下有一洞穴"、卷三二"彭娥"、卷五六"王文度"、卷六二"舒禮"、卷七五"上湖"、卷九五"王長豫"。依前述幾件手稿來看，魯迅搜檢佚文相當細緻，極少有失檢之處，因此很難將未錄佚文全部歸因爲尋檢疏忽。

　　若説魯迅是選擇性抄錄，亦存在問題，蓋無法推導出明確的取捨原則。與《御覽》等書類似，《珠林》引文所標注的出處，除《幽明錄》之外，還有《幽冥錄》《幽冥記》。在手稿 D 錄出的佚文中，"劉晨阮肇""黃原""晉海西公時""淳于矜""張春""陳相子""宋有一國""安開"，《珠林》署爲《幽明錄》；"李羨家奴""張縫"，署爲《幽冥錄》。而在未錄佚文中，"洛下有一洞穴""彭娥""上湖""王長豫"，署爲《幽明錄》；"孫恩""王文度"，署爲《幽冥錄》；"舒禮"署爲《幽冥記》。可見錄與不錄，與所署書名異同無關。

　　另一方面，《珠林》所引的某些佚文，亦見引於他書。此類佚文，有的見於手稿 D，有的則無。如首條 "劉晨阮肇"，《六帖》卷五、《類聚》卷七亦引，手稿 C 兩錄之；第七條 "宋有一國"，《廣記》卷一一二亦引，手稿 B 錄之；手稿 D 未錄的彭娥條，《廣記》卷一六一、三九七皆引，手稿 B 錄前者。可見手稿 D 又無 "迴避" 他書共引佚文的抄錄原則。

總言之，專錄《珠林》引文的手稿 D，爲何不錄出全部佚文，尚難給出較爲令人信服的解釋。

表 5

版心葉碼	佚文條目及出處
幽一	●‖劉晨阮肇（法苑珠林 31）、▼▲黃原（31）
幽二	黃原（續）、‖晉海西公時（31）、▼▲淳于矜（31）
幽三	淳于矜（續）、張春（31）、陳相子（36）、‖宋有一國（50）、安開（61）、李羨家奴（67）、▼▲張縫（67）
幽四	（續）張縫（67）●

五、使用素紙的手稿 E 與手稿 F

使用素紙的斷片數量很多，內容均爲《太平御覽》引文，屬於同一件手稿（以下稱手稿 E）。手稿 E 共 37 葉，嚴格按半葉七行的行款抄錄。各葉右上角標葉碼 "幽幾" 或 "幽明錄幾"，葉碼大體連貫，只有少數因裁割損去，現存最小者爲 "幽四"，最大者爲 "幽三十七"。"幽三十七" 整葉留存，未經裁割，此葉只有常醜奴條（出《御覽》卷九九九），占前三行，以下全是留白；核《御覽》原書，"常醜奴" 以下再無《幽明錄》佚文，可見這裏便是手稿 E 的末尾。

在手稿 E 中，有以下兩個形態特徵值得留意。其一，凡某斷片在同一葉內占據七行以上的篇幅，則必有某兩行的行距明顯大於其他各行，且這兩行之間還留有對折的折痕，無一例外。如 "幽十六" 首行至第十行爲舒禮條，第七、八行的間隔明顯大於其他行，中間有折痕。其二，位於各葉首尾的斷片，但凡留白部分未被裁去，留白處均有從上至下、位於一條直線上的四個針眼，針眼位置互相對應吻合。——這兩個特徵都是綫裝方式留下的痕跡，換言之，手稿 D 原先是以綫裝方式裝訂成册。在綫裝書中，一個整葉是被對折爲左右兩個半葉之後，再裝訂起來的，所以前半葉末行之後與後半葉首行之前，必然各有一定幅度的留白（類似於現代書籍的"頁邊距"），將一整葉平攤時，這兩行的間隔就明顯大於同一半葉内的各行。此外，書寫葉角葉碼的位置（書葉右上角），在裝訂成册時，位於裝訂綫以内（書腦），無法寫字，所以葉角葉碼"幽幾"必是在散葉狀態下題寫的。

與前述幾件手稿不同，在手稿 E 中，有大量周作人筆跡，且與魯迅筆跡無規律地夾雜出現。如王伯陽條（卷三七五），首行是魯迅筆跡，後兩行是周作人筆跡；張甲條（卷九四八）前三行爲周作人筆跡，第四行第六字開始是魯迅筆跡。此現象關涉手稿的輯録時間，詳下論述。

表 6

葉角葉碼	佚文條目及出處
無	●趙良（《御覽》10）、‖漢武帝與群臣宴（22）、‖▼▲劉晨阮肇（41）
缺損（推定幽二）	劉晨阮肇（續）、‖吴龕（52）、‖宜都建平（52）、眩潭（66）、▼▲桂陽郡老翁（66）
缺損（推定幽三）	桂陽郡老翁（續）、山行墜澗者（69）、三峰（71）、‖始興靈水源（71）、‖艾縣輔山（71）、＊牛渚津（71）、始安熙平縣（74）、耒陽縣（74）、▼漢武帝在甘泉宫（88）
幽四	▲鄴城鳳陽門（176）、＊海中有金臺（177）、建德氏（186）、‖阮德如（186）、山陰縣九侯神山（189）、襄邑縣（189）、▼始興縣有罩天子城（193）
幽五	▲郗方回（338）、劉備（350）、‖姚牛（353）、沈縱（359）、▼桓玄既肆無君之心（359）
幽六	▲韓咎（359）、胡馥之（360）、‖陳仲舉（361）、▼▲賈弼之（364）

續表

葉角葉碼	佚文條目及出處
幽七	賈弼之（續）、羊叔子（369）、‖石勒（370）、王子猷（371）、王伯陽（375）、▼▲桓溫內懷無君之心（395）
缺損（推定幽八）	桓溫內懷無君之心（續）、蔡廓（396）、‖謝安（398）、錢乘（398）、魏武帝（400）、王丞相茂弘（400）▼
幽九	▲秦嘉（400）、望夫石（440）、‖吳末中書郎（469）、黃尋先（472）、▼姚牛（479）
幽十	▲苻堅時射師（479）、宋安縣故市（486）、‖許遜（519）、‖廣陵露白村（552）、▼潁川人避地（559）
幽十一	▲孫鍾（559）、謝摘（567）、‖句章人（573）、▼費升（573）
幽十二	▲劉琮（577）、‖巢氏（580）、‖代郡亭（580）、桓豁（583）、阮瞻（595）、▼▲王文度（606）
幽十三	王文度（續）、士人王姓（606）、秦民（616）、‖阮瞻（617）、龐企（643）、▼▲安開（687）
幽十四	安開（續）、孫權（688）、‖餘杭人姓王（697）、‖朱黃祖（699）、習鑿齒（704）、▼韓略（704）
缺損（推定幽十五）	×▲海中有令臺（710）、宮亭湖（717）、‖潯陽參軍（718）、‖董卓信巫（735）、▼臨海李巫（735）
幽十六	▲‖舒禮（735）、安城人（737）、▼▲桓豁（740）
幽十七	桓豁（續）、顧長康（741）、漢武帝在甘泉宮（742）、‖張甲（743）、崔茂伯女（758）、▼▲劉松（762）
幽明錄十八	劉松（續）、徐儉（762）、江都王墓（762）、‖文翁（765）、‖曲阿人（766）、江乘鼉湖（767）、▼▲洛下有洞穴（803）
幽明錄十九	洛下有洞穴（續）、漢武帝幸河渚（803）、‖王敦（803）、＊牛渚津（811）、巴丘縣（811）、▼▲南頓王平（811）
幽二十	南頓王平（續）、進縣城東（811）、＊海中有金臺（811）、‖長安張氏（811）、‖徐琦（812）、武宣程鬭（824）、爰琮（830）、張華（830）、▼▲傖小兒（832）

續表

葉角葉碼	佚文條目及出處
幽二十一	傖小兒（續）、王（黃）尋先（836）、‖諸葛氏兄弟（837）、＊海中有金臺（849）、▼趙良（849）
幽二十二	▲漢武帝與群臣宴（850）、王允祖（852）、‖姚泓叔父（860）、‖晉孝武帝（882）、▼阮瞻（883）
幽二十三	▲王輔嗣注易（883）、阮德如（883）、‖王彪之（883）、▼殷仲宗（883）
幽二十四	▲楊起（883）、‖東昌縣（883）、終祚道人（885）、▼石虎（885）
幽二十五	▲周超（885）、樂遐（885）、‖諸葛長民（885）、▼劉斌（885）
幽二十六	▲桓温參軍（885）、‖▼漢武帝與群臣宴（886）
幽二十七	▲‖琅琊人王（887）、‖牛大疫（887）、▼▲于慶無（887）
幽二十八	于慶無（續）、‖彭娥（888）、何參軍（892）、▼▲李太后（900）
幽二十九	李太后（續）、桓玄在南郡（900）、‖吉翰（900）、桓沖（900）、▼▲王華（900）
幽三十	王華（續）、洛下有潤穴（902）、‖華隆（905）、▼▲終祚道人（911）
幽三十一	終祚道人（續）、戴眇（912）、‖董仲舒（912）、宋處宗（918）、姚略（919）、▼▲桓豁（923）
幽三十二	桓豁（續）、‖巴東遺士（925）、‖▼楚文王（926）
幽三十三	▲羅君章（928）、‖謝盛（930）、‖▼▲張春（932）
缺損（推定幽三十四）	張春（續）、謝祖之婦（934）、‖薛重（934）、▼成彪（936）
幽三十五	▲孫權（936）、平都縣南陂（936）、始興雲水源（940）、‖朱誕（946）、張甲（948）、▼▲王丞相見郭景純（954）
幽三十六	王丞相見郭景純（續）、虞晚（960）、王仲德（965）、‖成彪（969）、‖周敬（978）、常醜奴（980）、▼黃祖（999）
幽三十七	▲常醜奴（999）●

使用素紙的半葉七行手稿，還有一個未被裁開的整葉，抄錄《書鈔》所載佚文7條，爲魯迅筆跡，是獨立於手稿E的另一件手稿（以下稱"手稿F"）。其首行題"幽明録"，所録佚文是"甘泉王母"（卷

一二)、"句章人"(卷一○六)、"謝摛"(卷一○八)、"劉綜"(卷一○九)、"始興縣有羃天子城"(卷一二一)、"郗方回"(卷一二一)、"海中有一金臺"(卷一三三),未錄之後各卷所引《幽明錄》。末尾有周作人題字"右魯迅手寫《古小說鉤沉》稿一葉",下鈐"十堂私印"。

六、諸初期手稿的書寫時間推定

如上述,魯迅輯校《幽明錄》,至少形成了 6 件彼此獨立的初期手稿,各手稿檢錄之書(佚文來源)基本不相重複。其實質是:魯迅先檢甲書、乙書,形成一件手稿;稍後再檢丙書,又成一件手稿;再檢丁書、戊書、己書,形成第三件手稿。每一件手稿,都是當時魯迅工作的一個"段落";不同"段落"之間,容有或長或短的間隔;而同一"段落"內部,可以視爲魯迅連續銜接地檢錄了某書或某幾種書。

以上各件初期手稿,沒有明確的書寫時間標記。學界一般認爲,《古小說鉤沉》輯錄於"清末民初"[①]。利用手稿中的内證以及某些旁證,可以對各稿本的先後關係及形成時段,做出更爲清晰的推導。

首先,手稿 A、手稿 E 的部分佚文斷片是周作人筆跡,且多與魯迅筆跡在同一葉內夾雜出現。這說明:這兩件手稿,必是他們共同生活時合作抄錄,否則無法形成上述面貌。考慮他們的生活軌跡,這只能發生於 1911 年 9 月周作人回國後至 1912 年 2 月魯迅赴南京前,兄弟二人同在紹興期間。

其次,手稿 D 應寫於 1913 年初至 1914 年之間,不僅晚於紹興期間的手稿 A、手稿 E,亦明顯晚於手稿 B、手稿 C,極有可能是 6 件

[①] 林辰認爲《古小說鉤沉》的輯錄時間是:"上起 1909 年(宣統元年)6 月歸國以後,下迄 1911 年末(宣統三年)或 1912 年初(民元二月前)……推斷在民元(1912)之初,這書已大部完成了現存的形態"。林辰《關於〈古小說鉤沉〉的輯錄年代》,《林辰文集 貳》,濟南:山東教育出版社,2010 年,第 119 頁。

手稿中最晚寫成的。案，手稿 B、手稿 C 所用半葉九行黑口無魚尾墨印格紙，被大量用於魯迅輯校古籍與金石手稿。從時間明確的用例來看，該種格紙的使用高峰是 1910 年末至 1912 年夏，同時它還是 1912～1913 年魯迅日記的用紙。而手稿 D 使用的半葉九行白口無魚尾墨印格紙，是 1914 年日記的用紙，在輯校古籍與金石手稿中，多用於 1913 年春至 1914 年春，時間明確的最早用例在 1913 年春。先後次序，判然分明[①]。

第三，手稿 C 早於手稿 B、手稿 E、手稿 A（當然更早於手稿 D），很可能是諸手稿中最早寫成的。案，《幽明錄》有一則洛陽婦人謀殺丈夫，將其推入洞穴的故事，見引於《寰宇記》卷五、《六帖》卷九六、《初學記》卷二九、《御覽》卷八〇三、九〇二、《珠林》卷三一、《廣記》卷一九七、《類聚》卷九四、《事類賦》卷九、二二；引文面貌或簡或繁，其中《寰宇記》卷五、《六帖》卷九六（均錄於手稿 C）最簡。手稿 C《寰宇記》卷五佚文斷片有魯迅案語："案此第一葉所錄《六帖》引洛下婦人殺夫是一事，當更有詳者，俟考。"可見魯迅輯錄此條時，尚未見到其他各書所載的更詳引文，否則不應有"當更有詳者"這樣的推測之辭，然則手稿 C 的形成早於載有《初學記》引文的手稿 A、《御覽》引文的手稿 B 以及載有《廣記》的手稿 E。

第四，手稿 A 應早於手稿 B。手稿 B"武昌北山上有望夫石"條，輯自《事類賦》卷七；檢《事類賦》原書，稱引自《世說新語》；再檢《世說新語》，無此文。如前述，凡原書署爲他書但魯迅認爲屬於《幽明錄》的佚文，一般會加案語說明。如手稿 A"嵩高山北有大穴"條，情況與"望夫石"條相仿，案語稱："《初學記》五引劉義慶《世說》。按今《世說》無此文，琳琅秘室本《幽明錄》有之，錄以備考。"那麼，爲何魯迅逕直抄錄"望夫石"條而不加案語呢？案，《初

[①] 關於魯迅輯校古籍手稿使用格紙的時間框架，參閱石祥《魯迅日記所用格紙與輯校古籍金石手稿的時間推定》，《現代中文學刊》2023 年第 1 期，第 59—66 頁。

學記》卷五亦引"望夫石"條,稱出《幽明錄》,手稿A抄錄。推擬當時情形:手稿A輯錄在先,魯迅檢錄《事類賦》卷七時,乃是第二次看到"望夫石"條;此條不見於《世說》,《初學記》稱出自《幽明錄》,魯迅乃判定《事類賦》標注出處有誤,逕直作爲《幽明錄》佚文抄錄,不再加案語。

綜上,手稿C最早寫成(可能是周作人歸國前),手稿A與手稿E抄錄於1911年9月至1912年2月間;手稿B晚於手稿A(與手稿E孰先孰後,難以論定),但大概率不晚於1912年夏;手稿D明顯晚於以上4件,時間不早於1913年初。惟手稿F的輯錄時間以及與其他手稿的先後關係,難以判斷。

七、初期手稿中的魯迅後續工作的痕跡

搜集佚文是輯佚工作的第一步。以上諸手稿錄出各書所載《幽明錄》佚文,性質近乎"資料長編",便是第一步工作的結果。在這之後,還須校勘並整合共引佚文、排定佚文條目次序等一系列工作,才能形成最終的輯本。而魯迅進行這些後續工作時,在初期手稿上留下了一些痕跡。

共引佚文的校勘與整合處理,是輯佚工作的重點。初期手稿寫成後,魯迅(以及周作人)開始對共引佚文進行比勘。其一般操作是:選擇文句最完整、篇幅最長的一條,在其下逐一標注該佚文的其他來源,若引文面貌差異較大,則以他書引文與之對校,標注異文情況。如,"漢武帝宴群臣"條,見引於《廣記》《御覽》《類聚》《事類賦注》《書鈔》,手稿A、手稿B、手稿E分別抄錄了上述不同來源的引文。其中,以《廣記》卷一一八引文最爲完整,手稿B該條末尾的案語作"廣一百十八,御覽八百八十六,又二十二,類四十四,賦九";天頭處注"書抄百四十四,御覽八百五十引此二句,'其群臣'三字校補";行間還有據《御覽》等書對勘的校字,如"《御覽》作'上'",等等。"廣一百十八"是最初書寫手稿B時的原有案語(甲狀

態），其餘皆是比勘別件手稿中的共引佚文之後所補寫的（乙狀態），痕跡宛然可辨。這樣的迻錄標注，體現了同源佚文的不同面目，爲稍後取捨判斷共引佚文的文本差異，將多個來源的佚文整合寫定爲一條，提供了基礎。

此外，《御覽》《廣記》引《幽明錄》佚文數量最多，且所載共引佚文往往詳於他書，所以抄錄《御覽》引文的手稿 E、抄錄《廣記》引文的手稿 B，就成爲魯迅做以上標記較爲集中的兩件。

至於這些初期手稿以條爲單位被裁割爲斷片，當是魯迅所爲，目的在於方便共引佚文的拼合與校勘、條目次序的重新編排。其中，後者的實質是將散布於諸書的佚文片段"結構化"。在輯佚工作中，由於原書的結構面貌已不可知，輯佚者須擬定編排原則，確立輯本結構，再將各條佚文填充到這一結構中去。《古小説鉤沉》最終稿本中的《幽明錄》，係以時代先後編次佚文。與之對應，部分手稿斷片的天頭處，寫有一些標記，或是年號（如"元帝建武""義熙""太元"等），或是人名（如"羊祜""桓玄"等）。前者自是時代標記，後者亦是，如"桓玄"便指桓玄所處時代。換言之，初期手稿上的這些標記，是魯迅排比佚文次序時所留下的痕跡。

［作者單位］石祥：復旦大學中國古代文學研究中心

編後記

　　本卷專號"古代文本文獻形態研究",共收論文 21 篇,所涉内容包括文學、歷史、文字、文獻等學科,作者皆爲近年來青年學人中的優秀代表。其中一半的文章,來源於 2023 年 8 月在北京大學舉辦的"文體·文獻·文本形態"中國古典學前沿論壇,另一半則是根據專號主題的自主約稿。從綜論到微觀,從文本形態到文獻形態,之所以能展現出較好的層次感,全賴各位作者的鼎力支持。

　　本卷專號的關鍵詞是"形態"。何爲文本、文獻的"形態"?私以爲,究其核心義,指文本及其所見物質載體的形制和樣態。形制指向的是文本、文獻的穩定性特徵,樣態指向的是其或然性、偶然性特徵。只有充分、均衡地認識"變"與"不變"在歷史時空中的關係,我們對過往的文本、文獻世界才能有更複雜且真實的體察。

　　"形態"固然是多樣的,包括文體這種相對穩定的文本語言形態,作品和作品之間構成的文本組合形態,書籍的各種版本形態、物理形態乃至數字形態等;但"形態"本身即爲一種意義,即便文字完全一致的文本,其意義也會因形態的不同而變化多端。借用"形態"的概念,既能爲文學、文獻、歷史等不同學科背景的學者搭建對話的橋梁,又有助於通過其他學科有關形態與體制的研究爲所在學科提供啓示。與此同時,以形態爲基礎的研究也傳達出一種學術理念,即秉持更加精細化的研究態度，通過實證性、科學化的形式分析去解決不同學科的問題。

從文本（Text）的內、外屬性來說，單篇作品的文體形態是其向內的一端，反映的是作者在從事寫作時很難逾越的文學格套與法度；實物書籍（Book）的物理形態是其向外的一端，反映的是文字作品必須擁有的媒介載體及其形式規範。處在單篇作品與實物書籍、文體與物體之間的，是著述書籍（Work）的體制。特別對編纂類文獻來說，如史部傳記類、子部筆記類、集部別集類等，整部書籍由一定數量的作爲文本基本單元的單篇作品組成。無論書中明文的著述體例，還是隱性的篇章、序次關係，皆可視爲編撰者對其著述文字的一種結構性表達方式。從這個角度來說，無論是站在文學立場的作者意圖研究，還是文獻立場的成書過程研究，通過"形態"究其細節，從而辨章學術，考鏡源流，都是有意義的。另外，隨着信息時代的到來，文獻的數字形態將是新崛起的又一端，它雖不是古代文獻的原始樣態，但作爲我們重新考察古代文獻的一種新興工具，已經漸成今日學術的日常；而且用"後之視今"的眼光，我們亦可視之爲古代文獻發展至今的一種新的版本形態。無論引爲研究方法，還是視爲研究對象，都有必要予以充分的考察。

以上諸維度，實可在古籍整理與研究中展開更靈活的實踐。一方面，對文本形態的標識與思考，應成爲古籍深度整理的重要環節之一。我們應認識到，文本形態是標準化古籍整理後丟失最嚴重的一類信息。任何古籍整理都有其服務於現實社會及其讀者的當代需求，爲此而定的規範化體例，固然有現代出版物的諸多優點，但也意味着歷史文獻之多樣性的遺失。這個被抹平的歷史真實，對以古籍實物爲日常對象的文獻學者來說，尚不足以構成實質性的困惑；但對以古籍文本爲日常對象的文學史或其他專門史研究者來說，如果對標點整理本有較嚴重的閱讀依賴，那麼，秉持"文本形態"的思維方式，至少可以在以當代視角回望過去的基礎之上，再添置一道治學的法門，此亦屬善事。

另一方面，文獻的物理形態，包括實物書籍之間的原刻、翻刻、初印、後印問題，各種書畫、石刻等反映文本早期存錄形態的"集前文獻"問題，皆有助於深化和完善對舊有的古籍版本及其系統的認識。已有學者指出，傳統的基於異文校勘的版本研究，在本質上仍屬於校勘學的範疇，真正的版本學應是基於書籍實物之物理性差異的考察。這般立場相當於視書籍實物本身爲史料，而不是視書籍内容爲史料，對多數的古典文史研究者來説未必實用。但不用作研究方法，並不代表不引爲思維方式，至少就文學研究來説，通過物理形態對書籍版本及其印刷時間作出重新判斷，直接關係到同時代甚至後世作家的閱讀、知識、接受等話題，而這些作爲文學創作行爲之前的個體積累，絶非可有可無的問題。從這個角度來説，文本形態和文獻形態，未必一定要置於同一個案例中來研究，卻需要我們置於同一時空中來整體思考與把握。

總的來説，引入"形態"的概念，可以讓文本研究、文獻研究變得更"細"更"活"。這種"細""活"或將顛覆舊有的一些文學、文獻學常識，改變我們觀看事物的某些方式，甚至在具體觀點上與過往的重要研究成果形成撞擊，但其目的還是爲了儘可能精細地還原古代文本文獻的生成、演變、存錄、流通之面貌，對其中的複雜性保持充分、冷静的認識，避免用一個較静態、整體的標準去理解文本、文獻在歷史時間長河中的流動。

本卷專號還有一個特點，就是對古籍書影的大量使用，並將之穿插於論文正文之中，在一定程度上起到"以圖注文"的作用。這種圖示做法，以前多以彩印書影的形式見於書前，主要起到點綴的作用，其書影内容多爲古籍的卷端葉或鈐印葉，也就是説，示例與否並不影響文章本身的論證過程。在本卷專號中，因爲討論"形態"這一偏結構性、視覺性的議題，我們一致認爲，書影的高頻次使用與論證理應成爲一種必要的手段，在某些環節上可以發揮出比文字表達更加簡潔、精準的作用。因此，在與各位作者聯繫、溝通的過程中，我們明確表達了可以最大限度地使用書影的態度。當下的中國人文學界，處於金字塔頂端的專業期刊的數量屈指可數，相當數量的高質量的學術生產，實依賴於在專業領域具有良好口碑、又生存頗爲不易的學術集刊的大力支持。而學術集刊"以書代刊"的出版模式，也確實在述學文體的多樣形式、論文篇幅的長短不拘、圖像等非文字類材料的使用等方面，爲學者們提供了更爲靈活的展示空間。從這個角度來說，對古籍書影的充分容納，既是本次專號"古代文本文獻形態研究"的一種必須，也是刊物對多樣性學術討論及其呈現方式的一種支持。至於成效如何，全看讀者説法。

葉　曄

徵稿啓事

一、本刊由北京大學人文學部主辦，北京大學中國語言文學系承辦。

二、本刊爲綜合性學術刊物，旨在傳承中華民族優秀傳統文化，弘揚古典人文精神，堅持求真務實、守正出新，推動中國古典學的發展。

三、本刊主要登載以中國古代經典著作爲考察對象的語言、文學和文獻研究的論文，各學科的專題研究與跨學科的綜合研究並重，也歡迎對中國古典學學科進行理論思考的論文。

四、來稿請按本刊"撰稿格式"的要求，一律用繁體中文書寫，務請認真核對引文，並附中文提要一份，提要限200字以內。

五、本刊實行雙向匿名評審制度。編委會對準備採用的稿件有删改權。或提出修改意見，退作者自行修改，或逕作必要的編輯加工。如作者不願删改，請事先説明。

六、請勿一稿多投。來稿如被採用，將及時通知作者。若三個月後仍未收到通知，作者可自行處理。

七、來稿請注明作者姓名、工作單位、通信地址、電話及電子郵箱，以便於聯繫。

八、來稿刊出後，贈刊物2册，抽印本20册。稿酬從優。

九、來稿請寄：classical@pku.cdu.cn